mtb

Zum Buch:

In New York waren die Sterne für Starkoch Brian McConnell zum Greifen nah. Doch dann hat er durch eine verbotene Affäre seine Karriere vermasselt. Jetzt ist er nach Dare Valley zurückgekehrt, denn dort lebt Jill, die Frau seiner Träume. Alles würde er für einen Neuanfang mit ihr wagen! Dass Jill ihm scheinbar vergeben hat und mit ihm sogar ein Restaurant eröffnen will, könnte das Rezept fürs Happy End werden. Wenn ihn bloß nicht seine Vergangenheit einholen würde. In der Gestalt seiner schönen Ex-Freundin Simca, die ihn zurück nach New York und endgültig fort von Jill locken will …

„Hier findet man Liebe wie bei Nora Roberts."

Publishers Weekly

Zur Autorin:

Ava Miles gefiel an Liebesromanen schon immer die Romantik und die Happy-End-Garantie. Umso mehr schockierte es sie, als ihre Schwester sich von ihrem Exmann vorwerfen lassen musste, ihr Faible für Romances von Nora Roberts hätte zur Scheidung geführt. Aber immerhin war so die Grundidee für ihren erfolgreichen Debütroman *Nora Roberts Land* entstanden. Ava Miles lebt in einer friedlichen Kleinstadt im Norden des US-Bundesstaates Virginia. Bevor sie sich ganz dem Schreiben widmete, arbeitete sie als Konfliktmanagerin.

Lieferbare Titel:

Nora Roberts Land

Ava Miles

Zwischen Himmel und Glück

Roman

Aus dem Amerikanischen von
Anke Brockmeyer

mtb

MIRA® TASCHENBUCH
Band 26013

1. Auflage: April 2017

Deutsche Erstveröffentlichung

Titel der amerikanischen Originalausgabe:
French Roast

Umschlaggestaltung: büropecher, Köln
Umschlagabbildung: tuja66, Elena Rozhneva, flas100_Thinkstock Photos
Redaktion: Anna Hoffmann
Satz: GGP Media GmbH, Pößneck
Printed in Germany
Dieses Buch wurde auf FSC®-zertifiziertem Papier gedruckt.
ISBN 978-3-95649-677-6

www.mira-taschenbuch.de

Für meine Großmutter, Lanone Miles Bosn, die mich lehrte, Geschichten zu erzählen, indem sie mich als Kind immer wieder mit amüsanten Begebenheiten von der Farm unserer Familie in einen friedvollen Schlaf hinübergleiten ließ. Sie brachte mir auch das Kochen bei – alles, was in diesem Buch mit Essen verbunden ist, hat daher seine Wurzeln in jenen Sommern, die ich bei ihr verbrachte, auch wenn sie später behauptete, ich hätte das Kochen immer perfektioniert. Ich vermisse dich, aber ich weiß, dass du stets bei mir bist.

Außerdem geht mein Dank an meine himmlischen Begleiter, deren Unterstützung und Liebe das Leben so wunderschön und zauberhaft machen, wie es ist.

Danksagung

Es sind immer eine Menge Menschen, die uns darin unterstützen, unsere Träume Wirklichkeit werden zu lassen. Hier sind meine Engel auf Erden vom Team Ava, einschließlich meines Marketingteams Joan Schulhafer:

Ich danke Debby Tobias und Alissa Di Giacomo von Joan Schulhafer Publishing and Media Consulting; Elizabeth Bemis und Sienna Condy von Bemis Promotions für meine Website; meiner wundervollen Lektorin Angela Polidoro; der Killion Group für das Buchcover; meiner Korrektorin Helen Hester-Ossa; Gregory Stewart für meine offiziellen Werbefotos, die großartige Landkarte des Dare Valley und dafür, dass er immer bereit ist einzuspringen, wenn es notwendig ist; und Janet Geary, die mich bei der Recherche zum Thema Strafverfolgung beraten hat.

Meiner ehemaligen Agentin Jennifer Schober für ihre Kommentare zu dem frühen Manuskript.

Christi Barth für ihre Unterstützung auf dieser Reise in die Literatur. Sie hat dieses Buch mit offenen Armen empfangen und mir ein wunderbares Feedback gegeben, wodurch ihm noch mehr Glanz verliehen wurde. Dich hat mir der Himmel geschickt.

Meinem ehemaligen Chef und all meinen anderen Kollegen im Hintergrund, die mir beigebracht haben, dass man Eiweiß einfrieren kann und wie man ein traditionelles Tiramisu und eine Million anderer Dinge zubereitet.

Meiner Familie, deren Liebe, Lachen und Unterstützung mir alles bedeuten.

Meinem T. F. Aus unendlich vielen Gründen.

All den Leserinnen und Lesern dieses Buches. Ihr seid unbezahlbare Juwelen in meinem Leben.

Zu guter Letzt noch ein Wort darüber, dass ich auf Zeit gespielt habe, was den Aspekt des Stadtrats in dieser Geschichte betrifft, mit dem alles zueinanderfindet. Sie mögen Romane? Dann viel Spaß beim Lesen.

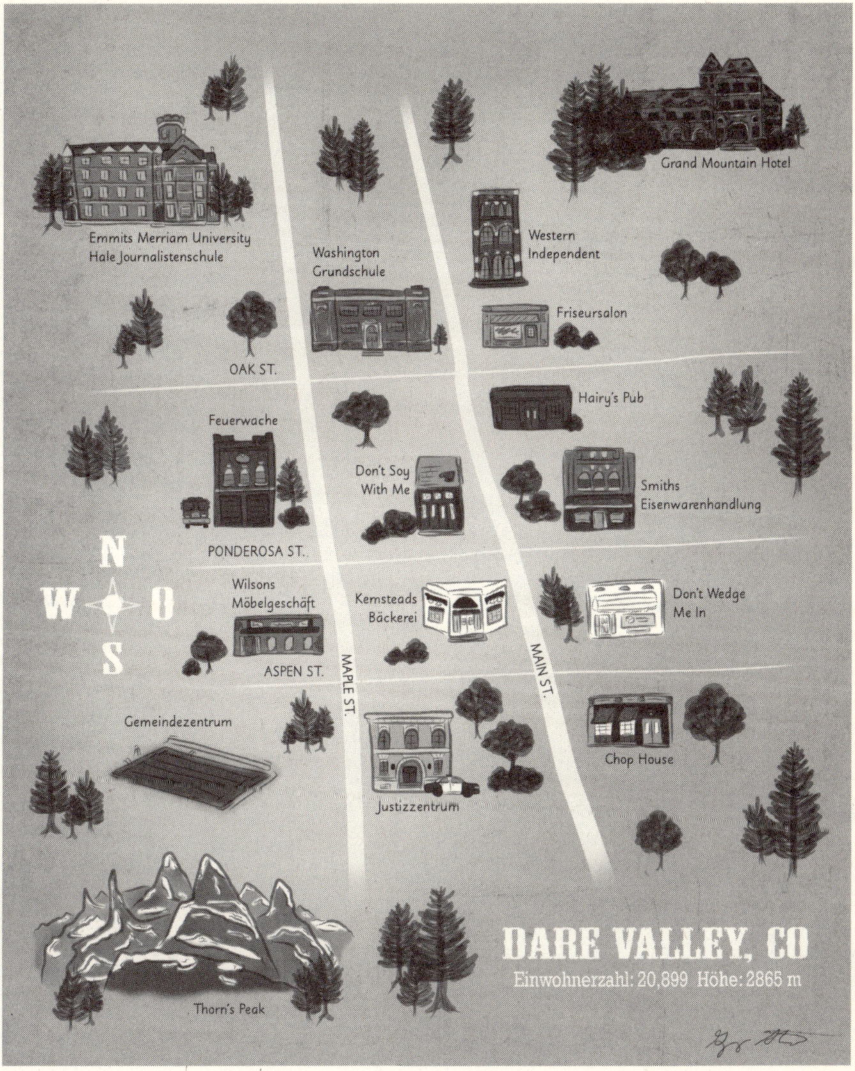
Grand Mountain Hotel
Emmits Merriam University
Hale Journalistenschule
Washington
Grundschule
Western
Independent
Friseursalon
OAK ST.
Hairy's Pub
Feuerwache
Don't Soy
With Me
Smiths
Eisenwarenhandlung
PONDEROSA ST.
N
W
O
S
Wilsons
Möbelgeschäft
Kemsteads
Bäckerei
Don't Wedge
Me In
ASPEN ST.
MAPLE ST.
MAIN ST.
Gemeindezentrum
Chop House
Justizzentrum
DARE VALLEY, CO
Einwohnerzahl: 20,899 Höhe: 2865 m
Thorn's Peak

Prolog

Jill Hale begutachtete die Kuchenbleche. Sie waren mit dem berühmten Plätzchenteig ihrer Mutter belegt, in dem Brocken aus Mokkaschokolade steckten. Die Kekse wären längst im Ofen, wenn ihre Mutter die Backtemperatur auf das Rezept geschrieben hätte. Jill hoffte nur, dass Mom bald vom Einkaufen für die Abschlussparty von der Highschool zurück sein würde. Ihnen blieben noch ungefähr sechs Stunden, bevor die Familie und die Freunde über das Haus hereinbrechen würden.

Dummerweise war eine Party das Letzte, was Jill im Kopf hatte. Das Lied *It's my party* schien ihr treffend, denn sie wollte nichts lieber als weinen. Sie gab der Verlockung nach und nahm sich einen der Teigklumpen vom Backblech.

Die Zwischentür von der Garage zur Küche öffnete sich. Endlich! „Mom, bei welcher Temperatur backe ich die denn nur? Es steht nicht im Rezept."

„Hundertneunzig", antwortete die Stimme eines jungen Mannes – jene, von der sie gehofft hatte, sie nie wieder zu hören.

Ihr Freund seit Kindertagen und die Liebe ihres Lebens, Brian McConnell, stand mit hängenden Schultern am Eingang zur Küche. Sein dunkelblaues Hemd unterstrich das Blau seiner Augen. Er schob eine Hand in die Tasche seiner Cargo-Shorts und klimperte mit dem Schlüsselbund. Natürlich, *er* wusste die Temperatur, schließlich würde *er* in ein paar Tagen nach New York fahren, um sich an einer der besten und teuersten Kochschulen, dem Culinary Institute of America, ausbilden zu lassen. Verdammt sollte er sein.

„Du hast nicht mehr das Recht, hier einfach hereinzuplatzen“, gab sie zurück, warf den Rest des Teigbällchens in die Spüle und wischte sich die Finger an einem gelb karierten Handtuch ab. Sie flehte innerlich, nicht in Tränen auszubrechen, und drehte sich zu ihm um.

„Jill, ich bin seit dem Tag in dieses Haus gegangen, an dem ich einen Türknauf umdrehen konnte. Stell jetzt keine neuen Regeln auf, nur weil wir uns gestritten haben. Wir müssen reden.“

Achtlos legte sie das Geschirrtuch beiseite und durchquerte die Küche mit großen Schritten. „Gestritten? Das ist untertrieben. Worüber wir hier reden, ist glatter Betrug. Betrug von der Sorte, die Freundschaften zerstört.“

Er zog die Brauen zusammen. „Sag so etwas nicht. Sieh mal, es tut mir leid, dir nicht erzählt zu haben, dass ich zum Culinary Institute statt zur Cook Street in Denver gehe. Ich wusste nicht, wie ich es sagen sollte.“

Was für eine durchschaubare Lüge. Sie umklammerte die Granitplatte der Kücheninsel. „Du hast mir immer alles sagen können. Deshalb waren wir ja beste Freunde. Ich hatte beschlossen, zur University of Denver zu gehen, damit wir zusammen sein können. Ich dachte …“ Die erste Träne rann ihr über das Gesicht. Mit der Handfläche wischte Jill sie fort.

„Mist, jetzt weine doch nicht! Sieh mal, ich weiß, es ist hart, aber ich muss das tun.“ Er trat näher und streckte die Arme nach ihr aus.

Sie schob ihn fort. „Nein. Du wirst mich nicht anfassen. Schließlich hast du klargestellt, dass du das nicht mehr willst.“ Auf ihren Wangen bildeten sich entsetzliche heiße rote Flecken. Niemals würde sie über die Demütigung seiner Zurückweisung hinwegkommen.

Er massierte sich den Nasenrücken. „Jill, ich weiß, du bist sauer, weil ich nicht mit dir komme, aber …“

Unglaublich, er versuchte sogar noch, seine Entscheidung zu

verteidigen. „Was aber, Romeo? Wolltest du jemanden mit mehr Erfahrung? Ist das der Grund, aus dem du mich abserviert und mit Kelly Kimple herumgemacht hast?“ Das Dröhnen in ihrem Kopf schwoll derart an, dass sie die Zähne in ihre Unterlippe grub.

Sein Adamsapfel bewegte sich, als er schluckte. „Verdammt, ich wusste, ich würde gehen. Jill …“

„Aber ich nicht.“ Sie schlug mit der Hand auf die hellbraune Granitarbeitsfläche, ihre Handfläche schmerzte vom Aufprall. „*Warum* hast du mich überhaupt gefragt, ob ich mit dir ausgehe? Das habe ich mir seit Jahren gewünscht, aber du hast dich immer zurückgehalten. Erst hast du mich besinnungslos geküsst, dann hast du mich fallengelassen, als ich sagte, ich will mit dir zusammen sein. Du bist ein Aufreißer.“

Er schürzte die Lippen. „Ich habe dich nie zuvor gebeten, mit mir auszugehen, weil ich unsere Freundschaft nicht aufs Spiel setzen wollte, falls es zwischen uns nicht so gut läuft. Und ich wollte deine Familie nicht verlieren, die mir mehr bedeutet, als meine eigene es je könnte. Verdammt, das weißt du.“

Sie starrte über seine Schulter auf die babyblaue Wand und versuchte zu verhindern, dass die Spur von Mitgefühl, die sie empfand, ihre Entschlossenheit schwächte.

„Aber als ich wusste, ich würde Dare verlassen, da konnte ich nicht länger gegen meine Gefühle für dich ankämpfen. Ich wollte nicht gehen, ohne mich wirklich mit dir verabredet zu haben. Es war ein Fehler. Ich war selbstsüchtig, und das tut mir leid. Ich habe nicht geahnt, dass du vorhattest, schon nach einer Verabredung deine erste Erfahrung mit mir zu machen. Himmel! Es hat mich verrückt gemacht, okay? Ich konnte beinahe deinen Vater hören, wie er mir sagte, er würde mir in den Arsch treten. Jill, du stürzt dich immer kopfüber in alles. Ich weiß, ich hab dich verletzt. Bitte sag mir, wie ich das wiedergutmachen kann.“

Sie ballte die Hände an den Seiten zu Fäusten, während die Schockwellen über seine Zurückweisung sie noch einmal überfluteten. „Das kannst du nicht."

„Kelly war nicht wichtig. Das hat *rein gar nichts* bedeutet." Er betonte jedes Wort, als ob dies etwas daran ändern könnte.

Sie presste die Hände auf die Ohren. „Ich will es nicht hören." Kelly war eine selbstbewusste blonde zierliche Cheerleaderin, Jill hingegen war rothaarig, groß und ganz eindeutig *nicht* zierlich mit ihrer Schuhgröße 43. Er hatte sich für das hübschere Mädchen entschieden. Und sie würde mit diesem Stich in ihr Selbstwertgefühl bis zum Ende ihres Lebens klarkommen müssen.

Brian ergriff ihre Hände und drückte diese gegen seine Brust. „Du *wirst* mir zuhören. Verdammt, ich gehe nicht auf diese Weise aus Dare fort. Wir werden das zusammen durchstehen."

In der zehnten Klasse hatte er sie an Kraft überholt. Da sie ihre Hände nicht aus seinem Griff lösen konnte, trat sie ihm gegen das Schienbein.

„Au!", schrie er auf, wich zurück und hüpfte auf dem unverletzten Bein. „Mensch! Hör auf damit."

Sie wischte sich die Tränen ab, hastete zu der Verbindungstür zur Garage und riss sie auf. Die Tür prallte mit solcher Wucht gegen die weiße Wand, dass sie eine Schramme darauf hinterließ. „Vielleicht hätten wir es schaffen können, wenn du nur eine Sache falsch gemacht hättest. Aber mir das Culinary Institute zu verschweigen, das war zu viel. Bri, seit wir sprechen gelernt haben, hast du mir alles erzählt. Und das hast du nicht erwähnt. Nicht ein einziges Mal. Dabei betrifft es auch mich."

Er massierte sich das Schienbein, dann richtete er sich auf und sah ihr direkt in die Augen. „Ich habe dir nie alles erzählt, verdammt."

Ihr stockte der Atem. Richtig. Die anderen Mädchen … jene, die nicht nur Freundinnen waren. Darüber hatten sie nie gesprochen.

„Ich wusste nicht, ob sie mich am Culinary Institute annehmen würden, aber ich musste es versuchen", fuhr er fort. „Damit wird mein Traum wahr. Und als mir das klar wurde, hatte ich keine Ahnung, wie ich es dir sagen sollte. Ich wusste ja, du hattest mit deinem Sturkopf das ganze Denver-Szenario schon ausgearbeitet."

„Stur? Hör auf!"

Mit einem großen Schritt trat er auf sie zu. „Du bist stur. Wenn du so bist, kann man mit dir nicht reden. Es tut mir leid, dass ich dich verletzt habe. Diese ganze Sache macht mich völlig fertig. Ich lasse alles zurück, was ich kenne, all meine Freunde … und dich. Ich will dich nicht verlieren, Jill. Ich weiß nicht, wie ich einen Tag überstehen soll, ohne mit dir zu reden."

Ihre Lippe zitterte. Es schmerzte sie, seine Qual zu sehen, doch sie konnte – wollte – nicht einlenken. „Du wirst es herausfinden müssen. Ich kann dir nicht mehr vertrauen, und das ist schlimmer als alles andere."

Er zog sie an sich und umarmte sie, und angesichts seiner Größe fühlte sie sich nicht mehr so riesig wie früher, ehe er in die Höhe geschossen war. „Sag das nicht. Wir können das aus der Welt schaffen, bevor ich fahre. Ich will dich nicht verlieren, Jill."

Sein Duft – eine Mischung aus Zedernholz-Aftershave und Salz – kitzelte sie in der Nase. Sie schluchzte verhalten an seiner Brust, während er ihr über den Rücken strich.

„Nicht weinen, Jill, bitte, weine nicht. Wir werden unser Gleichgewicht wiederfinden."

Seine ernste, schmerzerfüllte Stimme ließ ihr Herz in winzige Stücke brechen, die nicht zu kitten waren. Sie stieß ihn weg und sah ihn an. „Du verstehst mich nicht, Brian. Es ist vorbei. Geh ans Culinary Institute. Hab ein schönes Leben. Aber das hier ist jetzt zu Ende."

Seine Augen verengten sich, sein Blick war verdächtig bestimmt. „Nein, das ist es nicht. Ich rufe dich an."

„Ich werde nicht rangehen", erwiderte sie nachdrücklich. Wie konnte er erwarten, dass sie nach alldem noch mit ihm befreundet sein könnte? Insbesondere dann, wenn sie geglaubt hatte, die Verabredung mit ihm würde zu dem führen, was sie sich immer gewünscht hatte – dass sie sich ineinander verliebten, heirateten, ihre Kinder in Dare großzogen. Er konnte vorgeben, nicht zu wissen, wie ernst es ihr war, in Wirklichkeit aber wusste er es. Sie hatte nie irgendetwas vor ihm verbergen können.

Er ließ den Kopf sinken. „Jill, wir haben uns immer wieder vertragen."

Erneut wischte sie die Tränen ab und richtete sich zu voller Größe auf. Dabei sammelte sie all ihre innere Kraft für das, was getan werden musste. „Ich will dich nicht auf meiner Party dabeihaben. Das meine ich ernst, Brian. Das mit uns hat sich erledigt."

Er riss den Mund auf. „Aber unsere Freunde. Unsere Eltern. Es ist das letzte Mal für Monate, vielleicht für Jahre, dass die vier Musketiere zusammen sein werden. Was werden Jemma und Pete sagen?"

„Sie wissen schon, was ich empfinde." Ihre besten Freunde waren seit der Highschool ein Paar, so wie sie es sich immer mit Brian gewünscht hatte, aber er hatte nie die Initiative ergriffen. Jegliches Mitleid verpuffte. „Es ist besser so."

Er senkte den Kopf. Dann trat er gegen das Linoleum und schwieg einen langen Moment. „Okay, Rotschopf, dein Wunsch ist mir Befehl, aber ich werde dich anrufen, wenn ich in meiner neuen Wohnung bin. Ich werde dir Zeit geben, damit du dich wieder abkühlen kannst."

Nicht einmal ein Winter in Alaska würde sie dazu bringen, ihre Meinung zu ändern.

Er suchte etwas in seiner Hosentasche. „Ich habe es in dem Juweliergeschäft vom alten Jenkins gekauft, deshalb ist es nicht eingepackt, aber hier ist dein Geschenk."

Sie starrte auf das kleine schwarze Kästchen. Wie betäubt griff sie danach.

Er machte einen großen Schritt auf sie zu und küsste sie auf die Stirn, ehe sie sich ducken konnte. „Sei nicht mehr sauer." Und mit diesen Abschiedsworten schloss er die Tür hinter sich.

Jill öffnete das Kästchen. Ein herzförmiger Kettenanhänger leuchtete ihr entgegen. Auf der Suche nach Antworten glitten ihre Finger über die Form. Die Gravur ließ ihre Knie weich werden. *J&B, BFFs*. Sie sank zu Boden und presste es an ihre Brust.

1. Kapitel

Acht Jahre später

Jill Hales Herz machte einen Sprung, als sich Brian McConnells silberner SUV auf der Route 44 vor dem Wagen einfädelte, in dem sie fuhr – dem nagelneuen roten Feuerwehrwagen des Dare Valley. Ernie, der Chef der Feuerwehr, hatte sie und ihre Schwester Meredith als Kinder gelegentlich mitfahren lassen, und heute hatte er vorgeschlagen, sie wieder einmal mitzunehmen, um sie aufzuheitern. Angesichts dieses Angebots hatte das Kind in ihr Luftsprünge gemacht.

Ihr Blick wanderte zu Brians Rückspiegel in der Hoffnung, kurz sein Gesicht sehen zu können. Doch sie erhaschte nur einen unvollständigen Blick auf sein kräftiges Kinn und sein leichtes Lächeln. Ihr entfuhr der Hauch eines Seufzens.

Seit Jill klein gewesen war, liebte sie Brian, dennoch hatte sie acht Jahre lang nicht mit ihm geredet, bis er im vergangenen Sommer in die Stadt zurückgekehrt war. Ihr Zerwürfnis hatte Wunden hinterlassen, die verschorft waren, ohne völlig zu verheilen. Mittlerweile hatte sie ihm verziehen. Fast. Der Tod von Jemma, ihrer Freundin aus Kindertagen, hatte sie wieder in Kontakt gebracht und zu einer brüchigen Versöhnung geführt.

Seitdem hatten sie viel Zeit miteinander verbracht – sie waren ins Kino oder eine Pizza essen gegangen, waren in den Bergen Ski gelaufen. Es war sehr vergnüglich gewesen – und sehr platonisch. Jill versuchte, es locker zu nehmen, aber das Warten machte sie verrückt. Nach allem, was zwischen ihnen passiert war, musste Brian den ersten Schritt machen.

„Erde an Jill“, schrie ihre Schwester über den Motorenlärm hinweg. Als Meredith Hale mit einer Hand vor Jills Gesicht wedelte, blitzte ihr Ehering auf. „Mann, du hast es schwer. Jedes Mal, wenn du ihn siehst – oder auch nur seinen Wagen –, bist du wie ferngesteuert.“

Während sie in schnellem Tempo an einer Ampel vorbeifuhren, klammerte Jill sich an der Messingstange des Feuerwehrwagens fest. „Ich kann nichts dagegen tun“, sagte sie. „Brian ist seit Monaten wieder hier, und ich habe endlich beschlossen, dass ich ihn haben will. Muhaha.“

„Lass dieses entsetzliche Lachen“, flehte Meredith scherzhaft und schüttelte den Kopf, sodass ihr rotes Haar flog.

Jill wusste nicht, wohin Brian fuhr, aber sie hoffte, er würde ihr Café ansteuern, weil er sie sehen wollte. Als er auf die Straße abbog, die zur Stadtmitte von Dare führte, lächelte sie vor sich hin – da ging es zum *Don't Soy With Me*. „Hey, Ernie, kannst du Richtung Süden fahren, auf die Dare Avenue?“

Der alte Feuerwehrchef, dessen schwarz-gelbe Uniform an eine Wespe erinnerte, blickte über seine Schulter und lächelte Jill an. „Na klar, Schätzchen. Immerhin soll diese Fahrt mein Lieblingsmädchen ja aufmuntern.“

Ihr Herz zog sich zusammen. Die ganze Stadt hatte ihr geholfen, über Jemmas plötzlichen Tod hinwegzukommen. Meistens erwärmte dies ihr Herz, manchmal allerdings erinnerte es sie nur daran, was sie alles verloren hatte – ihr ständiges Geplänkel während der gemeinsamen Arbeit im Café, die Mädelsabende in *Hairy's Irish Pub*, eine Schulter zum Anlehnen, wann immer sie die gebraucht hatte.

Brian fuhr die Straße hinunter, das Feuerwehrauto folgte ihm dicht auf den Fersen. Vielleicht war das nicht ganz das, was Ernie sich vorgestellt hatte, als er Jill angeboten hatte, sie und ihre Schwester mitzunehmen, aber insgesamt hob die Sache mit dem Wagen ihre Stimmung. Seit einer Woche hatte sie Brian nicht mehr gesehen, und sie verzehrte sich vor Sehnsucht nach seiner Gesellschaft.

Sie folgten weiterhin dem silbernen SUV. Jill legte sich in jede Kurve, die roten Korkenzieherlocken umrahmten ihre geröteten Wangen. Ungefragt drehte Ernie das schwere Lenkrad, um Brian auf die Hauptstraße zu folgen. Klar, er wusste Bescheid. Verdammt, jeder in der Stadt wusste von ihnen.

„Kann ich das Martinshorn anschalten, wenn wir am Zeitungsverlag vorbeifahren?“, bat Jill und tänzelte in ihren Winterstiefeln. Als sie am *Cut and Curl’s* vorbeifuhren, funkelte der Feuerwehrwagen in dem Schaufenster wie Dorothys rubinrote Pantoffeln.

Meredith hob eine Augenbraue. „Wir sind auf der Hauptstraße, und es ist kein Brand in Sicht. Das ist gegen die Vorschriften.“

„Ich liebe es, Regeln zu brechen.“ Jill zog einen Schmollmund. Ihre ältere Schwester konnte ein solcher Spielverderber sein. Warum sollten sie nicht ein wenig Spaß haben?

Ernie gluckste. „Okay. Aber nur, weil dein Großvater gestern Abend beim Poker geblufft und mich um fünfzig Mäuse erleichtert hat.“

Jill legte die Hand neben den Knopf, als sie sich dem Hauptgebäude der Tageszeitung näherten, die ihre Familie herausbrachte.

Während sie die Hände über die Ohren legte, sagte ihre Schwester: „Als Mitarbeiterin des *Western Independent* sollte ich dich darauf hinweisen, dass du mindestens vier Reporter – meinen Ehemann und unseren Grandpa inklusive – wie Ameisen aus dem Haupteingang scheuchen wirst, weil sie den Grund für die Aufregung sehen wollen.“

Jill drückte den Knopf, und das immer wiederkehrende, ohrenbetäubende Heulen ertönte. „Ich weiß. Ist das nicht großartig?“

Ihre Schwester streckte ihr die Zunge heraus. Sie tat es ihr gleich, presste weiter auf die Sirene und reckte begeistert die Faust in die Luft.

Brian stellte seinen Wagen vor einer Reihe hell gestrichener Geschäfte an der Hauptstraße ab. Ihr Herzschlag wurde schneller. Er wollte tatsächlich zu ihr!

„Ernie, kannst du ganz schnell drehen? Ich muss etwas im *Don't Soy With Me* erledigen."

„Na klar, Kindchen."

Als sie an Brians Wagen vorbeifuhren, zog sie den Kopf ein und rollte sich trotz ihrer Größe so klein wie möglich zusammen.

Ihre Schwester kauerte sich neben sie. „Ich verstecke mich nur mit dir, weil ich dich liebe. Da du jetzt alle im *Independent* aufgescheucht hast, weiß jeder – und ich meine *jeder* –, dass wir im Feuerwehrwagen gesessen haben."

Jill taumelte und stieß mit dem Kopf gegen ein schwarzes Atemschutzgerät. „Shit, du hast recht! Ich denke nicht immer über alles gründlich genug nach."

„Das kannst du laut sagen. Es ist, als würde sich deine Spontaneitätskarte verhaken und jegliche Logik blockieren."

Was war denn an Logik überhaupt so großartig? „Ich hätte dich ja nicht mitnehmen müssen."

„Mädchen, Mädchen", rief Ernie und brachte sie damit zum Lächeln. Wie oft hatte er das zu ihnen gesagt, als sie noch Kinder gewesen waren?

Die Bremsen zischten, als er den Wagen zum Halten brachte. Er drehte sich in seinem Sitz um. „Ich schätze, ich sollte froh sein, dass Brian nicht nach Denver wollte. Für eine zweistündige Fahrt hätte ich nicht genug Sprit gehabt."

Jill beugte sich vor und küsste seine bärtige Wange. „Du alter Bussard. Du weißt, für mich hättest du das getan."

Er hob eine Hand. „Schon als du ein Kind warst, mit diesen roten Zöpfen wie Pippi Langstrumpf, hast du mich um den Finger gewickelt." Er deutete auf Meredith. „Und du auch, kleines Fräulein. Und jetzt seht zu, dass ihr aus meinem Feuerwehrauto aussteigt." Das Funkgerät rauschte. „Die ersten Anfragen wegen des Martinshorns kommen rein. Ich kann es gar nicht erwarten, mit eurem Großvater zu reden. Hoffentlich hat er schon Maalox für seinen Magen genommen, weil er so gereizt ist."

Die Schwestern sprangen aus dem Wagen und schafften es gerade, einer Pfütze geschmolzenen Schnees auszuweichen. „Danke, Ernie!", sagten sie wie aus einem Mund.

Die dicke Brandnarbe an seinem Mund verzog sich, als er lächelte. „Ach, seht zu, dass ihr weiterkommt."

Meredith ergriff Jills Hand, und in unausgesprochener Einigkeit rannten sie zusammen zur Rückseite des Kaffeehauses. „Du weißt, dass du den Verstand verloren hast, oder?"

„Ich hatte sowieso keinen."

Sie eilten durch die Hintertür, den Gang entlang, vorbei an Jills Büro, und kamen schlitternd zum Stehen, als sie den Hauptraum des Cafés erreicht hatten. *Don't Soy With Me* hatte sämtliche Erwartungen übertroffen – ihre eigenen, die ihrer Familie und der ganzen Stadt. Auch wenn die Hales in der Zeitungswelt einen bedeutenden Namen hatten, war es lange her, seit ein Hale in einem anderen Bereich als dem von Druckerschwärze und Papier erfolgreich gewesen war. Noch dazu präsentierte der Laden Jills einzigartigen Stil haargenau. Das kühne Farbenspiel von Feuerwehrautorot – was nach dem heutigen Tag besonders angebracht schien – und Sonnengelb war eindrucksvoll. An den Wänden hingen Gemälde hiesiger Künstler, meist handelte es sich um moderne Malerei mit Klecksen in Primärfarben. Ihre Gäste deckten das gesamte Spektrum der Stadt ab: Die Studenten der örtlichen Universität lernten, während ihre Professoren Arbeiten korrigierten, Einheimische plauderten über das Wetter, und die Zugezogenen aus Kalifornien bestellten Soja-Latte und Croissants mit Tofu-Füllung.

Jill hatte einen Weg gefunden, jeden anzusprechen, und damit aus *Don't Soy With Me* mehr gemacht als nur ein Café. Es war *der* Treffpunkt des Ortes. Sie hatte die Speisekarte um Sandwiches, Pizza und leichte Kleinigkeiten erweitert, und mittlerweile servierten sie Speisen und Getränke von sechs Uhr morgens bis Mitternacht. Gar nicht schlecht für ein Geschäft, das anfangs kaum mehr als ein Projekt gewesen war.

„Reiß dich zusammen und hör auf zu keuchen", ermahnte sie ihre Schwester und strich sich das Haar glatt.

„Keuchen? Ich schwimme vier Meilen …"

„Blablabla", unterbrach Jill sie. „Margie, unseren Lieblingskaffee bitte", rief sie der Barista zu – einer der Vorteile, Chefin zu sein –, und sie flitzten zu einem der Tische am Fenster, der gerade frei geworden war. Jill beobachtete die Straße mit Argusaugen und entdeckte Brians grüne Spyder-Jacke sofort. Er war in die entgegengesetzte Richtung unterwegs. *So ein Mist!* Da hatte sie eine Fahrt in einem Feuerwehrauto unterbrochen, nur um in ihrem eigenen Café dazusitzen wie ein Mauerblümchen.

„Du hast recht. Ich bin jämmerlich."

Sie konnte es nicht lassen, Brian auf seinem Weg zum Drugstore mit einem verräterischen Blick zu folgen. Obwohl er eine Jacke trug, tauchte in ihrem Kopf das Bild dieser festen Muskeln an seinem Rücken auf. Dieser breiten Schultern. Sie dachte daran, wie er sein T-Shirt im Sportstudio ausfüllte, nur Schweiß und Muskeln. Schon in der Highschool war er attraktiv gewesen, aber die acht Jahre in New York hatten seinem Aussehen noch einen zusätzlichen Feinschliff gegeben. Er hatte mittlerweile diese lässige Perfektion verinnerlicht, und er war ein echter Mann.

„Hast du irgendeine Vorstellung, wo das enden soll?", wollte Meredith wissen, als Margie ihnen die Getränke hinstellte. In ihrer Stimme lag eine Spur ältere Schwester.

Brian wandte sich um und grüßte eine ältere Dame auf der Straße, seine geschwungenen Lippen verzogen sich zu einem Lächeln, als er sich über irgendetwas amüsierte, was diese gesagt hatte. Sein leichter Gang verriet, dass er es nicht eilig hatte. Nein, er war nie in Eile, weder bei ihr noch bei sonst jemandem.

„Hey!" Meredith boxte sie leicht. „Hast du mich gehört?"

„Ja! Tja, ich weiß, wohin es meinen Wünschen nach führen sollte. Dazu, dass wir zusammenkommen. Endlich!" In der zweiten Klasse hatte sie beschlossen: Brian war der Eine. Er hatte Timmy Caren dafür verprügelt, dass dieser Jill Karottenkopf genannt und sie am Pferdeschwanz gezogen hatte. Sie hatte mit Buntstiften Bilder von ihnen beiden gemalt, wie sie Händchen hielten, und ihre Notizbücher hatte sie in zaghafter Schreibschrift mit „Jill McConnell" vollgekritzelt.

Sie hatte darauf gewartet, dass er den ersten Schritt machte. Und gewartet.

In der Geschichte des Liebeswerbens hätten selbst zwei Schildkröten schneller zueinandergefunden.

Dann hatte er die Regeln geändert, und alles war zum Teufel gegangen. Ehe er ans Culinary Institute of America gegangen war, hatte er versprochen, sie so lange anzurufen, bis sie einlenken würde, doch nach sechs Monaten hatte er schließlich aufgegeben. Bis zu seiner Rückkehr in die Stadt hatte sie nichts mehr von ihm gehört.

Meredith legte ihre Serviette ordentlich auf den Schoß. „Denkst du, er hat vor zu bleiben? New York kann man doch nur schwer hinter sich lassen. Und Dare ist nicht gerade bekannt für eine heiße Restaurantszene."

Sie biss sich auf die Lippe. „Ich weiß. Deshalb habe ich versucht, ihn zu überreden, dass wir gemeinsam ein Restaurant eröffnen. Er würde kochen, und ich würde das Geschäftliche übernehmen. Da das *Don't Soy With Me* ein so großer Erfolg ist, brauche ich ein neues Projekt, und das wäre ein großartiger

Weg, die Verbindung zu ihm wiederherzustellen. Außerdem passt es zu meinem Plan, irgendwann eine herausragende Geschäftsfrau zu sein."

„Lass der Sache Zeit." Meredith umarmte sie. „Ich weiß, du möchtest, dass es mit euch beiden klappt, aber hast du schon mal darüber nachgedacht, diese ganze Restaurant-Idee beiseitezuschieben? Wenn die Dinge nicht gut laufen …"

„Das würde alles vermasseln." Sie zerrte an einer roten Locke.

„Jill, im Ernst, warum gibst du eurer Beziehung nicht etwas Zeit, sich zu entwickeln, bevor du mit dieser Sache vorpreschst?"

Es schien ihr angebracht, die Augen zu verdrehen. „Meredith, im Ernst", äffte sie ihre Schwester nach, „warum hörst du nicht auf, meine Pläne zu durchkreuzen?"

„Du weißt verdammt gut, was ich meine. Auf mich wirkt das nicht klug."

„Nun, auf mich schon", erwiderte sie, hob ihr Kinn und versicherte sich selbst, es würde wunderbar werden.

„Versprich mir, du wirst vernünftig sein."

„Wann bin ich jemals vernünftig gewesen? Lass es gut sein, Meredith."

Kapitulierend hob ihre Schwester die Hände. „Okay, okay, aber lass es langsam angehen."

Große Schwestern. „Ich habe nur versucht, Brian dazu zu überreden. Es ist nicht so, als hätte ich schon die Pläne entworfen oder einen Kredit aufgenommen. Himmel."

„Ich versuche nur ganz vorsichtig zu sagen, dass du mit Jemmas Tod eine Menge durchgemacht hast. Meine Güte, wir alle haben das."

„Du hast leicht reden. Für dich hat sich alles großartig entwickelt."

Meredith und Tanner hatten nach einem stürmischen Anfang ihrer Beziehung am Neujahrsabend geheiratet und lebten nun in ihrem eigenen Nora-Roberts-Land – wie in den Lieblingsromanen ihrer Schwester.

„Mach dir keine Sorgen, Jill. Das wird es bei dir auch."

„Ich vermisse Jemma, Mere."

„Ich weiß. Es war so süß von Ernie zu versuchen, dich auf diese Weise aufzuheitern." Sie schob ihren Stuhl näher heran und beugte sich zu Jill hinüber. „Gehst du immer noch zu ihrem Grab?"

Jill straffte sich. „Ich weiß, dir gefällt das nicht, aber ich muss mit ihr reden. Sie war meine beste Freundin!"

„Die Familie macht sich Sorgen", entgegnete ihre Schwester mit einem Seufzer.

„Ich höre auf, dort hinzugehen, wenn die Zeit reif ist." Wenn sie doch nur die Trauer ausschalten könnte wie das Licht auf der Veranda. „Es hilft, dass Brian und ich so viel zusammen sind." Das stimmte, auch wenn ihr Zusammensein nicht so heiß und leidenschaftlich war, wie sie es sich gewünscht hätte.

„Ich verstehe immer noch nicht, warum er ins Dare Valley zurückgekommen ist." Meredith leckte den Schaum von ihrem Schokoladenmokka.

„Ich auch nicht", erwiderte Jill. Brian erzählte wenig von seiner Zeit in New York oder darüber, weshalb er in seine Heimatstadt zurückgekehrt war. Einerseits war das geheimnisvoll und irgendwie sexy, andererseits machte es ihr deutlich, dass sie nicht mehr die besten Freunde waren, die jeden angefangenen Satz des anderen hätten beenden können.

Mit einer kleinen Tüte in der Hand kam er aus dem Drugstore. Hatte er sich Rasierschaum gekauft, um langsam den Bartschatten abzurasieren, der sein Gesicht dunkler wirken ließ? Sie hoffte es nicht.

Als spürte er ihre Überlegung, schaute er durchs Fenster herein, dann hob er eine Hand und winkte. Großartig. Sie war eine Stalkerin geworden. Erst das Feuerwehrauto und jetzt dies. Der Film könnte bei *Lifetime* laufen. Sie winkte zurück, als wollte sie sagen: Ta-ta. Ich beobachte dich keineswegs wie ein liebeskrankes Huhn. Er betrat das nächste Geschäft. Wegen des finsteren Ausdrucks, den ihr Gesicht angenommen hatte, spannten sich ihre Lippen, deshalb griff sie nach dem Lipgloss mit Kaugummigeschmack in ihrer kleinen getigerten Tasche.

Der Knuff an ihrem Arm riss sie aus den Gedanken.

„Hey!"

„Du bist im Land der Träume, kleine Schwester."

„Du redest wie eine glücklich verheiratete Frau."

„Jepp, aber ich kann mich daran erinnern, wie rastlos ich war, bevor Tanner und ich zusammengekommen sind. Genauso geht es dir, mit dem Unterschied, dass du Brian schon ewig kennst."

„Ich weiß. Das macht es manchmal … sonderbar."

„Du schaffst das schon. Ihr habt die Kennenlernphase quasi übersprungen, weil ihr zusammen aufgewachsen seid. Jetzt müsst ihr all die Jahre nachholen, in denen er fort war."

„Manchmal scheint er mir so vertraut", sagte Jill. „Und dann wieder … Nun, es ist, als gäbe es da diese neuen Ebenen – Vorsicht, Schweigsamkeit und … Verwirrung." Als wüsste er nicht immer, was er in ihrer Nähe sagen oder wie er sich verhalten sollte.

Natürlich könnte die verrückte Lust, die sie beide überfallen hatte, etwas damit zu tun haben. Sie wusste, dass er sich von ihr angezogen fühlte, und er wusste verdammt genau, wie sie empfand. Und trotzdem hatten sie einander in der letzten Zeit nicht berührt. Okay, abgesehen von dem Vorfall vor einigen Wochen, als sie auf dem Weg ins Kino auf dem Eis ausgerutscht war. Und *das* zählte absolut nicht.

Die Glocke, die neue Kunden ankündigte, bimmelte. Unwillkürlich schwang ihr Kopf herum. Brian kam ins Café geschlendert – zerzaust und ungestylt, als wäre er gerade aus dem Bett gekrochen. Sein Haar, das die Farbe von Ahornsirup hatte, lockte sich im Nacken, und seine blauen Augen verrieten, dass er es mit jedem aufnahm.

„Hey!“ Er steckte die Hände in die Hosentaschen und suchte ihren Blick.

„Selber hey“, gab sie zurück und versuchte, angesichts seiner Ausbuchtung nicht zu seufzen wie irgendein Groupie. Sie war eine Ausbuchtungs-Beobachterin. Ihre Mutter wäre so stolz auf sie.

„Hey, Brian.“ Meredith stand auf und umarmte ihn kurz.

„Habt ihr gehört, wo der Brand war?“

Jill biss sich auf die Lippe. „Nein.“

„Es gibt eine Menge Fehlalarme“, meinte Meredith. „Katzen auf Bäumen. Idioten, die …“

„Ich bin sicher, dass er sich nicht für Brandstatistiken interessiert, Mere.“

Seine Mundwinkel hoben sich, und schon breitete sich eine Welle der Lust in ihrem Unterleib aus.

„Jill und ich haben uns gerade über dich unterhalten, Brian. Du hast uns nie erzählt, warum du aus New York weggegangen bist. Die Stadt hat eine heiße Restaurantszene. Du musst sie vermissen.“

Die Muskeln rund um seinen Mund strafften sich. Auch wenn Jill es wissen wollte – tatsächlich starb sie vor Neugier –, war es gemein von ihrer Schwester, ihn so hinterrücks zu überfallen.

„Gib ihm Zeit, Mere. Typen plaudern nicht ihre Lebensgeschichte aus.“

Oder wenn, dann nur den Frauen ihres Lebens gegenüber. Brian hatte definitiv etwas zu erzählen. So etwas wie: *Ich habe in New York jemanden kennengelernt, aber es hat nicht funktioniert.* Oder: *Im Winter habe ich einen toten Obdachlosen in einer Gasse entdeckt, und das hat mich verändert.*

Meredith starrte sie an. „Das ist das Vorrecht von Reportern. Okay, ich muss wieder an die Arbeit. Etwas über den Brand in Erfahrung bringen." Sie gab Jill einen Kuss und segelte hinaus.

Ohne Meredith, die die Hitze erträglich gemacht hatte, fühlte Jill sich, als würden sich ihre Knochen in weiches Papier verwandeln. Es wäre lächerlich, vom Stuhl zu rutschen, aber plötzlich begriff sie den Hintergrund der viktorianischen Kanapees, auf denen man sich zurücklehnen konnte.

„Also", sagte Brian gedehnt. Einen Moment lang wandte er den Blick aus seinen blauen Augen ab und erlaubte ihr damit, tief durchzuatmen. „Die Geschäfte laufen gut."

Als er sich wieder umdrehte, begann ihr Herz erneut, wie ein Kolibri zu flattern. „Ja. Äh, soll ich dir deinen Lieblingskaffee machen?"

Jill wurde klar, sie würde so ziemlich alles für diesen Mann tun. Den Continental Divide von Kanada bis Mexiko im Schnee durchwandern. Löcher in Socken stopfen. Um Himmels willen, sie brauchte einen Anhaltspunkt. Oder ein neues Leben.

„Nein … Ich dachte, ich schau mal rein und frag nach, ob du Lust auf Dinner heute Abend hast. Ich würde kochen."

Überrascht riss sie den Kopf hoch. Sie hatten in den vergangenen Monaten Zeit miteinander verbracht, aber Kochen … einfach so. Das war neu.

„Wie ein richtiges Date?", erkundigte sie sich. Verdammt, vielleicht hatte diese ganze Fahrt im Feuerwehrwagen sie mit Leben-oder-Tod-Energie vollgepumpt, aber sie wollte wissen, woran sie war.

„Äh, klar. Wenn du es so nennen willst." Er klimperte mit dem Kleingeld in seiner Tasche, senkte den Kopf und zog die Schulter hoch, wie er es immer machte, wenn er nervös war. „Ich möchte für dich kochen."

Wollte er? Das Herz wurde ihr weit, so, als hielte sie einen Hundewelpen im Arm. „Das wäre wundervoll! Ich hätte Lust. Ich meine …“ Viel zu übertrieben, wurde ihr klar. „Großartig, einfach großartig.“ Halt den Mund, Jill.

„Warum kommst du nicht um sieben vorbei?“

„Soll ich etwas mitbringen?“

„Nur dich selbst.“

Und die Art, wie er es sagte, ließ ihr die Beine zittern. Tatsächlich zittern.

„Großartig!“, stieß sie aus und biss die Zähne zusammen. Vielleicht sollte sie mal das Wörterbuch lesen, damit sie lernte, wie man zusammenhängende Sätze bildete.

„Okay.“ Er lehnte sich zurück. Dann stürzte er vor und küsste sie auf die Wange. „Bis dann.“ Damit wandte er sich um, stieß gegen den Tisch und suchte sich seinen Weg nach draußen, ohne noch einmal zurückzublicken.

Jill stellte den Pappbecher, den er umgestoßen hatte, wieder auf und widerstand der Versuchung, ihre Wange zu berühren. Das dumpfe Kichern der Gäste ließ ihr liebeskrankes Grinsen nur noch breiter werden.

Sie war nicht die Einzige, die nicht richtig tickte. Brian machte einen echten ersten Schritt.

Das wurde auch verdammt Zeit.

2. Kapitel

Brian steuerte auf seinen Wagen zu. Verdammt, was war nur mit ihm los? Jill brachte ihn an seine Grenzen. In ihrer Nähe fühlte er sich wieder wie ein Highschool-Teenager. Der Junge von damals hatte sie gewollt. Dem Mann verlangte es nach ihr.

Aber er kannte sie gut genug, um zu wissen, dass es um alles oder nichts ging.

Brian musste sich selbst wiederfinden. Er wollte sich nicht mit Jill in irgendetwas stürzen, bevor er wusste, ob sie das Gleichgewicht herstellen konnten zwischen ihrer Freundschaft und der Anziehungskraft, die sie füreinander empfanden und die so heiß war wie ein Bunsenbrenner in der Profiküche. Er hatte Angst davor, die Sache mit ihr zu vermasseln. Als er sie vor acht Jahren verloren hatte, war es, als hätte er einen Teil von sich verloren. Es wäre unerträglich, das noch einmal geschehen zu lassen.

Er zerrte an dem Wollschal um seinen Hals. Schaffte es, die Leute anzulächeln, an denen er auf dem Bürgersteig vorüberging. In seinem Kopf herrschte ein einziges Chaos, so wie auf den Bildern mit den Farbklecksen in Jills Café. Wie lange konnte er dies noch aufrechterhalten? Wie lange konnte er noch Zeit mit Jill verbringen, ohne ihr die Gründe für seine Rückkehr in die Stadt zu nennen? Wenn sie lernen könnte, ihm vollkommen zu vertrauen, würde sie vielleicht verstehen. Aber wie könnte sie das, wenn er selbst es nicht tat?

Für sie zu kochen hatte nach einer netten Geste ausgesehen, um ihre Freundschaft auf die nächste Ebene zu bringen. Zum Teufel, er war Küchenchef, und sein Kumpel Pete – also Jemmas Ex und Jills derzeitiges Hassobjekt – war der einzige

Mensch, für den er gekocht hatte, seit er in die Stadt zurückgekommen war.

Er änderte seinen Kurs und steuerte das Lebensmittelgeschäft an, um ein paar Zutaten zu besorgen. Als er in die Abteilung für Obst und Gemüse kam, begutachteten gerade sieben Kundinnen alles von Bananen bis zu Zwiebeln. Die geschwätzigen alten Damen hatten ihre Gewohnheiten nicht geändert. Ihre Gespräche wirbelten um ihn herum.

„Habt ihr gesehen, dass Kerry Jenkins beim Basketballspiel gestern Abend neben Mitch Miller gesessen hat? Die Leute fangen an zu reden. Da braut sich was zusammen."

Ein anderes Trio unterhielt sich über den mysteriösen Wagen, der heute Morgen in der Auffahrt ihrer Nachbarn gestanden hatte. „Ihr wisst, was das bedeutet", flüsterte eine Frau, die einen strengen Pferdeschwanz trug, und ihre Stimme übertönte die anderen.

Sein Magen zog sich zusammen. Einiges in Dare machte ihn glücklich – die eng verbundene Gemeinschaft, die freie Natur, die Vertrautheit.

Auch New York hatte seine Vor- und Nachteile, doch dort hatte er die Möglichkeit gehabt, zu tun, was er wollte und wann er es wollte. Das Problem war nur, dass er die Dinge zu weit getrieben hatte.

Egal, wo du lebst – es gibt immer Konsequenzen.

Er widmete sich dem kleinen Regal mit biologisch angebautem Gemüse. Es war eine positive Ergänzung, vielleicht ein zusätzliches Angebot für die Kalifornier, die in die Stadt gezogen waren. Er nahm eine Avocado und betrachtete die gesprenkelte grüne Farbe.

„Meine Güte, Brian McConnell."

Beim Klang der schrillen Stimme verkrampfte sich seine Hand automatisch.

Noch immer trug Vivian Thomilson ausschließlich Schwarz, und ihr Haar am Kinn war bestimmt fünf Zentimeter lang.

„Ich habe beinahe zweimal hinschauen müssen, als ich gesehen habe, dass du Gemüse aussuchst."

Er hörte den Tadel in ihrer Bemerkung. Gott, er hatte gehofft, die alte Leier darüber, dass er kochte, wäre beendet.

Brian schaffte es, seine Lippen zu einem Lächeln zu formen. „Tja, ich habe keine nette Frau wie Sie, die für mich einkauft, was ich brauche, Mrs. Thomilson."

Sie lachte in einem hohen, abgehackten Ton, ihre Kamee-Ohrringe tanzten gefährlich an ihren ausgeleierten Ohrläppchen. „Nun, ich habe deiner Mutter immer gesagt, wie glücklich sie sich schätzen kann, dass aus dir ein Küchenchef geworden ist. Als du in der Highschool diese Quiches gebacken hast, haben wir uns schon Sorgen gemacht, du könntest schwul sein."

Der Stich saß. Ein Teenager in Dare zu sein, der gern backte und Speisen künstlerisch dekorierte, musste Beschimpfungen und mehr über sich ergehen lassen. Schürzenbengel. Schwuchtel. Er hatte es nicht vergessen.

Seinen Eltern war sein Interesse an der französischen Küche peinlich gewesen, besonders weil er damit gleichzeitig die Gerüchteküche im Ort angeheizt hatte. Seine Mutter hatte versucht, ihn vom Kochen abzuhalten, indem sie ständig mit der Familie essen gegangen war und keine Lebensmittel eingekauft hatte. Sein Vater, der meinte, echte Männer hätten nichts in der Küche verloren, erteilte ihm Hausarrest, weil er Interesse am Kochen zeigte. Doch als das nichts brachte, eskalierte sein Feldzug. Er warf Brian vor, kein Mann zu sein, beschimpfte ihn fürchterlich und drohte sogar damit, die Leidenschaft für das Kochen aus ihm herauszuprügeln.

Jills Mom hatte seinen Traum vor dem Sterben bewahrt, indem sie ihn in der Küche der Hales kochen ließ. Als er heranwuchs, hatte er mehr Zeit bei den Hales als in seinem eigenen Elternhaus verbracht. Sie waren die Familie gewesen, die er sich immer gewünscht hatte. Seine Eltern hatten sich nach fünfundzwanzig Ehejahren scheiden lassen, als er sechzehn Jahre alt gewesen war. Seitdem hatte er all seinen Zorn, seinen Herzschmerz und seine Verwirrung in seine Speisen strömen lassen.

Meredith hatte ihn gefragt, warum er zurückgekehrt sei. Nun, das war einer der Gründe. Er musste Dare noch etwas beweisen.

„Aha", murmelte er und presste die Zähne zusammen. Er wünschte, sie würde gehen, ehe er dem Drang nachgab, ihr mit einer Aubergine eins über den Kopf zu ziehen.

„Das *Chop House* ist eine gute Adresse für dich. Es geht nichts über ein gutes Steak."

Er hatte darauf spekuliert, dass man ihm im *Chop House* einige kreative Freiheiten lassen würde, nachdem er sich dort bewährt hätte. Es war ein langsamer Prozess gewesen, aber er hatte den Eigentümer überredet, eine Beurre-Blanc-Soße zum Ribeye-Steak auszuprobieren, für die er Lobeshymnen geerntet hatte. Nun gut, sie hatten sie Weißwein-Buttersoße genannt, weil sie den französischen Begriff nicht verwenden wollten.

Er nickte nur. Mit Mrs. Thomilson unterhielt man sich nicht. Man hörte zu – oder gab es zumindest vor.

„Tom Kenders hat uns erzählt, du machst dich gut."

Brian zog eine Augenbraue hoch. Es gefiel ihm nicht, dass sein Chef über ihn sprach, andererseits überraschte es ihn nicht wirklich.

„Er sagt, du hättest dir einige Anregungen in New York geholt, aber du würdest verstehen, dass Dare nicht der Big Apple ist und auch nicht sein will."

„Dare hat immer seinen eigenen Stil gehabt."

„Genau", brummte sie missbilligend und mit einem Lächeln, das eher einer Grimasse ähnelte. „Nun, schön, dich zu sehen. Grüß deine Mutter von mir. Wir vermissen sie."

Wenn die Hölle zufror, würde er sie grüßen. Sie sprachen

nicht miteinander. Drei Monate nach der Scheidung seiner Eltern war sie nach Phoenix gezogen, um einen verklemmten Podologen zu heiraten, den sie im Internet kennengelernt hatte. Ihren Sohn hatte sie mit einem Vater alleingelassen, der sich für ihn schämte und sich keine Mühe gab, ihn zu verstehen. Zum Glück wohnten seine Eltern beide nicht mehr hier. „Natürlich."

Nachdem Mrs. Thomilson gegangen war, ließ er seine verspannten Schultern kreisen und legte die Avocado zurück. Sie war noch nicht reif genug für heute Abend. Er brauchte etwas anderes. Die Brunnenkresse fiel ihm ins Auge, dann griff er noch nach einer glänzenden Clementine. Er könnte Pekannüsse mit Honig und Bourbon rösten. Die Kombination würde die Basis für einen grandiosen Salat ergeben. Er steckte alles ein und schlenderte durch die Gänge.

Sich mit Jill selbstständig zu machen würde jene verstummen lassen, die jemals behauptet hatten, er wäre schwul oder ein wenig verrückt, weil er den Kartoffelsalat für das Gemeindefest mit Safran verfeinert hatte. *Sie können mich mal, Mrs. Thomilson.* Er schob seinen Einkaufswagen in die Fleischabteilung.

Meredith war nicht die Einzige, die erfahren wollte, warum er zurückgekehrt war. Jeder fragte sich das. Niemand von ihnen wusste, dass es keinen Ort gab, wohin er sonst hätte gehen können. Bei seinem Versuch, es in New York zu schaffen, hatte er verbrannte Erde hinterlassen, und jetzt musste er sein Ansehen wiederherstellen und sich über ein paar Dinge klar werden.

Dann würde er wieder gehen. Zurück in ein Restaurant mit einem Michelin-Stern. Bitte, lieber Gott!

Zumindest war das der Plan gewesen, ehe Jill wieder auf der Bildfläche erschienen war. Natürlich war er zum Teil gerade wegen Jill zurückgekommen, aber er hatte nicht geahnt, wie stark ihn das bewegen würde. Er hatte nicht geahnt, dass ihre Lebensfreude ihn sofort anspringen und an der Gurgel packen würde.

Es war ihm schwergefallen, das Mädchen unberührt zu verlassen.

Und er glaubte nicht, dass er die Frau nehmen und der Gleiche bleiben könnte.

Sein Telefon läutete, und als er die Nummer erkannte, blieb ihm das Herz stehen. Warum zum Teufel rief Simca ihn nach all der Zeit an? Dies war der dritte Tag in Folge. Er hatte nicht abgenommen, auch wenn ein Teil von ihm erfahren wollte, warum seine frühere Geliebte versuchte, Kontakt mit ihm aufzunehmen.

Ihr und ihrem Ehemann gehörte das Restaurant, in dem Brian in New York gearbeitet hatte. Sie hatte Brian erzählt, ihre Ehe sei vorbei, und sie hatten eine Affäre angefangen, während ihr Mann im Ausland ein neues Restaurant eröffnete. Sobald er zurück war, feuerte er Brian vor der gesamten Küchenmannschaft. Und um dem Ganzen die Krone aufzusetzen, beschuldigte er ihn, geheime Familienrezepte gestohlen zu haben. Am Ende der Beziehung stand Brian mit einem Bündel Was-wäre-wenns und Warums da – was ungefähr so befriedigend war wie ein Beilagensalat nach einer langen Wandertour.

War das nicht ein weiterer Grund, um sich nicht in eine intensive Beziehung mit Jill zu stürzen? Er schnaubte. Genau. Was zwischen ihnen war denn nicht intensiv?

Brian drückte auf „Ablehnen“ und legte das Telefon beiseite, dann schob er den Einkaufswagen sorgsam weiter. Nein, er hatte Simca nichts mehr zu sagen. Er war hier. Und die Vergangenheit musste Vergangenheit bleiben.

Davon hing seine Zukunft ab.

Die Fleischabteilung lockte wie eine Sirene und flüsterte: *in der Pfanne geröstet, gebraten, gekocht.* Die aufreizende

Stimme löste die Knoten in seinem Magen. So viele Möglichkeiten. Er stand da und ließ der Inspiration freien Lauf, während die Einkaufswagen um ihn herum langsamer wurden und die Kunden ihn beobachteten.

Er hörte andere geflüsterte Stimmen aus der Vergangenheit – sowohl aus Dare als auch aus New York –, aber er blendete sie aus.

3. Kapitel

Dares Dreigestirn der Wahrheit, wie die Einwohner sie scherzhaft nannten, kam in ihr Café. Zwei Generationen von Journalisten betrieben die Tageszeitung der Familie Hale, den *Western Independent*, eine der führenden unabhängigen Tageszeitungen des Landes. Jills Großvater hatte den Verlag gegründet, als der Preis für Kaffee noch fünf Cent gewesen war. Seitdem hatte er das zeitlose Getränk mit unzähligen Präsidenten und Herrschern weltweit geteilt. Jetzt hatte ihre Schwester den Posten ihres Vaters übernommen, der sich jüngst zurückgezogen hatte, und ihr Großvater hätte darüber nicht glücklicher sein können. Da nun auch noch Merediths neuer Ehemann das Team verstärkte – ein ehemaliger Auslandskorrespondent –, lag so viel Energie in Arthur Hales Schritten, wie es bei einem Mann in den Siebzigern nur möglich war.

Wie immer hielt Meredith Händchen mit Tanner, und er blieb stehen, um Großvater Hale die Tür aufzuhalten. Wer das alte Schlitzohr nicht besser kannte, hätte annehmen können, sein finsterer Blick resultiere aus einer Abneigung gegenüber Jills Laden. Aber auch wenn er über ihren albernen Kaffee und die Preise meckerte, war das alles nur Theater. Ein bisschen Aufregung hielt sein Herz am Schlagen, und Jill wusste das genau.

„Bist du in der Stimmung für einen Himbeer-Mokka, Grandpa? Gerade rechtzeitig zum Valentinstag."

Seine buschigen Augenbrauen schnellten in die Höhe. „Bist du verrückt? Gib mir verdammt noch mal einen normalen Kaffee. Unverständlich, warum Leute Obst in ihrem Kaffee wollen. Zu meiner Zeit …"

„Die Leute vermischen auch Obst mit Götterspeise, Marshmallows und Schlagsahne und nennen es Salat", unterbrach Jill ihn und trommelte mit ihren pinkfarbenen Fingernägeln auf den Tresen. „Zu meiner Zeit bestand Salat aus Salatblättern und ..."

„Hi, Jill", mischte Tanner sich ein, dessen dunkle Haare und Augen ihrem Mokka-Espresso Konkurrenz machten. „Ich hätte gern einen Caffè americano. Und meine wunderschöne Frau nimmt einen ..." Er studierte die Tafel, dann wandte er sich um und sah Meredith an. Die Energie zwischen ihnen wirkte, als hätte Zeus einen Blitz vom Himmel gesandt. Neidisch seufzte Jill. Würde es zwischen Brian und ihr jemals so sein?

„Oh, um Himmels willen", murmelte ihr Großvater. „So sind sie die ganze Zeit. Bestell diesen Obstkaffee. Irgendwas, damit dieser schmalzige Blick ein Ende hat."

Tanners Schultern bebten vor Lachen. „Schmalziger Blick? Wow, das ist echt ein Ausdruck von früher."

„Na ja, ich bin eben auch uralt. Ich kann nicht fassen, dass ich für diesen Kaffee und diese Konversation den langen Weg durch die Kälte gelaufen bin. Meine Hüfte." Um Aufmerksamkeit heischend klopfte er dagegen.

Jill verdrehte die Augen. Um seine Gesundheit könnte es nicht besser stehen. „Mere?"

„Der mit Himbeeren klingt köstlich."

Tanner nestelte in seiner Brieftasche. „Wir diskutieren gerade über ein neues Editorial, deshalb brauchten wir eine neutrale Umgebung. Die zwei hier sind ziemlich hart rangegangen."

„Und du bist was?" Meredith runzelte die Stirn. „Jimmy Carter in Friedensgesprächen? Zufällig erinnere ich mich ..."

Jill griff nach seinem Zwanziger, verschwand, um den bestellten Kaffee zuzubereiten, und scheuchte ihre Barista Margie fort. Wenn sie die Journalisten herauskehrten, war mit ihnen nicht zu reden.

Sie vergewisserte sich, dass auf dem Becher ihres Großvaters kein einziger Wasserfleck war, sonst hätte er ihr die Hölle heißgemacht. Manche Familien klopften einem auf die Schulter, um ihre Liebe und Unterstützung auszudrücken. Andere Familien neckten sich. Die Familie Hale hätte den Emmy für die beste Comedy gewonnen.

Der neue Himbeer-Kaffee, den sie für den Valentinstag kreiert hatte, ließ sie an Brian denken. Natürlich. Würden sie am Valentinstag irgendetwas unternehmen, wenn sie heute Abend ihr erstes Date hatten? Es war nur noch eine Woche bis dahin.

„Hier kommt euer Kaffee“, rief sie.

Automatisch griffen sie nach ihren Bechern, während sie ihre Diskussion über das Gesundheitssystem fortsetzten. Sie gingen zum Tisch und grüßten auf dem Weg dorthin andere Gäste. Die kleine Gruppe war so auf sich konzentriert, dass es schwerfiel, sich nicht ausgeschlossen zu fühlen.

Normalerweise machte es ihr nichts aus, nicht Teil des Hale-Journalisten-Clubs zu sein, aber wenn das Dreigestirn der Wahrheit in ihrem Café saß, nagten die alten Gefühle, das schwarze Schaf der Familie zu sein, an ihr.

Don't Soy With Me war unbestreitbar ein Erfolg, aber sie wollte mehr. Einige Leute fanden ihr Lokal „zu süß, um es in Worte zu fassen“. Mann, es war verlockend, ihnen ein Croissant in den Mund zu stopfen. Sie sehnte sich danach, Dare und ihrer Familie zu zeigen, dass sie etwas Großes schaffen konnte, so groß wie die Zeitung der Familie.

Am meisten aber wollte sie es sich selbst beweisen. Und gemeinsam mit Brian ein Restaurant zu eröffnen, schien die Eintrittskarte zu sein. Außerdem hätte das den zusätzlichen Vorteil, ihn hier zu halten.

Margie stupste sie in die Hüfte. „So in Gedanken?“

„Ich hatte nicht genug Kaffee heute Morgen.“

„Lass mich dir etwas ganz Spezielles machen.“ Ihr Augenbrauen-Piercing funkelte im Licht.

„Danke."

Jill wandte sich ab. Jemma hatte das immer für sie gemacht. Ihre beste Freundin hatte ihr geholfen, *Don't Soy With Me* zu entwickeln. Sie blickte auf die Gedenktafel, die sie an der hinteren Wand nach Jemmas Tod angebracht hatte. Auf der einen Seite sah man ein Foto von ihr, auf der anderen stand die Inschrift: *Unser Kaffee-Engel. Du wirst immer in unseren Herzen sein.*

Das Läuten des Telefons riss sie aus ihren Tagträumen.

Margie klemmte sich den Hörer zwischen Ohr und Schulter. „Klare Sache." Dann legte sie das Telefon ab. „Hey, es ist der Typ mit der sündhaft schönen Stimme, der dich immer wieder anruft und keine Nachricht hinterlassen will. Ich bin fast traurig darüber, dass du hier bist, denn ich hatte mich schon auf seine Anrufe gefreut."

Beim Gedanken an das Geheimnis kicherte Jill. „Nun, ich muss nur in Erfahrung bringen, was er will."

„Wart's nur ab. Seine Stimme … die ist wie eine französische Schokoladentarte."

„Im Ernst?"

Margie deutete eine Ohnmacht an. Jill ging zurück in ihr Büro. Dieser Anruf sollte besser so spannend sein wie angekündigt. Wenn es irgendein Perverser war, der wissen wollte, was sie anhatte, dann würde sie Peggy später anrufen. Ihre Freundin könnte dann den Deputy Sheriff herauskehren, wobei sie angeregt darüber reden würde, wie das Gesetz mit Verrückten umgehen sollte, bevor diese zu einer Bedrohung wurden. Die seltsamsten Dinge verbesserten Peggys Laune.

Jill schmunzelte beim Anblick ihres Schreibtischs, der seit Kurzem violett gestrichen war. Sie hatte ihn neu lackiert, damit er zu ihrem Couchtisch zu Hause passte. Mit den roten und gelben Wänden, dem grünen Stuhl und dem Gemälde einer blauen Lagune an der Wand schrie ihr Büro förmlich nach Regenbogen und Einhörnern. Sie liebte es.

„Hallo. Hier spricht Jill Hale."

„Miss Hale, Sie sind schwer zu erreichen. Mein Name ist Mac Maven."

Seine Stimme verursachte tatsächlich einen wohligen Schauer. Französische Schokoladentarte passte perfekt. „Mr. Maven, wie kann ich Ihnen helfen?"

„Ich würde mich gern mit Ihnen treffen, um Ihnen ein geschäftliches Angebot zu unterbreiten. Wir haben einen gemeinsamen Freund, Jack Higgins."

Was um alles in der Welt konnte das bedeuten? Jack war ein Stammgast, der in letzter Zeit häufiger als üblich kam. Erst vergangene Woche hatte er eine Menge Fotos von ihrem Laden gemacht und ihr erklärt, er wolle versuchen, einige Freunde im Silicon Valley davon zu überzeugen, wie kultiviert es in Dare zuging, damit sie zu Besuch kämen. War dieser Typ einer von ihnen? Jack hatte Millionen verdient da draußen, bevor er mit seiner Frau und den zwei Kindern in die kleine Stadt gezogen war, um ein weniger hektisches Leben zu führen, und nebenbei machte er Unternehmensberatungen. Was sie wirklich an ihm schätzte, war seine Bodenständigkeit angesichts all seines Geldes und Erfolges.

„Jack ist ein großartiger Typ. Ich würde mich gern mit Ihnen treffen." Und wenn es nur war, um Jack einen Gefallen zu tun. „Was schlagen Sie vor?"

„Nun, das ist etwas kompliziert." Er machte eine Pause. „Ich weiß, dass es ziemlich ungewöhnlich ist, aber meine Geschäftsinteressen erfordern ein Geheimhaltungsabkommen. Jack kann sich für mich verbürgen, wenn Sie skeptisch sind."

Sie drehte ihren Glück bringenden Flying-Purple-People-Eater-Stift im Kreis, weit davon entfernt, fasziniert zu sein. „Ein Geheimhaltungsabkommen, hm?" Nun, das klang ganz nach Silicon Valley.

Sein Lachen brach förmlich hervor – ein voller, leichter Klang. „Nein, nichts dergleichen. Es ist nur eine Formalität.

Ich würde gern darauf verzichten, aber darüber wären meine Anwälte unglücklich, und sie würden es als Grund anführen, um ihre Gebührensätze zu erhöhen."

Dieses Mal war es an ihr zu lachen. Sie hatte Stanley Kepok als Honoraranwalt, aber er war der Jurist der Zeitung und stellte ihr keinen Cent in Rechnung. „Ich habe schon so etwas gehört."

„Warum schreiben Sie sich nicht meine Nummer auf und rufen Jack an, um sich über mich zu erkundigen? Und dann können Sie mich zurückrufen."

Er nannte ihr seine Mobilnummer, und sie schrieb sie mit. „Okay, aber ich sollte Sie warnen. Ich denke gerade über ein anderes Geschäftsprojekt nach." Brains attraktives Gesicht tauchte vor ihrem inneren Auge auf.

„Sie wirken auf mich wie jemand, den ein Angebot faszinieren könnte, das mit einem Geheimhaltungsabkommen zusammenhängt."

„Da haben Sie recht, aber mein Partner und ich kennen uns schon lange."

„Ah", murmelte er, und sie wünschte, Margie wäre an ihrer Stelle am Telefon. Jill interessierte sich für niemanden außer für Brian, aber die Stimme dieses Mannes verursachte ihr ein Kribbeln.

„Wie lange?"

„Seit meiner ersten Selbstständigkeit. Einem Limonadenstand."

„Und wie lief der?"

„Wir haben Geld gescheffelt. Ich habe meinen Großvater überzeugt, eine Anzeige in unserer Zeitung aufsetzen zu dürfen. Dann habe ich meine Mutter dazu gebracht, alle frischen Zitronen in Dare zu kaufen und uns zu helfen, Kekse zu backen. Mein Partner meinte, Haferflocken-Rosinen-Plätzchen würden besser gehen als die mit Schokoladenstückchen. Sie sind nicht so süß." Sie hielt einen Moment inne, die

Erinnerung ließ es ihr warm ums Herz werden. „Er hatte recht."

„Sie sind also dazu ausersehen, wieder Limonade aus Zitronen zu machen?"

„So etwas in der Art."

„Tun Sie mir nur einen Gefallen. Rufen Sie Jack an."

„Okay, aber ich kann nichts versprechen."

„Es ist spannend."

„Stopp. Sie sind ja schlimmer als ein Rattenfänger."

„Okay. Und, Jill, ich muss nur noch eine weitere Sache sagen, Pfadfinderehrenwort. Nach allem, was ich über Sie und Ihr Café gehört habe, kann ich es kaum erwarten, Sie kennenzulernen. Schönen Tag noch."

„Danke", brachte sie heraus. „Ihnen auch."

Nachdem er die Verbindung unterbrochen hatte, starrte sie auf das Telefon. Sie war jetzt tatsächlich gespannt, deshalb startete sie ihren Laptop und schickte Jack eine E-Mail mit der Bitte um weitere Informationen. Dann suchte sie im Internet. Macs Name wurde schon vorgeschlagen, bevor sie auch nur drei Buchstaben eingegeben hatte.

Als sie sein Foto sah, hätte sie beinahe Margie hereingerufen. O mein Gott. Der Blick aus seinen grünen Augen schien sein Gegenüber zu verfolgen – so in der Art, wie man es von hervorragenden Porträts sagte. Er hatte hohe Wangenknochen und ein schelmisches Lächeln, sein glattes Haar war so dunkelbraun, dass es fast schwarz wirkte. Und in seinem Kinn hatte er ein Grübchen. Er schien etwa in Tanners Alter zu sein – Mitte bis Ende dreißig. Wow! Er hätte in einer Seifenoper mitspielen können.

Als sie seine Biografie entdeckte, hockte sie sich hin. Mac Maven war einer der größten Pokerspieler, und ihm gehörte ein Unternehmen namens Four Aces Incorporated. Es war spezialisiert auf Boutique-Hotels für die Pokerwelt – nicht der Typ dieser riesigen Casinos mit protzigen Ausgabeautomaten. Er war definitiv kein Typ aus dem Silicon Valley. Sie lachte.

„Vielleicht will er ein Franchise meines Cafés für seine Hotels.“ In seinen edlen Restaurants beschäftigte er berühmte Küchenchefs, aber eine Kaffeehauskette gehörte nicht dazu. Das wäre eine Möglichkeit. Jill vollführte einen kleinen Tanz in ihrem Sessel.

Er war einer der ganz Großen. Und er wollte sie haben. Die entscheidende Frage war: Wofür?

Sie konnte sich nicht mehr bremsen, wie immer. *Das hier könnte so viel größer sein als jedes Restaurant,* flüsterte die Geschäftsfrau in ihrem Innern ihr ins Ohr.

Sie war ein schrecklicher Mensch. Sie glaubte, größer wäre besser.

Nun, Brian und sie hatten nur darüber *gesprochen*, ein Lokal zusammen zu eröffnen. Er hat noch nicht zugestimmt, fügte die leise Stimme hinzu. Sie musste abwarten, was Jack sagen und wie sich die Dinge mit Brian entwickeln würden.

Dann schaltete sie ihren Laptop aus, damit sie sich wieder auf das Hier und Jetzt konzentrieren konnte.

Sie musste sich auf ein Date vorbereiten. Eines, auf das sie ihr ganzes Leben lang gewartet hatte.

4. Kapitel

Deputy Sheriff Peggy McBride fuhr auf dem Nachhauseweg durch ihre Straßen, wie sie diese mittlerweile nannte. Erst vor einem Monat waren sie und ihr siebenjähriger Sohn von Kansas nach Dare gezogen, um in der Nähe ihres Bruders Tanner zu leben und weil Peggy hier einen neuen Job angenommen hatte, doch es fühlte sich schon so an, als gehörte sie hierher.

In ihrem täglichen Wettkampf hatten die Berge die Sonne einmal mehr besiegt und hüllten die Stadt in ein gespenstisches Zwielicht. Peggy hatte sich noch nicht an die Erhabenheit der Natur gewöhnt, die so anders war als die Hügel der Prärie in Kansas, wo Stürme, die sich zusammenbrauten, schon meilenweit zu sehen waren.

Sie fuhr die Adler Street hinunter, als sie Jill sah, die gerade zu ihrem Wagen ging und gekleidet war wie eine Frau, die noch etwas vorhatte. Peggy würde ihren Arsch darauf verwetten, dass Jill zu Brian fuhr. Sie fuhr mit ihrem Wagen heran und ließ die Scheibe hinunter.

„Planen Sie irgendetwas Illegales heute Abend, Miss Hale?"

Jills Augen blitzten, ein schelmisches Lächeln breitete sich auf ihrem Gesicht aus. „Ich bin nicht sicher, ob ich einer Polizistin etwas vom Gesetz erzählen sollte."

„Ich muss jetzt die Babysitterin ablösen, aber hast du Zeit, ein paar Minuten rüberzukommen und mir alles darüber zu berichten?"

Es fiel Peggy nicht leicht, Freundschaften zu schließen. Sie verstand das männliche Geschlecht besser. Peggy wusste, wie man mit einem Queue beim Billard umging – und mit einer

Waffe. Sie war nicht beleidigt, wenn Männer rülpsten oder sich in den Schritt fassten, und sie konnte den Bad Cop so gut spielen, dass ihre Kumpel scherzten, sie lasse deren Eier verschrumpeln. Aber sie versuchte, Nähe zu Jill aufzubauen, insbesondere da Jill die Schwester ihrer Schwägerin war und somit ein Teil ihrer neuerdings erweiterten Familie.

Außerdem unterhielt sie niemand wie Jill, die sich immer benahm, als wäre sie gerade auf Droge – allerdings auf eine positive Art, nicht auf diese Bring-mich-ins-Kittchen-Weise.

Jill kam näher und schob ihren Ärmel hoch. Selbst in der Dämmerung war ihre lilafarbene elektrische Uhr mit den künstlichen Edelsteinen nicht zu übersehen. „Ich wollte mir gerade einen neuen Lipgloss kaufen, aber ich verhalte mich schon neurotisch. Pink Passion genügt völlig. Und jetzt kann ich die gewonnene Zeit gut für ein Gespräch unter Mädels nutzen. Danke."

Ein Gespräch unter Mädels, dachte Peggy. *Was trinken die Leute noch mal dazu? Tee?* „Okay, wir sehen uns dann gleich."

Die stillen Straßen von Dare zogen sie in ihren Bann, als sie weiterfuhr. Eltern kamen von der Arbeit heim und begrüßten ihre Kinder am Garagentor. In schlichten Giebelhäusern flammten die Lichter auf.

Als Peggy ankam, wartete Jill schon vor ihrer Haustür.

„Wie um alles in der Welt hast du mich überholt?", wollte Peggy wissen, als sie aus dem Wagen stieg.

Ihre Freundin schlenderte zu ihr herüber. „Du fährst wie eine alte Dame. Ich dachte, als Deputy hätte man den Vorteil, niemals ein Strafmandat wegen zu schnellen Fahrens zu bekommen."

„Von Polizisten wird erwartet, sich das Gesetz zum Vorbild zu nehmen *und* es durchzusetzen", erwiderte Peggy affektiert.

„Klingt nach einem schlechten Deal. Ich liebe es zu rasen."

Peggy lachte und steuerte aufs Haus zu. „Lass mich nur meine Babysitterin bezahlen. Dann mache ich dir Tee."

„Ich hasse Tee."

„Gott sei Dank. Ich dachte schon, wir müssten *Little Women* nachspielen."

„Ich mag *Little Women.*"

Peggy schloss auf und ging hinein. Das Trappeln der Füße, das sofort einsetzte, war der Höhepunkt ihres Tages – jeden Tag.

„Mom!" Keith kam um die Ecke gerannt, herausgeputzt in einem Superman-Sweatshirt und einer blauen Jogginghose. Auf einer seiner Wangen zeichneten sich rote Linien ab – das lag an seiner Angewohnheit, mit einer Hand unter dem Kinn Fernsehen zu schauen. Als sie sich hinunterbeugte, um ihn zu umarmen, schlang er ihr die Arme um die Taille.

„Mann, ich hab gedacht, du würdest nie kommen. Können wir heute Abend Pizza essen?"

„Nein, die hatten wir erst am Sonntag. Sag Jill Hallo."

Jill trat durch die Tür, nachdem sie ihre Stiefel abgetreten hatte, bückte sich und breitete die Arme aus. „Wie geht's meinem Lieblingskumpel?"

„Jillie", schrie Keith, und es klang wie ein Schlachtruf. Dann ließ er sich in ihre Arme fallen. Ihre große Zuneigung beruhte auf Gegenseitigkeit. Die meisten Menschen mochten Keith auf Anhieb. Peggy wusste nicht, woher er dieses aufgeschlossene Wesen hatte – ganz sicher nicht von ihr oder ihrem Exmann, der ebenfalls Polizist war.

„Mom, jetzt *müssen* wir Pizza machen. Jill, oder willst du keine?"

„Leider nicht. Ich muss gleich rüber zu Brian. Ich bin nur für ein Gespräch unter Mädels gekommen. Eure Wohnung gefällt mir", fügte sie hinzu und sah sich um. „Ihr habt euch schon ziemlich häuslich eingerichtet."

„Ja, Mom hat alles aufgebaut. Ich hab ihr gesagt, wenn die Bilder nicht gerade hingen."

Ihren Sohn aus Kansas zu entwurzeln, war Peggy nicht schwergefallen. Niemand wollte lieber in der Nähe von Onkel Tanner wohnen als Keith. Okay, sie kam gleich an zweiter Stelle. Sie liebte ihren Bruder von ganzem Herzen. Verdammt, er hatte sie praktisch großgezogen, nachdem ihr Dad sie verlassen hatte. Und ihr Ex war mehr oder weniger von der Bildfläche verschwunden: Er dachte kaum daran, mal anzurufen oder den Unterhalt für Keith zu bezahlen.

„Das Haus sieht großartig aus, aber es könnte mehr Farbe vertragen“, stellte Jill fest.

Peggy schüttelte sich. „Auf keinen Fall. Ich mag Weiß und Grau.“ Sie betrachtete die Landschaftsdrucke an der Wand und dachte an die Modelleisenbahn, die sie noch nach Mitternacht zusammengebaut hatte. Es war eindeutig nicht Jills Stil. Peggy sehnte sich nach Ordnung und klaren Linien – es war ein Rückzugsort für Keith und sie. Sie konnte ihm keinen Vater und kein normales Familienleben bieten. Die Art, wie ihr Ex sie hintergangen hatte, hatte jede Möglichkeit zunichtegemacht. Sie versuchte, es Keith so wenig wie möglich spüren zu lassen. Sie wollte nicht, dass er dachte, ihm würde irgendetwas fehlen.

„Keith, möchtest du nicht ein pinkfarbenes Zimmer?“, erkundigte sich Jill.

Die würgenden Geräusche, die er machte, waren ein bisschen zu echt.

„Ich mache uns einen Kaffee“, sagte Peggy. Dann erkannte sie die Ironie. Sie kochte Kaffee für eine Caféinhaberin. Und sie hatte keine andere Sorte als die supergünstige Marke, die es im Lebensmittelladen gab, nichts Exotisches aus dem Ausland, mit dem Jills Laden warb. Vielleicht würde ihre Freundin es nicht bemerken, wenn sie genug Milch und Zucker hinzufügte.

Sie bezahlte die Babysitterin, die geduldig in der Küche gewartet hatte, und verfeinerte den Kaffee so gut es ging, während Keith und Jill mit ihrem Schal Tauziehen spielten.

Nachdem sie den Küchentisch gedeckt hatte – mit Papierservietten statt des üblichen Küchenkrepps –, schickte sie Keith hinaus, damit Jill und sie reden konnten. Er schaltete vor dem Fernseher wieder gedanklich ab und sah sich die *Toy Story* zum vielleicht siebentausendsten Mal an.

Jill nippte an dem Kaffee, den Peggy zusammengebraut hatte. Peggy bemerkte, wie sie zusammenzuckte.

„Ist er so schlecht?", erkundigte sie sich.

„Er ist okay."

„Bitte, ich verhöre mein Leben lang Menschen. Lass mich dir etwas anderes machen."

„Ist es Instantkaffee?"

„Nein, aber den habe ich, wenn du ihn lieber möchtest." Als sie das blanke Entsetzen auf Jills Gesicht sah, lachte sie auf. „Ich kann mich noch sehr gut daran erinnern, wie ich als Berufsanfängerin Instantkaffee getrunken habe."

„Das weckt in mir den Wunsch, Polizisten auf der ganzen Welt zu retten."

„Wenn du ständig Schichtdienst hast, hörst du auf, den Geschmack wahrzunehmen."

„Stopp. Mir kommen die Tränen." Jill tat so, als müsste sie sich über die Augen wischen. „Also, da ich heute Abend ein *echtes* Date habe – was hältst du von meinem Outfit?" Sie sprang auf und schwang herum.

Peggy stand der Mund offen. Mädchen drehten sich füreinander im Kreis? Gott sei Dank hatte sie keinen Gummiknüppel im Haus. Genau deshalb fühlte sie sich unwohl damit, Freundinnen zu haben.

„Ich bin nicht gerade die Modepolizei."

„Haha. Aber du kannst mir sagen, ob es geht, oder?"

Konnte sie das? Sie ordnete das, was sie sah, ein, als wenn sie einen Verdächtigen beschreiben würde. „Das grüne Sweatshirt passt zu deinen Augen. Die Jeans sind knackig eng, falls du es darauf abgesehen hast. Und es bringt alles …" Sie deutete auf den tiefen V-Ausschnitt. Auf keinen Fall würde sie über Brüste reden, wenn ihr Sohn im Nebenraum war. „Es sieht … gut aus."

Jill verdrehte die Augen. „Sehr ermutigend. Könnte ich einen Mann des Gesetzes zu etwas Illegalem verführen?"

Sie zuckte mit den Schultern. „Um Himmels willen, was hast du dir angesehen?"

„Okay, nächstes Mal fahre ich zu Mere, aber Tanner und sie sind noch im siebten Himmel, deshalb will ich dort nicht unerwartet auftauchen."

„Bitte, er ist mein Bruder." Sie wollte auf keinen Fall auf diese Weise an ihn denken.

„Verstanden."

„Es muss was Ernstes zwischen dir und Brian sein, wenn er für dich kocht."

Jill schlug mit der Hand auf den Tisch. „Ja, endlich! Wir haben zwar schon was zusammen unternommen, aber dies ist unser erstes echtes Date. Ich habe ihn gefragt."

„An so etwas kann ich mich gar nicht erinnern. Ich bin eine alleinerziehende Mutter. Ich sehe mir Comics an, höre Kindermusik und baue bis spät in die Nacht Spielzeug zusammen."

„Du musst häufiger ausgehen. Wir sollten einen Mädelsabend in *Hairy's Pub* machen. Du darfst auf dem Schoß des Kobolds sitzen."

Peggy ließ ihre Knöchel knacken. „Davon träumst du auch nur. Erzähl mir lieber von Brian und dir."

Statt zu antworten, rührte Jill ihren Kaffee mit einem Löffel um. Nach einer Weile sagte sie: „Wenn jemand nicht über seine Vergangenheit reden möchte, heißt das normalerweise, dass etwas Schlimmes passiert ist, richtig?" Ganz offensichtlich hatte sie darüber schon eine Weile nachgedacht. „Brian sagt mir nicht aufrichtig, warum er heimgekehrt ist."

Peggy sah auf die Uhr und beschloss, nebenbei für Keith Makkaroni mit Käse zuzubereiten, dann wären sie in zwanzig Minuten fertig. Sie stand auf und zog das Gefrierfach auf.

„Warum fragst du ihn nicht einfach? Ich bin sicher, er hat sich nichts zuschulden kommen lassen. Vielleicht ergründet er noch, wie viel er mit dir teilen will. Du hast es ihm anfangs nicht leicht gemacht, als er wieder in die Stadt gekommen ist."

Jill nahm einen Topf aus dem Ofen und füllte ihn mit Wasser.

Peggy blieb wie angewurzelt stehen. „Danke."

„Wofür?"

„Für deine Hilfe." Peggy drehte sich um, und das Gefühl von Unbehaglichkeit stellte sich wieder ein. Sie war es nicht gewohnt, dass ihr jemand half. Und ganz sicher war sie keine Hilfe gewohnt, ohne darum gebeten zu haben. Nun, mit Ausnahme von Tanner.

„Ich bin der Alles-oder-nichts-Typ", stellte Jill klar. „Ich weiß nicht, ob ich mit ihm Zeit verbringen kann, ohne mehr zu wollen … und das macht mir Angst."

Peggy riss die Schachtel auf. „Inwiefern?"

„Ich will nicht noch einmal verletzt werden. Als wir zusammen aufgewachsen sind, war Brian ein offenes Buch für mich. Dann hat er mir das Herz gebrochen, ist verschwunden und auf eine Kochschule gegangen, an der er sich einfach hinter meinem Rücken beworben hatte."

Peggy schüttete die Makkaroni in den Topf, und das Wasser wurde trübe. „Du vertraust ihm nicht?"

„Nicht ganz." Jill biss sich auf die Lippe. „Außerdem ist da noch diese andere Sache, die ich noch niemandem erzählt habe. Ich war in jener Nacht auf der Halloweenparty, als Jemma starb, mit Brian zusammen …"

Angesichts der Röte, die sich über Jills Gesicht ausbreitete, ließ Peggy den Löffel fallen, mit dem sie die Makkaroni umgerührt hatte. „Ihr wart *zusammen*?", wiederholte sie mit gedämpfter Stimme.

Jill zog an einer Locke. „Wir waren draußen auf der Veranda“, erklärte sie. „Er hat mich gepackt und geküsst, und es wurde … heiß. Ich weiß nicht, was passiert wäre, wenn …“ Ihre Augen füllten sich mit Tränen. „Dann hörten wir Leute Jemmas Namen schreien und rannten hinein. Seither frage ich mich immer wieder, ob ich sie hätte retten können, wenn ich nicht mit Brian zusammen gewesen wäre. Ich glaube, das ist der Grund, aus dem wir die Sache platonisch lassen, auch wenn wir mehr füreinander empfinden.“

Die Schuldgefühle von Hinterbliebenen waren ein extremes Miststück, aber Peggy wusste damit umzugehen. Sie trat näher auf Jill zu und sah ihr direkt in die Augen. „Es gab nichts, was du hättest tun können. Ich weiß, es ist schwer, aber mach nicht den Fehler und glaube auch noch, du hättest sie retten können. Wenn jemand einen unerkannten Herzfehler hat, der verrücktspielt, gibt es nicht viel, was jemand tun könnte. Und schon gar nicht ohne einen Defibrillator. Es ist tragisch, aber es war nicht deine Schuld.“

Jills Schluchzen ließ Peggys Knie weich werden. Sie hasste es, andere weinen zu sehen. Sie griff nach der Serviette und reichte sie ihrer Freundin.

Jill seufzte auf. „Ein Teil von mir weiß das. Aber der andere kann es noch nicht akzeptieren.“

„Das wirst du. Und höre auf den Profi hier. Diese Tragödie ist noch etwas, das Brian und du teilt. Und zusätzlich zu allem anderen, was euch verbindet, ist das eine ganze Menge.“

„Du hast recht.“

„Und ihr wollt zusammen einen neuen Laden eröffnen“, sagte Peggy kopfschüttelnd. „Du nimmst dir ganz schön was vor.“

Jill straffte die Schultern, und die Röte verblasste. „Das tue ich immer. Ich muss mich weiterentwickeln. Die Arbeit erfüllt mich, und es wird mir helfen, mich auf etwas Neues zu konzentrieren.“

„Dann tu das – mit oder ohne Brian. Mach dir einen schönen Abend, aber höre auf dein Bauchgefühl und lass es langsam angehen. Tief in deinem Innern gibt es vielleicht einen guten Grund dafür, wenn du ihm nicht vertraust."

„Danke, Peg." Jill tätschelte ihre Schulter. „Ich muss mich beeilen. Keith, komm, gib mir einen Abschiedskuss."

Peggys Sohn stürmte herein und grinste wie ein Verrückter, als Jill ihm einen Kuss auf die Wange drückte. Jill umarmte Peggy nicht, als sie sich an der Tür verabschiedeten. Und Peggy war froh darüber. Das wäre ihr dann doch zu mädchenhaft gewesen.

„Sei vorsichtig", sagte sie, als Jill auf ihrem Weg noch einmal winkte.

„Das habe ich vor."

Als sie die Tür schloss, betrachtete Peggy ihr schlammbraunes Haar und die gleichfarbigen Augen im Dielenspiegel und musste sich fragen – nicht zum ersten Mal –, was sie zu einem Mädchen machte, abgesehen von den weiblichen Körperteilen und ihrem Kind.

5. Kapitel

Brian unterzog Jills Outfit einer sehr langsamen Prüfung, und somit blieb kein Zweifel daran, wie sehr dieser Abend unter Strom stehen würde. Die sexuelle Spannung zischte in etwa so wie das, was da auf dem Herd prasselte und brutzelte.

Sein dunkelblaues Sweatshirt mit dem V-Ausschnitt unterstrich seine starken Schultern, während sein strammer Po und die muskulösen Beine genau in die ausgeblichenen Jeans passten. Ihr lief das Wasser im Mund zusammen – und das nicht nur von dem Duft des Essens.

„Hallo", rief er und zog sie eng an seinen muskulösen, warmen Körper.

Wahnsinn! Der langsame Kuss versetzte sie in Erstaunen und entfachte Verlangen und Lust in ihr. Sie schlang ihre Arme um seinen Hals und tauchte in seinen Kuss ein. Ohne Vorwarnung glitt seine Zunge zwischen ihre Lippen und erforschte ihren Mund mit der gleichen Langsamkeit, in der er sie mit heißem Blick gemustert hatte. Ein Stöhnen kam tief aus ihrer Kehle. Nach all den Jahren der Fantasie war sie Wachs in seinen Händen.

Er unterbrach den Kuss und drückte nun seine warmen Lippen an ihren Hals. Was um alles in der Welt war in ihn gefahren? Sie brauchte einen Moment, um ihren Atem zu beruhigen. Himmel. Sie musste in ein Kuss-Ausbildungslager gehen, um sich für Aktionen wie diese in Form zu bringen. Als er sich von ihr löste, zog sie eine Augenbraue hoch.

„Eigentlich hatte ich angenommen, du würdest mich *nach* dem Dinner küssen", meinte sie, obwohl sie nicht gewagt hatte, das überhaupt zu erwarten.

„Ich konnte mich nicht zurückhalten." Er zwinkerte spielerisch. „Weil ich für dich gekocht habe, warst du den ganzen Tag in meinem Kopf. Ich habe mich gefragt, was du gern hören wirst. Welche Konsistenz dir gefallen würde. Wie du reagieren wirst, wenn meine Gerichte auf deine Zunge treffen."

Wenn sie sich nicht so gut an ihm festgehalten hätte, wäre sie vielleicht zu Boden gestürzt. Meine Güte!

„Ich verstehe", brachte sie mit trockener Kehle heraus und versuchte, Peggys – und ihre eigenen – warnenden Worte aus dem Kopf zu verbannen, damit sie den Moment genießen konnte.

„Es ist auch ein *Ich-bin-froh-dass-du-für-die-Nummer-mit-dem-Feuerwehrwagen-heute-nicht-im-Knast-gelandet-bist*-Kuss."

Sie räusperte sich und flehte, er möge nichts mehr sagen – etwa, er wisse, dass sie eine Stalkerin sei und ernsthafte medizinische Betreuung brauche. „Darüber bin ich auch froh."

Brian half ihr aus der Jacke und streifte ihr ein paar Locken vom Rücken, die sich dorthin verirrt hatten. Dann nahm er sie bei der Hand und führte sie in seine loftähnliche Wohnung. Sie hatte hohe, fabrikartige Decken, und das Erdgeschoss verfügte über einen ausladenden Wohnbereich und eine Küchenzone, die durch eine von Barhockern umgebene Kochinsel abgetrennt war.

Als sie an dem Ledersofa vorbeigingen, beugte Jill sich hinunter, um seine Bulldogge Mutt zu begrüßen, die sabbernd auf dem kleinen Teppich lag. Wie alles in dem modernen Loft waren auch die Wände schwarz, grau und weiß. Ganz offensichtlich gab Brian sich nicht mit Farben ab. Selbst seine Kunstwerke hatten eine monochrome Wirkung. Sie verspürte den Drang, einen Spritzer roter Farbe auf das Bild der Pariser Brücke im Nebel zu geben, das sich über die gesamte Wand zog.

Die Küche war äußerst professionell mit Edelstahlgeräten, schwarzen Granit-Arbeitsflächen und einem riesigen Industrieherd ausgestattet. Die Dosen, in denen er Kräuter und Backzutaten aufbewahrte, waren minutiös beschriftet. *Mann, er hat vier Sorten Mehl – für Nudeln, Weißmehl, Vollkorn und Roggen.*

Er zog sie hinüber zum Herd. „Es gibt Hühnerfrikassee, dazu eine Beurre-Blanc-Soße, Kartoffeln mit frischer Petersilie und einen Brunnenkresse-Salat mit Orangenstückchen und Honig-Bourbon-Pekannüssen."

Wenn sie geglaubt hatte, Wachs in seinen Händen zu sein, war das wohl untertrieben. Da war längst eine Lache zu seinen Füßen. „Wow! Du verwöhnst mich."

„Komm, probier mal."

Der Duft von Zwiebeln, Wein und Kräutern, vermengt mit dem Hühnchenfleisch, zog zu ihr auf und ließ ihr das Wasser im Mund zusammenlaufen. Er hielt ihr den Holzlöffel an die Lippen und legte ihr zärtlich eine Hand auf die Hüfte. Sie öffnete den Mund, war sich seiner Berührung überaus bewusst und fühlte sich ein wenig aus dem Gleichgewicht gebracht. Er fütterte sie, als wenn sie beide Darsteller in einem Stummfilm über das Römische Reich wären – allerdings ohne die saftigen Trauben.

Die samtige Soße ließ ihre Geschmacksknospen fast explodieren. „Oberköstlichst."

„Ist das eine Wortneuschöpfung à la Jill?"

„Vielleicht."

Das verführerische Aroma der Soße entflammte ihre Sehnsucht nach ihm nur noch mehr – Gefühle, die sie ein Leben lang unterdrückt hatte. Wieder verschränkte sie die Arme hinter seinem Nacken und legte ihre Lippen auf seine. Sie wollte, brauchte mehr. Sie fuhr mit den Fingern über seine Kopfhaut, und er senkte den Kopf, um den Kuss zu vertiefen. Ein Holzlöffel fiel klappernd auf die Arbeitsfläche. Die Hitze des Herdes summierte sich mit dem aufsteigenden Glühen in ihrem Körper. Sie riss ihren Mund von seinem los.

„Gott! Ich *liebe* es, dich zu küssen." Die Verbindung, ihre Einheit, die Hitze waren noch großartiger als in ihrer Erinnerung.

„Allerdings", murmelte er an ihrem Hals und löste damit eine Gänsehaut an ihren Beinen aus.

„Und ich werde es absolut lieben, es jederzeit tun zu können, wenn ich will." Sowohl die Dates als auch die Küsse. Dinge übereinander zu erfahren. Peggy hatte recht. Man musste den Dingen ihre Zeit lassen. Damit sie sich entwickeln konnten. Fast hätte sie geschnaubt. Himmel, darin war sie ganz schlecht.

Die warmen Lippen knabberten an ihrem Kinn. „Das ist nicht das Einzige, was ich tun will."

Mit voller Kraft kehrten ihre Bedenken zurück. Sie war noch nicht bereit, mit ihm zu schlafen. Es gab ein paar Dinge, die sie zuerst wissen musste. Über seine Vergangenheit. Was er für sie empfand. Wohin dies hier seiner Meinung nach führen sollte. Ihre Gedanken lösten sich von dem Kuss.

Brian musste ihren Stimmungswandel registriert haben, denn er ließ seine Hände über ihren Rücken gleiten und trat einen Schritt zurück. „Ich weiß, du machst dir nicht viel aus Wein, also hole ich dir ein Bier. Und dann mache ich hier alles fertig." Er hatte an der Bar für zwei gedeckt. Sogar Blumen in eine durchsichtige blaue Vase gestellt. Die Stoffservietten überraschten sie.

„Kann ich dir helfen?", fragte sie, nachdem er ihr ein eiskaltes Ale eingeschenkt und ihr nun den Bierkrug hingestellt hatte.

Er wandte sich um und zog die Brauen zusammen. „Äh …"

Sie bewegte die Hand, als würde sie ein Messer benutzen, und schüttelte ihre Bedenken ab. „Ich … könnte … Brot … schneiden." Sie tat so, als hätte sie keine Ahnung vom Kochen.

Er kicherte. „Entschuldige, ich bin es nicht gewohnt, dass mir … normale Leute helfen."

„Ich bin also jetzt ein normaler Mensch?“

Abrupt trat er auf sie zu und küsste sie direkt auf die Lippen. Dann flitzte er zurück zum Herd. „Nein, du bist der am wenigsten normale Mensch, den ich kenne. Genau das ist der Grund, warum ich dich mag.“ Und damit zwinkerte er ihr erneut über die Schulter vielsagend zu.

Die Aussage „Ich mag dich“ brachte sie nachdrücklich zurück in die Realität. Richtig, sie waren ja noch dabei, sich wieder kennenzulernen.

„Wie war dein Tag?“ Talentiert verzierte er das Essen. Mit einer schwungvollen Handbewegung – wie ein Maler, der seinen Pinsel führt – spritzte er die Soße aus einer durchsichtigen Flasche auf die Teller.

Mac Mavens Anruf kam ihr in den Sinn, aber den wollte sie jetzt nicht zur Sprache bringen, nicht solange sie Brian dazu bringen wollte, ein Restaurant mit ihr zu eröffnen.

„Meredith, Tanner und Grandpa sind heute ins Café gekommen und haben sich über ein Editorial gestritten“, erzählte sie stattdessen.

„Ah, das Dreigestirn der Wahrheit schlägt wieder zu. Erst kürzlich hatten sie ein paar lebhafte Debatten, bei denen es hoch herging. Ich habe gehört, Tanner hat sie dazu gebracht, den Journalismus-Abendkurs am Emmis Merriam zu besuchen, in dem er unterrichtet. Die Studenten fanden es toll.“

„Grandpa hat mir die Hölle heißgemacht, als ich ihm einen Himbeer-Mokka angeboten habe. Er meinte, er versteht nicht, wie jemand Obstkaffee trinken kann.“

Brian säuberte die Ränder der Teller mit einem Geschirrtuch. „Ich liebe seine Bezeichnungen. Er hat in einigen der besten Restaurants der Welt gegessen. Ich wüsste gern, was er über sie sagen würde.“

„Vielleicht zeigt er sich dort von seiner besten Seite.“

„Du weißt, er hat nur Spaß gemacht.“

Sie spielte mit ihrer Serviette. „Schon, aber manchmal fühlt sich das für mich an wie eine scharfe Kante unter meinem Sattel. Ich wollte immer seine Anerkennung gewinnen."

Brian legte das Geschirrtuch beiseite. „Glaub mir, es spielt für ihn keine Rolle, dass du nicht Journalistin bist. Er weiß, wie glücklich du mit deinem Café bist. Er ist stolz auf dich, Jill. Wie wir alle."

„Ärgert es dich manchmal? In einer Stadt zu kochen, wo die Leute sich darüber lustig gemacht haben, dass du Chefkoch werden wolltest?" Seine Familie war erbarmungslos gewesen deswegen. Bis heute konnte sie es nicht fassen, welche entsetzlichen Ausdrücke sein Arschloch von einem Vater ihm entgegengebrüllt hatte, besonders nachdem Brians Mutter aus der Stadt verschwunden war.

„Witzig, dass du das erwähnst." Seine Augen wurden schmal. „Beim Einkaufen bin ich heute Mrs. Thomilson in die Arme gelaufen."

Diese neugierige Klatschtante, dachte Jill und ballte ihre Hände zu Fäusten. „Wer auch immer den Begriff Streitaxt erfunden hat, muss sie im Sinn gehabt haben. Ignorier sie. Diese Frau würde sowieso kein Geld ausgeben, um in einem schönen Restaurant zu essen." Jill sauste zu ihm hinüber und schlang die Arme um ihn. Sein Rücken war hart wie Stahl. „Vertrau mir, du bist der glutheißeste, männlichste Mann, den ich kenne. All die Leute, die dich so entsetzlich beschimpft haben, können Müll essen."

Er stieß ein Lachen aus. „Was für eine Strafe. Danke. Und jetzt geh zurück an deinen Platz und lass mich dich überwältigen."

Sie blieb, wo sie war, und küsste die Stelle zwischen seinen Schulterblättern. Zog die Finger langsam fort. Und lächelte, als er zischend ausatmete.

„Du spielst mit dem Feuer."

„Oh, oh!" Aber sie tat, worum er sie gebeten hatte, und

betrachtete das Spiel seiner Rückenmuskeln, während er die Pekannüsse weiter auf dem Salat verteilte.

Dann präsentierte er ihr den fertigen Teller. „*Voilà.*“

„Unglaublich! Durchgehend fünf Sterne.“ Als sie die weiße Serviette in ihren Schoß legte, begann Mutt hörbar zu schnarchen. „Schläft er eigentlich ständig?“

„Ziemlich viel. Er ist mein Couch-Potato-Hund“, gab Brian zurück und brachte seinen Weißwein mit.

„Du wolltest immer einen Hund haben.“

„Jepp.“ Er deutete auf das Essen. „*Bon appétit.*“

Sie antwortete darauf mit ihrer besten Imitation von Julia Child.

Er schlug sich mit der Hand an die Stirn. „Bitte mach das niemals wieder. Es ist so, als würdest du Gottes Namen missbrauchen.“

„Als würde dich das interessieren.“

„Iss, Jill. Ich will sehen, wie du auf mein Essen reagierst.“

Mit dieser Bemerkung verstummte jegliche Konversation, und es fiel ihr fast schwer, den ersten Bissen der gastronomischen Zauberei zu schlucken, die ihr den Mund wässrig machte. Die Sahnesoße, in der das saftige Hühnchen lag, schmeckte nach einem Hauch Knoblauch und Thymian. Den Kartoffeln haftete nur eine Spur Butter an. Und die Kombination war ein Feinschmecker-Kraftpaket. Die reine Gaumenfreude ließ sie die Augen schließen.

„Gott“, stöhnte sie auf, überflutet von diesem Rausch der Genüsse.

Ohne hinzusehen, spürte sie, wie sein Körper sich neben ihr verspannte. Sie hob die Lider und sah, wie er die Finger in sein Bein krallte, als müsse er sich beherrschen, sie nicht zu packen. Sie räusperte sich in dem Versuch, sich zusammenzureißen. „Hast du Mutt aus New York mitgebracht?“

Er hielt mit der Gabel inne, bevor er sie zum Mund führte. Dann nahm er einen Bissen und kaute. „Nein. Meine Arbeitszeiten waren zu verrückt für einen Hund. Das *Chop House* hat abends nicht so lange geöffnet, deshalb hatte ich beschlossen, dort zu arbeiten, als ich zurückgekommen bin. Außerdem kann ich in der Pause nach Hause laufen, um ihn rauszulassen. Er ist umgänglich, und es ist gut, ihn als Gesellschaft zu haben." Brian spießte eine Kartoffel auf. „Eine Weile habe ich befürchtet, die einzigen Menschen in dieser Stadt, die mit mir reden würden, wären Mutt, Jemma und Pete."

Als sie sich an die Brunnenkresse machte, verblasste etwas von der Magie dieses Abends. Ihre Vergangenheit war ein Minenfeld, und wenn sie beide sich vorwärts bewegen wollten, musste sie selbst aufhören, sich darüber Sorgen zu machen, dass es explodieren könnte. „Bri, ich muss dich etwas fragen", flüsterte sie. „Bist du meinetwegen nach New York und nicht nach Denver gegangen?"

Seine Augen verengten sich, als hätte er die Frage nicht verstanden. Dann seufzte er. „Wie lange hast du das angenommen?"

„Seit du gegangen bist."

„Bist du sicher, dass du die Antwort hören willst?"

Ihr Herz flatterte wie die Flügel eines Schmetterlings, zerbrechlich und behutsam. „Mhm." Vielleicht. Nicht wirklich.

Er schwang auf seinem Barhocker herum und nahm ihre Hand. „Du hast gedacht, es wäre perfekt, wenn wir beide an die Schule in Denver gingen, aber ich wusste, zwischen uns wäre es ernst geworden, wenn ich das gemacht hätte. Ich hatte Angst, ich würde dir nicht geben können, was du brauchtest. Ich wusste, wie fordernd eine Ausbildung zum Koch ist."

„Das ist also ein Ja." Himmel, der scharfe Schmerz in ihrem Herzen ließ sie die Augen zusammenkneifen.

„Wir waren so jung, Jill. Meine Eltern haben direkt nach der Highschool geheiratet, und sieh dir an, was daraus geworden ist."

Sie beide waren keineswegs wie seine Eltern. Eine Spur von Ärger stieg in ihr auf. „Wir mögen jung gewesen sein, aber ich wusste, was ich wollte.“ *Dich.*

Er ließ ihre Hand los. „Du wusstest nicht, was du den Rest deines Lebens machen wolltest. Meine Güte, du wolltest nicht mal zum College gehen. Du hast die Dinge genauso ausprobiert wie ich.“

„Und was hast du herausgefunden?“, wollte sie wissen und hoffte, er würde ihr eine ehrliche Antwort geben.

Die Art, wie er sie mit diesen blauen Augen musterte, die ebenso gut einem Königstiger hätten gehören können, weckte in ihr den Wunsch, sich abzuwenden. „Ich habe herausgefunden, dass ich mehr als alles in der Welt Chefkoch sein möchte.“

Die brennende Entschlossenheit ließ seine Augen wirken wie blaue Flammen. „Warum bist du zurückgekommen, wenn New York sozusagen die Auster für dich war?“

Brian nahm ein Stück Hühnchen. „Weil ich meine Freunde vermisst habe.“ Er räusperte sich und wandte den Blick ab. „Ich wollte, dass wir wieder Freunde sind. Ich konnte nie aufhören, an dich zu denken, selbst nach der langen Zeit nicht. Wir waren achtzehn Jahre lang Freunde. Es war hart, eine Beziehung wie diese zu verlieren. Das, was wir hatten … das habe ich mit keiner anderen erlebt.“

Gott, sie hatte ihr Leben lang darauf gewartet, dass er das sagen würde. „Ich habe dich auch vermisst. Ich habe mich dafür verantwortlich gemacht, dass du gegangen bist.“

Er drehte sie zu sich herum und zog sie an seine Brust, bevor sie auch nur mit der Wimper zucken konnte. „Es tut mir leid“, flüsterte er. „Jill, ich musste jedem – und vielleicht sogar mir, nach alldem, was mein verdammter Vater über mich gesagt hatte – beweisen, dass nichts schlimm ist an einem Mann, der die französische Küche lernen will. Zum Teufel, wenn sie die Hitze am Grill spüren könnten, den Schweiß, der eimerweise rinnt, wenn sie das Fluchen hören könnten und die Töpfe schleppen müssten, die so schwer sind wie Hanteln, dann würde ihnen klar, was für eine Männerwelt so eine Restaurantküche ist."

Sein Aftershave, das nach Pinien und Moschus duftete, zog ihr in die Nase. „Hast du nie mit Frauen gearbeitet?"

Seine Finger verkrampften sich auf ihrem Rücken. „Äh … gelegentlich. Wie gesagt – die Küche ist überwiegend eine Männerwelt."

Sie ging auf diese sexistische Perspektive nicht weiter ein und zog sich zurück. „Du bist also nicht von irgendeiner geheimnisvollen Frau vertrieben worden oder so was?"

Sein Kopf schnellte zurück. „Wie kommst du darauf?"

„Weil du nie darüber redest."

Er hob eine Schulter. „Da gibt es nicht viel zu erzählen. Ich bin zur Schule gegangen. Dann habe ich vom Aufstehen bis in die frühen Morgenstunden wie ein Hund in einem Fünf-Sterne-Restaurant gearbeitet."

Hatte seine Zielstrebigkeit ihn isoliert? „Hattest du keine Freunde?"

„Du freundest dich locker mit Leuten aus der Branche an, mit denen du nach der Schicht noch etwas trinken gehst." Er fuhr mit seiner Gabel über eine Kartoffel und zog eine Spur wie einen Schienenstrang hindurch.

„Also hattest du keine feste Freundin?"

Schlagartig unterbrach er den Blickkontakt und schaufelte Brunnenkresse auf die Gabel. Das Schweigen ließ sie auf ihrem Stuhl herumrutschen.

„Nein, ich hatte keine Freundin." Wieder eine Pause. „Aber ich war kein Mönch, Jill", sagte er endlich, nachdem er einen Bissen gegessen hatte.

Sie senkte den Blick in den Schoß und spielte mit ihrer Serviette. Sie wusste, dass es nicht vernünftig war, aber sie wollte nicht an ihn mit anderen Frauen denken. Wenn sie ehrlich war, hasste sie es.

„Was ist mit dir? Jemma hat nie über dein Privatleben gesprochen."

Ein Schmerz durchzuckte sie. „Das hätte sie nie getan." Weil es nicht viel zu erzählen gab.

Er strich ihr mit einer Hand über den Rücken. „Ich weiß, aber das beantwortet meine Frage nicht. Hat es jemanden gegeben, mit dem es dir ernst war?"

„Nein", erwiderte sie und spürte, wie ihr Gesicht warm wurde.

„Na gut."

Er beugte sich vor, um sie zu küssen, seine Lippen berührten ihre so sanft, als wären sie ein Löffel voller Crème Brûlée. Die Chancen standen gut, dass Brian sie im Bett nicht so enttäuschen würde wie ihr einziger anderer Liebhaber, der dem Ausdruck „Von null auf sechzig" eine neue Bedeutung gegeben hatte, da es bei ihm nie länger als sechzig Sekunden gedauert hatte. Brian wusste noch nicht, wie niedrig ihr Erfahrungswert war: nämlich niedriger als die durchschnittliche Baseball-Schlagzahl eines Bauernhofteams. Wäre er entsetzt, wenn sie es ihm sagen würde? Sie wollte nicht, dass er sich erneut von ihr abwandte.

Er drehte sich mit seinem Barhocker. „Bist du sicher, du willst es mit mir in der Restaurantbranche versuchen, Jill? Ich will es, Jill, und ich möchte, dass du überzeugt bist. Das *Chop House* ist eine … vorübergehende Sache für mich. Ich wollte immer irgendwann ein eigenes Restaurant haben."

Wieder dachte sie an den Anruf von Mac Maven, doch sie drängte ihn in den hintersten Winkel ihres Kopfes. Sie verlieh ihrer Stimme mehr Überzeugung, als sie empfand, und sagte: „Ja, ich denke, wir sollten es versuchen."

„Willst du mit mir nur deswegen ein Restaurant eröffnen, weil du mit mir zusammen sein möchtest?"

Er hatte immer ihre Gedanken lesen können. „Nun, ich werde nicht lügen. Ich möchte, dass du bleibst." Hatte er nicht gerade gesagt, sein derzeitiger Job wäre nur übergangsweise? „Aber ich glaube auch, Dare ist reif für ein neues Restaurant, das sich sowohl an die Kalifornier wendet als auch an die Studenten und die Professoren. Und ich brauche einen talentierten Küchenchef, um dem Restaurant Glanz zu verleihen."

„Dann bin ich dein Mann."

Die Vorstellung, die sie von dem Restaurant hatte, tauchte vor ihrem inneren Auge auf. Die bodenständigen Gerichte mit Produkten aus der Region wären auf die Menschen ihrer kleinen Stadt ausgerichtet, und für die abenteuerlustigeren Gäste würden sie zukunftsweisende Speisen der Avantgarde-Küche anbieten. Brian würde in diesem Job alles geben, was er konnte. Zusammen würden sie etwas wirklich Spektakuläres auf die Beine stellen, und die Zusammenarbeit gäbe ihnen die Möglichkeit, ihre Liebe zu ihrer Arbeit mit ihrer Freundschaft und dem Interesse aneinander zu vereinen.

„Machen wir's."

Er nahm ihre Hand. „Abgemacht." Seine Handfläche strich über ihre. Die warme Haut entfachte erneut ein Feuer in ihrem Innern. Er zog sie an sich, umfing sie mit seinem Körper und eroberte ihren Mund mit einem unbändigen Kuss. Er presste sie gegen die Arbeitsfläche, doch diese drückte ihr unangenehm in den Rücken, und so schob sie sich vorwärts. Aus dem Gleichgewicht gebracht, packte er sie und zog sie mit sich zur Couch. Während er sie überall – ihren Hals, die Schultern, ihre Taille und die Hüften – mit seinen Händen und seinen Lippen verwöhnte, brachte er sie dazu, sich auf dem Sofa niederzulassen.

Als er ihr das Sweatshirt auszog, verkrampfte sie sich einen Augenblick. Zu neu war diese Berührung. Doch dann umfasste er ihre Brüste, und dieses Gefühl ließ sie erbeben und aufstöhnen. Himmel, das fühlte sich gut an. Ehe sie es begriff, hatte er ihren BH geöffnet und saugte an einem ihrer Nippel, dann an dem anderen. Sie wölbte ihm ihre Brust entgegen, um ihm noch näher zu sein. Das Ziehen und der Druck sandten Elektroschocks bis in ihre Fußspitzen und die gesamte Wirbelsäule herauf. Erneut stöhnte sie gequält auf.

Er zog seinen Sweater über den Kopf und warf ihn beiseite. Angesichts seines Sixpacks blieb ihr der Mund offen stehen, und als er sich an sie schmiegte, sie die Hitze spürte und das sinnliche Gleiten von Haut auf Haut, verkrampfte sich alles in ihr voller Leidenschaft. Er schob seine Hand in ihr Haar, zog ihren Mund näher heran und liebkoste sie mit seiner Zunge, während er mit seinen Zähnen an ihrer Lippe knabberte.

Ihr Körper verwandelte sich in Wasser. Donnernd, kraftvoll, stürmisch, rauschend wie ein Strom, der aus den Bergen gespeist wird. In einem unbekannten Verlangen fuhr sie mit ihren Händen an seinem Rücken hinunter zu seinem Hintern und presste ihre Hüfte an die harte Wölbung seiner Leiste. Gott, diese Gefühle in ihrem Innern. Er gab ein kehliges Stöhnen von sich und ließ sein Becken auf eine Weise kreisen, die sie nach Atem ringen ließ. Sie schrie seinen Namen. Sie presste sich an ihn, und hinter ihren geschlossenen Augenlidern leuchteten Strahlenkränze. Der Fluss in ihrem Innern konnte jede Richtung nehmen, alles tun. Es war so viel …

„Ich will dich, Jill“, flüsterte er, als er ihr Schlüsselbein küsste.

Sein heißer Atem und der permanente Rhythmus seiner Hüften verstärkten ihr Verlangen nur noch. Doch als er mit einer Hand in ihre Jeans glitt, schob sie ihn fort. Dann machte sie ein paar unsichere Atemzüge, um wieder klar denken zu können, während es in ihrem Körper weiter toste.

Sie war emotional noch nicht bereit dafür.

Sein lodernder Blick versengte sie. Jahre des Verständnisses zogen zwischen ihnen vorbei. Nach einem Augenblick zeichnete sich die Enttäuschung auf seinem Gesicht ab. Ihr Herz protestierte in ihrer Brust und machte das Atmen schwer. In ihren Augen brannten Tränen. Er senkte den Blick. Atmete ein paarmal tief ein. Dann sah er sie wieder an, an seinem Hals sah sie den Puls pochen.

„Ist schon okay, Süße.“ Er streichelte ihr mit einem Finger über die Wange. „Das war ziemlich schnell.“

Mit einem Kloß im Hals löste sie sich von ihm, dann stand sie errötend da. Ihr Körper pulsierte voller unbefriedigtem Verlangen. Sie bedeckte ihre Brüste und betrachtete Brians Bauchmuskeln, die sich bei jedem heftigen Atemzug zusammenzogen.

Mit zusammengekniffenen Lippen erhob er sich. „Ich brauche einen Moment. Nach all den Jahren … Jill, ich kann dich jetzt nicht einfach nur ansehen, ohne dich zu berühren.“

Ihr Puls pochte. Auf dem Sofa bemerkte sie ihren Sweater und den BH. „Ich zieh mich an und verschwinde. Ich kann jetzt nichts mehr essen.“

„Geht mir auch so“, stimmte er zu. Seine Stimme klang gepresst.

Ihre Hände kämpften mit dem BH-Verschluss, aber nach drei Versuchen hakte er endlich ein. Sie zog ihren Sweater an und taumelte zur Tür.

„Danke für das Dinner“, sagte sie rau, während noch immer Stromstöße durch ihre Schenkel jagten.

„Gern geschehen. Ich ruf dich an.“ Er bewegte sich nicht vom Fleck, sein nackter, drahtiger Oberkörper vor ihr.

Ihr letzter Blick auf ihn nahm ihr den Atem. Sie öffnete die Tür und rannte durch den Flur. So viel dazu, dass sie auf dem Weg war, sich zu befreien.

6. Kapitel

Es war armselig, eine Jacke mit Taschen zu tragen, nur um das Handy einstecken zu können, weil man auf den Anruf irgendeines blöden Typen wartete. Da ihr Abend mit Brian vor einer Woche so abrupt geendet hatte, traf *armselig* es ziemlich gut. Brian hatte Jill Nachrichten geschickt, doch er hatte nicht angerufen. Und er war auch nicht vorbeigekommen. Da es nichts anderes gab, was sie hätte ablenken können, hatte sie sich in die Pläne für das Restaurant gestürzt, weil sie etwas Konkreteres haben wollte, was sie mit ihm teilen konnte. Sie hatte Morty Wilson überredet, ihr ein wenig Zeit in dem Möbelgeschäft zu lassen, das er verkaufen wollte, damit sie abschätzen konnte, ob es sich als Standort eignen würde.

In einer schwachen Minute hatte sie Brian gebeten, sich mit ihr zu treffen und einige ihrer neuen Ideen für das Restaurant zu besprechen, aber er hatte abgesagt, weil er angeblich zu viel Arbeit hatte. Langsam zweifelte sie an sich selbst, an ihnen, an allem.

Aber heute war Valentinstag! Und sie hatte als Jugendliche so oft davon geträumt, diesen Tag mit ihm zu verbringen. Dies war ihre Chance, so glaubte sie zumindest. Sie hoffte, er würde ihr eine Karte oder irgendetwas schicken, selbst wenn ihre Beziehung noch absolut am Anfang stand. Vielleicht hatten sie nicht einmal eine Beziehung. Gott, sie wurde neurotisch. Nein, sie *war* neurotisch.

„Schmollst du?“ Meredith schlang von hinten die Arme um sie, während Jill einen Latte zubereitete.

„Wie kommst du darauf?“

„Dein Gesicht ist so lang wie dein Haar. Es ist Valentinstag. Warum bist du nicht glücklich?"

„Weil ich nichts vorhabe."

„Das tut mir leid. Vielleicht ergibt sich noch etwas. Tanner fährt mit mir in eine bezaubernde Hütte oben in den Bergen. Ein prasselndes Feuer. Eine schöne Flasche Wein und ..."

„Irgendjemand sollte das verbieten. Hier gibt's alleinerziehende Mütter, die weinend zusammenbrechen könnten", bemerkte Peggy, stellte sich an den Tresen und schlüpfte aus ihrer Jacke.

Jill und Meredith drehten sich um und begrüßten Peggy unisono.

„Ich brauche einen Schuss, um diesen *Liebe-bringt-das-Schlimmste-in-den-Menschen-zum-Vorschein*-Tag zu überstehen. Ich habe schon einen Spanner erwischt, der mir vorgeheult hat, er könnte nicht ohne seine Exfreundin leben. Nachdem ich seine gesamten Überwachungsgerätschaften gesehen habe, denke ich, das Mädchen hat eine kluge Entscheidung getroffen."

Jill reichte Peggy ihren Lieblingskaffee. „Jetzt geht es mir gleich besser. Ich hatte vergessen, dass dies der Großkampftag der Stalker ist. Zumindest darüber muss ich mir keine Gedanken machen."

„Als ob du sauer wärst, wenn Brian dich überwachen würde", witzelte Meredith und nahm Schokolade aus der rotweißen Amor-Schale.

Peggy nahm die Haltung ein, die Jill insgeheim die Polizei-Pose nannte – die Hände in die Hüften gestemmt, die Beine hüftbreit aufgestellt. Ihr waldgrünes Hemd mit dem Buttondown-Kragen, dem Sheriff-Aufnäher und dem Emblem des Eagle County, das die Schulterstücke schmückte, schrie förmlich Autorität, während ihre hellbraune Hose die Modewächter um Hilfe rief. Der Koppelgürtel, an dem ihr Funkgerät, die Pistole, der Schlagstock und die Handschellen hingen, sah aus, als wöge er eine Tonne. „Hast du Probleme mit dem Typen?“

„Nein.“ Jill schob die Gedanken an jenen Abend beiseite. „Er arbeitet.“

Meredith legte ihr eine Hand auf die Schulter. „Für das *Chop House* ist heute ein wichtiger Tag. Ich habe gehört, es ist seit Viertel nach zehn ausgebucht.“

Jill schnappte sich eine Schokolade – den Trostpreis für Mädchen in aller Welt, die am Valentinstag nichts vorhatten.

„Warum kommst du nicht zum Lunch zu uns?“, schlug Meredith vor. „Peggy, du kannst dir auch freinehmen, oder?“

„Ich habe eine Stunde.“

„Okay“, stimmte Jill zu. „Ich hole meine Tasche und meine Jacke. Margie …“

„Alles im Griff, Boss“, gab ihre Barista ohne zu zögern zurück und füllte neue Kaffeebohnen in die Maschine.

Als Jill wieder auftauchte, unterhielt sich Peggy gerade mit Margie. „Wo ist Meredith?“

„Sie lässt schon mal den Wagen warmlaufen.“

„Was für ein Weichei. Es ist großartig draußen. Wenn ich nicht arbeiten müsste, würde ich zum Canyon fahren und vielleicht sogar draußen essen.“

„Du musst verrückt sein. Es ist Winter! Da taucht die Sonne für eine Sekunde auf, und ihr tragt Shorts.“

Sie reichte Peggy einen Keks. „Der ist für Keith, weil ich ihn irgendwann auf jeden Fall heiraten will.“

„Danke. Seit dieser Woche kann er das Pupsgeräusch mit der Achselhöhle machen. Ich bin so stolz. Oh, er hat eine Karte für dich gebastelt.“ Auf dem roten Papier mit Klebstoffspuren waren Glitzerpunkte in Sternform aufgeklebt. „Bist du fertig?“

„Klar.“

Sie ahmte mit der Hand das königliche Winken nach und entlockte Margie und den Gästen damit ein Lachen. Sobald sie auf die Straße traten, setzte sie ihre Sonnenbrille auf. Dann erstarrte sie, als sie Brian neben ihrer Schwester entdeckte – in voller Wintermontur.

„Bist du bereit zu einer Skilanglauftour und einem Picknick, Rotschopf?"

Sie schlug sich mit der Hand ans Herz. „Du … du …"

„Hat's dir die Sprache verschlagen? Das ist neu." Er zauberte einen Strauß roter Rosen hervor. „Hast du echt gedacht, ich hätte es vergessen? Wenn du dich da mal nicht täuschst."

Ihre Augen brannten. Meredith und Peggy lächelten. Auf der Main Street blieben die Leute stehen und schauten zu.

Brians silbrig verspiegelte Brillengläser warfen ihren fassungslosen Gesichtsausdruck zurück, als er auf sie zuschlenderte. „Schönen Valentinstag, Jill."

Sie schlang die Arme um ihn, ihre Parkas machten ein Geräusch wie Zikaden. „Ich dachte … ich dachte …"

Er küsste sie auf den Scheitel. „Arbeite weiter daran. Du bekommst es noch heraus."

Der liebevolle Spott erlöste sie von dem Stottern. „Ich dachte, du müsstest arbeiten."

„Heute Abend. Das ließ sich nicht vermeiden. Aber den Nachmittag haben wir für uns. Okay?"

„Okay!"

Er nahm ihr Gesicht in beide Hände und küsste sie zärtlich auf die Lippen. Vor der gesamten Stadt.

„Du erklärst dich gerade öffentlich."

„Ist ja nicht so, als hätte noch niemand mitbekommen, dass ich dich will."

Ihr Magen zog sich zusammen, als sie an all die Arten dachte, auf die er sie wollte. Sie konnte kaum atmen.

Er beugte sich näher zu ihrem Ohr. „Hör auf, an was Schmutziges zu denken, Rotschopf." Und dann küsste er sie noch einmal direkt auf die Lippen.

Meredith nahm eine Tasche vom Boden und hielt sie ihr entgegen. „Hier sind Klamotten für dich. Deine Skier hat Brian schon verstaut. Geh rein und zieh dich um. Margie passt auf den Laden auf."

„Ihr seid alle eingeweiht?"

Peggy schüttelte den Kopf. „Klar, Jill. Logo."

„O mein Gott!" Sie taumelte zurück, um sich im Café umzuziehen, und ihr wurde klar, dass sie vom Berg schweben würde, wenn ihre Ski sie nicht am Boden hielten.

Brian genoss die vertrauten Bewegungen: die Langlaufski einrasten lassen, die Stöcke in den Schnee stecken, über das glitzernde weiße Tuch gleiten, das Mutter Erde über dem Mountain Laurel Canyon ausgebreitet hatte. Die Sonne schien warm und hell auf ihn hinunter. Und das Beste von allem war, dass Jill direkt bei ihm war. Der Talkessel erstreckte sich vor ihnen, flankiert von Berglorbeer, Espen, endlosen Reihen von Pinien, die im leichten Wind schwankten, und zerklüfteten Felsen, auf die weiße Wirbel getupft waren, was Brian an Schlagsahne erinnerte.

Nachmittage wie diesen hatte er in New York vermisst, wo alles schnell und eng war und die Straßen nur aus schmutzigem Beton bestanden.

Die Fahrt hatte Jills Freude nicht gedämpft, aber sie hatte die Fähigkeit zu reden wiedererlangt. Er wollte verdammt sein, wenn er nicht mit sich zufrieden war. Wer hatte behauptet, Frauen wären das romantischere Geschlecht? Der Probelauf, ihr nur Textnachrichten zu schicken, hatte total funktioniert. Nach all den Valentinstagen, die sie nicht hatten zusammen verbringen können, hatte er ihn dieses Mal zu einem Tag machen wollen, an den sie sich beide erinnern würden.

Brian warf ihr einen Blick zu. „Weißt du noch, wie wir in der Highschool oft hierhergekommen sind und etwas getrunken haben?"

Sie verdrehte die Augen. „Ich glaube, ich erinnere mich an ein paar Stürze auf dem Rückweg."

„Gute Zeiten. Damals waren wir alle so glücklich. So lebendig."

Als sie den Blick abwandte, bemerkte er die Träne, die an ihrem Gesicht hinunterlief. „Du vermisst Jemma?", fragte er sanft.

Sie schluchzte vernehmlich. „Und wie."

Er konnte sie vor seinem geistigen Auge sehen – den smaragdgrünen Skianzug, den sie immer getragen hatte, und die verrückte handgenähte lilafarbene Mütze mit den Ohrenklappen. „Ich auch", sagte er. „Komm her."

Unbeholfen beugte er sich vor und zog Jill in seine Arme. Der funkelnde Schnee, der Sonnenschein und der heftige Kontrast der immergrünen Bäume ließen ihm das Herz aufgehen. Ein Adler kreiste über ihren Köpfen und warf einen majestätischen Schatten.

„Das macht mir Gänsehaut", flüsterte sie.

Er schlang die Arme noch fester um sie, während sie den Adler beobachteten.

Einige Meilen lief sie neben ihm auf der ebenen Loipe, zwischen ihnen lag ein tröstliches Schweigen. Die scherenartige Bewegung betonte die graziöse Länge ihrer Beine. Ihr mochte es unangenehm gewesen sein, so in die Höhe geschossen zu sein, er aber fand sie perfekt. Er konnte es kaum erwarten, dass sie diese langen Beine um ihn schlingen würde.

Okay, McConnell. Kein Grund, so schnell ins Schwitzen zu geraten.

Weiter vorn tauchte ihr Ziel auf. Der große Felsen rühmte sich damit, einen der besten Ausblicke des Canyons zu bieten, und er war so hoch, dass sie gerade noch mit Langlaufskiern hinauffahren konnten. Zudem konnten sie sich auf den Stein setzen und mussten sich nicht den Arsch abfrieren. Der Fels würde zwar nicht viel wärmer sein als das weiße Zeug, aber er speicherte die Wärme der Sonnenstrahlen.

Sie beschleunigte ihr Tempo. „Bereit für ein kleines Rennen, McConnell?“

Das Grinsen ließ beinahe seine spröden Lippen aufreißen. „Aber sicher doch, Rotschopf.“

Jill straffte ihre Schultern und schoss vorwärts. Er stieß seine Stöcke tiefer in den Schnee und nutzte seine Kraft, um längere Schritte zu machen. Doch dann kreuzte sie in seine Spur.

„Hey!“ Er wich nach rechts aus.

Ihr Lachen kam laut und deutlich als Echo aus dem Tal zurück. „Du scheinst aus der Übung zu sein, wenn du dir dadurch schon die Beine verdrehen lässt.“

Diese Verrückte fuhr weiter im Zickzack vor ihm her und machte es unmöglich vorbeizukommen, ohne mit ihr zusammenzustoßen. „Du hast schon immer unfair gespielt.“

„Ach, bitte. Es ist wie beim Autorennen. Sobald du die Führung hast, hältst du die anderen hinter dir.“

„Als wenn du dir jemals Autorennen ansehen würdest.“

Ruhig glitten ihre Ski über den Schnee. Brian fuhr in ihrer Spur und wartete auf eine Öffnung. Sein Herz pochte wie verrückt, während sie nicht einmal schwer zu atmen schien. Gott, war sie besser in Form als er?

„Jemma und ich haben uns regelmäßig zusammen Rennen angesehen. Die Männer sind so heiß, besonders in diesen engen Anzügen. Fast so, wie du jetzt aussiehst.“

„Okay, das reicht.“ Er rammte seine Stöcke noch tiefer in den Boden und schoss vorwärts. Als sie ihn kommen sah, lächelte sie und streckte ihm die Zunge heraus. Er fuhr direkt auf sie zu. Warum wich sie nicht aus?

„Verdammt, Jill!“ Noch knapp zwei Meter, dann würde er auffahren.

Wieder erklang ihr Lachen. Sie stellte sich direkt in seine Richtung. Sein rechter Stock blieb im verharschten Schnee stecken, er verlor das Gleichgewicht und stürzte wie ein Kegel beim Bowling. Als er sich überschlug, lösten sich seine Ski, und sein Rucksack bohrte sich in seinen Rücken. Er spuckte Schnee aus, setzte sich hin und wischte sich das Gesicht ab.

Ihre Schultern bebten. „Du bist definitiv nicht mehr im Training."

„Und du hasst es, wenn du verlierst. Du hast unser Picknick zerdrückt."

Sie wirbelte den Skistock wie Gene Kelly seinen Stock beim Tanzen. „Zumindest hast du mich nicht beschuldigt, nur gewonnen zu haben, weil du den schweren alten Rucksack tragen musst."

Selbst über die Distanz hörte sie sein Schnauben. „Als ob. Und ich werde auch nicht als Vorwand nehmen, dass du weniger wiegst und dich wie eine Gazelle bewegst."

Sie kam neben ihm zum Stehen und streckte ihm die Hand hin. „Eine Gazelle? Wirklich? Das ist wahrscheinlich das Netteste, was du jemals zu mir gesagt hast."

Er zog sie nach vorn.

„Hey!" Wenig elegant fiel sie der Länge nach neben ihn.

„Wenn du meinst, das sei das Netteste gewesen, muss ich mich mehr anstrengen." Er drehte sie zu sich um und rückte näher.

Als er sie küsste – lange und innig und heiß –, öffnete sie überrascht den Mund. Sein Herz raste von ihrem Wettrennen und davon, wie sehr er sie wollte. Sie krallte sich mit ihren behandschuhten Händen fest. Er träumte von ihren Kurven, doch da sie Skianzüge trugen, konnte er sie nicht spüren, deshalb konzentrierte er sich darauf, sie bis zur Besinnungslosigkeit zu küssen. Er kuschelte sich zwischen ihre gespreizten Beine, seine Hüften stießen an ihre, die Skianzüge rieben aneinander. Er saugte ihre Zunge in seinen Mund und sie stöhnte auf.

Als sie ihm das Gesicht zuwandte, fühlte er sich derart von ihrer Halsbeuge angezogen, dass er einen Kuss dorthin setzte. Er ließ seine Zunge über die nackte Haut oberhalb ihres gelben Schals wandern. Ihr Mund glänzte im Sonnenlicht, und er saugte an ihrer Unterlippe. Mit ihren schlanken Fingern spielte sie in seinem Nacken, während sie ihre Zunge mit seiner tanzen ließ. Ihre Hand glitt von seinem Rücken hinunter und verschwand. Wenig später entzündete sich eine Feuerspur an seinem Hals, und er spürte, dass es Schnee war, der daran hinunterglitt. Er zuckte zurück.

„Mist, ist das kalt!"

Ein Lachen brach aus ihr hervor, als er einen Handschuh auszog und den Schneeball wieder herausfischte. Sobald er sich ihr erneut zudrehte, stockte ihm der Atem. Sie sah aus wie eine Wintergöttin, so wie sie da im Schnee lag – ihre große, schlanke Gestalt, das rote Haar, das unter der gelben Mütze hervorquoll, ihre Lippen, die geschwollen waren von seinen Küssen.

„Du bist so schön."

Das Lächeln, das zu sehen er so liebte, verblasste. „Das hast du noch nie gesagt."

Klar, weil er sie als Heranwachsender nicht hatte verlieren wollen. Sie war ein Anker in seinem Leben gewesen. Und anhand der schmutzigen Scheidung seiner Eltern hatte er gesehen, wie entsetzlich schief romantische Beziehungen gehen konnten.

Ein rasiermesserscharfes Gefühl der Schuld überkam ihn. Er zog den Handschuh wieder an, schob die Sonnenbrille hoch und kauerte sich über sie. Es war wichtig, dass sie seine Augen sehen konnte. „Ich mag es nie gesagt haben, aber ich habe es immer gedacht."

„Das freut mich", erwiderte sie mit gepresster Stimme, die ihm verriet, dass sie ihm nicht glaubte. Nicht wirklich. „Also, machen wir jetzt ein zerquetschtes Picknick?"

„Ich hab nur Makkaroni mit Käse gemacht." Er stieß sich aus dem Schnee ab, erhob sich und half ihr auf. „Komm, essen wir was."

Sie klopften sich gegenseitig den Schnee ab und fuhren mit den Skiern zu dem Fleck, den er ausgewählt hatte. Sie stieg aus den Bindungen und steckte die Stöcke in den Schnee. Er tat es ihr gleich und stapfte durch das Weiß, dann nahm er den Rucksack ab und versuchte, sich abzukühlen.

Während Jill hinter einem Baum verschwand, breitete er ein weißes Tuch auf dem Felsen aus. Sie hatten zwar keine Kerzen und Blumen, aber er konnte trotzdem das Essen auf Tellern anrichten. Er öffnete den Champagner, schenkte ein und grub dann die Flasche in den Schnee. Das Knirschen von Eis kündigte Jills Rückkehr an.

„Du hast total gelogen! Von wegen Makkaroni mit Käse. Ist das Champagner?" Sie stapfte durch den Schnee und ließ sich neben ihm nieder.

„Als wenn ich dir Makkaroni mit Käse machen würde. Meine Güte, Jill, wofür hältst du mich?"

Sie küsste ihn. „Für genial. Oh, ich liebe Tapas! Lass uns mal sehen. Marinierte Pilze, Chorizo und Oliven. O mein Gott, ist das Ceviche?"

„Es schmeckt kalt besonders gut."

„Lass mich raten: Das ist Man-chengo", sagte sie und steckte sich ein Stück in den Mund. „Jepp."

„Wenn du den Käse meinst, ja, das ist Manchego."

„Jemma und ich … haben ihn immer so genannt. Wir haben ihn Man-chengo getauft."

Ah, dieser schalkhafte Sinn für Humor. Hatte er den nicht immer geliebt? „Warum?"

„Weil es ein lustigerer Name ist – und wirklich hirnrissig." Wieder küsste sie ihn, dieses Mal inniger. „Das hast du alles für mich gemacht?"

„Natürlich."

Sie nahm ihre Sonnenbrille ab. Das Grün ihrer Augen übertraf die üppigen Pinien, die am Berghang wuchsen. Sein Herz machte einen Satz, und es fühlte sich an, als würde es ihm einfach aus der Brust springen. Er wollte seinen Blick nicht von ihr abwenden. Er hätte sie ewig betrachten können.

Er zitterte innerlich. Himmel, auf keinen Fall wollte er das zwischen ihnen vermasseln. Und nach den Erfahrungen mit seinen Eltern war er nicht sicher, ob es für ihn überhaupt ein *Für immer und ewig* mit jemandem geben konnte. Selbst mit ihr vielleicht nicht. Zeit für einen Toast, beschloss er, griff nach seinem Glas und verfluchte sich selbst dafür, in einem Moment wie diesem an seine Eltern zu denken.

„Auf uns", sagte er, nachdem alle romantischen Sprüche sich in seinem Kopf in Luft aufgelöst hatten.

Ihre Gläser klirrten aneinander. „Auf uns." Sie nahm einen Schluck. „Mmh. Danke, Bri."

Aus dem Gleichgewicht gebracht, steckte er sich eine Olive in den Mund. Ihre Beziehung weckte weitaus tiefere Gefühle in ihm, als er zu empfinden bereit war. War er nicht erst vor nicht allzu langer Zeit aus einer schwachsinnigen Beziehung herausgekommen? Eine, die ihn verzehrt, gar zerstört hatte? Er liebte es, mit Jill zusammen zu sein, aber wenn sie ihn auf diese Weise ansah … Genau so hatte sie ihn schon immer angesehen. Als wäre er alles für sie und könnte alles schaffen.

Er konnte nicht ihr Held sein.

Er war kein Held.

Hatte er das nicht in New York unter Beweis gestellt?

Sie probierte hier und da von den Speisen und gestikulierte dabei wild. Alles, was sie sagte, kam tief aus ihrem Herzen. Gott, er wollte sie nicht verletzen, indem er ihr nicht alles geben konnte, was sie sich erhoffte.

Ein Eichelhäher schnarrte aus einem Baum in der Nähe, Eichhörnchen jagten einander und sprangen von Ast zu Ast. Während Jill aß und ihren Champagner trank, kam gelegentlich ein Stöhnen über ihre Lippen. Brian aß schweigend. Er hatte sich hinreißen lassen. Um Himmels willen, es war Valentinstag. Morgen würde er sich wieder normal fühlen.

Er versorgte sie mit weiteren Tapas. Sie aßen. Tranken mehr Champagner. Machten ein paar Fotos von dem jeweils anderen und dann ein gemeinsames. Dann verstaute er das Picknick wieder. Es wirkte so selbstverständlich, wie sie letztendlich ihren Kopf an seine Brust lehnte, als sie beide ins Tal blickten.

Das Schweigen verunsicherte ihn. Es war neu, mit Jill zusammen zu sein, ohne reden zu müssen. Etwas in ihm wollte über Gott und die Welt sprechen, nur um die Intensität zu durchbrechen.

Als sie den Kopf drehte und ihre Blicke sich begegneten, hielt er den Atem an. In diesen leuchtend grünen Augen könnte er ertrinken. Er legte die Hand an ihre Wange. *Ertrinken* war zu beängstigend. Er könnte darin waten.

Die Enge in seiner Brust weitete sich nicht, dennoch legte er seinen Mund auf ihren, als wäre es die natürlichste Sache der Welt.

Jill hielt die Augen geöffnet, als er sie küsste, und betrachtete seine dunklen Brauen, den Bogen seiner hohen Wangenknochen. Gab es irgendetwas, was ihr mehr bedeutete? Hatte sie nicht genau dieses Gesicht vermisst?

Er nippte an ihren Lippen, strich in langen Schwüngen über ihre Zunge und ließ damit ihr Herz aufjubeln. Ihr Blut kochte. Als er sie auf den Rücken drehte, zog sie an seiner Unterlippe.

„Kannst du dir vorstellen, wie sehr ich mich im Augenblick danach sehne, deine Brüste zu küssen?“

Scharf atmete sie ein. Alles in ihr erstarrte. „Nun, es ist ziemlich warm in der Sonne. Solange du mich vor den Strahlen schützt, könnte ich dir ein bisschen Haut zeigen.“

Er zog an ihrem Reißverschluss. „Angst vor einem Sonnenbrand?"

Sie half ihm, ihre Bluse auszuziehen. „Jemma und ich haben als Teenager mal ausprobiert, uns oben ohne in die Sonne zu legen. Du hast keine Ahnung, wie sehr das wehtut."

„Du meinst, hier?" Ihr Nippel wurde hart.

„Ja, genau."

Er sah sie direkt an. „Was willst du? Sag es mir."

Ihre Wünsche auszusprechen war neu und seltsam und … irgendwie heiß. „Ich will, dass … du meine Brüste küsst."

Er verzog den Mund. „Das will ich auch", murmelte er, dann senkte er den Kopf und nahm einen Nippel zwischen seine schön geschwungenen Lippen.

Sie bog den Rücken durch. Die Sonne wärmte ihr Gesicht, während sein Mund eine andere Art der Hitze in ihr auslöste. Er küsste sich einen Pfad über ihre Brust, bis beide Nippel feucht und hart waren und leicht schmerzten. Als eine kühle Brise aufkam, strafften sie sich noch stärker.

Sie konnte das leise Stöhnen nicht zurückhalten. Es wurde kalt, dann wieder heiß, kalt und heiß. Sie war längst nicht nur den Elementen ausgeliefert.

Ihr Körper spannte sich unter ihm an. Als er mit seinen Händen an ihren Seiten entlang bis in ihre Schneehose fuhr, bewegte sie sich nicht. Sie wartete auf die Berührung, von der sie ahnte, dass sie folgen würde. Er ließ seinen Mund zärtlich auf ihrer Brust ruhen und verlangsamte seine Handbewegung, als wartete er auf ein Zeichen von ihr. Sie schlang die Arme um seinen Hals und bedeutete ihm, weiterzumachen. Mit den Fingern teilte er ihre Schamlippen und folgte dem V ihrer Schenkel bis zu ihrem Lustzentrum. Seine Berührung war zärtlich, kaum mehr als ein Streicheln. Als sie die Hüfte vor und zurück bewegte, intensivierte er die Liebkosung und glitt mit einem Finger in sie hinein.

Gleichzeitig zog er mit den Lippen heftig an ihrer Brust, und dies beides ließ Jill aufstöhnen. Der Griff seiner Hand wurde mutiger. Sie bäumte sich unter ihm auf, sehnte sich nach mehr, wollte ihm mehr geben.

Er löste sich von ihrer Brust. „Pssst … ist gut. Lass mich dir etwas zeigen." Er beugte sich vor und nahm ihren Mund mit einem langen, heißen Kuss.

Sie bohrte ihre Stiefel in den Schnee, als er seine Handfläche weiter gegen ihre Scham drückte. Ein zweiter Finger folgte dem ersten. Sie liebkosten, kreisten und wirbelten, bis ihr Innerstes vor Verlangen pochte. Ihr Puls raste wild und unregelmäßig. Schiere Hitze brach in ihrem Körper aus. Ihre Zungen tanzten umeinander. Er saugte an ihrem Hals, ihrem Ohrläppchen, ihrer Unterlippe. Sie griff mit beiden Händen nach ihm.

„Nein." Er schob sie über ihren Kopf. Öffnete ihre Beine weiter. Starrte sie mit diesen königstigerblauen Augen an. „Ich will, dass du es spürst. Alles."

Sie schloss die Augen, als er das Tempo erhöhte, streichelte und streichelte, bis ihr von den Zehenspitzen aus leuchtende Blitze durch den Körper rasten. Noch immer zupfte er mit den Lippen an ihrer Brust, während er mit den Fingern tief und hart in ihr Inneres vorstieß und seine Handfläche gegen ihre Mitte presste. Mit einem lauten Stöhnen zog sie sich zusammen, löste sich nahezu auf und wurde nur von ihm gehalten. Dann prasselten die Emotionen auf ihren Körper ein, bis sie sich entspannt und erschöpft an ihn schmiegte. Er küsste sie leicht und löste den Druck zwischen ihren Beinen. Dann zog er ihr die Kleidung zurecht und bettete ihren Kopf an seine Brust.

Wow war alles, was sie denken konnte. *Einfach wow!* Das war mit keiner Erfahrung vergleichbar, die sie jemals gemacht hatte, wenn sie sich selbst Lust verschafft hatte. Würde es nicht noch besser werden, wenn sie miteinander schliefen?

Ihre Mütze musste sich verschoben haben, denn er fuhr mit den Fingern durch ihr Haar. Selbst ihre Kopfhaut knisterte. Lang und tief atmete sie ein und drehte sich in seinen Armen.

Sein Mund wirkte zusammengekniffen, doch er versuchte zu lächeln.

„Was ist mit dir?“, fragte sie mit einer Stimme, die sie nicht wiedererkannte.

Er schob eine Locke hinter ihr Ohr. „Das war für dich. Du sollst wissen, wie es zwischen uns sein wird.“

Ihr Mund wurde trocken. In diesem Augenblick traf sie die Entscheidung. Bald, sehr bald würde sie mit ihm schlafen. Es gab nichts, was sie mehr wollte. Hatte er nicht bewiesen, wie viel sie ihm bedeutete, indem er ihr so selbstlos Lust bereitet hatte?

„Es tut mir leid wegen neulich Abend. Ich war noch nicht bereit. Ich …“

„Schon okay. Ich wollte dich nicht drängen.“

Kurz überlegte sie, ob sie erwähnen sollte, dass es ihr erster Orgasmus gewesen war, den sie je mit einem Mann erlebt hatte. Doch nachher würde er noch glauben, sie hätte auf ihn gewartet. Das wollte sie nicht, selbst wenn es zum Teil stimmte. Sie umarmte ihn fest.

„Hast du mich hierhergebracht, weil du wusstest, es würde nicht zu weit gehen?“

Er drückte sie, dann löste er sich von ihr und setzte sich in den Schnee. Einen Augenblick lang fühlte sie sich schuldbewusst, als sie erkannte, dass er sich abkühlen musste.

„Teilweise. Mich mit dir herumzuwälzen wie zwei sonnenverbrannte Idioten war nicht meine Vorstellung unseres ersten Mals zusammen.“

„Und dann sind da noch die Satelliten“, fügte sie hinzu und brachte ihn damit zum Lachen.

„Ich habe dich hierhergebracht, weil wir immer hier waren, wenn wir Abstand von der Schule oder unseren Eltern brauchten.“

Sie setzte ihre Mütze auf. „Hier war unser Wunschort.“

„Unser Wunschort?“

Der Himmel wirkte endlos, als sie die Hände hinaufstreckte. „Wir haben immer darüber geredet, was wir machen wollen, wenn wir erwachsen sind, weißt du noch? Du hast erzählt, du möchtest einmal ein berühmter Küchenchef werden."

„Das hab ich tatsächlich gesagt, nicht wahr?"

„Jepp, und du hast es geschafft." Sie stimmte ein paar Takte von Frank Sinatras *New York, New York* an.

Hastig wandte er sich ab. Um seinen Mund entstanden Furchen, die neu waren und sie den Gesang sofort wieder abbrechen ließen. Was nur war in New York passiert? Nach dem, was er für sie getan hatte, wollte sie die Stimmung nicht zerstören, indem sie noch einmal danach fragte, auch wenn sie wusste: Er hatte ihr noch nicht die ganze Geschichte anvertraut. Geduld war nicht gerade ihre Stärke, aber bei ihm würde sie es versuchen.

Noch immer unsicher auf den Beinen stand sie auf. „Also, ich habe über unser Lokal nachgedacht. Mortimer Wilson will sein Grundstück in der Main Street in ein paar Wochen verkaufen. Ich bin in seinem Möbelgeschäft gewesen. Habe ein paar Maße genommen."

„Du hast all das gemacht, während ich als vermisst gegolten habe?", scherzte er, während er den Rucksack auf seinen Rücken setzte.

„Ich hab dir doch gesagt, dass ich über einige neue Ideen mit dir sprechen will, aber du hast keine Anstalten gemacht, dich mit mir zu treffen. Ich dachte, nach dem, was vergangene Woche passiert ist, wärst du ausgestiegen."

„Entschuldige. Ich wollte die Überraschung steigern."

„Nun, das ist dir gelungen." Sie griff nach einem Skistock. „Ich habe ein paar Entwürfe gemacht. Und über das Layout nachgedacht." Sie malte die Grundfläche in den Schnee und unterteilte sie dann mit Linien für die Mauern. „Ich dachte, wir könnten die Küche hier einrichten. Das Büro kommt über den Flur neben den Kühlraum. Den vorderen Bereich können wir zweiteilen. Auf der einen Seite könnte man Familien bewirten – da muss was Flippiges her, vielleicht mit einer impressionistischen Atmosphäre. Monet-Blau mit Wolken an den Wänden und leuchtend gelbe Blumen in bauchigen provenzalischen Vasen."

Als er sich mit der Hand die Schläfe massierte und die Falten um seinen Mund so verkniffen wirkten wie die ihrer Tante Gladys, die morgens immer muffelig war, skizzierte sie den zweiten Teilbereich langsamer.

„Äh, es ist nur ein Brainstorming."

Kein Lächeln.

„Die andere Seite wäre eleganter, mit der Atmosphäre einer echten französischen Brasserie. Dunkle Holztische mit zierlichen Stühlen. Buttergelbe Wände. Vielleicht ein Wandbild einer französischen Landschaft."

„Etwa der Eiffelturm?" Seine Stimme mochte seidenweich sein, aber sie hörte die Schärfe darin. Und sie hatte keine Ahnung, was diesen Unterton verursacht hatte.

„Gott, nein! Hmm ... eine Wiese mit Wildblumen. Warte. Dort gibt es Sonnenblumen, oder? Wie bei van Gogh."

Sein Schweigen war so gewaltig wie das Tal.

„Oder wir machen etwas ganz anderes."

Er schaute auf. Schenkte ihr ein unechtes Lächeln. Deutete mit der eindeutigen Geste, es sei schon zu viel Zeit vergangen, auf sein Handgelenk. „Wir müssen aufbrechen, wenn ich es noch pünktlich zur Arbeit schaffen will."

Sie griff nach ihrem zweiten Skistock und ließ die Skier einrasten. „Das sind nur Ideen, Brian. Warum sagst du nicht einfach, welche Vorstellungen du hast? Das hier wird nie funktionieren, wenn du nicht ehrlich zu mir bist."

„Lass uns ein anderes Mal darüber reden."

Er fuhr los. Sie musste sich mit ihren Stöcken kraftvoller abstoßen, um mit ihm mithalten zu können. „Hat dir irgendwas von dem, was ich gesagt hab, gefallen?"

„Jill …“

„Du brauchst mich nicht zu schonen. Wenn wir Partner werden wollen, musst du mir sagen, was du denkst.“

„Gut.“ Schnee wirbelte auf, als er abrupt anhielt. „Es passt nicht zu dem, was ich mir vorgestellt hab. Ich mag keine Themenrestaurants.“

„Aber du magst die französische Küche. Und außerdem lieben es die Einheimischen, sich vorzustellen, sie wären nicht in ihrer Stadt. Es vereint das Beste von beidem.“ Ihr Herz klopfte heftig unter ihrem Skianzug, trommelte eine gefährliche Melodie ihrer potenziellen Partnerschaft.

Er räusperte sich. „Und diese ganze Sache mit den zwei Bereichen. Ich hab mir das nicht als Familienrestaurant vorgestellt.“

Mit offenem Mund sah sie ihn an. „Aber, Bri, das ist der am schnellsten wachsende Markt in Dare. So viele Leute bleiben nach dem College da und gründen Familien, ganz abgesehen von den jungen Leuten, die in Kalifornien arbeiten und hierherziehen, damit ihre Kinder in einer Kleinstadt aufwachsen können. Diese Leute haben einen guten Geschmack und Geld, das sie ausgeben wollen. Zudem möchten sie ihren Kindern neue Dinge zeigen.“ Jills Kehle wurde eng. Sie kämpfte gegen die Flut aufsteigender Tränen an. Ganz offensichtlich hatte sie gelogen, als sie behauptet hatte, seine Meinung würde sie nicht treffen. „Hat dir denn irgendetwas gefallen?“

Sie hörte sein Seufzen trotz der Entfernung. „Ich mochte es, dich so begeistert zu sehen.“

Sie schoss an ihm vorbei, weil sie ihn nicht sehen lassen wollte, dass sie am Boden zerstört war. „Das ist nicht viel.“

„Hey!“, rief er, doch er konnte sie nicht einholen.

Den gesamten Weg bergab kämpfte sie mit sich selbst. Nach Brians Reaktion meinte sie, niemals mit ihm arbeiten zu können. Ihr treuloser Kopf entsann Szenarios, die mit Mac Mavens geheimnisvollem Angebot zusammenhingen.

Jack hatte ihr Mitte der Woche einen enthusiastischen Bericht zurückgemailt und danach angerufen, aber er war beide Male ebenso vage geblieben wie sein Freund. Sie konnte ihren Neugier-Schalter nicht umlegen. Was wollte Mac überhaupt von ihr?

Brian atmete weitaus schwerer als sie selbst, als sie an seinem Truck ankamen. Sie öffnete ihre Stiefel und spürte seine Hände an ihrer Taille. Er drehte sie zu sich um. „Sieh mal, wir bekommen das hin. Alles wird wundervoll." Seine Stimme war so beruhigend wie die eines Zahnarztes, der gerade anfing, die Zähne auf Löcher zu untersuchen. „Mir gefällt die Farbe nicht. Das ist nicht überraschend. Ich bin ein Mann. Ich möchte etwas Unauffälliges. Und ich möchte nicht, dass die Dekoration die Speisen übertrifft. Lass uns irgendwann diese Woche treffen und die Details besprechen."

Sie hätte fast die Augen verdreht. Irgendein langweiliges Lokal, das sich nicht an Familien wandte, würde keine acht Monate in Dare überleben.

„Hey." Er hob ihr Kinn. „Als wir früher hierhergekommen sind und über unsere Träume gesprochen haben, was hast du da immer gesagt? Ich weiß es nicht mehr." Er legte seine Arme um sie. Ohne es bewusst zu bemerken, legte sie den Kopf an seine Brust.

„Ich habe davon gesprochen, etwas Großes zu machen. Wie mein Großvater. Einer der Global Player in der Stadt zu sein." Daran hatte sich nichts geändert.

„Das ist alles?", witzelte er.

„Ich hatte noch andere Träume." Jill erwähnte nicht, dass ihr größter Wunsch damals auf dem Felsen gewesen war, irgendwann Mrs. Brian McConnell zu sein. Sie löste sich von ihm, öffnete die Wagentür und widmete sich ihren Stiefeln. Wenn die Schnürsenkel sich nicht in der nächsten Minute öffnen ließen, würde sie laut schreien.

„Lass mich dir helfen", sagte Brian. Er stand noch immer vor dem Auto und beobachtete ihren Kampf. „Du musst geduldiger werden."

Aber das war noch nie eine ihrer Stärken gewesen.

Brian kniete sich hin und legte sich ihren Stiefel auf den Oberschenkel. Die Sonne schien auf sein Gesicht, während er stirnrunzelnd und langsam an dem Knoten arbeitete. Seine geschwollenen Lippen erinnerten sie daran, was er ihr heute geschenkt hatte: Er hatte ihr Vergnügen bereiten wollen, ohne selbst Ansprüche zu stellen. Ihre Befürchtungen wegen des Restaurants verblassten. Er war zurück. Er war hier. Und er wollte mit ihr zusammen sein. Was konnte wichtiger sein?

„Du hast dich hier ganz schön verheddert", murmelte er.

Das hast du richtig erkannt.

Er zog ihr einen Stiefel aus und hielt ihren Knöchel dabei sanft fest. Als er ihren Fuß mit dem Strumpf in den Wanderstiefel steckte, kam ihr Cinderella mit dem gläsernen Schuh in den Sinn. Der gut aussehende Prinz auf den Knien, seine Berührung liebevoll, der Gesichtsausdruck milde – genau so wirkte Brian in diesem Moment.

Sie ließ sich in den Sitz zurücksinken, als ihr etwas Wichtiges klar wurde. Das Mädchen in ihrem Innern hatte Brian McConnell immer geliebt. Und jetzt wusste sie sicher: Die Frau in ihrem Innern empfand dasselbe.

Zu schade, dass der Traumprinz jede Idee ablehnte, die sie für ihr gemeinsames Lokal hatte. Er mochte kochen können, aber offensichtlich hatte er keine Ahnung vom Geschäftlichen. Sie konnte das Schloss leiten, und sie hatte keine Lust, den gläsernen Schuh auf seinen glänzenden Küchenfußboden zu schmettern, nur um das klarzustellen.

7. Kapitel

Peggy begriff nicht, wie Meredith und Jill sie dazu hatten bringen können, die beiden auf ihrem Einkaufsbummel unter Mädels nach Denver zu begleiten. Jill hatte verkündet, nach dem erfolgreichen Picknick mit Brian am Valentinstag brauche sie Dessous. Jetzt ziehe Tag X herauf, sagte Jill – der Tag der Tat.

Großartig, als ob Peggy wissen müsste, dass ihre Freundin sich einen Tag herausgesucht hatte, an dem sie mit Brian aufs Ganze gehen wollte.

Dennoch – die beiden Schwestern brachten sie zum Lachen, und sie hatte immer schon Denver sehen wollen. Bisher allerdings nervte sie der Ausflug. Sie hatten drei Stunden in der Cherry Creek Mall verbracht.

Peggy verabscheute Shoppen, insbesondere diesen Dessous-Rausch. Angesichts der leuchtenden Farben, Spitzenbodys und ausgepolsterten BHs hatte sie die Hände tiefer in die Taschen ihrer abgetragenen Jeans gesteckt. Ausgepolsterte Körbchen? Meine Güte! Sie wünschte, es gäbe in diesem Laden etwas, womit sie ihre „Mädels" zermalmen könnte.

Begriffen sie nicht, wie beschämend dieses Kichern war? Ein Drogenlabor auffliegen zu lassen und einen Verdächtigen auf der Flucht zu verfolgen, während die weiblichen Körperteile hüpften wie Basketbälle, passte eher in einen Pornostreifen als ins wirkliche Leben. Von Polizisten wurde nicht erwartet, Dekolleté zu zeigen. Sie konnte sich nicht über einen Täter beugen und ein Geständnis aus ihm herauspressen, wenn ihre Oberweite zu sehen war.

Diese Leute mussten ja denken, Frauen säßen herum und würden von Situationen träumen, in denen sie die Dinger hochschieben konnten, höher und noch höher.

Exotische Kleiderpuppen mit Nippeln in verschiedenen sexy Aufmachungen waren überall aufgestellt, einige von ihnen wirkten so obszön, dass sie sich am liebsten die Augen zugehalten hätte. Mit den androgynen Gestalten, mit denen sie bei JC Penney aufgewachsen war, hatten diese nichts zu tun. Sie beobachtete einen einzelnen Typen, der an einem schwarzen Netzbody mit Spitze herumfingerte. Was zum Teufel war der Zweck davon, etwas anzuziehen, was einen splitterfasernackt dastehen ließ? Und riss das nicht? Oder war genau das der Punkt?

„Du solltest das hier anprobieren, Peg“, schlug Jill vor. „Es bringt dein dunkles Haar zur Geltung.“

Der Preis des leicht violetten Nachthemds versetzte ihr einen Schlag. Wie konnte es so viel kosten, wenn es aus so wenig Stoff bestand? Außerdem lebte sie in einem Staat, in dem der Winter lang war. Wenn sie so etwas tragen würde, fröre sie sich den Arsch ab.

„Ich hab ein Kind. Erinnerst du dich? In so etwas kann ich nicht im Haus herumspringen.“

„Es geht ja nur um den Plan.“ Jill hielt einen neongrünen Push-up-BH hoch. „Wenn du den kaufst, sagst du der ganzen Welt, dass du für ein bisschen Action bereit bist.“

„Ich bin eine alleinerziehende Mutter. Das steht nicht gerade ganz oben auf meiner Prioritätenliste.“

„Das wird Tanner gefallen, Mere“, erklärte Jill ihrer Schwester, die einen schwarzen Spitzenbody in die Höhe hielt.

Peggy erschauerte. „Bitte, ihr sprecht über meinen Bruder.“

„Als wenn du nicht wüsstest, dass wir Sex haben.“ Ihre Schwägerin ließ den Body in ihre pinkfarbene Einkaufstasche fallen.

„Ich brauche keine Details." Sie trat von einem Fuß auf den anderen. Ob es wohl unhöflich wäre vorzuschlagen, dass sie sich später treffen könnten?

„Ach, komm schon. Es muss doch etwas dabei sein, was dir gefällt", meinte Meredith.

„Sieh mal, ich schlafe in einem T-Shirt und einer Jogginghose."

Der einsame Typ durchwühlte den Behälter mit den BHs, als suchte er nach Gold, und Peggy fragte sich, ob er ein Transvestit sei.

„Hast du auch keine Spitzenwäsche getragen, als du verheiratet warst?"

Der Typ zog einen schwarzen BH mit silbernen Spikes heraus. Lieber Himmel, das kam direkt aus einem alten Video von Madonna. Er hielt ihn vor sich, und seine Augen leuchteten wie die eines Drogenabhängigen. Sie sah hinüber zu dem Wachmann und fragte sich, mit welchem Mist er sich in diesem Laden abgeben musste. Nicht für alles Geld in der Welt würde sie hier arbeiten.

„Nein, eigentlich nicht. Frank hatte dafür nichts übrig."

Jill schnaubte. „Jeder Mann mag schöne Wäsche, glaub mir."

„Nicht Frank." Sie stockte. Er hatte sie betrogen, oder etwa nicht? Vielleicht war er durchaus empfänglich für all den Mist. Sie ging hinüber in den Gang mit Kosmetikartikeln, um sich Freiraum zu schaffen. Der süßliche Duft ließ ihre Augen brennen.

Wen zum Teufel interessierte es überhaupt, ob Frank so etwas gefiel? Wenn er sie betrogen hatte, weil sie keinen dieser Stell-deine-Brüste-zur-Schau-BHs getragen hatte, dann war er ein noch größerer Verräter, als sie gedacht hatte. Sie schüttelte den Gedanken ab. Ihre Finger tasteten nach ihrem Abzeichen in der Handtasche. Sie wusste, wer sie war.

„Hey, Peg, glaubst du, dies hier würde Brian gefallen?“ Jill hielt ein Nachthemd mit tropischem Aufdruck hoch.

Wenn man zu einem hawaiianischen Fest ging, dann konnte man das vielleicht tragen. „Himmel, ich weiß es nicht. Hört auf, mich zu fragen. Sehe ich aus, als hätte ich Ahnung davon?“

Jill wedelte damit wie eine Burlesque-Künstlerin. „Komm schon, du arbeitest mit Männern zusammen. Fänden sie das heiß?“

„Ich könnte ja ein Foto an den Sheriff schicken.“

„Haha. Ernsthaft. Mein erstes Mal mit Brian soll perfekt werden.“

Ihr Kopf pochte langsam von all den Fragen und dem Parfum. Gott, das Patronenpulver vom Schießstand riecht besser als dieser Unsinn, dachte sie.

„Solange du es ausziehst, ist es den Männern egal. All dieser Mist hilft nur dem Selbstbewusstsein der Frauen.“

Meredith schlang einen Arm um ihre Schulter. „Als jemand, der nach seiner Scheidung für eben dieses Selbstbewusstsein Unterwäsche von La Perla getragen hat, kann ich dir nur zustimmen. Allerdings muss ich hinzufügen, dass dein Bruder dieses Zeug fast genauso liebt wie ich.“

Peggy gab ihr einen leichten Schubs. „Himmel, kannst du keine Ruhe geben?“ Vielleicht würde Meredith aufhören, wenn sie das Thema wechselte. „Jill, ich bin froh, dass du letztendlich beschlossen hast, Brian genug vertrauen zu können, um ihn ranzulassen. Nach all den Jahren könntest du einen Kartoffelsack tragen, und er würde dich trotzdem ins Bett ziehen.“

„Mag sein, aber ich möchte ihn belohnen. Er hat unglaubliche Geduld bewiesen.“

„Darauf wette ich“, meinte Peggy gedehnt und merkte selbst, wie zynisch sie klang. „Du wirst schon wieder rot.“

„Ich muss mal zum Arzt. Vielleicht gibt es eine Pille dagegen.“

„Man nennt es Verlegenheit. Und jetzt, bitte, habt Gnade mit mir. Ich muss wirklich raus aus diesem Laden. Wenn ich mir ansehen muss, wie dieser Typ auch nur noch einen Stringtanga anfasst und Schaum vor dem Mund bekommt, werde ich ihm sagen, er soll verschwinden. Außerdem stinkt es hier drin wie im Freudenhaus."

„Bist du jemals in einem gewesen?" Jill ließ einen weiteren BH in ihre Tasche gleiten.

Peggy verdrehte die Augen. „Es war eher ein Drogentempel als ein Bordell."

„Ach, die gute alte Zeit. Satin und Spitze. Männer mit Zigarren."

„Du hast eine ziemlich romantische Vorstellung von Prostitution."

Meredith trat hinzu. „Okay, lass uns diese Sachen anprobieren. Peggy, ich werde dich nicht bitten mitzukommen."

Sie rieb sich mit den Fingern über eine Augenbraue, während Meredith und Jill hinter einer in Creme und Pink gehaltenen Wand verschwanden. Der Spinner ging an ihr vorbei, zusammen mit drei schwarzen Stringtangas und Bodys, die Druckknöpfe im Schritt hatten. Gott, sich vorzustellen, man selbst wäre diejenige, die das erfunden hatte. Welch ein erhebender Moment in der Wissenschaft – oder der Mode – oder wo auch immer.

Das Lachen der Schwestern drang aus der Umkleidekabine. Wer hätte wissen können, dass ein Ausflug unter Mädels zur Comedyshow werden würde? Dennoch brachte es sie zum Lächeln, die beiden zu hören. Manchmal waren sie wie eine fremdartige Spezies, aber sie lockten sie immer wieder an.

Sie schickte Tanner eine Nachricht, dass er auf Keith aufpassen solle, und endete diese mit: *Rette mich. Ich bin in der Shopping-Hölle.*

Seine sofortige Antwort kam mit einem Ping. *Keith geht es*

gut. Es war deine Entscheidung mitzufahren. Rette dich selbst. Kauft Meredith irgendwas Interessantes?

Sie verzog den Mund. *Ich werde dir auf keinen Fall die Unterwäsche deiner Frau beschreiben,* schrieb sie zurück.

Süß. Etwas, auf das ich mich freuen kann. Viel Spaß. Prust.

Gott, er benahm sich gerade so seltsam. Die fremde Hale-Spezies hatte ihn verwandelt.

Sich in eine Ecke zurückzuziehen schien ihr die klügste Strategie. Ein braunes Nachthemd aus Samt erweckte ihr Interesse. Es erinnerte sie an ein Bärenfell. Es juckte sie in den Fingern festzustellen, ob es so weich war, wie es aussah. Mit einem Blick über die Schulter vergewisserte sie sich, dass Meredith und Jill nicht in der Nähe waren, dann ließ sie einen Finger darüberhuschen. Der dicke, glatte Stoff kräuselte sich. Endlich eine Farbe, mit der sie sich anfreunden konnte. Waren die meisten Männer nicht sowieso farbenblind? Kräftige Farben waren bei ihnen Verschwendung.

Außerdem wirkte es warm – na ja, abgesehen von den fehlenden Ärmeln. Aber die Länge war gut. Dann bemerkte sie, dass sie sich vorstellte, wie sie es auszog und zu ihren Knöcheln hinuntergleiten ließ, wo es wie eine Lache liegen blieb. Sie musste sich zusammenreißen. Vielleicht war es dieser abscheuliche Gestank, der ihr das Hirn vernebelte. Das Preisschild erschreckte sie. Für diesen immensen Betrag konnte sie Keith und sich einen Monat lang satt bekommen.

„Hast du etwas entdeckt, das dir gefällt?"

Sie wirbelte herum und schob die Hände in die Hosentaschen. Meredith hob eine Augenbraue. Jill grinste dämlich.

„Ihr zwei habt euch angehört wie betrunkene Studentinnen aus einer Verbindung."

„Dieses braune Teil hier würde dir stehen", meinte Jill. „Es ist nicht nuttig."

„Ich weiß diesen Hinweis auf meinen Charakter zu schätzen.“ Peggys Blick glitt zurück zu dem Nachthemd. „Es ist nicht das hässlichste Stück hier im Laden.“

„Hmm …“ Meredith stieß ihre Schwester mit dem Ellbogen an.

„Ich bezahl schon mal.“ Jill griff nach Peggys Arm.

„Ich muss mir noch eine andere Größe besorgen.“ Hüpfend machte sich Meredith davon.

Peggy wartete am Tresen, während die Verkäuferin Jills Auslese sinnlicher Reizwäsche einwickelte, als wäre es feinste Seide. Dieser Laden war so seltsam. Warum verschwendete man Geld für leuchtend pinkfarbenes Papier und schlug darin Sachen ein, die sowieso unzerbrechlich waren?

Jill zog eine glitzernde Kreditkarte hervor, als die Kassiererin ihr die Gesamtsumme nannte.

„Du weißt, du wirst diese Sachen nicht lange genug anhaben, um deine Schulden zu rechtfertigen.“

„Das ist mir egal. Das macht man nun mal, wenn man ein Date mit jemandem hat. Man trägt heiße Wäsche und hat glühenden Sex. Es kommt mir so vor, als wollte ich mit Brian schon seit einer Ewigkeit zusammen sein. Ruinier mir das nicht.“

Das war es, was man machte? Sie hatte das noch nie getan. „Entschuldige.“

Als ihr Blick auf flüssige Gel-Pads fiel, mit denen sich die Brüste anheben ließen, rümpfte sie die Nase. Sie stellte sich vor, diese bei einem Überfall zu tragen, wo sie platzen würden, wenn ein Typ zuschlug. Sie würde sterben vor Peinlichkeit. Die Kollegen würden nie aufhören, sie damit aufzuziehen.

„Okay.“ Meredith tauchte an ihrer Seite auf, nachdem sie an einer anderen Kasse bezahlt hatte. „Ich bin fertig.“

„Ich auch.“ Jill hob ihre Taschen hoch. „Sie sollten diesen Laden *Sex ’R Us* nennen.“

Peggy ging den Weg aus der Hölle voran. Sie schenkte dem

einsamen Typen ihr furchteinflößendes Lächeln und brachte ihn so dazu, die Unterwäsche fallen zu lassen. Das erhellte ihren Tag.

„Hey", sagte Meredith, als sie aufholte. „Ich hab etwas für dich gekauft." Sie hielt Peggy eine Tüte hin.

Oh, bitte, lass es nichts mit Animal-Print sein. Sie mochte nicht nachsehen, aber sie wollte auch nicht undankbar erscheinen. Sie griff in die Tüte, und ihre Finger berührten Samt. Während sie das braune Nachthemd halb aus der Tüte zog, starrte sie Meredith an. Ihr Mund wurde trocken. „Ich … Das ist zu viel. Meredith, im Ernst. Ich werde es nie tragen." Noch immer wand sie die Finger um den Stoff.

Meredith schob ihren Arm unter Jills. „Nie ist eine lange Zeit. Bitte, es würde meine Gefühle verletzen, wenn du es nicht annehmen würdest. Sieh es einfach als ein verfrühtes Geburtstagsgeschenk an."

„Mein Geburtstag ist im Dezember", protestierte sie, doch ihre Finger verrieten sie, da Peggy noch einmal mit dem Stoff spielte. Als ihr bewusst wurde, was sie da tat, schob sie das Nachthemd zurück in die Tüte.

Jill stupste ihr in die Seite. „Kommt, essen wir zu Mittag. Das ist der schönste Kaufrausch meines Lebens. Ich bin eine Frau. Hört mich kreischen. Okay, Mere, du bist dran."

„Ich bin Reporterin. Hört, wie ich an einen Exklusivbericht komme."

Jill schwang ihre Arme, die noch immer ineinander gehakt waren. „Sehr gut. Jetzt du, Peggy."

„Ich bin Polizistin. Hört mich schießen."

Die beiden anderen lachten wie zwei Irre und klopften Peggy auf den Rücken. Die plötzliche Enge, die sie in der Brust verspürte, schmerzte fast. Sie stopfte die pinkfarbene Tüte in die Tasche und rief sich in Erinnerung, dass mädchenhafte Sachen nichts für sie waren. Sie war Polizistin und Mutter – zuerst, zuletzt und immer.

Sobald ich heimkomme, dachte sie, werfe ich die Tüte in die hinterste Ecke meines Schranks, wo Keith nicht nachsieht. *Peggy McBride hat keine Verwendung dafür – hat sie nie, wird sie nie.*

Doch als sie sich das sagte, schrie ein anderer Teil in ihr auf und machte den Schmerz in ihrer Brust so unerträglich, dass sie eine Tablette gegen Magensäure aus der Tasche holte, um ihn zu lindern.

8. Kapitel

Sie malte sich aus, wie es wäre, zum ersten Mal mit dem Mann zu schlafen, der auf der anderen Seite des Tischs saß. Gab es irgendeine Situation, in der man sich lieber die Kleider vom Leibe reißen wollte?

Nun, da wäre noch der *tatsächliche Sex*, aber dahin würde Jill schon kommen.

Mit dem Schenkel streifte sie Brians muskulöses Bein, während er weitersprach und dabei diese verführerisch geschwungenen Lippen bewegte. Jill stellte sich vor, wie er damit an ihrem Hals hinunterwanderte, immer tiefer, und in ihre erhitzte Haut kniff, während sie selbst mit den Händen über seinen definierten Rücken strich und zu seinem Waschbrettbauch hinüberglitt.

Er atmete schwer ein. „Hör auf, mich so anzusehen."

„Wie?", flirtete sie zurück, nahm seine Hand und strich mit ihrem frisch manikürten feuerroten Daumen über seine Handfläche.

„Als wenn du das nicht wüsstest. Ernsthaft, du bringst mich um. Direkt hier in deinem verdammten Café. Du solltest es *Don't Toy With Me* statt *Don't Soy With Me* nennen. Echt." Er rutschte auf seinem Stuhl herum, die harte Linie um seinen Mund trat stärker hervor.

Dieser Mann war Toast – und sie würde die Butter sein. Sie hatte die ganze Woche Kamasutra gelernt, bis sie es so gut kannte wie die Gettysburg Address, jene berühmte Rede von Abraham Lincoln. Ob sie ihren Körper jetzt tatsächlich in die „Zikade-auf-dem-Ast"-Position verbiegen konnte wie eine Akrobatin vom Cirque du Soleil, war ein anderes Thema.

„Entschuldige." Brian schob ihr eine der roten Korkenzieherlocken hinters Ohr, der Blick aus seinen leuchtend blauen Tigeraugen wirkte sanft und einschläfernd. Alles in ihrem Innern fand Frieden und Sicherheit.

„Du weißt, ich liebe dich", brachte sie mit leiser Stimme heraus und folgte damit ihrem Herzen. Es erschien ihr aus irgendeinem Grund wichtig, das heute auszusprechen, bevor sie miteinander schliefen.

Seine Augen verengten sich minimal, aber er fing sich wieder, während er ihre Hand an seine Lippen zog. „Das sind eigentlich zu bedeutende Worte, um sie mal eben in einem Café auszusprechen", versuchte er einen Scherz.

Ihr Herz zog sich zusammen, als wäre es ein Stück Fleisch auf dem Grill, das von einer Metallzange gequetscht wurde. Er war also noch nicht bereit, es auch zu sagen. Nun, in absehbarer Zeit würde er es. Hatte er ihr nicht in den vergangenen Wochen gezeigt, wie viel sie ihm bedeutete?

„Reden wir wieder über die Pläne." Während Brian weitersprach, hielt er ihre Hand.

Ihre Gedanken wanderten zu dem smaragdgrünen Negligé, das sie für heute Abend ausgewählt hatte. Duftkerzen würden ihren ersten Schritt in die Leidenschaft begleiten und dem Raum einen exotischen Hauch von Moschus verleihen.

„Hörst du eigentlich zu?" Brian neigte seinen Kopf näher zu ihrem. Die Deckenbeleuchtung schien auf seine dunklen Wimpern.

„Natürlich", log sie. Ihr Herz raste, als hätte sie zu viel Espresso getrunken. „Tue ich das nicht immer?"

Sein Schnauben kühlte ihre Haut. Jill lehnte sich zurück und beobachtete, wie er mit den Fingern über die groben Pläne fuhr, die sie für das Restaurant gezeichnet hatten. Heute diskutierten sie nicht über strittige Punkte, sondern nur über den Grundriss. Nach dem, was am Valentinstag vorgefallen war, machten sie einen Bogen um ihre unterschiedlichen Vorstellungen. Vor ein paar Tagen hatte Brian sich Mortys Laden angesehen, während Jill gearbeitet hatte, und dieser hatte ihm gefallen. Zum Glück wollte Morty die Immobilie erst nächsten Monat auf den Markt bringen. Genügend Zeit für Brian und sie, ihre kreativen Differenzen beizulegen, oder?

Ihre Gedanken wanderten zurück zum Nachmittag. Seine Berührungen an ihren intimsten Stellen, die Sonne warm auf ihrem Gesicht, der tiefe Aufruhr in ihrem Körper. Meine Güte, all das würde sie noch einmal erleben – heute Abend. Es würde noch so viel besser werden mit ihm. Ihre Schenkel spannten sich an.

Er klatschte mit den Händen vor ihrem Gesicht. „Erde an Jill. Was ist heute nur los mit dir? Du bist unkonzentrierter als sonst."

Weil durch ihren Kopf das Wort *Sex, Sex, Sex* zuckte wie die grellen Lichter in einem schäbigen Stripclub in Las Vegas. „Das sind Worte, die das Herz eines Mädchens höher schlagen lassen, Bri."

„Soll ich mich nicht mehr normal mit dir unterhalten?"

„Ein wenig Romantik wäre schön." Sie spielte mit dem Stein an ihrer Halskette. Sie hatte in ihrer Kommode nach der schwarzen Schachtel gesucht, in der sie den herzförmigen Anhänger aufbewahrte, den er ihr zur Abschlussprüfung geschenkt hatte, aber sie hatte ihn nicht umbinden können. Für sie symbolisierte er immer noch das Ende ihrer Freundschaft. Sie wollte ihr Glück nicht aufs Spiel setzen, indem sie ihn jetzt trug.

Er verdrehte die Augen. „Hör mal, wenn wir zusammen arbeiten wollen, kann ich nicht gleichzeitig Casanova und Starkoch Wolfgang Puck sein."

Nun schnaubte sie. „Nein, du hast weitaus schöneres Haar."

„Okay, Klugscheißerin, wie ich schon sagte, ich brauche mehr Platz in der Küche."

„Und ich werde dafür sorgen, dass es sich lohnt.“ Sie glitt mit dem Finger an seinem blauen Sweater mit V-Ausschnitt hinunter. Gott, sie kam sich kühn und sexy vor, so wie sie da mit ihm flirtete und wusste, wohin es führen würde.

Er schob ihre Hand beiseite und versetzte ihrem Vergnügen damit einen Dämpfer. „Jillie, du kannst dich nicht so benehmen, wenn wir ernsthaft Geschäftspartner werden wollen.“ Er pustete in seinen dampfenden Kaffee, ehe er einen Schluck nahm. „Das meine ich ernst.“

„Du bist so hart. Warum können wir nicht etwas Spaß damit haben?“

„Weil Sex und Geschäft nicht gut zusammenpassen. Vertrau mir, ich …“

Sie rutschte mit dem Po bis zur Stuhlkante. „Höre ich da die Stimme der Erfahrung?“

Einen Moment lang sagte er nichts, sondern ließ nur mit unglaublicher Konzentration Zucker in seinen Macchiato rieseln. „Du bist wie ein hormongesteuerter Teenager. Ich brauche bei der Arbeit deinen klaren Kopf für unsere Ideen, und nichts sonst. Spaß können wir danach haben. Das wird nur funktionieren, wenn wir Geschäft und Vergnügen klar trennen.“

Vielleicht mussten sie ja Spaß haben, damit sie selbst aufhören konnte, sich hormongesteuert zu benehmen. „Gut.“ Sie griff nach der Entwurfsskizze. „Was willst du?“

„Knapp zwei Meter mehr für den Kühler.“

Sie rammte die Hacken in den Boden wie eine Eiche, die ihre Wurzeln ausbreitet. „Ich brauche Platz für das Büro. Ich werde nicht in einer Cracker-Schachtel arbeiten.“

„Du kannst dein Büro hier nutzen.“

„Nein. Ich will vor Ort sein.“ *Bei dir.*

„Aber das ergibt doch keinen Sinn. Du kannst völlig problemlos hin- und herfahren.“

Normalerweise mochte sie es, wie seine Brauen seine

leuchtenden Augen umrahmten. Jetzt gerade aber weckte die Falte zwischen seinen Brauen in ihr den Wunsch, ihre lindgrünen und schwarzen Servietten ihres Geschäfts in kleine Stücke zu reißen und wie Konfetti in die Luft zu werfen.

„Ich teile mir die Fläche mit dir, Bri. Das ist das Äußerste, was ich tun kann."

„Ein knapper Meter? Das ist unmöglich."

Ihre Meinungsverschiedenheiten würden ihr ein Magengeschwür verursachen. Seit dem Picknick hatte sich nicht viel verändert, auch wenn sie beide versuchten, Kompromisse einzugehen. Das Brian-Groupie in ihr wollte nachgeben – wie bei dem einfarbigen Entwurf, den sie hasste –, aber sie konnte das nicht einfach so.

„Gib auf, McConnell. Das ist das Beste, was du herausholen kannst."

„Fein. Aber wenn wir nicht genug Lebensmittel haben, um jeden Gast satt zu bekommen, Rotschopf, werde ich dich an diesen Moment erinnern."

Sie presste ihre Finger fest auf den Nasenrücken. Brian trank seinen Espresso und sah dabei alle an außer ihr. Sie mussten eine gemeinsame Vision entwickeln. Tief in ihrem Innern wusste sie, sie beide würden versagen, wenn sie keine gemeinsame Basis fänden.

Ihre Nerven lagen blank. Plötzlich schien es viel weniger einschüchternd, mit ihm zu schlafen, als ein Restaurant mit ihm zu eröffnen. Ihre Gedanken sprangen zurück zu dem geheimnisvollen Angebot von Mac Maven. Er hatte sie noch einmal angerufen und seinen Charme spielen lassen, dabei allerdings nicht übertrieben. Sie hatte ihm erzählt, sie plane bereits ein Unternehmen zusammen mit ihrem Freund aus Kindertagen. Vielleicht aber hatte Meredith von Anfang an recht gehabt. Würde es ihre Beziehung zu Brian zu sehr belasten, wenn sie zusammen ein Restaurant eröffneten?

Die Glocke bimmelte und kündigte einen Gast an. Eine

neue Kundin – und zwar eine atemberaubende. Ihr honigblondes Haar schien lieblich um ihr exotisch anmutendes Gesicht zu hüpfen. Von ihren Wangenknochen hätte ein Felsentaucher Selbstmord begehen können, und ihre filmstarmäßigen Mandelaugen schimmerten in goldenen und kirschholzfarbenen Tönen. Den langen Nerzmantel – eine gefährliche Wahl angesichts der vielen Umweltschützer in Colorado – trug sie offen, was den Blick auf ein rotes Kleid freigab, das sich an eine elfengleiche Figur schmiegte. Die farblich passenden zehn Zentimeter hohen Pumps waren für den Winter völlig ungeeignet und hinterließen überall auf den Walnussdielen Tropfen geschmolzenen Schnees.

Jills Seufzen gipfelte in einem Keuchen. Oh, so schön zu sein – und das sogar noch in den Vierzigern wie diese Frau. Sie musste aus Kalifornien hierher verpflanzt worden sein. In einem Raum voller lässig gekleideter Gäste wirkte sie, als gehörte sie auf den Rodeo Drive.

Jill stand auf, um sich vorzustellen.

Brian ergriff ihre Hand. „Wohin willst du?“

„Eine neue Kundin.“ Sie senkte ihr Kinn.

Er zuckte, als hätte er einen Stromschlag bekommen. Innerhalb einer Sekunde wechselte seine Gesichtsfarbe von normal zu weiß zu grün. Das hatte sie erst dreimal erlebt. Als er sich beim Skilaufen das Bein gebrochen hatte. Als er ihr erzählt hatte, dass seine Eltern sich scheiden ließen. Und als er aufgegeben hatte, Jemma wiederzubeleben.

„Bri-yan“, sang die Frau förmlich mit einem sinnlichen französischen Akzent. Wie glitzernder Weihnachtsschmuck tänzelte sie auf sie zu.

Brian ließ Jills Hand fallen wie eine heiße Kartoffel und stand auf. Die Inkarnation der Venus streckte die Hände aus, umfasste sein Gesicht und küsste ihn leidenschaftlich.

Jill merkte, dass ihr Unterkiefer herunterklappte wie bei einer Figur in einem schlechten Comic. Als die Frau mit ihrer

Zunge über Brians Lippen glitt, richtete sie sich zu ihrer vollen Größe von einem Meter achtundsiebzig auf. Sie tippte der Frau auf die Schulter, nachdem Brian sie *endlich* von sich geschoben hatte.

„Simca!“, stotterte Brian schwer atmend.

„Du kennst sie?“, fragte Jill. Nach diesem Kuss war das eine dumme Frage, aber es war das Einzige, was zu sagen ihr einfiel.

Die perfekten roten Lippen der Frau verzogen sich zu einem wissenden Lächeln. „Wir waren zusammen. In New York. Brian, ich habe dir doch gesagt, ich würde kommen.“

Er hatte in Kontakt mit dieser Göttin gestanden? Jill umklammerte den Stuhl. „Ach ja?“ Sie sah Brian an und wartete auf eine Bestätigung von ihm, doch er hatte den Blick auf diese geheimnisvolle Frau geheftet.

„Allerdings. Hat er Ihnen das nicht erzählt?“

„Nein, mir hat er gesagt, er hätte keine Freundin.“ Und diese Unterlassung fühlte sich an wie ein Betrug.

Sein Blick wanderte von Simca zurück zu ihr, seine Pupillen waren riesig. „Nun … das war nicht … Ich habe sie nie so bezeichnet. Jill … es tut mir leid.“

Als Erklärung war das total mies. Wie konnte er annehmen, unerlässliche Informationen über eine Ex zurückhalten zu können, noch dazu über eine Ex, die zu Besuch kommen würde? Eine Entschuldigung machte es nicht besser.

Simca schob ihren Arm unter seinen. „Wo ich herkomme, verwendet man keine kindischen Umschreibungen. Wir waren ein Liebespaar.“

„Jill …“ Brian brach ab und fuhr sich mit der Hand über die Kehle.

Ihn mit dieser großartigen blonden Frau zu sehen – die weitaus hübscher war als sie selbst – sorgte dafür, dass all die alten Zweifel ihre Köpfe wieder herausstreckten wie damals, als er die selbstbewusste blonde Kelly Kimple ihr vorgezogen hatte.

Nach einigen Sekunden des Schweigens ließ die Frau ein *Tsss* hören. „Ach, Brian, du bist ja überwältigt, mich zu sehen. Dann werde ich mich deiner Freundin selbst vorstellen. Ich bin Simone Moreau. Meine engeren Freunde nennen mich Simca."

Wie hatte er ihr diese Frau nur verschweigen können? Und sie war älter als er! Jills Gedanken rotierten und beschworen Bilder von den beiden zusammen herauf. Das war so gar nichts, was sie brauchte.

„Wie habt ihr euch kennengelernt?" Sie musste sich die Frage förmlich abringen. Ein Teil von ihr wollte es wissen. Der andere Teil …

Brian räusperte sich. „Simca war … äh, einer meiner Chefs im Restaurant."

„Wirklich? Ich erinnere mich noch dunkel daran, dass du gesagt hast, das Leben eines Restaurantchefs wäre eigentlich nur etwas für Männer." Sie wandte sich an Simca. „Ich nehme an, Sie sind Eigentümerin, nicht Restaurantleiterin?"

„Nein, ich leite es auch." Wie eine französische Barbie mit ihrem amerikanischen Ken schmiegte sie sich bequem an Brians Seite.

Als ihr bewusst wurde, wie alle sie anstarrten, wurde Jill rot. In einer kleinen Stadt wie Dare sprachen sich Neuigkeiten wie ein Lauffeuer herum. Ihre Fragen würden warten müssen.

„Wenn Sie mich entschuldigen würden", murmelte sie mit kribbelnden Lippen.

Die goldenen Armreifen der Frau klirrten. „Brian, lass uns irgendwohin gehen und nachholen, was wir versäumt haben. Ich habe dich so sehr vermisst."

Jill rannte gegen einen leeren Tisch, ehe sie aus ihrem Café stürmte. Während ihre Stiefel auf den Gehweg stapften, erwartete sie, die Türglocke noch einmal anschlagen zu hören. Sicherlich würde Brian ihr folgen.

Als nichts läutete außer dem Gong von Smith's Eisenwarenhandlung, traten ihr Tränen in die Augen. Verdammt. Sie würde nicht noch einmal seinetwegen weinen. Lieber würde sie wahnsinnig. Der Schmerz würde sie versengen wie ein heißer Schürhaken und ihren eiskalten Körper erhitzen. Er hatte sie angelogen: Es gab doch jemand Besonderen in seinem Leben. Zum Teufel! Er hatte sie hierher eingeladen. Und um dem Ganzen die Krone aufzusetzen, war sie auch noch eine reife, wunderschöne Französin mit einem ausgeprägten Akzent.

Sie fühlte sich wie eine Närrin. Das Leben, das sie sich für sie beide ersonnen hatte, hätte sie ebenso gut auf Zahnstochern aufbauen können.

9. Kapitel

Brian sah Jill nach, wie sie die Straße hinunterschritt, als müsste sie es mit dem stürmischen Nordwind in einem Boxring aufnehmen. Sie hatte noch nicht einmal eine Jacke an. Mist, dachte er und raufte sich die Haare. Das war schlecht gelaufen.

Simcas Finger, diese zierlichen Instrumente, die einen Zwanzig-Pfund-Fisch filetieren oder einen Mann flehen lassen konnten, bis dieser heiser war, liebkosten sein Schlüsselbein. Er schob ihre Hand fort.

„Was machst du hier?" Er fühlte sich so benommen wie damals, als er im ersten Jahr an der Highschool einen Baseball an die Schläfe bekommen hatte.

Das kleine Lächeln blieb auf ihrem französischen Schmollmund, aber ihre sherryfarbenen Augen verengten sich ein winziges Stück. „Ich korrigiere den schlimmsten Fehler meines Lebens."

In New York war er ihrem gedehnten Akzent verfallen. Damals hatte er verstanden, warum so viele Leute sich für ein Auslandsstudium entschieden. Ein Buch fiel zu Boden, und er wandte den Kopf um. Die Gäste waren im wahrsten Sinne des Wortes auf die Kanten ihrer Stühle gerutscht, um eine bessere Sicht zu haben.

„Lass uns nach hinten gehen." Er schob seine Hand unter ihren Ellbogen, denn er wusste, sie würde ihre Absätze in den Boden rammen, wenn er sie unsanft behandelte. Simca führte. Die Männer folgten. Das war die allgemeingültige Regel.

„Margie, ich nutze kurz Jills Büro."

Er geleitete sie dorthin, während der Drang, Jill nachzulaufen, an seinem Rückgrat aufstieg. Das hier konnte alles ruinieren. Die explosiven Farben im Büro machten seine Kopfschmerzen noch schlimmer. Die rote Tür. Die gelben Wände. Eine Modern-Art-Landschaft, die in Blau und Orange leuchtete.

„Was zum Teufel tust du hier?", wollte er wissen, während er sich auf die Kante von Jills purpurfarbenem Schreibtisch setzte.

„Ich habe dich angerufen. Hast du meine Nachrichten nicht abgehört?" Sie schloss die Tür und lehnte sich wie ein Starlet dagegen. „Meine Scheidung ist durch. Du hattest recht. André hat mich nicht geliebt." Der Hauch eines Lächelns huschte über ihr Gesicht, das einem Filmstar alle Ehre gemacht hätte. „Aber du liebst mich, *mon cher*."

„Was?" Er wäre fast vom Schreibtisch gerutscht. „Du hast tatsächlich die Nerven, nach all der Zeit hier aufzutauchen und einen solchen Unsinn zu erzählen?"

„Sei nicht so wütend auf mich. Ich wollte Kontakt zu dir aufnehmen, nachdem André dich gefeuert hatte, aber mein Scheidungsanwalt meinte, das könnte meinen Unterhalt negativ beeinflussen. Sofort als meine Scheidung rechtskräftig war, habe ich dich angerufen. Ich möchte wieder mit dir zusammen sein. Ich möchte wieder mit dir arbeiten – und alles wiedergutmachen."

Angesichts dieses Schocks brummte sein Schädel. „Du machst wohl Witze!" Brian ging auf und ab. „Warum hast du mir nicht beigestanden, als er mich beschuldigt hat, seine Rezepte gestohlen zu haben? Du hast kein Wort gesagt!"

„Doch, das habe ich!", entgegnete sie und erhob die Stimme. „Ich habe der Polizei gesagt, dass du es nicht gewesen sein kannst. Dass du mit mir zusammen gewesen bist."

Diese Enthüllung nahm ihm einen Teil seines Zorns. Das erklärte, warum sie die Anklage so schnell hatten fallen lassen.

„Er hat mich isoliert, Sim. Behauptet, ich wäre ein Dieb. Ich konnte nirgendwo mehr einen verdammten Job finden."

„Ich weiß. Darum musstest du nach Hause zurückkehren. Ich bin hier, um all das zu ändern. Sieh mich einfach als deine gute Küchenfee."

Als sie sich von der Tür abstieß, schimmerten ihre Augen voller Verlangen. Er hob die Hände. „Gib mir noch eine verdammte Minute hier drinnen. Das ist eine ganze Menge, was ich verarbeiten muss." Stoßweise atmete er ein und aus.

„Ja, natürlich", murmelte sie höflich.

Es war seltsam, sie in Jills Umgebung zu sehen – es war, als würden seine beiden Welten zusammenstoßen und er wäre unter den Trümmern gefangen. „Ich bin nach Hause gekommen, um mein Leben wieder aufzubauen, und ich mache das verdammt gut."

„Das alles tut mir so leid, *chéri.*" In einer nervösen Handbewegung drehte Simca ihre Armbänder. „Ich möchte eine zweite Chance. Ich möchte mit dir zusammen ein Lokal eröffnen. Wir waren so gut zusammen, *mon cher*. In der Küche und im Bett."

Ganz schnell musste er sie zum Schweigen bringen. „Das Mädchen, das du eben kennengelernt hast. Ich bin jetzt mit ihr zusammen."

„Ich verstehe. Ist es etwas Ernstes?"

Er fuhr sich über das angespannte Kinn. „Ja, es lauft darauf hinaus." Ihm wurde klar, das entsprach der Wahrheit, auch wenn die allgegenwärtige Angst davor, was das bedeutete, ihm den Atem nahm. „Wir denken darüber nach, ein Restaurant zusammen zu eröffnen."

„Wo?"

„Hier."

Sie hob eine Augenbraue und sah ihn sanft an. Hatte sie ihm nicht immer zugehört? Die ständigen Meinungsverschiedenheiten mit Jill über ihre gegensätzlichen Vorstellungen gingen ihm durch den Kopf. „Wir arbeiten noch an den Details."

„Du klingst nicht überzeugt. Der Markt ist eng. Was würdest du sagen, wenn ich dir erzähle, dass ich genau das Lokal eröffnen möchte, über das wir immer gesprochen haben? Ich habe jetzt das Kapital dafür – durch meine Scheidung."

Sein Herz setzte einen Schlag lang aus. Gott, er könnte erneut Teilhaber eines Sternerestaurants sein. Das war sein Traum. Auch wenn er nach Dare zurückgekehrt war, um seinen Ruf zu rehabilitieren, war er nie sicher gewesen, wie lange es dauern würde, wieder so weit zu kommen. Und jetzt war es in erreichbare Nähe gerückt. Gerade jetzt. Zudem waren Simca und er nie unterschiedlicher Meinung gewesen, wenn es um die Arbeit ging – dieser Aspekt ihrer Beziehung war immer pure Harmonie gewesen. „Ich weiß nicht. Ach, Sim. Ich war so wütend auf dich. Und bin es noch."

„Ich mache dir keine Vorwürfe. Ich will dir helfen. Was auch immer notwendig ist – ich werde es tun."

Ihre Entschlossenheit hatte immer der seinen entsprochen. Er trommelte mit den Fingern auf den Schreibtisch. „Was ich eben gesagt habe, war ernst gemeint. Ich bin jetzt mit Jill zusammen. Was, wenn ich nur in beruflicher Hinsicht etwas mit dir aufbauen kann?"

Sie fuhr sich über die Kehle. „Dann wäre ich ziemlich enttäuscht, würde aber trotzdem mit dir zusammen arbeiten wollen. Wir Franzosen sind pragmatisch, was Sex und Arbeit betrifft."

Ja, das hatte er aus erster Hand erlebt. Gott, konnte so etwas überhaupt funktionieren? Vor seinem geistigen Auge beschwor er das Restaurant auf, über das sie gesprochen hatten. Moderne Beleuchtung, monochromatische Dekoration mit schlichten geometrischen Mustern, eine vielseitige und jahreszeitlich abhängige Speisenkarte. Dachte er wirklich darüber nach, wieder nach New York oder in eine andere Großstadt zu gehen? Und, Himmel, was bedeutete das für Jill und ihn? Konnten sie eine Wochenendbeziehung meistern?

„Ich muss mit Jill sprechen.“ Da könnte er genauso gut Dynamit entzünden. „Und ich brauche etwas Zeit, damit ich mich entscheiden kann, was ich tun werde.“

Er konnte förmlich spüren, wie die Wände näher rückten. Wenn er auf ihr Angebot einging, die Sache richtigzustellen, würde jeder in Dare erfahren, was er getan hatte. Jill würde es erfahren. Er setzte sich, und die Erschöpfung ließ ihn in sich zusammenfallen wie ein halbgares Soufflé. „Sieh mal, hier weiß niemand, was passiert ist.“

„Wenn du möchtest, sage ich nichts.“

Beim Anblick des Fotos an der Wand, das Jill mit ihrer Familie zeigte, zog sich sein Magen zusammen. Während seiner Jugend waren sie alles für ihn gewesen, und es hatte teuflisch wehgetan, sie zu verlieren. Sie würden es nicht verstehen. Niemand würde das. „Auch wenn Dare modern wirkt, ist es doch eine kleine Stadt. Es war falsch, was wir gemacht haben. Ich bin erwachsen geworden.“

„Das sehe ich. Es macht dich nur noch attraktiver.“

Mit einer ganz natürlichen Bewegung näherte sie sich ihm, und die Note ihres speziell zusammengestellten Pariser Parfums aus Hyazinthen und Weihrauch nahm ihn gefangen. Nur wenige Frauen konnten ein derart exotisches Parfum tragen. Sie war die Verkörperung einer sinnlichen Göttin, und das wusste sie.

„Denk darüber nach. Ich wohne im *Kenilworth Inn*.“

„Okay“. Er ging zur Tür.

Der Klang ihrer melodischen Stimme verweilte in der Luft wie der Duft ihres Parfüms. „*À bientôt*, Brian.“

Ihr *Bis bald* verfolgte ihn, als er das Café verließ, um Jill zu suchen. In seinem Kopf schwirrten all die neuen Möglichkeiten – und die Frage, was sie ihn kosten würden.

10. Kapitel

Der schneebedeckte Friedhof wirkte wie ein Papierbogen aus der Schreibmaschine des Todes, die Grabsteine waren mit ihren zerstörerischen Keilen als Markierungen in den Boden gestoßen worden und bedeckten das Land mit leidvollen Geschichten von Leben, die zu früh endeten, zu lange währten oder irgendetwas dazwischen.

Vorsichtig ging Jill den rutschigen Fußweg hinunter. Sie brauchte ihre beste Freundin – auch wenn sie nicht mehr hier war. Die Pinien winkten eine trostlose Begrüßung, wisperten von Nostalgie und Trauer. Auf Jemmas Grab lag ein frischer Strauß aus Gänseblümchen und rosafarbenen Rosen. Jill schlang sich die Arme um den Körper, um sich gegen die Kälte zu schützen. In der Eile, das *Don't Soy With Me* so schnell wie möglich zu verlassen, hatte sie ihre Jacke vergessen. Ein weiterer cleverer Schachzug.

Jill kniete nieder und fuhr mit den Fingern über die Silhouette des Engels auf dem Grabstein, während sie die Erinnerung an Jemma heraufbeschwor. Akkurate Kurzhaarfrisur. Schelmisch funkelnde schmale Augen. Eine zierliche Figur. Die Hände immer in Bewegung. Ein Lachen, das so leicht und luftig war wie Zuckerwatte.

„Verdammt, Jem. Ich muss mit dir reden, wie wir es immer getan haben." Der Wind blies ihr das Haar aus dem Nacken und ließ sie erschauern. „Brian hat mich angelogen, und das genau in dem Moment, als alles sich so gut zu fügen schien. Er hatte eine Geliebte in New York. Eine *ältere* Französin. Sie wirkt, als käme sie direkt aus einem Fellini-Film, abgesehen davon, dass sie Französin ist und nicht Italienerin. Gott, das tut so weh."

Sie klammerte sich an den Stein, ihre Haut brannte vor Kälte. „Wie konnte er bei so etwas lügen? Dachte er, ich würde ausrasten, weil er mit einer älteren Frau zusammen war?“ Sie schniefte. „Natürlich tue ich das. Sie ist sogar noch heißer als Kelly Kimple. Ich wollte heute Nacht mit ihm schlafen, Jem. Auf diesen Moment habe ich mein ganzes Leben lang gewartet.“

Wieder schniefte sie und wünschte sich, sie hätte ein Taschentuch. „Hat die Französin ihn abserviert? Fühlte er sich zu sehr gedemütigt, um es mir zu erzählen? Vielleicht hat sie ihre Meinung geändert. Es klang so, als hätten sie geredet. Heißt das nicht, er will sie zurück?“

Sie dachte daran, wie vertraut der heiße Kuss dieser Frau gewirkt hatte und dass Brian nicht wirklich zurückgezuckt war. Genauso gut hätte er ihr Herz mit dem Chefmesser in kleine Stücke schneiden können. „Was mache ich nur?“

Jetzt, da sie hier war, fühlte sie sich etwas besser. Meistens war ihr so, als könnte sie ihre Freundin sehen, wie diese sie mit ihren hellen Augen betrachtete und ihr den Pony aus dem Gesicht strich, wie sie es immer getan hatte, wenn sie zugehört hatte. Jills Knie protestierten gegen die frostige Kälte, deshalb setzte sie sich auf die nächste Bank. Ihr Körper fühlte sich an, als würde er gleich vor Kälte bersten.

Sie hörte einen Wagen näher kommen. Pete Collins – Jemmas betrügerischer, widerlicher Ex – kam auf sie zu. Er hatte einen Strauß rosafarbener, oranger und gelber Gerbera dabei, jener Blumen, die er Jemma immer geschenkt hatte, bis zu dem Moment, als er ihr sagte, er sei noch nicht bereit zu heiraten, und sie nur wenige Monate vor ihrem Tod verließ. Jill wischte sich die Tränen ab und wandte ihm den Rücken zu.

„Ich wollte nur die hier ablegen“, sagte er und rieb sich den Nacken.

„Warum zum Teufel bist du hier?“ Sie deutete auf den Strauß, der identisch war mit den anderen, die sie in den vergangenen Monaten auf dem Grab hatte liegen sehen. „Wenn du glaubst, das könnte deine Schuld tilgen, irrst du dich gewaltig."

Er legte die Blumen ab und durchbohrte Jill mit einem eisigen Blick. „Ich werde mich nicht mit dir streiten."

Die Wut kochte in ihr hoch. „Deinetwegen waren ihre letzten Monate erbärmlich."

„Hör auf damit", entgegnete er und strich sein blondes Haar zurück, das eine Windböe ihm ins Gesicht geweht hatte. „Ich trauere auch. Ich weiß, du willst das nicht einsehen, aber nur weil Jemma und ich uns getrennt haben, bedeutet das nicht, dass sie mich nicht mehr interessiert hat. Im Ernst, Jill."

Mit schleppenden Schritten ging sie um das Grab herum. Ihre Schuhe sanken im Schnee ein. „Du hast ihr das Herz gebrochen, und dann musstest du auch noch auf der Halloweenparty mit einem anderen Mädchen auftauchen, um es ihr ganz deutlich zu machen. Das ist das letzte Erlebnis, das Jemma hatte, Pete."

Er reckte eine behandschuhte Faust in die Luft. „Glaub mir, wenn ich sage: Hätte ich gewusst, was in jener Nacht passiert, wäre ich gar nicht aufgetaucht. Ich kann darüber nicht mehr sprechen."

Obwohl sie die Anspannung in seiner Stimme hörte, konnte sie ihm nicht verzeihen. Er hätte sich in keine andere Frau verlieben sollen.

„Was zum Teufel tust du eigentlich hier ohne Jacke?" Er zog seine North-Face-Jacke aus und hüllte sie darin ein. „Du frierst doch."

„Lass mich … einfach allein." Ihre Zähne klapperten.

„Du kannst Brian meine Jacke geben", sagte er, als er sich abwandte und den Weg hinunterging, ohne zurückzusehen. Nur wenig später fuhr sein Jeep um die Kurve.

„Oh, Jemma. Pete hat mir seine Jacke gegeben." Seine Aufmerksamkeit – eine Erinnerung an die Freundschaft, die nicht mehr zwischen ihnen bestand – ließ sie die eiserne Kontrolle verlieren. Das Schluchzen stieg in ihrem Brustkorb auf und löste sich als Schrei aus ihrer Kehle. Sie umklammerte den Grabstein und hielt sich daran fest.

„Jill“, hörte sie Brian sagen, als er um die Bank herumkam. Mit seinen starken Händen hob er sie hoch und zog sie an seinen warmen Körper. „Nicht weinen.“

Die Arme, die sie hielten, gaben ihr die Zärtlichkeit, nach der sie sich gesehnt hatte. Dennoch schob sie ihn von sich. „Lass mich allein.“

Brian bemerkte die Blumen und Petes Jacke. Also waren sich Jill und Pete auch über den Weg gelaufen. Als wären die Dinge nicht schon schlimm genug. Jill hatte ein großes Herz, aber es war eine Medaille mit zwei Seiten. Wenn ihre Gefühle positiv waren, dann waren sie so einladend wie ein Riesenrad. Doch wurden sie negativ, dann entwickelten sie sich zu einem Hurrikan der Stärke 5.

Er würde den Arschtritt bekommen, den er verdiente.

Er rammte die Füße fest in den Boden und stemmte sich gegen den scharfen Wind, der von den Bergen herunterwehte. „Wir müssen reden. Über …“

„Deine französische Geliebte? Du hast mich *schon wieder* angelogen!“ Sie reckte ihr Kinn, eine stolze Geste angesichts der Wimperntusche, die ihr in Schlieren übers Gesicht lief. „Wie konntest du nur? Ich hatte geglaubt, wir ständen uns nahe.“

„Das tun wir auch.“ Er atmete tief durch. Ihr offensichtlicher Schmerz vergrößerte sein Schuldbewusstsein noch. „Es tut mir leid, okay? Ich weiß nicht, was ich sonst sagen soll. Lass uns irgendwohin gehen und reden. Du frierst.“ Als er sie zu sich heranziehen wollte, trat sie zurück. Sein Magen zog sich zusammen. „Jill, bitte, geh nicht fort. Wir haben es so weit geschafft.“ Seine Gedanken gingen blitzartig zu jenen trostlosen Monaten nach dem Abschluss zurück, als sie auf keinen seiner Anrufe reagiert hatte. Panik senkte sich auf ihn herab.

„Haben wir das? Von meinem Verständnis her hättest du mich nicht angelogen, wenn wir es *so weit geschafft* hätten. Wie konntest du mir diese Frau verschweigen?“

„Es spielte keine Rolle für uns.“

„Ich hab dich klipp und klar danach gefragt, und du denkst, es spielt keine Rolle?“ Sie schlug sich vor die Stirn. „Ehrlich, warum hab ich nicht gleich daran gedacht?“

„Weil du alles zu ernst nimmst“, erwiderte er aufgebracht. Die Frustration ließ für ihn verschwimmen, was richtig und falsch war. „Ich war mit Simca in New York zusammen. Es war … kompliziert.“ Ihr Mund verzog sich zu einem dünnen, geraden Strich, sodass er hastig fortfuhr. „Ich habe dir doch erzählt, dass ich kein Mönch war. Es war zu Ende, bevor ich hierher zurückgekehrt bin.“

„Ich bin nicht sauer, weil du Beziehungen hattest, aber du warst nicht aufrichtig, als ich dich gefragt hab, ob es jemand *Besonderen* gegeben hat.“ Der Blick aus ihren grünen Augen durchbohrte ihn wie Laserstrahlen. „Für sie war es immerhin ernst genug, um hierherzukommen. Hast du den Kontakt mit ihr gehalten?“

Es war ihm nicht in den Sinn gekommen, sie könnte das annehmen. Er nahm sie bei den Schultern und rieb sie unsanft. „Nein! Ich habe auf keinen ihrer Anrufe und auf keine ihrer Nachrichten reagiert. Ich hatte keine Ahnung, dass sie hier so einfach auftauchen würde.“

„Und du hast nicht daran gedacht, mir zu erzählen, dass deine Ex-Was-auch-immer versucht hat, dich zu erreichen? Wann hat das angefangen?“

Mist! Er wandte den Blick ab. „Vor ein paar Wochen.“

„Als wir schon zusammen waren also. Und du hast nicht daran gedacht, es zu erwähnen? Hat dich das nicht beunruhigt?“

Er hob eine Schulter. „Ich habe sie ignoriert. Ich dachte, sie gäbe irgendwann auf."

Ihr Lachen war bitter. „Ja, das hat natürlich funktioniert. Ich habe gesehen, wie sie dich geküsst hat. Und natürlich hast du Zeit gebraucht, um sie fortzuschieben." Sie schlang die Arme um ihre Mitte und stand auf.

„Das ist nicht wahr." Er streckte die Hand aus, um sie am Gehen zu hindern. „Ich war total schockiert. Sie war der letzte Mensch, den zu sehen ich erwartet hatte." Brian verlagerte das Gewicht, der Schnee knirschte. „Ich habe ihr von uns erzählt."

Jill schnaubte. „Großartig, dann ist das Problem ja gelöst." Sie presste eine Hand an ihre Brust. Der Anblick ihrer feuchten Augen ließ sein Herz hämmern. „Wenn es vorbei gewesen wäre, hättest du mir von ihr erzählt, als ich dich danach gefragt habe. Wir sind dafür bestimmt, Freunde zu sein – zuerst, zuletzt und für immer. Alles andere …" Ihre Stimme brach.

Er senkte den Kopf, weil er nicht wusste, was er erwidern sollte. Ihr die ganze Wahrheit zu erzählen wäre das Dümmste, was er je getan hatte. Sie würde sich wieder von ihm abwenden, und das würde er kein zweites Mal durchstehen.

„Also, was will sie? Schließlich bist du ja nicht zufällig nach Dare zurückgekommen."

Er hustete, doch er schaffte es nicht, den Kloß aus dem Hals zu bekommen. „Sie will mich zurück. Ich habe ihr erklärt, ich bin nicht interessiert."

Mit dem Ärmel wischte sie sich die Nase ab. „Ganz weit entfernt höre ich ein ‚Aber'."

Er zog sich die Handschuhe aus, ergriff Jill bei den Händen und streifte ihr sie über.

„Oh, Bri." Sie lehnte ihren Kopf an seine Brust und schniefte.

Er legte seine Arme um sie und küsste ihr Haar. Dabei wünschte er sich, er könnte die Angst aus ihrer Stimme verbannen. Seine Augen brannten, als ihre Tränen in seine Jacke sickerten. „Jillie, nicht weinen. Es tut mir leid.“

„Sag mir genau, was sie will.“

Zumindest das konnte er ihr erzählen. Er zog sie näher. „Sie möchte ein Restaurant mit mir eröffnen.“

Sie zuckte zusammen und versuchte, sich von ihm zu lösen. „Aber …“, begann sie. Er hielt sie fest. „O Gott, sie will, dass du wieder nach New York ziehst.“

Selbst jetzt noch bereitete ihm der Schock Kopfschmerzen. Er versuchte, ihre Wange in seiner Handfläche zu bergen, aber sie zuckte zurück. „Stimmt.“

„Ihr hattet darüber gesprochen, zusammen ein Lokal zu eröffnen?“

Innerlich zitterte er. „Ja.“

Entgeistert sah sie ihn an. „Und in New York ist auch richtig was los. Im Gegensatz zum langweiligen alten Dare.“

„Sag so etwas nicht! Du weißt, ich liebe es, mit dir hier zu sein.“

„Aber du ziehst es in Erwägung.“

„Na ja, das kann ich nicht abstreiten … Ich träume davon, ein berühmtes Restaurant zu leiten. Hast du vergessen, wie sehr ich kämpfen musste, um so weit zu kommen? All die Schimpfwörter, die mein Dad und viele der anderen Arschlöcher mir an den Kopf geworfen haben? Das ist wichtig für mich, Jill.“ Er boxte in die Luft. „Und, verdammt, ich bin gerade auch ziemlich durcheinander. Ich habe das nie erwartet, niemals!“

Sie wischte weitere Tränen fort. Der Anblick ihres tränenüberströmten, fleckigen Gesichts und der laufenden Nase löste etwas in ihm. Er nahm ihre Hände. „Dich noch einmal zu verlieren, würde ich nicht ertragen.“ Dann trat er so heftig in den Schnee, dass dieser aufstob wie eine Gewehrsalve. „Aber die Vorstellung von ‚Immer und ewig‘ macht mir noch immer Angst. Und ich will dich auf gar keinen Fall verletzen.“

Schließlich streckte sie die Hände hoch in die Luft. Der Wind blies ihr rotes Haar nach hinten wie einen flammenden Drachen. „Nun, das hast du bereits. Du stehst an der Spitze der Liste von *Menschen, die Jill Hale verletzt haben.* Du musst dich entscheiden, was du willst, denn ich schaffe es nicht, keine ernsten Absichten zu haben, was dich betrifft. Und ich weiß nicht, ob ich so noch weitermachen kann. Es ist wieder genau so wie bei unserem Highschool-Abschluss."

Die Panik traf ihn wie ein rechter Schwinger. Er hatte ihr noch nicht einmal alles erzählt, und trotzdem zog sie sich schon zurück, wich ihm aus, um weiteren Verletzungen zu entgehen. Er umfasste ihren Arm, als sie sich abwandte. „Sag so etwas nicht."

Schniefend sah sie auf ihre Füße hinunter. „Du siehst sie noch immer so an, als wäre da etwas, das du noch nicht verarbeitet hast. Das ist der Grund, warum du wieder nach Hause gekommen bist, nicht wahr?"

„Ja, zum Teil." Er öffnete den Mund, um ihr die Wahrheit zu sagen. Doch die Furcht schnitt ihm die Luft ab.

Abwartend wippte sie mit dem Fuß.

Er räusperte sich. Versuchte es erneut. Aber er konnte die Worte nicht aussprechen.

Wenn sie herausfände, dass Simca verheiratet gewesen war, würde sie davonrennen. Das könnte er nicht ertragen. Sie war der einzige Halt, den er noch hatte. Der einzige Teil von Brian McConnell, den er noch verstand.

„Es gab eine Menge Gründe", sagte er schließlich mit bebender Stimme. Selbst in seinen eigenen Ohren klang diese Aussage hauchdünn. Er packte sie an den Schultern. „Jill, bitte gib uns eine Chance, wir finden eine Lösung dafür. Ich werde dir alles erzählen. Beizeiten."

Sie hob die Hände. „Wie denn? In Raten? Sehe ich aus wie eine Bank?"

„Ich brauche mehr Zeit, Jill." Gott, er konnte es ihr jetzt

nicht erzählen. Nicht, wenn sie so kurz davor stand zu gehen. „Es gibt Gründe, Jill, und die betreffen nicht nur mich."

Sie stemmte die Hände in die Hüften. Petes Jacke verlieh ihr den Eindruck einer hellgrünen Traube.

„Es betrifft auch sie, richtig?"

„Nicht nur sie."

„Du musst deine Gründe haben, wenn du so stur bist. Also, lass uns zum Punkt kommen, okay?" Mit ihren grünen Augen, die feucht schimmerten, sah sie ihn flehend an. „Ich hab dir schon einmal gesagt, dass ich dich liebe."

Der Wind trug die Kälte direkt in sein Herz. Er wusste, was kommen würde.

„Liebst du mich, Bri?"

Sein Herz hörte auf zu pumpen. Seine Mutter hatte behauptet, ihn zu lieben, aber sie hatte nicht gezögert, ihn für irgendeinen Mann im Stich zu lassen. Was zum Teufel war Liebe? Stoßweise atmete er ein, sein Mund war knochentrocken.

„Jill, ich kenne dich … schon mein ganzes Leben lang. Natürlich … liebe ich dich." Selbst der Blauhäher in der Pinie schien über ihn zu lachen. Es war erbärmlich.

Ihre empfindlichen, schwarz verschmierten Augenlider flatterten. „Das klingt nicht sehr überzeugend. Lass es mich wissen, wenn du dich dafür entschieden hast, was du willst. Du kannst nicht einfach so durchs Leben segeln, ohne irgendwann eine echte Entscheidung treffen zu müssen. In der Zwischenzeit sehe ich mich nach anderen Möglichkeiten um."

Er drückte ihren Arm. „Was zum Teufel meinst du damit? Hast du vor, dich mit irgendeinem Typen einzulassen, um es mir heimzuzahlen? Im Ernst, Rotschopf, das bist du nicht."

Sie streifte seine Handschuhe ab und hielt sie ihm hin. „Nein, es bedeutet, ich werde mich nach anderen geschäftlichen Optionen umsehen. Wir beide haben doch sowieso nur Meinungsverschiedenheiten wegen unserer unterschiedlichen Vorstellungen. Mein Leben findet hier statt. Du wolltest immer in New York leben. Vielleicht solltest du einfach dorthin zurückgehen."

Und da wusste er augenblicklich: Er würde sie niemals fragen können, ob sie bereit wäre, eine Wochenendbeziehung einzugehen.

Er konnte damit leben, wenn sie nicht zusammen arbeiteten, aber es zerriss ihm das Herz, dass sie ihm vorschlug, er solle gehen. „Du willst, dass ich gehe?"

Sie biss sich auf die Lippe. „Nein, aber du sollst … glücklich sein. Du hast schon einmal deine Karriere über uns gestellt. Warum sollte es dieses Mal anders sein?"

Wie angewurzelt blieb er stehen, sein ganzer Körper zitterte. „Verdammt, das ist nicht fair. Gib mir einfach etwas Zeit zum Nachdenken. Dann können wir darüber reden", versprach er. Vielleicht würde sie zuhören, wenn sie sich wieder abgeregt hatte.

Sie zupfte an der Jacke, ihre Qual war offensichtlich. „Ich hatte heute Nacht mit dir schlafen wollen. Hast du das gewusst? Witzig, wie diese ganze Chefkoch-Sache alles verdorben hat. Wieder einmal."

Sie rannte über den Weg davon und hinterließ tiefe Löcher im harschigen Schnee. Er sah ihr nach, bis sie in einer Seitenstraße verschwunden war.

Warum hatte er das Gefühl, sie würde erneut aus seinem Leben verschwinden? Er legte eine Hand auf den Grabstein ihrer gemeinsamen besten Freundin und war plötzlich bis auf die Knochen erschöpft. Gott, er hatte ihr wehgetan.

„Oh, Jemma, was soll ich nur tun?"

11. Kapitel

Jill ging den Weg zu Peggy hinauf. Gott, sie musste mit jemandem reden, der etwas erwiderte – die Realität von Jemmas Fehlen hatte sie nach dem Doppelschlag von Pete und Brian brutal eingeholt.

Nachdem sie einmal geklopft hatte, öffnete Peggy die Tür. „Was ist passiert? Geht's dir gut?"

„Nein." Jill klopfte ihre Schuhe auf dem Läufer ab. „Aber ich bin nicht belästigt worden, wenn du das meinst."

„Ganz eindeutig hast du geweint. Lass mich dir einen Waschlappen holen. Ist das Brians Jacke?"

„Nein", flüsterte sie und versuchte, den Schmerz im Griff zu behalten. Sie konnte nicht an Pete denken – nicht, solange das Gespräch mit Brian ihre Gedanken komplett einnahm.

„Brauchst du eine Umarmung, Jillie?", sagte Keith, der vom Treppenabsatz hinunter sah, mit einem Frosch im Hals. Die ganze Woche über litt er schon an einer schlimmen Erkältung.

„Du solltest im Bett sein, junger Mann", rief Peggy zu ihm hinauf.

„Na ja, ich bin traurig." Jill atmete tief ein. Unnötig, vor Peggy und Keith zu heulen. Sobald sie sich zurechtgemacht hatte, würde sie Margie bitten, ihr die Sachen aus dem Laden vorbeizubringen und sie zu Hause abzusetzen. „Geht es dir schon besser, Keith?"

Sein Husten war Antwort genug. Peggy schoss die Stufen hinauf. „Jill, im Gästebad liegt ein Waschlappen. Keith, zurück ins Bett. Jetzt."

„Aber Mom", kam die klägliche, nasale Widerrede. „Ich will Jill umarmen, und Onkel Tanner kommt gleich rüber."

„Jill muss mit Mommy sprechen. Ich schicke deinen Onkel hoch, sobald er hier ist. Jetzt geh schon ins Bett, oder ich werde dich in Handschellen abführen."

Peggy zog ihn hoch, und er klammerte sich an sie. „Du führst doch nur Bösewichte ab." Schwach winkte er Jill zu, während er hinauf und außer Sichtweite getragen wurde.

Jill warf Petes Jacke über die mit Wachsmalkreiden bemalte Garderobe und ging ins Bad, um sich das Gesicht zu waschen. Die Person im Spiegel ähnelte jemandem, der sie nicht sein wollte – einer vergrämten, gebrochenen Frau. Das warme Wasser, mit dem sie sich wusch, fühlte sich beruhigend an. Wiederhergestellt ging sie denselben Weg ins Wohnzimmer zurück. Als es an der Tür klopfte, sprang sie auf und ging hin.

„Hallo", sagte sie mit vorgetäuschter Begeisterung, nachdem sie die Tür für ihren Schwager geöffnet hatte.

„Na hallo, ich hatte nicht erwartet, dich hier zu treffen."

Er umarmte sie ungezwungen, und sie schlang die Arme um ihn. Sein großer, starker Körper wirkte tröstlich auf sie. Sie war ohne Bruder aufgewachsen, aber sie wusste es zu schätzen, jetzt einen zu haben.

„Was ist los, Süße? Du siehst aus, als hättest du geweint. Hattest du Streit mit Brian?"

„Brians Ex-Irgendwas ist heute aus New York gekommen. Sie will ihn zurückhaben, und sie hat ihn gebeten, ein Restaurant mit ihr in New York zu eröffnen."

Er hob ihr Kinn, der Blick aus seinen braunen Augen war zärtlich. „Ach ja? Er ist doch mit dir zusammen."

Sie fuhr fort, ohne darauf einzugehen. „Es ist das, was er immer wollte. Außerdem ist er hin- und hergerissen. Und das ist ja kein Wunder. Sie ist diese großartige französische Küchenchefin, und genau da liegt das Problem. Bestimmt ist sie mindestens zehn Jahre älter als er."

„Eine ältere Frau? Was du nicht sagst!"

Sie boxte ihn gegen den Arm. „Er hat sie in New York

zurückgelassen.“ Allein der Gedanke daran ließ sie erneut wütend werden und spüren, wie verletzt sie war. *Genug davon.*

Tanner bugsierte sie in die Küche. „Hat er all das bestätigt?“

„Überwiegend. Er ist mir ziemlich ausgewichen.“ Sie fühlte sich immer noch zittrig und wusste es zu schätzen, dass er ihr einen Stuhl anbot. „Und hör auf mit diesem Reporterjargon. Du klingst schon wie Meredith und Grandpa.“

„Du stammst aus einer Zeitungsfamilie. Daran solltest du gewöhnt sein.“ Er nahm drei Limonadendosen aus dem Kühlschrank, setzte sich ihr gegenüber und schob ihr eine davon zu. „Was genau hat er gesagt?“

Da Tanner ihr noch immer diesen *Vertrau-mir-du-kannst-mir-alles-erzählen*-Blick schenkte, spielte sie mit ihrem Haar und sprach weiter. „Er hat mir nicht alles erzählt.“

„Wer?“, erkundigte sich Peggy, die in die Küche kam. Sie umarmte Tanner. „Der kleine Mann hat den ganzen Morgen auf dich gewartet. Jetzt sieht er sich oben einen Film an. Oh, eine Erfrischung. Danke. Ich habe null Schlaf bekommen. Der arme Kerl hat die ganze Nacht gehustet.“ Sie zerrte an ihrem zerknitterten schwarzen T-Shirt. „Ich sehe schrecklich aus, nicht wahr?“

„Schrecklich mütterlich, und das zählt nicht“, gab er zurück.

Unter dem Tisch versetzte Peggy ihm einen Tritt. „Witzig. Also, wenn ich richtig verstanden hab, reden wir über Brian?“

„Genau.“ Jill spielte mit dem Verschluss ihrer Dose.

Tanner räusperte sich. „Sieht so aus, als hätte Brian ein heimliches Verhältnis mit einer älteren Französin gehabt, mit der er in New York zusammengearbeitet hat. Jetzt ist sie in Dare, will ihn zurück und möchte mit ihm ein Restaurant in New York eröffnen. Jill denkt, er ist hin- und hergerissen. Wie findest du meine journalistische Leistung?“

Jill verschränkte ihre Arme. „Ich finde sie echt mies.“

„Das erklärt die tiefen Schatten unter deinen Augen. Wie viel älter?“, wollte Peggy wissen.

„Schwer zu sagen. Sie hat perfekte Haut.“

„Schlampe“, meinte Peggy. „Okay, fang vorne an.“

Ihr Bericht enthielt alles außer ihrem Vorhaben, heute Nacht mit ihm zu schlafen. Als sie fertig war, wischte sie sich die Tränen ab. „Was? Kein Ratschlag?“

Peggys tropfender Wasserhahn war das lauteste Geräusch in der Küche.

„Tja, das erklärt die Jacke“, murmelte Peggy. „Wie heftig, dass du zu allem Überfluss auch noch Pete begegnen musstest.“ Sie wusste, wie schwer es Jill fiel, ihm zu verzeihen, was er Jemma angetan hatte.

„Allerdings … Also, unsere Beziehung ist total verkorkst, nicht wahr? Brian wird nicht zugeben, dass er mich liebt, er hat Geheimnisse vor mir, und …“

„‚Geheimnisse‘ ist ein hartes Wort“, unterbrach Tanner sie. „Er hat dir nicht die ganze Wahrheit gesagt, aber er hat versprochen, es noch zu tun. Jeder von uns hat Dinge in seiner Vergangenheit, auf die er nicht stolz ist, Dinge, die wir nicht mit unseren Liebsten teilen wollen.“

Wirklich? Da hatte sie wohl den Anschluss verpasst, weil sie keine besondere Vergangenheit hatte. „Willst du damit sagen, es gibt Dinge, die du Meredith nicht erzählt hast?“

„Kommen wir wieder auf das Wesentliche zurück“, sagte er. „Er mag gute Gründe haben, Stillschweigen darüber zu bewahren, aber du musst eines bedenken. Als er beschlossen hat, New York zu verlassen, ist er nicht nach Chicago oder Los Angeles gegangen. Er kam hierher. Das ist aufschlussreich. Und was das geschäftliche Angebot betrifft, musst du abwarten, wie er sich entscheidet.“ Mit der Limo in der Hand stand er auf. „Ich gehe hoch und sehe nach Keith. Jill, ihr Hale-Frauen seid aus hartem Holz geschnitzt. Vergiss das nicht.“

Klar, sie fühlte sich gerade wie der Felsen von Gibraltar. Nachdem er gegangen war, beugte sie sich vor. „Ich wollte heute Nacht mit ihm schlafen", flüsterte sie. „Das wird nun auf keinen Fall passieren. Was meinst du?"

Peggy fuhr sich über das Gesicht. „Ich mag sowieso keine Geheimnisse. Ich habe all diesen Mist mit meinem Ex durchgemacht. Keith war gerade geboren, als ich von Franks Affäre erfahren hab. Und außerdem, wenn Brian dir gesagt hätte, dass er dich liebt – und damit meine ich nicht diesen Blödsinn von *Wir werden immer beste Freunde sein* –, hättest du dich jetzt sicher besser gefühlt."

Jill war klar, was Peggy ungesagt ließ: Ja, sie hätte sich dann besser gefühlt, aber er *hatte* es nicht gesagt. Sie stürzte ihre Limo in einem Zug hinunter. „Ich weiß nicht, wo wir stehen oder was ich denken soll."

„Meinst du nicht, er wird bleiben?"

Es schien eine gute Idee zu sein, mit dem Kopf auf das Toy-Story-Tischset zu schlagen. Vielleicht würde es helfen, den Nebel zu lichten. „Ich weiß es nicht. Hier ist nicht New York, und ich bin ganz eindeutig nicht Barbie, die Küchenmeisterin. Die Idee, zusammen zu arbeiten, gefällt uns beiden, aber wir sind so ziemlich in allem unterschiedlicher Meinung, wenn wir über Berufliches reden."

„Dann ist es möglicherweise besser, wenn ihr euch auf Persönliches konzentriert." Peggy griff nach einer Serviette, spuckte darauf und streckte die Hand über den Tisch. „Da ist noch Makkaroni von gestern Abend."

Jill wich zurück. „Oje, hast du gerade deine mütterliche Seite gezeigt?"

Peggys Augen verengten sich, als wenn Jill eine mutmaßliche Mörderin wäre. „Ich will dir nicht wehtun müssen." Sie warf die Serviette beiseite. „Es wird Zeit, dass ich wieder arbeite. Ein paar Betrunkene und undisziplinierte Studenten abführen oder so. Gott, ich vermisse sogar den Papierkram. Ich liebe meinen

Sohn, aber krank ist er wirklich keine Freude. Und jetzt befürchte ich, er hat mich angesteckt. Heute Morgen hatte ich schon einen belegten Hals. Ich darf nicht krank werden!"

„Komm bloß nicht näher. Ich darf auch nicht krank werden."

„Als würde ich dir zu nahe kommen. Ich mag eine alleinerziehende Mutter sein, aber so verzweifelt bin ich dann doch nicht."

Unwillkürlich lachte Jill auf, und es fühlte sich gut an. „Wenn ich ein Typ wäre, würde ich dich auf jeden Fall heiraten. Dann müsste ich mir wegen Brian keine Gedanken machen. Wir könnten Keith zusammen großziehen, und außerdem weißt du, wie man Handschellen benutzt."

Peggys Mundwinkel bewegten sich aufwärts. „Ich lege einem Verdächtigen, der Widerstand leistet, innerhalb von fünf Sekunden Handschellen an. Da lassen die Kerle vor Peinlichkeit die Köpfe hängen."

„Nicht dass du keine Konkurrenz wärst oder so …"

„So wie du? Okay, Klugscheißerin, zurück zu Brian. Was willst du machen, wenn er sich dafür entscheidet, ein Restaurant mit ihr zu eröffnen?"

Wenn Brian fortginge? Gott, allein der Gedanke schmerzte. Jill lehnte sich in ihrem Stuhl zurück. „Na ja, ich hab noch eine zweite Möglichkeit." Selbst ohne die Details zu kennen, glaubte sie nicht, dass Peggy Mac Maven gutheißen würde. „Ich weiß allerdings nicht, wie realistisch sie ist."

„Was verschweigst du mir gerade?", wollte Peggy wissen und trommelte mit den Fingern auf den Tisch.

War sie so durchschaubar? „Kannst du Gedanken lesen?"

Ihre Freundin lehnte sich in ihrem Stuhl zurück, wie sie es den ganzen Tag gemacht hatte. „Das kommt von meinem Job. Und jetzt spuck's aus."

Jill hob die Hände. „Gut, aber ich weiß wirklich noch nicht viel. Er will nicht darüber sprechen, solange wir kein Geheimhaltungsabkommen geschlossen haben. Aber ich weiß, dass er echt heiß ist."

Peggy hob eine Augenbraue. „Single?"

Jill gab einen trillernden Laut von sich, dieses Gespräch war eine willkommene Ablenkung. „Hast du beschlossen, ins Land der Lebenden zu kommen und den horizontalen Mambo zu tanzen?" Bei der Vorstellung brodelten ein paar Lachsalven in ihr auf und lösten die Anspannung in ihrem Zwerchfell. „Er ist so gar nichts für dich."

„Nur weil ich im Moment aussehe wie eine schleimbedeckte Mommy, heißt das nicht, dass ich mich nicht saubermachen kann. Wie heißt er?"

Jill neigte ihren Kopf. Das war kein lüsternes Interesse. „Du hast vor, ihn durch deine – wie auch immer man das nennt – Polizeidatenbank zu jagen, nicht wahr?"

„Der Typ würde dich nicht eine Verschwiegenheitsklausel unterschreiben lassen, wenn er als Bürger des Jahres nominiert wäre."

Jill griff nach ihrer Hand. „Peg, im Ernst, er ist ein guter Geschäftsmann. Ich bin sicher, es gibt gute Gründe für die Geheimniskrämerei." Auch wenn sie diese nicht kannte. „Einer meiner Stammgäste hat sich für ihn verbürgt." Jedes Mal, wenn Jack in ihr Café gekommen war, hatte er ganz nebenbei erzählt, wie unglaublich Mac sei und wie gern er mit ihr arbeiten wolle. Aber was die Basis dieser Geschäftsbeziehung war, darüber blieben seine Lippen verschlossen, und das frustrierte Jill endlos. Hatte ein Mädchen nicht zumindest das Recht zu erfahren, warum es umworben wurde?

„Wenn das wahr wäre, hättest du Brian davon erzählt, und du hättest keine Hemmungen, mir seinen Namen zu nennen."

Verdammt, sie hätte nie davon anfangen sollen. „Woher weißt du, dass ich Brian nicht davon erzählt habe?" Jill sprang aus ihrem Stuhl auf. „Ich hatte nicht vor, weiter darauf einzugehen." Bis jetzt. „Bitte, behalte es für dich."

Auch Peggy stand auf. „Es gefällt mir nicht, wie man dich hinhält. Aber zurück zu Brian. Was hast du vor?“

Himmel, was *hatte* sie vor? Jill rieb sich die kribbelnde Nase. „Ehrlich, Peg, ich weiß es nicht, aber ich habe es satt, auf ihn zu warten. Das habe ich den größten Teil meines Lebens getan.“

Was konnte es schaden, wegen des Angebots von Maven nachzuhaken? Wenn es schon sonst nichts brachte, dann war sie wenigstens von Brian abgelenkt. Wenn er ging, dann hatte sie zumindest etwas anderes, wohinein sie ihr zerbrochenes Herz legen konnte.

Peggy schloss die Tür hinter Jill und ging die Treppe hinauf. Die Arme! Männer konnten einen wirklich fertigmachen. Sie hatte ihr Soll mit Frank erfüllt, soweit es sie betraf, war sie für ihr Leben durch damit.

Tanner las Keith noch eine zweite Geschichte vor, und ihr Kind hatte sich an ihn geschmiegt wie Hefeteig an den Boden einer Schüssel. Zu schade, dass sie ihre Kamera nicht griffbereit hatte.

Sie nutzte die Gelegenheit, um ins Bad zu gehen und sich zu säubern. Ihre Augen hatten einen glasigen Schimmer, als wenn sie die ganze Nacht jemanden observiert hätte. Waren das dunkle Schatten? Sie sah wirklich aus wie eine Mutter, die vollkommen am Ende war. Gott sei Dank war sie nicht der Typ für *Spieglein, Spieglein an der Wand …*

Aber ihr T-Shirt roch, und das war selbst für sie ziemlich schlimm. Wann hatte sie zum letzten Mal Wäsche gewaschen?

Sie betrachtete ihre glänzende Dienstmarke, die neben dem Waschtisch lag. Frank hatte immer gemeint, sie sei nicht ganz richtig im Kopf, da sie ihre Dienstmarke im Bad aufbewahrte, wenn sie freihatte. Im Bad erinnerte die Marke Peggy daran, welcher Typ Frau sie war. Weit mehr als Nachtcreme und Haarpflegeprodukte. Sie drehte das Slinky aus

Plastik, das Keith am Wannenrand hatte liegen lassen, als er gebadet hatte. Sie war auch Mutter. Manchmal schienen die beiden Seelen in ihr überhaupt nicht zusammenzupassen. Während sie ihr Spiegelbild betrachtete, fragte sie sich, wohin die Frau verschwunden war. Die Polizistin und die Mutter schienen allen Platz in ihrem Innern eingenommen zu haben.

Sie griff nach einer frischen Bluse und einer Hose. Zumindest könnte sie sich das Gesicht waschen. Ihr Haar kämmen und die Zähne putzen. Für heute würde das genügen.

Als sie wieder aus dem Bad kam, wartete Tanner bereits.

„Er ist total erkältet. Der arme Kerl hat nicht mal ein Kapitel mit mir geschafft."

Gemeinsam gingen sie die Treppe hinunter.

„Das Virus hat ihn völlig ausgeknockt." Ihre heisere Stimme verstärkte den besorgten Unterton noch. Manchmal war es ebenso nervenaufreibend, alleinerziehende Mutter zu sein, wie die Haustür eines Täters aufzubrechen.

Tanner schlang den Arm um sie. „Meredith und ich können dir helfen."

Ihr war bewusst, wie mädchenhaft sie sich in diesem Moment benahm, aber sie wollte sich an ihren großen Bruder anlehnen und ihn alles regeln lassen. „Ich glaube, mich hat's auch schon erwischt."

„Das ist kein Wunder. Du verlangst dir immer das Maximum ab. Du hast dieses Haus gekauft und schneller eingerichtet, als ich es jemals bei irgendjemandem erlebt habe. Dann hast du einen neuen Job angefangen, wo du nach deinem schmutzigen Vorgänger erst einmal aufräumen musstest, und dann hast du es auch noch geschafft, dass Keith sich in einer neuen Schule eingelebt hat."

„Wenn du es so siehst …", erwiderte sie. „Es bedeutet Keith so viel, dass du jeden Tag herkommst." Sie tätschelte seinen Arm. Sie waren beide nicht sentimental, aber sie wollte, dass er sie verstand. „Und mir bedeutet es auch viel. Ich habe dich vermisst, als du in Übersee warst."

Seine Umarmung war seltsam tröstlich. Er hatte Umarmungen nie gemocht, ehe er Meredith kennengelernt hatte. Peggy selbst allerdings auch nicht.

„Ich habe dich auch vermisst. Es ist witzig. Mit euch beiden und Meredith habe ich gar kein Fernweh mehr, obwohl ich das befürchtet hatte."

„Das freut mich. Ich wusste nicht, ob du in den Staaten bleiben könntest."

Er ließ die Arme sinken, und sie trat einen Schritt zurück. „Ich muss wieder los zur Vorlesung an die Universität."

„Mein Bruder, der Professor für Journalismus." Als er schon an der Tür war, rief sie noch einmal seinen Namen. „Könntest du mir einen Gefallen tun?", bat sie, als er sich umwandte. Sie hörte auf ihr berüchtigtes Bauchgefühl.

„Jeden."

„Könntest du mir eine Liste der Leute besorgen, die in den vergangenen sechs Monaten ein Grundstück hier im Ort gekauft haben?" Es wurde Zeit zu sehen, ob es einen Faden gab, an dem sie ziehen konnte. Von Jill hatte sie wenige Anhaltspunkte bekommen.

Er zog seine dunkelblaue Jacke und die Lederhandschuhe an. „Wirst du mir auch verraten, wieso?"

Sein prüfender Blick machte sie nicht so nervös wie andere Menschen. „Es ist nichts, was dich beunruhigen müsste."

„Geht es um diese Französin?"

Sie musste beinahe lachen. „Nicht ganz."

Zehn volle Herzschläge lang lag ein Schweigen über dem Eingangsbereich. „Okay, aber du weißt, du kannst mir ruhig anvertrauen, warum du das nicht bei der Arbeit herausfinden kannst."

Sie nickte. Sie war noch zu kurz am Justizzentrum, um die Quellen dort für persönliche Belange zu nutzen. Aber Tanner sollte nichts von dem mysteriösen Investor erfahren, der Jill kontaktiert hatte. Er würde Meredith davon erzählen müssen, weil sie verheiratet waren, und Meredith würde aus dem gleichen Grund mit Jill reden müssen – eben, weil sie Schwestern waren. Peggy hatte null Interesse daran, eine Telefonkette auszulösen.

„Ich bin sicher, da ist nichts."

Er küsste sie auf die Wange. „Okay. Ich besorge dir eine Liste. Ruf mich an, wenn du Hilfe brauchst. Das meine ich ernst, Peg."

Als sie die Tür schloss, presste sie eine Hand auf ihren aufgewühlten Magen. Sie war nicht hysterisch, aber sie wusste, wenn etwas sich falsch anfühlte.

Dare war mittlerweile ihr Zuhause, und sie würde alles tun, um es zu beschützen – und Jill.

Hoffentlich täuschte ihr Bauchgefühl sie. Wenn dieser Investor nicht ganz koscher war, dann würde sie einen Weg finden müssen, diese geheime Sache, die er vorhatte, im Keim zu ersticken – was auch immer es war.

Selbst wenn Jill das nicht gefiel.

12. Kapitel

Zum *Don't Soy With Me* zurückzukehren war in etwa so attraktiv, wie auf dem zugefrorenen Fluss im Canyon kegeln zu gehen. Jill stand der Sinn nicht nach Getuschel, Fragen oder prüfenden Blicken.

Stattdessen ging sie heim und wählte Mavens Nummer. Zeit, neue Optionen zu erkunden.

„Mac, hier ist Jill Hale."

„Jill", erwiderte er mit einer gehörigen Portion Charme. „Schön, von Ihnen zu hören. Ich hoffe, das bedeutet, Sie haben darüber nachgedacht."

Sie legte ein Foto von Brian und sich, auf dem sie in *Hairy's Pub* Billard spielten, umgedreht auf ihren lilafarbenen Kaffeetisch. „So ist es." Sie weigerte sich, Schuldgefühle zu verspüren, und versuchte stattdessen, sich auf dieses geheimnisvolle Geschäft zu konzentrieren.

„Wunderbar! Können wir uns in meinem Büro in Denver treffen?"

„Klar." Sie schrieb sich die Adresse auf.

„Passt es Ihnen morgen? Da Sie schon hierherkommen, kann ich mich gern nach Ihnen richten. Was halten Sie davon, wenn ich Sie zum Lunch einlade?"

Dann spränge bei der Fahrt zumindest ein gutes Essen heraus. „Gern."

„Ich bin froh, dass Sie darüber nachgedacht haben. Ich freue mich, Sie morgen zu sehen."

Dann unterbrach er die Verbindung.

Sie ging zu ihrem Kleiderschrank hinüber. Ihr Modegeschmack entsprach nicht gerade dem Businesslook der erfolgreichen Geschäftsfrau, aber sie hoffte, sie könnte trotzdem noch etwas Passendes zusammenstellen. Morgen würde sie endlich herausfinden, warum er sie kontaktiert hatte. Ein Teil von ihr konnte es kaum erwarten.

Danach würde sie mit Brian reden. Sie verstand, wie schwierig Beziehungen für ihn waren und wie negativ seine Eltern ihn geprägt hatten. Aber wenn er auch nur irgendein Band zwischen ihnen aufrechterhalten wollte, dann würde er ihr den Rest seiner Geheimnisse erzählen müssen. Sie musste den Menschen in ihrem Leben vertrauen können.

Wenn er nicht reinen Tisch machte, dann würde sie nicht einmal mehr mit ihm befreundet bleiben können.

13. Kapitel

Brian nahm einen weiteren Zug aus der Jack-Daniels-Flasche und warf einen Dartpfeil durch sein Wohnzimmer. Dieser schlug an der Wand auf und prallte zurück. Mutt wich nicht einmal aus.

„Ich bin heute grottenschlecht, nicht wahr?" Er kraulte den Hund am Kopf. „Ich vermisse Jill." Damit bohrte er einen Pfeil in seine Paris-Karte statt in die Dartscheibe.

Wieder nahm er einen Schluck von seinem Drink und genoss es förmlich, wie die Flüssigkeit in seiner Kehle brannte.

Jemand pochte an die Tür. Mutt verdrehte die Augen in Brians Richtung, als wollte er fragen: Gehst du aufmachen?

„Du bist ein schrecklicher Wachhund. Vielleicht ist es Jill." Mutt bellte. Brian hastete zur Tür und öffnete.

Pete hielt ihm eine braune Tüte entgegen. „Ich habe Medizin mitgebracht."

Dann schlenderte sein Freund in die Küche. Nachdem er ein Longdrinkglas gefunden hatte, schenkte er sich ein. Er setzte sich Brian gegenüber, der es sich wieder auf seinem schwarzen Ledersofa bequem gemacht hatte und Mutts Schlappohren kraulte.

„Wie hast du mir nur diese Französin verheimlichen können?"

Indem er sich geschworen hatte, niemandem davon zu erzählen. Es war schwierig genug gewesen, nach Dare zurückzukehren, auch ohne zusätzliche Komplikationen. „Ich will nicht darüber reden."

„Na ja, niemand in Dare kann aufhören, darüber zu reden.

Die Szene im *Don't Soy With Me* hat die Gerüchteküche für Wochen angeheizt."

„Fuck."

„Ich denk mal, Jill und du, ihr seid gerade nicht so gut aufeinander zu sprechen." Mutt bellte kurz auf.

„Ja, was sonst. Wir sprechen über Jillie. Wir sind auf dem Friedhof ein paar Runden gegangen, nachdem sie mit dir geredet hat", erklärte Brian.

Pete stand auf und stemmte die Fäuste in die Seiten. „Ich würde es nicht reden nennen. Himmel, jedes Mal, wenn ich sie sehe, folgt eine Anschuldigung der anderen, und ich fühle mich nur noch schlechter. Mir ist klar, sie muss jemandem die Schuld geben, aber verdammt, für mich ist das Ganze so schon schwer genug."

Brian hievte sich hoch. „Du bist nicht verantwortlich für Jemmas Tod. Niemand ist das."

Pete trank in einem Zug aus. „Nichts ist mehr, wie es war, und ich glaube nicht, dass ich es noch viel länger ertrage. Du bist letztendlich zurückgekommen, aber Jemma ist gestorben, und Jill hat mich zu ihrem Todfeind erklärt. Mittlerweile verstehe ich, wie du dich gefühlt hast, als du nach New York gegangen bist und sie nicht mehr mit dir gesprochen hat. Als ich mich von Jemma getrennt hab, wusste ich, ich würde auch Jill als Freundin verlieren. Aber ich hatte keine Ahnung, dass es so Scheiße sein würde."

„Ja, ganz große Scheiße." Und der Gedanke daran, wie er sich damals gefühlt hatte, vergrößerte seinen jetzigen Kummer nur noch. Jeder Erklärungsversuch würde Jill ausrasten lassen. Das war das Problem. Und sie hatte recht – er hatte sich wie ein Arschloch benommen: Er hatte ihr nichts erzählt, und er hatte auch keine feste Zusage abgegeben, weder zum Restaurant noch zu ihrer gemeinsamen Beziehung.

„Diese Französin will dich also zurück?"

Brian wandte sich vom Pariser Stadtplan an der Wand ab.

„Ja, aber ich hab ihr erzählt, dass ich mit Jill zusammen bin. Sie will ein Restaurant mit mir eröffnen."

Pete ließ ein Pfeifen hören. „Denkst du darüber nach, ihr Angebot anzunehmen und wieder nach New York zu gehen? Ich habe nie verstanden, warum du wieder hierhergekommen bist."

Auch wenn Pete sein Freund war, fand Brian, Jill sollte die Erste sein, die die ganze Geschichte zu hören bekam.

„Warum bist du noch hier, wenn du so über den Ort denkst?", erkundigte er sich, weil er hoffte, so das Thema wechseln zu können.

Pete zuckte die Schultern. „Ich denke erst seit Kurzem darüber nach wegzugehen, und ich habe die Fühler ausgestreckt. Meine Dissertation kann ich überall fertigschreiben. Vielleicht wäre es gut, ganz neu anzufangen."

Brian verabscheute die Vorstellung, sein Freund könnte fortziehen, wo sie sich gerade erst wieder angenähert hatten, aber er verstand ihn. „Du wirst es herausfinden."

„Ich habe vor, heute Abend noch zu *Hairy's* zu gehen. Willst du mitkommen?"

„Nee." Sein Magen grummelte wie eine Eismaschine. Er hätte zu seinem Drink etwas essen sollen. „Kannst du mir die Salami und den Käse aus dem Kühlschrank geben?"

Pete warf die Lebensmittel auf die Granitarbeitsplatte. „Du bist ein solcher Snob geworden, was Essen angeht. Was ist mit dir passiert?", erkundigte er sich im Scherz.

„Ich habe Geschmack bekommen. Du nicht", gab er in ihrer Art männlicher Verbundenheit zurück. Damit schnitt er ein Stück der italienischen Soppressata auf und biss hinein. Das geräucherte Schweinefleisch war wie ein Lichtstrahl, und der Trüffelkäse schien alles möglich zu machen. Das Essen ließ das Leben wieder positiv erscheinen.

„Sicher, dass du nicht zu *Hairy's* mitkommen willst?"

„Ich muss die Leute nicht über mich reden hören."

Pete klopfte ihm auf den Rücken. „Verstehe. Bis bald, McConnell."

Die Tür schlug zu. Brian umklammerte die Arbeitsplatte. Nun, wenn er heute Abend zu Hause bliebe, brauchte er eine Ablenkung.

Und beim Kochen konnte sich Brian am besten entspannen.

Um sich von Jill abzulenken, beschloss er, etwas Aufmunterndes zuzubereiten. Eine Quiche? Nein, nichts Französisches. Nichts, was er mit Simca gekocht hätte. Er würde italienisch kochen und eine Lasagne machen. Also nahm er Wurst aus dem Kühlschrank. Es würde ihn beruhigen, die Nudeln selbst zu machen. Er stellte eine Pfanne auf den Herd, gab die Wurst dazu und schob sie auseinander.

Manche Zutaten brauchten Platz, um ihr wahres Potenzial zum Vorschein zu bringen. Er selbst war nicht anders. Es war ihm nicht leichtgefallen, aus Dare fortzugehen, aber es war die richtige Entscheidung gewesen. Es hatte ihm geholfen, erwachsen zu werden. Die Frage war, was jetzt gut für ihn wäre.

Als es an der Tür klopfte, schaltete er den Herd aus. Flatternd öffnete Mutt die Augen und gähnte so sehr, dass sein Kiefer knackte und der Speichel auf den Boden tropfte wie geschmolzenes Wachs.

Brian hoffte, es wäre Jill. Er öffnete die Eisentür und erstarrte. Simca zweimal an einem Tag zu sehen, brachte ihn aus dem Gleichgewicht.

„Hallo Brian", sagte Simca ruhig.

„Wie hast du herausgefunden, wo ich wohne?"

„Ich bin erfinderisch, nicht wahr? Ich möchte dir etwas Besonderes geben und wollte nicht warten."

„Ich wünschte, du hättest angerufen", sagte er, doch da er nicht unhöflich sein wollte, ließ er sie eintreten.

Sie lehnte sich an die Tür, öffnete einige Knöpfe ihrer schwarzen Seidenbluse, was den Blick auf einen noch dunkleren Spitzen-BH freigab.

„Sim, du musst damit aufhören."

„Womit?", erwiderte sie mit einem trägen Lächeln.

„Das weißt du genau. Ich habe dir gesagt, ich bin mit jemand anderem zusammen, und wenn du das nicht respektierst, kannst du nicht bleiben."

Ihr Lächeln wurde schwächer, aber sie schloss die Knöpfe wieder. Gott sei Dank.

„Dein Loft gefällt mir, *chéri*. Es ist sehr europäisch."

Ihr fiel so etwas auf. Ihr Blick fürs Detail hatte ihn immer beeindruckt, von den Anordnungen in der Küche bis zur Erinnerung daran, wie er seine T-Shirts faltete.

„Und du hast auch einen Hund. Ich erinnere mich, dass du mal sagtest, du möchtest einen haben." Mutt legte die Pfoten über die Augen. „Dein Geschenk." Sie steuerte in ihren schwarzen Stiefeln mit den eispickelspitzen Absätzen auf die Küche zu. Es war so typisch Simca, dass sie schon wieder ein anderes Outfit trug als am Nachmittag.

Seine Geschmacksknospen stürzten sich geradewegs über die Klippe. Er kannte diese Tasche. Auf den ersten Blick wirkte die lederne Umhängetasche wie eine Handtasche. Im Innern befanden sich Kühlelemente, um spezielle Lebensmittel aufbewahren zu können. Das musste man den Franzosen lassen.

„Ich war gerade in Paris. Und ich habe dir etwas Epoisses de Bourgogne mitgebracht."

Langsam öffnete sie den Reißverschluss der Tasche. Für einen Chefkoch war die Präsentation dieses seltenen Käses vergleichbar mit einem Striptease in einem erstklassigen Club.

„Du gehst ein zu großes Risiko mit dem Zoll ein, Simca." Beim Anblick dieser orangefarbenen Verpackung, die geformt war wie ein Nadelkissen, lief ihm das Wasser im Mund zusammen. Ein halbes Pfund reiner orgiastischer Genuss. Er vermutete, dass sie sich erinnerte, wie er diesen Käse mit heißem Sex verglichen hatte. Sie hätte jedes Lebensmittel als Geschenk wählen können, aber eine sexuelle Andeutung war absolut ihr Stil.

„Sehe ich so gefährlich aus?“ Sie öffnete die Vakuumverpackung und zog die gefältelten orangefarbenen Ecken auseinander.

Er rückte näher, der erdige Duft lockte ihn an wie eine Sirene. Gott, war er schwach. Er erinnerte sich an das letzte Mal, als er Epoisses genossen hatte. Damals war Simca gerade aus Paris zurückgekommen und hatte ihn im Bett damit gefüttert.

Er hielt sie nicht davon ab, ein Stück Toast zu nehmen und den Käse mit einem gravierten Messer darauf zu verteilen. Er begutachtete die feuchte Rinde, die während des Reifungsprozesses mit Marc de Bourgogne, einem französischen Alkohol, eingerieben wurde. Wie konnte man sich wegen eines halben Pfundes Käse wie im Himmel fühlen?

Als er das Stück Toast nahm, atmete er tief ein. Das Aroma war wie ein Schlag ins Gesicht. Für eine ungeübte Nase stank es wie die Pest. Brian aber wusste, je stärker der Geruch, umso besser schmeckte der Käse.

Er schloss die Augen. Öffnete den Mund. Die erlesene Cremigkeit legte sich auf seine Zunge, und Aromen von Fruchtbarkeit, Gras und vergorener Milch tanzten in seinem Mund herum, ehe sie im Abgang den wohltuenden Hauch saurer Zitronen entfalteten. Die Mischung der Aromen vermengte sich zu einer überwältigenden Kombination – wie die strengen Noten einer Ouvertüre von Chopin sich zu schierer Harmonie vereinigten.

„Gott im Himmel.“ Noch immer hielt er die Augen geschlossen, und eine Welle des Genusses schoss ihm bis in die Zehenspitzen.

Als eine Hand sich zärtlich auf seinen Arm legte, zuckte er zusammen. „Ich habe dich und das hier so vermisst. Wie du deine Augen vor Entzücken geschlossen hast, während das Feuer der Aromen durch deinen durchtrainierten Körper zieht."

„Ich habe dir schon gesagt, dass es nicht wieder so werden kann, Sim." Er schob ihre Hand fort.

Sie legte den Kopf auf die Seite. „Bist du sicher?"

Er brauchte Luft und öffnete die Tür zur Terrasse. Der Winterwind wehte herein, kühlte seinen erhitzten Körper und machte seinen Kopf frei. Mutt heulte auf und trottete aus dem Zimmer.

„Ja, ich bin jetzt mit Jill zusammen. Ich … werde sie nicht auf diese Weise betrügen."

Sie lehnte sich gegen die Couch. „Das bewundere ich, gerade nach André. Bist du noch immer wütend? Unsere Ehe hat vielleicht noch auf dem Papier bestanden, aber das war auch schon alles. Es hat andere Frauen für ihn gegeben. Warum hätte nicht auch ich mein Glück finden sollen? Es hat nur dich gegeben."

Er fragte sich, ob sie die Wahrheit sagte. „Das werden wir heute Abend nicht klären. Ich brauche etwas Zeit, damit ich darüber nachdenken kann, ob ich ein Restaurant mit dir zusammen eröffnen will."

Sie drehte eine ihrer honigfarbenen Locken um einen smaragdberingten Finger. „Ich verstehe. In der Zwischenzeit würde ich gern ein paar neue Ideen mit dir besprechen. Es hat mich wirklich inspiriert, wieder in Frankreich zu sein. Ich glaube, dir wird gefallen, was ich vorhabe. Natürlich ist es nur eine Ergänzung dessen, was wir bereits besprochen haben."

Sie waren sich immer absolut einig gewesen, was die Vorstellungen für das Restaurant betraf, das sie zusammen hatten eröffnen wollen. Er hegte keinen Zweifel, dass es die

Gäste begeistern und ihnen einen Michelinstern einbringen würde.

Sich selbst konnte er sich problemlos wieder in New York vorstellen – die Autos, die vorbeibrausten, die Passanten, die über den Broadway schlenderten und dabei über Geschäftliches, Essen und Kunst plauderten. Durch ihre Partnerschaft würde sein Ruf in der Restaurantwelt wiederhergestellt werden. Beruflich würde es alles für ihn verändern, und nach all der harten Arbeit, die er in seine Karriere investiert hatte, durchzuckte ihn Sehnsucht.

Tänzelnd kam sie auf ihn zu. „Lass mich dir helfen, *chéri.*"

„Ich weiß, das könntest du. Ich muss nur … entscheiden, was für mich am besten ist." Sollte er Dare für seine Karriere verlassen? Das würde bedeuten, Jill erneut zu verlieren. Es zerriss ihn, zwischen den beiden Dingen wählen zu müssen, die er mehr wollte als alles andere – zwischen seinem Traum und dem Mädchen, das für ihn immer Heimat bedeutet hatte.

„Wir haben stets gut zusammengearbeitet. Das wäre auch jetzt nicht anders." Ihr Lächeln blitzte auf wie ein plötzlicher Sonnenstrahl. Dann drehte sie sich auf dem Absatz um und ging in die Küche, um ihre Tasche zu holen. „Ich lasse dir den Käse hier und wünsche dir eine Gute Nacht. Während ich warte, werde ich schon mal eine Speisekarte entwerfen." Sie hüllte sich in ihre Jacke. „*Bonne nuit.*"

Sorgsam legte Brian den Käse in den Kühlschrank und knallte die Tür zu. Dann fuhr er mit dem Finger über ein Foto von Jill und ihm, das von einem *Don't-Soy-With-Me*-Magneten gehalten wurde.

Was zum Teufel sollte er machen? Jill würde sich nie auf eine Wochenendbeziehung einlassen, weil sie es immer als Zeichen deuten würde, dass er seine Karriere über sie stellte. Und angesichts seiner Angst vor langfristigen Verpflichtungen war er sich tatsächlich nicht sicher, ob er diesen Schritt wagen konnte.

Jetzt wollte er mit ihr zusammen sein, aber was, wenn sich etwas änderte? Hatten sich seine Eltern nicht plötzlich getrennt und beschlossen, dass sie sich nichts mehr zu sagen hatten? Diese Entscheidung hatte so ziemlich alles zerstört.

Himmel, würde Jill ihm überhaupt wieder vertrauen können, wenn sie die ganze Geschichte von Simca und ihm herausfand? Zum Teufel, obwohl sie längst nicht alles wusste, wirkte sie so aufgebracht wie damals nach der Highschool. Er verstand, warum sie verletzt war. Sie hatte es verdient, mit einem Mann zusammen zu sein, der wusste, was er wollte, und der eine echte Beziehung mit ihr eingehen wollte.

Er musste eine Entscheidung treffen.

Dies war die echte Welt. Er konnte nicht alles haben.

14. Kapitel

Wenn man die Wohnung eines anderen beobachtete, ließ einen das zu etwas Widerwärtigem werden, ähnlich dem Spanner, den Peggy am Valentinstag verhaftet hatte. Die Temperatur im Wagen lag gerade mal ein paar Grad über der Außentemperatur: Jill war also zu einem widerwärtigen, kalten und schmerzenden Etwas geworden. Sie war hergekommen, um ein klärendes Wort mit Brian zu sprechen, doch als seine französische Ex aufgetaucht war, hatte sie beschlossen, sich zu verstecken und abzuwarten, bis diese wieder fortging.

Die Minuten verstrichen. Als Simca, ein selbstgefälliges Grinsen auf dem Gesicht, aus dem Haus gesegelt kam, duckte Jill sich auf ihrem Sitz.

O Gott, hatten sie nur eine schnelle Nummer geschoben?

Jill klammerte die Hände um den Autoschlüssel. Sollte sie abhauen? Ihr Körper vibrierte von Kopf bis Fuß. Nein, sie brauchte Antworten – jetzt mehr denn je. Wenn er mit ihr geschlafen hatte, dann hatte er seine Entscheidung getroffen.

Als die Corvette mit surrendem Motor davonfuhr, richtete Jill ihren steifen, kalten Körper wieder aus der geduckten Haltung auf, stieg aus und ging mit langen Schritten ins Gebäude. Sie pochte an Brians Tür. Er öffnete und erstarrte.

„Jill.“ Sein Gesichtsausdruck glich einer Mischung aus Schreck und Panik, die direkt aus einem blutrünstigen Film zu kommen schien.

„Sie war hier! Was hat sie hier gemacht?“ Wie eine Bombe explodierte der Schmerz in ihrem Innern. Ehe ihr bewusst wurde, was sie tat, schleuderte sie ihre Tasche zu Boden, rauschte an ihm vorbei in die Wohnung und versetzte ihm eine Ohrfeige.

„Hey! Hör auf damit", schrie Brian, wehrte die Attacke ab und versuchte gleichzeitig, die Tür hinter ihr zu schließen.

„Nein!", stieß sie aus. „Sag mir die Wahrheit. Hast du sie tatsächlich hierher eingeladen?" In ihrer Stimme schwang jenes Gift mit, das zu Kleopatra gepasst haben mochte, aber nicht zu ihr.

„Nein! Allmächtiger! Spionierst du mir nach?"

„Das müsste ich nicht, wenn ich dir vertrauen könnte. Aber das hast du zerstört. Wieder einmal."

„Himmel, sie hat meine Adresse herausgefunden. Jetzt beruhig dich wieder, okay?"

„Nein, ich werde mich nicht beruhigen. Sie hatte dieses selbstzufriedene Lächeln auf ihrem Gesicht." Ihre Stimme wurde schriller. „Ihr habt doch nicht etwa eine schnelle Nummer geschoben?"

„Verdammt, natürlich nicht. Ist es das, was du von mir denkst? Warum kommst du dann überhaupt her?" Er griff nach ihrer Tasche und warf sie auf das kleine Sofa. Mutt trottete heran.

Ohne überhaupt darüber nachzudenken, begann Jill, den verängstigten Hund zu streicheln. „Ich bin gekommen, weil ich mit dir reden will. Ich will die Wahrheit von dir hören, aber nach diesem …" Von ihrer Körpermitte strahlte ein Schmerz aus, und sie presste sich eine Hand auf den Bauch.

„Jill, du verrennst dich da in etwas. Es ist nichts passiert!"

Alle Hinweise sagten etwas anderes. „Wie kannst du erwarten, dass ich dir vertraue, wenn du mir nicht die Wahrheit sagst?" Sie drückte die Hände an die Schläfen. „Kannst du dir überhaupt vorstellen, wie weh es tut zu wissen, dass sie hier drin war? Nach zehn Uhr abends? Um diese Zeit kommen die Leute für spätabendlichen Gelegenheitssex vorbei."

„Es war verdammt noch mal kein Gelegenheitssex." Er

richtete sich zur vollen Größe auf und atmete ein paarmal tief durch. „Es tut mir leid, wenn es dich verletzt hat. Sie hat mir etwas vorbeigebracht, das leicht verdirbt. Einen französischen Käse, den ich sehr mag, okay? Willst du, dass ich ihn aus dem Kühlschrank hole?“

Am liebsten hätte sie nach dieser Erklärung aufgeheult. Gott, sie waren in einer schlimmen Situation. Ihre größte Angst griff nach ihrer Kehle und verlangte danach, befreit zu werden. „Ich habe Angst, du wirst dich für sie entscheiden statt für mich – wie damals bei Kelly. Ich habe Angst, deine Entscheidung steht schon fest.“

„Ernsthaft jetzt?“ Mit langen Schritten kam er herüber und umfasste ihre Schultern. „Denk so etwas nicht.“

Wie konnte sie Zorn und Trost im selben Moment empfinden?

„Es ist nichts passiert, das verspreche ich dir.“

Bebend lehnte sie sich wieder an das Sofa. Die angespannten Muskeln um seinen Mund und seine Augen verrieten ihr, dass er ebenso aufgewühlt war wie sie. Diesen ernsten Blick hatte sie nie zuvor gesehen. Mutt schob sich mit einem schrillen Winseln bis zum Rand des Teppichs vor. „Ich möchte dir glauben.“

Er setzte sich neben sie und nahm ihre Hand. Sein Blick hielt den ihren. „Dann tu es.“

Wie oft hatte er ihre Hand gehalten und ihr auf diese Art direkt in die Augen gesehen? Tausende Male. Dennoch musste sie den Blick abwenden. „Gott, ich schaffe das nicht. Ich dachte, ich wollte reden, aber jedes Mal, wenn ich in deine Nähe komme, fühle ich mich wie eine Rakete, deren Ende Feuer gefangen hat und wieder in die Erdatmosphäre eindringt.“

Er verzog den Mund. „Nun, es ist ein *attraktives* Ende.“

„Humor funktioniert nicht.“

Er kam näher. „Dann habe ich eine andere Idee. Du weißt, man sagt: Ein Kuss kann die Wahrheit nicht verbergen. Küss mich."

Allein bei dem Gedanken lief ihr das Wasser im Mund zusammen, auch wenn es lächerlich war angesichts dessen, was passiert war. „Du machst wohl Witze."

„Sieh mal, ich kenne dich. Erinnere dich daran, wie ich dir immer einen Keks gegeben habe, wenn du sauer warst. Worte funktionieren nicht, Rotschopf." Noch einmal streckte er seine Hand aus, und sein Blick war ruhig wie das Meer. „Komm her."

Sie setzte sich vor ihn. Er nahm ihr Gesicht in beide Hände und senkte langsam seinen Kopf, ohne sie auch nur einen Moment aus den Augen zu lassen. Federleicht berührten seine Lippen ihre. Die Zärtlichkeit versöhnte sie, und Tränen schossen ihr in die Augen.

„Als ich sie sah, dachte ich …" Jill brach ab, als die Wahrheit aus ihrem angespannten Zwerchfell an die Oberfläche brodelte. Sie lehnte ihre Stirn an seine. „Ich will dich nicht verlieren."

„Oh, Jill", flüsterte er und drückte seine Lippen auf ihre, vertiefte den Kuss und erfüllte jedes Streicheln seiner Zunge und den Druck seiner Lippen mit einem so reinen Gefühl, dass ihr Kopf anfing zu pochen. „Schließ die Augen und hör zu."

Ohne etwas zu fordern, ließ er seinen Mund auf ihrem ruhen. Er streichelte. Er liebkoste. Er wollte *sie*.

Alles öffnete sich für ihn.

Ihrem Herzen entwich ein Schrei, dessen Stärke in ihrer Brust widerhallte und nach ihrer Kehle griff. Verzweiflung. Verlangen. Liebe. Verwirrung. Angst.

Sie konnte alles schmecken.

Er hatte recht. In einem Kuss lag Wahrheit. Und deren Kraft war so groß, dass Jill sie nicht leugnen konnte. Dies war es, was sie immer gewollt hatte. Seine Lippen. Seine Hitze. Seinen Körper. Ihn.

Sie packte seinen Hinterkopf und gab jenem Part ihres Körpers Nahrung, der nach ihm hungerte, gleichzeitig Angst hatte, ihn zu verlieren, und glaubte, niemals einen anderen Mann lieben zu können.

Es war, als hielte man ein Streichholz an Benzin. Er verschlang sie mit seinem Mund. Er presste sie auf die Couch, das Leder unter ihr seufzte, während Brian sie mit seinem großen, starken Körper bedeckte. Sie öffnete die Beine, um sein Gewicht aufzunehmen, und stöhnte, als sie seine Härte spürte. Ihre Erregung schoss nach oben wie die Anzeige eines Thermometers, das in kochendes Wasser getaucht wird. Sie krallte die Finger in sein Haar und schob die Zunge in seinen Mund. Kraftvoll reagierte er und ließ die Hüften drängend an ihrem Becken kreisen.

Als er die Hände unter ihr Sweatshirt schob, an ihrem BH zerrte und ihre Brüste davon befreite, gab sie ein langgezogenes Stöhnen von sich. Sobald er ihre Nippel zwischen den Fingern drehte und an ihnen zog, reckte sie sich ihm entgegen.

Zähne schlugen aneinander. Lippen schwollen an. Zungen umspielten sich.

Jill umklammerte ihn mit ihren Beinen und dachte: Nimm mich. Ganz. Verschling mich.

„Gott“, schrie sie laut auf, als er den Mund an ihren Hals presste und zärtlich zubiss.

Die Leidenschaft nahm rasende Fahrt auf. Mit geschlossenen Augen schob sie ihn zurück und zog ihre Jacke aus, ihr Sweatshirt, ihren baumelnden BH. Als sie sich die Jeans abstreifte, hielt er sie mit beiden Händen am Oberkörper fest.

„Warte … Bist du sicher?“, keuchte er.

Sie zog ihn wieder zu sich heran, denn sie wollte keine Argumente hören. Der Drang, mit Brian zusammen zu sein, verbannte jeden Gedanken aus ihrem Kopf. Sie musste ihn haben, oder sie würde sterben. Die Jahre der Sehnsucht hatten sie verbrannt und nur noch Asche übrig gelassen. Jetzt wollte sie in seinen Armen wie ein Phönix auferstehen.

Sie riss an seinem Hemd, die Knöpfe sprangen ab, und sie berührte die feste Haut seiner definierten Bauchmuskeln.

„Himmel, Gott“, stieß er mit einer Stimme aus, die sie nicht wiedererkannte.

Er half ihr dabei, als sie ihm das Hemd abstreifte. Sie kämpfte mit seinem Reißverschluss, und dann hatte sie binnen Sekunden ihre Hände auf ihn gelegt. Seine Hitze und Härte pulsierten unter ihren Handflächen.

Brian warf den Kopf zurück und drängte sich gegen sie. „Okay, wir müssen langsamer machen.“

Er fühlte sich unbekannt und heiß und unglaublich an. Jill streichelte ihn ein paarmal sacht, dann erhöhte sie den Druck. „Nein“, gab sie zurück und legte ihren Mund erneut auf seinen, während er sie unter sich schob.

Das heftige Drängen seiner Zunge, das Gefühl seines glutheißen Körpers an ihrem und der perfekte Sog seines Mundes ließen die sexuelle Energie in alle Himmelsrichtungen fliegen. Brian legte sie auf den Rücken und barg das V zwischen ihren Schenkeln mit seiner Hand. Sie öffnete die Beine weiter, ließ ihn ein und gab ein qualvolles Stöhnen von sich, als er sie mit den Fingern liebkoste und diese in sie schob. Unwillkürlich hob sie das Becken, um ihm noch näher zu sein. Die sexuelle Verzweiflung machte sie zu einer Süchtigen, die an nichts anderes mehr denken konnte.

Sie sehnte sich nur nach einem. Ausgefüllt zu werden. Erobert. Sie wollte, dass er sie nahm. Endlich. Ihr Verstand meldete sich zurück: Sie brauchten ein Kondom! Doch sie wollte die Sache nicht unterbrechen. Die Gefahr, beim ersten Mal schwanger zu werden, schien minimal. Also ließ sie sich in den Augenblick fallen.

Sie löste ihren Mund von seinem. „Jetzt! Genau jetzt“, keuchte sie.

Er bog den Kopf zurück. „Lass mich noch ..."

„Nein, alles gut." Sie zog ihn zu sich heran.

Mit einem tiefen Stoß drang er in sie ein und zog sie von der Couch hoch. Sie war quasi noch Jungfrau und entsprechend eng, und eine Mischung von Lust und Schmerz durchzog sie. Sie schlang die Beine um ihn. Er stieß tiefer, zog ihre Hüften noch dichter, ließ sie beide miteinander verschmelzen. Sie ging auf seine schnellen Stöße ein, dachte nichts mehr, war nur noch Gefühl, Rhythmus, Bewegung.

Ihre Münder vereinten sich, verstärkten die Verbindung, ehe Brian und sie die Lippen zwischen mehreren Stößen voneinander lösten, um Atem zu schöpfen. Die Energie wuchs noch, bis Jill ein Prickeln spürte, das ihr vom Scheitel bis zu den Händen reichte, mit denen sie sich in seine Hüfte krallte, um ihn in sich zu halten. Sie verspürte das Verlangen, sich fallenzulassen und all ihre Muskeln um ihn anzuspannen. Als er auf den Höhepunkt zusteuerte, bog sie sich ihm entgegen.

Ihr Körper wurde von Kopf bis Fuß von elektrischer Spannung erfasst, und dann explodierte sie. Sie zog ihren Mund zurück, um flach zu atmen, dann schrie sie auf, als sie voller Lust pulsierte.

„O Gott", stöhnte Brian.

Er vergrub seinen Kopf an ihrem Hals, zog sie hoch und flutete mit drei heftigen Stößen in sie. Als er kam, keuchte er, sein ganzer Körper bebte an ihrem. Sie nahm ihn tiefer in sich auf, als die Gefühle sie noch einmal ergriffen und in ferne Höhen mitnahmen.

„Brian", murmelte sie, irgendwo zwischen Verzückung und Glückseligkeit.

Zusammen mit flachen, schnellen Atemzügen stiegen ruhige Seufzer aus ihrer Kehle auf. Während ihre Oberkörper sich aneinander rieben und ihre Herzen im gleichen Takt schlugen, füllte die Ekstase jede Pore ihrer Haut. Tief in ihrem Innern wusste sie, dass sie hierhergehörte, an diesen Ort, auf den sie sich ihr gesamtes Leben lang zubewegt hatte. Ein weißes Licht breitete sich in ihrem Körper aus und entfaltete eine neue Dimension der Liebe in ihrem Dasein.

Sie nahm alles in sich auf. Seinen flachen Atem. Seinen erdigen Duft. Seinen perfekten Körper.

Ihr Brian.

Ihre Knöchel, die sie um seine Taille geschlungen hatte, lockerten sich, ihre Hände öffneten sich in vollkommener Hingabe. Ihm gegenüber und sich selbst. Sie kapitulierte vor dem, was sie zusammen hatten, was auch immer es bedeuten würde. Im Bedürfnis einer noch engeren Verbindung mit ihm lehnte sie den Kopf an, und ihr Verstand erwachte wieder. Brians leichtes Keuchen kitzelte an ihrem Hals, doch es störte sie nicht. Sie konnte sich nicht bewegen. Und sie wollte es auch nicht.

Als er den Kopf hob, sah sie sein zerzaustes Haar und den Schweißfilm auf seinem geröteten Gesicht. Seine Augen leuchteten wie helle Sterne und sandten einen Lichtstrahl in die Tiefen ihrer Seele. „Himmel, Jillie“, brachte er beinahe scheu hervor.

Dann, ganz langsam, als erwachte er aus einem Traum, wirkte seine Miene angespannt, und seine Augen verengten sich.

In diesem Augenblick wusste sie: Er hatte mehr Angst, als sie es je bei ihm gesehen hatte. Und das nur aufgrund dessen, was sie getan hatten, und weil es sich so richtig angefühlt hatte, während sie es taten, und jetzt im Nachhinein so falsch schien.

Er lehnte seine Stirn an ihre. Mutt bellte aufmerksamkeitsheischend. Speichel tropfte von seinem Maul, während er sie beide anstarrte. Etwas in ihr zerbrach. O Gott, so hatte es nicht kommen sollen.

Nackt und zitternd schloss sie die Augen.

Er war noch nicht bereit, und sie hatten es vor seinem Hund gemacht. Wo waren die Kerzen? Das sanfte Murmeln? Die Langsamkeit? Die zärtlichen Liebesbekundungen?

Dies war verrückt.

Die Leidenschaft perlte ab wie die Regentropfen an einer Fensterscheibe nach einem Schauer und brachte Bedauern mit sich. Die Worte *Ich liebe dich* tauchten auf, aber sie wusste, sie konnte diesen Satz jetzt nicht aussprechen – nicht, wenn er vielleicht nicht in der Lage war, es zu erwidern. Sie hatte sich einfach mitreißen lassen. Nach all der Zeit waren sie zusammen gewesen – und das ohne klare Vorstellung von einer gemeinsamen Zukunft. Direkt nachdem seine Ex-Was-auch-immer ihn besucht hatte.

Wie eine dunkle Hülle legte sich schiere Verletzlichkeit über sie. Aus ihrem Augenwinkel glitt eine Träne. Sie versuchte, sie wegzuwischen, bevor sie auf Brians Haut tropfte. Als er den Kopf hob, fühlte sie sich emotional bloßgestellt, weil sie überhaupt mit ihm geschlafen hatte.

Nach all der Zeit war es *das*, was zwischen ihnen war. Sie konnte seine Gedanken lesen, als wenn sie zwei symbiotische Organismen wären. Lust, ja – sogar Ekstase –, aber fest verbunden mit Angst und Unsicherheit als Zündstoff. Sie waren in eine weit entfernte Gegend gereist, die sie nicht kannte, als wäre es ein ferner Winkel des Schwarzen Kontinents auf alten Landkarten.

Wie konnte er noch immer nicht wissen, dass es Liebe war?

„Weine nicht, Jillie", flüsterte er mit rauer Stimme und wischte ihre Tränen fort. „Bitte, Baby." Er sah sie an, und seine Angst war so klar zu erkennen wie der helllichte Tag.

Er wusste es. Sie konnte es in seinen umwölkten Augen erkennen. Sie hatten die weitesten Grenzen ihrer Seelen erreicht und die Tür zu einem völlig neuen Reich aufgestoßen – aber er war nicht bereit, dort mit ihr zu leben. Er glaubte nicht daran, dass es Bestand haben könnte, denn nichts in seinem Leben hatte bisher gehalten.

Sie wandte den Kopf ab und schloss die Augen. Warum

überraschte sie das? Der Schmerz, der sie durchzog, hatte nichts mit Vernunft zu tun. Sie musste fort. Sich selbst schützen. Sich einen neuen Panzer zulegen.

„Würdest du bitte von mir runtergehen?" Sie hustete, um ihre Kehle freizubekommen.

Mit den Fingern strich er über ihre Wange, doch es lag nicht die übliche Sicherheit seiner Berührungen darin. „Ich weiß, so haben wir es uns beide nicht vorgestellt, aber bitte mich nicht darum, dich jetzt zu verlassen, Jillie."

In ihrem Innern breitete sich ein Aufheulen aus. Sie schubste ihn. „Bitte, Bri, lass mich aufstehen."

Die Feuchtigkeit zwischen ihren Schenkeln, die Art, wie sie beide verschwitzt Haut an Haut aufeinanderlagen, und wie Brian sich aus ihr zurückzog, machten ihr einmal mehr bewusst, was für einen riesigen Fehler sie begangen hatte.

Sie sammelte ihre Kleidungsstücke auf und taumelte zum Bad. Nachdem sie die Tür zugeschlagen hatte, nahm sie mit zitternden Händen ein Handtuch und säuberte sich. Dann rieb sie sich schluchzend mit kaltem Wasser über die Augen. Gott, sie musste sich zusammenreißen. Dieser emotionale Monsun war ein Haufen Scheiße.

Als sie herauskam, saß er auf dem Boden vor dem Bad. Er hatte nur seine Jeans an. Sein Adamsapfel bewegte sich ruckartig.

„Ich habe dich weinen gehört. Du bist nicht die Einzige, der das hier zu schaffen macht, Jill."

Sie atmete tief durch und ging mit schnellen Schritten weiter. Dabei spürte sie, wie ihre Jeans an der empfindlichen Stelle scheuerten. „Nein, das bin ich wohl nicht."

„Wir haben nichts benutzt."

Bei seinen Worten wand sie sich, aber sie musste der Wahrheit ins Auge blicken. Sie presste die Hand an die Stirn. „Ich weiß", flüsterte sie.

Sie hätte nicht gedacht, dass sein Gesicht noch mehr einfallen könnte, doch die Falten um seinen Mund kerbten sich noch tiefer ein. „Was auch kommt – wir werden es schaffen."

Sie schlang sich die Arme um den Leib. Gott, sie hatten einen riesigen Fehler gemacht. Jetzt verstand sie den Begriff *In der Hitze des Augenblicks*. „Ich habe nicht ..."

„Erlaubst du mir bitte, dich festzuhalten?" Er schrie es beinahe und stemmte sich vom Boden hoch. „Verdammt, Jill. Wir haben uns endlich geliebt, und doch bist du weiter von mir entfernt als je zuvor."

„Auch da bin ich nicht die Einzige", flüsterte sie, woraufhin er den Blick abwandte. „Es war ein Fehler. Wir waren noch nicht so weit."

Ehe sie auch nur einmal blinzeln konnte, stand er direkt vor ihr. „Ich habe keine Ahnung, wovon du redest." Er legte die Hände an ihre Wangen. „Jillie, es war intensiv und leidenschaftlich, und die Wucht dessen, was ich für dich empfinde, reißt mich verdammt noch mal entzwei."

Warum konnte er nicht zugeben, wie sehr es ihn ängstigte? Glaubte er, dadurch wäre er weniger ein Mann, so wie sein Vater immer gesagt hatte?

Sie schob die Hände hinter den Rücken, damit sie sein Haar nicht glätten, seine Haut nicht streicheln konnte.

„Ich bin gekommen, um mit dir zu reden. Zu *reden*."

Er trat zurück und straffte die Schultern, seine Körperhaltung wurde steif, er zog sich in sich selbst zurück. „Himmel, du zitterst ja", bemerkte er und führte sie zum Sofa. Dort wickelte er sie in eine grüne Fleecedecke, und diese zärtliche Geste zerriss ihr das Herz endgültig.

Als sie nichts erwiderte, ließ er die Hand fallen und griff nach seinem Hemd.

„Nun gut", sagte er resigniert. „Ich werde dir erzählen, was du wissen willst, aber wir müssen über das hier reden, Jill."

Dank der wärmenden Decke schlugen ihre Zähne nicht

länger aufeinander, aber ihr Körper schien den gesamten Winterwind von draußen aufgesogen zu haben. „Fang an."

Er setzte sich ihr gegenüber an den Couchtisch, ihre Knie stießen zusammen. Dann nahm er einen langen Atemzug und stützte die Ellbogen auf die Oberschenkel. Wir haben zusammen gearbeitet und uns ineinander verliebt. Das lief sechs Monate, bis ..."

Als er den Kopf senkte, starrte sie auf seinen Scheitel. Eine angespannte Stille breitete sich zwischen ihnen aus.

„Der Mitinhaber wurde eifersüchtig und kündigte mir. Dann verschwand seine Kiste mit Geheimrezepten – das behauptete er zumindest –, und er beschuldigte mich, sie gestohlen zu haben. Er konnte nichts beweisen, aber das spielte keine Rolle. Er hat extrem viel Einfluss in der Feinschmeckerwelt, und er hat bei jedem über mich hergezogen." Er seufzte lang und tief. „Niemand gibt einem potenziellen Dieb einen Job. Ich wollte nirgendwo anders arbeiten als in einem Sternerestaurant, deshalb bin ich eine Zeit lang nach Hause gekommen, um meine beruflichen Fähigkeiten auszubauen und abzuwarten, bis der Tratsch sich beruhigt hat."

Gott, nachdem er so hart gearbeitet hatte, um sich seinen Traum zu erfüllen, musste ihn das zerstört haben.

Er legte eine Hand auf ihr Knie. „Außerdem habe ich Dare vermisst und gespürt, dass es dort ein paar Dinge gab, die ich klären musste, bevor ich weitermachen konnte. Ganz oben auf der Liste standst du."

Der Schmerz breitete sich aus. Hatte sie nicht damit gerechnet, dass es nur ein Zwischenstopp für ihn war? Brian glaubte nicht an die Ewigkeit, und hier Chefkoch zu sein wäre nie das Gleiche wie in einer Großstadt.

„Du wolltest mich also ‚klären'?"

Als er die Luft ausstieß, klang es wie ein undichter Reifen. „Ich möchte nicht mit dieser Kluft zwischen uns durchs Leben gehen, Jill. Du bist ein Teil all meiner guten Kindheitserinnerungen. Beim Spielen im Sandkasten. Beim Schwimmen im Baggersee. Beim Rumhängen nach der Schule. Du warst meine Familie."

Statt darauf einzugehen, sagte Jill: „Warum hat sich Simca nicht für dich eingesetzt? Wenn sie Teilhaberin war, hätte sie deinen Rauswurf verhindern können."

Er spielte lange mit dem Saum der Decke, und sie fragte sich schon, ob er überhaupt antworten würde. „Sie wollte nicht unseretwegen ihre ... Partnerschaft gefährden", erwiderte er endlich.

„Und was hat sich seither geändert?"

Er umklammerte den Stoff, seine Knöchel traten weiß hervor. „Die Partnerschaft ist daran zerbrochen. Sie sagt, sie habe der Polizei erzählt, dass ich mit ihr zusammen gewesen sei, als die Rezepte gestohlen worden sind. Vielleicht sind deshalb die Vorwürfe fallen gelassen worden."

Da war noch mehr, das konnte sie spüren. „Und was noch?"

„Nichts weiter."

Als er für eine Sekunde den Blick abwandte, war sie sich sicher, er hielt etwas zurück. „Das glaube ich dir nicht."

Heftig umklammerte er ihre Hand. „Sieh mal, das ist schwierig für mich. Darüber zu sprechen, nachdem wir uns gerade zum ersten Mal geliebt haben. Himmel. Es ist, als würde ich einen weiteren Pfahl zwischen uns einschlagen. Kannst du das nicht verstehen?"

Ihr Magen zog sich zusammen, doch sie nickte.

„Ich weiß nicht, ob ich sie geliebt habe. Das Kochen hat uns verbunden ... und noch ein paar andere Dinge haben das. Sie war älter als ich, selbstbewusst. Das war es, was ich zu der Zeit wollte. Ich mochte nicht mit jemandem zusammen sein, der Hochzeitspläne hatte."

„Klar hast du so empfunden, nachdem deine Eltern derart auseinandergegangen sind." Die plötzliche Trennung hatte selbst sie eine Weile entsetzt, aber sie hatte die Ehe ihrer Eltern als Vorbild, sodass die Angst irgendwann verblasst war.

Er räusperte sich und fuhr sich mit der Hand übers Gesicht. „Müssen wir noch länger darüber reden? Ich möchte darüber sprechen, was zwischen uns vorgefallen ist."

Doch sie ließ sich nicht beirren. „Wie viel älter ist sie?"

Er bedachte sie mit diesem bestimmten Blick.

Und schon lieferten sie sich einen Wettkampf, bei dem verlieren würde, wer zuerst blinzelte.

„Sie ist vierundvierzig", fauchte er schließlich. „Zufrieden?"

Er selbst war vergangenen Monat siebenundzwanzig geworden. „Siebzehn Jahre. Bist du das Wunderkind für sie?"

„Sieh mal, ich habe dir nichts davon erzählt, weil da nicht noch weiterer Mist zwischen uns stehen sollte. Es gab schon genug, was wir durchmachen mussten, als ich heimgekehrt bin. Ich hätte verstanden, wenn es ... andere Typen gegeben hätte. Ich habe nicht das Recht, eifersüchtig zu sein."

Sie stemmte sich von der Couch hoch. „Nun, schön für dich, aber es war nicht so einfach für mich, nachdem du fortgegangen warst. Ich habe dich geliebt, und mir kam es vor, als könnte ich nicht weitermachen. Ich habe versucht, mich mit anderen Typen zu treffen. Ich habe sogar jemanden gefunden, mit dem ich schlafen konnte – jemanden, von dem ich glaubte, er könnte es in meinem Sinne gut machen. Es war entsetzlich unangenehm und kurz. Sex war nicht das, was ich erwartet hatte."

Nach heute Abend war es das immer noch nicht, wurde ihr klar.

„Danach habe ich mir von ganzem Herzen gewünscht, du wärst es gewesen."

Er zuckte zusammen.

„Am nächsten Tag servierte er mich ab, weil er nichts Festes wollte. Ich hatte ihm nicht erzählt, dass ich noch Jungfrau war.

Als er es erfuhr, flippte er aus.“ Wieder fing sie an zu zittern. „Danach bin ich mit anderen Typen ausgegangen, aber es ist mit niemandem ernst gewesen. Ich konnte das nicht. Und ich habe mit niemandem von ihnen geschlafen, weil ich nicht noch einmal enttäuscht werden wollte. Es gab immer nur dich, und ich konnte mich einfach nicht überwinden, es mit jemand anders zu versuchen.“

Langsam erhob er sich und streckte die Hand nach ihr aus, als hätte er Angst, sie würde flüchten. Sie hatte ihr ganzes Gewicht auf die Fußballen verlagert und dachte darüber nach, zur Tür zu rennen.

„Es tut mir leid. Mehr, als du ahnst.“ Er trat näher, berührte sie jedoch nicht.

Seine Stimme war rau wie Schleifpapier, und das hielt sie auf.

„Du musst dich entscheiden, was du willst.“

„Das weiß ich. Verdammt.“

Sie schluckte gegen den Kloß in ihrem Hals an. „Ich denke, wir sollten uns gegenseitig Raum geben.“

Er massierte seinen Nasenrücken. „Ich weiß, es hat dich verletzt, als ich dein *Ich liebe dich* nicht erwidert habe. Jillie, Liebe ist nicht klar und geradlinig für mich. Meine Eltern haben behauptet, mich zu lieben, aber dann hat meine eigene Mutter mich für jemanden im Stich gelassen, den sie kaum kannte – sie hat mich mit einem Vater alleingelassen, der verabscheute, was aus mir geworden ist. Ich weiß verdammt noch mal nicht mehr, was Liebe ist, aber ich *liebe* dich. Es ist Freundschaft, Lachen und Leidenschaft vermengt mit Hunderten glücklicher Erinnerungen.“

„Das war damals, dies hier ist jetzt.“ Sie legte seine Hand an ihr Herz. Es pochte gegen ihre Rippen, als würde ein entsetzlicher Druck ihre Brust fesseln. „Lass es mich dir zeigen. Liebe ist klar und geradlinig. Kannst du das nicht spüren, wenn du mich berührst?“

Als er die Hand sinken ließ, fielen auch seine Gesichtszüge in sich zusammen. „Jill ...“

Sie trat zurück. „Ich habe gehört, was du gesagt hast. Das habe ich. Ich weiß nicht, ob es reicht. Ihr Angebot ist ... sie kann dir bei deiner Karriere helfen. Und ich weiß, das ist alles, was du jemals gewollt hast – und es wird auf einer viel größeren Bühne spielen als in Dare.“ Es war eines der härtesten Dinge, die sie jemals gesagt hatte. „Selbst wenn du dich entscheidest zu bleiben, bin ich nicht sicher, dass wir zusammen arbeiten sollten. Insbesondere wenn du mit dem Gedanken spielst, in ein paar Jahren woandershin zu ziehen.“

„Was bedeutet das für uns?“

Gute Frage. „Ich weiß es nicht.“

Er griff nach ihr, doch wieder wich sie ihm aus. Er boxte mit der Faust in die Luft. „Wir haben uns gerade zum ersten Mal geliebt, und du lässt dich noch nicht einmal von mir festhalten, so abweisend bist du. Ich habe Angst, dass ich dich schon verloren habe. Wie kann ich um dich kämpfen, Jill? Und warum klinge plötzlich *ich* wie das Mädchen?“

„Du klingst nicht wie ein Mädchen, Bri. Du klingst wie ein Freund.“ Sie griff nach ihrer Jacke und zog den Reißverschluss zu. „Aber ich will mehr als das.“

„Verdammt! Ich bin mehr als nur ein Freund, und wenn du hier bei mir bleibst, statt wegzurennen, nehme ich dich mit ins Bett und verbanne alle Zweifel, die du hast.“

Aber würde er sich so sehr fortgerissen fühlen wie sie? Oder würde er sich weiterhin zurückhalten, weil er ihretwegen und seiner Gefühle für sie unsicher war?

„Ich glaube nicht, dass ich damit umgehen könnte.“ Sie ging zur Tür. „Ich muss nachdenken. Und du musst das auch. Über uns.“

Nachdem sie die Tür aufgerissen hatte, schlug er sie wieder zu. „Und wenn du schwanger bist?“

Innerlich vibrierte sie wie eine verstimmte Violine, die Disharmonie mit jedem Ton verbreitete. „Ich würde mich nicht an dich binden, nur weil ein Baby im Spiel ist. Dann wüsste ich niemals, ob du meinetwegen geblieben wärst – oder wegen des Kindes." Die Worte ließen etwas in ihr absterben.

„Verdammt, Jill." Er ließ die Hand von der Tür sinken.

Die gepressten Worte ließen ihre Lippen zittern. „Du musst mich aus freien Stücken wählen, Bri."

Da sie nichts weiter zu sagen hatte, verließ sie seine Wohnung und hastete den Gang hinunter.

15. Kapitel

Die Fenster von Mac Mavens Büro in Denver blitzten – ein seltener Anblick im Winter. Die Messingtüren glänzten wie kolumbianisches Gold, und selbst die Fahrstühle strahlten. Wohin auch immer Jill sich drehte, überall verhöhnte ihr Spiegelbild sie von den geschwollenen Augen bis zu dem kalkweißen Gesicht. Es war nicht einfach gewesen, heute Morgen aus dem Bett zu kommen, aber sie hatte sich durch den Schmerz getrieben.

Im Fahrstuhl schaltete sie ihr Telefon ab und pfefferte es in ihre riesige Tasche aus goldfarbenem Leder, dann glättete sie ihren gebundenen dunkelblauen Kaschmirpullover und den sandfarbenen Bleistiftrock. Ihre Beine fühlten sich noch immer an wie Gummi, deshalb drückte sie die Knie durch. Ihre hohen braunen Stiefel brachten sie aus dem Gleichgewicht, aber sie hatte keine Lust gehabt, flache Schuhe anzuziehen. Sie hasste es, Schneematsch in die Schuhe zu bekommen.

Die Fahrstuhltüren öffneten sich und präsentierten einen eleganten Raum mit dunkelroten Wänden und karamellfarbenen Ledersesseln. Die faszinierende Frau am Empfang wirkte, als gehörte sie eigentlich an einen Black-Jack-Tisch und nicht in ein Büro. Ihr langes blondes Haar wellte sich in fröhlichen Korkenzieherlocken.

„Willkommen, Miss Hale. Mr. Maven erwartet Sie. Wenn Sie mir vorab hier etwas unterschreiben würden."

Jill nahm den schicken Stift und unterschrieb die Geheimhaltungsvereinbarung. Sie war ziemlich geradeheraus formuliert, deshalb setzte sie ihren Namen darunter. Die Empfangsdame nahm das Klemmbrett und führte Jill einen verglasten

Flur hinunter. Als sie an den Flügeltüren aus Walnussholz angekommen waren, klopfte sie leicht an und bedeutete Jill einzutreten.

Als sie den Raum betrat, stand Mac Maven auf, und auf seinem attraktiven Gesicht, das auch ins GQ-Magazin gepasst hätte, bildete sich ein Lächeln. Sein dichtes schwarzes Haar, die dunklen Brauen und Wimpern gaben seinem Aussehen etwas Geheimnisvolles. Seinen jadegrünen Augen wohnten Klugheit und Aufmerksamkeit inne. Das Grübchen in seinem Kinn milderte seine düstere Ausstrahlung, sobald sein Lächeln zur vollen Breite angewachsen war. Sein Charme war vermengt mit Selbstvertrauen. Sie bewunderte diese äußere Erscheinung, wie sie einen schnittigen Sportwagen bewundert hätte – der zwar atemberaubend war, für den sie selbst aber kein Geld ausgeben würde. Sie spürte förmlich, wie er sie sogar in seinen Bann zog, als er ihre Hand mit warmem Druck in seine nahm.

„Jill Hale. Willkommen. Es ist schön, Sie endlich persönlich kennenzulernen."

Während sie zu ihm aufsah, zog sie eine Augenbraue in die Höhe. Sie war eine große Frau, doch er überragte sie noch. Sie wusste hochgewachsene Männer zu schätzen. Er gab ihr nicht das Gefühl, die Bohnenstange Jill zu sein, wie die Kinder in der Schule sie genannt hatten.

„Ach, tatsächlich?", entgegnete sie selbstsicher.

Seine schön geformten Lippen verzogen sich aufwärts. „Sie sind jung, modern und klug. Sie meinen es ernst im Berufsleben, aber Sie gehören nicht zu jenen, die Ann Taylor tragen müssen, um es zu beweisen. Das ist sowieso nicht Ihr Gebiet."

„Da haben Sie recht." Er deutete auf einen roten Ledersessel, und sie nahm darauf Platz. Mit einem flüchtigen Blick nahm sie sein Büro in Augenschein. Dunkelblaue Wände. Lampenhalterungen aus Messing. Poliertes Holz. Und ein Strauß aus verschiedenen Blumen in einer Kristallvase. Sein

Schreibtisch war aufgeräumt, allerdings lagen ziemlich viele Papiere darauf. Es bestand kein Zweifel daran, dass er ein Geschäftsführer war, der arbeitete. „Dare ist kein Ort für Ann Taylor. Ich weiß nicht genau, ob ich über Ihre Kenntnisse aus der Damenmode beeindruckt oder irritiert sein sollte."

Er lachte und setzte sich ihr gegenüber statt in seinen Bürosessel aus braunem Leder. „Das ist alles Teil des Spiels. Die Details, die Menschen mir präsentieren – wie sie sich kleiden, wonach sie riechen – nun, das alles ist ebenso ausschlaggebend wie ihre Tells."

Sie hatte genügend Pokerfilme gesehen, um zu wissen, was ein Tell war – jene verräterische Änderung in der Körpersprache des Spielers, die Auskunft darüber gab, wie er sein Blatt beurteilte. „Wie ich mich kleide, sagt Ihnen also viel über mich?"

Er neigte den Kopf zur Seite. „Sie sind groß, dennoch tragen Sie High Heels. Mein Instinkt sagt mir, dass Sie Ihre Größe mögen. Ihr Gesicht ist zu offen und ehrlich, als dass Sie zu jenen Frauen gehören würden, die Männer herumkommandieren. Der dunkelblaue Pullover und der Bleistiftrock sind konservativ. Der Gürtel gibt eine modische Note und sagt mir, dass Sie auf dem Laufenden sind, was Trends angeht."

Er deutete auf ihre Füße. „Ihre Stiefel sind an den Absätzen etwas abgetragen. Sie fühlen sich wohl darin und tragen sie regelmäßig. Sie haben sich für unser Treffen keine neuen gekauft, obwohl andere das durchaus getan hätten." Er ließ seinen prüfenden Blick über ihren Körper gleiten, aber nicht auf widerliche Art. „Ihr Schmuck ist gewagt und leicht flippig und vermittelt das Gefühl einer herausragenden Persönlichkeit."

Sie tastete nach Jemmas Amethystkette, die sie trug, damit sie ihr Glück brachte. Verdammt, er war gut.

„Sie haben beschlossen, Ihren individuellen Stil damit abzurunden, dass Sie Ihr extrem lockiges rotes Haar so lassen, wie es ist, statt es zu glätten. Das signalisiert eine Lässigkeit mit dem, was Sie sind – das ist nicht überraschend für jemanden, der so jung und so erfolgreich ist."

„Bei Ihnen klingt das nach mehr, als es ist. Ich habe ein Café in einer kleinen Stadt." Inmitten all dieser Pracht schienen ihre Leistungen mager.

Er gab ein kehliges Murmeln von sich. „Und Sie sind bescheiden. Ihnen gehört eines der erfolgreichsten Lokale in einer aufstrebenden Kleinstadt mitten in den Bergen. Sie bewirten die Leute vom College, die Einheimischen, die schon lange im Ort leben, und die Kalifornier. Ihr vielseitiges Angebot und die Räumlichkeiten sprechen jeden an, auch Familien."

Er legte die Fingerspitzen aneinander. „Das ist keine einfache Aufgabe. Sie haben mehr daraus gemacht als ein Café, und weil Sie bis Mitternacht geöffnet haben, sind Sie auch noch Anlaufstelle für die Studenten, bevor sie ins Bett fallen. Nur wenige Menschen schaffen es, ein Lokal, das morgens um sechs öffnet und um Mitternacht schließt, zu einem solchen Erfolg zu machen. Und das alles mit einem Businessplan, der aus Collegezeiten stammt."

Ihre Handflächen wurden feucht, und sie legte sie auf die Beine. Dieses Gespräch ging zu sehr in die Tiefe. Seine Fähigkeiten waren erstklassig, aber es gefiel ihr nicht, so sehr durchschaut zu werden. „Sie haben Ihre Hausaufgaben gemacht. Das alles hat Ihnen nicht mein Outfit verraten."

„Sie haben recht. Soweit ich jedoch sagen kann, haben Sie vergangene Nacht nicht viel Schlaf bekommen. Ich würde gern glauben, dass Sie wegen unseres Treffens zu aufgeregt waren, aber da ist eine innere Düsternis, die persönliche Streitigkeiten ahnen lässt. Worum auch immer es dabei geht – es tut mir leid."

Ihr Magen drehte sich wie ein Taktstock, der von einer Blaskapelle durch die Luft gewirbelt wurde. „Ich denke, das reicht. Sollen wir jetzt mit dem Geschäftlichen beginnen?" Sie wollte zu gern erst einmal wissen, was sich hinter der Geheimniskrämerei verbarg.

Angesichts des schweigenden Blicks, den er ihr schenkte, hätte sie sich am liebsten gewunden. Er war wie ein Magier, der in eine Kristallkugel schaute. Sie atmete tief durch, wandte aber den Blick nicht ab. „Also, nachdem ich Ihre Papiere unterschrieben habe – was haben Sie mit mir vor?" Es sollte sich besser für sie auszahlen.

Erneut erschien sein strahlendes Lächeln. „Sie lassen sich nicht leicht einschüchtern."

Seltsam, wie viel mutiger sie sich in der Geschäftswelt fühlte. Brians Ex hatte sie komplett eingeschüchtert. „Das stimmt."

Er stand auf und nahm seine Jacke von einer eleganten Garderobe aus Pinienholz. „Gut. Lassen Sie uns zum Lunch gehen, und dabei erzähle ich Ihnen alles, was Sie wissen wollen."

Er zog teuflisch die Augenbrauen nach oben, und das brachte sie fast dazu, ein paar Tanzschritte zu machen, als sie ihm zu Tür folgte. „Ich kann es kaum erwarten."

Der Reiz von etwas Neuem ließ ihr Leben plötzlich weniger trostlos erscheinen.

Die Aussicht, dass ihr Bruder gleich kommen würde, gab Peggy einen Moment lang die Verbindung zu ihrem gesunden, erwachsenen Ich zurück. Keith war nun schon den dritten Tag krank. Und sie verlor darüber den Verstand.

Gleichzeitig begann das leichte Kratzen in ihrem Hals wie Höllenfeuer zu brennen, sodass sie sich fragte, ob es an der nächsten Ecke schon Schwefel gäbe.

Sie vermisste den antiseptischen Geruch des Büros. Die

Muffigkeit der Akten mit den alten Fällen, die sie las, wenn gerade nichts Aktuelles anstand. Sie hatte sich in das Abhören des Polizeifunks geflüchtet, während Keith sich noch einen Disney-Film ansah. Auf wie viele Arten konnte man etwas eigentlich noch animieren? Würden sie jemals aufhören, Tiere singen zu lassen? Peggy war überzeugt, niemals wieder einen nicht jugendfreien Film zu sehen, einen mit Flüchen wie „Fuck" und „Verdammt" und heißem Sex zwischen zwei großartigen, sich windenden Körpern.

Heute war kein guter Tag im Mommy-Reich. Gäbe es einen Daddy-Prinzen, dachte sie, der mir etwas zu essen mitbringt und mir mal eine Pause verschafft, dann wäre ich sicher in besserer Verfassung, wenn Tanner vorbeikommt. Aber so, wie es jetzt war, verstrichen die Sekunden so langsam, wie Keiths Spielzeugschildkröte sich bewegte.

Als es an der Tür läutete, sprang sie vom Sofa. Endlich war ihr Bruder da. Gott segne ihn! Sie konnte das Krankenzimmer verlassen und sich davonschleichen, für ein paar Stunden die Haut der pflegenden Mommy abstreifen wie die sprichwörtliche Schlange. Danke, lieber Gott!

Tanner zog sie an sich und umarmte sie. „Bist du schon durchgedreht?"

„So durchgedreht, dass ich Werbung für jeden Fleischwolf machen könnte. Gute Idee, oder?"

Er zerzauste ihr ungekämmtes Haar. „Spätestens vor dem Schneideraum würde sie vermutlich enden. Wie geht's ihm?"

„Unverändert. Diese Erkältung ist hartnäckig."

Er zog eine Akte hervor. „Eine Ablenkung für Geistesgestörte. Die Liste der Käufer, die in den vergangenen sechs Monaten neue Grundstücke erworben haben. Viel Spaß." Damit steuerte Tanner die Richtung an, aus der Disneys Titelsong von *Kill the Beast* im Fernsehen ertönte.

Liebevoll fuhr sie über den Umschlag, als wäre darauf eine

geheime Schatzkarte abgebildet. Arbeit! Etwas, mit dem sie ihren Kopf auf Trab bringen konnte. Oh, die Vorfreude streichelte ihre müde Seele.

„Du hörst dich an, als wenn du dich auch angesteckt hättest“, rief Tanner über die Schulter.

„Auf keinen Fall. Bei mir hat diese Grippe keine Chance. Ich darf nicht krank werden.“ Das stimmte zwar, aber ihre Kehle brannte wie ein Holzkohlegrill.

Sie hüpfte den Weg zu ihrem Arbeitszimmer entlang wie ein Kind, das einen neuen Drachen bekommen hat, und die zähe Trägheit verschwand aus ihren Beinen.

Sie löste das Band der Akte und fuhr mit dem Finger die Liste entlang. Neben dem achten Grundstück stand der Name einer Firma, Four Aces Incorporated. Es war ein Verkauf unter Vorbehalt, merkwürdig für ein Eigentumsverzeichnis. Das Haus stand am Fuß der Berge mit einem riesigen Grundstück und einer erstaunlichen Gesamtfläche.

Ihr Polizistinnen-Bauchgefühl schlug aus wie eine Wünschelrute. Genau hier würde sie anfangen. Eine einfache Internetrecherche verriet ihr, was sie wissen wollte. Four Aces baute und betrieb luxuriöse Boutique-Hotels. Deren zusätzliches Angebot gab ihr einen Stoß. Poker? Sie kratzte sich am Kopf. Das erklärte den Firmennamen Four Aces – vier Asse. Der Geschäftsführer und Eigentümer war Macalister Maven. Eine Firma, die Glücksspiel förderte, würde definitiv auf einer Verschwiegenheitserklärung bestehen.

Sie rief das polizeiliche Informationssystem auf, das es ihr ermöglichte, auch von zu Hause aus Personen zu recherchieren. Sein Profil erschien. Geboren in Atlantic City, Eltern Carol und Len Maven, die sich fünf Jahre nach seiner Geburt scheiden ließen. Single. Nie verheiratet gewesen. Eine jüngere Schwester namens Abigail. Drei Jahre lang in Princeton gewesen, bevor er vorzeitig ausgeschieden war. Kam mit einundzwanzig in den professionellen Pokerkreis. Gewann mit fünfundzwanzig und achtundzwanzig das Hauptturnier der World Series of Poker in Las Vegas.

Die Liste der anderen Turniersiege war endlos und beeindruckend.

Im Alter von neunundzwanzig Jahren hatte er Four Aces gegründet und vier Boutique-Hotels im Südwesten gebaut. Jedes seiner kleinen exklusiven Hotels bot zudem einen edlen Nachtclub und ein ausgesprochen nobles Restaurant, das von einem renommierten Küchenchef geführt wurde. Es gab Poker – und nur Poker. Keine lauten, grellen Glücksspielautomaten. Kein Würfelspiel, keine Blackjack-Tische.

Er mache den Großen in der Szene keine Konkurrenz, wurde in einem Artikel erklärt. Maven hatte einen exklusiven Treffpunkt für die Pokerenthusiasten geschaffen, eine Gruppe, die überall im Land sprunghaft wuchs. Peggy hatte nicht geahnt, dass das Interesse an Poker mittlerweile so beachtlich gewachsen war wie ein Ballon, den man bis zum Platzen aufgeblasen hatte. Hier war eine Ernsthaftigkeit spürbar, die nichts mehr mit den Pokernächten zu tun hatte, die sie kannte – jene Veranstaltungen, bei denen die Leute mit roten, weißen und blauen Plastikchips um Pennies, Nickel, Dimes oder – wenn sie richtig wagemutig sein wollten – um einen Quarter spielten. Bei diesem Gedanken kicherte sie.

Maven selbst übte einen ebensolchen Reiz aus wie die Hotels. Er spielte regelmäßig genug, sodass er Fans und Gegner anzog. Beim Anblick seines geschätzten Gesamtvermögens zwinkerte sie mehrmals, weil sie sichergehen musste, dass ihre Sehkraft nicht durch zu viele Disney-Filme nachhaltig geschädigt worden war.

Er hatte einige Strafmandate für Geschwindigkeitsüberschreitungen bekommen, mit deren Kilometern pro Stunde er bei jedem Autorennen Chancen gehabt hätte. Also gefiel ihm das Leben auf der Überholspur, wenn er nicht am Pokertisch saß. Sie fand die Kfz-Kennzeichen seiner sechs Wagen heraus, die eine Mischung aus teuren Oldtimern und Rennwagen der Spitzenklasse waren. Großartig, er liebte Männerspielzeug und Spielkarten. Stereotyper hätte er kaum sein können.

Sie schaute sich seine Immobilien an, und deren Design erstaunte sie. Es war nicht das, was sie erwartet hatte. Stilvoll. Keine blinkenden Lichter oder Springbrunnen. Und – welch eine Überraschung – eine Menge quietschsauberer Fenster. Wurde nicht von Glücksspielbetrieben erwartet, dass sie jeglichen Lichteinfall vermieden? Die Zeit anhielten?

Die Zimmerpreise waren Wucher. Sie klickte auf die Preisliste des Wellnessangebots und seufzte. Sie verstand nichts von Massagen mit heißen Steinen und so etwas, aber gerade jetzt lechzte ihr Körper nach einem ernsthaften Verwöhnprogramm. Ganz offensichtlich war sie am Ende ihrer Kräfte, wenn sie eine Vision davon hatte, wie sie in ihrem Garten nach Steinen grub, diese in ihrem Spaghettitopf erhitzte und Tanner darum bat, er möge sie auf ihren Körper legen. Reiß dich zusammen, McBride.

Mit zusammengekniffenen Augen las sie, wie viele Pokervarianten in seinen Hotels angeboten wurden. Von Offenem Poker und Texas Hold'em hatte sie schon gehört, aber Omaha und Razz waren ihr neu. Seine Hotels brüsteten sich mit Pokerpaketen für verschiedene Spielerkategorien und Pokerarten, überwiegend Offener Poker und Texas Hold'em. Diskret wurden einige Termine genannt, an denen Mac Maven an seinen vom Hotel gesponserten Turnieren selbst teilgenommen hatte.

Nicht Macalister, sondern Mac.

Mit ihrer berühmten Intuition kombinierte sie die Puzzleteile. Sie würde ihr letztes Hemd darauf verwetten, dass Mac Maven etwas in Dare eröffnen wollte.

Er besaß ein Hotel in jeder der vier Städte, in denen er Niederlassungen hatte, außerdem eins in Denver, wo sein Hauptsitz war. Das war ein wenig zu nah, als dass es sie beruhigen würde. Er hatte hier Land gekauft, zumindest vorbehaltlich. Hieß das, er hatte die Fühler nach etwas Neuem ausgestreckt? Oder ein Ass im maßgeschneiderten Ärmel? *Jill, in was zum Teufel bist du da hineingeraten?*

Sie zerknüllte Tanners Unterlagen. Sie wollte nicht, dass in Dare gezockt wurde. Schließlich war sie Polizistin, daher wusste sie, welchen Mist das nach sich zog. Trunkenheit und Ordnungswidrigkeiten. Betrug. Gewalt. Prostitution. Menschen, die ihren letzten Gehaltsscheck beim Spiel einsetzten und arm und noch ärmer wurden. Das durfte einfach nicht passieren. Sie zog ihren Sohn hier groß. Dies war ihr neues Zuhause.

Eine Erinnerung an ihren Vater holte sie ein, wie er trank und Karten spielte, während sie nicht wussten, wie sie Miete und Lebensmittel bezahlen sollten. Manchmal hatte er ihr eine Ohrfeige verpasst, wenn sie gefragt hatte, ob er gewonnen habe, und er erfolglos gewesen war.

Sie schüttelte die Vergangenheit ab und klickte auf einen blauen Link mit Macs Namen. Ein Bild öffnete sich. Er war so attraktiv, dass es sie fast umhaute, und ihr Mund wurde trocken. Sein kohlrabenschwarzes Haar war nur wenige Zentimeter lang und wellte sich über einer kräftigen Stirn. Die dunklen Wimpern waren ebenso aufregend wie die leuchtend grünen Augen, denen wohl kaum eine Frau widerstehen konnte. Die Nase wirkte zwischen den hohen, scharfen Wangenknochen wie eine nachträgliche poetische Idee, allein die rubinroten, wie gemeißelt wirkenden Lippen verliehen ihm sanftere Züge. Das kräftige Kinn hatte eine Kerbe in der Mitte, was ihm besonderen Charme verlieh.

Da sie seit Jahren Täter betrachtete, glaubte sie, eine ziemlich gute Menschenkenntnis zu besitzen. In diesem Mann erkannte sie eine Menge Eigenschaften. Kraft. Kontrolle. Selbstsicherheit. Willensstärke. Und eine unterschwellige Sexualität, derer er sich bewusst war, die er aber nicht ausnutzte.

Die Polizistin und Mutter in ihr wurden plötzlich abgelenkt. Die Frau in ihr schrie auf – ein schwaches Echo nach einer lang anhaltenden Stille. *Hey, hallo, schöner Mann.*

Ihr Körper wurde warm, als diese Augen tief in ihr Innerstes zu blicken schienen. Dieser Mann würde eine Frau zu nehmen wissen. Er würde forsch eintreten und tief gehen. Allein der Gedanke ließ sie beinahe aufstöhnen.

Die Realität holte sie ein, brachte die Polizistin und die Mutter wieder mit sich und ließ die Frau in den Hintergrund rücken. Angewidert zwang sich Peggy, das bebende Verlangen wegzuatmen, das an ihrer Wirbelsäule hinaufzog.

Sie würde mit Jill über diese Situation sprechen müssen. Vielleicht wusste sie nichts von Mavens Spiel. Verdammt, er war klug, das musste sie zugeben. Jill war ein Trumpf. Sie könnte die ganze Stadt anlocken. War es das, was er von ihr wollte?

Die Vernunft der Polizistin siegte. Sie musste sich erkundigen, was die kommunalen Gesetze über das Glücksspiel sagten, und überlegen, wie sie diese gegen den Mann einsetzen konnte. Von oben rief Keith ihren Namen, seine Stimme war heiser vom Husten. Sie stand auf und betete, dass sie nicht auch in einigen Tagen so klang. Hatte Keith nicht einen belegten Hals gehabt, bevor er angefangen hatte, ständig zu husten?

„Ich komme, Schatz."

Jetzt hatte ihr Mommy-Ich wieder beide Füße fest auf dem Boden. Zeit, sich um ihr wertvollstes Geschenk zu kümmern.

Maven würde das Glücksspiel nicht in ihre Stadt bringen.

16. Kapitel

Jill fühlte sich bei all dem Smalltalk förmlich auf die Folter gespannt, insbesondere weil sie unbedingt wissen wollte, was Mac von ihr wollte. Er hingegen schien überhaupt keine Eile zu haben. Sie aßen in einem Fünf-Sterne-Restaurant, das man zwar mit behaglichen Gaslaternen ausgeleuchtet, jedoch mit moderner Kunst dekoriert hatte – ein unwiderstehlicher Kontrast für ihren künstlerischen Kennerblick. Mac leitete die Konversation, erkundigte sich nach ihr, ihrer Familie, Dare. Jill vermutete, dass er die meisten Antworten bereits kannte, aber sein Interesse ließ nicht nach, und auch sein Charme verblasste nicht.

Sie stocherte in ihrem gebratenen Hühnchen herum. Sie wollte keine Unruhe in das Gespräch bringen. „Mich würde interessieren, warum Sie Princeton verlassen haben, obwohl Sie ein Vollstipendium hatten. Das war, als Sie in die Pokerkreise eingetreten sind, richtig? Hat die Schule Sie gelangweilt? Sie sprechen hier mit jemandem, der das vollkommen verstehen würde."

Er schwieg so lange, dass sie schon befürchtete, er würde ihr nicht antworten. Dann legte er das Besteck beiseite. „Da Sie einen starken Familiensinn haben, werde ich es Ihnen erzählen. Meine Schwester Abbie wurde in der Highschool schwanger. Es waren einige … medizinische Eingriffe notwendig. Wir hatten keine Krankenversicherung. Mein Vater war ein unbedeutender Glücksspieler in Atlantic City, der mehr Erfolge als Niederlagen hatte. Ich hatte geschworen, mich niemals in diese Welt hineinziehen zu lassen, nachdem er uns verlassen hatte. Das einzige Problem daran war mein angeborenes Talent für die Karten. Manche Eltern singen ihren Kindern Schlaflieder. Ich habe mit meinen Eltern Karten gespielt. Meine Mutter hat mit Drogen gedealt. Sie starb, als ich zehn war. Dad ist gegangen, als ich sechzehn war. Er meinte, ich wäre alt genug, um mich selbst um alles zu kümmern. Abbie war damals zwölf."

Jill spürte eine Woge der Dankbarkeit ihren liebevollen Eltern gegenüber, die ihr so eine glückliche Kindheit beschert hatten, und wie von selbst kam ihr Brian wieder in den Sinn. Sie wünschte, sie könnte für all jene, deren Eltern total versagt hatten, mit einem Zauberstab wedeln. „Das muss hart gewesen sein."

Die Sonne tauchte hinter einer Wolke auf und schien durch die Fenster herein, und Mac setzte sich anders hin. „Dustin, mein Neffe, war ein Frühchen. Es hat Komplikationen gegeben. Die Rechnungen stapelten sich, die zwei Jobs, die ich hatte, reichten nicht annähernd, und so habe ich etwas getan, wovon ich mir immer geschworen hatte, die Finger davon zu lassen. Mit der verrückten Idee, ich könnte unsere mickrigen Ersparnisse in das Vermögen verwandeln, das wir brauchten, um die Arztrechnungen zu bezahlen, fuhr ich nach Atlantic City, in unsere Heimatstadt."

Jill legte die Hände in den Schoß, um sie ruhig zu halten, und versuchte sich vorzustellen, unter welch immensem Druck er gestanden haben musste.

„Ich habe nicht über Nacht gewonnen, was wir brauchten, aber im Zeitraum von drei Monaten habe ich unser Geld vermehrt. Mein Studium war in Gefahr, deshalb habe ich mich beurlauben lassen." Er lächelte abwesend – augenscheinlich dachte er an etwas Privates und Amüsantes. „Und zu diesem Zeitpunkt konnte ich die Wahrheit nicht mehr leugnen. Ich liebte das Pokerspiel. Es war wie Moses, der auf dem Sinai seine innere Berufung fand. Es war kein einfacher Wechsel, aber meine Schwester und mein Neffe brauchten mehr Hilfe, und so konnte ich meine Entscheidung rechtfertigen. Nachdem sich alles … beruhigt hatte, war mein Ruf bereits so gut, dass ich Einladungen zu anderen Veranstaltungen erhielt." Er wandte ihr wieder den Blick zu. „Der Rest ist, wie man so sagt, Geschichte."

Wow, so viel zum Thema Willensstärke. „Das ist ja mal eine Story. Ich müsste lügen, wenn ich behaupten wollte, nicht beeindruckt zu sein."

„Das ist nicht der Grund, aus dem ich Ihnen die Wahrheit erzählt habe. Sie würden mit niemandem zusammenarbeiten wollen, dem Sie nicht vertrauen können."

Wieder kam ihr Brian in den Sinn. War das nicht einer der Gründe, warum sie hier mit Mac saß, statt dass sie versuchte, ihre unterschiedlichen Vorstellungen von dem Restaurant zu bereinigen? Sie tippte mit den Fingern auf den Tisch. „Sie haben recht. Es ist ein wenig unheimlich, wie gut Sie sich in die Menschen hineinversetzen können."

Sein leises Lachen klang so einladend wie ein Windspiel an einem lauen Frühlingstag. „Normalerweise spreche ich nicht über meine Beobachtungen, aber ich weiß, dass ich bei Ihnen nur einen Versuch habe."

„Was war Ihr Hauptfach in Princeton?"

„Ingenieurswesen. Ich wollte immer etwas aufbauen."

„Und genau das tun Sie jetzt."

„Allerdings", murmelte er und ließ die Gabel sinken.

Sie aßen weiter. Ihr Magen hatte sich noch immer nicht beruhigt, obwohl sie das mildeste Essen auf der Karte ausgewählt hatte. Kein Schlaf. Zu viel Koffein. Privater Stress. Kein wirklicher Appetit. Mac überredete sie, in die Dessertkarte zu schauen. An jedem anderen Tag hätte sie beim Anblick des Kürbis-Soufflés Luftsprünge gemacht.

„Ihr Verstand macht Überstunden", stellte er schließlich fest, nachdem ihm der Kellner einen Espresso serviert hatte.

Ja, das stimmte. Der Kaffeeduft kribbelte ihr in der Nase. Sie vermutete, dass das Restaurant eine Röstmischung aus kenianischen und guatemalischen Bohnen verwendete. Nicht zu stark oder rauchig. Italiener würden ihn mit Pisse vergleichen, aber für die Amerikaner war er okay.

„Worüber lächeln Sie?“ Erneut neigte er den Kopf auf diese eindrucksvolle Art zur Seite. Seltsam, wie sehr sie das an Tanner erinnerte.

„Ich hab gerade die Bohnen in Ihrem Espresso analysiert.“

„Und was schätzen Sie?“

Sie erzählte es ihm. Er winkte den Kellner heran und teilte ihm ihre Vermutung mit.

„Ihre Einschätzung ist richtig, Mr. Maven“, erwiderte der Kellner, nachdem er sich erkundigt hatte. Dann stellte er ihnen einen Teller mit kleinen Schokoladentalern hin, die mit Espressobohnen bedeckt waren. „Ein Gruß vom Küchenchef an die gute Nase der Lady.“

Jill freute sich darüber, richtig gelegen zu haben, und betrachtete ihre Belohnung. Vielleicht würde die Schokolade ihren Magen besänftigen und jene Stoffe freisetzen, für die sie berühmt war. „Warum haben Sie nachgefragt?“

Mac trank seinen Espresso aus und lehnte sich im Stuhl zurück. „Ich kann es nicht lassen. Es ist, als würde man jemanden die Karten offenlegen lassen.“

„Dieses Mal hatte ich ein gutes Blatt.“ Sie ließ einen Schokoladentaler auf der Zunge zergehen.

„Es beweist, wie gut Sie Ihr Handwerk verstehen. Darf ich auch ein Stück Schokolade?“

Sie reichte ihm das Silbertablett und bereitete sich darauf vor, dass sie zu den geschäftlichen Dingen kommen würden. „Könnten Sie mir jetzt etwas mehr darüber erzählen, was Sie vorhaben?“

„Die Schokolade ist gut.“ Mit einer lässigen Bewegung aus

dem Handgelenk warf er die Serviette auf den Tisch. „Ich vermute, Sie kennen das Grand Mountain Hotel?"

Nun, das war äußerst sonderbar. Warum interessierte er sich für diesen heruntergekommenen, gruseligen Ort? „Natürlich. Wir nennen es Pincaris Torheit." Sie zog die Brauen zusammen, während sie versuchte, sich an die Geschichte zu erinnern, die sich die Einheimischen erzählten. „Robert Pincari hatte in den 1920ern die irre Idee, ein europäisches Bergresort in Colorado zu bauen. Seiner Familie gehörten einige Casinos, als Denver noch der große Treffpunkt für Glücksspieler war. Er hat tonnenweise Geld dafür ausgegeben und eine bunt gemischte Kundschaft angezogen, von Gangstern bis zu Geschäftsleuten von der Ostküste. Das Resort verband Skilaufen mit Lasterhaftigkeit."

„Genau. Ich bin beeindruckt."

Angespornt von seinem Lob beschloss sie, ihm auch noch den Rest dessen zu erzählen, woran sie sich erinnerte. „Das müssen Sie nicht. Meine Journalistenfamilie färbt manchmal auf mich ab. Beim Börsencrash 1929 verlor Pincari eine ganze Menge Geld, aber er wurde das Hotel nicht los, also beschloss er, es weiterhin zu betreiben. Ein paar Jahre später passierte dort ein grauenhafter Mord. Irgendein Gangster. Und auch ein Einheimischer verschwand – ich kann mich nicht mehr an die Familie erinnern. Vermutlich sind sie weggezogen. Ist das nicht schrecklich?"

Da er nicht zustimmte, fuhr sie fort. „Kurz darauf schloss Pincari das Hotel." Sie schnaubte. „Jeder in Dare glaubt daran, dass es dort spukt."

„Interessant." Seine Miene verriet nichts. Und auch von seinem großstädtischen Charme war keine Spur mehr zu sehen. „Und warum das?"

Sein großes Interesse ließ sie darüber nachdenken, ob er ebenso auf Geisterjagd ging wie die anderen Touristen, die sie mit Fragen belästigten, wenn sie in ihr Café kamen. Sie zuckte die Schultern. „Mein Großvater erzählt, dass die Leute dort hinaufgeschlichen sind, um ein Schäferstündchen zu halten oder das Hotel zu plündern. Sie kamen immer mit den unglaublichsten Geschichten zurück: Sie berichteten von Stöhnen, kreischendem Gelächter – solch einen Unsinn eben. Mittlerweile ist es eine Ruine." Neugierig beugte sie sich vor. „Warum fragen Sie?"

„Ich habe ein vorläufiges Angebot gemacht, das Hotel zu kaufen", erwiderte er, als wäre es nicht das Dümmste der Welt.

Mit offenem Mund starrte sie ihn an – vollkommen unprofessionell. „Machen Sie Witze? Das ist doch praktisch eine Ruine! Ich weiß, es liegt nur ein paar Meilen außerhalb der Stadt, aber aus Sicht eines Investors ist es totes Kapital." Dann riss sie sich zusammen und atmete tief durch. „Okay, Sie sind ein kluger Mann. Warum tun Sie das?"

„Mit dem Hotel ist eine Glücksspiellizenz verbunden. Sie wird automatisch übertragen. Ich habe schon die Glücksspielkommission in Colorado informiert, dass ich das Hotel wiederaufbauen werde, sobald ich den Stadtrat von Dare davon überzeugt habe, die Restaurierungspläne zu genehmigen. Aber noch ist alles ungewiss."

Heilige. Scheiße. Das war ein Ding! Bei dem Gedanken, welch einen Auftrieb Dare dadurch bekommen würde, wurden ihre Handflächen feucht. Ihre Stadt konnte es nicht mit Aspen oder Breckenridge aufnehmen, aber mit einem restaurierten Pokerhotel in den Bergen hätte es eine einmalige Touristenattraktion. Sie konnte schon die Registrierkassen der Stadt vor Zustrom klingeln hören.

Mac schaffte auf dem Tisch Platz für seine Aktentasche. „Das Hotel ist *keine* Fehlinvestition. Vertrauen Sie mir, ich habe das überprüft." Sein Zwinkern wetteiferte mit dem Funkeln in seinen Augen. „Es ist aus Ziegelstein gebaut, deshalb wird es einfach sein, es zu entkernen. Komplett. Momentan führt der Hauptzufahrtsweg über die Straße zum Canyon, das sind 1,3 Meilen. Die kann ich befestigen. Von den 150 Zimmern werde ich einige umwandeln, um die Räumlichkeiten für den Club zu bekommen, die ich mir vorstelle. Im Originalplan war lediglich ein Restaurant vorgesehen, auch das werde ich erweitern."

Er zog einige Skizzen aus der Aktentasche. Jill staunte darüber, wie weit seine Pläne bereits gediehen waren. Im *Independent* hatte sie Schwarz-Weiß-Fotos des Hotels gesehen. Das neue Konzept, das Mac verfolgte, würde das Hotel garantiert wieder zu einem Publikumshit machen.

„Das Restaurant läge im linken Flügel. Der Club würde die rechte Seite flankieren und mit der Rückseite zum Tal liegen, damit der Lärm nicht herüberschallt. Die Etage für das Pokerspiel soll über eine Kombination aus offenen Räumen und Separees verfügen. Und natürlich hätten wir einen Spa-Bereich, einen Fitnessraum und einen Swimmingpool."

Unglaublich cool.

Als er den Kopf hob, blitzte ein Lächeln auf. Dann konzentrierte er sich erneut auf die Pläne und deutete mit dem Finger auf verschiedene Teile. „Pincari hat Skilifte mit einer Gesamtlänge von fünf Meilen installiert, die wir wieder zum Laufen bringen wollen. Die Pisten werden erneuert. Im Sommer können die Leute bis zum Gipfel wandern."

„Was ist mit Parkplätzen? Heutzutage haben die Gäste weitaus mehr Autos als damals."

„Habe ich nicht gesagt, dass Sie wirklich Köpfchen haben? An der Rückseite werden wir noch Parkraum schaffen. Hier, zwischen der rechten Seite des Hotels und dem Berghang. Außerdem werden wir einen Shuttle-Service vom Flughafen in Denver und aus Dare einrichten."

In ihren Handflächen brach der Schweiß aus. Sie wischte sie an ihrem Rock ab. Er bezog sie bereits in seine Pläne mit ein. Und ihr Verstand schaffte es, sich alles vorzustellen. Sie konnte sich selbst vor dem Hotel sehen. Tausende Fragen wirbelten ihr durch den Kopf, doch nur eine war wirklich wichtig. „Warum wollen Sie mich dabei haben, und welche Rolle würde ich spielen?"

Die Art, wie er absolut still dasaß, brachte sie aus der Fassung. Er hätte Yogalehrer sein können.

„Wenn ich keine Unterstützung von jemandem aus dem Ort habe, kann ich es nicht so wirken lassen, als wäre das Hotel eine Institution, die zu Dare gehört. Und niemand aus Dare wird es befürworten."

Langsam nickte sie. „Sie wollen also meine Empfehlung, um den Bürgern von Dare dieses Projekt schmackhaft zu machen?"

„Nicht nur das. Ich möchte, dass Sie die kreative Leiterin werden und dem Hotel Ihre besondere Handschrift geben, so wie Sie aus dem *Don't Soy With Me* einen lokalen Treffpunkt gemacht haben und nicht einfach ein Café. Sachen wie die Musik, die im Club gespielt wird, welche Speisen und Wellnessangebote die Einheimischen anlocken könnten. Sie haben ein Gespür dafür, wie es aussehen, sich anfühlen und schmecken sollte."

Es war noch unglaublicher, als sie es sich hätte vorstellen können. Sie tippte mit den Füßen auf dem Boden.

Wieder griff er in seine Aktentasche, diesmal zog er einen Briefumschlag heraus. Darin lagen Fotos in Sepia aus längst vergangener Zeit. Das Hotel zu seiner glanzvollsten Zeit. Frauen in langen Samtröcken und Hüten mit schwingenden Federn. Männer in Nadelstreifenanzügen und Filzhüten. An der Auffahrt standen historische Automobile mit Trittbrettern so lang wie Brautschleier. Während sie die Bilder eingehend betrachtete, konnte sie fast ein knisterndes Radio hören, das einen Jazzhit von Al Jolson spielte.

„Außerdem möchte ich, dass Sie die Gäste begrüßen – insbesondere die Einheimischen – sodass sie sich wie zu Hause fühlen. Ich habe Jack gebeten, sich für mich in Dare ein wenig umzuhören, weil ich nicht riskieren wollte, dass mich irgendjemand erkennt. Selbst Pokerspieler haben eine Fangemeinde, auch wenn das Ganze mir nicht behagt. Auf jeden Fall war das Erste, was er mir über Sie erzählte, dass Sie den Namen jedes Gastes kennen, der Ihren Laden betritt, und wenn nicht, stellen Sie sich sofort vor. Sie wissen, was sie bestellen, wen sie treffen, ihre Lebensgeschichte. Das ist eine besondere Gabe. Genau so etwas möchte ich für das Grand Mountain Hotel."

Alles in ihr war bewegungslos. Das war die Chance ihres Lebens. Sie konnte in Dare bleiben und eine Geschäftsfrau von Weltklasse werden. Es würde ihr erlauben, weitaus mehr zu erreichen, als sie allein schaffen könnte – oder mit Brian.

Richtig. Brian. „Das klingt unglaublich." Sie griff nach der Serviette und ballte die Hand darum. „Welche Pläne haben Sie für das Restaurant? Könnten Sie sich vorstellen, einen einheimischen Küchenchef zu haben, der es leitet?"

„Normalerweise hole ich mir jemanden von außerhalb, der einen hervorragenden Ruf in diesem Bereich hat." Er legte die Fingerspitzen aneinander. „Aber lassen Sie uns nicht drum herumreden. Sie wollen wissen, ob ich Brian McConnell für diese Position in Erwägung ziehen könnte. Jack hat erwähnt, dass Sie gerade Pläne entwickeln, ein eigenes Restaurant zu eröffnen."

Natürlich hatte er das. Schließlich war er der Kundschafter gewesen. „Stimmt."

„Vor unserem Treffen habe ich Brians Hintergrund überprüft, weil ich mir schon dachte, dass dieses Thema zur Sprache kommen würde. Sein Ruf unter den renommierten Küchenchefs ist nicht der beste. In seinem letzten Restaurant hat es einige Probleme gegeben. Komplikationen wie diese will ich nicht haben. Außerdem stelle ich normalerweise jemanden mit ausgesprochener Chefkocherfahrung ein. Ich wünschte, ich könnte etwas anderes sagen, Jill."

Nun, Brians und ihre Partnerschaft schien ja sowieso beendet zu sein. Zumindest hatte sie es versucht. Jill legte ihre Serviette beiseite. „Es klingt unglaublich, aber ich würde mir trotzdem gern etwas Zeit nehmen, um darüber nachzudenken." Sie hatte schon eine impulsive Entscheidung getroffen. Es gab keinen Grund, das innerhalb von vierundzwanzig Stunden zu wiederholen.

„Verstehe." Er reichte ihr einige Unterlagen. „Hier ist das offizielle Angebot, über das wir noch verhandeln können. Ich möchte Sie wirklich gern einstellen, Jill. Lesen Sie es sich durch. Dann können wir weiterreden. Sie werden erkennen, wie sehr ich mich bemühe, Sie zu engagieren."

Es war ein großartiges Gefühl, so umworben zu werden.

Mac übernahm die Rechnung. „Ich hoffe, Sie haben Ihr Essen genossen."

Sie stand auf, wieder waren ihre Handflächen feucht. „Es war vorzüglich."

„Verbringen Sie doch den Rest des Nachmittags im Spa-Bereich des Hotels gleich nebenan. Ich bin dort Mitglied. Entspannen Sie sich. Denken Sie nach. Wenn Sie nicht nach Dare zurückfahren möchten, bleiben Sie über Nacht. Reservieren Sie sich ein Zimmer auf meinen Namen. Morgen früh können wir uns noch einmal treffen."

Es klang nach einem großartigen Plan, nicht nach Dare zurückfahren zu müssen. „Ich werde bleiben, aber ich brauche mehr als einen Tag, um über alles nachzudenken."

Mac half ihr in die Jacke. „Gut, aber Sie müssen sich schnell entscheiden. Ich habe ein paar Freunde bei der Glücksspielkommission, die sich unsere Pläne ansehen, um sicherzustellen, dass es von staatlicher Seite keine Bedenken gibt. Wenn das erledigt ist, werde ich sie offiziell einreichen. Dann bringe ich die Unterlagen nach Dare. Insgesamt habe ich dafür drei Wochen Zeit."

Das war kurz. Sie umklammerte ihre Tasche. „Nur drei Wochen?"

Er ließ den Verschluss seiner Aktentasche einrasten. „Ich will keine Zeit verlieren. Mein Angebot ist davon abhängig, dass sich alles ineinanderfügt. Ich will nicht, dass der Stadtrat das in die Länge zieht. Entweder gefallen ihnen meine Pläne oder nicht. Außerdem bleibt irgendwelchen Gegnern, die sich mobilisieren könnten, weniger Zeit, wenn ich auf eine kurzfristige Entscheidung dränge."

Das war die ganz große Liga. Was für eine Gelegenheit, dort zu lernen. „Also entweder stimmt der Stadtrat zu, oder Sie verschwinden." Auf ihr leises Pfeifen hin wandten sich einige Köpfe um. „Das wird die Leute aufschrecken."

„Es ist ganz einfach. Entweder wollen sie ein paar Millionen Dollar Steuereinnahmen und neue Jobs, oder sie wollen es nicht. Glücksspiel kann ein schwieriges Thema sein, aber meinen Recherchen zufolge steht Dare dem aufgeschlossen gegenüber."

„Da stimme ich zu", gab sie zurück und ging die kommunalen Gruppierungen im Kopf durch. „Es wird Widerstand geben, aber keinen erheblichen. Wahrscheinlich aus religiösen oder ökologischen Gründen."

„Gegen religiöse Bedenken kann ich nichts ausrichten, aber die Pläne beruhen auf den höchsten ökologischen Maßstäben. ‚Platinum LEED'-Gebäudestandards, falls Sie den Ausdruck kennen."

Sie kannte ihn nicht, doch er klang beeindruckend. „Das ist gut. Der wirtschaftliche Nutzen wird ein großer Pluspunkt sein."

„Das ist er immer. Darauf zähle ich."

Als sie das Restaurant verließen, sah ihre gesamte Zukunft anders aus.

17. Kapitel

Zum dritten Mal seit Tagesanbruch fuhr Brian jetzt an Jills Haus vorbei. Noch immer war ihr Wagen weg, und Margie hatte ihm erzählt, Jill würde heute nicht ins Café kommen. Immer wieder hatte er versucht, sie telefonisch zu erreichen, doch jeder Anruf ging direkt auf den Anrufbeantworter. Wo konnte sie sein? Nachdem er sich die ganze Nacht herumgewälzt und erkannt hatte, dass sie recht hatte, war er an all den Orten vorbeigefahren, an denen sie sich üblicherweise aufhielt.

Es machte ihm Angst, was er für sie empfand. Schon immer. Als Achtzehnjähriger hatte er die Ausrede gehabt, jung und unerfahren zu sein, aber jetzt war er ein Mann. Es wurde Zeit, dazu zu stehen.

Und auch wenn seine Angst ihm das Gefühl gab, ein Felsbrocken läge schwer auf seiner Brust, musste er Jill finden, um sicherzugehen, dass es gut ausgehen würde. Sie verlieren war keine Alternative.

Er betete zu Gott, er würde sie finden, ehe er zur Arbeit aufbrechen musste.

Als sein Handy klingelte, ging er gerade in seiner Wohnung auf und ab. „Hallo?“, meldete er sich. Die Nummer war ihm unbekannt.

„Brian“, kratzte eine raue Stimme, „hier ist Arthur Hale.“

Jills Großvater rief ihn *nie* an. Den Bruchteil einer Sekunde lang befürchtete er das Schlimmste. Immerhin suchte er Jill bereits seit acht Stunden. Sie war so verstört gewesen, als sie gegangen war … Man musste sich nur mal überlegen, was mit Jemma passiert war. Das Leben konnte sich von jetzt auf gleich ändern. Wie erstarrt blieb er stehen, und sein Herz schlug so heftig an seine Rippen, dass er sicher war, es würde ihm aus der Brust springen.

„Geht es Jill gut?“, krächzte Brian.

„Warum? Denkst du, es könnte ihr was passiert sein?“

„Irgendwas stimmt nicht. Ich finde sie nirgendwo. Ihr Handy ist aus. Und sie ist nicht im Café.“ Sie war immer dort.

„Keine Panik, Brian. Ich bin sicher, alles ist in Ordnung.“ Es klickte in der Leitung, und er hörte das Lokalradio in der Leitung. Arthur Hale hatte ihn in die Warteschleife umgeleitet. Der Sender leierte etwas vom Winterschlussverkauf im örtlichen Sportgeschäft herunter.

Erneut ging er im Zimmer auf und ab und hätte das Telefon am liebsten gegen die Wand geschleudert. Er hätte sie gestern Abend nicht nach Hause fahren lassen sollen. Die Straßen waren vereist. Sie war völlig aufgewühlt gewesen. Himmel, sollte er Peggy anrufen? Ein Teil von ihm wusste, dass er überreagierte, aber sie war so aufgeregt gewesen, und sie fuhr gern schnell. Vielleicht war sie einen Abhang hinuntergerollt. Sein Magen krampfte sich zusammen, als er sich vorstellte, wie sie in einer Schlucht lag. Tot.

In diesem Moment sah er das Leben ohne Jill vor sich.

Keine roten Korkenzieherlocker, die um ihr Gesicht hüpften, wenn sie voller Inbrunst lachte. Keine weiche, seidige Haut, die er in der Nacht streicheln konnte, nachdem sie sich geliebt hatten. Niemand, der ihm vertraut war. Niemand, der ihm den Rücken stärkte, selbst wenn er es war, der sich irrte. Wie sollte er weitermachen, wenn sie nicht mehr da war, um ihm ein Lächeln aufs Gesicht zu zaubern?

Als ihm die Wahrheit dämmerte, presste er die Hände an die Schläfen. Er liebte sie. Liebte sie *wirklich*. Nicht nur als Freundin.

Wie hatte er das nicht erkennen können?

„Meredith sagt, Jill hat ihr eine Nachricht geschickt. Sie ist wohl für einen Tag nach Denver gefahren", erklärte Arthur, als er wieder in der Leitung war.

Er musste sich setzen, ihm wurde schwindlig vor Erleichterung. „Verstehe."

„Ich nehme an, ihr zwei habt euch wegen der Französin gestritten?"

Und wie. Er massierte seine Schläfen. „Stimmt."

„Warum kommst du nicht einfach her? Es gibt etwas, das ich mit dir besprechen möchte."

Das klang nicht gut. Tatsächlich klang es Unheil verkündend. Arthur Hale, der ihn mitten in der Woche zu sich nach Hause einlud? „Gern."

„Dann bis gleich."

Brian hastete ins Bad, um sich umzuziehen – auf keinen Fall würde er sich Arthur so schmuddelig präsentieren. Beim Rasieren schnitt er sich zweimal.

Noch einmal versuchte er, Jill zu erreichen, und hinterließ ihr eine Nachricht. „Jill, würdest du mich bitte anrufen? Dein Großvater sagt, du bist heute in Denver. Was machst du da? Bitte, ruf mich an. Wir müssen reden. Ich muss dir etwas sagen."

Er wischte das Blut ab, das an seinem Kinn hinunterlief. Er wollte ihr sagen, dass er sie liebte, andererseits aber wollte er es ihr beim ersten Mal nicht am Telefon sagen. Sie hatte etwas Besseres verdient. Von heute an würde er sie behandeln, als wäre sie alles für ihn.

Nachdem er wieder vorzeigbar war, ging er zu Arthur Hale. Sobald er ankam, bedeutete Arthur ihm mit seinem Stock mit dem elfenbeinfarbenen Knauf, er solle hereinkommen. Seit seiner Jugend war er nicht mehr in diesem Haus gewesen, aber er verband eine Menge wunderschöner Erinnerungen damit. Arthurs verstorbene Frau, Gott sei ihrer Seele gnädig, hatte es mit einer Mischung aus Stücken, die ihr Mann von seinen Reisen nach Übersee mitgebracht hatte, und handgearbeiteten Dingen aus lokalen Geschäften zu einem einladenden Zuhause gemacht.

Normalerweise fühlte er sich hier heimisch.

Heute empfing ihn nur ein kalter Luftzug.

„Danke, dass du gekommen bist", sagte Arthur. „Lass uns hier drüben reden." Er deutete ans Ende des Flurs.

Als Brian hinter Arthur dessen Büro betrat, wurden seine Hände schweißnass. Dann hielt er abrupt an. Auf dem braunen Ledersofa unter der Wand mit Fotos, auf denen Arthur den amerikanischen und anderen Präsidenten die Hand schüttelte, saßen Tanner und Meredith. Das Gefühl, in einen Hinterhalt gelockt worden zu sein, breitete sich in seinem Nacken aus.

„Meredith, Tanner", gelang es ihm auszustoßen. „Ich nehme an, ihr seid wegen Jill hier."

„Teilweise", bestätigte Arthur. Er klopfte mit seinem Stock auf den Boden wie ein Richter, der mit seinem Hammer für Ruhe sorgt. „Ich bin erleichtert, dass wir nicht lange um den heißen Brei reden müssen. Meredith und ich haben etwas darüber ausgegraben, was dir in New York passiert ist. Wir möchten mit dir über den angeblichen Diebstahl der Geheimrezepte deines Chefs sprechen. Ich muss zugeben, wir waren alle etwas erstaunt, dass die Polizei dich verhört hat."

Von den Hales ausgefragt zu werden, schmerzte wie eine Brandblase. Er hasste den Gedanken, was Jills Eltern jetzt wohl von ihm halten mochten. Während seiner Jugendzeit waren sie sein Rettungsanker gewesen. „Ich habe es nicht getan – wenn es das ist, was ihr wissen wollt." Er drückte die Knie durch. „Ich bin ziemlich sicher, dass André, mein früherer Chef, das Ganze vorgetäuscht hat."

„Du meinst Simcas Ehemann?", fauchte Meredith mit feurigem Blick.

„Mere", beschwichtigte Tanner sie.

Meredith hatte die Arme so vor der Brust verschränkt, dass

es aussah, als trüge sie eine Zwangsjacke. „Ich werde Jill wegen einer so ernsten Sache nicht im Dunkeln lassen."

Richtig. Schwestern. „Ich habe ihr schon von dem Zwischenfall mit den Rezepten erzählt." Allerdings nicht, dass Simca verheiratet war. Seine schlimmsten Befürchtungen hatten sich bestätigt. Wenn sie von der Affäre wussten, dann wusste es auch Jill – oder würde es bald erfahren. Mist! „Warte mal. Ist das der Grund für die Funkstille? Habt ihr Jill all das erzählt?"

„Nein", erwiderte Arthur und verschränkte die Arme über seiner dunkelblauen Strickjacke. „Wir wollten zuerst mit dir reden. Wir wissen, ihr beide denkt darüber nach, zusammen ein Restaurant zu eröffnen."

Himmel, damit hatte er nicht gerechnet. Er verlagerte sein Gewicht von einem Fuß auf den anderen. Dass sie Jill noch nichts davon erzählt hatten, erleichterte ihn nicht sonderlich. Wenn sie es noch nicht wusste, dann hatte der gestrige Abend sie in die Flucht geschlagen. Das war nicht ermutigend.

„Ihr möchtet also nicht, dass sie einen Dieb als Geschäftspartner hat. Vielen Dank." Nach dem Zwischenfall in New York hatte er eine Menge Beleidigungen einstecken müssen, aber aus dieser Ecke war es wie ein Messer im Bauch.

Doch es war an der Zeit, reinen Tisch zu machen, und er würde jetzt damit beginnen. „Jill weiß nicht, dass Simca verheiratet war. Bisher zumindest." Er räusperte sich. Mann, es war ihm nicht leichtgefallen, das zuzugeben.

„Ich verstehe." Meredith schoss die Worte heraus wie mit einem Maschinengewehr. „Dann solltest du es ihr besser sagen, Brian. Sonst mache ich es."

„Das habe ich vor. Bisher habe ich es noch nicht getan, weil ich Angst davor hatte, wie sie reagieren würde. Ich wollte …"

„Dann kennst du meine Enkelin anscheinend gut", unterbrach Arthur ihn stirnrunzelnd.

„Wie konntest du das tun, Brian?“, wollte Meredith wissen. Ihre Stimme klang angespannt. „Ich kenne dich seit deiner Geburt. Das hätte ich dir nicht zugetraut.“

„Meredith“, tadelte Tanner sie, „das geht uns nichts an.“

Bei ihren Worten hatte Brian die Hände zu Fäusten geballt, doch er verstand, warum sie so schroff reagierte. Ihr Exmann hatte sie betrogen. „Hör zu, ich war dumm und rücksichtslos, und dafür habe ich bezahlt. Zuerst hatte ich angenommen, sie wären getrennt. Als ich herausfand, dass das nicht ganz der Wahrheit entsprach, habe ich die Sache nicht beendet. Simca beunruhigte es nicht, und es tat niemandem weh. Trotzdem bin ich nicht stolz darauf.“

„Und jetzt?“, erkundigte sich Arthur.

„Ich möchte versuchen, es mit Jill richtig anzugehen.“ In seinem Kopf drehte sich alles, als er darüber nachdachte, ob das überhaupt noch eine Option war.

„Warum drückt sich dann diese Französin hier herum?“, fragte Meredith mit unerbittlicher Stimme.

Brian wurde klar, dass ein Gespräch mit Jill auch nicht schwieriger werden könnte, als hier vor ihrer Familie zu stehen und sich zu verteidigen. „Sie will mit mir zusammen ein Restaurant in New York eröffnen.“

„Und du ziehst es in Erwägung?“ Meredith spie die Worte förmlich aus.

Seit er begriffen hatte, dass er Jill liebte, wirkte alles anders. Er musste mit ihr über all das reden, nicht mit ihrer Schwester. „Jill und ich besprechen gerade ein paar Dinge.“ Zumindest würden sie das. Sobald sie zurückgekommen war.

Meredith zeigte mit dem Finger auf ihn. „So wie ich das sehe, brauchst du Hilfe dabei, deinen Ruf nach dem, was in New York passiert ist, wieder aufzubauen. Darum bist du nach Hause gekommen, richtig?“

Er nickte. „Und um Jill davon zu überzeugen, wieder ein Teil meines Lebens zu sein.“

„War Jill nur Mittel zum Zweck, weil du dir dein eigenes Lokal sichern wolltest?“

„Schatz“, beschwichtigte Tanner sie erneut.

Brian biss die Zähne aufeinander, als würde er auf einem von Arthurs roten, scharfen Bonbons herumkauen. „Als ich zurückgekehrt bin, hab ich noch nicht daran gedacht, ein Restaurant mit ihr zu eröffnen. Ich bin hergekommen, um wieder zurück in die Spur zu kommen und zu sehen, ob ich Freundschaften wieder aufleben lassen könnte, die prägend waren für mich. Jemma. Pete. Und zuallererst Jill. Es war ihre Idee, zusammen ein Restaurant zu eröffnen, erinnerst du dich? Ich hatte mich mit dem Gedanken angefreundet, einige Zeit im *Chop House* zu arbeiten.“

Meredith beugte sich vor. „Ich weiß nicht, ob es gut für Jill ist, dass du wieder hier bist.“

In seinem Herzen flackerte es auf. „Das zu entscheiden sollten wir Jill überlassen.“

„Ich will nicht, dass sie verletzt wird.“ Meredith umklammerte Tanners Hand so kräftig, dass ihre Knöchel weiß hervortraten.

„Das will ich auch nicht, Meredith. Ich versuche doch, es in Ordnung zu bringen.“

„Dann sag ihr die Wahrheit“, ermutigte Arthur ihn. „Du hast zwei Tage Zeit.“

Großartig. Ein Ultimatum. Als wenn er noch mehr Druck gebrauchen könnte. „Das hatte ich vor.“

„Jill wird zurückkommen“, versicherte Tanner. „Wahrscheinlich muss sie nur eine Zeit lang ihre Wunden lecken.“

Genau. Ihre Wunden. Er erinnerte sich plötzlich daran, wie es geklungen hatte, als sie im Bad geweint hatte, nachdem sie sich geliebt hatten. Seine Tatkraft fiel in sich zusammen. „Sind wir dann hier fertig?“

Meredith stand auf und stemmte die Hände in die Seiten.

„Wenn du wirklich vorhast, aus Dare wegzuziehen, dann solltest du Jill sofort gehen lassen. Sie ist nie darüber hinweggekommen, dass du sie letztes Mal verlassen hast."

Er schenkte Meredith einen bohrenden Blick. „Verdammt, das weiß ich." Sein Kopf dröhnte. Seine Hände waren klamm. Er musste hier raus.

Arthur hob seinen Stock. „Brian, sei gut zu meiner Enkelin, sonst bekommst du es mit mir zu tun."

„Und mit mir", meine Meredith scharf.

Brian umklammerte die Armlehnen seines Sessels. Er machte sich nicht die Mühe zu erklären, wie entsetzlich er sich fühlen würde, wenn er Jill erneut verletzte, wie es ihm das Herz aus dem Leibe reißen würde. „Das werde ich", versprach er und ging hinaus.

Dann überprüfte er noch einmal sein Handy. Nichts. Sobald sie aus Denver zurück war, würde er ihr alles erzählen und sehen, wie sie dann zueinander standen.

Jill zu lieben bedeutete eine Wende in diesem Spiel.

18. Kapitel

Mit hoch erhobenem Kopf stolzierte Jill am nächsten Tag ins *Don't Soy With Me*. Bei ihrem Treffen am Morgen hatte Mac ihr weitere Details geliefert. Sie hatte es geschafft, weiterhin gelassen zu wirken, während sie über sein üppiges finanzielles Angebot gesprochen hatten. Und da sie ein ausgesprochenes Talent dafür hatte, sich Szenarios vorzustellen, hatte sie sich wie betäubt einen Schwangerschaftstest gekauft, nur für den Fall, dass ihre Periode ausbleiben sollte. Würde sie einen in Dare kaufen, dann überschlügen sich die Gerüchte.

Die Nacht in Denver hatte ihr das Gefühl zurückgegeben, Kontrolle über ihr Leben zu haben. Sie hatte mehrere Möglichkeiten. Es würde nicht einfach werden, Brian gegenüberzutreten, aber sie fühlte sich bereit dazu.

„Hey, Margie", rief sie ihrer Barista einen Gruß zu.

„Na, hallo. Wie war's in Denver? Und noch wichtiger – *wo* hast du übernachtet?"

Vermutlich brodelte die Gerüchteküche schon, nachdem Denver für die meisten Einwohner des Dare Valley ein Tagesausflug war. „Wundervoll. Ich hatte beschlossen, eine Nacht in einem netten Hotel zu verbringen." Etwas, das sie noch nie getan hatte.

„Mmhmm", murmelte Margie.

Jill lächelte nur geheimnisvoll, als sie um den Tresen herumging. Sollten sie doch denken, was sie wollten.

Müde hockten die abendlichen Gäste da. Es war eine der betriebsamsten Zeiten im Café, wenn die Kunden vor dem Feiern oder Lernen noch eine Dosis Koffein am späten Abend benötigten, damit sie durchhielten. Pat, der neue Kassierer, arbeitete gut, und er schaffte es, dass die Schlange der Kunden in Bewegung blieb.

Jill beschloss, sich ihr berühmtes Stärkungsmittel zu genehmigen, und läutete die Glocke auf dem Tresen. „Okay, alle zusammen. Mama ist wieder da, und sie möchte einen Kaffee kochen."

Margie schmunzelte, und ihr Augenbrauenpiercing verschob sich leicht, so als hätte es jemand an einer Schnur hochgezogen.

„Bist du bereit für einen Wettstreit zwischen den Kaffeemaschinen?" Jill schob sich die Ärmel hoch.

Margie lockerte ihre Handgelenke. „Du bist übermütig. Fang an."

Jill tanzte einen Salsa-Schritt und löste ihre Muskeln. „Pat, hol die Stoppuhr. Nimm die Bestellungen aus der Schlange auf, und wir teilen alles auf. Mal sehen, wer zuerst fertig ist."

Ein paar Typen grölten zustimmend, und einige Leute schlängelten sich zur Bar durch, um zuzusehen. Seit Wochen hatte Jill das nicht mehr gemacht, aber es war immer ein echter Publikumserfolg. Pat schaltete von dem sanften Jazz um auf wilde irische Musik. Flöten, Fideln und Trommeln woben eine schwungvolle Melodie, und sofort dachte man an Kobolde, die ein Rennen um den Topf voller Gold austragen.

„Bist du bereit, Margie?"

Jill legte die Liste auf den Tresen und wartete auf Pats Signal. Sobald er die Hand senkte, machte sie sich an die Arbeit. Sie blendete die lärmende Menge aus und rief sich die ersten fünf Getränke auf ihrer Liste ins Gedächtnis. Ein doppelter Espresso. Ein Haselnuss-Mokka. Ein Karamell-Macchiato. Ein heißer Kakao aus drei Sorten Schokolade ohne Sahne. Los ging's. Die Leute bestellten weitere Runden, nur um den Wettstreit am Laufen zu halten. Jill schob sich die feuchten Locken aus dem Gesicht, als sie die letzte Bestellung zubereitete – einen Vanille-Latte mit Extraschaum.

„Los, los, los“, skandierte die Menge im Hintergrund.

Sie rannte umher und füllte Schaum auf. Als sie das Glas abstellte, rief Pat: „Stopp!“

Jill stemmte die Arme in die Taille, ihr Herz schlug heftig. Margie hielt wie erstarrt dabei inne, Milch in einen Chai-Tea-Latte zu füllen.

„Gewonnen“, rief Pat und riss Jills Hand hoch. Sie reckte die zweite als Faust in die Luft. Nachdem sie sich im Siegestaumel bewegt hatte, spürte sie, wie ihre Laune sich besserte.

„Acht Bestellungen in etwas mehr als zwei Minuten.“ Pat präsentierte ihr die Uhr. „Gar nicht so übel, Boss.“

„Verdammt gut, meinst du.“

Margie stieß zu ihnen. „Eine deiner besten Zeiten. Vielleicht brauche auch *ich* mal eine Auszeit. Zwinker, zwinker.“

„Du kannst gerne fragen“, gab Jill schlagfertig zurück. Dann wandte sie sich an ihr Publikum. „Wer macht den besten Kaffee in Dare?“

Wie die Menge in einem Justin-Timberlake-Konzert brüllten die Leute, pfiffen und riefen ihren Namen. Auf einer Welle des Entzückens trug das Summen sie davon. Sie wischte sich die Feuchtigkeit aus dem Gesicht und grinste dümmlich.

„Ziemlich beeindruckend“, säuselte eine raue Stimme mit französischem Akzent.

Jills Verstand kam ins Stocken, der Eindringling hatte urplötzlich das Spaßprogramm in ihrem System gelöscht. Sie drehte sich um. In hautengen Jeans, kniehohen Stiletto-Stiefeln und einer Kaschmirstola stand die französische Barbie am Tresen. Ihr blondes Haar leuchtete im Kontrast zu dem schwarzen Oberteil. Jill betrachtete ihr eigenes Erscheinungsbild – ein pinkfarbener Fleecepullover, Jeans und Ugg-Stiefel. Großartig.

Die Französische Röstung würde sie auf jeden Fall aus ihrem Kaffeeangebot streichen. Den bittersüßen Geschmack und die Färbung, die an dünne Holzkohlebriketts erinnerte, hatte sie sowieso nie gemocht. Ebenso wenig wie die Frau, die jetzt vor ihr stand.

Pat trat vor. „Ich übernehme das, Jill. Was kann ich für Sie tun?"

Simone knetete ihr übergroßes silbernes Designerportemonnaie. „Ich würde gern Ihren Espresso probieren und ihn mit meinem vergleichen."

Jill biss sich auf die Lippen und unterdrückte den Drang, etwas zu erwidern. „Geh doch schon mal ins Büro", bat Margie sie und zog sie am Arm. „Ich brauche deine Unterschrift auf einigen Bestellungen."

„Nein, schon gut." Sie musste Rückgrat zeigen. Heute war ein guter Tag.

„Ich würde gern mit Ihnen reden, während ich auf meinen Espresso warte", fügte Simone hinzu.

Jill sah sie direkt an. „Gut. Wir können uns in meinem Büro unterhalten."

Durch die Menge ging eine Veränderung, die jeder bemerken musste. Die bis dahin ausufernde gute Stimmung verflog, und die plötzliche Stille unter ihren Gästen ließ Jill schaudern.

Sie ging vor, und das eispickelartige Klackern von Simones Schuhen hallte vom Hartholzboden wider. Als sie beide im Büro waren, schloss Jill die Tür und steuerte auf ihren Schreibtischstuhl zu.

Simone blieb stehen, die Hände in ihre Titelmodel-Hüften gestemmt. „Ich möchte Ihnen sagen, dass ich von Herzen ausschließlich das Beste für Brian will. Ich bin hier, um das, was in New York passiert ist, wiedergutzumachen. Er ist ein unglaublich guter Küchenchef. Er sollte sein Talent nicht in dieser kleinen Stadt vergeuden. Ich hoffe, Sie werden nicht versuchen, ihn hier zu halten."

O ja, diese Frau sollte man nicht unterschätzen. „Das hängt allein von Brian ab."

„Ja, allerdings. Wenn er nach New York zurückkehrt, werde ich alles tun, was in meiner Kraft steht, um ihn davon zu überzeugen, dass wir füreinander geschaffen sind. Natürlich mögen Sie mich nicht. Das ist keine Überraschung. Mir geht es bei Ihnen genauso." Sie betrachtete ihre Fingerspitzen – French Nails, was sonst. „Aber Sie müssen verstehen – Brian *liebt* es zu kochen. Wenn er es nicht auf die Weise tun kann, die er mag, wird sein Esprit verkümmern. Wie würden Sie damit klarkommen, dafür verantwortlich zu sein?"

Schuld. Manipulation. Diese Frau wusste, wie sie ihre Waffen einsetzen musste. „Sie haben leicht reden. Wenn Sie sich von Anfang an vor ihn gestellt und die Anschuldigungen Ihres Partners entkräftet hätten, stände Brian vielleicht nicht da, wo er jetzt steht."

Simone gab ein Summen von sich. „Das ist wahr. Ich tue, was ich kann, um diesen Fehler rückgängig zu machen."

Es nervte Jill, wie sie die barmherzige Samariterin spielte. „Warum fangen Sie eigentlich nichts mit Männern in Ihrem Alter an?" Blanke Eifersucht übermannte sie.

„Sie sind wirklich provinziell. Brian ist ein erstaunlicher Mann. Warum sollte da etwas so Unwichtiges wie das Alter ein Hindernis für mich sein?" Dann wurden ihre Augen schmal. „Um Ihre Frage dennoch zu beantworten – es ist fast wie bei Pygmalion. Es gibt nichts Spannenderes, als einem Mann zu helfen, zu der Persönlichkeit zu werden, die er sein will – und natürlich zum Küchenchef. Und dann ist da selbstverständlich auch noch die jugendliche sexuelle Ausdauer …"

Am liebsten hätte Jill ihr den Tacker zwischen die Augen geschleudert. „Ich denke, Sie sollten jetzt gehen."

Simone richtete den Riemen ihrer Tasche und gab einen abfälligen Ton von sich. „Ich bin sicher, Sie erkennen, was für eine Verschwendung es wäre, wenn er hierbliebe. Er muss nach New York zurückkehren und gegen meinen Exmann angehen. Seinen rechtmäßigen Platz in einem Sternerestaurant zurückerobern. Ich kann dafür sorgen."

Was? Jills Kopf dröhnte, als hätte ihr jemand die Dampfdüse einer Espressomaschine ins Ohr gerammt. „Ihr *Ex*mann?"

„Oh, da habe ich mich entsetzlich verplappert. Brian hatte mich gebeten, nichts zu sagen."

Ihre Gedanken liefen in Zeitlupe. Plötzlich ergab alles Sinn. „Lassen Sie mich sichergehen, dass ich das richtig verstehe. Brian hatte eine Affäre mit *Ihnen* in dem Restaurant, das Sie mit Ihrem *Ehemann* betrieben haben?"

„*Oui*", gab Simone mit dieser rauchigen Stimme zurück.

Jill stand auf, obwohl ihre Knie drohten, unter ihr nachzugeben. Wie konnte er nur? Nachdem Merediths Ex ihre Schwester so sehr verletzt hatte, hasste Jill Ehebrecher leidenschaftlich. Alles, was sie von Brian zu kennen geglaubt hatte, stand jetzt kopf – als wenn jemand eine Eieruhr umgedreht hätte.

„Sehen Sie, es gibt Dinge, die Sie nicht von Brian wissen."

Das war kein Scherz, und es tat unglaublich weh. Unfähig, darauf etwas zu entgegnen, starrte Jill auf ihren Schreibtisch. Was konnte sie sagen?

„Wenn er Ihnen wirklich wichtig ist, werden Sie ihn ermutigen zu gehen. Mehr wollte ich Ihnen nicht sagen."

Sie starrte die Frau an, für die Brian sein Leben zerstört hatte. „Lassen Sie es mich eindeutig formulieren. Sie sind heute nicht gekommen, weil Sie mich überzeugen wollen, Brian gehen zu lassen. Sie sind gekommen, um sicherzustellen, dass ich weiß, dass Ihre Beziehung eine Affäre war."

Als sie den Kopf schüttelte, tanzte das platinblonde Haar auf ihren Schultern.

„Wie gesagt, es ist mir so herausgerutscht."

„Darauf würde ich wetten. Und jetzt verschwinden Sie verdammt noch mal aus meinem Büro. Es ist Brians Entscheidung. Das war es immer."

„Wenn Sie ihn hier festhalten, wird er Sie irgendwann dafür hassen." Damit ging Simone zur Tür.

Hatte sie darüber nicht schon selbst nachgedacht? „Gehen Sie raus. Sofort." Jill umklammerte die Kante ihres Schreibtisches so stark, dass ihre Knöchel weiß hervortraten.

„Verstehen Sie, es hat nichts mit Ihnen persönlich zu tun. Er ist über Sie und diesen Ort hinausgewachsen."

Wieso sagten die Leute ständig *Es hat nichts mit Ihnen persönlich zu tun,* während sie einem gleichzeitig die ganze Welt zerstörten?

Endlich verließ die französische Barbie das Büro, und Jill kauerte sich auf ihrem Stuhl zusammen. Das Bild von Brian und ihr, wie sie beim Picknick am Valentinstag zusammen gelacht hatten, war wie ein Hohn. Sie hatten so glücklich ausgesehen: So wie sie sich umarmt und einander in die Augen gesehen hatten, war ein Band von Vertrautheit und Verlangen sichtbar geworden. Sie dachte daran, wie selbstlos er sie verwöhnt hatte. Ihre Lippen zitterten. Und so wie kleine Wellen auf einem Tümpel immer weitere Kreise ziehen, breitete sich ein Zittern über ihren ganzen Körper aus.

„O Gott", flüsterte sie.

Das Gefühl, die Kontrolle über ihr Leben wiedererlangt zu haben, schmolz wie Butter, die auf einem Tresen in der Sonne vergessen worden war.

19. Kapitel

Als Jill in ihre Straße einbog, sah sie, dass Brians SUV vor ihrem Haus stand. Wie konnte er so dreist sein, nach seiner Schicht hierherzukommen und ihren Ersatzschlüssel zu benutzen? Eigentlich hätte sie mehr Zeit benötigt, um Simones Enthüllungen zu verarbeiten und den Schmerz und die Wut zu verbergen, aber er würde sie nicht von ihrem Zuhause vertreiben. Nachdem sie aus dem Wagen gestiegen war, beschleunigte sie ihre Schritte, und der Zorn in ihrem Innern entwickelte sich zu einem Gewittersturm.

Sobald sie die Haustür aufgeschlossen hatte, drangen ihr aromatische Düfte in die Nase. Normalerweise verwandelte der betörende Duft nach Knoblauch, Zwiebeln und Tomaten sie in einen sabbernden Hund. Sie straffte die Schultern. Glaubte er wirklich, ein selbst gekochtes Essen könnte ungeschehen machen, was passiert war? Dann musste er verrückt sein.

Brian tauchte aus der Küche auf und kam schnurstracks auf sie zu. Er schlang die Arme um sie und zog sie hoch, bis nur noch ihre Zehenspitzen den Boden berührten. „Gott sei Dank, du bist zurück. Du hast mir solch eine Angst eingejagt. Mach das nicht noch einmal!"

Sie kämpfte sich aus seiner Umarmung frei und schob ihn von sich. „Hör auf damit!"

„Wenn du noch einmal vor mir wegläufst."

„Ich bin nicht …"

„Himmel. Bevor ich herausgefunden habe, dass du in Denver warst, habe ich mir ausgemalt, dass du auf Blitzeis geraten wärst und am Fuß irgendeines Abhangs liegen würdest. Tot, wie Jemma."

Sie hörte auf, sich gegen ihn zu wehren, und nahm die heftigen Gefühle wahr, die er ausstrahlte. Sie war wütend, aber nicht grausam. „Ich wollte nicht, dass du dir Sorgen machst."

„Nun, das habe ich aber. Das hat mich zwanzig Jahre meines Lebens gekostet. Verdammt, Jill. Wie hätte ich mir keine Sorgen machen können, nachdem wir auf diese Weise auseinandergegangen sind?"

Einen Schritt zurückzutreten war ihre einzige Möglichkeit, sich zu schützen. Das änderte nichts daran, was er getan hatte. „Du hättest hier nicht einfach so eindringen dürfen."

Er presste die Lippen zusammen und lockerte den Griff um ihre Taille. „Entschuldige. Ich wusste nicht, was ich sonst tun sollte. Du hast nicht auf meine Anrufe reagiert, und ich wollte nicht in meinem Wagen sitzen bleiben wie ein Stalker. Ich ... ich musste dich sehen. Ich ... Jill, du hast mich zu Tode geängstigt. Es war genauso wie damals, als ich nach der Highschool aus Dare fortgegangen bin und du keinen meiner Anrufe beantwortet hast."

Prompt kam der Schmerz wieder hoch. Hier stand er, in ausgewaschenen Jeans, die seine wundervollen Beine umspielten, und einem schlichten marineblauen Fleecetroyer über einem weißen T-Shirt. Seine Attraktivität raubte ihr den Atem. Dieses Gesicht, das ihr so vertraut war und das sie voller Liebe zärtlich berührt hatte – die buschigen Brauen, die seidigen Wimpern, die markanten Wangenknochen –, schien wie immer. Nach den Enthüllungen dieses Abends aber war er ein Fremder.

„Wie konntest du nur?", flüsterte sie.

Sein ganzer Körper hielt in der Bewegung inne wie das Standbild eines Films. „Verdammt! Sie haben versprochen, es dir nicht zu erzählen!"

Sie warf ihre Tasche auf die orangefarbene Couch. „Ich habe keine Ahnung, wovon du sprichst."

Er biss die Zähne zusammen. „Deine Familie. Sie haben etwas herausgefunden und mich vor das Hale-Tribunal gestellt."

Jetzt verstand sie. Ihre Körpertemperatur sank augenblicklich, und ihre Hände fühlten sich wie Eisklumpen an. Ihre Familie? Sie alle wussten von der Affäre? Natürlich wussten sie es – sie waren Reporter und stellten immer Nachforschungen an. Sie schlang sich die Arme um den Leib, als ein unbekannter Schmerz sich in ihr ausbreitete.

„Warte." Er griff nach ihrer Hand. „Wenn deine Familie es dir nicht erzählt hat, wer dann?"

Ohne zurückzuzucken, sah sie ihn direkt an. „Deine Geliebte."

„Ah, verdammt." Wieder zog er sie an seine Brust, ehe sie ihn daran hindern konnte. „Tut mir leid. Bist du deshalb verschwunden? Himmel, ich wollte nicht, dass du es von jemand anders als mir erfährst."

Ein Lachen voller Selbstironie stieg in ihr auf. Nein, das war nicht der Grund für ihr Verschwinden gewesen, aber das spielte jetzt keine Rolle mehr. Sie löste sich von ihm. „Meinst du nicht eher, du wolltest nicht, dass ich es überhaupt erfahre? Hast du mich nicht deshalb angelogen?"

Er packte sie an den Schultern und hielt sie zurück. „Verdammt, kannst du das nicht verstehen? Ich wusste, wie das auf dich wirken würde."

Und das gab ihm das Recht? „Ich sterbe vor Neugier."

„Du hast Angst, nicht zu wissen, wer ich bin. Dass du mir nicht vertrauen kannst."

„Bingo", erwiderte sie schnippisch.

Sein Griff festigte sich. „Ich wollte es dir erzählen, aber dann haben wir uns geliebt, und danach fing unser Streit an. Ich hatte Angst, okay? Es war so eindeutig der falsche Zeitpunkt, dir noch etwas Entsetzliches über mich zu erzählen. Als du weg warst, habe ich endlich begriffen, was ich für dich empfinde. Und mir ist klar geworden, dass ich dir alles erzählen muss, wenn du wieder auftauchst."

Als sie die Arme zurückzog, verstärkte er seinen Griff, woraufhin sie nur noch heftiger dagegen ankämpfte. „Ach, du weißt also jetzt, was du empfindest, ja? Warum erzählst du es mir nicht, denn ich habe keine Ahnung."

Er atmete tief durch. Seine Augen waren so blau wie ein sturmgepeitschtes Meer. „Ich liebe dich, Jillie. Ganz und gar."

Das sagte er *jetzt*? Seine Worte brachen ihr das Herz. „Wie soll ich dir nach all dem, was du mir verschwiegen hast, vertrauen? Ich habe nicht den Eindruck, dir noch irgendwas glauben zu können." Sie versuchte erneut loszukommen, als er sie immer noch nicht losließ. „Lass das!" Sie spannte die Arme an. „Ich will, dass du gehst."

Er zog sie mit sich und drückte sie mit seinem Gewicht auf die Couch. „Verdammt, ich will dir nicht wehtun. Hör auf, dich zu wehren."

„Lass mich los", knurrte sie und trat ihm gegen die Beine."

Er presste seine Stirn an ihre. „Verlang so was nicht von mir. Ich *kann* es nicht noch einmal."

„Pech für dich." Jill versuchte, sich aus seinem Griff zu winden. „Ich will dich nicht mehr", log sie in dem verzweifelten Versuch, ihn davonzutreiben.

Sein Atem streifte ihr Gesicht. „Oh, doch, das willst du. Wir wollen uns gegenseitig so sehr, dass wir es kaum aushalten."

Sie zog die Beine unter ihm fort. „Ja, das spüre ich", schnappte sie und sträubte sich gegen die erschreckende Erkenntnis, dass sie ihn so sehr begehrte – selbst nach all dem, was sie über ihn erfahren hatte.

Er rieb seine Stirn an ihrer, eine Geste voller Verlangen. „Das ist nicht das, was ich meinte, aber Himmel, ja, das auch." Als er sein Gesicht ein paar Millimeter von ihrem entfernte und sie die Gefühle vollkommen unverhüllt darauf erkannte, presste es ihr das Herz zusammen. „Ich liebe dich. Das ist der Grund, warum das alles so wehtut. Ich will dich deswegen nicht verlieren, Jill. Gib mir eine zweite Chance."

Sie hatte ihm bereits eine gegeben, und sie konnte die Vorstellung nicht ertragen, ihm noch eine weitere einzuräumen. „Ich habe ein Jobangebot aus Denver. Und ich denke darüber nach, es anzunehmen."

Fassungslos sah er sie an, der Ausdruck des Verlangens wandelte sich in Verwirrung. Dann wich er zurück. „Wovon zum Teufel redest du? Denver? Deshalb warst du verschwunden?"

Sie atmete ein paarmal durch, als sie erkannte, dass sie sich missverständlich ausgedrückt hatte. Kein Wunder, so sehr, wie ihre Gedanken durcheinanderwirbelten. „Das Bewerbungsgespräch war in Denver. Der Job wäre hier."

Seine Verblüffung gab ihr Gelegenheit, sich von ihm zu befreien und in einen Sessel auf der anderen Seite des purpurfarbenen Couchtischs zu gleiten.

Er fuhr sich mit den Händen über das Gesicht, als wäre er unerträglich müde. „Also willst du anscheinend nicht mehr darüber reden, zusammen beruflich etwas auf die Beine zu stellen? Ich habe dir gesagt, ich brauche noch Zeit. Liebst du mich eigentlich?"

„Man kann nicht einfach mit dem Zauberstab wedeln und die Vergangenheit ausradieren. Simca hat alles verändert." Sie krallte die Finger in ein Kissen, das sie sich auf den Schoß gelegt hatte. „Ich glaube langsam, du hattest von Anfang an recht. Es ist keine gute Idee, Beruf und Vergnügen zu vermengen. Abgesehen davon sind wir gerade in keiner guten Verfassung."

Seine Miene verschloss sich. Er schleuderte ein marineblaues Kissen gegen die Wand und traf die afrikanische Maske, die dort hing. Als er aufstand, erschauerte Jill.

„Lass mich das Essen vom Herd nehmen. Es brennt sonst an."

Von Kopf bis Fuß zitternd folgte sie ihm. „Ich hasse es, wenn ich mich so fühle, als müsste ich mich bei dir entschuldigen.“

Es schepperte, als er die Auflaufform auf den Gasherd knallte. Die Lasagne dampfte heftig, Käse und Soße blubberten und verströmten einen Duft wie aus einem Zauberkessel. Beim Geräusch der zuschlagenden Backofentür zuckte sie zusammen. Er warf die Topflappen zur Seite, als wären sie Boxhandschuhe.

„Warum, Jill? Sag mir, was du wirklich empfindest. Lass uns alles offenlegen.“

Gut. Es gab keinen Grund, um den heißen Brei zu reden, wenn es sowieso schon so wehtat. „Ich vertraue dir nicht mehr“, schrie sie und fasste sich ans Herz. „Der Brian, den ich kannte, hätte keine Affäre mit einer verheirateten Frau gehabt, und er hätte mir nicht vorenthalten, wenn dieses Pumaweibchen von einer Ex Kontakt mit ihm aufgenommen hätte. Erkennst du nicht, wie das aussieht?“

Er stellte sich breitbeinig auf. „Blödsinn. Die Jill, die ich kannte, wäre nicht zu einem Vorstellungsgespräch gefahren, ohne mir davon zu erzählen, und sie hätte auch nicht von jetzt auf gleich kein Restaurant mehr mit mir eröffnen wollen, ohne zuerst mit mir darüber zu sprechen. Wenigstens habe ich dir von Simcas Angebot erzählt.“

„Das lässt sich überhaupt nicht miteinander vergleichen. Ich hab über das Angebot nur nachgedacht, weil deine französische Barbie hier aufgetaucht ist. Ich hätte es dir an jenem Abend erzählt, aber … dann hatten wir Sex. Und ich hab es vergessen.“ Sie wand sich fast bei diesem letzten Satz.

„Also hast du mir auch etwas verschwiegen.“ Seine Augenbrauen zogen sich ruckartig zusammen. „Warte. Also war das nicht das erste Mal, dass du dich mit diesem Kerl unterhalten hast? Warum hast du mir nicht schon früher davon erzählt?“

Er pfefferte den Salat, den er gemacht hatte, in den Kühlschrank. Es gab einen lauten Knall. Die Heftigkeit ließ Jill vibrieren wie eine Stimmgabel.

Am liebsten hätte sie gegen einen Stuhl getreten, aber diese Reaktion kam ihr nicht besonders vernünftig vor. „Weil ich zunächst unsere Idee weiterentwickeln wollte."

„Unsinn. Du bist davongerannt, statt an den Dingen zwischen uns zu arbeiten."

Sie deute mit einem Finger auf sich. „*Ich*? *Du* bist doch der Meister im Davonlaufen. Wer ist denn nach der Highschool gegangen?"

Er pustete die Stumpenkerzen auf dem Bauerntisch in der Küchenecke aus. Sie bemerkte das Blumenarrangement aus Schleierkraut, rosafarbenen Rosen und gelben Tausendschön. Er hatte sogar die Servietten in S-Form arrangiert. Seine romantische Geste rührte sie zu Tränen, doch an den Tatsachen änderte dies nichts.

„Das wirst du mir nie verzeihen, oder? Die vergangenen Wochen waren nur ein leuchtender Punkt auf dem Radarschirm, nicht wahr? Und dann kommt ein größerer leuchtender Punkt, und unsere Pläne stürzen ein wie ein Kartenhaus. Was für eine Freundschaft. Was für eine Partnerschaft. Ich begehe einen Fehler, und du lässt mich fallen." Seine Stimme klang wütend, doch Jill konnte auch die Verletztheit darin hören.

Mit langen Schritten ging er aus der Küche, die Wucht hinterließ einen Lufthauch auf ihrer Haut wie ein abfahrender Zug auf einem Bahnsteig. Sie drehte sich um und ging ihm nach.

„Tut mir leid", sagte sie und drehte ihn zu sich um, damit er sie ansah.

„Mir auch."

Schwer atmend standen sie voreinander.

Er rieb sich die Augenbrauen. „Kannst du mir wenigstens

versprechen, mir Bescheid zu sagen, wenn du dich verspätest? Es macht mich fertig, dass ich das fragen muss."

Verspäten? Es dauerte einen Moment, bis sie begriff, was er meinte. Plötzlich war alles zu viel. Sie bedeckte das Gesicht mit den Händen und wandte sich ab.

Von hinten schlang er die Arme um sie. „Ich will so nicht sein, Jillie." Er legte seine Wange an ihre und wiegte sich mit ihr hin und her.

„Ich will das auch nicht, Bri", weinte sie. Es war, als würde sie ihn noch einmal endgültig verlieren.

„Sag mir, wie ich es wieder in Ordnung bringen kann", flüsterte er heiser. „Ich will dich nicht verlieren. Vergiss das Restaurant, vergiss dein Jobangebot. Sag mir, wie ich das *mit uns* wieder in Ordnung bringen kann."

Gerade weil sie wusste, wie wichtig ihm seine Karriere war, bewegte sie sein Flehen besonders tief. Sie umfasste seine Arme, dann ließ sie wieder los und drehte sich um. In seinen Augen glänzten ungeweinte Tränen – ein seltener Anblick. „Tut es dir leid?"

„Mehr, als du dir je vorstellen könntest." Die ganze Zeit über hielt er ihren Blick. Sie lehnte sich an die Armlehne des abgeschabten grünen Zweisitzers.

„Ich … habe sie sehr gemocht. Vielleicht habe ich sie sogar geliebt. Ich weiß es nicht. Es war intensiv. Mir ist klar, du willst das nicht hören, aber ich werde nichts mehr verschweigen. Sie war anders als jede Frau, die ich jemals kennengelernt habe." Er gestikulierte mit beiden Händen, als würde er damit ganz Dare einschließen wollen. „Sie hat ihre Ausbildung im *Cordon Bleu* absolviert. Ist durch ganz Europa gereist, um die besten Zutaten zu finden. War spaßeshalber auf Trüffeljagd in Südwestfrankreich. Kannte einige der besten Küchenchefs weltweit."

„Und sie war schön", fügte Jill hinzu, während ihr Innerstes schrumpfte wie Zellophan an einer Gasflamme.

„Stimmt." Er hob den Kopf. „Ich müsste lügen, wenn ich behaupten würde, dass die körperliche Anziehung nicht stark gewesen wäre." Mit fliegenden Fingern zog er an dem Reißverschluss seines Fleecepullovers. „Es ist schwierig, so mit dir darüber zu reden."

Plötzlich fühlte sie sich zwiegespalten. Die Jill, die ihn liebte, wich irgendwo ins Innere zurück. Die andere Jill, die Freundin, hörte weiterhin zu.

„Ich wollte sie. Sie war so selbstsicher in ihrer Sexualität. Und ganz gleich, wie gern Typen herumprahlen: Mich machte gerade diese Selbstsicherheit an. Ich war mit mehreren Mädchen zusammen, aber sie war … eine Frau. Ich weiß nicht, wie ich es sonst sagen soll. Verstehst du?"

Irgendein entfernter Teil ihres Ichs nickte wie von selbst. Innerlich hätte sie am liebsten geschrien: *Ich kann mir das nicht anhören. Mehr ertrage ich nicht.*

„Irgendwie benebelten die Lust und der Spaß am Job meinen Verstand. Sie erzählte mir, ihr Mann und sie wären getrennt, und als ich herausfand, dass das nicht ganz stimmte, ließ ich mich von ihr überzeugen, es würde keine Rolle spielen. Ich hätte es beenden müssen. Aber sie war unglücklich mit ihm, und wir waren glücklich. Wir arbeiteten gut zusammen, und irgendwie mischte sich alles."

Als er sich erneut auf die Couch sinken ließ, sah er wieder so müde aus wie damals, als er in den ersten Tagen, nachdem seine Eltern ihm mitgeteilt hatten, dass sie sich würden scheiden lassen, zu ihr nach Hause gekommen war.

Es war am besten, alles zu erfahren. „Wer hat es ihm letztendlich erzählt?"

Er fuhr sich mit der Hand durchs Haar. „Ich weiß es nicht. Er fand es heraus, als er aus Paris zurückkehrte, wo er ihr neues Restaurant eröffnet hatte. Das ist der Grund, warum wir nicht früher erwischt wurden. Er war sechs Monate lang fort."

Jill griff nach der grünen Decke, der Gefühlssturm ließ ihre Körpertemperatur absinken.

„Er hat mich vor dem gesamten Küchenpersonal gefeuert und mir gedroht, er würde sicherstellen, dass ich nie wieder einen Job in einem respektablen Restaurant bekäme. Und dann behauptete er, in der Nacht zuvor wäre seine Rezeptbox verschwunden. Es hat Verhöre bei der Polizei gegeben, aber dabei ist nichts herausgekommen."

Die Freundin in ihr konnte sich kaum vorstellen, wie entsetzlich das für den Jungen gewesen sein musste, mit dem sie aufgewachsen war. Einen Moment lang berührte sie seinen Arm, dann aber ließ sie die Hand fallen.

Ruhelos tanzte er mit dem rechten Bein auf der Stelle. „Ich hatte nicht geglaubt, dass Andrés Einfluss so weit reichte, wie er behauptete, doch nach meiner zehnten Absage gab ich auf. Seine Anschuldigung hatte mich zu einem Ausgestoßenen gemacht. Mein ganzes Leben war eine verdammte Scheiße. Ich beschloss, mich neu zu organisieren. In irgendeinem zweitklassigen Lokal hätte ich einen Job bekommen können. Aber bevor es darauf hinausgelaufen wäre, bin ich lieber nach Hause zurückgekehrt." Als er ihren Blick fand, schimmerten seine Augen hell. „Ich war verloren, Jill."

Und vernichtet, sagte ihr Herz ihr. Hatte sie das nicht von Anfang an gespürt und war nur zu wütend gewesen, als dass sie es sich eingestanden hätte?

„Ich wollte die Dinge zwischen dir und mir wiedergutmachen. Du …"

Er wandte den Blick ab und krallte die Finger in seine Jeans. Das Schweigen ließ Jill erstarren. Als er sie wieder ansah, ging eine solche Kraft von ihm aus, dass es sie zurück in den Sitz drückte. „Du hast mich verfolgt, Jill."

Ihre Kehle war so eng, als würde sie gewürgt.

„Zwischen uns ist immer mehr gewesen. Aber ich war zu ängstlich. Das bin ich immer noch, aber ich muss es versuchen." Er setzte sich aufrecht hin. „Jill, nachdem du mir nach unserem Schulabschluss zu verstehen gegeben hast, dass du mit mir schlafen wolltest, hätte ich dich am liebsten genommen und nie wieder aufgehört. Aber andererseits …" Mit einem langgezogenen Ton ließ er die Luft entweichen. „Nach allem, was mit meinen Eltern passiert ist, habe ich nicht mehr daran geglaubt, etwas könnte auf Dauer halten. Nicht einmal bei uns. Deshalb habe ich dich abgelehnt und was mit Kelly angefangen. Ich habe gedacht, wir könnten einfach wieder Freunde sein."

Er stand auf und trommelte sich auf den Oberschenkel. „Ich wusste, ich würde gehen. Jill, ich musste etwas aus mir machen. Meinem Dad und allen, die sich über mich lustig gemacht hatten, beweisen, dass ich ein erfolgreicher Küchenchef werden konnte. Eine Ausbildung hier vor Ort wäre nicht gut genug gewesen. Ich wollte das Beste, und ich habe es erreicht. Als ich ging, war ich überzeugt, du würdest mir verzeihen, aber du hast nie wieder mit mir geredet."

Jedes Mal, wenn Jill einen seiner Anrufe ignoriert hatte, war ein Stück in ihr gestorben. Doch in jener Zeit hatte es den Anschein gehabt, als wäre es die richtige Reaktion – die einzig mögliche Reaktion.

Er setzte sich vor sie auf den Couchtisch. „Erst als ich in New York angekommen bin, ist mir die enorme Tragweite meiner Entscheidungen bewusst geworden. Ich hatte dich verloren. Ich hatte die einzige Familie verloren, die sich jemals wirklich um mich gekümmert hatte. Du kannst dir nicht vorstellen, wie sehr ich das bedauert habe. Ich habe alles dafür gegeben, ein erfolgreicher Küchenchef zu werden. Aber es konnte niemals das aufwiegen, was ich verloren hatte."

Ihre Lippe begann zu zittern, als sie die Qual in seiner Stimme bemerkte.

„Begreifst du nicht, was ich sage? Jill, ich habe dich *niemals* vergessen."

Er streckte ihr die offene Hand entgegen. Während sie darauf sah, löste sich etwas in ihr – eine Welle der Hoffnung oder des Verlangens. Sie war nicht sicher, was von beidem. Sie wusste nur, dass sie seine Hand in diesem Moment ergreifen musste, oder alles zwischen ihnen wäre verloren.

Also legte sie ihre in seine.

„Jill, ich habe versucht, im seichten Wasser zu schwimmen und Mut zu sammeln fürs tiefe – weil ich wusste, dass du uns dort gesehen hast. Dann kam Simca zurück. Ich habe dir nichts von ihr erzählt, weil mir klar war, wie enttäuscht du sein würdest. Ich weiß, wie wütend du warst, als Merediths Ex sie betrogen hat. Aber ich hab wirklich geglaubt, alles in New York wäre vorbei. Ich wollte, dass es so ist."

Jill dachte an ihr Gespräch mit Simone. „Aber sie kann dir helfen, deinen Ruf wieder aufzubauen." Obwohl es sie alle Kraft kostete, sah sie ihm direkt in die Augen.

„Ja, das kann sie. Und das ist genau das, was ich mir beruflich erhofft habe. Alles andere wäre eine Lüge." Die Furchen um seinen Mund wurden tiefer. „Aber es geht nicht nur um meine Karriere. Es geht um uns, Jill. Ich liebe dich. Du musst mir glauben."

Es war seine Ernsthaftigkeit, die letztendlich zu ihrem Verstand durchdrang, doch all die Geheimnisse und Lügen waren wie Schuhe aus Beton, die sie nicht von der Stelle kommen ließen.

„Alles ist so durcheinander, Bri. Ich weiß nicht mehr, was ich glauben soll."

„Wir werden die Fäden gemeinsam entwirren." Er küsste ihre Handfläche. „Aber wirf nicht alles weg. Nicht jetzt."

Wie konnte sie ihm erklären, dass das Mädchen, das immer nur das Beste in ihm gesehen hatte, seine Hand halten und ihn niemals gehen lassen wollte, während die Frau in ihr davor auf der Hut war, noch einmal verletzt zu werden? „Wir müssen eine Menge bedenken."

Er setzte sich anders hin. „Okay, erzähl mir von dem Jobangebot."

Unbehagen kroch an ihrem Rücken hinauf. „Das kann ich nicht. Ich habe eine Verschwiegenheitsklausel unterschrieben."

Seine Augen verengten sich. „Du kannst nicht oder du willst nicht?"

„Ich kann nicht. Bitte glaub mir."

Die Muskeln in seinem Körper spannten sich an wie vor einem Schlag. Er stand auf. „Okay. Als Zeichen meines guten Willens werde ich nicht mit dir streiten. Aber versprich mir, du wirst diesen anderen Job nicht überstürzt annehmen. Gib uns ein wenig Zeit, um … das Persönliche zu klären und zu sehen, ob wir den Plan, zusammen zu arbeiten, wieder aufleben lassen können."

Sie wiegte den Kopf hin und her und fragte sich besorgt, ob sie nur noch von einer Sprungfeder aus Plastik zusammengehalten wurde. „Okay. Ich … ruf dich an."

Er zog die Mundwinkel hoch. „Das ist eigentlich mein Satz. Dir ist doch klar, wir müssen noch darüber sprechen, was an jenem Abend passiert ist."

Panik stieg aus den Tiefen ihres Unterbewusstseins an die Oberfläche. Am liebsten hätte Jill sich versteckt. „Dazu bin ich noch nicht bereit."

Langsam hob er die Hände. „Das verstehe ich. Ich war auch noch nicht wirklich für das bereit, was zwischen uns passiert ist. Jill, es hat mich total erschreckt." Er wandte sich zum Gehen, und sie folgte ihm. An der Tür zog er seine Handschuhe an. „Aber die Vorstellung, ohne dich zu sein, erschreckt mich mehr, deshalb werde ich einen Kompromiss machen. Mit dir zu schlafen war weit intensiver, als ich es mir je hätte vorstellen können, Jillie. Ich möchte das noch mal erleben."

Ihr Mund wurde ganz trocken. Gott, sie wollte das auch. In

Denver hatte sie kaum geschlafen, weil sie es im Kopf immer und immer wieder durchgespielt hatte. „Vielleicht sollten wir eine Schwimmweste für dich besorgen", versuchte sie zu scherzen.

Fragend neigte er den Kopf.

„Für die tiefen Stellen", ergänzte sie, während sie mit dem Saum ihres Fleeces spielte.

„Ah", gab er so leise zurück, als wäre es nur ein Nachhall. „Also ... das ist mir jetzt irgendwie unangenehm – normalerweise weiß ich immer, was ich dir sagen will."

Sie verstand, was er meinte. Zwischen ihnen klaffte plötzlich ein Abgrund. Jahre der Freundschaft und der unbeschwerten Kameradschaft hatten sich aufgelöst wie Wasser auf einer Saunabank.

„Ein ‚Bye' funktioniert immer", gelang es ihr zu sagen.

Er sah sie so lange an, dass sie nicht mehr sicher war, ob er überhaupt gehen würde. Er ließ den Blick über ihren Körper wandern. Blieb an ihrem Mund hängen. Wenn ein Mann eine Frau einzig und allein mit seinem Blick lieben könnte, wäre sie jetzt in Ekstase. Ihr Herz klopfte in verzweifelten Schlägen.

„Bye, Jillie", murmelte er. Seine Stimme war tief und schleppend.

Dann schloss er die Tür hinter sich und überließ Jill der Stille.

20. Kapitel

Die morgendliche Überschrift des *Western Independent – Spielcasino und Restaurant für Pincari's Folly geplant* – hätte Jill nicht heftiger überraschen können. Arthur Hale schrieb nicht mehr so häufig Artikel wie früher. Mittlerweile verbrachte er die meiste Zeit mit der Geschäftsführung der Zeitung und damit, das Editorial am Sonntag zu schreiben. War es Schicksal, dass er seinen journalistischen Zauber ausgerechnet für eine Story einsetzte, in die sie verwickelt war?

Geistesabwesend winkte sie Margie zu und murmelte eine Begrüßung an ihre frühen Stammgäste. Trotz der Betriebsamkeit, die um sieben Uhr hier immer herrschte, verschwand sie in ihrem Büro und schloss die Tür hinter sich, weil sie allein sein wollte. Der rauchige Duft ihres Espressos sandte ihr einen Schauer durch den Körper.

Sie brauchte nicht lange, um den Artikel zu lesen, der all die Details beinhaltete, die Mac ihr gerade gestern erzählt hatte. Die legendären journalistischen Quellen ihres Großvaters hatten wieder einmal geholfen. Ging an diesem Mann nichts vorbei? Sie schlug sich mit der Hand an die Stirn. Oh, verdammt. Mac könnte annehmen, sie hätte ihren Großvater über all das informiert. Sie sah auf die Uhr und kramte in ihrer Tasche nach ihrem Handy. Es war besser, Mac gleich eine Nachricht zu hinterlassen und ihn darüber zu informieren, dass sie nichts damit zu tun hatte.

„Guten Morgen, Jill", meldete sich seine charmante Stimme nach dem dritten Klingeln. „Ich nehme an, Sie haben den Artikel Ihres Großvaters gesehen."

„Ich habe nichts verraten, das schwöre ich." Ihre Gefühle

fuhren Achterbahn. Sie konnte den Anstieg spüren. „Ich habe ihm nur gesagt, dass ich für eine Besprechung in Denver war."

„Das glaube ich Ihnen, Jill. Beruhigen Sie sich."

Sie löste ihre Finger von der Zeitung, deren Druckerschwärze Spuren hinterlassen hatte. „Ich versuch's."

„Ihr Großvater hat die Informationen von jemandem aus der Glücksspielkommission gesteckt bekommen. Ich glaube zu wissen, von wem. Arthur und er kennen sich. Ich hatte gehofft, er würde dies nicht durchsickern lassen, aber nachdem er es doch gemacht hat, will ich seinen Kopf auf einem Silbertablett serviert bekommen."

Angesichts der Entschlossenheit in seiner Stimme biss sie sich auf die Lippe. „Was erwarten Sie von mir?"

„Ich komme heute Vormittag nach Dare. Ihr Großvater hat alles leicht beschleunigt, aber ich werde das wieder hinbekommen."

„Was meinen Sie damit?"

„Ich muss meine Baupläne heute im Stadtrat von Dare einreichen. Während die Glücksspielkommission darüber entscheidet, ob meine Spiellizenz gültig ist, können die Abgeordneten einen Blick auf die Pläne werfen. Das Gesetz ist auf meiner Seite. Die Entscheidung sollte bis heute Abend gefallen sein, spätestens morgen."

Im Hintergrund klingelte ein anderes Telefon. „Ich hatte gehofft, die Entscheidung der Kommission schon vorliegen zu haben, bevor ich meine Pläne beim Stadtplanungsamt einreichen würde, aber ich kann es mir nicht leisten, noch abzuwarten. Ich werde nicht zulassen, dass sich das hinzieht. Jill, haben Sie sich schon entschieden? Ein Ja wäre gerade jetzt Musik in meinen Ohren."

Sie rutschte auf ihrem Stuhl herum. Brian hatte sie gebeten, nichts zu überstürzen. „Nun, ich spüre hier auch den Druck. Ich hätte mir gewünscht, ein wenig mehr Zeit zu haben, um darüber nachzudenken. Kann ich es Ihnen sagen, nachdem wir wissen, ob das Hotel genehmigt wird? Denn schließlich ist die Stelle, die Sie mir angeboten haben, im Hotel."

„Na ja, ich würde Ihre Rolle gern in die Pläne integrieren. Es festigt meine lokale Bindung, und die Leute werden sich damit besser fühlen." Die Pause, die folgte, war hörbar. „Na gut. Wir haben uns auf einen Zeitrahmen geeinigt, und den werde ich nicht brechen. Aber ich habe noch ein anderes Angebot. Meine PR-Mitarbeiterin hat in Dare längst nicht den gleichen Wert wie Sie, und deshalb könnte ich Ihre Hilfe bei den Einheimischen gebrauchen. Könnten Sie sich vorstellen, kurzfristig mit mir zusammenzuarbeiten, bis die Abstimmung im Stadtrat erfolgt ist? Mich den wichtigsten Leuten vorstellen und sich in der Öffentlichkeit mit mir zeigen? Sie glauben gar nicht, wie hilfreich das ist. Gleichzeitig haben Sie dadurch die Zeit, die Sie brauchen, um festzustellen, ob Sie mit mir arbeiten wollen. Und mit Ihrer Entscheidung, ob Sie längerfristig für mich arbeiten möchten, könnten Sie bis nach der Abstimmung warten."

Sie hatte keine Probleme damit, dem zuzustimmen. Dieses Hotel wäre gut für die Stadt, und selbst ohne Vertrag hätte sie geholfen, das Projekt umzusetzen. „Sie sind selbstbewusst. Das gefällt mir. Okay. Klingt perfekt."

„Ich werde Ihnen einen höheren Tagessatz zahlen, als ich Ihnen in einem längerfristigen Vertrag in Aussicht gestellt habe, weil damit keine Zusatzleistungen verbunden sind. Sie stellen mir die Stunden in Rechnung, die Sie gearbeitet haben. Ich weiß, Sie haben auch noch andere Verpflichtungen."

Sein Verständnis ließ ihr Herz vor Freude hüpfen, seine Begeisterung war ansteckend. „Großartig!"

„Sie haben meinen Tag gerettet", sagte er mit solchem Enthusiasmus, dass sie beinahe das Grinsen in seiner Stimme hören konnte. „Ich hätte gern Ihre Unterstützung bei den Mitgliedern des Stadtrats. Es wird eine öffentliche Anhörung geben. Außerdem hätte ich gern Ihre Hilfe bei den örtlichen Gruppierungen wie Frauenverbänden, den Rotariern und so was. Und es wäre toll, wenn wir Ihre Ideen in unsere PR einfließen lassen könnten. Welches sind die richtigen Stellen, wenn man für wohltätige Zwecke spenden will? Wir haben hier ein ganzes Bündel an Schecks, die zum Versand vorbereitet sind. Seit Wochen stehen wir in den Startlöchern."

Ihre Gedanken rasten, schneller und schneller, wie ein Fahrradreifen, der sich bergab beschleunigte. Mac Maven war wie ein Tornado in Aktion, seine mentalen Turnübungen spornten sie an. Doch mit der Begeisterung entwickelte sich auch eine heftige Dosis Beklommenheit. Dies war eine völlig neue Spielwiese für sie. Hatte sie die Fähigkeiten, die sie dafür brauchte? Sie sah sich in ihrem Büro um. Betrachtete die Auszeichnung „Small Business of the Year" an der Wand. Vor zwei Jahren war sie die jüngste Preisträgerin Dares gewesen, die den Award jemals gewonnen hatte. Zum Teufel, ja, sie konnte es schaffen.

„Sie können auf mich zählen", erwiderte sie lässig.

„Ich fände es gut, wenn Sie mich begleiten würden, wenn ich die Pläne im Rathaus abgebe. Damit würden Sie Ihre Unterstützung von Anfang an signalisieren. Könnten Sie das tun?"

Sie fuhr mit dem Finger über ihren Kalender, der mit gelben und grünen Punkten übersät war. „Ja, ich kann mir die Zeit nehmen."

„Gut, dann hole ich Sie ab. Das wird so gegen drei sein. Wo sind Sie?"

Sie sah auf ihre Jeans und das Sweatshirt hinunter. „Zu Hause. Ich muss mich noch umziehen."

„Wie wäre es, wenn ich Sie anrufe, sobald ich im Sardine Canyon bin?"

„Okay", erwiderte sie, während sie im Geist bereits ihren Tag umstrukturierte.

„Können Sie Ihren Großvater davon überzeugen, mich zu interviewen? Ich würde gern so schnell wie möglich meine Seite der Geschichte in der Zeitung darstellen."

Sie erstarrte. „Die Zeitung muss ich in dieser Beziehung außen vor lassen. Was Neutralität angeht, ist die Familie Hale absolut streng."

Als er schwieg, spielte sie mit ihrem Stift.

„Ich verstehe. Dann müssen wir das umgehen."

„Ich schalte nicht einmal selbst Anzeigen für mein Café in der Zeitung. Das macht jemand anders für mich."

„Verstanden. Ich muss los. Bis bald, Jill." Er legte auf, bevor sie überhaupt zu einer Verabschiedung ansetzen konnte.

Sie griff nach ihrer Tasche und beschloss, der Redaktion einen Besuch abzustatten. Grandpa und Mere mussten ihr sowieso noch erklären, was es mit ihrem *Treffen* mit Brian auf sich hatte. Nachdem sie zu Kreuze gekrochen waren, würde sie ihnen die Neuigkeiten von Mac erzählen. Und danach würde sie Brian aufsuchen und ihn auf den neuesten Stand bringen.

Es würde ein grauenvoller Morgen werden.

21. Kapitel

Manchmal war ein Besuch im Zeitungsverlag der Familie ähnlich gesellig wie der Welcome Wagon, ein Unternehmen, das neue Hausbesitzer nach dem Umzug kontaktierte. Glücklicherweise blieb der Small Talk aufgrund der frühen Stunde auf ein Minimum begrenzt. Innerhalb kürzester Zeit hatte Jill sich einen Weg zu Merediths Büro gebahnt. Die Locken ihrer Schwester waren noch nass von ihrer morgendlichen Schwimmrunde mit Tanner.

„Du", Jill zeigte auf ihre Schwester, „kommst mit mir. Wir machen Grandpa ausfindig und stellen ein paar Dinge richtig."

Fast wäre sie mit Tanner zusammengestoßen, der hinter ihr aufgetaucht war. „Guten Morgen, Jill." Sein feuchtes Haar hatte er glatt nach hinten gestrichen – eine Frisur, die nur bei Männern mit markantem Kiefer gut aussah.

„Warst du gestern Teil des Hale-Tribunals bei Brian?"

Er sah kurz zu Meredith hinüber. „Einer in der Runde muss ja die Vernunft bewahren. Die Wölfe waren hungrig."

Meredith schnaubte und verschränkte die Arme über ihrem marineblauen Blazer.

Jill bedeutete ihm mitzukommen. „Okay, dann folgt mir. Wir müssen etwas klären. Außerdem habe ich Neuigkeiten."

Sie steuerte auf die Keimzelle der Zeitung zu. Arthur Hale hielt nichts von Eckbüros. Sein Königreich lag direkt mittendrin. „Wir müssen reden", kündigte sie ohne Vorgeplänkel an.

Er schob den Kopf, auf dem sich das weiße Haar langsam lichtete, hinter dem Zeitungsstapel auf seinem Schreibtisch hervor. Er las grundsätzlich in geografischer Reihenfolge, von Ost nach West. Deshalb begann er mit der *New York Times*, dem *Boston Globe* und der *Washington Post*, dann durchquerte er das Land, indem er den *Chicago Tribune* und den *San Francisco Chronicle* las. Dazu kamen ein paar kleinere Zeitungen, womit er bei fünfzehn bis zwanzig Ausgaben pro Tag war.

Er schob seine randlose Brille hinunter. „Welche Laus ist dir denn über die Leber gelaufen?"

Sie trat zur Seite, um Tanner und Meredith ins Büro zu lassen, und schloss die Tür. „Du. Ihr alle."

„Das ist keine Art, deinen Grandpa zu begrüßen."

Sie verschränkte die Arme. „Pech gehabt. Stell dir mal meine Überraschung vor, als Brian mir erzählt hat, dass Mere und du ihn zur Rede gestellt habt wie irgendeine Mafiafamilie. Warum habt ihr nicht zuerst mit mir gesprochen?"

Sie presste eine Hand auf ihr pochendes Herz. Verdammt, sie hasste Konfrontationen. Der Familie entgegentreten zu müssen war schmerzhafter, als im Winter mit der Zunge an einem Flaggenmast festzufrieren.

Meredith kam zu ihr herüber. „Es tut mir leid. Wir ..."

„Wir wussten genau, was wir taten", unterbrach Arthur sie. Er stand auf, und sein altersschwacher Stuhl quietschte. „Wir lieben dich. Es ist unsere Aufgabe, auf dich aufzupassen. Nachdem dir das französische Weibsbild eine Szene im Café gemacht hat, habe ich natürlich Nachforschungen über sie angestellt. Stell dir vor, wie überrascht wir waren, als wir erfuhren, dass ihr Mann jemanden beschuldigt hat, ein Dieb zu sein – Brian, mit dem du überlegst, ein Restaurant zu eröffnen." Er klopfte mit dem Stock auf den Boden wie ein Zirkusdirektor, der die Hauptattraktion ankündigt. „Dann bist du aus heiterem Himmel nach Denver gefahren. Wir haben uns Sorgen gemacht."

Darauf würden sie gleich noch zu sprechen kommen. „Warum habt ihr euch eingemischt? Das müssen Brian und ich unter uns ausmachen."

Meredith strich sich über den Arm. „Wir wollten nur …“

„Euch einmischen – und zwar gewaltig“, beendete Jill den Satz und verzog den Mund.

Tanner lehnte vollkommen regungslos an der Wand, auf jene gespenstische Art, die er sich bei der Arbeit in ausländischen Kriegsgebieten angeeignet hatte.

„Was ist mit dir? Fandest du diese Handlungsweise auch am besten?“

Er kratzte sich am Kinn. „Ich verweigere die Aussage.“

Ihr Großvater tätschelte ihr den Arm mit seiner von Altersflecken gesprenkelten Hand. „Wir versuchen nur, dich zu beschützen.“

„Das will ich aber nicht“, erwiderte sie gereizt, doch die Vorstellung rührte sie durchaus. „Es ist mein Leben.“

„Papperlapapp!“, widersprach Arthur. „Es gibt Phasen in deinem Leben, in denen du schwierige Dinge erfährst, und es ist nicht immer der beste Ansatz, es dem anderen direkt zu erzählen.“ Er plusterte sich auf wie ein Truthahn an Thanksgiving. „Hör auf die Stimme der Weisheit.“

Sie verdrehte die Augen.

Tanner legte den Kopf schräg. „Jill, Mere und Arthur haben Simone Moreau recherchiert, weil es nun mal ihr Job ist. Nachdem sie Brians … Probleme entdeckt hatten, standen sie vor dem klassischen Dilemma. Soll man es erzählen oder ignorieren? Sie haben einen dritten Weg gewählt. Sie haben Brian gesagt, dass sie es ihm überlassen wollten, es dir zu offenbaren, ansonsten würden sie es dir selbst erzählen.“

„Ihr habt mich verletzt“, stieß sie schließlich hervor.

Mere und ihr Großvater drängten sich an sie und nahmen sie in die Mitte. „Tut mir leid“, sagten sie wie aus einem Mund und umarmten sie innig.

„Jill, du wolltest irgendwelche Neuigkeiten erzählen“, erinnerte Tanner sie und trieb damit das Gespräch mit seiner üblichen Raffinesse voran.

Scherzhaft stemmte sie eine Hand in die Hüfte. „Umarmst du mich etwa nicht?"

Er verzog den Mund zu einem Lächeln, doch er bewegte sich nicht. „Ist dein Soll noch nicht erfüllt?"

Als sie ihm die Zunge herausstreckte, brach ihr Großvater in johlendes Gelächter aus.

Sie trat einen Schritt zurück, um sich Raum zu verschaffen. „Erinnert ihr euch an den Artikel, den ihr für die heutige Ausgabe über Mac Maven gedruckt habt?"

Die Miene ihres Großvaters fiel in sich zusammen – die Augen wurden schmal, der Mund verkniffen. „Was ist damit?"

Sie atmete einmal durch. „Er war der Grund für meine Fahrt nach Denver. Er hat mir einen Job in dem Hotel angeboten, wenn der Stadtrat seine Pläne genehmigt."

Merediths Mund stand weit offen.

Ihr Großvater stellte den Stock ab. „Was zum Teufel hat er dir angeboten? Einen Job als Kartenabheberin, während du ein nuttiges Tutu trägst?"

„Nein. Er will mich als Kreativdirektorin haben. Es wäre Teil meines Jobs, die Einheimischen anzulocken und dem Hotel einen Hauch von Dare Valley zu verleihen."

„Quatsch", rief Arthur aus. „Er will deinen Namen, um damit das Räderwerk im Stadtrat zu ölen." Er zerrte an seiner grauen Strickjacke. „Jill, du weißt, wir mischen uns nicht in umstrittene Themen ein. Wir müssen eine neutrale Position in der Gemeinde beibehalten."

Sie gab ein verächtliches Pfeifen von sich. „Mit deinen Editorials schlägst du dich ständig auf irgendeine Seite. Abgesehen davon arbeite ich woanders. Ich bin eine Geschäftsfrau hier im Ort und eine Bürgerin von Dare."

Meredith schob sich das rote Haar hinter die Ohren. „Aber du bist immer noch eine Hale. Jill, was ist mit den Gesprächen über ein Restaurant, das du mit Brian eröffnen willst?"

„Ich … weiß nicht. Er testet seine Möglichkeiten aus. Und ich auch." Mit großen Schritten ging Jill zum anderen Ende des Raums.

„Vielleicht ist das am besten so. Was weißt du über Maven?", wollte Meredith wissen, während sie mit ihrer goldenen Halskette spielte. „Er ist ein Pokerspieler."

Und ein Geschäftsmann, dachte Jill. Aber die anderen hatten ihn ja noch nicht kennengelernt. „Bei dir klingt das so, als wäre es etwas ganz Schlimmes, kleine Meerjungfrau." Sie wandte sich zu ihrem Großvater um und zeigte auf ihn. „Du hast deine Hausaufgaben gemacht. Was ist dein Eindruck von Mac, abgesehen von seinem Job?"

Ihr Großvater knetete seine Lippe zwischen Daumen und Zeigefinger. Als er sich auf den Rückweg zu seinem Schreibtisch machte, klopfte er mit dem Stock bei jedem Schritt auf den Boden. Er zog eine Akte hervor, überflog sie und reichte sie Jill. „Er ist ehrgeizig, klug, beherrscht. Er baut genauso gern ein neues Geschäftsmodell auf, wie er Karten spielt. Und er hat einen Weg gefunden, in beidem erfolgreich zu sein. Außerdem ist er ein Familienmensch, was mich überrascht."

„Ja, das hat er mir alles erzählt. Ich mag ihn." Sie warf einen Blick auf die Akte. „Gibst du mir deine Recherchen?"

Er zuckte die Achseln. „Schadet ja nicht. Du brauchst Informationen, ehe du eine Entscheidung treffen kannst. Übrigens hab ich nicht gesagt, dass mir seine Pläne gefallen."

Meredith streckte die Hand nach dem Ordner aus. „Gut, ich möchte es auch lesen. Ich will nicht, dass er dich benutzt, Jill."

„Dann nimm du sie. Warum glaubt plötzlich jeder, ich wäre naiv?"

„Das sagt niemand, Jill", beruhigte Tanner sie. „Maven ist ein Spieler, der hohe Einsätze nicht scheut und immense Risiken in Kauf nimmt. Er hat einen großen Plan. Wir bitten dich einfach nur, vorsichtig zu sein. Er hatte Zeit genug, jeden Schritt zu überlegen. Die hast du nicht."

„Ich bin nicht mehr fünf", erwiderte sie scharf.

„Nein, das bist du nicht." Arthur setzte sich auf seinen Stuhl, der wie immer quietschte. „Aber du bist noch immer eine Frau, die den größten Teil ihres Lebens von meist geradlinigen Männern umgeben war. Maven ist extrem vielschichtig."

Und Brian hatte so viele Schichten entwickelt, dass sie nicht sicher war, ob sie alle entfernen konnte, um sein Herz zu entdecken.

„Tanner ist auch vielschichtig", gab sie zu bedenken.

Ihr Großvater lachte leise. „Ja, und er war nicht geradlinig, als er zum ersten Mal hier aufgetaucht ist. Wir mussten ihn beobachten – bis wir ihn besser kannten."

Tanner stieß ein Lachen aus. „Vielen Dank."

„Ich mag deine Vielschichtigkeit", gab Meredith zu und nahm seine Hand.

„Nun, ich werde auf Honorarbasis für Mac arbeiten, bis ich meine Entscheidung getroffen hab. Ich unterstütze ihn im Stadtrat. Bei der Werbung unter den Einheimischen. Ich denke, das Hotel ist ein gutes Geschäft für Dare."

„Das ist dein gutes Recht, mein Schatz", sagte Arthur. „Nimm nur nicht jedes Wort, das er sagt, für bare Münze. Ich bitte dich darum."

„Was denkt Brian darüber?", erkundigte sich Tanner.

„Er weiß es noch nicht. Jetzt, wo ihr Macs Plan öffentlich gemacht habt, kann ich es ihm erzählen."

Ihr Großvater wickelte sich das Band seiner Brille um den Finger. „Was hat das miteinander zu tun?"

„Unsere Verhandlungen waren vertraulich."

„Ah", murmelte er sanft.

Durch das eine Wort allein erstarrte sie. Sie konnte die Warnung darin beinahe hören. Jill stapfte zur Tür. „Da wir das jetzt geklärt haben, werde ich noch andere Dinge erledigen."

Tanner griff nach ihrer Hand. „Den Weltfrieden? Das Ende des Rassismus?"

„Kleiner Besserwisser."

„Du hast mir schon keinen Kuss gegeben, als du in mein Büro gekommen bist, jetzt kannst du mir wenigstens einen geben, wenn du gehst", verlangte ihr Großvater und pochte mit seinem Stock auf den Boden. „Ich bin ein alter Mann. Mein Herz."

Sie stieß hörbar den Atem aus. „Alt? Erzähl doch keinen ... Kokolores. Du rennst doch noch immer um uns herum." Dennoch ging sie zu ihm hinüber und küsste seine ledrige Wange. „Gegen dich kommt keiner an, stimmt's?"

Er grinste. „Niemals. Aus diesem Grund werden sie mich auch irgendwann in einer oberirdischen Krypta beisetzen."

Sie schaute ihm in die Augen, deren Blau verblasst war und in denen der Schalk blitzte. „Ich liebe dich, auch wenn du ein hartnäckiger alter Mann bist, der sich ständig einmischt."

Er tippte ihr auf die Nase, wie er es immer gemacht hatte, als Jill ein Kind gewesen war. „Ich liebe dich auch, obwohl deine Gefühle ständig Achterbahn fahren und du dringend ein neues Bremsventil brauchtest."

Als sie ging, lachten Tanner und Meredith noch immer.

Eine Eisenwarenhandlung lag auf dem Weg zu ihrem Wagen. Vielleicht konnte sie dort ein Bremsventil kaufen.

Brian saß in seiner Wohnung. Obwohl es schon Mittag war, hatte er die Fensterläden geschlossen. Mutt sabberte ihm auf die nackten Füße, doch das interessierte Brian nicht. Er sollte besser noch duschen, bevor er um zwei zu seiner Schicht ins Restaurant ging.

Irgendjemand klopfte an die Tür. Brian gab Mutt einen Schubs, dann nahm er den Anzeigenteil der Zeitung, um sich die Füße abzuwischen. Auf dem Weg zur Tür zog er sein

T-Shirt wieder an, in dem er geschlafen hatte, und rieb sich über das unrasierte Gesicht.

Jill. Er hätte sich nicht stärker darüber freuen können, sie so bald wiederzusehen. Nach gestern Abend hatte er nicht damit gerechnet. „Hey“, brachte er heraus. „Ich dachte …“

„Es wäre noch spät am Morgen?“

Die hohen Absätze ihrer Stiefel klapperten auf dem Hartholzboden. Als sie sich hinunterbeugte, um Mutt kurz zu streicheln, betrachtete er ihre Aufmachung. Statt Jeans trug sie einen knielangen grauen Rock mit einer Stola in Dunkelrosa. Jill sah heiß aus. Ihre Anwesenheit wurde ihm mehr als bewusst.

„Du sieht wunderschön aus, aber warum bist du so schick angezogen und hier bei mir in der Wohnung, wenn du um diese Uhrzeit eigentlich im Café sein solltest?“

Sie hörte auf, Mutt zu kraulen, der sie sofort mit dem Kopf anstupste. Dann richtete sie sich auf. „Wir müssen reden.“ Mit klappernden Schritten ging sie auf ihn zu, bis sie direkt vor ihm stand.

„Großartig. Lass uns über jenen Abend sprechen.“ Er wünschte sich, er wäre geduscht und angezogen. Normalerweise war ihm das egal, aber für sie wollte er gut aussehen.

„Nicht darüber.“ Jill machte eine Handbewegung. „Hast du heute Morgen die Zeitung gelesen?“

Das traf ihn unvorbereitet. „Allerdings.“

„Erinnerst du dich, dass ich dir von diesem Job erzählt habe?“

Richtig. Wie hatte er das vergessen können? Dann klickte es. Wie in Zeitlupe sah Brian den Schlag auf sich zukommen. Der letzte Hoffnungsschimmer, sie würden doch noch etwas gemeinsam aufbauen, dass er doch mit ihr in Dare bleiben und irgendwo anders als im *Chop House* arbeiten könnte, erstarb ganz langsam. „Das neue Hotel, richtig? Ich dachte, wir wollten zuerst miteinander reden. Verdammt, Jill."

Sie schüttelte den Kopf, ihre roten Locken flogen. „Hör auf! Ich habe mich noch nicht für das langfristige Angebot entschieden. Bisher wissen wir nicht einmal, ob das Hotel überhaupt genehmigt wird, aber ich denke, der Stadtrat wäre verrückt, wenn er es ablehnen würde. Ich habe nur zugestimmt, Mac zu unterstützen, bis das Votum feststeht. Wir beide, du und ich, können noch immer versuchen, uns auf der geschäftlichen Ebene zu einigen. Ich habe Mac gesagt, dass ich ihm keine Zusage geben werde, bis wir nicht sicher wissen, ob das Hotel genehmigt wird."

Trotzdem fühlte er sich, als würde sie ihn zurücklassen. Er hatte keine Ahnung, wo sie beide danach stehen würden – oder er. „Du preschst ganz schön vor." Brian konnte nicht länger stillstehen. Steifbeinig ging er in die Küche und kochte noch einen Kaffee.

„Grandpas Artikel hat die Dinge beschleunigt. Mac wollte sofort eine Antwort auf sein Angebot einer Festanstellung, aber ich habe ihm gesagt, ich benötige mehr Zeit, weil ich mit dir vereinbart hatte, dass wir vorab reden. Deshalb hat er mir einen Zeitvertrag angeboten. Ich hätte ihn sowieso unterstützt. Diese Sache ist gut für Dare."

Es ergab Sinn, was sie sagte, aber er kannte sie. Welcher Geschäftstüchtige wäre nicht gern Teil eines spannenden neuen Boutique-Hotels? Langsam drehte er sich um, lehnte sich gegen die Arbeitsplatte und kratzte sich über die Bartstoppeln an seiner Wange. „Danke, dass du das aufgeklärt hast."

Sie stampfte mit dem Absatz auf. „Du bist unverschämt."

Vielleicht. Aber er hatte das Gefühl, als würde seine gesamte Zukunft gerade wie bei einem Hochseilakt sechs Meter hoch in der Luft balancieren. Die Frau, die er liebte, vertraute ihm nicht und war sich nicht sicher, ob sie mit ihm zusammen sein wollte – weder privat noch beruflich. Und die Frau, die er nicht mehr wollte, hatte ihm gerade die zweite Chance seiner Träume präsentiert – allerdings nicht in Dare. Und Jill hatte auf die Neuigkeiten seiner Affäre mit Simca genauso reagiert, wie er es erwartet hatte, und ihn ins absolute Chaos zurückgeworfen. Und jetzt das.

Noch einmal ließ er den Blick über die Schlagzeile der Zeitung wandern. „Warte! Dieses Hotel muss auch ein Restaurant haben, oder? Er wird einen Chefkoch brauchen. Vielleicht würde er mich engagieren." Plötzlich hatte er eine neue Option – eine, die ihm erlauben würde, alles miteinander zu verbinden. Er wandte sich um und mahlte die Kaffeebohnen zu exotischem Staub.

„Brian", schrie sie über den Lärm und griff nach seinem Arm.

„Wir könnten immer noch zusammen arbeiten", erklärte er, als die Kaffeemaschine aufhörte. Keine Streitereien mehr wegen ihrer unterschiedlichen Vorstellungen. Und er würde nicht mehr ohne jegliche kulinarische Inspiration Steaks grillen müssen und jeden Abend innerlich ein Stückchen sterben.

„Brian. Ich habe mit Mac schon darüber gesprochen, aber er weiß von der Sache in New York."

Sein ganzer Körper erstarrte. Es war sein schlimmster Albtraum. „Und?" Als sie den Kopf senkte und ihre Stiefel betrachtete, wusste er, dass die Antwort negativ ausfallen würde.

„Er sagte, er zieht dich nicht in Betracht. Außerdem engagiert er wohl nur Leute mit Chefkocherfahrung."

Die zwei Espressos, die er eingoss, sahen ebenso schwarz aus wie seine Zukunft. „Ich verstehe."

Mit einer Handbewegung lehnte sie die Tasse ab, die er ihr anbot. „Die Stadt hat drei Wochen Zeit, über sein Angebot zu beraten. Die Zeit sollte dir reichen, um deine Möglichkeiten abzuwägen. Es wäre sicher nicht fair von mir, dich von deinem Traumjob abzuhalten, wenn ich mir nicht sicher bin, ob ich dir jemals wieder vertrauen kann."

Sie entglitt ihm und ließ ihn zurück. Das würde er nicht länger zulassen. Er presste seinen Mund auf ihren.

Sie wand sich in seinen Armen und versuchte, ihn wegzudrücken, aber er wusste mittlerweile, was sie dahinschmelzen ließ. Er fuhr mit den Daumen über den unteren Teil ihres Rückens, über ihre Wirbelsäule und zog sie fest an sich. Keine Chance, dass sie nicht begriff, wie sehr er sie begehrte. Er veränderte den Winkel seines Kusses und saugte an ihrer Unterlippe. Sie reagierte mit einem kehligen Stöhnen, dunkel und gequält. Er verstand. Sein eigenes Verlangen war wie Obsidian, entstanden in den tiefsten Tiefen der Erde.

Mit seiner Zunge fuhr er über ihre Lippe und bat um Einlass. Als sie kapitulierend die Lippen öffnete, kam es ihm vor, als würde eine Zugbrücke nach einer langen Belagerung heruntergelassen. Er drückte Jill gegen die Tür, ließ seine Hüften sinnlich kreisen und eroberte ihren Mund mit einem noch innigeren Kuss. Als sie seine Hände in seinem Haar vergrub und ihre Zunge gegen seine presste, stöhnte er auf, während sie sich seinem Rhythmus anpasste.

Alles in ihm wollte sich mit ihr vereinigen. Kopflos in sie eindringen, sie dazu bringen, sich ihm entgegenzubiegen, mit ihren Fingernägeln über seinen Rücken zu fahren, seinen Namen zu schreien.

Sie sollte ihm gehören – unabhängig von ihren Optionen und seinen Optionen und dem Rest der verdammten Welt.

„Warte", rief sie.

Sein Puls donnerte. Seine Erregung verstärkte sich. Die Lust, sie zu nehmen, verzehrte ihn. Er wollte sie jetzt, hier an der Tür. Mit den Händen strich er seitlich über ihre Brüste. Dann löste er sich leicht von ihr, um seine Handflächen ganz mit ihnen auszufüllen. Ihre Größe und Form passten so perfekt in seine Hände, wie sie perfekt in seine Umarmung passte. Sie stöhnte und zuckte zurück, als er durch die pinkfarbene Stola mit den Fingern ihre Nippel umkreiste.

Sie wandte ihr Gesicht ab. „Das ist keine Lösung."

In einer langsamen Bewegung zog er an ihrem Ohr und wünschte, sie würde nicht reden. Als sie sich noch einmal wehrte, legte er die Lippen an ihren Hals.

„Aber es ist einer der Gründe, warum wir unsere Probleme lösen sollten."

Sie griff mit ihren Händen nach seinen und hielt sie einen Moment lang auf ihren Brüsten. Dann ließ sie den Kopf in den Nacken fallen. „Wir müssen wirklich praktisch denken."

Seine Hüften kreisten um ihre, erzählten ihr von all den Arten, auf die er sie wollte. „Sei nicht praktisch, Jill."

Sie drückte sich von der Tür ab und trat einen Schritt zurück. „Ich werde nicht mit dir schlafen, wenn zwischen uns noch so vieles in der Schwebe ist."

Er schlug mit der Faust auf seinen Oberschenkel. „Wie kann ich dir zeigen, was ich für dich empfinde, wenn du mich nicht an dich heranlässt? Wie willst du mir wieder vertrauen, wenn du nicht mit mir zusammen bist?"

Sie strich ihr Haar glatt. „Du weißt, dass es nicht so einfach ist."

Er breitete die Arme aus und näherte sich ihr vorsichtig. „Wenn es darum geht, wie wir wirklich empfinden, ist es so einfach. Ich liebe dich."

Ihre Augen flackerten einen Moment lang, ehe sie wieder klar wurden und eine neue Reife darin aufleuchtete. „Das weißt du selbst besser. Sex ist nicht genug. Ich muss dir vertrauen, und gerade jetzt tue ich das nicht."

Sie deutete auf ihr Herz. „Ich glaube zu wissen, was eine Beziehung langfristig halten lässt. Und im Moment bin ich nicht sicher, dass wir das schaffen. Denk darüber nach, wenn du deine verschiedenen Möglichkeiten gegeneinander abwägst."

Er ließ die Hände sinken. „Wie kann ich es schaffen, dass du begreifst, wie viel du mir bedeutest? Dass du mir glaubst?"

„Außer dadurch, mir Zeit zu geben?“

„Wir haben keine Zeit.“

Sie ging auf die Tür zu und drehte den Knauf. „Für mich ist das auch nicht einfach. Wenn – *falls* – ich mein Vertrauen in dich wiedererlangen soll, dann muss ich zunächst daran glauben, dass ich alles für dich bin. Keine Zweifel mehr.“

Sie öffnete die Tür und stürmte hinaus, ehe er darauf antworten konnte. Also musste er sich beweisen. Nun, war er nicht genau deshalb nach Dare zurückgekehrt? Weil er herausfinden wollte, wer er war und was zum Teufel ihm etwas bedeutete? Die Antworten, die er fand, passten nicht immer zusammen.

Mutt trottete heran und hinterließ eine Speichelspur. Brian ging in die Knie und kraulte ihn. „Hey, Mutt, was hältst du davon, wenn wir uns etwas zusammenbrutzeln?“

In der Küche kreativ zu sein entfesselte immer andere Ideen. Er würde den Kopf freibekommen. Den Sportsender einschalten. Dann würde sich schon eine Lösung abzeichnen, mit der er Jill wieder Vertrauen einflößen konnte.

Er würde nicht kampflos aufgeben.

22. Kapitel

Kleenex war Peggy McBrides bester Freund geworden. All diese Sprüche über die babyweiche Beschaffenheit und die reine Baumwolle waren Unsinn. Die rote, raue Haut an ihrer Nase pochte jedes Mal, wenn sie sich schnäuzte. Mann, sie liebte ihr Kind, aber Keith hatte ihr diesen Mist eingebrockt. Sie konnte sich nicht erinnern, jemals so krank gewesen zu sein.

„Mom! Kann ich Fahrrad fahren? Es ist wie im Sommer draußen", rief er, ohne Luft zu holen.

Ihre Nachbarn mochten schon Shorts tragen, aber sie waren auch verrückt. Peggys Mickymaus-Außenthermometer zufolge waren es vierzehn Grad. Warum trugen Menschen, die in kalten Regionen wohnten, Shorts, wenn es noch Winter war? Gut, die Sonne schien, aber auf dem Boden lag noch Schnee. Auch wenn dieser gerade schmolz. Das konstante Tropfen der Eiszapfen vom Dach und das gelegentliche Knirschen, wenn einer abfiel, veranstalteten ein nicht endendes Konzert, während Peggy zusammengerollt unter einer Decke lag. Zu Hause statt bei der Arbeit. *Schon wieder.* Am liebsten hätte sie ein richtig schmutziges Schimpfwort hinausgeschrien.

Sie konnte es nicht mehr ertragen. Wenn sie kein Kind hätte, dann hätte sie sich freiwillig und ohne schusssichere Weste für die Zerschlagung eines Drogenrings gemeldet in der Hoffnung, dass jemand ihrem Elend ein Ende bereiten würde.

Ihr Husten erlöste sie davon, Keith eine Antwort geben zu müssen.

„Komm schon, Mom“, bettelte er und tanzte umher, sodass sein offenes Schuhband auf dem Boden hüpfte wie ein Springseil. „Auf allen Gehwegen ist der Schnee schon geschmolzen.“ Er sprang auf und ab. Ihre Kopfschmerzen verschlimmerten sich. „Biiitte!“

„Mach deinen Schnürsenkel zu“, sagte sie, um seine Litanei zu beenden.

Sie kannte Dares Kriminalstatistik. Die Stadt war sicher. Ihre Nachbarschaft gehörte zu jenen, in denen die Mütter ein Auge auf andere Kinder hatten, wenn deren Eltern Besorgungen machen mussten. Diese ganze *Pleasantville*-Atmosphäre befremdete sie immer noch.

„Komm schon, Mom! Ich muss Fahrrad fahren.“

Jedes Mal, wenn er auf und nieder sprang, war es, als würde ihr jemand einen Nagel in den Kopf schlagen. Sie kapitulierte.

„Na gut, aber sei vorsichtig. Und bleib in der Nähe.“

Er schoss hinaus. Peggy ließ sich auf die Stufen sinken, ihr Schüttelfrost, die Schmerzen und der Husten machten sie fertig. Sie steckte die eiskalten Hände in einen viel zu großen Fleecepullover. Das Haus war eine Bruchbude. Sie musste das Abendessen zubereiten. Konnte sie mit dem schlechten Gewissen eines weiteren Pizza-Abends leben? Während sie nach den Kleenex griff, wusste sie, dass sie es konnte. Wenn Keith sich an Fernseharzt Dr. Phil wenden müsste, weil er zwei Abende in Folge Pizza gegessen hatte, dann war er nicht ihr Sohn.

Viel zu erschöpft, als dass sie sich bewegen konnte, lehnte sie den Kopf an die Wand im Treppenhaus. Sie sollte aufstehen und ihrem Sohn vom Fenster aus zusehen, aber sie schaffte es nicht. Ihre Lider wurden schwer. Sie gab auf und schloss die Augen.

Mit einem Ruck erwachte sie. Ein Blick auf die Uhr verriet ihr, dass sie eine Viertelstunde geschlafen hatte. Ihr ganzer Körper rebellierte, als sie sich hochzog und zum Fenster schleppte. Während sie wartete, dass Keith auftauchte, legte sie die Stirn an das kalte Glas. Ihr Kopf fühlte sich zu schwer an, als dass sie ihn hätte aufrecht halten können. Sie ließ den Blick über die menschenleere Straße schweifen. Nichts. Der kleine Stinker hatte die Grenzen überschritten, wie immer. Vermutlich sauste er eine Straße weiter über das Pflaster. Kinder. Warum hatten sie nur so viel Energie? Und warum Erwachsene nicht? Das Konzept der Natur schien nicht gerecht.

Sie setzte einen Fuß vor den anderen und ging zur Tür. Es wurde Zeit, ihn zu suchen. Eine gute Mutter zu sein. Sie zog ihre Winterjacke über und marschierte nach draußen. Selbst die Sonne, die ihr warm ins Gesicht schien, konnte den Schüttelfrost nicht verjagen. Das Sonnenlicht auf dem Schnee ließ sie blinzeln. Verdammt, sie war zu erschöpft, als dass sie noch einmal umkehren und ihre Sonnenbrille holen konnte.

Sie ließ den Blick die Straße hinunter schweifen und wieder zurück. Nichts zu sehen. Als sie in die nächste Straße einbog, stürzte ihr Herz auf den Gehweg wie ein riesiger Eiszapfen. Keith lag auf dem Boden, sie hörte sein verzweifeltes Wimmern schon vom Ende der Straße aus. Ihre Schwäche war wie weggeblasen. Adrenalin schoss ihr durch die Adern. Mit ihrem Polizistinnenblick beurteilte sie die Situation in wenigen Sekunden.

Ein fremder Mann in einem großstädtisch anmutenden Anzug beugte sich über ihren Sohn. Keiths grünes Fahrrad lag auf der Seite im Schneematsch. Am Straßenrand parkte ein roter Ferrari, die Tür stand weit offen. Rapmusik dröhnte heraus.

Niemand in Dare fuhr einen Ferrari.

Sie rannte los, Akten von Kindesentführungen blitzten als Bilder in ihrem Kopf auf. Ein nobler Wagen – registriert. Professionelle Kleidung, um Vertrauen aufzubauen – registriert.

„Gehen Sie weg von meinem Sohn!“, brüllte sie. Ihre Lungen brannten. Unwillkürlich beschleunigte sie ihre Schritte.

„Mommy!“, weinte Keith. „Hilf mir.“

Die Angst hatte ihr Herz fest im Griff.

„Schsch. Ist schon okay, Junge“, erwiderte der Mann.

Ihre Angst wuchs ins Unermessliche, als der Mann in seiner gebückten Haltung ihren Sohn auf die Arme nahm. Bereitete er sich darauf vor, loszurennen? Blitzartig schoss sie vorwärts und mobilisierte alle Kräfte, die sie noch hatte.

„Lassen Sie ihn gehen“, schrie sie mit ihrer messerscharfen Polizistinnenstimme. „Polizei von Dare Valley. Legen Sie den Jungen wieder hin. Sofort.“

„Wenn ich ihn hinlege, tue ich ihm nur weh“, gab der Mann zurück, ohne sich umzuwenden. „Es ist nicht so, wie Sie glauben.“

Blankes Entsetzen packte sie. Die verbleibende Strecke rannte Peggy und wog eilig ihre Möglichkeiten ab. Sie hatte ihre Waffe nicht dabei. Sie konnte es nicht riskieren, den Typen in den Würgegriff zu nehmen, solange er Keith in den Armen hielt.

„Keine Sorge“, rief der Mann. „Er ist vom Rad gestürzt. Ich glaube, er hat sich das Bein gebrochen.“

Sie konnte es nicht riskieren, ihn beim Wort zu nehmen. Gewiefte Kriminelle waren Meister im Verschleiern. Im Laufen griff Peggy nach einem heruntergefallenen Ast und stieß ihn in das dunkle Haar des Fremden.

„Legen Sie ihn ab, oder ich puste Ihnen das Hirn raus.“

Er erstarrte. Ihr Blick fiel auf Keiths tränenüberströmtes Gesicht. Der Schreck fuhr ihr in die Glieder.

„Mommy, es tut so weh.“

„Das ist keine Waffe, und ich werde ihren Sohn nicht verletzen.“

Seine Stimme hätte kaum ruhiger sein können, und das versetzte Peggy in noch höhere Alarmbereitschaft. Jeder normale Mensch wäre jetzt panisch geworden und hätte sich entschuldigt.

„Legen Sie ihn ab“, forderte Peggy, während sie überlegte, ob ihn ein gezielter Schlag in den Nacken außer Gefecht setzen würde. Er war kräftig gebaut. Stark. Groß. Muskulös. Ihre Möglichkeiten waren begrenzt.

„Ich schwöre Ihnen, ich werde Ihrem Sohn nichts tun, und ich würde ihn nur zu gern ablegen, aber sein Bein ist gebrochen. Möchten Sie, dass er noch mehr Schmerzen bekommt?“, fragte er gelassen und wandte endlich den Kopf.

Sie erkannte ihn gleich. „Sie sind Mac Maven.“

„Stimmt“, gab er zurück, als wäre er es gewohnt, erkannt zu werden. „Da Sie mich kennen, wissen Sie auch, dass ich keine Bedrohung für Ihren Sohn bin. Ich war im Begriff, ihn nach Hause zu bringen. Er hat mir gerade Ihre Adresse genannt.“

Peggy ließ den Stock fallen, fiel vor den beiden auf die Knie und schmiegte sich an den schluchzenden Keith. Himmel, sie konnte spüren, wie auch ihr die Tränen kamen, aber sie drängte sie zurück. Ihre Gefühle fuhren Achterbahn, der Absturz von Entsetzen über Erleichterung bis hin zu mütterlichem Mitleid war eine extreme Talfahrt.

„Oh, Liebling“, rief sie aus und wischte Keith die Tränen ab. „Alles okay. Mommy ist hier.“ Sie begutachtete sein rechtes Bein, das in einem seltsamen Winkel in Mavens großer Hand lag.

„Da war ein Hund, und er ist aus dem Garten gerannt, ich wollte ihm ausweichen, und er …“

Keiths hastige, ängstliche Erklärung ließ ihre eigenen Symptome belanglos wirken. „Schsch“, murmelte sie. „Alles gut. Wir bringen dich ins Krankenhaus. Da wird es besser.“

„Tut mir leid“, weinte er und schluchzte stoßweise.

„Es gibt nichts, wofür du dich entschuldigen müsstest.“ Sein gutes Benehmen brach ihr das Herz. „Es war ein Unfall.“

„Wir sollten ihn in die Notaufnahme bringen", sagte Maven leise.

Peggy streckte die Arme nach Keith aus. Als er sich zu ihr umdrehte, schrie er in einem Ton auf, der sie erstarren ließ.

Maven zog ihn dichter an sich und murmelte sinnlose Worte. „Vielleicht sollten Sie fahren. Ich kann ihn festhalten. Das Krankenhaus ist nicht weit, und es wird ihm dort nicht schlechter gehen." Er wiegte Keith in den Armen, als wüsste er, was er tat.

Nach allem, was Peggy über ihn in Erfahrung gebracht hatte, schien das unmöglich. Aber ihr Bauchgefühl sagte ihr, dass sie ihm vertrauen konnte.

„Mommy", erklang die gequälte Stimme ihres Sohnes.

Keiths Schluchzen nahm ihr die Entscheidung ab. „Okay."

Vorsichtig stand Maven auf, und zum ersten Mal erlebte sie die ungeheure Ausstrahlung dieses großartig aussehenden Mannes. Schon beim Anblick eines Fotos hatte es am ganzen Körper gekribbelt. Doch ein Foto war nicht mit Maven in Fleisch und Blut vergleichbar. Er war atemberaubend, seine Präsenz so mächtig, dass man sie unmöglich ignorieren konnte. In seiner Gegenwart wurden ihr ihre rote Nase und ihr ungewaschenes Haar mit einem Schlag bewusst.

Als Peggy aufstand, fühlte sie sich auf ihren müden, schmerzenden Beinen wieder so unsicher, als hätten diese die Beschaffenheit von gekochten Spaghetti. Sie verlor das Gleichgewicht. Als sie taumelte, machte Maven einen Schritt nach vorn, um sie zu stützen, ohne Keith loszulassen.

„Geht es Ihnen gut?", erkundigte er sich mit sanfter Stimme.

Jetzt, da das Adrenalin nicht mehr wirkte, zog eine eisige Kälte durch ihre Adern. „Bestens", erklärte sie und riss sich zusammen. Sie musste an Keith denken.

„Gut. Können Sie einen Schaltwagen fahren?" Seine übermäßig teuren Schuhe versanken im Schnee, als er auf den Wagen zuging.

Sie ging hinter ihm her. „Ist genug Platz darin?“

„Es ist ein FF-Modell. Viersitzer. Machen Sie sich keine Sorgen um Ihren Sohn.“ Sorgsam hielt er Keith in den Armen, während er mit natürlicher Anmut in den tiefer gelegten Wagen stieg. Seine leisen Worte und sein behutsames Schaukeln ließen ihr Mutterherz dahinschmelzen.

Er war nicht so, wie sie erwartet hatte.

Sie drehte die hämmernde Musik ab und stellte den Sitz so ein, dass sie mit den Füßen an die Pedale kam. Noch immer weinte Keith, deshalb versuchte sie, ihn abzulenken. „Was für ein unglaubliches Auto, nicht wahr, Keith? Das musst du deinen Freunden erzählen.“ Mit den Händen umklammerte sie das Lederlenkrad und legte so behutsam wie möglich den ersten Gang ein.

Sie würde eher einen Bauchschuss überleben als ertragen, wie ihr Sohn vor Schmerz weinte.

„Du kannst deine Freunde auch auf deinem Gips unterschreiben lassen“, fügte Maven mit tiefer Stimme hinzu.

„Tut weh“, war Keiths einzige Reaktion zwischen zwei Schluchzern.

„Dann gebe ich jetzt Gas“, erwiderte Peggy und fuhr weit über dem Tempolimit die Straße hinunter – etwas, was sie niemals in ihrer Freizeit tat. Währenddessen wunderte sie sich darüber, dass ein Pokerspieler ihren Sohn auf diese Weise tröstete.

Ganz offensichtlich hielt das Leben noch die eine oder andere Überraschung parat.

Vierzig Minuten später betrachtete Peggy in der Notaufnahme das Gewimmel der Leute, die mit grünen Gesichtern vor sich hin husteten. Sie hatten das Gleiche wie sie. Es war ein echtes Virenfestival. Aber niemand sah schlimmer aus als ihr Kind, das sich noch immer an Mavens Brust kuschelte.

Der verdammte Papierkram hatte viel zu lange gedauert. Peggy fragte sich, was passierte, wenn man hier auftauchte und blutete wie ein abgestochenes Schwein. Musste man dann auch all den Mist ausfüllen?

„Ich will mal sehen, ob ich die Sache nicht beschleunigen kann", sagte Maven neben ihr.

Sie drehte den Kopf. „Wie?"

„Ich habe meine Wege. Bleiben Sie hier. Ihnen merkt man die Angst und Aggression an – verständlicherweise –, und ich will es anders versuchen." Ohne Keith anzustoßen, stand er auf. „Bin gleich zurück."

Sie sah ihm nach. Die schroffe Frau, der sie die Anmeldepapiere entgegengeschleudert hatte, lächelte jetzt über das ganze Gesicht und nickte wie eine Idiotin. Keith weinte noch immer mit diesem entsetzlichen, quälenden Schluchzen.

Maven kam zurück. „Sie wollen, dass wir zum Röntgen gehen. Das ist im dritten Stock."

Peggy folgte ihm, während sie Keith tröstete. „Wie haben Sie ...?"

„Ich habe ihr das Gefühl gegeben, geschätzt zu werden. Und dann habe ich erwähnt, dass es ein komplizierter Bruch sein könnte."

Peggy keuchte auf und begutachtete das Bein ihres Sohnes.

„Es ist keiner, aber manchmal muss man die Wahrheit strecken, um zu bekommen, was man möchte." In dem fluoreszierenden Licht des Fahrstuhls sah er sie direkt an. „So wie Sie behauptet haben, Sie wären die Polizei von Dare Valley, um Ihren Sohn zu schützen. Ich bewundere Ihre Hartnäckigkeit, insbesondere weil es eine Straftat ist, sich als Polizistin auszugeben."

Sie straffte sich. „Ich bin der Deputy Sheriff des Eagle County."

Als der Fahrstuhl anhielt, ließ er ihr den Vortritt. „Denken Sie noch immer, ich wäre eine Bedrohung?"

Sie folgte der Ausschilderung zum Röntgen. „Sie glauben mir nicht“, stellte sie vollkommen perplex fest. Dann wurde ihr klar, wie sie wirken musste. Sie trug eine rote Fleecemütze, die sie nicht abgenommen hatte, weil sie noch immer so sehr fror, eine schwarze North-Face-Jacke, die sie im Schlussverkauf erstanden hatte, und einen roten Schal mit dazu passenden Handschuhen, beides von ihrer Mutter handgestrickt. Wenn man dann noch die grüne Yoga-Hose und die Tennisschuhe betrachtete, musste sie wirken wie eine stinksaure Mutter auf einer Sitzung des Schulelternrats.

„Den Stock als Waffe zu benutzen, war eine gute Idee, aber ich habe schon einmal eine Pistole an meinem Kopf gespürt, deshalb weiß ich, wie sich das anfühlt.“ Seine Erklärung brachte sie aus dem Gleichgewicht. Erneut musterte Maven sie. „Wir haben uns noch gar nicht vorgestellt. Das ist Keith, soviel weiß ich. Und Sie sind?“

Sie griff nach der roten Mütze, stopfte sie in ihre Tasche und wünschte verzweifelt, sie hätte ihre Polizeimarke dabei, um sie aufblitzen lassen zu können. „Hören Sie zu. *Deputy Sheriff* Peggy McBride.“

„Oh.“ Er gab einen unterdrückten Ton von sich, dann lächelte er. „Tanner McBrides Schwester.“

„Sie kennen Tanner?“

„Nur seine Artikel. Er ist ein guter Journalist.“

„Wir sind hier zum Röntgen“, erklärte Maven der Krankenschwester, als sie am Empfang ankamen. „Keith McBride. Wir wären Ihnen dankbar, wenn Sie ihm schnell helfen könnten, Miriam. Der arme Kerl hat ziemliche Schmerzen.“

Peggy sah zu, mit welcher Leichtigkeit Maven übernahm. Innerhalb von wenigen Minuten hatte er die Blicke aller Damen auf sich versammelt, die am Empfang arbeiteten, inklusive Miriam, deren Namensschild es ihm leicht gemacht hatte, ihr Honig um den Mund zu schmieren. Er war von Natur aus ein Charmeur, der alles in seinen Bann zog, was Eierstöcke hatte. Aber solange er ihrem Sohn half, interessierte es sie nicht, ob er der leibhaftige Teufel war. Frauen reagierten nicht positiv auf sie. Das wusste Peggy. Deshalb ließ sie ihn einen Behandlungsraum für Keith organisieren.

Miriam versicherte ihnen, es werde nur noch ein paar Minuten dauern, und erneut wiegte Maven Keith, bis er still war. Als ihr Sohn nicht mehr weinte, drang Mavens Nähe in ihr Bewusstsein. Wie warm sein Körper war. Sie betrachtete den Bogen seiner Arme, mit denen er Keith hielt, die breiten Schultern und den Brustkorb, der seinen Anzug ausfüllte. Die feuchten Spuren von Keiths Tränen.

Als Keith in Mavens Armen zusammensackte, ließ auch Peggy sich fallen. Die Kälte griff nach ihr, und am liebsten hätte sie ihren Kopf an den Arm dieses Fremden gelehnt und seine Wärme in sich aufgenommen.

Aber das tat sie nicht.

Miriam schlug vor, Keith auf ein fahrbares Krankenbett zu legen, aber Maven wollte Keith nicht ablegen und ihm eventuell wehtun, also gingen sie gemeinsam zum Röntgen.

Keith klammerte sich an Mavens Jackett. „Ich will nicht …“

„Alles okay. Ich bin hier.“ Peggy ergriff die Hand ihres Sohnes. Sein Körper wirkte so klein und menschlich neben all den Maschinen um ihn herum.

„Sie müssen für einen Moment hinausgehen“, ordnete die Röntgenassistentin an. „Keith und ich werden uns gut verstehen.“

Gern hätte Peggy ihr eine Ohrfeige verpasst für diesen offensichtlichen Haufen Unsinn. Himmel, sie wollte ihn in diesem kalten Raum nicht allein lassen, aber sie zwang sich zu einem Lächeln. „Alles wird gut, Schatz. Das verspreche ich dir. Ich warte draußen. Es dauert nicht lange.“

Maven schob ihr eine Hand unter den Ellbogen, und irgendwie fand Peggy die Kraft, den Raum gemeinsam mit ihm zu verlassen. Als sich die Tür hinter ihnen schloss, hätte sie am liebsten geweint. Ihr kleiner Junge.

„Es gibt etwas, das ich gern wissen würde, *Deputy Sheriff*", begann Maven. „Hätten Sie mir wirklich das Hirn rausgepustet, wenn Sie Ihre Waffe dabei gehabt hätten?"

Als sie den Kopf hob, trafen sich ihre Blicke. Nachdenklich sah er sie an. „Ohne zu zögern. Niemand bedroht meinen Sohn."

„Aber es ist schon interessant: Sie haben das Schlimmste angenommen und meine Worte völlig ignoriert, als ich Ihnen erklärt habe, dass Keith vom Rad gestürzt ist und sich am Bein verletzt hat", fuhr er fort. „Denken Sie immer das Schlechteste von Ihren Mitmenschen?"

Seine Frage weckte etwas in ihr. Überraschung? Eine Abwehrhaltung? Oder Angst vor der Wahrheit? Sie wusste es nicht, aber es gefiel ihr nicht. „Was hätten Sie gedacht, wenn Sie an meiner Stelle gewesen wären? Ein fremder Mann mit einem protzigen Anzug und einem ebensolchen Wagen geht nicht zur Seite, obwohl Sie schreien. Währenddessen weint Ihr Kind und wehrt sich nicht."

Er machte eine ausladende Handbewegung. „Protziger Anzug? Ich hatte gedacht, er wäre konservativ genug für die Kleinstadt, als ich ihn ausgewählt habe." Er beugte sich zu ihr hinüber. „Es war die Rapmusik, nicht wahr? Die typische Vorliebe der Kriminellen."

„Sie machen sich über mich lustig", bemerkte sie gepresst. „Hören Sie auf damit."

„Das stimmt nicht. Ich hätte genauso reagiert wie Sie, denn wir haben eine Gemeinsamkeit." Er fuhr mit der Hand an ihrer Wirbelsäule auf und ab, als könnte er so ihre Kälte vertreiben. „Ich bin auch darauf programmiert, vom Schlimmsten auszugehen. Sie sind krank, stimmt's?"

Seine Einschätzung ihres Wesens löste etwas in ihr aus. Dann bemerkte sie, dass er nach der Packung Kleenex griff, die in der Nähe stand, und ihr eins reichte. Sie wollte sich aus seiner Berührung lösen, doch die Art, wie seine Hand ihren Rücken wärmte, war zu berauschend. „Nur eine Erkältung. Wird bald wieder besser."

„Das bezweifle ich nicht. Vielleicht sollten Sie Ihren Viren drohen, eine Waffe auf sie zu richten. Vielleicht fliehen sie vor dieser entsetzlichen Aussicht."

Flirtete er etwa? Sie zitterte, und das lag nicht an ihrer Körpertemperatur. „Werden Sie eigentlich nirgendwo erwartet?" Es wäre gut, wenn sie es schaffte, ihn loszuwerden.

Er zog die Brauen hoch.

„Ich will nicht unhöflich sein, aber wir haben schon viel von Ihrer Zeit beansprucht. Dabei kennen Sie uns nicht einmal."

Er hörte nicht auf, an ihrer Wirbelsäule auf und ab zu streichen. „Ich würde niemals ein verletztes Kind im Stich lassen."

Es lag etwas in der Art, wie er das sagte. Sie sah abwechselnd zur Tür und zu ihm. Was dauerte da so lange?

„Sie können gut mit Kindern umgehen. Woher kommt das bei einem Pokerspieler wie Ihnen?"

Als seine Mundwinkel sich hoben und er eher verschmitzt wirkte als charmant, hätte sie sich am liebsten an ihn gelehnt. Er wirkte zuverlässig. Und da war nichts von dem, was sie erwartet hatte.

„Ich habe einen Neffen, der es liebte, mich und meine Schwester mit seinen Mätzchen zu Tode zu ängstigen." Auch Maven sah jetzt zur Tür. „Das macht er immer noch, wenn ich es mir genau überlege. Sie werden gleich rauskommen. Machen Sie sich keine Sorgen."

Plötzlich zählte sie die Sekunden nicht mehr. Die Zeit kam ihr wie Honig vor, der an einem Glas hinunterlief, so ruhig und sorglos fühlte sie sich.

„Danke", sagte Peggy schließlich. „Für Ihre Hilfe." Dann

meldete sich ihr Polizistinnen-Verstand. „Warum sind Sie eigentlich unsere Straße hinuntergefahren? Sie liegt abseits der üblichen Wege."

Er rieb ihr die Schultern. „Wie misstrauisch Sie sind. Ich wollte meine neue Kollegin treffen."

Peggy riss den Blick von der Tür los. „Jill Hale, richtig? Sie ist eine Freundin von mir."

Für eine Millisekunde blitzte es in seinen Augen auf. Er hatte ein hervorragendes Pokerface. Kein Wunder. Aber sie hatte gelernt, die Menschen einzuschätzen, wenn diese ihr in Verhören gegenübersaßen. Es gefiel ihm nicht, dass sie wusste, was er beruflich machte.

„Ja, sie wird mich ein paar Wochen lang unterstützen. Ich muss sie wegen der Verspätung anrufen."

„Ich weiß, Sie wollen hier ein Pokerhotel eröffnen. Ich halte das für keine gute Idee."

Er ließ die Hand fallen. „Das bedaure ich. Warum sind Sie so sehr dagegen?"

Sie trat einen Schritt zurück, denn sie wollte sich nicht von seiner Nähe beeinflussen lassen. „Hotels wie Ihre bringen Kriminalität in die Stadt. Studentinnen prostituieren sich, um das College bezahlen zu können. Es gibt Schlägereien unter Betrunkenen, Betrügereien. Ich ziehe mein Kind hier groß. Ich will nicht, dass Dare sich verändert."

Als er sein Anzugjackett wieder anzog und den nassen Fleck von Keiths Tränen mit einem Seidentaschentuch trocknete, fühlte sie sich abgewiesen – und irgendwie schuldig –, was sie nur noch genervter werden ließ. Warum sollte sie sich schlecht fühlen? Er war derjenige, der versuchte, das Glücksspiel in die Stadt zu bringen.

„Ich werde mein Büro beauftragen, Ihnen die Kriminalitätsstatistiken meiner anderen Hotels zu schicken. Diese Statistiken hat ein ehemaliger Polizeibeamter aufgestellt. Bei mir läuft alles sauber, *Deputy* McBride."

Jener Mann, der ihren Sohn so behutsam und fürsorglich im Arm gehalten hatte, war verschwunden. Dieser Mann hier bedeutete reines Geschäft.

„Das sagen sie alle“, erwiderte sie sarkastisch.

Geschickt faltete er das Taschentuch und steckte es zurück in die Tasche. Die weiße Seide war die perfekte Ergänzung zu seinem dunkelblauen Anzug. „Ah, der misstrauische Charakter. Ich weiß gar nicht, warum ich Sie unbedingt überzeugen will. Aber, Peggy? Ich meine, was ich sage. Ich habe nicht vor, mehr Kriminalität nach Dare zu bringen.“

Sie fühlte sich zu erschöpft, als dass sie gegen ihn hätte ankämpfen können.

„Ihr Sohn ist fertig“, erklärte die Röntgenassistentin, als sich die Tür öffnete.

„Mommy“, rief Keith vom Behandlungstisch. Peggy hastete zu ihm.

Maven schlenderte in den Raum, legte Keith vorsichtig eine Hand auf die Schulter und beugte sich über ihn. „Ich muss mich jetzt mit einer Freundin von deiner Mom treffen. Jill Hale.“

Keiths Gesicht war kreidebleich. Trotz der grauen Krankenhausdecke zitterte sein kleiner Körper vor Kälte. „Jillie? Sie ist auch meine Freundin.“

„Ich werde ihr sagen, sie soll herkommen und dich besuchen, sobald wir mit unserer Arbeit fertig sind. Wie findest du das?“

„Sie könnte auf meinem Gips unterschreiben.“

Maven fuhr ihm durchs Haar. „Ich bin sicher, das würde sie gern. Ich komme noch mal vorbei und schaue nach dir. Vielleicht kann ich auch auf deinem Gips unterschreiben.“

„Klar.“

Maven neigte den Kopf leicht in Peggys Richtung. „Bis später, Keith.“ Damit ging er zur Tür. Jetzt, wo er ihren Sohn nicht mehr auf dem Arm hatte, waren seine Bewegungen anmutig und geschmeidig. Er drehte sich um, auf seinem Gesicht lag ein spöttisches Lächeln. „Wir sehen uns auch noch mal, Peggy. Es war … erhellend."

Die Tür schloss sich hinter ihm. Die Wucht der Einsamkeit traf sie überraschend. Als alleinerziehende Mutter war sie es gewohnt, mit Keith auszukommen.

Es liegt an der Erkältung, sagte sie sich. Ihre Widerstandskraft war am Boden. Etwas anderes konnte es nicht sein.

Das würde sie nicht zulassen.

23. Kapitel

Jill entdeckte Macs schnittigen roten Ferrari durchs Fenster. Er war spät dran, aber dafür hatte er einen guten Grund. So wie er Peggy und Keith geholfen hatte, konnte Jill sich sicher sein, dass sie die richtige Entscheidung getroffen hatte, wenn sie für ihn arbeitete. Er war nicht nur ein guter Geschäftsmann, sondern auch ein guter Mensch.

Angesichts des weichen Ledersitzes, in den sie sich im Wagen sinken ließ, hätte ihr Po genüsslich aufgestöhnt, wenn er gekonnt hätte. Sie war völlig hingerissen, zum ersten Mal in einem Ferrari zu sitzen, und atmete tief durch, um den Moment auszukosten.

Er hatte seine behandschuhten Finger um das lederbezogene Lenkrad gelegt. „Fertig?“

Sie strich mit den Händen über ihren Rock und glättete die Falten. „Äh … darf ich ehrlich sein?“

Macs Hand verharrte auf dem Schaltknüppel. „Ja, ich dachte, das hätten wir geklärt.“

Sie machte eine raumgreifende Handbewegung. „Der Ferrari war ein Fehler. Die Einheimischen werden glauben, Sie wären einer dieser Fremdkörper, die sich in die Belange ihrer kleinen Stadt einmischen wollen.“ Sie pflückte einen Faden von ihrer grünen Jacke. „Nachdem die Leute Sie schon gesehen haben, können wir jetzt nichts mehr dagegen unternehmen. Aber vielleicht könnten Sie nächstes Mal ein etwas weniger … auffälliges Auto fahren.“

„Das würde die Oohs und Aahs erklären, die ich geerntet habe, als ich vom Parkplatz des Krankenhauses gefahren bin. Sie haben recht. Darüber habe ich nicht nachgedacht. Es war so ein schöner Tag, ich konnte es nicht lassen. Die Straßen sind freier, als man es im Winter erwarten kann."

Jill betrachtete die glänzende Armaturenbrettummantelung und die blitzenden Metallgeräte. „Allerdings, dieses Goldstück hier wäre im Schnee verloren."

„Er schlingert wie verrückt, aber ich liebe es, schnell zu fahren, und dafür ist er perfekt. Ich werde den Fehler nicht wiederholen."

Die grimmigen Furchen um seinen Mund machten ihr bewusst, dass sie verwandte Seelen waren. Er ärgerte sich über sich selbst wegen dieser Fehlentscheidung. Sie versuchte, ihn mit einer scherzhaften Bemerkung abzulenken.

„Ich hätte gedacht, ein Pokerspieler wäre geduldiger. Ich weiß nicht … er würde die Dinge ruhiger angehen lassen."

„Am Spieltisch ist es etwas anderes. Ich bin versucht, Ihnen zu zeigen, wie schnell dieser Wagen ist, aber das würde bei Ihnen unter die Angeber-Kategorie fallen. Und dieses Wort habe ich heute schon oft genug gehört."

Der auffallend grüne Kilometerzähler erregte ihre Aufmerksamkeit. „Vielleicht ein anderes Mal. Wir sollten losfahren, sonst ist das Rathaus schon geschlossen."

Er legte den ersten Gang ein. Sie war sich nicht sicher, ob sie es sich nur einbildete, aber sie hätte schwören können, dass der schnurrende Motor ihr den Po massierte.

„Noch irgendwelche Tipps, bevor wir reingehen? Ich habe Unterlagen über die Mitarbeiter hier vor Ort, daher weiß ich, mit wem wir es zu tun haben."

„Der Stadtrat wird nicht dabei sein, aber die übliche Belegschaft. Es schadet nicht, wenn Sie sich dort Freunde machen."

Locker bog der Wagen um die Kurve. „Das ist eine meiner leichtesten Übungen."

„Das glaube ich."

Und einige Stunden später, als sie gemeinsam mit Mac das

Chop House betrat und einigen Mitarbeitern und Stammgästen zuwinkte, war Jill sogar davon überzeugt. Er hatte sie gebeten, ihn zu begleiten, um nach ihrem erfolgreichen Ausflug ins Rathaus entspannt zu feiern und beim Essen die weitere Vorgehensweise zu besprechen. Jill hatte das beste Restaurant der Stadt vorgeschlagen. Zusammen in der Öffentlichkeit gesehen zu werden, würde ihre Partnerschaft vorantreiben. Die Flammen in Dares Gerüchteküche loderten ebenso hell wie ein Feuerwerk am Unabhängigkeitstag. Während sie ihr Steak mit Salat aß und sich fragte, ob Brian das Fleisch gegrillt haben mochte, hatte sie das unangenehme Gefühl, beobachtet zu werden. Immer wieder warf sie einen Blick in Richtung der hinteren Räume, weil sie hoffte, einen Blick auf ihn zu erhaschen.

Nach dem Dinner stellte sie Mac einigen wichtigen Kunden im Restaurant vor und vereinbarte weitere Treffen für ihn. Jeder nannte ihn einen guten Samariter, weil er Keith geholfen hatte. Er war zu einem Lokalhelden geworden. Als sie aufstanden, um zu gehen, hatten sie drei Stunden im *Chop House* verbracht. Mac hatte die Speisen wohlwollend probiert, den Mitarbeitern Komplimente gemacht und darum gebeten, den Küchenchef persönlich kennenzulernen. Tom kam heraus. Brian nicht.

Auf dem Weg nach draußen hielt Jill kurz an, als Brian sich von der Bank an der Garderobe erhob. „Warum hast du dich nicht als Küchenchef blicken lassen?“, wollte sie wissen. Er trug normale Freizeitkleidung – Jeans und ein schwarzes Fleece – und wirkte, als ginge es ihm nicht gut.

„Ich hab deinen Wagen draußen nicht gesehen, deshalb hab ich darum gebeten, eher gehen zu können. Ich dachte, ich könnte dich nach Hause bringen. Sie müssen Mac Maven sein. Ich bin Brian McConnell.“ Mit zusammengekniffenen Lippen streckte er Mac die Hand hin.

Mac zögerte keine Sekunde, obwohl definitiv eine Schärfe

in Brians Tonfall lag. „Nett, Sie kennenzulernen. Das Essen war großartig. Mein Kompliment.“

„Freut mich, dass es Ihnen geschmeckt hat.“ Brian verschränkte die Arme vor der Brust und starrte Mac an.

Jill konnte den *„Meiner-ist-größer-als-deiner“*-Konkurrenzkampf zwischen ihnen förmlich spüren. Oh, um Himmels willen.

„Tja, wir haben die Pläne eingereicht“, erzählte sie und hoffte, die Dinge in der Spur halten zu können.

„Ja, ich habe davon gehört. Glückwunsch. Also, soll ich dich nach Hause bringen?“

Offensichtlich wollte er Zeit gewinnen, um mit ihr zu reden. „Mac, fahren Sie doch schon mal. Wir sehen uns morgen.“

Leicht berührte er sie am Ellbogen. „Sind Sie sicher?“

Brians Blick wirkte, als würden seine Augen gleich Funken sprühen. „Ja, ich bin sicher.“

Mac nickte Brian zu. „Wir sehen uns bestimmt noch.“

Jill wartete, bis Mac gegangen war, ehe sie einen Finger in Brians Brust bohrte. „Was war das denn? Du hast doch nicht im Ernst auf mich gewartet, um den Typen abzuchecken, der dich nicht als Chefkoch haben wollte?“

„Nein.“ Er hob abwehrend die Hände. „Ich muss etwas mit dir besprechen. Das ist zu wichtig, als dass es warten könnte.“ Er trat auf sie zu und beugte sich zu ihr hinunter.

Die Hitze, die er ausstrahlte, ließ ihren Körper kribbeln. Er nahm Jill bei der Hand und zog sie nach draußen. Sie atmete seinen betörenden Duft ein – Pinienshampoo und ein würziges Aftershave sowie eine besondere Note von geräuchertem Fleisch brachten sie völlig aus dem Konzept. „Und was, wenn ich nicht mit dir fahren will?“, fragte sie eigensinnig.

Mit seinem Wanderstiefel trat er gegen einen gefrorenen Schneehügel. „Dann geh zu Fuß.“ Pfeifend steuerte er auf seinen SUV zu. „Aber ich denke, du wirst es hören wollen.“

Er wusste offensichtlich, wie er ihre Aufmerksamkeit erlangen konnte. Sie stapfte hinter ihm her, ihr Interesse war geweckt. „Wenn ich zu Fuß gehe, hole ich mir womöglich noch eine Lungenentzündung. Ich schätze, ich fahre besser mit dir."

Er öffnete ihr die Tür und drängte sie an den Rahmen. „Wir wollen ja nicht, dass du krank wirst."

All ihre Probleme traten in den Hintergrund und verblassten, übrig blieb nur das Feuer, das zwischen ihnen brannte. Sie waren wie zwei Camper im Schneesturm, die nur ein Ziel hatten: sich warmzuhalten.

„Gott, ich will dich küssen. Genau jetzt", murmelte er und betrachtete ihren Mund.

Das wollte sie auch. So viel zu ihrer Regel, keinen Sex mit ihm zu haben, solange so vieles zwischen ihnen ungeklärt war. Vielleicht würde ein Keuschheitsgürtel ihr Problem lösen.

„Lass uns zu dir nach Hause fahren", schlug er vor und brach den Bann. „Für dieses Gespräch brauchen wir unseren Verstand." Er schloss ihre Tür und ging um den Wagen herum.

Als er den Motor startete, wandte sie den Kopf. „Du hast mich absichtlich neugierig gemacht."

Er lachte leise. „Allerdings. Lass uns nach Hause fahren."

Die Tatsache, dass er dieses Wort wählte, ließ noch eine andere Art von Wärme in ihrem Bauch entstehen. Die Art von Wärme, über die Menschen in Kriegszeiten Lieder sangen. *Zu Hause.*

Sie konnte es kaum erwarten zu erfahren, was er ihr zu sagen hatte.

Sobald sie im Haus waren, stürzte Jill sich auf ihn. Er hätte damit rechnen müssen.

„Okay, was gibt's? Du hast eine Entscheidung getroffen, richtig?"

Er ließ sich Zeit und zog seine Jacke aus. Als er Jill herumdrehte, um auch ihr aus der Jacke zu helfen, schnaubte sie, doch sie protestierte nicht. *Gott sei Dank.* Er konzentrierte sich darauf, seinen Mund zu einem Lächeln zu verziehen, obwohl sein Herz raste, als hätte er Medikamente genommen.

„Lass uns ins Wohnzimmer gehen."

Sie setzte sich auf ihre verrückte orangefarbene Couch, die mit noch knalligeren Kissen dekoriert war. Ihm wurde klar, dass er auf keinen Fall stillsitzen konnte, deshalb blieb er stehen.

„Okay. Also, ich sehe das folgendermaßen. Du weißt, wie sehr ich die Broncos schätze, nicht wahr?" Den Sportsender zu sehen, während er kochte, hatte ihm zu einem Geistesblitz verholfen.

Sie sah ihn an wie eine Eule. „Ja."

Er durchschritt den Raum, boxte mit der Faust in die Handfläche, wie er sich vorstellte, dass es ein Trainer tun würde, der mit seinem Team sprach. „Damit ein Team zusammenwächst, fahren sie alle irgendwohin, bevor die Saison beginnt, und wohnen da ein paar Wochen zusammen. Ich finde, wir sollten auch so etwas in der Art unternehmen."

Sie zupfte mit den Fingern an einem Ohr. „Ich glaube, ich höre nicht recht. Ich arbeite. Du arbeitest. Wir …"

„Wir müssen ein paar weitreichende Entscheidungen treffen. Fangen wir mit dir an. Du musst mir wieder genug vertrauen, um zu sehen, ob du die Beziehung mit mir weiterführen willst. Wenn du das kannst, sind wir zusammen – ein Paar. Wenn das funktioniert, würdest du vielleicht auch die Idee, ein Restaurant zusammen zu eröffnen, noch einmal überdenken wollen, falls a) das Hotel nicht genehmigt wird oder b) sich herausstellt, dass du Mac oder die Arbeit nicht magst. Uns bleiben drei Wochen, bevor der Stadtrat sich entscheidet."

Sie hob die Hand, doch er schüttelte den Kopf. „Einen Moment noch. Jetzt bin ich dran. Ich muss wissen, ob wir zusammen sein wollen oder nicht. Jill, ich muss in dieser Hinsicht ehrlich sein. Ich liebe dich, aber wenn du mir nicht vertrauen kannst und nicht mit mir zusammen sein willst, dann kann ich nicht bleiben. Wenn sich herausstellt, dass das der Fall ist, werde ich Simcas Angebot annehmen."

Jill knüllte ein grünes Kissen zusammen. Ihre Knöchel traten weiß hervor, aber sie sagte nichts.

Bei dem Gedanken fortzugehen wurde sein Mund so trocken wie mehrere Tage alter Toast. Gott, er wollte es nicht einmal in Erwägung ziehen. Seine Idee musste funktionieren. „Aber wenn wir nach dieser Zeitspanne, die ich vorgeschlagen habe, beschließen, dass wir zusammen sein können, und das mit dem Hotel nicht klappt, möchte ich gern mit dir den Plan eines gemeinsamen Restaurants umsetzen. Wenn wir zusammen sind und du dich entscheidest, Macs Angebot anzunehmen, werde ich mir hier in Dare etwas anderes überlegen. Das würde ich tun, um mit dir zusammen zu sein."

Sie legte die Hand an die Schläfe und stützte den Ellbogen auf ihr Knie. „Kann ich …"

„Noch nicht." Er musste noch das Wichtigste sagen. Unwillkürlich ballte er die Hände zu Fäusten. „Ich habe es nicht vergessen. Du hast mir gesagt, ich soll deinetwegen und nicht wegen eines eventuellen Babys bleiben. Verzeih mir meine Direktheit – aber sosehr ich auch versuche mir einzureden, es wäre ja nur ein einziges Mal gewesen –, ich kann nicht aufhören, darüber nachzudenken, was du gesagt hast und was passieren könnte, wenn du schwanger wärst." Ein plötzlicher Schmerz breitete sich unter seiner Schädeldecke aus. „Du musst mir glauben: Ich liebe dich und würde bei dir bleiben, bevor wir wissen, ob du schwanger bist."

Ihre langen roten Locken strichen über ihren Arm, als sie sich vorbeugte.

„Verstehst du, was ich meine? Wir müssen unsere ganze Aufmerksamkeit darauf legen. Mehr Zeit miteinander verbringen. Sehen, ob wir die Dinge zum Laufen bringen. Versuchen, als Team zu funktionieren."

Sie hob den Kopf. Ihre grünen Augen schimmerten glasig. „Wie die Broncos", sagte sie trocken. „Warum läuft immer alles auf Football hinaus? Nimm's mir nicht übel. Okay, ich verstehe, was du sagen willst. Wie lange?"

Nun, zumindest hatte sie noch nicht Nein gesagt. Er hob die Schultern. „Lass uns jetzt zusammenziehen. Dir ist es wichtiger, zu Hause zu sein, als mir, deshalb könnte ich zu dir ziehen. Aber natürlich müsste ich Mutt mitbringen. Wir schauen, ob es läuft. Und zum Zeitpunkt der Entscheidung im Stadtrat wissen wir beide, was wir brauchen." Er schob die Hände in die Hosentaschen und stellte sich gerade hin. Hoffnungsvoll sah er sie an. „Was denkst du darüber?"

Ein schrilles Lachen entschlüpfte ihr. „Ich bin … sprachlos."

Er setzte sich auf den Couchtisch ihr gegenüber und hielt ihre Hände. In seinem Innern brodelte Panik. „Nach all den Dingen, die herausgekommen sind, muss ich wissen, ob du mir glaubst, wenn ich dir sage, dass ich dich liebe. Das war … das Beste, was mir eingefallen ist." Es war ihm egal, was sie dachte. Auf die meisten Fragen des Lebens lieferte Football eine Antwort.

Auf ihrem Hals tauchten rote Flecken auf. „Das Beste?", wiederholte sie.

Er seufzte frustriert auf. „Na ja, ich könnte einen Piloten anheuern, der mit einem Banner herumfliegt, auf dem steht: *Brian liebt Jill.* Aber ich bin mir nicht sicher, ob du das in deinen Dickschädel bekommen würdest." So viel dazu, dass er seine Enttäuschung in Schach halten könnte.

Sie sah ihn an und verdrehte die wunderschönen Augen. „Du bist ja ein wirklicher Romantiker."

Er drückte ihre Hände und zog Jills Blick wieder auf sich. „Das werde ich sein, wenn du es zulässt. Wir rufen einen Waffenstillstand aus. Kein Wort über die Zukunft oder das Restaurant. Lass uns nur zusammen sein."

Als sie den Blick abwandte, musste er sich zwingen, ihre Hände nicht zusammenzuquetschen.

Die dunkelroten Flecken breiteten sich auf ihrem Gesicht aus. „Und dieses Zusammenleben würde alles beinhalten?"

Ihre Verlegenheit erinnerte ihn daran, dass sie nur einmal miteinander geschlafen hatten, und das hatte kein gutes Ende genommen. Es war neu für sie, eine sexuelle Beziehung einzugehen. Daran musste er denken. „Ich möchte dir zeigen, wie schön es zwischen uns sein kann, Jill."

Sie schluckte, woraufhin die roten Flecken hüpften. „Tja, wenn du ein Ziel vor Augen hast, gibt es kein Halten mehr. Soll ich dich John Elway nennen?"

Ein Lächeln umspielte seine Mundwinkel. „Du bist doch genauso. Wir sind beide leidenschaftliche Menschen, Jill. Genau deshalb sind wir ein so gutes Team."

Sie beugte sich vor. Er ebenso. Als sie beide den Blick senkten, berührte seine Stirn die ihre.

„Vermutlich werden wir uns darüber streiten, wie die Spülmaschine eingeräumt wird."

Da er spürte, dass sie schwach wurde, nutzte er den Vorteil. „Sehen wir es als Vorspiel."

Jill zog sich zurück, sie kniff die Augen zusammen. „Du musst dir schon etwas Besseres einfallen lassen, wenn du willst, dass ich diesem verrückten Plan zustimme. Was wird meine Familie denken? Verdammt, was wird die ganze Stadt denken? Dich mag das nicht berühren, nachdem du in New York gelebt hast, aber dies ist Dare."

„Es lässt mich keineswegs kalt. Ich weiß, die Leute werden reden. Was deine Familie betrifft, musst du entscheiden, wie du darüber denkst. Ich habe dir meine beste Idee vorgestellt. Hast du eine bessere?"

„Nein, habe ich nicht, aber, Brian …"

Er legte ihr den Finger auf die Lippen. „Kein Aber. Nur ein Waffenstillstand. Wir leben im Hier und Jetzt. Über etwas anderes sprechen wir nicht."

„Okay, aber wir können die Welt nicht für immer außen vor lassen." Ihre grünen Augen leuchteten wie Basilikum im Sonnenlicht.

Er beugte sich vor und küsste sie auf den Mundwinkel. „Jill, das ist etwas Großes. Zusammenleben. Tagein, tagaus."

„Ängstigt dich das nicht?"

Er schmiegte die Wange an ihre und drückte ihr die Lippen aufs Ohr. „Mehr als alles, was ich jemals getan habe. Sogar mehr als das Felsenklettern am Wasserfall im Pine Canyon im Winter."

„Das war das weitaus Dümmste, was du je getan hast. Wenn du gestorben wärst, hättest du für die dümmste Art, wie man sich umbringen kann, den Darwin Award verliehen bekommen."

Er straffte die Schultern. „Es ist nicht das Dümmste, was ich je gemacht habe, aber ich versuche, daraus zu lernen." Die Fehler, die er im Zusammenhang mit Jill gemacht hatte, gingen ihm durch den Kopf.

Als ihre Blicke sich trafen, wusste er, dass sie ebenfalls daran dachte. „Ja, dazulernen ist wichtig."

Sie wandte sich nicht ab, als er sie küsste. Er versank in ihrem heißen, einladenden Mund. Mit seiner Zunge spürte er ihrer nach, doch er zog sich zurück, ehe es zu intensiv werden konnte. Ihr zweites Mal sollte besonders werden. Voller Romantik, Erwartung und Atmosphäre. Das hatte sie verdient.

„Also, kann ich morgen ein paar Sachen vorbeibringen?", wollte er wissen.

„Okay, aber es sollte besser funktionieren." Ein Lächeln blitzte auf ihrem Gesicht auf und verblasste wieder, als hätten die Nerven sie überwältigt.

Er küsste sie auf die Stirn. „Das wird es, Jill." Die Worte *Vertrau mir* kamen ihm nicht über die Lippen, auch wenn er sie dachte. „Darf ich morgen Abend das Dinner für dich machen? Etwas Besonderes?"

Tausende Hoffnungen leuchteten in ihren grünen Augen auf. „Das wäre wundervoll."

Zusammen gingen sie zur Tür. Er zog seine Jacke an, sie spielte währenddessen mit ihren goldenen Armreifen.

„Ich werde noch verrückt. Im Moment kommt eins zum anderen. Ich komme kaum noch hinterher."

Gut. Es war schön zu wissen, dass er nicht der Einzige war, der das Gleichgewicht verloren hatte, auch wenn er sich jetzt gefestigter fühlte als in den vergangenen Wochen. „Wem sagst du das. Ach, übrigens", murmelte er mit rauer Stimme, „bereite dich darauf vor, morgen einen ganz anderen Kampf zu führen."

„Ich gebe niemals kampflos auf", flüsterte sie.

„Ich freu mich darauf."

Sie holte scharf Luft, und dieses Geräusch verriet ihm alles, was er wissen musste. Er ging die Straße hinunter. Als ihm ihr Kommentar zu dem Streit wegen der Spülmaschine einfiel, musste er grinsen.

Wenn sie nicht zuerst darüber diskutierten, wie man Feuer machte, würden sie noch das Haus abfackeln.

24. Kapitel

Peggy kämpfte sich von der Couch hoch, als sie das Klopfen hörte. *Bitte, lieber Gott, lass es Tanner sein.* Ihre Erkältung hatte mittlerweile auf die Lungen übergegriffen, was einen weiteren Tag zu Hause bedeutete. Keith war ebenfalls hier – das Bein des armen Jungen schmerzte zu sehr, als dass er zur Schule gehen konnte.

Sie gaben ein tolles Paar ab. Gestern Abend hatte sie Keith in den Armen gehalten, während er weinte, und dagegen angekämpft, ihn nicht anzuhusten. Charles Dickens hätte keine traurigere Szene schreiben können.

Selbst die Tür zu öffnen war anstrengend. Als sie Mac Maven auf ihrer Eingangsstufe erblickte, meinte sie, nun endgültig verrückt geworden zu sein. Ließ das Fieber sie halluzinieren?

„Sie sehen aus, als hätten Sie eine harte Nacht gehabt. Ich habe dem kleinen Patienten etwas mitgebracht, um ihn aufzumuntern." Er schüttelte die Tüte, die er bei sich trug. „Und ich habe Ihnen Lunch mitgebracht. Hühnchen-Nudel-Suppe."

Überrascht richtete sie sich auf.

Bevor er eintrat, wischte er sich die Schuhe ab. „Wo haben Sie sich versteckt?"

„Wohnzimmer."

Er führte sie am Arm, als wäre er eine dieser jungen Ehrenamtlichen im Krankenhaus, allerdings fehlten ihm deren pinkfarbene Uniform und unbändige Energie. Ihr ganzer Kopf war ein einziger Schmerz, alles war verstopft und verschwommen. Seine Gegenwart machte es noch verworrener. Warum war er hier?

Keith, der vor dem Fernseher auf dem Boden lag, drehte sich zu ihnen herum und löste damit den Blick von der endlosen Parade der Disney-Filme, die Peggy in den DVD-Spieler gesteckt hatte, um ihn von seinem Bein abzulenken.

„Hi, Keith", sagte Maven, während er Peggy zur Couch geleitete. „Ich habe dir etwas mitgebracht. Es gibt diesen großartigen Brauch – wenn du ins Krankenhaus musst, bringen die Leute dir Geschenke mit. Und ich dachte mir, du machst dir vermutlich nichts aus Blumen."

Das Geschenkpapier mit den aufgedruckten Feuerwehrautos ließ Keiths Augen groß werden. „Nee, die sind für Mädchen."

Maven setzte sich neben ihn auf den Boden. Der Kontrast zwischen seinem marineblauen Jackett und der dazu passenden Hose und Keiths Spiderman-Schlafanzug hätte nicht stärker sein können.

„Ich mag die Farbe vom Gips. Blau ist meine Lieblingsfarbe. Wie fühlt es sich an?", erkundigte sich Maven.

„Es tut weh. Ich konnte nicht schlafen."

Maven wuschelte ihm durchs Haar. „Das kann ich mir vorstellen, aber es wird besser. Eher als du denkst, sitzt du wieder auf dem Fahrrad. Warum packst du dein Geschenk nicht aus? Ich dachte mir, es könnte ein gutes Accessoire sein, wenn du wieder Rad fährst."

Keith riss das Papier ab. Dann atmete er überrascht aus. „Mann, ist das cool! Mom, sieh mal!"

So aufgeregt hatte sie ihn die ganze Woche noch nicht erlebt. Himmel, offensichtlich war sie ein ausgelaugtes, virenverseuchtes Wrack, denn schon kamen ihr die Tränen. Sie mobilisierte ihre letzten Kräfte und riss sich zusammen.

„Ich sehe es."

„Ein Woody-Fahrradhelm. Ich liebe *Toy Story*! Das ist das besteste Geschenk, das ich je bekommen habe."

Keith bekam den Karton nicht auf, also zog Maven ein Schweizer Taschenmesser heraus und schnitt das Klebeband durch.

„Woher wusstest du, dass ich den mag?“ Keith strich über den schimmernden Helm.

Woody grinste, seine riesigen Augen erinnerten Peggy an Insassen eines Irrenhauses. Mann, was für ein seltsames Zeug per Computeranimation produziert wurde.

„Zufallstreffer“, erwiderte Maven, während er aufstand. „Außerdem habe ich mir gedacht, du stellst dir vielleicht gern vor, Polizist zu sein wie deine Mom.“

Als Maven näher kam und sich auf die Couch setzte, konnte Peggy den Blick nicht von ihm abwenden.

„Sie wirken erstaunt“, murmelte er so leise, dass Keith es nicht hören konnte. „Haben Sie gedacht, ich bringe ihm Pokerchips mit?“

Nachdem sie gestern nicht gerade nett zu ihm gewesen war, konnte sie seinen Sarkasmus verstehen. „Nein. Und ich glaube auch nicht, dass Sie ihm einen Fahrradhelm gekauft haben, weil Sie mich für eine schlechte Mutter halten. Er hat einen“, fügte sie in dem Bedürfnis hinzu, sich selbst zu verteidigen. „Aber er trägt ihn nicht. Ein ständiger Kampf.“

Maven verschränkte die Arme. „Nachdem Sicherheit eines Ihrer existenziellen Bedürfnisse ist, habe ich nichts anderes erwartet. Er ist ein Kind. Helme sind nicht cool. Deshalb habe ich versucht, ihm einen zu kaufen, der es ist.“

„Das ist ausgesprochen nett von Ihnen“, sagte sie, und ihr Herz zog sich zusammen, als sie ihren kleinen Sohn betrachtete, der erst den Helm aufsetzte, ehe er zu seinem Film zurückkehrte.

„Allerdings könnten Sie Probleme bekommen, ihm den Helm wieder abzunehmen, wenn Sie ihm die Haare waschen wollen.“

Als er seinen warmen Oberschenkel an ihren presste, rückte

Peggy nicht fort. Sie nahm einfach den festen Muskel unter seiner perfekt gebügelten Hose wahr.

„Das ist mir egal, solange er glücklich ist."

Maven griff nach ihrem Arm und half ihr aufzustehen. „Sie sprechen wie eine übermüdete, besorgte Mutter. Wir sollten sehen, dass Sie etwas Suppe essen."

Peggy ließ sich auf den Küchenstuhl fallen und sah zu, wie Maven mehrere Schränke öffnete, bis er gefunden hatte, was er brauchte. Diese häuslichen Bewegungen minderten seine Männlichkeit keineswegs. Mit seinem kantigen Gesicht und den hohen Wangenknochen hätte er für eine dieser kunstvollen Büsten im Museum Modell stehen können. Als er den Suppenteller vor sie hinstellte, beugte sie sich einfach nur darüber. Der Dampf war zauberhaft, er wärmte ihre Wangen, von denen sie befürchtete, sie würden nie wieder aufhören zu pochen.

„So schlimm, hm?", meinte Maven von hinten. Dann hörte sie ein Rascheln wie von Sandpapier, und sie spürte seine Handflächen auf ihrem Rücken. Die Wärme breitete sich aus wie eine Schockwelle.

„Wer sind Sie? Der weise Mr. Miyagi?", fragte sie. Sie konnte sich kaum mehr aufrechthalten.

Er lachte leise. „Vor ein paar Jahren habe ich auf einem dreitägigen Turnier in Hongkong Poker gespielt. Aber am zweiten Tag war ich so erkältet, dass ich auf dem Zahnfleisch ging. Einer der Einheimischen war beeindruckt von meinem Spiel. Als er anbot, meine Erkältungssymptome zu lindern, damit ich zu Ende spielen konnte, habe ich zugestimmt. Wenn man verzweifelt ist, wird man offen für neue Erfahrungen. Es war irgendwie seltsam, als er mir die Hände auf die Brust legte, aber es funktionierte. Zehn Stunden später habe ich den gesamten Topf gewonnen. Ich nehme an, Sie würden es nicht besonders schätzen, wenn ich meine Hände auf Ihre Brust lege, deshalb muss es so genügen." Noch immer lagen seine Hände auf ihrem Rücken.

„Das nehmen Sie richtig an.“ Auch wenn sie es sich vorstellen konnte – entfernt zumindest.

„Ich kann natürlich nicht garantieren, dass es funktioniert, aber es gibt so etwas wie heilende Energie im Körper. Wie Reiki. Das ist gerade ziemlich angesagt.“

Sie pustete in die Suppe für mehr Dampf. „Wo haben Sie das denn gehört?“

„Ich lese gern. Außerdem war ich neugierig, nachdem dieser Typ meine Symptome tatsächlich gelindert hatte. Und wenn etwas mein Interesse weckt, dann finde ich auch mehr darüber heraus.“

Ihr wurde bewusst, dass Keith die Melodie des Films, den er sich gerade ansah, mitsang. War das schon wieder *Kill the Beast*? Was auch immer Maven war, bei ihrem Sohn hatte er Wunder bewirkt, indem er ihn von seinen Schmerzen abgelenkt hatte – etwas, wozu sie zu krank war, als dass sie es schaffen konnte.

Ganz automatisch griff ihre Hand nach dem Löffel. Nach dem ersten Schluck hätte sie fast geschnurrt. Ihr Hals mochte nur noch die Größe eines Strohhalms haben, aber die heiße Suppe war so wohltuend wie Eis auf einer Brandwunde.

„Besser?“

„Allerdings“, gab sie zurück. Eine Nudel drehte eine Pirouette auf ihrem Löffel und fiel zurück in den Teller.

„Gut.“ Einmal, zweimal rieb er ihr über den Rücken, ehe er die Hände sinken ließ.

Der Stuhl kratzte über die Fliesen, als Maven sich ihr gegenübersetzte.

„Warum sind Sie hier?“, wollte sie zwischen zwei Löffeln wissen.

„Ich wollte nach Keith sehen. Außerdem bin ich mehr als nur oberflächlich an Ihnen interessiert. Es ist schon eine Weile her, seit ich jemanden kennengelernt habe, der mich so fasziniert und herausfordert wie Sie.“

Richtig, er war ja ein neugieriger Mensch. Das musste sie bedenken.

„Und wenn ich in etwas hineingezogen werde, möchte ich es gern durchschauen."

„Das geht mir genauso", stimmte sie zu. Ihr wurde bewusst, dass sie die Suppe komplett aufgegessen hatte.

„Sie sollten Wasser heiß machen. Für ein Dampfbad."

Woher wusste er all diese Dinge? Es ließ ihn wie einen normalen Menschen wirken und nicht wie einen Pokerspieler, der sich in der feinen Gesellschaft bewegte. Dann erinnerte sie sich, dass er etwas von einer Schwester und einem Neffen erzählt hatte.

„Das werde ich. Mein Bruder kommt noch vorbei und kümmert sich dann um Keith."

Er stellte den Teller in die Spüle. „Es fällt Ihnen schwer, um Hilfe zu bitten."

Himmel, woher wusste er das nun schon wieder? Der heiße Tee, den Maven ihr hinstellte, wärmte ihre Hände. Aber er ließ ihre Abneigung gegen seine Pläne in Dare keineswegs dahinschmelzen. „Ich werde meine Meinung über das Hotel nicht ändern."

„Ich wäre auch enttäuscht, wenn Sie das so schnell täten. Allerdings hoffe ich, Sie ändern Ihre Meinung irgendwann – über das Hotel und über mich."

Als sie ihn anschaute, konnte sie das Interesse in seinem Blick nicht übersehen. „Sie müssen verrückt sein. Ich sehe aus wie das letzte Elend."

Er schenkte ihr ein Lächeln, das so warm war wie der Tee. „Ich bin gut darin, die Möglichkeiten zu sehen, die jemand auf der Hand hat." Als er aufstand, legte er sanft eine Hand auf ihr Haar. „Und ich freue mich schon darauf, Sie wiederzusehen, wenn Sie sich das Haar gebürstet haben. Jetzt lasse ich Sie allein."

„Ich bin echt krank", erklärte sie und wünschte, sie hätte

einen Hoodie an, um die Kapuze über ihr zerzaustes Haar zu stülpen.

„Das werden Sie nicht immer sein." Er beugte sich hinunter, bis ihre Köpfe auf einer Höhe waren.

„Jeder hält Sie jetzt für einen Helden, weil Sie Keith gestern geholfen haben", sagte sie, um ihn auf die Probe zu stellen.

„Ich habe nur getan, was jeder gemacht hätte. Gute Besserung. Bis bald."

Als er sich verabschieden wollte, bat Keith ihn, auf seinem Gips zu unterschreiben. Seine Unterschrift war so wagemutig wie der ganze Mann. Als er auf dem Weg zur Tür an Peggy vorbeiging, zwinkerte er ihr zu. Sie konnte sich nur wundern, wie sich der Raum verändert hatte. Keith war zufriedener. Und sie fühlte sich nicht mehr, als hätte sie einen Eisklumpen verschluckt.

Die Dinge wurden immer seltsamer. Ein Teil von ihr konnte es nicht erwarten, gesund zu werden. Sie würde es ihm zeigen.

Und sich wirklich die Haare bürsten.

25. Kapitel

Jill ein raffiniertes Menü zu kochen war der perfekte Weg, ihre Wir-leben-zusammen-Vereinbarung zu beginnen. Brian hatte jemanden gefunden, der mit ihm die Schicht tauschte. Er wollte Jill umwerben, und dann wollte er sie zum Stöhnen bringen.

Er überprüfte den perfekten Beigeton der Pilzsuppe und hoffte, sie würde Jill schmecken. Der erdige Duft der Pilze verband sich wunderbar mit dem Aroma von frischem Dill und verbreitete sich in der Küche. Eine gute Suppe musste vor sich hin köcheln, damit sich alle Zutaten verbanden. Er würde sie später zu Jill mitnehmen und mit Crème double verfeinern. Die spanische Chorizo und das französische Brot, das er gebacken hatte, würden perfekt zusammenpassen.

Jemand klopfte an die Tür, und er legte den Bambuslöffel beiseite und öffnete. Mutt trottete hinter ihm her, seine besabberte Decke im Schlepptau. Zeit, sich der Aussprache zu stellen und zu seiner Entscheidung zu stehen. Brian straffte die Schultern und drehte den Türknauf.

Warm lächelte Simca ihn an. Ihre Bluse war dieses Mal zugeknöpft – bis jetzt noch. „Ich habe deine Nachricht bekommen." Sie schwebte hinein und zog ihren blutroten Paschminaschal hinter sich her wie den Umhang eines Stierkämpfers.

„Ich habe nachgedacht, Sim." Er atmete tief durch. „Ich brauche noch etwas länger, um eine Entscheidung wegen des Restaurants zu treffen."

Sie verzog die roten Lippen zu einem Schmollmund. „Ah. Das neue Hotel verändert einiges, nicht wahr? Das habe ich mir schon gedacht."

Erneut schmerzte ihn die Ungerechtigkeit seiner Situation. Er hatte nicht damit gerechnet, für einen Job in Dare abgelehnt zu werden. Das war nur ein weiterer Beweis dafür, dass er beruflich verbrannt war.

„Nein, er stellt mich nicht ein“, sagte er. „Er hat von der Geschichte in New York gehört.“ Damit ging er zurück in die Küche und machte einen Espresso für sie beide. „Das nur nebenbei. Jill und ich sind jetzt zusammen. Nach New York zu gehen würde bedeuten, sie zu verlassen. Es tut mir leid, dass ich dich um mehr Zeit bitten muss, aber das ist eine weitreichende Entscheidung.“

Ihr Diamantcollier blitzte auf, als sie sich über den Hals strich. „Es tut mir leid, dass er nicht in Erwägung gezogen hat, dich zu engagieren.“ Sie nahm den Espresso, den er ihr reichte, trank einen Schluck und seufzte. „Trotzdem bietet das Hotel allerlei Möglichkeiten. Was, wenn ich bereit wäre, hier ein Lokal mit dir zu eröffnen? Die künftigen Hotelgäste können nicht die ganze Zeit dort essen. Ich möchte mit dir zusammen arbeiten, Brian. Dir helfen, deine Karriere wieder in Schwung zu bringen. Wir müssen nicht nach New York gehen. Es wäre nicht das Gleiche, aber Aspen und Breckenridge haben sich entwickelt. Wir werden es schaffen, die Leute zu uns zu locken.“

Vorsichtig, damit der Espresso nicht überschwappte, stellte er seine Tasse auf den Tresen. „Ist das dein Ernst?“

Sie zuckte die Schultern. „Ich könnte für vielleicht zwei, drei Jahre hier bleiben. Sicherstellen, dass das Lokal etabliert ist. Und dann würde ich es an dich übergeben.“

Ein Lokal hier. Sein eigenes. In der Nähe von Jill. „Du machst wohl Witze.“

Sie schüttelte den Kopf, und ihr honigblondes Haar schwang wie Weidenzweige hin und her. „Ich habe dir schon erklärt, dass ich es wiedergutmachen möchte. Außerdem hat diese kleine Stadt ihren Charme. Ich finde es durchaus nett, dem immensen Druck der kulinarischen Szene von New York entkommen zu sein."

Er hatte sich so sehr daran gewöhnt, um alles kämpfen zu müssen. Es schien unglaublich, dass ihm ein Angebot wie dieses einfach in den Schoß fiel. „Ich weiß nicht, was ich sagen soll." Sein Herz pochte. „Selbst wenn du bleibst: Ich will mit Jill zusammen sein. Das ist dir doch klar?"

„Aber natürlich. Nun sag schon Ja." Sie lachte und strich über ihre pelzbesetzte Handtasche.

Er biss die Zähne zusammen. Gott, wie gern er dazu Ja sagen würde. Dann dachte er an Jill. Was würde sie davon halten, wenn er mit seiner Ex-Geliebten ein Restaurant in Dare eröffnen würde?

Vermutlich nichts Gutes.

Außerdem wollten sie doch herausfinden, ob sie ein gutes Team werden konnten. Das war seine Idee gewesen.

„Ich kann es schon fast vor mir sehen", fuhr Simca fort. „Wir entwickeln eine ganz neue Speisekarte, die zwischen der Ost- und der Westküste eine Brücke schlägt, und verbinden auf diese Weise Eleganz mit wildem Individualismus."

Ihm lief das Wasser im Mund zusammen. „Das ist eine unglaubliche Vorstellung."

Auf ihre ganz eigene kokette Art hob sie das Kinn und neigte den Kopf. Blitzartig tauchte vor seinem inneren Auge jene Zeit auf, als er sie in so einem Moment sofort geküsst hätte. „Und ich hab gerade erst angefangen."

Er griff nach seiner Tasse und trank einen Schluck, während ihm bewusst wurde, dass die Zusammenarbeit mit ihr ein Minenfeld aus Komplikationen bedeuten würde. Aber die Magie? So wie sie Lebensmittel betrachteten und verarbeiteten? Nun, die Vorstellung, einzuwilligen und die Komplikationen in Kauf zu nehmen, war verlockend.

„Wie ich schon sagte – ich brauche etwas Zeit, damit ich darüber nachdenken kann. Wärst du bereit zu warten, bis der Stadtrat über das neue Hotel entschieden hat? Mein … Leben ist damit eng verknüpft." Mehr würde er nicht offenbaren.

„Verstehe. Ich habe gehört, dass Jill zeitweise für den Eigentümer arbeitet." Sie stellte ihre Tasse ab. „Ich muss nicht sofort nach New York zurück. Natürlich hast du deine eigenen Vorstellungen von der Speisekarte. Ich sehe schon die Kritiken des Restaurants vor mir. Wir werden es André zeigen. Niemand bekommt uns klein."

Er brachte sie zur Tür und hielt sie nicht ab, als sie ihn auf beide Wangen küsste. „Dies ist unsere Chance, *chéri.*"

Nachdem sie gegangen war, ließ er sich auf die Couch fallen. Konnte er wirklich alles haben? Falls er Jills Vertrauen zurückgewinnen konnte, wäre es ihr dann recht, wenn er eine Geschäftsbeziehung mit Simca einging?

Mutt legte ihm den Kopf aufs Bein. Unwillkürlich lachte Brian bitter auf. Es war einfacher, sich Jill vorzustellen, wie sie ihm eine Ohrfeige verpasste, als dass sie dem Vorhaben vorbehaltlos zustimmte.

Trotz einer Menge Arbeit mit Mac bekam Jill Brians bevorstehenden Umzug nicht aus dem Kopf. Die Vorstellung von ihnen beiden *zusammen* quälte sie. Aber sie hielt durch und plante mit Mac wie eine Besessene.

Da sein Büro aufgrund des vorgezogenen Zeitplans noch nicht fertig war, nutzten sie ihr Café als Hauptquartier. Von Zeit zu Zeit klopfte Margie an die Tür ihres Büros und kündigte einen wichtigen Gast an, den Jill daraufhin mit Mac bekannt machte. Mac schüttelte Hände, lächelte und verkaufte seine Idee wie ein wahrer Politiker, allerdings ohne diese widerliche Falschheit. Der Typ war ein geborener Verkäufer und wusste, wie man es anstellen musste, dass die Leute sich fühlten, als wären sie das einzig Wichtige auf der Welt. An seiner Stelle hätte sie nur einige Einzelheiten anders formuliert.

Sie tätigte Anrufe und lud verschiedene Leute zum Lunch oder Dinner ein. Die Sitzung des Stadtrates war in weniger als drei Wochen. Die Entscheidung rückte immer mehr in den Vordergrund.

Tanner schlenderte herein und unterbrach ihre Gedanken. „Hallo“, begrüßte er Mac und sie und zog seine Handschuhe aus. „Ich hatte gehofft, den Mann zu treffen, der meinen Neffen gerettet und es sogar überlebt hat, dass meine Schwester ihm eine unechte Pistole an den Kopf gehalten hat. Ich bin Tanner McBride.“

Mit einer einzigen geschmeidigen Bewegung stand Mac auf, wie er es in der vergangenen Stunde ständig gemacht hatte, als er jeden vom Einheimischen bis zum Universitätsprofessor mit augenscheinlicher Lässigkeit begrüßt hatte.

„Mac Maven. Freut mich, Sie kennenzulernen. Ich habe Ihre Artikel gelesen. Bitte, setzen Sie sich zu uns. Ich habe Ihrer Schwester und Ihrem Neffen gern geholfen.“

„Ich bin Ihnen zutiefst zu Dank verpflichtet.“

Mit festem Druck schüttelten sich die Männer die Hände und klopften sich kurz auf die Schulter. Jill genoss es, diesen testosterongesteuerten Wettstreit zu beobachten. Ein Händeschütteln sagte viel über die Menschen aus. Dies hier waren zwei selbstsichere Männer.

Tanner beugte sich hinunter und küsste sie auf die Wange. „Hi, Jill.“

„Na, kommst du endlich auch zu mir? Wir sind ja auch nur verwandt.“

Er drückte ihre Schulter und setzte sich dann neben die beiden. „Beim *Independent* hatten wir heute mehr Besucher als üblich. Es gab eine Menge Gerüchte über das Bauprojekt, das Sie beantragen, Mac.“

„Gute Gerüchte oder schlechte Gerüchte?“, wollte Jill wissen und schlug ein Bein über das andere.

Während Tanner seine Jacke auszog, zuckte er die Schultern. „Von beidem etwas, wie erwartet. Die Leute sind beeindruckt von dem, was sie gehört haben, und Jills Unterstützung ist so häufig kommentiert worden, dass ihr Großvater darüber nachdenkt, sie für die nächsten Wochen zu verstoßen, damit niemand die Neutralität der Zeitung infrage stellt."

„Großartig", brummte Jill. „Ich werde verstoßen."

„Dann muss ich Ihnen wohl mehr zahlen", sinnierte Mac.

Tanner lachte leise und griff nach Jills Kaffeebecher. „Wenn es um objektiven Journalismus geht, ist Arthur altmodisch."

„Jill, würde es Ihnen etwas ausmachen, mich kurz mit Tanner allein zu lassen?", bat Mac. „Ich bin ein echter Bewunderer Ihrer Artikel."

Tanner wandte sich von Jill ab, nicht aber ohne ihr zuzuzwinkern. „Das höre ich immer gern."

„Sie besitzen die unglaubliche Fähigkeit, den Lesern, die nie im Krieg waren, eine Vorstellung davon zu vermitteln."

Da Mac nun die volle Aufmerksamkeit ihres Schwagers genoss, schlüpfte Jill von ihrem Stuhl. Sie wollte Tanner auf keinen Fall erzählen, dass Brian zu ihr zog. Verdammt, so wie ihre Familie sich verhalten hatte, wollte sie niemandem davon erzählen.

„Ich bin sicher, es ist nicht damit zu vergleichen, wenn man es selbst miterlebt, aber …"

Als sie zum Tresen ging, verlor sich Macs Stimme. Zeit für ein Duell der Espressomaschinen, befand sie. Nichts konnte sie so gut ablenken wie ein Wettkampf.

„Okay, schauen wir mal, wer heute den Preis gewinnt", kündigte sie an, während ihre Gäste sie umringten, um zuzusehen.

Sie schlug Margie um fünf Sekunden. „Da hat aber jemand geübt."

„Es ist mein Lebenstraum, meine Chefin zu besiegen."

„Hah!" Sie nahm das Geschirrtuch ab, das sie sich um die Hüfte geschlungen hatte, glitt hinüber zu Mac und Tanner und verbeugte sich.

„Ziemlich beeindruckend", kommentierte Mac. „Auf so etwas bin ich noch nie gekommen."

„Nicht jeder kann Klavier spielen. Die Einheimischen lieben es." Sie reichte Tanner seinen Lieblingskaffee und ließ sich auf einen Stuhl fallen. „Weil du noch nichts bestellt hast."

„Danke."

Er prostete ihr mit dem Becher zu. „Auf dein Espresso-Duell."

Der Hinweis auf das Duell ließ sie an Peggy denken. Im Wilden Westen hätte diese einen großartigen Sheriff abgegeben. Jill wandte sich an Mac. „Hey, was halten Sie davon, wenn wir Peggy und Keith einen Besuch abstatten? Ich wollte schon die ganze Zeit vorbeischauen, seit ich von dem Unfall gehört habe. Armer Kleiner."

„Wunderbar. Dann kann ich Peggy gleich die Kriminalstatistiken meiner Hotels geben."

„Sie haben Kriminalität dort?", platzte Jill heraus, woraufhin sich mehrere Köpfe zu ihnen umdrehten.

Er räusperte sich. „Nein, verglichen mit den großen Glücksspielhotels haben wir eine niedrige Kriminalitätsrate und keinerlei Toleranz. Ich hoffe nur, Sie damit beruhigen zu können."

Tanner rieb sich über das Kinn. „Peggys Vorurteile sind … nicht leicht aus der Welt zu räumen."

Mac musste die Warnung in Tanners Stimme ebenso gehört haben wie Jill. Beide wandten sich um und starrten ihn an.

„Gibt es irgendwas, das du uns mitteilen möchtest?", wollte Jill wissen.

Hastig erhob Tanner sich. „Nein, das ist das Privileg von Geschwistern. Pegs Meinung ist ihre Sache, und ich respektiere das."

Mac stand ebenfalls auf und streckte die Hand aus. „Ich erwarte nicht, dass sie ihre Überzeugung ändert. Ich möchte nur, dass sie sich besser fühlt."

Tanner ergriff Macs Hand und nickte. „War nett, Sie kennenzulernen, Mac. Jill, wir sehen uns." Er drückte sanft ihre Schulter.

„Ich kann es nicht erwarten", erwiderte sie fröhlich. „Grüß Mere und Grandpa von mir."

Nachdem Tanner gegangen war, setzte Mac sich wieder und trank seinen Kaffee aus. „Haben Sie das ernst gemeint? Sie wollen Peggy besuchen?"

„Allerdings." Er mochte ein berühmter Pokerspieler sein, aber selbst sie konnte die freudige Erwartung in seinen Augen erkennen.

„Großartig. Ich wüsste nicht, was ich lieber täte."

Sie winkte einer Gruppe von Gästen zu, die gerade hereinkamen. „Ich hole nur schnell meine Tasche."

Während sie nach ihrer Tasche griff, sah sie aus dem Augenwinkel auf die Uhr in ihrem Büro. In der Stille tickten die Zeiger wie eine altmodische Bombe in der Zeichentrickserie *Rocky und Bullwinkle*.

In ein paar Stunden würde sie mit Brian schlafen.

Für fast drei Wochen würde er bei ihr wohnen.

Sie versuchte gerade, die Stadt zu überzeugen, wieder ein Casino zuzulassen.

Könnte ihr Leben noch komplizierter sein? Eigentlich wollte sie nur in ihren Wagen steigen und Dare verlassen. Sie atmete ein paarmal tief durch.

Was sie brauchte, war eine ernsthafte mentale Disziplin – in der Art, wie Deepak Chopra sie in seinen Büchern beschrieb –, um alle negativen Gedanken zu verjagen, wenn sie mit Brian zusammen war. Etwa alles, was mit dieser französischen Barbie, deren perfektem Körper und Honigteint zu tun hatte. Warum konnte eine ältere Frau in den Vierzigern ihr optisch überlegen sein? Nein, sie hatten eine Regel aufgestellt. Kein Gespräch über irgendetwas, was nicht ausschließlich sie beide betraf.

Nichts war wichtiger, als dass sie herausfanden, ob sie zusammen sein konnten.

26. Kapitel

Peggy McBride wünschte wirklich, sie könnte ihre Viren in den Knast bringen. Doch obwohl selbst schwere Jungs sich diesem Wunsch beugten, waren Viren immun gegen ihre Drohungen. Stattdessen wussten sie, wie sie Peggy quälen konnten – oh ja, das hatten sie mittlerweile zur Kunst erhoben. Soweit es sie betraf, hätte ein Elektroschocker auf der Brust auch nicht schmerzhafter sein können als diese Erkältung.

Zum Glück hatte Keith heute zur Schule gehen wollen. Er hatte vor, seinen hellblauen Gips zu präsentieren – und seinen neuen Fahrradhelm. Sie schuldete Mac Maven noch immer ein wenig Dankbarkeit für die Verwandlung ihres Sohnes. Aber das würde sie ihm nicht verraten.

Als jemand an die Tür klopfte, wünschte sie sich eine dieser Gegensprechanlagen. Denn dann hätte sie demjenigen – wer auch immer es war – sagen können, er solle verschwinden, weil sie gerade im Sterben liege. Als das Klopfen nicht aufhörte, schleppte sie sich aus dem Bett und stakste die Treppe hinunter, wobei sie sich krampfhaft am Geländer festklammerte.

Der Anblick von Jill und Mac an der Tür ließ sie darüber nachdenken, ob die Viren womöglich Verstärkung angefordert hatten. Besuch war das Letzte, was sie wollte.

„Bist du so krank?“, erkundigte sich Jill, stürzte vor und legte Peggy die Hand auf die Stirn.

„Autsch“, sagte Peggy und stieß Jill zurück.

„Sie sehen nicht aus, als ginge es Ihnen besser“, stellte Maven seidenweich fest und schloss die Tür.

„Geht es auch nicht. Lassen Sie mich in Frieden sterben. Diese Viren sind teuflisch."

Maven ergriff ihren Ellbogen. „Wo ist Ihre Waffe? Wir werden ihnen drohen."

Es kümmerte sie nicht, dass er die Führung übernommen hatte. „Vernichtet und geschlagen. Ich habe den Krieg verloren."

Jill umkreiste sie und schlang ihr den Arm um die Hüfte. „Du hast noch nicht verloren. Du brauchst nur Ruhe. Und davon eine ganze Menge. Ich hab's dir ja schon einmal gesagt: Du verlangst dir viel zu viel ab."

Peggy fiel beinahe auf die Couch im Wohnzimmer. „Hör auf, so schadenfroh zu sein."

Ihre Freundin ließ sich neben ihr nieder und tätschelte ihr den Arm. „Das bin ich nicht. Ich mache mir Sorgen um dich. Du solltest zum Arzt gehen."

Der Schüttelfrost begann erneut, und Peggy griff nach der Decke, die sie auf den seit Tagen nicht gesaugten Boden geworfen hatte. Maven schob Peggys Hände zur Seite und stopfte die Decke um ihren Körper fest.

„Das habe ich schon erledigt. Heute Morgen. Da habe ich zwei Stunden lang hustend, schnupfend und vom Schüttelfrost gebeutelt gesessen wie all die anderen auch. Als ich endlich im Behandlungsraum war – immerhin fünf Minuten lang –, meinte der Arzt, es sei der gleiche Virus wie bei Keith. Und er könne nichts tun. Es ist, als wäre ich totgeweiht oder so. Als würde jemand den Stecker rausziehen."

„Hoffen wir mal, es ist nicht ganz so dramatisch", murmelte Maven und setzte sich auf die Armlehne.

Es irritierte Peggy, dass die beiden gemeinsam gekommen waren, um ihr zu helfen. Doch dann fiel ihr ein, dass Jill für ihn arbeitete. Das Hotel. Poker. Sie wünschte, es ginge ihr besser. Ihr kam nicht ein einziger abfälliger Kommentar in den Sinn. Sie war so verdammt benebelt.

„Wie geht es Keith?“, erkundigte sich Jill.

„Besser. Ihr Helm hat Wunder bewirkt“, wandte Peggy sich an Maven. „Er konnte es nicht abwarten, ihn in der Schule zu präsentieren. Hier im Haus hat er überall Schurken erschossen. Das macht mich stolz.“

Maven lachte leise und kehlig, was Peggy irgendwie erwärmte. „Es freut mich, das zu hören.“

„Welcher Helm?“

„Maven hat Keith einen Fahrradhelm mit Woody aus *Toy Story* geschenkt.“

„Ah“, gab Jill von sich und rutschte in ihrem Sessel herum. „Wer der Figur diesen Namen gegeben hat, liebt offensichtlich sexuelle Anspielungen. Ich meine, ‚Woody‘? Soll dahinter etwa kein Erwachsenenwitz stecken? Und er hat eine Pistole.“

„Erwähne das bloß nicht gegenüber Keith“, murmelte Peggy und lehnte den Kopf gegen die Rückenlehne. „Ich weiß, warum Jill hier ist. Aber warum sind Sie gekommen?“

„Ich bin hier, um noch mehr Wunder zu wirken“, erklärte er zwinkernd. „Ein Hauch der direkten, zähen Peggy ist ja auch schon wieder zu erkennen.“

Er zog einen Umschlag aus seinem maßgeschneiderten marineblauen Jackett. Sie zupfte an ihrem eigenen zerknitterten Hemd. Musste er ständig so präsentabel aussehen?

„Hier ist eine Kopie unserer lobenswerten Kriminalitätsstatistik und die Versicherungspolice für unsere Hotels. Ich hoffe, das wird Sie überzeugen, dass ich Dare nicht in eine zwielichtige Stadt voller Gangster verwandeln werde.“

Jill hatte die Unverfrorenheit, laut zu lachen. „Wenn Sie das doch vorhaben, kann ich dann einen dieser witzigen Namen bekommen, wie Rotlocken-Jillie?“

Maven fiel in ihr Gelächter ein, sein tiefes Lachen ließ Peggys Herz schneller schlagen. „Klar, und das hier wird Peg die Borstenlose“, sagte er.

Auch wenn sie die Decke über ihr Gesicht zog – die beiden verschwanden nicht. „Hört auf, über mein Haar zu reden."

Die beiden dämpften ihr Lachen. „Noch mehr würde mich begeistern, wenn es Ihnen bald wieder so gut geht, dass Sie sich die Haare kämmen können."

Plötzlich war es still. Peggy schaute durch ihre geöffneten Finger. Jill sah Maven völlig verblüfft an. Er schenkte ihr einen peinlich berührten Blick.

„*Oooh-kay*", sagte Jill schließlich, als hätte sie etwas Wichtiges in einem Kriminalfall entdeckt. „Also, wie können wir dir helfen?"

„Maven, könnten Sie sich einen Augenblick aus dem Staub machen? Ich möchte wissen, wie es Jill geht."

Er legte den Umschlag auf den einzigen freien Platz auf dem Couchtisch. Überall lag Müll herum, aber wen interessierte das? Es war ja nicht so, als hätte sie eine Putzfrau. Er vielleicht. Immerhin war er Hotelbesitzer, da hatte er eine ganze Flotte aus Hausmädchen.

„Ist es Ihnen recht, wenn ich mich im Haus umsehe?"

„Da gibt es nicht viel zu sehen – aber ja, sicher."

Nachdem er das Zimmer mit diesem lässigen, selbstbewussten Gang verlassen hatte, gab Jill ein Summen von sich. „Er mag dich."

Peggy legte sich eine Hand auf die Stirn. Diese fühlte sich noch immer fiebrig an. „Nein. Ich habe eine Waffe auf ihn gerichtet – besser gesagt, einen Stock. Das hat ihn beeindruckt."

„Das glaube ich nicht. Warum nennst du ihn nicht Mac?", wollte Jill ganz unschuldig wissen. „Maven klingt *sehr* förmlich, Peg."

Auf gar keinen Fall. „Nei-in. Erzähl mir von Brian und dir." Selbst in ihren Ohren klang ihre Stimme entsetzlich. Als wenn sie eine Handpuppe in der Kehle stecken hätte.

„Äh ..." Ihre Freundin beugte sich vor. „Wir ... ziehen zusammen", flüsterte sie.

„Das ist …“ Peggy schluckte ihren Kommentar hinunter. Noch hatten die Viren ihren gesunden Menschenverstand nicht komplett getilgt.

Jills Blick schoss zur Tür, doch Maven war noch außer Hörweite. „Ich weiß. Ich habe Brian gesagt, er muss mich erst überzeugen, dass er total in mich verliebt ist, bevor ich irgendwelche wichtigen Lebensentscheidungen treffe. Und er muss wissen, dass ich ihm vertraue und mit ihm zusammen sein will, ehe er seine trifft.“

Ihr Kopf schmerzte, als sie zu nicken versuchte. „Zusammenzuziehen ist überzeugend.“

„Und es besteht eine winzige Chance, dass ich schwanger bin.“ Bei ihrem Kreischen zuckte Peggy zusammen. „O Gott, warum wecken diese Worte in mir den Wunsch, zu schreien und meinen Kopf in den Sand zu stecken wie ein Strauß?“

Oh Scheiße, dachte Peggy. *Jetzt ergibt die Eile einen Sinn.* Ihr wurde schwindlig, sie schob es auf den Schock und ihre blöde Kraftlosigkeit. „Ich glaube nicht, dass Strauße schreien.“

„Wen kümmert das? Ich habe gesehen, wie diese Französin aus Brians Haus kam, und da bin ich durchgedreht. Die Sache wurde intimer, und … wir hatten uns nicht mehr unter Kontrolle. Selbst ein Tornado hätte uns nicht stoppen können. Ich weiß, im Nachhinein klingt das dumm, aber ich war so heiß auf ihn, dass ich mir eingeredet habe, ein einziges Mal ohne Kondom würde keine Rolle spielen. Die ganze Sache war intensiv und wundervoll, aber jetzt ist alles kompliziert.“ Jill brachte sie auf den neusten Stand, was Brians Affäre mit der französischen Tussi betraf. Die Worte sprudelten ihr schneller aus dem Mund als Wasser aus einem Schlauch. „Also habe ich zugestimmt, als Brian die verrückteste Idee auf dem Planeten vorgeschlagen hat.“

Als sie sich an die Stirn schlug, verzog Peggy das Gesicht. Das musste wehgetan haben.

Dann erzählte Jill ihr detailliert den Rest. Ihre ungezügelte

Energie entzog Peggy die Lebenskraft. Sie fühlte sich wie das Opfer eines Vampirs, dem das Leben ausgesaugt wird, und sackte auf dem Sofa zusammen, während sie versuchte, die Neuigkeiten zu verarbeiten.

Die ganze Zeit über hatte Jill eine Hand zur Faust geballt, jetzt lockerte sie den Griff und ließ Keiths Spielzeugrennwagen los. Er fiel zu Boden. „Was für ein Mist, hm?“

„Du machst das Beste, was du kannst. Mehr könnte keiner tun.“

„Du hast recht. Alles wird … was zur Hölle es auch immer ist.“

Peggy tätschelte Jill die Hand, ihre Sicht verschwamm und wurde wieder scharf.

„Du bist völlig fertig“, murmelte Jill. „Komm, bringen wir dich zurück ins Bett.“

„Das schaffe ich nicht“, flüsterte Peggy. Hinter ihren Augenlidern verschwammen die Farben. Sie rieb sich die kribbelnde Nase und wünschte, sie hätte ein Taschentuch.

Eine warme Hand legte sich auf ihren Rücken. Sofort erkannte sie die Hitze und die Größe. Maven. Sie wollte ihn wieder seinen Zauber wirken lassen. Als er sie an seinen festen Körper zog, stöhnte sie auf.

„Lassen Sie mich los“, protestierte sie.

„Auf keinen Fall.“

Er hob sie hoch, als wöge sie nichts. Mit äußerster Anstrengung öffnete sie ihre Augen ein Stück, um sein Gesicht zu sehen. Er sah zu ihr herunter, sein attraktives Gesicht war weich und voller Zärtlichkeit. Der Blick aus seinen leuchtend grünen Augen traf ihre Seele. Sie senkte die Lider wieder. Niemand sollte bis in ihre Seele blicken.

Noch immer war Mac warm, heiß sogar. Sein Körper war wie die Lüftung der Mikrowelle, an die sie sich immer lehnte, wenn sie Suppe erhitzte. Ein Teil von ihr wäre am liebsten in ihn hineingekrochen, um nicht mehr diesen Schüttelfrost zu haben.

„Ist schon okay, Peggy. Wir bringen dich ins Bett."

Jills Stimme klang ganz nah. Gut, sie war nicht allein mit Maven.

„Wann muss Keith abgeholt werden?", erkundigte sich Jill.

Als Maven sie aufs Bett legte, kuschelte sie den Kopf ins Kissen. „Tanner holt ihn ab", flüsterte sie.

„Dann bleibt er noch eine Weile bei Ihrem Bruder, damit Sie sich ausruhen können", versprach Maven und steckte die Enden der Bettdecke an ihren Schultern und Seiten fest. „Schlafen Sie jetzt, Peggy."

Die warme Hand strich ihr das Haar aus dem Gesicht. Dann ließ Peggy sich an einen Ort fallen, an dem ihr Name zusammen mit einem anderen gerufen wurde.

Mac.

Der süße Klang seines Namens durchzog ihren Körper.

Doch dann durchschnitt ihr Verstand die Wärme, die ihr Herz umgab. Sie musste einen Weg finden, um ihn aufzuhalten. Er bedrohte alles, was sie ausmachte.

27. Kapitel

Als Jill nach Hause kam, stand Brians Wagen auf der Straße vor ihrem Haus. Sie musste sich zwingen, das Lenkrad nicht zu umklammern. Es galt jetzt oder nie.

Prüfend betrachtete sie ihr Gesicht im Rückspiegel. Strich sich das Haar zurück. Ihr Magen hatte sich zusammengezogen, als sie die französische Tussi im Lauf des Tages über die Main Street hatte laufen sehen, ihre makellose Haut und der perfekte Körper hatten Jills alte Unsicherheiten wieder aufkommen lassen. Jill war nicht so hübsch wie diese Frau und würde es auch nie sein. Und ganz sicher hatte sie auch nicht deren Erfahrung.

Als sie die Tür öffnete und eine ganze Parade unbekannter Düfte aus der Küche sie empfing, fragte sie sich, ob sie heute Abend überhaupt etwas würde essen können.

„Hi", begrüßte Brian sie ein bisschen zu strahlend.

Okay, er war also auch nervös. Gott sei Dank. Dann blitzte noch ein anderes Signal in ihrem Hirn auf. Seine lässige Haltung in einem schlichten grauen Pullover zu Jeans ließ ihr das Wasser im Mund zusammenlaufen. Er war frisch rasiert, seine Wangen und das Kinn glatt. Großartig, heute Nacht würde kein Bart kratzen, wenn er mit dem Mund …

„Hi", gab sie fröhlich zurück wie eine demente Wetterfee. Dann ließ sie den Blick über den Eingangsbereich schweifen. „Wo ist Mutt?"

„Bei einem … Freund."

Sein Zögern ließ sie aufhorchen. Er wollte Petes Namen nicht nennen. Vielleicht auch besser so.

„Hast du Hunger?"

Noch immer befand sich ihr Magen auf einer Berg- und

Talfahrt – und daran war nicht der Hunger schuld. „Klar." Angesichts des aufgesetzt hellen Tonfalls ihrer Stimme bekam sie einen Würgereiz. Himmel, bald würde sie noch Zuckerwatte kotzen.

„Großartig." Ungelenk beugte er sich vor, um sie zu küssen. Doch er stieß nur gegen ihre Nase, weil sie sich genau in diesem Moment umdrehen und ihre Jacke aufhängen wollte. Sie stolperte ein paar Stufen hinunter, und der Schmerz schoss durch ihre Nebenhöhlen, als wenn jemand einen Nagel hindurchgestoßen hätte.

„Au!", heulte sie auf.

„Gott, tut mir leid. Lass mich mal sehen."

„Schon gut", versicherte sie ihm, obwohl das nicht der Wahrheit entsprach.

Als er ihr Gesicht zu sich drehen wollte, wich sie zurück. „Ernsthaft, alles okay."

Brian stieß einen Stoßseufzer aus, und ein verwirrter Ausdruck lag in seinen Augen. „Lass es uns noch mal versuchen." Er hielt den Blick auf sie geheftet, als er sich mit seinem Mund ihrer Wange näherte. „Hi. Wie war dein Tag?"

Hilfe! Sie war in der Serie *Erwachsen müsste man sein* aus den Fünfzigerjahren.

„Großartig", sagte sie wieder mit der gleichen gewollt fröhlichen Stimme. „Und deiner?" Machten die Leute das tatsächlich jeden Tag? Kein Wunder, dass sie vor dem Fernseher aßen. Wer konnte sich auf diese Art unterhalten?

Er nahm ihr die Jacke ab und hängte sie auf. „Es gibt etwas, das ich dir sagen muss, bevor wir hiermit anfangen."

Die Art, wie er mit dem Fuß auftippte, erregte ihre Aufmerksamkeit. Angst, Angst und noch mehr Angst wütete in ihr wie ein Tropensturm. Sie hob die Hände. „Geht es um die Zukunft?"

Er nickte mit dem Kopf wie ein Wackeldackel auf einem Armaturenbrett im Auto. „Äh, so was in der Art."

„Ist es etwas, das mir nicht gefallen wird?"

„Vielleicht … nein … möglicherweise", erwiderte er und verschränkte die Arme. Sein gesamter Körper war angespannt.

„Schon klar." Sie folgte ihm ins Wohnzimmer. Als sie den Krempel von ihrem dunkelroten Couchtisch abräumte, begann ihr Herz zu pochen wie eine Bongotrommel. „Ich will es gar nicht hören."

Er griff nach ihren Händen, um Jill davon abzuhalten, die schwarzweiß gestreiften Untersetzer aufzuheben. Sie straffte sich. Die pure Angst in seiner Miene verstärkte sich noch.

„Du hast versprochen, das hier würde die Jill-und-Brian-Glasglocke", sagte sie.

Nachdem er ihre Hände losgelassen hatte, nahm er die Untersetzer und stapelte sie. Dann setzte er sich und klopfte auf den Platz neben sich. „Vielleicht sollten wir dieses eine Mal eine Ausnahme von der Regel machen. Für mich hat sich eine neue Option ergeben. In Dare."

„Schön für dich. Aber im Ernst." Statt sich zu setzen, schritt sie auf dem engen Raum neben ihrem Couchtisch auf und ab. „Entweder haben wir diese Regel oder nicht."

Brian verbarg den Kopf in den Händen. „Du bringst mich in diese Lage."

Alles, woran sie denken konnte, war *die Lage*, in die sie sich heute Nacht vermutlich begeben würden. Warum zum Teufel wurde von ihr erwartet, sich ihm hinzugeben, wenn es noch immer Hürden gab? Als wäre die Sirene Simca nicht genug. „Aber ich finde, gerade jetzt sollten wir es uns lieber nett machen. Ich halte es nicht aus, wenn wir es noch länger hinauszögern." Damit nahm sie ihren Poncho ab und enthüllte das seidene Shirt, das sie darunter trug.

Taumelnd erhob Brian sich vom Sofa und hielt sie davon ab, noch mehr Kleidungsstücke auszuziehen.

„Warte", rief er. „Nur einen verdammten Moment noch. Genau das ist auch beim ersten Mal passiert."

Sie wehrte sich. „Für mich war es okay, abgesehen davon, dass wir nicht verhütet haben. Ich schätze, in dieser Runde bekommen wir das hin."

„Jill, kannst du mich bitte mal ansehen?" Er beugte den Kopf zu ihr herunter und rieb die Nase zärtlich an ihrer Wange. „Wie können wir uns lieben, wenn du nicht einmal das schaffst?"

„Ich weiß nicht", gab sie zurück und atmete einen Hauch seines Aftershaves ein. „Dieses Mal ist es härter." *Verdammt, ich vergleiche mich noch immer mit deiner Ex.*

„Das ist es auf jeden Fall", stimmte er gedehnt zu, während er sie mit der Hüfte anstieß.

Sie sah ihn an. Er zog die Mundwinkel hoch. „Deshalb bist du abgelenkt."

Das machte ihn also an. Komisch, dabei war sie gar nicht so nah bei ihm. Sie boxte ihn gegen den Arm. „Das habe ich nicht gemeint."

„Ich weiß. Du willst mitgerissen werden. Du willst, dass die heiße, süße Leidenschaft die Entscheidung für dich trifft. Das haben wir schon ausprobiert. Gestern Abend hast du gesagt, du glaubst, dass wir eine bewusste Entscheidung treffen müssten. Was ist passiert?"

„Die Realität! Ich verstehe jetzt, warum Leute Sex auf dem Rücksitz eines Wagens haben." Währenddessen dachte sicher niemand an einen Ex-Was-auch-immer, darauf würde sie wetten.

Er gab ein schnaubendes Lachen von sich. „Das können wir später ausprobieren. Ich habe für dich gekocht. Jetzt werden wir essen. Entspannen. Uns Zeit lassen. Ich möchte es schön für dich machen, verstehst du?" Damit zog er sie mit sich in die Küche, bevor sie etwas dagegen sagen konnte.

Dampf quoll aus einem großen Topf und brachte den Duft von Pilzen und Knoblauch mit sich. Auf einem Schneidebrett lag knuspriges Baguette. Sie nahm einen Hauch von gebratenem Fleisch wahr. Nichts davon brachte ihre Geschmacksknospen in Versuchung.

Er drückte sie auf einen Stuhl und ging zum Herd. Der Tisch war ebenso romantisch gedeckt wie zu ihrem unterbrochenen Dinner vor einigen Tagen. Hellrosa Tausendschönchen ließen sie an Jemma denken. Vermutlich hatte Brian keine Ahnung, dass es deren Lieblingsblumen gewesen waren, Jill aber wusste es. Und Pete ebenfalls. Der Gedanke an ihre alte Freundschaft war mehr, als sie ertragen konnte.

„Was hattest du für diesen Moment geplant, als du beschlossen hast, mit mir zu schlafen?"

Für den Anfang hätte es mir gereicht, kein Bild von deiner Ex im Kopf zu haben. Sie hob den Blick vom Tisch. Brian lehnte an der Arbeitsplatte, im Hosenbund seiner Jeans steckte ein gelbes Geschirrtuch. Als würde er sich wie zu Hause fühlen.

„Das scheint Lichtjahre her zu sein."

Seine Lippen verzogen sich zu einem schmalen Strich. „Das macht meine Frage nicht weniger wichtig."

Sie spielte mit einer kunstvoll arrangierten blauen Serviette und dem silbernen Ring, der darübergestreift war. „Neue Wäsche, Duftkerzen. Musik." Ihre Wangen überzogen sich mit heißer Röte.

Mit einem Löffel in der Hand kam er auf sie zu, das Lächeln, das er ihr schenkte, traf sie mitten ins Herz. „Du hättest aber nicht etwas wie *Let's Get It On* von Marvin Gay aufgelegt, oder?" Er hob ihr Kinn. „Kein Lächeln? Okay, wie wär's mit *Just Shut Up, Shut Up* von den Black Eyed Peas?"

Mit schmalen Augen sah sie ihn an. Er machte sich lustig über sie!

„Nicht? Was hältst du von *Show Me Your Teeth* von Lady Gaga?"

Selbst ein Zahnarzt würde sich von dieser Vorstellung nicht anturnen lassen. Sie schüttelte den Kopf.

„Billy Ocean?“

In die Achtzigerjahre vorzudringen war die Grenze. Sie warf die Serviette nach ihm. „Ach, um Himmels willen. Lass das sein.“

„Nein.“ Er spannte die Arme an. „Sag mir, was falsch daran ist, es heute Abend langsam angehen zu lassen.“

Ihre Emotionen schossen hoch wie der Korken einer Sektflasche. „Das!“, schrie sie und machte eine ausholende Handbewegung durch den Raum. „Das alles ist ein Haufen Beiwerk, um mir das Gefühl von Sicherheit zu geben, obwohl ich in Wahrheit fürchterliche Angst habe.“ Zumindest das konnte sie zugeben.

Er zog sich einen Stuhl heran und setzte sich dicht neben sie. Dann fasste er ihre Hände. „Glaubst du wirklich, du wärst die Einzige, die Angst hat, Jill?“

„Ich wünschte, wir wären in einem Film aus der viktorianischen Zeit, wo die Frau unter die Decke schlüpft und der Mann zu ihr kommt, ihr Nachthemd hebt und es einfach tut.“

„Während sie die Augen schließt und an England denkt?“ Er ließ ihre Hände los und umfasste stattdessen ihre Wangen. „Jill, das willst du nicht. Du hast was vergessen. Ich erinnere mich, wie du warst, als wir uns zum ersten Mal geliebt haben.“

„Das war Wahnsinn. Ich hatte nicht nachgedacht. Ich …“

„Genau. Das ist der Grund, warum die ganze Sache außer Kontrolle gerät. Wir müssen entspannen und es zusammen genießen.“

Okay, sie wurde langsam heiß. Der Wirkung dieser blauen Augen konnte sie sich nie entziehen. Wenn er sie so ansah, konnte er nicht einmal im Entferntesten an Simca denken. Es war an der Zeit, ihm die Wahrheit zu sagen. Ehrlich zueinander zu sein war die einzige Art, wie sie weiterkommen konnten.

„Ich befürchte, dass ich dich enttäuschen werde.“ Sie senkte den Blick und zog an den kleinen Fäden seines Pullovers mit

V-Ausschnitt. „Ich kann nicht aufhören, an deine Ex zu denken."

„Lass es sein", befahl Brian ihr, zog sie in seine Arme und wiegte sich mit ihr hin und her. „Ich will nicht, dass du an sie denkst." Er schob sie zurück, sodass sie einander in die Augen sahen. „Hast du eine Vorstellung davon, was ich sehe, wenn ich dich anschaue? Ich sehe feuerrotes Haar, das mich an die Pappeln im Herbst erinnert, weiße Haut wie geschlagene Sahne, Beine, die meilenweit laufen, und dann diese Augen. Damit durchschaust du mich, Jill. Jedes Mal." Sein sanfter Blick ließ ihr Herz dahinschmelzen. „Du bist wunderschön."

Ihre Kehle wurde eng. „Danke."

Er trat einen Schritt zurück, zog ihre Hand an seine Lippen und drückte einen Kuss darauf. „Das mit uns wird gut werden, Jillie. Besser als gut." Dann lächelte er mit höflicher Nonchalance. „Habe ich dir nicht versprochen, dich so zu erregen, dass du alles andere vergisst?"

Die Wärme wurde zur siedenden Hitze. Alles in ihr zog sich zusammen, und sie lehnte sich enger an seinen Körper. „Ja, das hast du."

Er zog einen hölzernen Kochlöffel aus seiner Gesäßtasche. „Das ist Bambus, der splittert nicht. Damit will ich dich heute Nacht am ganzen Körper verwöhnen, Jill. Du wirst meinen Namen laut herausschreien, bis du so heiser bist, dass du nicht mehr reden kannst."

Sie stieß den Atem aus. Schock, Erregung und Lust vermengten sich in ihrem Magen zu einem Feuerball.

Mit einer langsamen, neckenden Geste ließ Brian den Löffel über ihren Nacken gleiten. „Seit mehr als zehn Jahren träume ich von dir. Da haben sich eine Menge Ideen angesammelt."

Hatte sie jemals gedacht, Bambus wäre langweilig? Sie würde ganze Felder damit bepflanzen – irgendwo. Und mehr Kochlöffel herstellen. In allen Größen. Sie schlang ihre Arme um seinen Hals. „Seit so vielen Jahren? Warst du etwa ein Wunderkind?“

„Außerdem habe ich etwas mitgebracht, von dem ich glaube, dass es dir gefallen könnte.“

Als er sich von ihr löste, kehrte ein Hauch von Panik zurück. *Er steht doch nicht auf irgendwas Perverses, oder?* Sie glaubte nicht, dass sie heute Nacht zu so etwas in der Lage wäre, wenn überhaupt jemals.

Aber da er den Kühlschrank öffnete, konnte es wohl kaum so schlimm sein. Er präsentierte ihr eine kunstvoll wirkende Flasche. „Das ist belgisches Bier, es hat einen Korken wie Champagner. Ziemlich einzigartig. Wie du.“

Als er zwei Bierkrüge aus ihrem Schrank nahm, schenkte er ihr ein Lächeln – dieses Lächeln, das sie in all den Jahren, in denen er fort war, so sehr vermisst hatte.

„Zünde die Kerzen an, Jill. Lass uns eine Nacht verbringen, an die wir uns immer erinnern werden.“

28. Kapitel

Sobald Jill aus der Küche ging, öffnete Brian den Gefrierschrank. Er steckte den Kopf ganz hinein und ließ sich von der arktischen Luft einhüllen wie im Nebel. Verdammt, er könnte jetzt einen Kühlraum gut gebrauchen. Sein Kopf war nicht der Körperteil, der eine kühle Brise brauchte.

Er musste es in den Griff bekommen. Sie war launisch. Das war verständlich, aber, Himmel, wie sollte er es schaffen, dass sie seinen Namen schrie, wenn er kaum durch die Küche laufen konnte, ohne zusammenzuzucken. Es sei *härter* als letztes Mal, hatte sie gesagt.

Sie hatte ja keine Ahnung.

Er wartete, bis seine Augenlider nicht mehr zuckten, dann trat er zurück. *Geh es langsam an. Bring sie dazu, sich zu entspannen. Verdammt, entspann dich selbst.* An diesem Punkt fragte er sich, ob sie heiß genug werden würde, um zu kommen. Ihre Nerven und die Angst hatten ihren Mund schon ganz verkniffen werden lassen.

Heute Nacht musste für die ganze *Können-wir-es-schaffen*-Sache der Grundstein gelegt werden. Er konnte sich nicht erinnern, jemals sexuell so unter Druck gestanden zu haben. Na ja, vielleicht ein wenig. Um zu gefallen. Etwas zu leisten. Aber noch nie zuvor hatte seine gesamte Zukunft auf dem Spiel gestanden.

Er gab die Suppe mit der Schöpfkelle in die tiefen Teller und trug diese zum Tisch. Die Würstchen sahen gut aus, davon überzeugte er sich mit einem Blick in den Ofen. Als er mit der Gabel hineinstach, lief der Fleischsaft heraus.

Als Jill wieder hereinkam, hatte er nicht den Mut, ihr zu

sagen, dass sie rote Flecken am Hals hatte. Er wandte sich wieder den Würstchen zu und befand, dass sie wie ein schlechter Scherz waren. Warum hatte er nicht etwas gekauft, das nicht an einen Schwanz erinnerte? Wie Schweinelendchen. Verdammt, selbst in diesem Wort waren die Lenden versteckt. Warum war ihm noch nie aufgefallen, wie sexuell Fleisch war? Beine. Brüste. Lenden. Wenn man jetzt noch die Schenkel dazugab, hatte man *Lady Chatterleys Liebhaber*.

Sie tauchte neben ihm auf. „Kann ich dir helfen?" Ihr Blick huschte über die Würstchen. Die roten Flecken wurden stärker. „Möchtest du, dass ich … das … schon zum Tisch bringe?"

Tja, sie dachte dasselbe wie er. Heiße, saftige Würstchen. Freud sagte, es gebe keine Zufälle. Sein Unterbewusstsein musste heute seinen großen Tag haben – er hatte mehr als genug gemacht.

„Gern", brachte er heraus und vermied es, sich zu räuspern, während er das Fleisch auf die Platte legte. „Ich hab schon die Suppe serviert."

Ihre Hände zuckten kurz, und die Würstchen verrutschten ein wenig. Er streckte die Hand nach der Platte aus, um ein Desaster zu vermeiden. Ihr Lachen war beinahe hysterisch. „Das wäre alles andere als super geworden. So viele Würstchen überall auf dem Fußboden verteilt."

Mit für sie untypischer Präzision stellte sie die Platte ab. Er nahm das Schneidebrett und das Messer und setzte sich ihr gegenüber. Als er das Bier einschenkte, schien Jill den Blick nicht von den Würstchen abwenden zu können.

„Jill, dein Bier", sagte er, als sie nicht nach dem Glas griff.

„Richtig", murmelte sie und wandte den Blick hastig ab, als wäre sie dabei ertappt worden, wie sie sich etwas Unanständiges angesehen hätte. Die roten Flecken erinnerten mittlerweile an Sonnenbrand.

„Auf uns", sagte er und erhob sein Glas.

Sie stieß etwas zu hart an und hätte beinahe ihr Bier verschüttet. „Das Bier ist gut“, lobte sie und konzentrierte sich dann so intensiv auf die Suppe, dass er sicher war, sie würde versuchen, den Anblick der heißen, dampfenden Würstchen zwischen ihnen zu vermeiden. Die Kerzen flackerten in der unangenehmen Stille. Er schob ihr die Platte hinüber, doch er vermied die Frage *Möchtest du ein Würstchen*? Ganz eindeutig hatte er den ersten Preis des Jahres für die idiotischste Vorspeisenwahl gewonnen. Das könnte eine neue Kategorie beim James Beard Award werden.

Weiterhin mied sie die Würstchen und griff stattdessen so hastig nach einem Stück Brot, als wäre sie ein Passagier auf der Titanic, der sich auf eine Rettungsweste stürzt. Dann verbrachte sie weitaus mehr Zeit als nötig damit, Butter darauf zu streichen, ehe sie daran knabberte. „Es schmeckt alles ausgesprochen gut.“

Alles war Mist. Er konnte es auch genauso gut aussprechen. „Also, die Würstchen waren eine schlechte Wahl.“

Sofort sah sie ihn mit ihren blattgrünen Augen an. „Hast du versucht, mir eine geheime Nachricht zukommen zu lassen?“

„Himmel“, erwiderte er, während er die Servierplatte vom Tisch nahm. „Nicht bewusst.“

Schwer atmete sie aus. „Gut. Ich dachte schon, es wäre eine Art seltsames Vorspiel für Feinschmecker.“

Er konnte das Lachen nicht mehr zurückhalten. Die Situation war einfach zu idiotisch. „Vorspiel für Feinschmecker? O Gott, das ist gut.“

„Na ja, ich meine, ich habe von Desserts gehört, von Austern, so etwas.“ Jill verhaspelte sich. „Und dann habe ich diese Würstchen gesehen. Es hätte nicht eindeutiger sein können. Obwohl sie angefangen haben, unter ihrer Haut zu schrumpeln, als sie abgekühlt sind. Ist dir das aufgefallen?“

Noch immer lachte Brian. „Um Himmels willen. Das ist so peinlich. Ich konnte dich nicht einmal fragen, ob du eines wolltest. Ich war zu verlegen.“

Als sie in seinen hysterischen Lachanfall einfiel, kehrte er zum Tisch zurück.

„Ich habe mich gefühlt, als wäre ich in der siebten Klasse. Erinnerst du dich, wie wir immer gekichert haben, sobald Mrs. Kelly in Biologie das Wort Penis aussprach?"

Seine Schultern bebten. „Das lag nicht so sehr an dem Wort, sondern vielmehr an ihrem Lispeln. Peh-nif. Wir haben uns fast nassgemacht. Pete hat sich die dümmsten Fragen ausgedacht, nur um sie dazu zu bringen, es noch einmal auszusprechen. Oh, Gott."

„Mein Bauch tut weh vom vielen Lachen", sagte Jill und wischte sich über die Augen. „Zumindest stecken im Brot und in der Suppe keine versteckten Botschaften."

Brian legte sich einen Finger auf die Lippen. „Nein, ich habe keine."

„Ich auch nicht. Unter diesen Umständen konnte ich kaum etwas essen." Ein überfallartiger Schluckauf ließ ihre Augen hervortreten. „Oh nein, ich habe einen Hickhack."

„Einen was?", fragte Brian, der gerade auf dem Weg zur Spüle war.

„Hol mir bloß keine Papiertüte, wie … hick … Mrs. Barret in der vierten Klasse. Sie hat mir immer so eine Tüte gebracht, damit ich da hineinatme", warnte sie ihn. „Schluckauf."

„Du sahst süß damit aus, Rotschopf." Brian kehrte mit einem Glas Wasser zurück. „Ich weiß nicht, warum das lustig ist, aber es ist so. Erst die Würstchen. Jetzt der Schluckauf. Was kommt als Nächstes?"

Ein weiterer explosionsartiger Schluckauf folgte, und Jill griff nach dem Wasserglas. „Bettwanzen?"

„Himmel, wir sind ein Paar! So viel zum Thema Romantik."

Nachdem sie das Wasser ausgetrunken hatte, presste Jill die Hand auf den Bauch. „Großartig. Jetzt werde ich gleich überschwappen. Bitte lass es … hick."

Er zog sie auf seinen Schoß. „Lass uns mal ausprobieren, ob wir ein neues Heilmittel dagegen finden."

Als er seinen Mund auf ihren presste, gab sie sich ihm völlig hin. Sie schlang ihm die Arme um den Nacken. Fuhr ihm mit den Händen durchs Haar. Murmelte etwas mit rauer Stimme an seinen Lippen.

„Dieses Mittel gefällt mir", meinte sie, als er seine Lippen an ihrem Hals kreisen ließ. „Hick. Mist!"

„Ganz offensichtlich brauchst du eine stärkere Dosis."

Er nahm ihr Ohrläppchen zwischen die Zähne und zog sanft daran. Ihr stoßartiger Atem wärmte seinen Nacken. „Weißt du, ich habe immer gedacht, die Leute wären … hick … verrückt, wenn sie behauptet haben, es sei heiß. Diese Sache mit dem Ohr."

Die feine Linie ihres Nackens faszinierte ihn, deshalb spürte er dieser mit der Zunge nach. „Echt?"

Sie schob ihre Finger in sein Haar. „Jepp. Mach das noch mal. Hick. Gott, das ist mir so peinlich. Du versuchst hier, mich zu verführen, und ich hickse die ganze Zeit herum." Ein weiterer Schluckauf folgte.

Dröhnend breitete sich ein Lachen in seinem Brustkorb aus. „Zumindest bleibst du im Takt."

„Allerdings", stimmte sie zu und kuschelte sich auf seinen Schoß.

Er nahm die Hinweise auf ihre Erregung wahr. Die Flecken an ihrem Hals verblassten. Ihre grünen Augen ließen die Welt heller erscheinen. „Vielleicht haben wir uns auf die falsche Sache konzentriert." Er berührte ihre Lippen für einen schnellen Kuss. „Das sind wir, Jill. Wir lachen über dumme Anspielungen über Würstchen, und du sitzt mit einem Schluckauf auf meinem Schoß."

„Aber das ist so … freundschaftlich."

Die weiße Haut an ihrem Hals war zu verführerisch. Er platzierte Küsse von einer Seite zur anderen. „Ist das schlimm?"

„Nein, es ist nur nicht … das Knistern, das wir meiner Meinung nach brauchen."

Es würde ihm ein Vergnügen sein, sie vom Gegenteil zu überzeugen. „Dann lass uns den Löffel holen. Ich werde dir zeigen, was zwischen uns ist."

Plötzlich zeigte sich ihre ganze Verletzlichkeit. Sie umklammerte seine Unterarme. „Vergiss erst einmal die Requisiten, Brian. Zeig es mir einfach."

Er hob sie auf seine Arme und steuerte auf das Schlafzimmer zu. „Gut, aber die Kerzen lassen wir brennen. Ich möchte deine Haut im Kerzenschein betrachten."

Während er sie durch den Flur trug, eroberte er wieder ihre Lippen. Als er in ihrem Schlafzimmer angekommen war, kitzelte ihn der starke Geruch von Moschus in der Nase.

Sein ganzer Körper war bereit. Für diese Frau. Diesen Duft. Dieses Licht.

Er wollte Jill verschlingen.

Nichts bedeutete ihm mehr als sie.

Als er sie aufs Bett legte, verschränkte sie ihre Finger hinter seinem Hals, um sicherzustellen, dass er nicht fortging.

„So, wo ist die Spitzenwäsche?", flüsterte er an ihrem Hals.

„Im Bad", gab sie zurück und hoffte, er werde sie nicht bitten, sie ihm vorzuführen.

„Ich kann hören, wie dein Kopf arbeitet", sagte Brian und küsste sie auf den Mund. „Bin gleich zurück."

Er schoss vom Bett, in dem weichen Licht wirkte er geschmeidig und männlich. Wer sagte, dass nur Frauen im Kerzenlicht besser aussahen? Jill rollte sich auf die Seite und wartete auf ihn. Flach auf dem Rücken zu liegen war irgendwie seltsam, wenn er nicht auf ihr lag. Mit der grünen Seide in der Hand kam er hereingeschlendert.

„Das gefällt mir", sagte er und glitt zurück aufs Bett. „Was hältst du davon, wenn ich dich ausziehe, dir das hier anziehe und dich dann noch einmal ausziehe?"

„Viel zu kompliziert." Sie streckte die Hand nach seinem Pullover aus. „Ich kann es später tragen."

Er half ihr dabei, als sie ihm den Pullover auszog. „Es würde nicht lange dauern, Jill."

Seine glatte Haut erforderte all ihre Aufmerksamkeit. In wohldefinierten Strängen zogen sich seine Muskeln über seine Schultern und Arme. Die Brustmuskulatur hätte aus Stein gehauen sein können. Zögernd streckte sie eine Hand aus, um seine wie gemeißelt wirkenden Bauchmuskeln zu berühren.

„Du benimmst dich, als hättest du nie zuvor meine Brust gesehen."

Welche Rolle spielte es, dass er amüsiert klang? „Vielleicht liegt es daran, dass ich mich tatsächlich darauf konzentrieren kann, ohne …" Sie hielt kurz inne. Wie viel sollte sie preisgeben?

Er schob ihre Hände beiseite und zog ihr die Bluse aus. „Erzähl weiter."

Während er mit den Händen über ihren pinkfarbenen Spitzen-BH fuhr, rückte sie näher. „Nun, als wir nur Freunde waren, ist es mir schwergefallen, dich nicht anzugaffen. Und letztens war ich diejenige ohne Bluse, weil du versucht hast, dich unter Kontrolle zu halten. Ich habe deine Brust wirklich noch nie so gesehen." Sie machte eine umfassende Geste.

„Gefällt dir, was du siehst?", murmelte er, während er mit dem Daumen über die Ränder der Spitze fuhr. „Bei mir ist es jedenfalls so."

Sie legte eine Handfläche auf seine Brustmuskeln und spürte den schnellen Herzschlag unter ihren Fingern. Plötzlich wurde alles real. Etwas Neues – und Uraltes – bewegte sich in ihrem Innern. Hier war sie, mit Brian, der Liebe ihres Lebens. Eine ungeahnte Gelassenheit überkam sie. Erinnerungen daran, wie es mit ihm gewesen war, gesellten sich zu der Leidenschaft, die sie jetzt empfand.

„Ich liebe dich“, flüsterte sie in dem Bedürfnis, es ihm genau in diesem Augenblick zu sagen.

Seine Finger, mit denen er ihren BH aufhakte, erstarrten. Sein Blick schnellte hoch, und das erlaubte ihr, Brian direkt in die Seele zu blicken. Den Jungen zu sehen. Den Mann. Den Menschen. Seine Triumphe. Seine Fehler. Die Suche.

Was auch immer es noch auf der Welt gab, er gehörte zu ihr. Und sie würde immer sein bleiben.

Er barg ihren Nacken in seiner warmen Handfläche und hielt ihren Blick. „Ich liebe dich auch.“

Die Gefühle überwältigten sie. So, dachte sie, genau so soll es sein.

Sie bewegten sich mit einer neuen Leichtigkeit. Die Nervosität verblasste, und die Wärme entwickelte sich zur Hitze, als ihre Lippen sich trafen und die Leidenschaft sie beide mitriss.

Er streifte ihr den BH ab, und als er ihre Brüste nacheinander mit dem Mund liebkoste, bog sie sich ihm in dem Verlangen entgegen, mehr zu bekommen, mehr zu geben.

Wie hatte sie nur an sich selbst zweifeln können? Eine innere Gewissheit nahm Gestalt an. Instinktiv wusste sie, wie sie mit ihren Händen über seine Haut streichen musste. Als sie nach seiner Jeans griff, geschah es ohne Zögern. Keinerlei Peinlichkeit kam auf, als er seine Hüften kurz bewegte und ihre Hand darauflegte. Sein Stöhnen war eine Symphonie für ihre Ohren. Der Reißverschluss machte seinen Weg nach unten, während es ganz still im Zimmer war. Sie half ihm aus seiner Hose, bis er nackt war, und sie war dankbar dafür zu leben.

Es schien die natürlichste Sache der Welt zu sein, ihn zu berühren, zu streicheln, während er sie beobachtete.

„Ich will alles von dir sehen“, murmelte er schließlich und streckte die Hand nach ihrem Rock aus.

Als sie beide nackt waren, ließ er seine Hände über ihre Brust und zwischen ihre Beine gleiten, dann weiter an ihren

Schenkeln entlang bis zu den Knien. „Gott“, stieß er hervor. „Sieh dir diese Beine an. Darauf war ich schon die ganze Zeit gespannt. Letztes Mal hatte ich keine Zeit, sie wirklich zu betrachten. Habe ich nicht gesagt, du bist wunderschön?“

Ihr Bauch schien für seine Küsse geformt zu sein. Doch Brian hörte nicht dort auf. Ihre Oberschenkel schienen ihn zu rufen. Ebenso der Übergang vom Bein zur Hüfte. Seine Küsse wanderten zurück zu ihrem Oberkörper, den Brüsten, und dann setzte er den Weg fort, bis er ihren Mund fand. Sie öffnete sich ihm und ließ ihre Zunge mit seiner tanzen, während er ihr mit der Hand über das Bein strich und es zu sich heranzog. Es war ein völlig neues Gefühl, Bauch an Bauch zu liegen. Sie spannte alles an, bereit, sich auf alles einzulassen, was als Nächstes kommen mochte.

Irgendetwas Seidiges glitt über ihre Brüste. Als Brian sich von ihr löste, entdeckte sie das grüne Negligé in seinen Händen.

„Sieh mal, wie wunderschön es an deiner Haut aussieht. Zieh es für mich an, Jill.“

Der Seidenstoff schmiegte sich an ihren Körper und ließ sie wohlig erschauern. Spielerisch berührte Brian die Ränder des Stoffs an ihren Oberschenkeln, dann schob er ihre Beine auseinander.

„Öffne dich für mich. Ich muss dich berühren.“

Seine raue, beinahe heisere Stimme erinnerte sie daran, wie seine Berührung sich beim letzten Mal angefühlt hatte. Hitze überkam sie, und angesichts der Zärtlichkeit, mit der er ihre intimste Stelle berührte, bog sie den Rücken durch. Dann erhöhte er den Druck, streichelte Jill schneller, ehe er wieder zu sanfteren Liebkosungen zurückkehrte. Ihre Nippel wurden hart, und voller Verlangen nach mehr streckte sie sich in den Kissen aus. Ehe sie sich noch mehr für ihn öffnete, stöhnte sie heiser auf.

„Das ist mein Mädchen“, flüsterte er und spreizte sie weiter mit den Fingern.

Mit einem Finger drang er in sie ein, streichelte, kreiste und trieb die Hitze in die Höhe. Sie bewegte die Hüften, einmal, dann zweimal, während er tiefer eindrang. Hinein. Wieder hinaus. Alles trieb sie zu etwas Stärkerem, Kraftvollerem. Etwas, dem sie nicht widerstehen konnte.

Der Satin rutschte höher an ihren Schenkeln hinauf. Sie öffnete die Augen und sah, dass er das Negligé mit der Hand über ihren Bauch schob. Sein fiebriger Blick traf ihren. Er intensivierte seine Liebkosung in ihrem Innern und presste seinen warmen, geöffneten Mund auf ihren Bauch.

Die Empfindungen wurden so stark, dass sie die Augen schloss und die Hüften anhob. Mit einem langen, langsamen Stöhnen entrang sich Verlangen ihrer Kehle.

„Das ist es“, flüsterte er, während er die grüne Seide über ihre Brüste schob und mit dem Mund darüberstrich. Dieses Ziehen an ihrer Brust. Das Pulsieren ihres Blutes. Das Streicheln zwischen ihren Beinen. All das war zu viel. Alles schien sich zusammenzuziehen und vorwärts zu springen. Der Höhepunkt traf sie heftig und intensiv. Sie pulsierte an seiner Hand, mit der er ihre Lust noch anfachte, während er ihr Zärtliches zuflüsterte.

Keuchend befeuchtete sie ihre Lippen. Sie spürte, wie seine Hände sie verließen und die grüne Seide zärtlich über ihren Kopf zogen.

„Gott, du hast mir den Atem genommen.“

Die kehlige Note in seiner Stimme brachte sie dazu, die Augen aufzureißen. Er rückte ab. Eine Plastikverpackung wurde aufgerissen, und ihr wurde bewusst, dass es die Hülle eines Kondoms war.

„Ich brauche dich, Jill.“

Sie breitete die Arme aus. Er schmiegte sich an sie und bedeckte ihren Mund mit einem tiefen, innigen Kuss. Erneut packte sie die Leidenschaft. Er schob seine Hände unter ihren Po und hob sie an. Dann drang er langsam in sie ein.

Sie bewegte den Kopf ruckartig auf dem Kissen, unwillkürlich schloss sie die Augen. Seine Größe, seine Hitze, die Bewegung. So langsam. So bedacht. Alles in ihr loderte erneut auf. Als er sie ganz in Besitz genommen hatte, öffnete sie die Augen, wohl wissend, dass er auch sie ansah. Sie beide. Vereint.

„Beweg dich mit mir“, murmelte er, während er sich zurückzog, wieder in sie drang und wartete, bis sie sich der Bewegung, dem Eindringen angepasst hatte.

Innerhalb kürzester Zeit verlor sie den Verstand. Leidenschaft durchflutete sie, und sie schlang die Beine um seine Taille. Er übernahm die Führung, versank tief in ihr, stieß kraftvoll und überwältigend zu. Sie ließ die Hände über seinen verschwitzten Rücken gleiten und vergrub sie dann in seinem Haar.

Als sie daran zog, stöhnte er auf, gab ihr alles, und sie öffnete sich noch mehr. Mit einem Stoß, von dem sie sicher war, dass er durch ihren ganzen Körper gehen musste, erreichte sie erneut den Höhepunkt. Er bäumte sich auf und sie erzitterte. Als er kam, riss er den Mund zu einem wilden Stöhnen auf und zuckte mit den Hüften.

Dann legte er sich auf sie, barg sein Gesicht an ihrem Hals, und sie versank in der Lust, überschwemmt von einer Welle rosafarbenen Lichts. Sie ließ sich an jenes Ufer treiben, das sie schon einmal mit ihm entdeckt hatte.

Wie im Nebel hörte sie auf sein Herz, seinen Atem und genoss ihre Vereinigung. Die Schönheit trieb ihr die Tränen in die Augen. Hoffnung – so fragil und kostbar wie eine Seifenblase – stieg in ihr auf.

Eine Zeit lang bewegte er sich nicht. Hielt sie nur fest.

Dann rollte er auf die Seite und glitt heraus. Als er aufstand, legte sie eine Hand unter die Wange und griff nach der Bettdecke, ohne die Augen zu öffnen. Das rosafarbene Licht wurde schwächer. Ganz sicher würde er zurückkehren.

Ehe es ihr bewusst war, hatte er sich wieder neben ihr ausgestreckt. Er streckte die Hände nach ihr aus und zog sie zu sich heran. Sie streichelte seine Brust. Gott, endlich, war alles, was sie denken konnte.

Sie waren durch.

Zum Teufel, mehr als nur durch.

Drauf, drunter, drüber …

Das Lied *Over the river and through the woods* kam ihr in den Sinn. Als sie die Strophe in Gedanken bis zum Haus der Großmutter aufgesagt hatte, brach sie ab. Daran würde sie jetzt auf keinen Fall denken.

Seufzend atmete sie aus und gab dabei einen kaum hörbaren Ton von sich – von jetzt an würde sie daran als ein Liebe-mich-Seufzen denken.

„Glücklich?“, murmelte er und küsste ihren Scheitel.

„Hm-hmm.“ Sie konnte jetzt keine vollständigen Worte aussprechen. Es fühlte sich unglaublich an, auf den Wellen der Leidenschaft dahinzugleiten. Besser als ein Espresso am Morgen nach einer durchgemachten Nacht. Besser als Skilaufen im ersten Schnee des Winters …

„Ich auch.“

So blieben sie eine ganze Weile liegen, still, während ihre Körper sich abkühlten. Als die Stimmung sie überkam, streichelte sie ihn weiter, und er tat es ihr gleich.

Ihr wurde klar, dass sie seit Jahren nicht mehr so viel Zeit miteinander verbracht hatten, ohne zu reden. Es war perfekt.

Als sie sicher war, sie könnte die Augen endlich ohne die Hilfe eines Gabelstaplers offen halten, ließ sie den Blick über dieses ungewohnte Bild schweifen. Nackt. Brians Finger, die über ihren Bauch tanzten. Die Bettdecke um seine Hüften geschlungen. Die goldene Haut, die nach ihrer Berührung rief. Die brennenden Kerzen. Sie atmete tief durch und inhalierte die Mischung von Moschus, Schweiß und Duftkerzen.

Am liebsten hätte sie die Hände zum Himmel gestreckt und

ein Halleluja ausgestoßen, aber das schien ihr frevlerisch. Sie beschloss, dass es ihr egal war, dennoch entschied sie sich für etwas anderes.

„Endlich!"

Sein leises, kehliges Lachen erreichte ihr Ohr. „Genau." Er hob ihr Kinn. „Muss ich noch fragen?"

Sie konnte sich ein Lächeln nicht verkneifen, als sie sein feuchtes Haar, die geschwollenen Lippen sah. „Was?"

„Ob du es genossen hast?"

Sie sahen einander an und grinsten dämlich. Sie konnte nicht anders. Und er offensichtlich auch nicht. Es war, als hätten sie Klebstoff geschnüffelt oder so etwas.

„Wir müssen es unbedingt noch einmal machen – nur um sicherzugehen, dass es kein One-Night-Stand war."

Er schnaubte. „Und was ist mit dem letzten Mal?"

„Das war Unzurechnungsfähigkeit. Stürmische Unzurechnungsfähigkeit", korrigierte sie, als seine Augen schmal wurden. „Dies jetzt war …"

„Das perfekte Nachspiel nach Würstchen und Schluckauf?"

„Erinnere mich nicht daran", sagte sie schmollend und boxte ihn leicht.

„Vielleicht bekommen wir jetzt ein Essen hin, nachdem der Druck nicht mehr da ist. Ich verhungere." Er küsste sie auf den Mund und rollte sich aus dem Bett.

Sie betrachtete ihn, als er in ihr Bad ging. Gott, er hatte einen fantastischen Po. Zum Teufel, seine gesamte Rückansicht war ziemlich überwältigend.

„Dreh dich um", rief sie und fing an, es zu genießen. Jillian Marie Hale hatte einen Liebhaber. Hah! „Ich will sehen, ob deine Vorderseite so schön ist wie die Rückseite."

Er brach in Lachen aus. „Du willst nur mein Würstchen sehen."

Sie warf ein Kissen nach ihm. „Tja, deine Würstchen werden jetzt wohl kalt sein. Möchtest du, dass ich sie für dich aufwärme?“

Er drehte sich um und raubte ihr damit den Atem. Er konfrontierte sie mit ihrem eigenen Wunsch. Als er eine Augenbraue hob, lächelte sie breit.

„Jepp, genauso schön wie der Rücken.“

„Ich bin froh, dass du das so siehst.“ Als er einen dunkelblauen Frotteebademantel aus ihrem Bad holte, war sie einen Augenblick lang verwirrt. Dann sah sie genauer hin und entdeckte noch mehr seiner Sachen direkt neben ihren. Als sie sich im Zimmer umschaute, bemerkte sie, dass dort weitere Zeichen von ihm waren. Ein Paar Boots. Sein Portemonnaie auf ihrer Kommode. Er war tatsächlich eingezogen. Das war schon irgendwie seltsam.

„Du denkst nicht mehr über mein Würstchen nach“, stellte er fest und lenkte damit ihre Aufmerksamkeit wieder auf sich.

Während er den Bademantel anzog, ließ er sie nicht aus den Augen. Sie konnte ihn förmlich sagen hören, sie solle sich eine Minute Zeit gönnen. Um sich daran zu gewöhnen, dass er in ihrem Umfeld war. Um sich zu beruhigen.

Ganz eindeutig hatte der Sex ihrer beider Fähigkeit verbessert, die Gedanken des anderen zu lesen.

„Also, wenn du die Würstchen wieder aufwärmst, empfiehlst du dann eher leckere Hotdogs, oder willst du sie in kleine, feine Stücke schneiden?“ Sie unterstrich ihre Worte mit einer entsprechenden Handbewegung.

Er knotete den Bademantel zu. „Tja, ich wäre für Hotdogs.“

Sprachen sie wirklich noch übers Essen? „Gut, dann wärm sie für uns auf.“ Sie wartete darauf, dass er ging. Als er sich stattdessen an die Wand lehnte, sah sie ihn fragend an.

„Wenn du denkst, ich würde einfach rausgehen, ohne dich zu betrachten, wie du dich komplett nackt auf mich zubewegst, dann hast du dich geirrt. Darüber fantasiere ich seit Jahren.“

Ihr Magen machte einen Satz. „Du bist echt ein kranker Mann.“

„Jepp.“ Er hielt Jill ihren Bademantel hin. „Du kannst ihn haben, wenn du zu Papa kommst.“

„Wenn du das noch einmal sagst, schieße ich dich zum Mond.“ Sie nestelte an der Bettdecke. „Dafür bin ich noch nicht bereit.“

„Ich habe gerade jeden Zentimeter deines Körpers geküsst … na ja, vielleicht habe ich ein paar Stellen übersehen, um die ich mich später kümmern muss.“

Unwillkürlich spannten sich ihre Schenkel an.

„Das ist ein Teil vom Ganzen. Spring ins tiefe Wasser, Rotschopf. Zeig, was du kannst.“

Sie straffte die Schultern und schob sich aus dem Bett. Ihre Haltung war so elegant wie die eines Schwans. Mit einem einzigen Blick betrachtete er ihren Körper. Es war einfach, ihm den Bademantel aus der Hand zu nehmen. Er hatte nur Augen für sie.

„Wirst du jetzt diese Würstchen aufwärmen, oder was?“, fragte sie, während sie den Gürtel band.

„Sie sind schon heiß“, erklärte er und zog sie zurück zum Bett. „Und außerdem habe ich jetzt Hunger auf etwas ganz anderes.“

Als er seinen Mund auf ihren presste, streckte sie die Arme aus.

So also fühlte es sich an, begehrt zu werden. Es war völlig egal, ob man tagelang nur von Lust und Sex lebte. Sie freute sich über die Sexhunger-Diät.

Endlich!

Jillian Marie Hale war angekommen.

29. Kapitel

Als der Wecker *All Night Long* plärrte, streckte Jill sich im Bett. Gott, war sie müde. Mit geschlossenen Augen streckte sie die Hand aus, um den Sturmangriff zu stoppen. Mit der Hand ertastete sie einen fremden Körper. Sie schrie auf.

„Himmel“, murmelte Brian und legte sich das Kissen über das Gesicht. „Du verstehst es wirklich, morgens aufzuwachen.“

In ihrem vernebelten Geist lebten die Erinnerungen wieder auf. Schweiß, Haut, verknäuelte Bettlaken, der Kochlöffel – und eine Entspannung, die selbst Yoga nicht erreichte.

Sie hatten ihre Hände nicht voneinander lassen können. Es war wie eine verrückte Sexorgie für zwei gewesen, nur der Faun mit der Flöte hatte gefehlt. Die Jahre des Begehrens hatten sich in Stunden ungehinderter Leidenschaft und Erlösung verwandelt.

Verdammt, am liebsten würde sie sich heute krankmelden. Wenn es nicht wegen Mac wäre, würde sie sich jetzt an Brian kuscheln und ihn auf eine Weise wecken, von der sie bisher nur geträumt hatte. Mund, Hände, Zunge. Himmel, sie war jetzt schon heiß.

Brian hatte sich die Bettdecke um die Taille geschlungen, und so nahm Jill sich eine Minute, um ihn bewundernd anzusehen. Mannomann, massenhaft verlockende Haut und Muskeln. Und er gehörte endlich ihr. Sie streckte eine Hand aus und strich über seine Brust, dann schmiegte sie sich an ihn und passte ihre Körperhaltung seiner an.

„Guten Morgen“, sagte sie betont fröhlich, denn sie wusste, das Glücksgefühl würde ihr helfen, schneller wach zu werden als sonst.

„Du schnarchst leise." Ohne die Augen zu öffnen, schlang er ihr einen Arm um die Taille. „Das ist süß."

„Ich war erschöpft." Gott, sie schnarchte? War das nicht das Vorrecht von Männern?

Seine Bartstoppeln kratzten, als sie sich vorbeugte und ihn lange küsste. Sie vermied es, über morgendlichen Mundgeruch nachzudenken. Sie hatten ihn beide. Damit würden sie klarkommen.

„Geh nicht. Du hast doch kaum drei Stunden die Augen zugemacht."

Sie schnupperte an seinem Hals und straffte die Schultern, um nicht dem Verlangen nachzugeben, sich Haut an Haut an ihn zu schmiegen. „Viel zu tun."

„Ich möchte Morgensex mit dir", murmelte er.

„Du schläfst doch noch fast." Innerlich hätte sie vor Entzücken am liebsten einen Purzelbaum geschlagen. Morgensex. Yeah! Noch ein Test.

Er zog ihre Hüfte an seine und bewegte sich wellenförmig. „Nicht alles an mir."

Innerlich schmolz sie dahin, und sie war ziemlich sicher, dass sich ihre Zehenspitzen zusammenrollten. Doch ihr verdammtes Pflichtbewusstsein ließ sie auf die Uhr sehen. Das müsste schon ein Quickie werden. Wollte sie sich wirklich darauf einlassen?

Aber sicher doch! Sie ließ ihn ein.

Sie war wund, doch er machte es langsam, noch völlig verschlafen und träge. Sein Körper war warm und entspannt, als er sie zum Höhepunkt brachte und selbst kam.

Zu gern hätte sie den Nachhall genossen, doch stattdessen zwang sie sich aufzustehen. Sie hatte einen Ruf zu verlieren. Mac erschien ihr nicht wie jemand, der gern wartete. Außerdem, was wollte sie ihm sagen? Sie sei so lange gevögelt worden, bis sie zu wund war, als dass sie sich hätte bewegen können, zählte sicherlich nicht als Entschuldigung.

Sie sang unter der Dusche. War in Rekordzeit fertig. Als sie die Badezimmertür öffnete, wurde sie von Rauchschwaden empfangen. Brian lag nicht mehr im Bett.

Der betörende Duft von Speck lockte sie in die Küche. Brian trug Boxershorts und legte gerade dick geschnittenen Speck auf ein Küchenkrepp. So viel zu einem gefährlichen Outfit.

Sie schlang ihre Arme um seine Mitte. „Du stehst nie so früh auf. Und du kochst für mich?“

„Behaupte niemals, ich würde dich nicht gut behandeln“, gab er zurück und schaufelte den Speck auf das aufgetoastete Baguette vom Abend zuvor. Dann legte er ein brutzelndes Ei darüber und bedeckte alles mit Cheddar. „Ich dachte, du solltest noch schnell etwas essen.“

Noch einmal küsste sie seinen Rücken und genoss einfach den Augenblick. Die ganze Nacht hatten sie großartigen Sex gehabt. Morgensex. Und jetzt Frühstück. Wer sagte, dass der Morgen danach eine Enttäuschung war? „Daran könnte ich mich gewöhnen.“

„Ja, ich glaube, keiner von uns macht sich Sorgen, dass dies besonders schwer wird.“

„Ich hätte mir im Café etwas zu essen besorgen können.“

„Das weiß ich“, erwiderte er schlicht. „Ich wollte dich versorgen.“ Er gab ihr einen flüchtigen Kuss. „Es gefällt mir, dich zu bekochen. Und jetzt solltest du besser gehen, bevor ich beschließe, dich noch länger aufzuhalten.“

Mit offenem Mund sah sie ihn an, dann blieb ihr Blick an der Ausbuchtung in seinem Schritt hängen. „Schon wieder? Was bist du? Eine Maschine?“

Er lachte leise und deutete auf die Tür. „Scheint so. Geh.“

„Die übrig gebliebenen Würstchen haben dich inspiriert, nicht wahr?“ Sie gab ihm einen letzten flüchtigen Kuss und zerzauste zu allem Überfluss sein Haar. „Bis später.“

In dem Bedürfnis, ihr herrliches Sexerlebnis zu teilen, sprach sie auf dem Weg zur Arbeit im Wagen mit Jemma. Sie erzählte ihr jedes Detail, so wie sie es gemacht hätte, wenn ihre Freundin noch leben würde. Als sie am Café ankam, musste sie sich die Tränen aus den Augen wischen.

Ihr Morgen mit Mac lief präzise wie ein Uhrwerk. Sie planten und skizzierten. Er tätigte Anrufe. Sie tätigte Anrufe. Sie steckten die Köpfe zusammen. Als sie nur noch ein paar Minuten bis zu einer Besprechung hatten, tauchte Meredith im *Don't Soy With Me* auf.

Sie begrüßte ein paar Einheimische, doch dann steuerte sie zielstrebig auf Jill zu. „Hallo", sagte Mere und umarmte ihre Schwester. „Du bist im Moment offensichtlich eine viel beschäftigte Frau."

Die Stichelei ließ Schuldgefühle in Jill aufsteigen. Woher wussten Familienmitglieder immer, wo sie den Finger in die Wunde legen mussten?

„Ich hatte viel mit meinem neuen Chef zu erledigen", erklärte sie. „Meredith, darf ich vorstellen, Mac Maven. Mac, das ist meine Schwester Meredith Hale."

„Freut mich, Sie kennenzulernen", sagte Meredith und schüttelte Mac die Hand. „Tanner erzählte, dass er sich gut mit Ihnen unterhalten hat. Und natürlich sind wir alle dankbar dafür, wie Sie Peggy und Keith geholfen haben."

„Ich war froh, in dem Moment da zu sein."

„Ich habe gehört, ihr seid beide gestern bei Peggy gewesen?" Merediths Miene schrie förmlich die Frage, was dieser Besuch bedeuten sollte. „Heute fühlt sie sich schon etwas besser, und wir hoffen, es geht ihr bald wieder gut. Nach der Schule kommt Keith zu uns. Dieses Virus hat sie wirklich erwischt."

In der Hoffnung, Meredith würde den Wink verstehen, sah Jill noch einmal auf ihre Uhr. „Tja, da würde ich am liebsten eine von diesen Atemmasken tragen, die man immer in Tokio sieht. Wir haben einen Termin mit Kim Ploy. Es ist das erste Treffen mit einem Mitglied des Stadtrats, deshalb möchten wir nicht zu spät kommen."

Meredith lächelte angestrengt. „Ich verstehe. Es wird nicht lange dauern. Entschuldigen Sie uns." Damit griff sie Jill am Arm und drängte sie förmlich in eine hintere Ecke.

„Hey", protestierte Jill, aber sie wusste, worum es ging. *Der Umzug.*

„Du kannst freiwillig mitkommen, oder ich werde dich zwingen."

Das gesamte Café beobachtete sie, daher winkte Jill ab. „Große Schwestern", sagte sie laut als Erklärung. Die Leute lachten. Einige verdrehten die Augen, als wüssten sie genau, warum Meredith sie mitzerrte.

Ihre Schwester schob sie ins Büro und schloss behutsam die Tür.

„Du bist mir eine Erklärung schuldig", sagte sie ohne Vorgeplänkel.

„Okay." Schuldbewusst starrte sie auf einen Punkt über Merediths Schulter.

Ihre Schwester stützte eine Hand in die Hüfte. „Unsere neue Redakteurin hat erzählt, sie hat gesehen, wie Brian Sachen in dein Haus getragen hat. Kisten. Das sind nicht nur ein paar Unterhosen und Wechselkleidung, Jill. Was ist los?"

In Momenten wie diesen nervte es, in einer Kleinstadt zu leben. Jill spielte mit einer Büroklammer. „Wir wagen einen Versuch. Tut mir leid, dass ich es dir nicht erzählt habe. Ich wusste nicht, wie." Außerdem war ihr klar gewesen: Ihrer Familie würde es nicht gefallen. Die Hales wussten, dass diese Französin aufgetaucht war, direkt nachdem Brian und sie angefangen hatten, sich zu treffen. Und sie würden sich Sorgen um Jill machen. Immerhin hatten sie Brian bereits zur Rechenschaft gezogen.

Meredith stützte ihre Hände auf Jills Schreibtisch und beugte sich vor. „Das gefällt mir nicht. Mom hat schon ein paar Anrufe bekommen, und sie wundert sich über diesen plötzlichen Umzug. Und frag mich besser nicht, was Grandpa heute Morgen beim Kaffee gesagt hat."

Unter Jills Finger verwandelte sich die Heftklammer in moderne Kunst. „Tut mir leid. Ich hab dich nicht auf dem Laufenden gehalten."

Meredith schlug mit der Hand auf den Tisch, und vor Schreck ließ Jill die Metallklammer fallen. „Ich bin deine Schwester. Ich bin niemand, den du auf dem Laufenden hältst."

In einer Mischung aus Erschöpfung und Schuldgefühl ging Jill um den Schreibtisch herum und zog Meredith in ihre Arme. „Du bedeutest mir viel, kleine Meerjungfrau. Ihr alle. Aber ein paar Sachen muss ich allein regeln." Jill drückte sie so fest, dass sie ihr fast einige Rippen gebrochen hätte. „Die Dinge sind kompliziert."

Meredith reagierte mit einer heftigen Umarmung. „Ich weiß, du willst nicht, dass wir schlecht über ihn denken, aber er entfremdet dich von unserer Familie." Sie löste sich von ihr. „Es ist gefährlich, sich darauf einzulassen. Ich weiß, wovon ich spreche. Mit Rick-the-Dick habe ich das Gleiche erlebt, als wir geheiratet haben. Ist es wirklich das, was du willst?"

Jill dachte daran zurück, wie selten Meredith nach Hause gekommen war oder angerufen hatte, als sie mit ihrem Ex, diesem Versager, verheiratet gewesen war. „Mit Brian ist es anders. Er ist nicht Rick-the-Dick."

„Ist es nicht leicht übertrieben, dass Brian bei dir einzieht, nur weil seine Ex aufgetaucht ist? Ernsthaft, Jill, das klingt nach übereiltem Aktionismus, so krampfhaft, wie du versuchst, ihn zu halten."

Jill atmete scharf ein. „Willst du mir unterstellen, ich sei verzweifelt?"

„Ich weiß nicht. Dein Verhalten macht irgendwie diesen Eindruck. Ich vertraue ihm im Moment nicht wirklich, Jill, und ich bin überrascht, dass du ihn nach allem, was ans Tageslicht gekommen ist, mit offenen Armen aufnimmst. Das scheint mir nicht klug."

Es hatte mancherlei Vorteile, eine ältere Schwester zu haben, aber keine, wenn es um diese Art von Gesprächen ging. „Ich habe nicht erwartet, du würdest es verstehen."

„Jill", rief Meredith aus. „Du bist immer ein offenes Buch für mich gewesen."

Sie beschloss, einen Teil der Wahrheit zu offenbaren. „Das war, bevor ich angefangen hab, mit ihm zu schlafen."

Meredith löste ihre Hände von den Armen ihrer Schwester. Ihr fehlten die Worte. Eine Sekunde lang.

„Hier geht es um mehr als Sex." Ihre Augen verengten sich. „Ich meine, ich will dich nicht beleidigen, aber findest du das nicht selber seltsam? Plötzlich, zu so einem Zeitpunkt, schläfst du mit Brian, obwohl du so unsicher warst, wann der richtige Moment kommen würde. Und jetzt ist er bei dir eingezogen? Grandpa glaubt, du hast den Verstand verloren."

Sie brauchte keinen Vortrag. „Grandpa kann glauben, was er will. Und du auch. Es ist mein Leben, Mere."

„Warum kämpfst du so sehr darum, uns außen vor zu lassen, Jillie?"

Weil sie Angst hatte vor ihrem Urteil, gestand sie sich ein. Wenn es mit Brian und ihr nicht funktionierte, wollte sie nicht, dass ihre Familie so tat, als wäre sie so dumm gewesen, ihren Rat nicht anzunehmen.

„Manchmal braucht man etwas Abstand von der Familie, um den eigenen Weg zu finden. Ich muss mir über einiges klar werden. Was Brian betrifft. Und das Angebot von Mac, langfristig für ihn zu arbeiten. Da sind eine Menge Dinge."

Meredith entglitten die Gesichtszüge. „Das sagt dann wohl alles."

„Tut mir leid!“

„Mir auch.“

Nachdem Jill so lange gegen ihren Schreibtisch getreten hatte, bis ihr Zeh schmerzte, kehrte sie zurück zu Mac und bedeutete ihm, dass sie zum Aufbruch bereit war. Als sie auf die Tür zusteuerten, beobachtete sie Meredith, die gerade von der Toilette kam und sich über die Augen wischte. Jill hatte ihre Schwester verletzt. Gerade als ihre Beziehung zueinander wieder zu etwas ganz Besonderem geworden war.

Aber Jill brauchte keine Belehrungen. Sie hatte schon genug um die Ohren.

30. Kapitel

In den kommenden Tagen entwickelten Jill und Brian einen Rhythmus. Wenn Jill heimkam, schlief sie kurz, damit sie lange mit ihm aufbleiben konnte, und sobald Brian von seiner Schicht nach Hause kam, rissen sie sich gegenseitig die Kleider vom Leib. Ihre gemeinsame Zeit war eng begrenzt, aber ihr Terminplan schien keine Rolle zu spielen.

Sie war wund und satt, übermüdet und heiter. Was wollte sie mehr?

Doch der Bruch mit Meredith nagte an ihr. Und das Telefonat mit ihrer Mutter hatte sich genauso entwickelt, wie sie erwartet hatte. Obwohl diese Brian liebte wie einen Sohn, hatte sie angesichts all der Gerüchte und Enthüllungen Jills Urteilsvermögen infrage gestellt. Sorge sie sich etwa nicht um ihren guten Ruf? Die ganze Stadt sprach darüber, dass sie in wilder Ehe lebten, nachdem die Französin aufgetaucht war. Jill versuchte, Brian und sich zu verteidigen, aber ihre Mutter hatte Oberwasser.

Ihr Großvater kam nicht vorbei, aber er rief an und erkundigte sich, ob sie irgendetwas benötigte. Als sie fragte, ob er ihr die Meinung sagen wolle, erwiderte er, er gehe davon aus, dass Meredith und ihre Mutter seiner Sorge schon genug Ausdruck verliehen hätten. Ja. Das hatten sie.

Sie wusste, dass sie es aus Liebe getan hatten, dennoch zermürbte es sie. Und es schmerzte.

Mit Mac liefen die Dinge reibungslos wie ein Uhrwerk. Lunch, Dinner, Treffen zum Kaffee. Sie machten Fortschritte und erlangten immer mehr Zustimmung. Der Mann war ein Genie, wenn es darum ging, Menschen zu durchschauen und die richtigen Worte zu finden. Jill mochte ihn immer mehr und war überzeugt, sie könnte hauptberuflich für ihn arbeiten.

In ihrem Kopf ersann sie Zukunftsszenarien, aber keines hatte Bestand.

Als sie nach einem langen Tag die Tür öffnete, überraschte sie der Duft von Zwiebeln, Knoblauch und gewürztem Fleisch. Mutt begrüßte sie mit einem sabbernden Lächeln. Sie war froh, dass er nicht mehr bei Pete war. Pete zu Dank verpflichtet zu sein gefiel ihr noch weniger als Schimmelpilze in der Dusche, wenn sie zu faul zum Putzen war.

„Hey, warum bist du nicht bei der Arbeit?“, rief sie.

Mit den Händen in den Hüften wartete sie auf ihren Lieblingsmoment des Tages – Begrüßungszeit, wie sie es nannte. Mit einem Geschirrtuch, das er sich vor die bequemen, ausgewaschenen Jeans gebunden hatte, tauchte Brian auf. Ihre Blicke trafen sich. Das dunkelblaue Fleece ließ seine Augen noch strahlender wirken. Er lehnte sich an die Wand – die männliche Lässigkeit in Person.

„Ich habe mit jemandem die Schicht getauscht“, erklärte er und ließ den Blick von ihren schokoladenbraunen Stiefeln über ihren karamellfarbenen Wollrock zu dem burgunderroten Poncho gleiten, wo er auf ihren Brüsten verweilte. „Ich habe dir doch schon gesagt, dass wir wie die Broncos sind.“

„Wer hat mit dir getauscht? Er bekommt ein Jahr lang Kaffee aufs Haus.“

Würde er sich auf sie stürzen oder die Dinge in die Länge ziehen? Sie wusste nie genau, was er vorhatte, aber nachdem es immer darauf hinauslief, dass sie miteinander schliefen, konnte sie sich nicht beschweren.

„Ich werde es ihm ausrichten.“

Sie spielte mit dem Rauchquarzanhänger ihrer Halskette, die ihr als passende Wahl erschienen war. Neuerdings fühlte sie sich rauchig – und verdammt glücklich darüber, mit welcher Leichtigkeit sie sich das Haus teilten. Sie waren schneller zu einer

Einheit geworden, als sie es sich hätte vorstellen können. Sie schob diesen Gedanken von sich und schlenderte vorwärts, doch Mutt ruinierte ihren Auftritt, weil sie über den fetten braun-weißen Fellhaufen steigen musste. Brian verzog den Mund zu einem Lächeln, aber er bewegte sich nicht.

„Ich habe mich schon gefragt, wann du kommen würdest“, murmelte er, als sie ihm die Arme um den Hals schlang.

Sie ließ die Finger durch das walnussbraune Haar in seinem Nacken gleiten und starrte ihn nur an. „Wie war dein Tag?“, fragte sie, als er sie an seine Hüften zog. Rau stöhnte sie auf. Himmel, sie war leicht zu haben.

„Sei still.“ Er presste seinen Mund auf ihren und nahm sie mit auf einen heißen, erotischen Ritt.

Die Kleider flogen. Im Flur gegen die Wand gedrückt genommen zu werden, bedeutete ein weiterer Haken an ihrer Sexpositionenliste. Als sie auf den Boden sanken, horchte sie auf Brians pochendes Herz. Keuchend zwang sie sich, die Augen zu öffnen. Mutt atmete ebenfalls schwer und starrte sie aus seinen treudoofen Augen an.

„Ich werde mich nie daran gewöhnen können, dass dein Hund uns zusieht.“ Sie rutschte hin und her und griff nach ihrem Poncho.

„Er ist nur eifersüchtig“, kommentierte Brian und strich ihr mit den Fingern über den Rücken. „Außerdem kann ich ihn ja wohl schlecht die ganze Zeit wegsperren, nur weil du deine Hände nicht von mir lassen kannst. Er hat nichts getan, was eine Zelle im Hundeknast rechtfertigen würde.“

Sie schnaubte. „Ist das Essen jetzt angebrannt?“

Nackt und völlig entspannt lag Brian auf ihrem Fußboden und verschränkte die Arme hinter dem Kopf. „Nach den jüngsten Erfahrungen habe ich die Temperatur heruntergeregelt.“

„Allerdings. Die Erfahrung, dass der Feuermelder anspringt, während wir zum Höhepunkt kommen, ist nichts, was ich wiederholen möchte.“

Er lachte leise. „Gott sei Dank hast du hier kein Sicherheitssystem."

Die Vorstellung ließ sie grinsen, etwas, was in letzter Zeit häufig geschah. „Ja, ich kann es direkt vor mir sehen. Die Feuerwehrmänner kommen herein, wedeln mit ihren Schläuchen, und ich sage: ‚Jungs, dieses Mädchen hier hat bereits genau den Schlauch, den es braucht!'"

Seine Schultern bebten, als er sich aufsetzte. „Lass uns essen. Ich verhungere schon."

„Ich auch", erwiderte sie, sammelte die herumliegende Kleidung Seite an Seite mit Brian auf und folgte ihm in die Küche.

Als er das Essen servierte, sprang sie auf und gab ihm einen heftigen Kuss. „Du hast indisch gekocht!"

„Nun, ich weiß, das liebst du, also habe ich beschlossen, es auszuprobieren." Damit drückte er sie zurück auf den Stuhl.

Ihr Herz zog sich angesichts seiner Zuvorkommenheit zusammen, auf eine positive Weise. „Du bist der Beste."

Sie stürzte sich auf das Hühnchen und schrie freudig auf, als sie das dampfende Naan-Brot entdeckte. Der klebrige Reis duftete nach Kokos und beschwor die Bilder exotischer Strände herauf.

„Wenn du noch öfter stöhnst, schaff ich es bestimmt nicht, die Hose anzulassen", bemerkte er schließlich, als sie sich eine zweite Portion nahm.

„Dann zieh sie aus", entgegnete sie und deutete mit dem Löffel voller Reis darauf. „Bei solch einem Gericht darf man ruhig ein paarmal stöhnen."

Er zog das Naan näher heran. „Du hast mehr als ein paarmal gestöhnt. Es ist wie ein ganzer Chor."

Sie schmunzelte. „Mach dir keine Sorgen. Für dich bleiben noch ein paar gute Stöhngeräusche übrig."

Er riss ein Stück Brot ab. „Ich kann es kaum erwarten. Erzähl mir von deinem Tag."

Von ihrem Tag zu erzählen war nicht so profan, wie sie befürchtet hatte. Ihre Geschichten konnten sterbenslangweilig sein, und dennoch lächelte er jedes Mal. Stellte Fragen. Lachte, wenn sie etwas Witziges erwähnte. Und dann tauschten sie die Rollen. Es war wie bei einer Comedyshow.

Zum Dessert hatte er eine Mousse au Chocolat vorbereitet – etwas Nicht-Indisches, denn sie waren sich einig, dass süße Speisen und Reis nicht miteinander harmonierten. Sie stöhnte noch einige Male mehr, als die Haselnüsse und die bittersüße Schokolade in ihrem Mund zusammenkamen.

Nach dem Essen spülten sie das Geschirr, dann nahm Jill ihn bei der Hand und zog ihn ins Wohnzimmer.

„Jetzt werde ich etwas Nettes für dich tun", kündigte sie an, unfähig, ihr Lächeln unter Kontrolle zu halten. Das würde sehr viel Spaß machen.

Er senkte die Lider und fuhr mit der Nasenspitze an ihrem Hals entlang. „Ich kann es kaum erwarten."

Spielerisch schob sie ihn zurück. „Noch nicht." Damit ging sie zu ihrer Stereoanlage und schaltete sie ein.

Abbas Klassiker *Dancing Queen* begann, und Jill ließ die Hüften im Takt kreisen.

Ächzend ließ Brian sich zurück aufs Sofa fallen. „Bitte sag mir, dass du wenigstens einen Striptease oder einen Lapdance für mich hinlegen wirst."

Schnaubend griff sie nach seinen Händen und wollte ihn hochziehen. Zum Glück wehrte er sich nicht, aber er ächzte erneut.

„Ernsthaft, Jill? Abba?"

„Du weißt, wie sehr ich sie liebe. Außerdem will ich dir auf diese Weise helfen."

Geduldig sah er sie an. „Indem du meinen Musikgeschmack ruinierst?"

Sie boxte ihn gegen die Brust. „Hey, du magst es nicht, wenn ich mich über Julia Child lustig mache, also mach du dich nicht über Abba lustig." Sie schlang ihm die Arme um den Nacken. „Ich habe über die Vergangenheit nachgedacht."

Seine wunderschönen Augen verengten sich. „Okay ..."

„Jedes Mal, wenn wir zusammen zu einer Schulparty gegangen sind, hast du eine entsetzliche Show à la Ein-Weißer-hat-keinen-Rhythmus abgezogen. Ich bin hier, um dir darüber hinwegzuhelfen."

Er schnappte nach Luft. „Willst du damit sagen, ich kann nicht tanzen?"

Sie neigte den Kopf zur Seite. „Genau."

„Hey, ich kann mich bewegen." Er zog sie an sich und bewegte langsam die Hüften.

„Ja, im Schlafzimmer", gab sie zurück, atmete tief durch und vergrößerte den Abstand zwischen ihnen. „Und jetzt werden wir diese Bewegungen für die Tanzfläche übersetzen."

„Auf keinen Fall", weigerte er sich und griff nach der Fernbedienung.

Kroch ihm da etwa die Röte am Hals hoch? „Komm schon. Zeig mir, was du kannst."

Er hielt inne. „Jetzt? Komm schon, Jill. Bitte."

Du liebe Güte. Er flehte sie an? „Bri, ich liebe es zu tanzen, und du brauchst wirklich Hilfe. Ich hatte damals den Eindruck, es wäre nicht richtig, sich einzumischen, aber erinnerst du dich noch, wie Jemma versucht hat, dir ein paar Dinge beizubringen?" Bei dem Gedanken verdüsterte sich ihr Lächeln einen Moment lang. Gott, wie sie ihre Freundin vermisste.

Er verzog den Mund. „Ich dachte, sie hätte mich einfach toll gefunden. Sie hat versucht, mich davon abzuhalten, mich zu blamieren?"

„So schlimm war es nicht", versicherte sie halbherzig. Nicht, wenn man ruckartige Handbewegungen und Hüftdrehungen geschmeidig fand.

„Großartig", sagte er und ließ sich auf die Couch zurückfallen. „Wenn ich dir zustimme, dass du immer die bessere Tänzerin gewesen bist und ich mich neben dir wie ein Schwachkopf gefühlt habe – können wir dann damit aufhören?“

„Nein.“ Erneut zog sie ihn hoch. „Los, komm, das wird lustig. Außerdem bietet sich dir die Gelegenheit, deine Hände überall hinzulegen, so wie du es auf den Tanzveranstaltungen in der Schule immer wolltest. Warum hast du überhaupt mich mitgenommen? Du hättest mit jedem anderen Mädchen gehen können.“ Das hatte sie sich immer gefragt.

Er zog eine Schulter hoch. „Wir waren ein Quartett – du, Jemma, Pete und ich, erinnerst du dich? Die vier Musketiere. Das wollte ich nicht an einem der großartigsten Abende des Jahres zerstören. Außerdem hat es mir gefallen, dir so ein kleines Ansteckssträußchen zu kaufen und dich abzuholen. Dich so schick angezogen zu sehen. Du warst immer wunderschön – selbst in diesem dunkelroten Satinkleid, über das ich im ersten Jahr ständig gestolpert bin. Ich schätze, das war meine Art, mit dir auszugehen, ohne die Dinge zwischen uns zu ändern.“

Angenehme Wärme umhüllte ihr Herz. „Ich habe dieses Kleid geliebt. Das sind wundervolle Erinnerungen.“

Seine Mundwinkel gingen nach oben. „Die besten.“

„Okay, lass uns anfangen“, meinte sie und spielte noch einmal *Dancing Queen*.

„Du zwingst mich wirklich, das noch einmal anzuhören?“, fragte er.

„Hör auf zu jammern. Es ist mein Lieblingslied, deshalb wirst du es noch oft hören. Und jetzt will ich, dass du mir zusiehst.“ Sie schloss die Augen und ließ ihren Körper zur Musik schwingen. Sie wiegte die Hüften in einer perfekten Acht. Ihre Armbewegungen waren fließend, als ruhten sie schwerelos auf einer Wolke.

„Ich könnte dir die ganze Nacht zusehen“, murmelte er.

Flatternd öffnete sie die Augen. Tatsächlich betrachtete er sie mit einem besonderen Ausdruck, die Lider hatte er halb geschlossen. Sie wusste, was dieser Blick bedeutete. Ihr Herzschlag beschleunigte sich. Sie streckte die Hände aus. „Tanz mit mir."

Geschmeidig wie ein Tiger erhob er sich. Langsam ließ er seine Handflächen über ihre gleiten, bevor sie seine Hände an ihrer Taille platzierte. Dann legte sie ihre Hände auf seine Schultern mit den definierten Muskeln. Er strahlte Hitze aus. Sie trat noch einen Schritt näher, sodass kaum mehr ein Blatt Papier zwischen sie gepasst hätte.

„Beweg dich mit mir", bat sie.

„Oh, das habe ich vor", gab er in neckischem Tonfall zurück.

Selbst jetzt, als sie versuchte, den Zauber der Musik auf sich wirken zu lassen, spürte sie seine Unsicherheit.

„Hör auf, dagegen anzukämpfen", riet sie ihm.

„Hör auf zu führen", schoss er zurück und presste seine Hüften an ihre.

Sie legte den Kopf zurück und umfasste sein Gesicht. Seine Bartstoppeln brannten unter ihren Fingerspitzen bis hinauf in ihre Arme. „Schließ die Augen."

Er verdrehte sie.

„Hey!", protestierte Jill. Sie wollte es für sie beide, wollte auf andere Weise mit ihm verbunden sein, noch etwas Weiteres, das sie gemeinsam genießen konnten. „Ich sagte, schließ deine Augen."

Dieses Mal tat er es, doch seine Mundwinkel hoben sich, als müsste er ein Lachen unterdrücken. Sie löste sich. „Lass sie geschlossen."

Sie dimmte das Licht, zündete ein paar Sandelholzkerzen und die Kerzen auf dem Couchtisch an.

Ihr zweites Lieblingslied von Abba, *Knowing Me, Knowing You*, erklang. Brian hörte auf, sich zu bewegen, doch er ließ die Augen geschlossen.

„Hast du vor, später noch ein paar Hippies einzuladen?", scherzte er.

„Sei still", flüsterte sie, als sie zu ihm zurückkehrte und ihn an sich zog. „Und jetzt lass die Augen zu und spüre mich."

Ihr Körper streifte seinen im perfekten Rhythmus zum Takt. Seine Hände blieben fest auf ihren Hüften, wo Jill sie positioniert hatte. Sie ließ die Hände über seinen Oberkörper gleiten, löste sich von ihm und bewegte sich an eine Stelle direkt hinter ihm. Sein Atem veränderte sich.

„Du spielst mit dem Feuer", warnte er mit rauer Stimme.

Statt etwas zu entgegnen, tanzte sie weiter um ihn herum, strich mit der Hand über seinen Körper – über seine Brust, seinen Rücken, sogar bis zu seinem spektakulär knackigen Po hinunter.

Schließlich streifte er sie zaghaft mit den Händen. Der Kerzenduft, exotisch und betörend, stieg ihr in die Nase. Als sie sich anschickte, Brian noch einmal zu umrunden, zog er sie mit seinen starken Armen an sich. Sein Körper schien ihren zu kennen: In demselben Rhythmus, den sie beide perfektioniert hatten, als sie sich geliebt hatten, bewegte Brian sich gemeinsam mit ihr. Unwillkürlich schloss sie die Augen. *Mamma Mia* begann, und die Hitze zwischen ihnen stieg ins Unermessliche, während Jill den Kopf zur Musik hin und her schwingen ließ.

Brian strich mit den Fingern über ihren Rücken. Seine Erektion drückte gegen ihre Hüfte, doch er wiegte sich weiterhin zärtlich mit Jill im Takt. Jill gab sich dem Rhythmus hin, gab sich ihm hin. Sie schlang ihm die Hände um den Nacken, seine heiße Haut war verführerisch.

Als er ihr die Hände auf den Po legte, musste sie lachen. „Du lernst offensichtlich schnell."

„In der Highschool konnte ich wohl kaum so mit dir tanzen, aber du kannst sicher sein, dass ich darüber nachgedacht habe. Warum, glaubst du, lassen Typen die Mädchen immer vor sich hergehen?“

Ihre Körper wiegten sich weiter, doch sie wusste, er hatte seine Augen mittlerweile geöffnet. Als sie seinen Blick suchte, glühten seine Augen wie heiße Kohlen.

„Weil sie den Gentleman mimen?“, meinte sie. Ihre Stimme war atemlos vor Erregung.

„Nein, es geht darum, den Po eines Mädchens zu betrachten“, erwiderte er gedämpft. „Ich bin froh, dass dir das eingefallen ist, Jill.“

Ihr Lächeln war ungezwungen. „Ich auch. Tanz mit mir, Bri.“

Sie bewegten sich weiter zusammen, ihre Körper streiften einander.

Als sie sich nicht mehr zurückhalten konnte, zog sie seinen Kopf für einen heißen, feuchten Kuss zu sich herunter. Noch immer bewegten sie sich zur Musik. Kurz darauf aber hielt sie es nicht mehr aus. Sie musste ihn haben. Jetzt sofort.

Leicht drückte sie gegen seine Brust, und er tanzte rückwärts mit ihr bis zur Couch, dann ließ er sich darauf fallen. Ganz langsam zog sie sich vor ihm aus, wiegte ihren Körper zur Musik, während er sie betrachtete. Es war unerträglich erregend.

Er schien zu wissen, dass sie gern die Führung übernehmen wollte, und sie testete ihr neues Selbstbewusstsein, indem sie ihn ebenso langsam auszog, wie sie es bei sich selbst gemacht hatte. Als sie vor ihm in die Knie ging, begegnete sie seinem lodernden Blick.

„Jetzt ist es an mir, etwas Neues auszuprobieren“, flüsterte sie, und obwohl sie einen Moment lang nervös war, nahm sie ihn in die Hand.

Sein Mund verzog sich zu einem Lächeln. „Kämpfe nicht dagegen an“, scherzte er, indem er ihre Worte benutzte.

Richtig. Gute Idee. Sie schloss die Augen, atmete tief durch und senkte dann ihren Mund über ihn. Ebenso, wie sie es bei ihm gemacht hatte, leitete nun er sie durch die Bewegungen, bis sie den Bogen heraushatte. Irgendwann ging es wie von selbst – so wie es gewesen war, als sie beide zum ersten Mal miteinander geschlafen hatten –, und während er ihren Kopf führte, brachte sie ihm heiße Erlösung.

Abba sangen noch immer, als sie sich in seine Arme schmiegte, und sobald er wieder zu sich selbst gefunden hatte, liebte er sie mit einer Zärtlichkeit, die ihr den Atem nahm.

Eine Stunde später lagen sie äußerst befriedigt auf dem Sofa. Jill hatte ihren Kopf in Brians Schoß gelegt, und so sahen sie fern.

„So“, sagte er irgendwann im Plauderton, aber mit einer Zielstrebigkeit, als würde er nachsehen, ob das Wasser für die Spaghetti schon kochte.

Obwohl in ihrem gesamten Körper Ruhe eingekehrt war, spannten sich unwillkürlich ihre Muskeln an.

„Nächste Woche ist das Polarfest“, fuhr er fort.

Die Erwähnung von Jemmas jährlicher Party zerstörte ihre entspannte Stimmung, und sie fragte sich, ob er absichtlich damit gewartet hatte, es zu erwähnen, bis sie miteinander geschlafen hatten.

Jemma und sie hatten das Polarfest zusammen entwickelt, nachdem sie während eines Schneesturms zu viele Margeritas getrunken und sich gewünscht hatten, in den Tropen zu sein. Damals hatten sie beschlossen, den Winter mit einer jährlichen Party zu feiern, damit sie nicht mehr darüber lamentieren mussten, dass der Februar der langweiligste Monat des Jahres war. Daher der Name Polarfest.

„Ich hab’s schon gehört“, gab sie zurück und wünschte, Brian würde aufhören zu reden, damit sie weiterhin einfach friedlich daliegen konnten. Pete hatte noch nicht einmal mit ihr über seinen Plan gesprochen, die Party auszurichten. Zugegeben, sie wollte nicht mit ihm reden, aber trotzdem. Sie hatte darüber nachgedacht, es selbst zu machen, aber letztendlich war sie nicht fähig gewesen, sich der Sache zu stellen.

„Pete wollte die Tradition aufrechterhalten, weil alle das Polarfest so sehr lieben. Er hat mich gebeten, ihm zu helfen, also werde ich es tun."

„Großartig", gab sie zurück und starrte geradeaus. Ihre entspannte Stimmung schien sich in Luft aufgelöst zu haben. Sie war wieder zurück in der Enge von Zorn, Trauer und Verwirrung.

Er kniff die Lippen zusammen. „Sieh mal, ich weiß, es wird schwer ohne Jem, aber ich möchte, dass du mich begleitest." Er räusperte sich und sah wieder auf den Bildschirm. Die Lichter flackerten über sein angespanntes Gesicht.

Gott, sie wollte Pete um keinen Preis sehen, aber es wäre eine gute Gelegenheit, Mac einzuführen. Er könnte es schaffen, mit den Professoren von der Emmits-Merriam-Universität auf Du und Du zu sein.

„Ist das ein Problem?", erkundigte er sich.

Sie hatten eine so großartige Nacht zusammen verbracht und Jill wollte sie nicht zerstören. „Nee. Ich werde kommen. Juhu!"

Er schnaubte, ganz offensichtlich hatte er den Sarkasmus in ihrer Stimme wahrgenommen. „Großartig. Lass uns ein wenig schlafen."

Es fiel ihr schwer, zur Ruhe zu kommen, als sie im Bett lagen. Erinnerungen an früher wirbelten ihr durch den Kopf. Vielleicht lag es an ihrem Gespräch über die Partys an der Highschool, auf jeden Fall stellte sie fest, dass sie Jemma mehr denn je vermisste. Die Trauer überwältigte sie. Tränen schossen ihr in die Augen.

Brian legte sich auf die Seite und zog sie an sich. „Hey, was ist los?"

Sie umklammerte seine Hände. „Jemma", sagte sie schlicht, als der Schmerz sich ausbreitete.

„Schsch“, flüsterte er. „Ist schon okay, Schatz. Ich vermisse sie auch. Wein dich aus.“

Und das tat sie, bis seine Brust völlig durchnässt war. Fest legte er seine Arme um sie und versuchte nicht, ihre Tränen zu stoppen, wie es andere Männer vielleicht getan hätten. Als sie sich endlich beruhigt hatte und völlig leergeweint war, stieg Dankbarkeit in ihr auf, weil er sie getröstet hatte.

„Ich liebe dich.“

Er legte seine Wange an ihre. „Ich liebe dich auch. Komm her.“ Zärtlich drehte er sie zu sich um. Als er seine Lippen auf ihre legte, gab sie ihm alles. Ebenso wie er. Die Traurigkeit verwandelte sich in tröstliche Zärtlichkeiten, lange Küsse, heiseres Wispern, sanfte Seufzer. Die Verletztheit verwandelte sich in etwas anderes – in Liebe und ein Gefühl von Zugehörigkeit, das so süß und umfassend war, dass Jill hoffte, es würde sie niemals verlassen. Langsam und innig liebten sie sich und lagen sich anschließend bebend in den Armen. Als er sich aus dem Bett rollte und wenig später zurückkehrte, zog er sie erneut dicht an sich.

Während sie seine Umarmung spürte, wurde ihr klar, dass die Zeit gekommen war, die Kette zu tragen, die er ihr zum Schulabschluss geschenkt hatte.

Sein Körper hob und senkte sich neben ihr, und die mittlerweile vertraute Bewegung ließ auch sie einschlafen. Alles im Leben war einfacher, wenn sie es gemeinsam erlebten, begriff sie.

Mit ihm zusammen zu sein war genau so, wie sie es sich vorgestellt hatte.

31. Kapitel

Brian legte das in Adobo marinierte Steak in den Kühlschrank und schlug die Tür zu. Er wollte Pete auf ein Bier bei *Hairy's* treffen, und da er schon etwas zu spät war, ging er eilig hinaus.

Das Stimmengewirr der Gäste, die *Hairy's Happy Hour* nutzten, klang rau. Da der St. Patrick's Day bereits in einigen Wochen vor der Tür stehen würde, präsentierte die Bar stolz zwei blinkende Lichter in den irischen Nationalfarben Orange, Weiß und Grün. Auf den Schoß eines anzüglich grinsenden irischen Kobolds hatte man ein Weibchen mit prallen Brüsten gesetzt, darunter die Textzeile: *Setz dich auf den Schoß eines Kobolds und frage ihn, wo er seinen Goldschatz versteckt hat.*

Lächelnd hörte Brian, wie ein blondes Mädchen Mark, den Barkeeper, fragte, was der zweite Satz bedeute: *Tell the Man Póg Mo Thóin.* Sie kicherte, als er übersetzte: „Küss meinen Arsch."

Mike zapfte ihm ein Guinness. Brian nahm einen Schluck. Er ließ den Blick über die Menge schweifen und entdeckte Pete, der sich gerade in einer Ecke mit einer vertrauensselig wirkenden Studentin unterhielt. Als er auf die beiden zusteuerte, machte Pete ihm mit einer Handbewegung deutlich, dass er nicht stören sollte, also spielte er Darts. Er wünschte, Jill wäre hier und würde gegen ihn spielen. Sie liebte es, gegen ihn anzutreten und mehr Spiele zu gewinnen als er. Noch immer liebte er es zuzusehen, wie ihre grünen Augen sich verengten und sie die Lippen schürzte, während sie das Ziel anvisierte. Das war ein weiteres Zeichen dafür, dass er erledigt war.

Pete machte ihm ein Zeichen, also schob er sich durch die Menge und begrüßte die Gäste, die er kannte. In ihren Augen erkannte er eine ungewöhnliche Neugier. Er fühlte sich unwohl unter ihren prüfenden Blicken.

„Kein Glück?", fragte er Pete, nachdem das Mädchen verschwunden war.

„Sie musste zu ihren Freunden zurück. Aber ich habe ihre Nummer."

„Sie ist süß." Er lehnte sich an die Wand und passte auf, dass er nicht das Bild von der betrunkenen grünhaarigen Fee hinunterstieß. Der dunkle Schaum prickelte an seinen Lippen, als er trank. Der intensive Geschmack des Biers erinnerte an Schokolade und Hopfen. Nachdem er das Glas halb ausgetrunken hatte, presste er es an die Brust. „Wann hast du vor, für die Party einzukaufen?"

„Donnerstag. Es ist kalt genug, man kann alles draußen stehen lassen."

„Mein Fleisch darf keinen Frost bekommen, Pete. Bei diesem Wetter wird es hart wie Stein, und ich will es auf dem Grill nicht verbrennen."

Pete klopfte ihm auf die Schulter. „Ach, beruhige dich. Hey, deine künftigen Verwandten sind gerade gekommen."

Beinahe wäre ihm das Bier aus der Hand gefallen. Verwandte. Himmel, dachte er, als er Tanner und Meredith entdeckte.

Pete zog eine Augenbraue hoch. „Läuft nicht alles so gut mit Jills Familie? Das ist hart. Ich weiß noch, wie viel sie dir bedeutet haben, als wir aufgewachsen sind."

Er dachte daran, wie sie ihn zur Rede gestellt hatten. „Ja, allerdings."

„Boah!" Petes Mund klappte auf. „Gerade hast du ein neues Problem. Die heiße Französin auf fünf Uhr, sie kommt gerade herüber. Mann, jeder, der dich für schwul gehalten hat, weil du französisch kochst, wird jetzt an seinen Worten ersticken."

Brian stieß ihn mit dem Ellbogen an, als Simca sie erreichte. Wie üblich war sie aufgedonnert. Sie trug einen schwarzen Bleistiftrock, Stiefel mit hohen Absätzen und einen roten Paschminaschal über einer weißen Seidenbluse.

„Hallo, Brian", begrüßte sie ihn mit ihrem rauchigen Akzent. Kurz vor ihm stoppte sie und begrüßte ihn auf französische Art, indem sie ihm einen Kuss auf jede Wange hauchte. Dankbar lächelte er sie an, und sie verstand.

Ihre Mundwinkel verzogen sich nach oben.

Er richtete sich auf. Jeder starrte herüber. Ein Schauer des Unbehagens lief ihm den Rücken hinunter. Er trank einen Schluck Bier. Wie könnte er eine Geschäftsbeziehung mit ihr hier in Dare eingehen, wenn schon ein unschuldiges Zusammentreffen bei *Hairy's* ihn aus der Bahn warf?

„Ich habe beschlossen, mehr von dieser Stadt zu erkunden, da ich ja vielleicht hierbleiben werde", erklärte Simca.

Pete verschluckte sich an seinem Bier und hustete. „Wie bitte?"

Tja, großartig. Nun musste er sich darauf verlassen, dass Pete den Mund hielt. Brian durchbohrte ihn mit einem Blick. „Vielleicht eröffnen wir hier in Dare ein Lokal zusammen, aber es ist noch nichts entschieden, deshalb erzähl es noch nicht weiter."

„Werde ich nicht. Willst du, dass ich es hoch und heilig verspreche?"

Brian schnaubte.

Simca stemmte die Hände in die Hüften. „Du wirkst ziemlich vertrauenerweckend. Du bist Brians bester Freund Pete, nicht wahr?"

Mit großen Augen sah Pete sie an. „Stimmt. Woher weißt du das?"

„In New York hat Brian viel von dir erzählt."

Sein Freund wirkte, als würde er angesichts der Aufmerksamkeit am liebsten im Boden versinken. „Kann ich dir etwas zu trinken besorgen?"

Sie zog die Nase kraus. „Ist der Wein sehr schrecklich?“

„Grässlich“, bestätigte Pete und schüttelte sich.

„Wie wär’s mit einem Irish Coffee? Danke, *mon cher.*“

Pete stolperte davon.

Damit hatte Simca einen weiteren Mann in ihren Bann gezogen, und es war ihr bewusst. Brian warf einen Blick über die Schulter. Tanner blinzelte nicht einmal, als Brian auf seinen finsteren Blick traf. Meredith schüttelte entrüstet den Kopf.

Brian wandte sich wieder Simca zu und schob sie in die Ecke. „Tja, das ist ungünstig.“

Die Leute um sie herum waren verstummt und rückten näher.

„Ich bin froh, dich hier zu treffen.“ Sie öffnete eine schwarze Designer-Handtasche und zog einen braunen Umschlag heraus. „Ich habe einen Entwurf für eine Speisekarte gemacht, um eine Grundlage für weitere Gespräche zu schaffen. Diese hier ist für Dare. Im Moment arbeite ich noch an der für New York, die ist davon abhängig, wie du dich entscheidest.“

Er warf einen Blick auf beide Kopien, sein Herz trommelte im Takt mit der wütenden irischen Band, die gerade spielte. „Das ist … genial. Es gefällt mir, wie du Wildgerichte in die Bioküche integriert hast. Vom Hof auf den Tisch ist hier ein großes Verkaufsargument.“

„Ich bin froh, dass es dir gefällt.“ Sie stellte sich zu ihm und ging mit ihm die Karte durch. Die Blicke und das Wispern traten in den Hintergrund, alles wurde überlagert von der Vorstellung von Rehbraten auf einem Bett aus Kohl mit weißen Bohnen – eine gewagte amerikanische Version des französischen Eintopfs Cassoulet.

Er stellte sein Bier ab. „Das ist genau das, was ich mir vorgestellt habe.“

Ihre Blicke trafen sich. Er sah den Puls an ihrem Hals pochen.

Sie stand noch immer auf ihn – Brian konnte es an ihren Augen erkennen, an ihrer Körpersprache. Er trat einen Schritt zurück.

„Ich bin nicht sicher, dass es funktionieren würde, Sim."

Sie ließ die Hand über seinen Arm gleiten. „Lass uns das nicht heute Abend entscheiden. Ich werde jetzt Pete suchen und meinen Irish Coffee trinken. Die Leute beobachten uns – entsetzlich, oder? New York ist so anders. Werden die Einheimischen wohl jemals aufhören, uns anzustarren – selbst wenn wir nur ein Restaurant zusammen führen? Aufmerksamkeit stört mich wirklich nicht, aber dies ist nicht die Art, die ich mag."

Bingo. „Ich weiß."

„Wir reden später." Als sie ging, machte die Menge ihr Platz.

Er steuerte auf die Herrentoilette zu, um Luft zu schnappen. Dort konnte ihn niemand anstarren, wenn er nicht als Perverser gelten wollte. Er lehnte seinen Kopf gegen die leuchtend grünen Fliesen an der Wand. Das Konzept und die Speisekarte waren genau das, was er sich erhofft hatte, aber sie hatte noch immer Gefühle für ihn, auch wenn er diese nicht mehr teilte. Jill war nicht blind. Sobald sie sah, wie Simca ihn mit diesem Blick bedachte, während sie ein Entenconfit zubereiteten, wäre sie eifersüchtig. Doch mehr als alles andere wollte er ihr Vertrauen gewinnen. Würde Jill seine Partnerschaft mit Simca unterstützen, wenn er sie davon überzeugte, dass sie ihm vertrauen konnte?

Er straffte seine Schultern, um sich gegen die neugierigen Blicke zu wappnen. Einen Moment lang wünschte er, wieder in New York zu sein oder in irgendeiner großen Stadt, wo ihn niemand kannte. Als er die Toilette verließ, stand Tanner gerade an dem einzigen Münztelefon, das es in Dare noch gab.

„Ich musste meiner Frau ausreden, aufs Männerklo zu gehen und dich zu fragen, warum du mit dieser Frau sprichst. Das macht mir nicht gerade Spaß."

Brian stemmte seine Hände in die Hüften und ließ den gerechten Zorn den Schmerz überdecken, den er empfand, weil die Hales ihm nicht mehr vertrauten. „Ich habe nichts Schlimmes getan."

„Jill ist unglücklich, und damit hast du eine Grenze übertreten. Das nervt mich langsam."

Brian baute sich vor ihm auf. „Du hast verdammt noch mal keine Ahnung, wovon du redest. Alles, was ich gerade tue, mache ich, damit Jill glücklich ist." War er nicht mit ihr zusammengezogen? Versuchte er nicht ständig zu beweisen, wie sehr er sie liebte?

„Dann solltest du lieber aufpassen, wie du Simca ansiehst."

„Du interpretierst die Situation völlig falsch." Brian ballte die Hände zu Fäusten, um dem Drang zu widerstehen, ihn einfach wegzustoßen. „Vielleicht sollte Mere sich lieber auf ihre eigenen Angelegenheiten konzentrieren, schließlich weiß sie nicht, worüber wir geredet haben."

Tanner verzog den Mund wie ein Wolf, der seinen Gefährten verteidigt. „Mere sorgt sich nur um ihre Schwester, und genau dasselbe versuche ich auch."

Das Guinness in seinem Magen brannte, als hätte er eine halbe Flasche irischen Whiskey getrunken. „Das müsst ihr nicht. Uns geht es gut. Lasst uns in Ruhe."

Damit ging er. Als er aus dem Gang zu den Toiletten herauskam, wartete Meredith auf ihn.

„Brian ..."

„Nein", bellte er beinahe. „Ich habe schon mit Tanner gesprochen. Ich bin weg." Sobald er draußen war, würde er Pete eine Nachricht schreiben. Sein Freund würde verstehen, warum er verschwinden musste.

An den anderen Gästen vorbei bahnte er sich seinen Weg zur Tür. Die plötzliche Kälte auf seinem Gesicht empfand er als wohltuend. Er straffte die Schultern und machte sich auf den Weg zu Jill. Der Blicke, die ihm folgten, als er die Main Street überquerte und um die Ecke bog, war er sich mehr als bewusst.

Wie konnte er jemals in dieser Stadt bleiben, wenn jeder nur darauf wartete, dass er versagte?

32. Kapitel

Peggy warf den *Western Independent* in den Papierkorb. War es kindisch, dass sie am liebsten die Seite mit Mavens Hotelplänen zusammengeknüllt und in den Boden gestampft hätte?

Sie fuhr ihren Computer hoch. Es musste einen Weg geben, Maven zu stoppen. Durch seine Hilfe bei Keiths Unfall war er zum Helden der Stadt aufgestiegen. In ihrer engen Brust kämpften Dankbarkeit und maßlose Wut gegeneinander. Sie hämmerte auf die Computertastatur und loggte sich in das Informationssystem der Polizei ein.

Während sie arbeitete, dachte sie über ihren Vater nach, wie er betrunken und als gebrochener Mann von einem spontanen Trip nach Atlantic City zurückgekehrt war. Sie würde nicht zulassen, dass andere Familien durch das Glücksspiel zerstört wurden. Sie tippte ihre Suche in den Computer ein. Als es an der Tür läutete, schob sie den Laptop beiseite und ging nach unten.

Wie eine Schlange glitt das Schuldbewusstsein über ihren Rücken, als sie Jill sah. Sie versuchte gerade, die Pläne ihrer Freundin zu untergraben.

Peggy riss die Tür auf. „Hallo."

„Hey, geht es dir besser?", erkundigte sich Jill, während sie die Schuhe auf der Fußmatte abwischte.

„Geht so. Komm rein."

Als Jill ins Wohnzimmer vorausging, verriet sie ihr vorsichtiger Gang.

„Da hatte aber jemand eine Menge Sex", kommentierte Peggy.

Jills Kopf schwang herum. „Warte. Woher weißt du das?"

Peggy schnaubte. „Ich erkenne den Gang einer Nutte, wenn ich eine sehe. Mach den Mund wieder zu. Ich bin es gewohnt, Verdächtige zu observieren. Prostituierte, die ziemlich viele Freier hatten, haben einen bestimmten Gang."

Sofort blieb ihre Freundin stehen. „Na, *ganz* herzlichen Dank."

„Kein Grund, sich aufzuregen. Erregt warst du jetzt vermutlich oft genug. Spaß gehabt?"

Ihr Grinsen erinnerte an gigantische Sonnenblumen. „Jepp."

„Dann genieß deinen Nuttengang. Ist ja nicht so, als würdest du dafür eingesperrt oder so."

Jill hakte sich bei Peggy ein. „Genau. Ist ja nicht verboten. Nur heiße, knisternde Nächte voller Sex nach …"

„Bitte, bring eine alleinerziehende Mutter nicht zum Weinen. Ich bin krank. Und ich habe keinen Sex mehr gehabt seit … Das werde ich dir nicht verraten." Sie tippte sich an die Schläfe. „Das muss am Hustensaft liegen. Ich plappere mehr als ein Ersttäter."

Hastig versuchte sie, ein wenig Ordnung zu schaffen. Taschentücher quollen aus dem Mülleimer wie Popcorn. Das orangefarbene Heizkissen leuchtete auf der Couch. Man hätte ihr Haus auch die Krankenzone nennen können. Kurz darauf gab sie auf, setzte sich auf die Couch und klopfte auf das Kissen neben sich.

„Morgen gehe ich wieder zur Arbeit", erklärte sie. „Gott sei Dank. Selbst wenn die Taschentücher aus Seide wären, würden sie mittlerweile wehtun. Ich hoffe, es gibt eine Schlägerei in *Hairy's Pub* oder so etwas. Ich habe das Bedürfnis, jemanden festzunehmen."

„Das ist ziemlich krank."

„Du machst Kaffee. Ich sperre Leute ein. Das ist nun mal unser Job." Peggy legte sich das Heizkissen auf die Brust.

„Und du schläfst mit einem heißen Typen, während mir nur das hier Wärme spendet. Wie traurig ist das denn?“

Jill ließ sich im Schneidersitz nieder und legte ihre Hände auf die Knie. „Ich würde gern mit dir über etwas reden.“

Oh, oh. „Worüber denn?“

Jill ordnete Keiths Bücher auf dem Couchtisch. „Würdest du mit mir zum Polarfest gehen? Ich brauche moralische Unterstützung.“

Puh. Nichts Ernstes und nichts, was mit dem Hotel zu tun hatte. „Ich mag keine Partys.“

„Bitte. Es ist die größte Party in Dare gleich nach Halloween.“

„Willst du mir nicht den echten Grund erzählen?“, erkundigte sich Peggy sanft und griff nach einem Kleenex. Sie wünschte, sie könnte auf ihre Nase verzichten. Unter diesen Umständen würde sie erst dann wieder angesetzt, wenn sie nicht mehr liefe.

Jill setzte sich auf die Knie. „Okay, Brian hat mich gebeten, ihn zu begleiten. Er hilft dort aus, aber du weißt ja, wie sauer ich auf Pete bin, der die Bewirtung macht. Ich muss Mac mit der Professorengruppe bekanntmachen. Und ich muss Brian begleiten, weil er nach wie vor Petes Freund ist.“ Als Peggy den Mund öffnete, hob sie die Hand. „Ich möchte all meine Freunde um mich haben.“

„Jill.“ Mit ihrem Tonfall schaffte sie es, sämtliche Mauern der Freundin zu durchbrechen.

Jill rutschte auf ihrem Platz umher. „Und, okay, es ist die erste Party, auf der ich seit Halloween sein werde. Ich möchte nicht an jenen Abend denken.“

Endlich. Peggy seufzte. „Okay, aber du solltest mich besser nicht fragen, wenn du vorhast, mich mit Maven zu verkuppeln.“

Ein idiotisches Grinsen zog über Jills Gesicht. „Sehe ich aus wie Amor?“

„Ich kann erkennen, dass du einen Lendenschurz und Flügel hast."

Sie lachte heiser. „Oh, vielen Dank. Menschen mit Pfeilen abzuschießen ist schon immer mein Traum gewesen."

Peggy warf das Taschentuch fort, verpasste aber den Abfalleimer. „Ich bin diejenige, die gern schießt."

„Ich sage das nur einmal. Mac sieht mehr als gut aus. Und diese Stimme. Margie bekommt jedes Mal fast einen Orgasmus, wenn sie ihn sprechen hört. Sie hat diese Woche mehr Kaffee verschüttet als ..."

„Mir ist klar, worauf du hinauswillst. Aber das solltest du vergessen. Ich finde nicht, dass er in diese Stadt gehört."

Jill verzog den Mund. „Gut. Dann rede dir das ein."

„Ich hoffe, dass unsere unterschiedlichen Ansichten ..." Peggy schob das Heizkissen fort. „... unsere Freundschaft nicht beeinträchtigen."

„Meine Familie ist immer damit klargekommen. Ich wüsste nicht, warum wir das nicht schaffen sollten."

Jill streckte die Hand aus, und Peggy ergriff diese. „Wir einigen uns also darauf, dass wir uns nicht einig sind?"

„Jepp." Jill stand auf. „Und jetzt wasche ich mir die Hände."

„Nun weiß ich, wie man sich mit Lepra fühlen muss."

„Haha. Ich würde dich ja umarmen, aber ... Iiih. Viren."

„Viren sind wie Strahlung. Du bist schon gefährdet, wenn du dich nur in einem Raum mit mir aufhältst." Scherzhaft begann sie zu husten.

„Na toll, danke für das Bild. Wenn ich dich das nächste Mal besuche, gehe ich auf Nummer sicher und trage einen Schutzanzug." Jill krümmte sich zusammen, und Peggy musste sich beherrschen, nicht zu grinsen. „Danke, dass du mit zum Polarfest kommst, Peg. Das bedeutet mir viel."

Peggy hustete in ein neues Kleenex. „Gern geschehen. Misch dich nur nicht bei Maven und mir ein. Wenn du es doch tust, muss ich dich wegen deines Nuttengangs festnehmen, und dann wirst du keine Gelegenheit mehr zu heißem Sex haben.

„Horror", bestätigte Jill und tanzte außer Reichweite. Auf dem Weg nach draußen stolzierte sie die ganze Zeit im Nuttengang und brachte Peggy damit zum Lachen.

Nachdem Jill fort war, ging sie zurück in ihr Büro, um die Recherchen über Maven fortzusetzen. Sie klappte ihren Laptop auf und goss sich ein Wasser ein, denn ihre Kehle war völlig ausgetrocknet. Dann machte sie sich daran, seine Vorgeschichte zu überprüfen. Sie fand nur eine einzige Anklage, die schon Jahre zurücklag, und beinahe hätte sie wütend geknurrt. Warum konnte er kein Vorstrafenregister haben, das so lang war wie ihr Arm? Das hätte geholfen. Sie klickte auf die Anklage. Nun gut. Er war wegen Beleidigung und Körperverletzung angeklagt worden, aber es war ihm gelungen, sich herauszuwinden. Warum überraschte sie das? Es wurde Zeit herauszufinden, wie er das geschafft hatte.

Sie rief in der Polizeidirektion von Atlantic City an. Der Beamte, der Maven damals verhaftet hatte, konnte sich nicht mehr erinnern, aber er nahm sich die dünne Fallakte vor und las sie Peggy am Telefon vor. Offensichtlich hatte Maven ein Kind reicher Eltern krankenhausreif geschlagen, doch er hatte sich geweigert, den Grund dafür zu nennen. Die Familie hatte Anklage erhoben, nachdem ihr Sohn in der Klinik behandelt werden musste. Doch wenige Tage später hatten sie die Anklage ohne Begründung zurückgezogen. Als das Gespräch beendet war, ließ Peggy den Telefonhörer sinken und trommelte mit ihrer Waffe aufs Sofa. War das genug? Sie übertrat gerade eine moralische Grenze.

Aber er durfte das Pokerspiel nicht nach Dare bringen. Niemand hier verstand, was das bedeuten würde, wie es Familien veränderte, die Zahl der Alkoholabhängigen ansteigen ließ, die häusliche Gewalt und auch die Übergriffe auf der Straße. Sie aber wusste es.

Sie würde die Informationen über Maven nutzen, weil der Zweck die Mittel heiligte. Jeder in der Stadt musste an die dunkle Seite des Glücksspiels erinnert werden, und dieser Zwischenfall würde Mavens Ruf schaden. Es könnte schon genügen, die öffentliche Wahrnehmung ihm gegenüber zu verändern. Sie benötigte Leute in der Stadt, die ernsthaft ihre Beunruhigung äußerten, am besten Frauen und Männer aus dem Stadtrat. Sollte sie bereits jetzt alles ausplaudern oder bis nach der Abstimmung warten? Nein, Maven war genauso clever wie ein Lobbyist. Wenn sie zu diesem Zeitpunkt schon an die Öffentlichkeit ging, würde er eine Möglichkeit finden, die Tatsachen zu verdrehen.

Es war besser, die Zeitung darüber zu informieren, dass sie etwas gegen ihn in der Hand hatte, und bei der Sitzung des Stadtrats den Sachverhalt zu erklären. Wenn die Strafverfolgung sie eines gelehrt hatte, dann das: Der bloße Verdacht einer Schuld konnte bereits den Ruf ruinieren.

Erneut griff sie nach dem Telefon und rief beim *Western Independent* an.

33. Kapitel

Vielleicht lag es an den unterschwelligen Schuldgefühlen, die Brian wegen der Szene bei *Hairy's* empfand, auf jeden Fall beschloss er, es wäre an der Zeit, die Überraschung zu enthüllen, die er seit dem Picknick am Valentinstag für Jill plante.

„Hey", meldete er sich, als er sie im Café anrief. „Kannst du dich heimlich nach Hause schleichen, um mit mir zu lunchen? Ich werde heute Abend lange arbeiten müssen."

Sie gab einen summenden Ton von sich. „Du vermisst mich, hm?"

Wenn sie nur wüsste ... Er dachte ununterbrochen an sie – ganz so wie in alten Zeiten. „Allerdings. Und du?"

„Klar", gab sie zurück.

„Also, kannst du?", wiederholte er.

„Mhm. Wir sind ganz dicht davor, genügend Stimmen für das Hotel zusammenzubekommen. Ich denke, ich könnte eine Pause machen. Lass mich das nur mit Mac absprechen."

Es sah also ganz danach aus, als bekäme das Hotel den Startschuss. Er stieß den Atem aus. In Anbetracht der Tatsache, wie verdammt glücklich Jill mit ihrer Arbeit war, brauchte man kein Genie zu sein, um sich auszumalen, was sie sich für die Zukunft wünschte.

Sie würde weiterhin für Mac und das neue Hotel arbeiten wollen.

Wollte er nun in Dare bleiben und mit ihr zusammen sein, bot sich ihm kaum eine bessere Option, als mit Simca ein Restaurant zu eröffnen. Allerdings war er nicht sicher, ob Jill das unterstützen würde. Mist!

„Ich kann mir freinehmen“, sagte sie erfreut, als sie wieder am Telefon war. „Wann?“

„Wie wäre es gegen zwölf? Und, Jill“, er machte eine kleine Kunstpause, „es wird ein langes Mittagessen werden.“

„Großartig“, gab sie zurück, und das Lächeln war in ihrer Stimme zu hören. „Bis gleich.“

Zur vereinbarten Zeit stolzierte sie durch die Tür. In ihrem braunen Wollrock und einem der Ponchos, die sie so gern trug, in einem gewagten Lindgrün sah sie wunderschön aus. „Mittagssex!“, rief sie und beugte sich hinab und streichelte Mutt kräftig. „Das habe ich mir schon mein Leben lang gewünscht.“

Er musste lachen. „Tja dann, Rotschopf, hast du Glück.“

Sie segelte in seine Arme und gab ihm einen leidenschaftlichen Kuss, doch er löste sich von ihr. „Später. Ich habe eine Überraschung für dich. Und dieses Mal musst du die Augen schließen.“

Sofort senkte sie die Lider, und zum ersten Mal wurde ihm bewusst, wie lang ihre Wimpern waren. „Hast du vor, mir ein paar neue Bewegungen zu zeigen? Nimmst du neuerdings Tanzstunden bei Mrs. Ellison?“

Er schüttelte sich. „Ernsthaft, Jill, Sie ist fast siebzig. Jetzt hör auf zu plappern und gib mir deine Hände.“

Er nahm ihre Hände in seine und führte Jill in die Küche.

„Mmh, es duftet wundervoll hier drin. Hast du eine neue Kaffeesorte?“

Sie konnte es nicht sehen, aber sein Lächeln hätte das der Grinsekatze aus Alice im Wunderland übertrumpft. „So ähnlich. Komm, setz dich und lass die Augen zu.“

Während er ihr half, sich auf einen der Stühle am Küchentisch zu setzen, begutachtete er die vier Kaffeepackungen, die er kunstvoll auf einem Tablett arrangiert hatte.

„Mein Gott, was auch immer du da trinkst, ich will es auch“, sagte sie. „Ist das ein Blütenduft?“

Verdammt, er hätte wissen müssen, dass ihre Nase sofort die Fährte aufnehmen würde.

„Du bist zu gut, Rotschopf. Okay, du kannst die Augen jetzt öffnen.“

Der Blick aus ihren grünen Augen schoss von ihm zu dem Tablett. Ihre Kinnlade klappte hinunter. Und dann sprang sie kreischend vom Stuhl auf. Sie hüpfte auf und ab und schrie: „O mein Gott, o mein Gott!“

Grinsend zog er sie in die Arme. „Freut mich, dass dir die Überraschung gefällt. Ich habe mir gedacht, du weißt eine Kaffeespezialitäten-Verkostung zu schätzen.“

Sie lehnte sich zurück, während sie noch immer seine Hüften umschlang. „Machst du Witze?“ Wieder drehte sie den Kopf in Richtung des Tabletts. „Das sind einige der teuersten Kaffeesorten der Welt. Die kosten zwischen fünfzig und zweihundert Mäuse pro Packung. Und sie sind schwer zu bekommen. Wie hast du das geschafft?“

Er hob eine Schulter. „Jemand, mit dem ich zur Schule gegangen bin, hat unglaublich gute Beziehungen zu Spezialitätenhändlern, und er hat es geschafft, das für mich zu arrangieren.“

„Das ist zu viel“, wandte Jill ein, nachdem sie sich beide gesetzt hatten. „Ich kann das nicht annehmen … Also, wir haben den berühmten Panama Geisha von der Hacienda La Esmeralda.“ Sie hielt sich den Kaffee unter die Nase und atmete tief ein. „Ah, daher kommt der blumige Duft, den ich eben gerochen habe. Außerdem hat er ein stark fruchtiges Aroma. Köstlich.“

„Du bist zu gut, Rotschopf. Ich habe mit einigen unglaublichen Sommeliers zusammengearbeitet, und du hast das gleiche Händchen für Kaffee wie sie für Wein.“

Sie wackelte mit den Augenbrauen. „Nun, das sollte ich auch, Schatz. Immerhin besitze ich ein Café. Oh, Bri, das ist die allerschönste Überraschung meines Lebens. Wie kann ich dir jemals danken?"

Seine Kehle wurde eng. Dass sie jeden Tag mit ihm verbrachte, schien ihm schon Dank genug zu sein. „Genieß es einfach."

Sie griff nach dem Kaffee aus St. Helena und sog den Duft tief ein. „O mein Gott."

„Ja, ziemlich cool, nicht?" Er hatte die Sorten schon zuvor inspiziert. „Er stammt von der Insel, auf der Napoleon 1815 im Exil gelebt hat." Sein Freund hatte ihm die Beschreibungen jeder der Kaffeesorten mitgeschickt.

„Das war der Kerl von der Französischen Revolution, richtig?"

Beinahe hätte er die Augen verdreht. „Jepp. Dieser kleine Typ."

Sie glitt mit einer Hand unter den Tisch und streichelte ihn durch die Jeans. Unmittelbar wurde er hart. „Tja, solche Männer kenne ich nicht."

Sein Keuchen drang durch den Raum. „Du Glückliche. Und, was hältst du davon, wenn wir die Sorten jetzt probieren?"

„Okay. Nichts für ungut, aber *das* ist mein Part."

Als sie aufhörte, ihn zu streicheln, lehnte er sich zurück. Dafür hatten sie später noch eine Menge Zeit. „Anders würde ich es auch gar nicht wollen."

Er hatte Tausende von Weinverkostungen durchgestanden, daher wusste er, wie lange die Prozedur dauern würde. Und mit Kaffee war es weitaus komplizierter. Zuerst mussten sie die Bohnen mahlen und ihr Aroma analysieren, bevor sie jeweils zwei Teelöffel in Tassen füllen und mit knapp 200 Millilitern heißem Wasser aufgießen konnten, um den Kaffee aufzubrechen, wie Jill erklärte. Jedes Mal, wenn sie den Kaffeesatz am Tassenboden ausdrückten, atmeten sie den Duft tief ein. Natürlich hatte Brian zuvor recherchiert, wie

Kaffeeverkostungen abliefen, aber er konnte Jill ansehen, wie sehr sie es genoss, ihm die Abläufe zu erklären.

Nachdem der Kaffeesatz zu Boden gesunken war, schlürften sie jeweils eine kleine Probe von einem Löffel, um den Geschmack zu überprüfen, und die unanständigen Geräusche klangen durch die Küche. Der Tisch war mit Tassen vollgestellt – eine davon war eine offizielle Abba-Tasse. Als Brian das entdeckte, lächelte er.

Bei jeder Kostprobe stöhnte sie auf. Zum Teufel, er ebenso.

„Bald kann ich keine anderen Kaffeesorten mehr leiden", sagte sie und nippte an der Tasse mit dem verlockenden Jamaican Blue Mountain. Den Löffel hatte sie abgelegt.

Während er zusah, wie das Licht, das durchs Küchenfenster fiel, auf ihrem Haar spielte, sinnierte er darüber, dass sie genau den gleichen Effekt auf ihn hatte, was andere Frauen betraf. Er konnte sich nicht vorstellen, jemals eine andere als Jill zu begehren. Hatte er nicht immer geahnt, dass sie genau diese Wirkung auf ihn haben würde? War er nicht deshalb in der Highschool so zaghaft gewesen?

„Komm her", rief Jill, stand auf und zog ihn vom Stuhl hoch. Dann wandte sie sich um und nahm ein paar El-Injerto-Kaffeebohnen in die Hand. Sie fuhr ihm damit über den Hals, dann beugte sie sich vor und sog seufzend das Aroma ein. „Gott, du duftest. Wir sollten über ein Parfum mit Kaffeeduft nachdenken."

„Mir gefällt deine Lotion mit Kaffeeduft", stimmte er zu. Witzig, alles, was mit Kaffee zu tun hatte, erinnerte ihn mittlerweile an sie.

Sie schob sein Hemd hoch und ließ einige Bohnen über seine Brust gleiten. Dann küsste sie die Spur, die sie gelegt hatte. Er hielt den Atem an. Sein Verlangen, das stets präsent war, wenn Jill sich in seiner Nähe aufhielt, stieg ins Unermessliche.

„Ich will dich hier", erklärte er. „Mit all dem Kaffee um uns herum."

Hastig rissen sie sich die Kleider vom Leib. Er zog sie auf seinen Schoß und drang so kraftvoll in sie ein, dass sie aufschrie.

Als er weiter in sie stieß, hielt er den Blick auf ihre Kette geheftet, die an ihrem Schlüsselbein auf und ab hüpfte. Es war nicht jene mit dem Amethystanhänger, die sie immer trug und die Jemma gehört hatte. Irgendetwas an dem herzförmigen Anhänger kam ihm bekannt vor, und als die Erinnerung zurückkehrte, zerriss es ihm beinahe das Herz.

Es war die Kette, die er ihr nach dem Highschool-Abschluss geschenkt hatte. *J&B, BFFs.*

Er presste seine Stirn gegen ihre und umfasste ihre Hüften in dem Wunsch, eins mit ihr zu werden. Mit einem lauten Aufschrei kam sie.

Die Kette hatte sie nie erwähnt. Soweit er wusste, hatte sie sie nie getragen – bis heute.

Mit einem rauen Schrei machte er seiner Erleichterung Luft.

Er strich ihr übers Haar, dann hob er ihr Kinn, sodass er ihr in die Augen sehen konnte. Es war ein Zeichen. Das Gefühl der Erlösung durchflutete ihn.

„Ich liebe dich", flüsterte er. „Mehr als alles andere."

Ihre grünen Augen glühten wie geschmolzenes Glas. „Und ich liebe dich mehr als alles."

Unwillkürlich glitten seine Finger zu ihrer Kette.

Als er die Herzform des Anhängers nachzog, hielt sie seinen Blick.

Brian schluckte schwer. Er konnte nicht sprechen.

Also zog er sie einfach an sich und hielt sie, bis ihre Körper sich abgekühlt hatten. Dabei wünschte er sich, er könnte in der Zeit zurückreisen und dem schüchternen Jungen danken, der vor acht Jahren an einem windigen Maimorgen den Laden von Dares bestem Juwelier betreten und Jill dieses Geschenk gekauft hatte.

Schon damals hatte er die Wahrheit gekannt.

Und jetzt hatte ihre Beziehung sich in etwas so viel Größeres gewandelt.

34. Kapitel

„Mac, ich denke, Sie haben jede meiner Fragen beantwortet", meinte der Vorsitzende der Planungskommission. „Ich kann Ihnen nicht offiziell sagen, wie ich abstimmen werde, aber ich kann Ihnen empfehlen, deswegen keine schlaflose Nacht zu verbringen." Die beiden Männer schüttelten sich die Hand. Jill musste sich unter Kontrolle halten. In der Öffentlichkeit einen Siegestanz aufzuführen, würde unreif wirken, aber inoffiziell hatten sie jetzt genug Stimmen, um Macs Pläne durchzubringen.

„Jill, es freut uns, dass Sie mit dabei sind. Dadurch wird das gesamte Projekt unsere Gemeinde repräsentieren, das ist uns bewusst."

Mit einem warmen Händedruck ergriff sie Lane Brikens Hand. „Ich versuche, das Beste für die Stadt zu tun."

„Das wissen wir. Wir sehen uns in der Versammlung."

Jill ließ sich in ihren Sessel sinken und sah ihm nach, wie er dick und rund durch das Restaurant ging.

Mac verschränkte die Arme und lehnte sich in seinem Sitz zurück, auf seinem Gesicht lag ein breites Grinsen. „Okay, jetzt können Sie es herauslassen."

„Sie hätten deswegen keinen schlechteren Eindruck von mir?"

Er stieß ein Lachen aus und öffnete sein marineblaues Anzugjackett, als wäre das sein Zugeständnis, sich zu entspannen. „Nein. Tatsächlich würde ich es für eine Charakterschwäche halten, wenn Sie es nicht täten."

„Wir haben genügend Stimmen", sang sie feierlich und trommelte mit der Gabel auf den Teller, als würde sie Schlagzeug spielen.

„Allerdings", murmelte er, zog einen gelben Pokerchip aus der Hosentasche und ließ ihn durch die Finger gleiten. „Sie haben gute Arbeit geleistet. Was mich nicht überrascht."

„Danke gleichfalls." Sie hob die Hände. „Das ist der Grund, warum Sie mich eingestellt haben."

„Das ist wahr", stimmte er zu. „Haben Sie sich schon entschieden, ob Sie ganztags für mich arbeiten wollen? Ich zahle Ihnen noch dreißig Prozent mehr. Sie sind es wert."

Mit offenem Mund starrte sie ihn an. Diese Anerkennung von jemandem wie Mac war alles, was sie sich jemals gewünscht hatte. „Ist das Ihr Ernst?"

Er steckte den Chip zurück in die Tasche. „Auf jeden Fall. Sie sind genauso gestrickt wie ich. Eine geborene Geschäftsfrau. Wenn ich Sie nicht festhalte, werden Sie über kurz oder lang dieser Stadt den Rücken kehren."

Der Tagtraum verselbstständigte sich. Sie sah, dass weitere hell gestrichene Läden mit netten Namen die Main Street säumten. Sich selbst, wie sie attraktiv und geschäftig hierhin und dorthin flitzte, während die Leute ihr zuwinkten und von ihr sagten, sie sei ein Wunderkind, was das Business angehe. Verdammt, sie könnte sich zur Bürgermeisterwahl aufstellen lassen.

Stolz, ihn zu tragen, strich sie über ihren herzförmigen Anhänger. Brians Reaktion hatte ihr Herz zum Schmelzen gebracht.

„Ich habe es Ihnen schon gesagt! *Nach* der Abstimmung werde ich Ihnen meine Entscheidung mitteilen." Sie wollte ihm nicht die gesamte endlose Geschichte offenbaren, deshalb sagte sie das Erste, was ihr einfiel. „Ich will das Schicksal nicht herausfordern."

Er ließ seine elegante Aktentasche aus burgunderfarbenem Leder zuschnappen. „Sie sind keine Frau, die man in die Enge treiben sollte. Ich versuche, das zu respektieren. Darf ich Sie zu Ihrem anderen Job bringen – fürs Erste?"

Als er sie am Café herausließ, hastete sie zur Tür, um der Kälte zu entkommen. Verdammt, sie hatte den Winter satt. Das allerdings ließ sie nur daran denken, warum sie und Jemma das Polarfest ins Leben gerufen hatten. Es war deprimierend.

Das Café summte vom Tatendrang der Gäste am frühen Abend. Die Studenten machten Lernpausen, sie hatten ihre Bücher ungeöffnet beiseitegeschoben. Freunde saßen eng beieinander, lachten und plauderten und ließen die Herausforderungen des Tages von sich abfallen. Der Milchaufschäumer röhrte und übertönte fast die leise Jazzstimme von Miles Davis. Die kalte Nacht, die Dunkelheit, die sich über die schneebedeckten Berge senkte, und die Wärme des Gaskamins – all das machte *Don't Soy With Me* zum perfekten Ort, um abzuschalten. Moderne Kunst aus dem Fortgeschrittenenkursus der Volkshochschule hing in flippigen Rahmen an den Wänden und sorgte zusätzlich für Ambiente.

Margie winkte sie zu sich heran. „Wann ist die Kaffeebestellung rausgegangen?"

Mist! Das hatte sie vergessen. „In diesem Moment."

„Das habe ich mir gedacht."

Jill zog eine Grimasse und ging eilig in ihr Büro. Sie ließ sich auf ihren Schreibtischstuhl fallen, durchwühlte die Ordner nach der aktuellen Bestellung und machte sich am Rand Notizen über neue Produkte, die sie bei ihren Gästen ausprobieren wollten. Was würden die Leute von dem Java aus Indonesien halten? Ein Klopfen an der Tür ließ sie zusammenzucken.

„Klopf, klopf", sagte eine vertraute, vom Alter raue Stimme. „Ich dachte mir, es wäre an der Zeit, persönlich nachzusehen, wie es dir geht." Ihr Großvater kam herein, sein Stock pochte auf den Boden. Er hielt eine Kaffeetasse in der Hand. „Friedensangebot."

Schon als kleines Mädchen hatte sie so sein wollen wie er. Es war so enttäuschend für sie gewesen, dass sie den Journalismus-Unterricht so sterbenslangweilig gefunden hatte. Wer wollte schon durchs Leben gehen und objektiv bleiben? Nachrichten verbreiten. Sie wollte alles in prächtigen Farben erleben. Er war nie enttäuscht von ihr gewesen, doch sie spürte, dass er es jetzt war. Er stammte aus einer anderen Generation, und mit einem Mann zusammenzuziehen, mit dem man nicht verheiratet war, ging für ihn ganz einfach nicht.

„Ich bin froh, dass du gekommen bist", sagte sie, und die Worte waren ihr Friedensangebot an ihn. Als sie die Tasse von ihm entgegennahm, wärmte diese ihre Hand.

Die Augenbraue, die er hochzog, hätte schon gewachst werden müssen, als Kennedy Präsident war. „Meredith läuft Amok, seit sie Brian und diese Französin gestern Abend bei *Hairy's* gesehen hat, wo die beiden irgendeine Speisekarte besprochen haben. Und deine Mutter … nun, du weißt, wie sie empfindet."

Die Krämpfe in ihrem Magen wurden schlimmer. Für Brian war es sinnvoll, mit dieser Frau zu sprechen, aber sie spürte noch immer einen eifersüchtigen Stich.

„Diese ganze Sache, dass du mit Brian zusammengezogen bist, ging so schnell. Da bin ich ins Grübeln gekommen." Er sah sie über die Nasenspitze hinweg an. „Du bist nicht schwanger, oder, Mädchen?"

„Was?" Der Kaffee schwappte über, als sie vor Schreck zusammenzuckte. „Shit!" In rasender Geschwindigkeit fischte sie ihre Kaffeebestellung vom Schreibtisch. Dann presste sie ein Kleenex auf den Fleck, wischte ihn auf und warf den durchtränkten Lappen in den Müll. „Nein, natürlich nicht", beteuerte sie und betete im Stillen, dass es stimmte.

Er klatschte. „Gott sei Dank bist du nicht Schauspielerin geworden", knurrte er missbilligend und faltete die Hände auf dem Schoß.

Breschnew hatte ihren Großvater während des Kalten Krieges nicht zum Narren halten können, und sie hatte erst recht keine Chance.

Mit Augen so scharf wie die eines Magellanbussards heftete er seinen Blick auf sie. „Du bist tatsächlich schwanger, oder?" Er schnalzte mit der Zunge. „So, dann ist ein Geheimnis gelüftet. Ich kann mir kaum vorstellen, dass deine Mutter und Meredith nicht daran gedacht haben."

Ihr ganzer Körper überzog sich mit Schamesröte, als ihr klar wurde, dass sie ihn nicht anlügen konnte. „Sieh mal, ich weiß es noch nicht." Ihre verdammte Periode hatte noch nicht eingesetzt, aber sie sagte sich weiterhin, dass sie jeden Tag kommen musste. Sie vergrub den Kopf in den Händen. „Wie bist du darauf gekommen?"

Die Stuhlbeine kratzten über den Boden, als er sich zu ihr herumdrehte. Mit der Hand strich er ihr über den Rücken. „Die Kombinationsgabe eines Reporters. Komm her, Kleine."

„Ach, Grandpa", weinte sie. Dann lehnte sie den Kopf an seine Brust und ließ endlich all die Gefühle heraus, die sie versucht hatte zu verbergen. Als er sich zu ihr herunterbeugte, nahm sie den vertrauten Geruch der scharfen roten Bonbons wahr.

„Hey, das ist nicht das Ende der Welt. Nicht die beste Situation mit dieser französischen Schnepfe in der Stadt, das gebe ich zu, aber du bist ein mutiges Mädchen und eine Hale. Das schaffst du."

Seine Unterstützung erstaunte sie. „Du bist nicht enttäuscht?"

Sanft klopfte er mit der Hand an ihren Hinterkopf. „Ich will nicht lügen – natürlich bin ich nicht glücklich darüber, dass du mit Brian in wilder Ehe lebst, statt einen Ring am Finger zu tragen. Aber deswegen liebe ich dich doch nicht weniger. Du bist härter zu dir selbst, als ich es je sein könnte.

Ich habe ein Alter erreicht, in dem ich genug gesehen habe, um eines zu wissen."

Tränen stiegen ihr in die Augen. Sie schniefte und griff nach einem Taschentuch. Gleichzeitig war sie erleichtert, dass er nicht so sauer war, wie sie befürchtet hatte. „Und was?"

„Ich möchte nur, dass du glücklich bist, und wenn ich dir dabei helfen kann, bin ich zur Stelle. Natürlich möchte ein Teil von mir McConnell in die Eier treten, aber das wäre keine Lösung."

„Es ist nicht seine Schuld. Es …"

„Dazu gehören immer zwei, ich weiß, aber er ist ein leichtes Ziel. Hast du uns im Ungewissen gelassen, weil du wusstest, wir wären sauer auf ihn, jetzt, wo seine Exfreundin darüber nachdenkt, hierzubleiben und Mortys Haus zu kaufen? Bitte versprich mir, du wirst Brian nicht erlauben, mit dieser Frau eine Geschäftsbeziehung einzugehen. Diese Frau macht nichts ohne Hintergedanken."

Das Taschentuch glitt ihr aus der Hand. Plötzlich war es, als unterläge alles stärker als gewöhnlich der Schwerkraft. Ihr Mund. Ihre Hände. Sogar ihre Beine.

„Sie denkt darüber nach, zu bleiben?"

Er rieb sich die Hüfte und lehnte sich an den Schreibtisch. „Das wusstest du nicht?"

Blitzartig dachte sie an den ersten Tag, nachdem Brian und sie zusammengezogen waren. War es das, was er ihr hatte erzählen wollen? Dass sie vorhatten, gemeinsam in Dare ein Restaurant zu eröffnen? Es wäre das Beste aus beiden Welten für ihn. Und es würde bedeuten, er müsste sich nicht wirklich für sie entscheiden – nicht so, wie sie es sich wünschte.

„O mein Gott", flüsterte sie. Wie konnte er von ihr erwarten, dass sie es ertrug, wenn er tagein, tagaus mit dieser Frau zusammen arbeitete, während sie wusste, wie gern diese Simca ihn zurückerobern wollte? „Wie hast du das herausgefunden?"

„Morty Wilson hat ihr eine Sonderführung angeboten, bevor die Immobilie offiziell auf den Markt kommt. Er meinte, sie sei sehr charmant."

„Charmant!" Jeder schien ihrem Zauber zu verfallen. Jill sank auf ihren Stuhl zurück.

„Das Entsetzen auf deinem Gesicht ist nicht zu übersehen." Er tätschelte ihren Scheitel. „Scheint, als sei dir das neu."

„Allerdings. Morty hat mir die Nachricht hinterlassen, dass ich ihn anrufen soll, aber ich hatte noch keine Zeit", erklärte sie apathisch.

„Das habe ich nicht gemeint."

Genau. „Ich glaube, Brian hat versucht, es mir zu erzählen." Sie wollte nicht, dass irgendjemand Brian noch mehr mit Schuld überhäufte. Sie hielt es nicht mehr aus und stand auf. „Wir sind zusammengezogen, weil wir herausfinden wollten, ob wir ein paar Dinge klären können, bevor wir uns entscheiden, wie es beruflich weitergehen soll. Wir waren uns einig, dass wir alles, was schwierig ist, auf später vertagen."

Das Pfeifen ihres Großvaters drang an ihr Ohr. „Was für eine dumme Idee ist das denn, über die heiklen Dinge nicht zu reden? Gerade das macht Beziehungen aus."

Sie stampfte mit dem Fuß auf. „Das weiß ich, aber wir haben nicht geglaubt, dass wir es ohne ein … dummes Stillhalteabkommen schaffen könnten."

Als er sie an sich zog, schlang sie ihm die Arme um die Taille. Die Wolle seiner Strickjacke kitzelte sie an der Nase.

„Nun, zumindest wird er hier sein, falls du schwanger bist."

„Ich will nicht schwanger sein", flüsterte sie. „Macht mich das zu einem schlechten Menschen?"

Sein Seufzen hätte nicht stärker von Herzen kommen können. „Nein, Süße. Nur menschlich."

„Oh, Grandpa. Es sieht so aus, als hätten wir genug Stimmen zusammen, um das Hotel durchzubringen. Ich wünsche

Mac so, dass es klappt.“ Ihre Stimme war so sanft, als würde sie in der Kirche eine Todsünde beichten. „Er ist großartig, und für mich ist es eine unglaubliche Chance.“

Er lehnte sich zurück, um seine blassblauen Augen zeichneten sich die Falten ab, die Lachen und Sorgen eines langen, erfüllten Lebens hinterlassen hatten. „Du bist wie ich, Jill. Du willst Imperien schaffen. Das wusste ich schon, als du acht warst und wir Monopoly gespielt haben. Du musstest überall deine Finger hineinstecken.“

Unter ihrer Schädeldecke breiteten sich Kopfschmerzen aus. „Ich will nicht, dass Brian mit dieser Frau ein Restaurant in Dare eröffnet, selbst wenn ihn das hier halten würde. Sie will ihn zurück.“ Konnte sie seine Entscheidung unterstützen und darauf vertrauen, dass er ehrlich zu ihr war? Himmel, das war wirklich Vertrauen, wie es im Buche steht.

„Natürlich will sie das.“

„Aber er will ein ernstzunehmender Chefkoch sein, und das sehe ich hier nicht, besonders da ich wahrscheinlich für Mac arbeiten und kein Restaurant mit Brian eröffnen werde.“ Tatsächlich brauchte sie das Abstimmungsergebnis nicht, um zu wissen, wie sie sich entscheiden würde. „Aber ich liebe ihn. Ich weiß nicht, was ich tun soll.“

„Du wirst es herausfinden.“

„Ich habe dich vermisst, Grandpa.“

Sein Griff wurde fester. „Ich habe dich auch vermisst, Kleines. Wenn so etwas noch einmal passiert – was Gott verhüten möge –, erinnerst du dich hoffentlich daran: Ich bin kein voreingenommenes Monster. Ich liebe dich, Kind.“

Sie barg ihr Gesicht in seinem Pullover und roch sein Aftershave. „Ich liebe dich auch.“

„Du lässt es mich wissen, wenn du irgendetwas brauchst, okay?“

In seinen Worten steckte eine verborgene Botschaft. Doch darauf wollte sie nicht eingehen. „Okay.“

Er ließ sie los und nutzte den Schreibtisch, um sich abzustützen und wieder zu seinem Stock zu kommen. „Der Rest der Familie mag Brian in den Arsch treten wollen, aber sie lieben dich trotzdem. Und jetzt sprich mit deiner Schwester. Sie ist sauer. Ihre Texte leiden darunter."

Das bezweifelte Jill. Immerhin hatte Meredith selbst in ihrer Trennungsphase geniale Artikel geschrieben. „Alles klar."

„So, und jetzt gehe ich besser zurück in mein eigenes Imperium. Und das solltest du auch tun", fügte er hinzu und gab ihr einen Nasenstupser. „Ich kann es immer noch nicht fassen. Die Leute bezahlen so viel für eine Tasse Kaffee. Zu meiner Zeit …" Als er die Tür hinter sich zuzog, verebbte seine Stimme.

Jill stützte den Kopf in die Hände. In ihrem Kopf spielte sie eine Reihe von Szenarios durch. Stopp, befahl sie ihren Gedanken, dann griff sie nach der Kaffeebestellung. Nachdem sie die Bestellung aufgegeben hatte, verließ sie ihr Büro und bemühte sich, ihre Gefühle zu verbergen. Es wurde Zeit, die Dinge mit Meredith zu klären.

Meredith ausfindig zu machen war nicht schwierig. Jill wusste, sie würde sie bei der Arbeit antreffen. Als sie die Zentrale des *Western Independent* betrat, klingelten überall die Telefone, und die Mitarbeiter diskutierten leidenschaftlich über einzelne Sätze. Druckerschwärze und Papier hatten für sie nie so geduftet wie Kaffee, dennoch erwärmte die Kombination ihr Herz. Die Erinnerungen daran, wie sie nach der Schule hierhergekommen war, holten sie ein – wie ihr Vater und ihr Großvater sie ihre eigenen Verkaufsschilder für den Limonadenstand hatten entwerfen lassen, den sie mit Brian geführt hatte, oder wie sie einen Artikel über ihre oscarverdächtige Rolle in dem Weihnachtstheaterstück geschrieben hatte. Sehnsucht nach der Vergangenheit packte sie.

Jill klopfte an die offene Tür. Der berüchtigte rote Hale-Stift hielt auf dem Blatt inne. Meredith schaute auf und runzelte die Stirn.

Jill schloss die Tür hinter sich und steckte dann die Hände in ihre Jackentaschen. „Ich weiß, du bist sauer auf mich – und verletzt. Das bin ich auch, aber so muss es nicht mehr sein. Es tut mir leid, dass wir gestritten haben, aber ich hatte den Eindruck, als würdest du mir nicht mehr zutrauen, meine eigenen Entscheidungen zu treffen. Und du bist zu einem superharten Urteil über Brian gelangt, obwohl ich selbst herausfinden muss, was ich für ihn empfinde – auf meine Weise." Sie atmete tief durch, um die Enge in ihrer Brust zu lösen. „Außerdem gibt es noch etwas, das ich dir sagen muss. Ich ... möglicherweise bin ich schwanger, und ich wollte es niemandem erzählen, falls es doch nicht so ist."

Meredith zwinkerte ein paarmal. Legte langsam ihren Stift ab. Als sie nichts sagte, fuhr Jill fort. „Ich wollte nicht, dass du enttäuscht bist oder dir Sorgen machst, wenn es gar keinen Grund dafür gibt. Und ich hatte Angst, du würdest es Mom erzählen."

Ihre Schwester stand auf, kam durch den Raum und packte sie bei den Schultern. „Du bist vielleicht schwanger?" Sie riss die grünen Augen so weit auf, dass die Iris aussah wie die Ringe des Jupiter. „Heilige Scheiße."

„Allerdings, heilige Scheiße."

Meredith ließ ihre Hände an Jills Armen hinuntergleiten. „Mom wird ausrasten."

„Siehst du, ich wusste ja, du wirst es ihr erzählen." Unruhig hüpfte sie hin und her. „Hör mir zu. Ich weiß ja noch gar nicht, ob ich schwanger bin."

Ein Klingelton kündigte das Eintreffen einer E-Mail an. „Wow, das ist ein Schock. Also ist er eingezogen, weil ..."

„Wir mussten herausfinden, ob wir unser Privatleben zusammen auf die Reihe bekommen, nachdem so viele andere

Entscheidungen ausstehen wie Macs Angebot an mich und das Angebot, das diese französische Zicke Brian gemacht hat. Und ich wollte sehen, wie wir als Paar in allen Lebenslangen funktionieren, bevor sich diese ganze … Schwangerschaftsgeschichte aufklärt."

„Wow", kommentierte Meredith trocken. „Das ist eine ganze Menge. Ich weiß nicht, wie ich es dir sagen soll, aber Tanner hat Brian gestern in der Bar beiseite genommen …"

Und dann berichtete sie vom gesamten Zwischenfall.

Jill trat zurück und lief schließlich auf und ab.

„Das muss nicht heißen, dass er im Moment zu ihr zurückkehren oder etwas Fragwürdiges tun will", endete sie.

„Gott, Mere, ich weiß nicht, was ich tun soll. Ich denke, wir haben genügend Stimmen für das Hotel auf unserer Seite, und ich möchte wirklich für Mac arbeiten. Wenn ich das tue, scheint diese Frau Brians einzige Chance zu sein, beruflich in Dare wieder Fuß zu fassen – und zwar nach seinen Vorstellungen. Ich möchte, dass er hierbleibt. Wir waren ein so gutes Team, Mere. Sollte ich Macs Angebot ablehnen und stattdessen ein Lokal mit Brian eröffnen? Das ist die einzige Möglichkeit, Brian hier zu halten, ohne dass diese Schlampe ins Spiel kommt."

Ihre Schwester legte ihr den Arm um die Schulter. „Aber du hast gesagt, Brian und du habt nicht die gleichen Vorstellungen von einem Restaurant. Jill, ich weiß nicht, was ich dir raten soll. Wenn du dich mit etwas begnügst, das du nicht willst, wirst du nicht glücklich."

Ihr Kopf pochte im Gleichtakt mit ihrem Herzen. „Himmel, das ist entsetzlich. Ich erkenne nicht, wie es funktionieren könnte. Aber ich habe ihm gesagt, ich werde seine Entscheidung respektieren, und er wird meine respektieren."

„Was, wenn du schwanger bist? Was passiert dann?"

Jill senkte den Blick. „Wir haben uns geeinigt: Wir treffen unsere Entscheidungen, noch bevor wir es sicher wissen. Ich muss wissen, dass er aus den richtigen Gründen bei mir bleibt. Und jetzt habe ich Angst, dass ich den tatsächlichen Grund nie offenlegen kann, wenn er ein Lokal mit dieser Hure eröffnet."

„Ich weiß, du liebst ihn. Aber was sagt dir dein Herz? Denkst du, du wirst ihm vertrauen können, was diese Frau betrifft?"

„Ich weiß es nicht. Wir hatten einige Meinungsverschiedenheiten, aber es läuft zwischen uns. Ich schätze, ich werde es versuchen." Sie berührte mit den Fingern den Rauchquarzanhänger an ihrem Hals. „Es ist sein Lebensziel, Chefkoch zu sein. Er liebt mich, Mere. Das weiß ich. Ich bin nur nicht sicher, ob er mich über alles andere stellt. Erwarte ich zu viel?"

„Nein, jeder von uns hat es verdient, für jemanden das Wichtigste zu sein. Eine Ehe kann anders gar nicht funktionieren. Vertrau mir. Wenn ich eines aus meiner letzten Ehe gelernt habe, dann das. Und ich gehe davon aus, du willst mit Brian in diese Richtung gehen."

„Allerdings."

Meredith trat um den Schreibtisch herum, zog ihre Schwester an sich und hielt sie lange in den Armen. Das Telefon durchbrach die Stille mit seinem Klingeln. Es läutete viermal.

„Wenn er beschließt, sich auf eine Geschäftsbeziehung hier mit ihr einzulassen, werde ich ihm wohl vertrauen müssen. Es wäre nicht fair von mir, das zu verweigern, wenn ich selbst nicht vorhabe, ein Restaurant mit ihm zu eröffnen."

Meredith umfasste ihre Schulter. „Aber du musst mit ihm über deine Befürchtungen sprechen, was diese französische Tussi betrifft. Darüber müsst ihr offen reden, insbesondere, wenn ihm gar nicht klar ist, was sie vorhat."

Junge, das würde ein lustiges Gespräch. „Darf ich dich um einen weiteren Gefallen bitten?", fragte sie.

„Natürlich."

„Ich brauche morgen moralische Unterstützung für das Polarfest, mehr als nur Mac und Peg. Es wird das erste Fest ohne Jemma sein."

Ein erneutes *Ping* kündigte eine weitere E-Mail an. „Klar, aber ich werde Tanner mitbringen. Ich habe gehört, Petes Professorenrunde von der Uni kann ein wenig Abwechslung gebrauchen."

Das war die Untertreibung des Jahrhunderts, wenn erst einmal die Eskapaden im Whirlpool angefangen hatten. „Ja, allerdings. Danke, Mere."

Noch einmal umarmte ihre Schwester sie, und die Geste erwärmte ihr Herz. „Jill, ich bin für dich da. Und das werde ich immer. Was auch immer geschieht, okay?"

Jill vergrub die Hände in ihrem Haar und massierte die Verspannung in ihrem Nacken. „Das bedeutet mir viel. Ich muss zurück ins Café und will dich auch nicht länger von der Arbeit abhalten."

Meredith stieß sie mit der Hüfte an. „Ich bin froh, dass wir uns wieder vertragen haben, Schwesterherz."

„Ich auch."

Doch auch wenn die Versöhnung Jill erleichterte – von der Sorge befreien, die auf ihr lastete, konnte es sie nicht. Was um alles in der Welt sollte sie nur mit Brian und der französischen Schlampe anstellen?

35. Kapitel

„Wir haben ein Problem", kündigte Mac an, als Jill sich am Freitagmorgen im Café auf einen Stuhl neben ihn setzte.

„Was ist passiert?", erkundigte sie sich, während Margie ihr einen Caffè americano hinstellte.

Er schlug mit der Hand auf die Papiere, die auf dem Tisch lagen. „Lesen Sie das. Peggy deutet an, sie habe etwas über meine Vergangenheit herausgefunden, das den Ratsmitgliedern zu denken geben sollte. Sie sagt nicht, worum es geht, was verdammt schlau von ihr ist und verteufelt irritierend. Außerdem hat sich in letzter Minute eine Gruppe formiert, die uns aufhalten will."

Mit offenem Mund sah sie ihn an. „Aber gestern war doch noch alles gut."

„Willkommen auf der Überholspur."

Der Artikel im *Western Independent* handelte von einer Gruppe besorgter Bürger, die sich FOLD nannte – *Friends of Limited Development*, Freunde der Limitierung von Bauprojekten. In dem Bericht wurden die Befürchtungen von FOLD umrissen und Statistiken aufgeführt, in denen es um den Zusammenhang zwischen Kriminalität und Glücksspiel ging.

Peggys Zitat versetzte ihr einen Schock.

Statistisch gesehen ziehen Hotels mit Glücksspiel wie das von Mr. Maven kriminelle Elemente an – Prostituierte, Kredithaie –, außerdem ist mit Trunkenheit und Ruhestörung zu rechnen. Es steht außer Frage, dass Dare Valley den finanziellen Aufschwung, den dieses Hotel hervorrufen würde, gut gebrauchen kann. Einzig und allein die Begleiterscheinungen lassen mich befürchten, dass dieses Projekt für unsere Gemeinde falsch ist. Außerdem bin ich auf einige Informationen über Mr. Maven gestoßen, die darauf hindeuten, dass er mit dem Gesetz in Konflikt geraten ist. Dies lässt mich ernsthaft an seinem Charakter zweifeln. Ich habe vor, dem Stadtrat diese Informationen persönlich bei der nächsten Sitzung mitzuteilen.

„Atmen Sie tief durch", schlug Mac vor, als sie von dem Artikel aufsah. „Ich kann förmlich den Rauch sehen, der aus Ihren Ohren hervorquillt."

Wie konnte Peggy es so weit treiben? „Wissen Sie, wovon sie spricht?"

„Etwas, das mit dem Gesetz zu tun hat? Das ist so vage, dazu fällt mir eine Menge ein." Mit ruhigen Händen richtete er seine Krawatte, doch seine Augen brannten vor unterdrücktem Zorn. „Das ist das Geniale daran. Sie ist ein echter Machiavelli."

Witzig – genau das hatte Jill bis jetzt an Peggy besonders gemocht. „Können wir sie dazu bringen, uns zu sagen, worum es geht?"

Seine Augenbrauen schossen in die Höhe. „Ist das Ihr Ernst?"

Zu schnauben wäre unprofessionell gewesen. „Stimmt. Sie ist hart wie Stahl."

„Ich werde darauf in der Stadtratssitzung reagieren müssen. Erzählen Sie mir etwas über die Sprecherin von FOLD."

Sie pustete in ihre Kaffeetasse und nahm dann einen Schluck. „Es ist diese verdammte Florence Henkelmyer. Sie ist so unnachgiebig wie eine Schraube, wenn es ums Geld geht, und sie hasst es, Menschen mit viel Geld zu begegnen. Und wem ist der Name FOLD eingefallen? Definitiv nicht Florence. Sie ist nicht gerade kreativ."

„Wenn sich die Mitglieder darauf einlassen, sich mit uns zu treffen, werde ich versuchen, sie davon zu überzeugen, dass es sich bei dem Hotel nicht um die Inkarnation des Bösen handelt.“

Atme, befahl sie sich selbst. „Ich werde sehen, was ich tun kann. Was ist mit Peggy?“

„Überlassen Sie Peggy mir“, gab er zurück. „Sie hat ein Recht auf ihre eigene Meinung, aber ich werde nicht zulassen, dass sie damit alles ruiniert.“

Seine Stimme klang etwas zu sanft, fand sie, und sie betrachtete ihn forschend. Sein sorgfältig rasiertes Gesicht wirkte angespannt, das Grübchen in seinem Kinn ausgeprägter als sonst.

„Sie kommt heute Abend zur Party. Da können Sie mit ihr reden.“

Er steckte die Unterlagen in seine Aktentasche. „Gut. Ich muss noch einige Anrufe tätigen, deshalb kehre ich erst einmal ins Hotel zurück. Rufen Sie mich an, wenn Sie einen Termin für ein Treffen mit diesen Leuten vereinbart haben. Dann gleiche ich das mit meinem Terminkalender ab.“

„Okay, ich werde sehen, was ich tun kann.“

Als sie aufstanden, klopfte er ihr auf die Schulter. „Das wird schon gut gehen, Jill. Montag ist die Abstimmung. Sie haben nicht viel Zeit, um richtig Wirbel zu machen.“

Sie schenkte ihm ein tapferes Lächeln, doch die sorgenvollen Gedanken ließen sich nicht zügeln. Es wäre nicht das erste Mal, dass Kampagnen in letzter Minute noch Abstimmungen in dieser Stadt gekippt hätten. „Und wenn sie nicht zuhören?“

„Dann mache ich auf dem Absatz kehrt und verschwinde. Wenn ich sie nicht überzeugen kann, mache ich mir auch keine weiteren Gedanken über ihre Meinung. Das ist Energieverschwendung.“

Gott, sie wünschte, das könnte sie auch – einfach aufhören, sich Sorgen darüber zu machen, was andere Leute dachten.

Vielleicht gab es eine geheime Substanz im Trinkwasser von Dare, das diese Krankheit verursachte und gegen die Mac immun zu sein schien.

Sie griff nach ihrer Kaffeetasse. „Stimmt. Ich mag sowieso keinen der Menschen, die in dem Artikel zitiert werden. Na ja, mit Ausnahme von Peggy." Allerdings nicht im Augenblick.

Er zog seinen grauen Wollmantel an. „Sehen Sie. Wenn sie keine Vernunft annehmen, können wir nur hoffen, dass alle anderen es tun."

Nachdem er gegangen war, dachte Jill darüber nach, welche Optionen sie hatte, wenn sie die Abstimmung verloren. Brian und sie könnten an einer Lösung arbeiten, um die kreativen Differenzen zu überbrücken, und zusammen ein Restaurant eröffnen.

Und diese französische Schlampe zurück nach New York schießen.

Sie ging hinter den Tresen, denn jetzt brauchte sie das Auf und Ab der Bestellungen und das Plaudern, um sich von der Traurigkeit abzulenken, die sie wegen der neuerlichen Bedrohung ihres Traumjobs empfand. Am liebsten hätte sie ihre Freundin dafür erwürgt, dass sie solche Verwirrung stiftete.

Plötzlich schien alles wieder in der Luft zu hängen. Vielleicht würde das Universum die Botschaft verstehen, wenn sie ihr Café in *Don't Toy With Me* umbenennen würde – Spiel nicht mit mir.

Brian schleppte eine von unendlich vielen Kisten mit Bratwurst und Chorizo die Terrassenstufen hinunter. Am Geländer hingen Lampions in Chilischoten-Form, die ihn daran erinnerten, dass er noch Chiliflocken brauchte. „Verdammt, Pete, du hättest Schnee schippen sollen. Irgendjemand wird hier ausrutschen und sich das Genick brechen."

Pete steckte den Kopf durch die Hintertür. „Ich schicke jemanden raus, der dafür sorgt."

Zum Glück tat er das auch. Mike, der Barmann von *Hairy's*, schob den Schnee fort, während Brian ein Stück weiter seine Grillstation aufbaute. Vier Grills. Und eine offene Feuerstelle abseits der Terrasse, wo er die Hühnchen aufspießen würde. Pete hatte über die Vögel gemeckert, aber Brian konnte nicht widerstehen. Es hatte etwas mit Männern und Feuer zu tun. Wenn er vorab darüber nachgedacht hätte, dann hätte er ein ganzes Schwein bestellt und es mit einer braunen Zuckerkruste überzogen. *Das* wäre ein Fest geworden.

Voller Tatendrang rieb er seine behandschuhten Hände aneinander. Trotz des grauen Tags und des Winds hatte das Kochen hier draußen etwas einmalig Genüssliches an sich. Und nach der ganzen Schlepperei, die er hinter sich gebracht hatte, war ihm ziemlich warm. Er war froh, dass er sein Skihemd unter der Jacke trug, das seinen Schweiß aufsaugen konnte.

Die lockere Kameradschaft unter den Freiwilligen, die halfen, die Party vorzubereiten, trug noch zu Brians guter Laune bei. Am Anfang hatten ihm die Leute noch leicht reserviert gegenübergestanden, aber nachdem sie zusammen eine ganze Menge Zeug geschleppt hatten, war diese Einstellung verblasst. Er war wieder einer von ihnen.

Er kippte ein wenig Bier in den Gastronomiebehälter für die Marinade, als Pete seinen Namen rief. Er wandte sich um und sah eine Gestalt, die aussah wie ein roter Strohhalm, ehe er die blonden Locken entdeckte, die unter einer Kappe hervorquollen. Simca winkte ihm zu, als wenn sie beim königlichen Skilaufen in Chamonix am Mont Blanc wäre. Es ertönte ein lautes Klappern, als er die leere Flasche in den Müll warf.

„Hey", sagte Pete, „sieh mal, wer seine Hilfe für morgen

Abend angeboten hat. Nun kümmern sich zwei professionelle Chefköche ums Essen. Wieviel Glück kann ein Mensch haben? Das wird die beste Party, die wir jemals hatten." Damit ging er wieder hinein.

„Hi, Brian", begrüßte Simca ihn. Ihre Stimme war ein sanftes Schnurren.

Das war definitiv nicht ihre beste Idee, aber nachdem Brian kein Mistkerl sein und ihr erklären wollte, dass sie sich verziehen solle, neigte er das Kinn. Tja, irgendwann musste Jill anfangen, ihm zu vertrauen. Und dies war ein ebenso guter Ort dafür wie jeder andere. Zumindest waren sie hier in der Öffentlichkeit.

„Hi", erwiderte er und bemerkte, wie ein paar Leute mit Laternen und chinesischen Lampions näher kamen. Es war genauso wie bei *Hairy's*. Mist! Er war viel zu optimistisch gewesen.

Sie berührte eine Packung mit Rippchen. „Ist das die Marinade?" Als er nickte, ging sie in die Hocke und atmete lang und tief ein. „Ich habe noch nie Bier in eine Marinade gegeben, aber es gefällt mir. Es ist würzig."

„Allerdings", stimmte er zu, während er versuchte, die Blicke auszublenden, die sie auf sich zogen.

Sie stand auf und streckte die Hände aus, als wäre sie bereit, ihren Marschbefehl entgegenzunehmen. „Dann lass uns anfangen. Du kannst mir zeigen, wie Amerikaner grillen."

Der Rollentausch war erfrischend und nahm ihm das Gefühl des Unbehagens. „Du bist bestimmt ein Naturtalent."

Dann verfielen sie in einen alten, vertrauten Rhythmus, besprachen die einzelnen Etappen und Schritte, planten, schmeckten ab und teilten ihre Erfahrungen.

Er öffnete eine weitere Flasche Bier und goss mehr davon in die Marinade. Vorausgesetzt, am Montag ging alles gut und Jill nahm den Job bei Mac an, dann würde er sie fragen, wie es für sie wäre, wenn er mit Simca arbeiten würde.

Während sich in dem Behälter Schaum bildete, begriff er, dass es einfach funktionieren musste.

Schuldbewusst zuckte er zusammen, als Simcas Hand seine berührte.

„Lass mich umrühren“, kommandierte sie sanft.

„Klar“, erwiderte er, trat zurück und war sich erneut der Blicke bewusst. Er liebte sie nicht mehr, aber ganz eindeutig empfand sie noch etwas für ihn.

Warum musste die Vergangenheit immer die Gegenwart durcheinanderbringen?

Tief in seinem Innern wusste er, Jill würde ihn nicht verstehen.

Und vielleicht hatte sie damit sogar recht.

36. Kapitel

Keith stocherte in seinen Makkaroni mit Käse herum und trat mit den Beinen unter dem Tisch, als müsste er sein Können als Fußballstürmer beweisen.

„Hör bitte mit dem Treten auf", bat Peggy mit ihrer nettesten Stimme.

Sie hatte sich gefreut, wieder zur Arbeit zu gehen. Das hatte ganze fünf Minuten angehalten, dann hatte sie den Stapel neuer Akten auf ihrem Schreibtisch und Hunderte E-Mails in ihrem Postfach gesehen. Sie hasste es, nicht auf dem Laufenden zu sein. Es würde Tage dauern, bis sie sich aus dem Loch hervorgearbeitet hatte. Und was noch schlimmer war: Ihre rote Nase würde noch immer als die von Rudolf dem Rentier durchgehen.

Es läutete an der Tür. Stirnrunzelnd sprang sie auf. Gott, sie hoffte, es wäre nicht Maven. Den ganzen Tag schon wartete sie darauf, dass er sie aufsuchen würde.

Keith drehte sich mit seinem Stuhl.

„Hör sofort damit auf. Du kannst aufstehen, wenn du mit dem Essen fertig bist."

„Aber Mom", jaulte er, was sie erschauern ließ. Diese weinerliche Stimme hatte er sich rasch angewöhnt, nachdem er den Gips bekommen hatte. Peggy betete, dass sie auch wieder verschwinden würde, sobald der Gips ab war.

„Keine Widerrede. Du kennst die Regeln."

Sie zuckte zusammen, als der Spiegel im Flur das erwartete Resultat zeigte. Das Einzige an ihr, das Farbe hatte, war ihre dumme Nase. Tja, das geschah ihm recht.

Peggy öffnete die Tür. Vor ihr stand Jill, die Arme verschränkt.

Sie zwang sich, ihr in die Augen zu sehen. Angesichts der Art, wie Jill die Lippen zusammenpresste, meldete sich Peggys Gewissen. Davor hatte ihr gegraut. „Du bist früh dran. Dein Großvater kommt nicht vor acht, um auf Keith aufzupassen."

„Schon klar, aber ich dachte, wir sollten vorher *reden*."

Jills Garderobe wirkte absolut passend für eine Party, die Polarfest hieß. Ihre Stiefel hatten einen Rand aus Kunstpelz, die Peggy an Schafwolle erinnert, auf dem Kopf trug sie eine flauschige grüne Mütze aus Bouclé-Wolle, und um den Hals hatte sie so eng, dass er sie beinahe erwürgte, einen cremefarbenen Schal geschlungen. Ein knielanger burgunderroter Bubble-Coat rundete das Outfit ab.

„Schau mal, du bist sauer wegen meiner Aussage in der Zeitung. Gut. Das verstehe ich." Auch sie verschränkte jetzt die Arme. „Du weißt, dass ich die Hotelpläne nicht unterstütze."

Jill zog an ihrem Schal. „Schon, aber musstest du ihnen deshalb so ein erstklassiges Zitat liefern?"

„Jillie", rief Keith, „komm zu mir."

„Bin sofort da", schrie sie, woraufhin Peggy zusammenzuckte. „Was zum Teufel glaubst du, gegen ihn in der Hand zu haben?"

„Das sage ich erst in der Ratssitzung. Tut mir leid, Jill, aber wir waren uns einig: Wir sind nicht einer Meinung."

„Klar, aber du begehst Rufmord ohne irgendwelche Fakten. Wirkt das auf dich wie ein faires Spiel?"

Sie straffte sich. „Ich tue, was ich tun muss."

„Er ist immer nett zu dir gewesen. Ich hatte keine Ahnung, dass du so niederträchtig sein kannst."

Auch wenn Verdächtige sie schon mit allen möglichen Beschimpfungen überhäuft hatten, traf sie dies tief. „Ich muss tun, was ich für richtig halte."

Jill verzog den Mund, als wenn sie in eine Zitrone gebissen hätte. „Gut. Aber nachdem wir immer noch Freundinnen sind … Die französische Schlampe denkt darüber nach, Mortys

Laden zu kaufen. Sie will mit Brian zusammen ein Lokal in Dare eröffnen."

„Oha! Sie muss ihn echt zurückhaben wollen. Das hier ist nicht ihre Bühne. Sie ist wie ein exotisches Tier in einem Streichelzoo."

„Wow, das ist ein Bild. Und es untermauert die sechs Anrufe, die ich von Freunden bekommen habe, die bei den Partyvorbereitungen helfen. Offensichtlich hat Pete sie eingeladen, beim Polarfest zu helfen. Dieses Arschloch. Brian und sie haben zusammen gekocht. Meine Freunde sagen, sie wirken sehr ‚intensiv'. Was auch immer das bedeutet." Vermutlich das, was du glaubst, das es bedeutet, dachte Peggy. Lautlos atmete sie erleichtert aus. Indem Jill zu einem persönlichen Thema übergewechselt hatte, zeigte sie ihr, dass sie beide noch Freundinnen waren – fürs Erste. Peggy führte Jill in das offizielle Wohnzimmer, das sie niemals nutzte und wo sie abseits von Keith reden konnten.

„Erzähl von Anfang an." Ihr wurde bewusst, sie hatte die gleiche Redewendung benutzt wie bei Kriminalitätsopfern, wenn sie stammelten.

Jill nickte und begann mit der Geschichte. Nachdem sie geendet hatte, stützte sie den Kopf in die Hände. „Ich werde wahnsinnig."

„Stopp", befahl Peggy, als sie Keith entdeckte, der um die Ecke spähte. „Zurück in die Küche, junger Mann." So viel dazu, dass das Gespräch nicht für kleine Ohren bestimmt war.

„Aber ich bin fertig mit meinem Dinner", protestierte er und streckte seinen Gips aus – sein neuer Trick, um Mitleid zu erheischen. „Jill, warum bist du so traurig?"

Das ließ Peggys Herz schmelzen. Sie wusste diese Momente zu schätzen, in denen ihr Sohn zeigte, dass er eines Tages ein guter Mann sein und die Arschloch-Gene ihres Exmannes auslöschen würde.

Jill streckte die Arme aus. Keith humpelte zu ihr und umarmte sie. „Ach, warum kannst du nicht erwachsen werden, damit ich dich heiraten kann?“, meinte sie.

„Weil es Jahre dauert, erwachsen zu werden“, belehrte Keith sie. „Hast du das nicht in Naturwissenschaften gelernt, Jillie?“ Raschelnd befreite er sich aus ihren Armen. „Außerdem wirst du Brian heiraten.“

Woher wusste ein Siebenjähriger Dinge wie diese? „Wie kommst du darauf?“

Seine rechte Schulter bewegte sich millimeterweise nach oben. „Weil er dich glücklich macht und dich dazu bringt, dich wie ein Mädchen zu benehmen.“

„Wer hat dir das denn erzählt?“, wollte Peggy wissen.

„Onkel Tanner.“

Am liebsten hätte Peggy die Augen verdreht, aber es war unmöglich, Tanner vor Keith schlechtzumachen. Das gäbe ein Blutvergießen.

„Kann ich fernsehen, Mom?“

„Klar. Grandpa Hale wird sowieso gleich hier sein.“

„Cool.“ Mit einem übermütigen Winken verschwand er.

Jill seufzte. „Er hat recht. Brian macht mich glücklich – wenn er nicht gerade damit beschäftigt ist, mich mit dieser Sache wegen der französischen Schlampe verrückt zu machen.“ Sie deutete auf ihre Kleidung. „Und er bringt mich tatsächlich dazu, mich wie ein Mädchen zu benehmen. Hast du eine Ahnung, wie lange ich gebraucht habe, etwas zu finden, das warm *und* hübsch aussieht?“

Peggy wurde kurz panisch, als sie über ihre eigene Garderobe nachdachte. Ihre wärmste Jacke war Polizeieigentum. Nicht gerade für eine Party geeignet. Sie brachte sich zur Vernunft. Wann zum Teufel hatte sie sich schon jemals länger damit beschäftigt, was sie anziehen sollte? Das schien ansteckend zu sein – wie ein Virus.

„Und weißt du, was?“, fuhr Jill fort. „Ich sterbe vor Hitze.“

„Dann zieh etwas davon aus.“

Mit der seltsamen Mütze hätte sie für die Muppet Show vorsprechen können. „Es würde zu lange dauern, es wieder anzuziehen. Geh doch lieber nach oben und mach dich fertig."

Sie gingen in den Eingangsbereich, und Peggy steuerte auf die Treppe zu. „Wo ist eigentlich Maven?", erkundigte sie sich, ehe sie sich die Frage verkneifen konnte.

„Wir treffen uns dort." Ruckartig wandte Jill den Kopf und sah Peggy prüfend an. „Sieh mal an, du findest ihn durchaus attraktiv. Du versuchst, es zu leugnen, indem du immer seinen Nachnamen benutzt – und schwere Geschütze gegen ihn in der Zeitung auffährst."

„Finde ich nicht, und ich mag es nicht …"

„Peg und Mac sitzen auf 'nem Baum …"

„Ach, hör auf", unterbrach Peggy sie. „Er liebt die Herausforderung. Ich bin für ihn ein Hindernis, und deshalb versucht er, mir Honig um den Mund zu schmieren, damit ich sein Projekt unterstütze. Das ist alles."

„Das glaube ich nicht."

„Glaub, was du willst. Er ist ein Pokerspieler. Ich bin Polizistin. Öl und Wasser können sich niemals verbinden."

„Brian hat mir erklärt, dass man damit eine gute Vinaigrette machen kann."

„Das ist Öl und Essig, du Dummerchen."

Jill verschränkte die Arme. „Was würdest du denken, wenn du keine Polizistin wärst und er kein Pokerspieler?"

„Dass du ein Schwachkopf bist. Und jetzt mache ich mich fertig."

„Du kannst weglaufen, aber …" Jills Stimme wurde immer leiser, als sie aus ihrem Blickfeld verschwand.

Oh, ja, sie könnte sich verstecken. Das tat sie seit Jahren. Doch immer wieder tauchte Mavens zerfurchtes und attraktives Gesicht vor ihrem inneren Auge auf. Sie trat gegen die Treppenstufe. Es war unerträglich, wie ihr das Herz flatterte.

Es war erbärmlich, einfach erbärmlich, vor allem angesichts dessen, was sie über ihn wusste.

Dennoch raste ihr Puls. Sie würde ihn sehen. Damit wanderten ihre Gedanken zu ihrem Kleiderschrank. Was zum Teufel sollte sie zu dieser Eis-am-Stiel-Party anziehen, das sie gut aussehen ließ?

Als ihr bewusst wurde, dass sie schon wie ein Mädchen dachte, schrie sie leise auf und gab ein wirklich schlimmes Wort von sich.

„Ich hasse Partys", murmelte Tanner, als sie bei Petes Haus ankamen.

Jill ließ den Blick über die Szenerie schweifen und rieb ihre behandschuhten Hände gegeneinander. „Willkommen beim Polarfest."

Rund fünfzig Leute standen im Garten, liefen durch die offene Garage, drängten sich zusammen, tranken Bier. Noch mehr Chilischoten-Lichterketten hingen als Dekoration an der Eingangstür und an den Büschen. Irgendjemand hatte einen der blinkenden Kobolde aus dem *Hairy's* geklaut und ins Erkerfenster gestellt. Es sah besser aus, als sie erwartet hatte. Pete hatte die Dekorationen für das Fest keineswegs halbherzig aufgebaut. Widerstrebend zollte sie ihm Anerkennung.

Unabhängig von ihrem Streit mit Pete durchströmte sie Vorfreude. Sie hatte das Polarfest schon immer geliebt. Aus den Lautsprechern ertönte ein klassischer Bon-Jovi-Song, und es schien, als wäre die ganze Stadt gekommen – das Grundstück war voll, sowohl drinnen als auch draußen. Jemma wäre stolz gewesen.

„Es ist minus sechzehn Grad hier draußen", beklagte sich Meredith und kuschelte sich enger an Tanner.

Jill zog ein paar Handwärmer heraus und schob sie den Dreien zu. „Hier, die werden euch warmhalten. Sie funktionieren perfekt im BH. Außerdem polstern sie noch aus."

„Bitte“, ermahnte Tanner sie und murmelte eine Verwünschung.

„Ich muss meine Kleidung richten. Tanner, kannst du mich bitte abschirmen“, befahl Meredith. „Peg?“

„Ich stopfe mich nicht aus – nirgends.“

Jill kicherte. „Selbst schuld.“

Als sie einen Bierstand im Garten entdeckte, stapfte sie los, um ein paar Bierpläne zu besorgen. Gedankenverloren ließ sie die Finger über das Papier gleiten und erinnerte sich daran, wie Jemma vor einigen Jahren die Idee dazu gehabt hatte. Doch sie schüttelte die Traurigkeit ab und ging zurück zu den anderen.

„Hier ist eure Ausstattung“, kündigte sie an und gab Meredith einen der Pläne. „Winterbier in der Küche. Chocolate Stout in der Garage. Weizenbier auf der Terrasse. Den Rest könnt ihr selbst lesen.“

„Okay, das ist cool“, meinte Tanner und nahm Meredith das Blatt ab.

Als etwas krachte, fuhren sie alle zusammen. Dann entdeckten sie Lichter in allen Regenbogenfarben, die den Himmel erhellten.

„Oh, und manchmal horten die Jungs ein paar Feuerwerkskörper vom Unabhängigkeitstag und zünden sie beim Polarfest.“

„Das ist gegen die städtischen Anordnungen“, meldete sich Peggy zu Wort und ließ den Blick über den Garten schweifen, als wäre sie auf der Suche nach weiteren kriminellen Aktivitäten.

„Wir haben noch nie Ärger deswegen bekommen. Zum Teufel, es ist ungefährlicher als im Sommer. Immerhin besteht jetzt nicht die Gefahr, die Natur in Brand zu setzen. Himmel, ich hoffe, Mac ruft mich an, wenn er herkommt. Keine Ahnung, wie ich ihn in diesem Gedränge finden soll.“

„Du siehst aus wie ein Kugelfisch. Wie willst du denn merken, wenn dein Handy vibriert?“, wollte Meredith wissen. „Wie viele Schichten hast du eigentlich an? Du wirst ja innerlich geröstet.“

„Vertrau mir, du wirst dir noch wünschen, so auszusehen wie ich. Immerhin sprichst du mit einer Veteranin von sechs Polarfesten.“ Sie blies die Wangen auf und ähnelte damit einem Kugelfisch noch stärker. „Der kalte Wind dringt überall ein und gibt einem das Gefühl, als wäre es mindestens zwanzig Grad unter null.“

„Dann bleibe ich eben im Haus“, erwiderte Meredith fröstelnd.

Jill machte eine wegwerfende Handbewegung. „Glaub mir, du wirst wieder nach draußen getrieben. Drinnen wird es viel zu voll und heiß. Du wirst dich da kaum bewegen können. Und die Typen werden versuchen, dich anzutatschen, insbesondere die alten Professoren.“

„Wunderbar.“ Meredith nahm Tanner die Bierkarte aus der Hand. „Tja, wenn ich schon die ganze Nacht begrapscht werde, dann brauche ich einen Drink.“

„Niemand wird dich begrapschen“, erklärte Tanner.

Als Jill das Klingeln von Glöckchen hörte, wirbelte sie herum. Draußen am Zaun warf ein Pferd den Kopf hoch, seine Nüstern waren weiß vom gefrorenen Atem. „Oh mein Gott“, rief sie. „Da ist ein Schlitten.“

„Heilige Scheiße“, murmelte Tanner.

„Hey, Jill“, rief Clark Terrence vom Kutschersitz aus, die Zügel stramm in den behandschuhten Händen. „In Erinnerung an Jemma habe ich den Schlitten vom Old Man Jenkins ausgeliehen, um Fahrten auf der Freifläche rund um Petes Grundstück anzubieten. Erinnerst du dich noch, wie sehr sie sich das vergangenes Jahr gewünscht hat? Verdammt, ich vermisse das Mädchen.“

Die Tränen in ihren Augen froren beinahe zu Eis. „Ja, ich

erinnere mich, Clark", rief sie, und ihre Stimme brach. „Das hätte ihr gefallen."

„Du musst unbedingt mitfahren."

„Das werde ich, Clark. Danke."

Trotz allem hatte Jemma also ihr Erbe hinterlassen. Es umgab sie überall.

„Oh, Shit, ich heule gleich." Jill schniefte und griff nach einem Taschentuch.

„Unglaublich", meinte Meredith, zog sie an sich und legte ihr den Arm um die Schultern.

„Ich hab's dir gesagt. Es ist das Polarfest."

Die Erinnerungen überwältigten sie. Sie waren beide einundzwanzig gewesen, als sie ihr erstes Polarfest ausgerichtet hatten. Der Umfang und die Größe der Party waren jedes Jahr gewachsen, und sie hatten daraus mehr und mehr eine einzigartige Veranstaltung gemacht. In einem Jahr hatten sie auf der Freifläche eine Eisbahn eingerichtet und Eishockey-Bingo gespielt. Und jetzt hatte das Polarfest einen Schlitten.

„Wir haben dich beim Aufbauen vermisst", rief jemand. „Brian hat einen Haufen Fleisch gebraten. Er hat einen ganzen Stall Hühnchen aufgespießt. Jemma hätte es geliebt."

Da sie nicht ausmachen konnte, wer sie angesprochen hatte, winkte sie in die grobe Richtung. Sie war nicht darauf vorbereitet gewesen, dass so viele Leute über Jemma sprechen würden.

„Geht's wieder?", erkundigte sich Meredith und tätschelte ihr den Rücken.

Jill putzte sich die Nase. „Klar. Jemma wäre glücklich darüber, wie es heute läuft. Ich muss Brian suchen." Und selbst sehen, wie die Dinge zwischen ihm und der französischen Schlampe standen.

Peggy nahm sie am Ellbogen. „Kein Grund, es hinauszuzögern, oder?"

„Genau", gab Jill zurück und ging voraus ums Haus herum.

Weiße chinesische Lampions hingen an der Seite des Hauses sowie in den Bäumen und tauchten alles in einen magischen Schimmer. Der Wind trug den kräftigen Duft von gebratenem Fleisch zu ihr. Sie entdeckte ein riesiges Lagerfeuer, das massenhaft Rauch erzeugte. Es hätte sie nicht überrascht, wenn jemand in der Mitte getanzt hätte. Dann bemerkte sie Brian, der eine ganze Reihe Hühnchen mit einem Wischmopp bestrich. Er stand mitten in einem Ring aus Feuern. Nur über einen schmalen Gang konnte man in den Kreis der vier Grills und einer offenen Feuerstelle gelangen. Er trug nur ein langärmeliges T-Shirt, Schweißperlen standen ihm auf der Stirn. Wenn Brian kochte, gab er alles.

Während sie weiter nach hinten gingen, winkte Jill ein paar Gästen zu, doch die ganze Zeit hielt sie Ausschau nach der französischen Tussi. „Sag mir, dass das nicht der Mopp ist, mit dem Pete und seine Jungs den Küchenfußboden wischen", meinte Jill, als sie bei Brian ankamen.

„Als wenn diese Jungs jemals irgendwas wischen würden", entgegnete er mit einem Schaudern und tunkte den Mopp erneut in den großen Kübel mit der Marinade, ehe er die glänzenden Vögel noch einmal damit bestrich. „Ich bin völlig fertig. Kannst du ein paar Bratwürstchen für mich umdrehen?"

Ganz offensichtlich war er in seiner Befehlshaber-Stimmung. Als sie nicht sofort antwortete, drehte er sich zu ihr um. Das lodernde Feuer beleuchtete sein Gesicht zur Hälfte.

Er kniff die Augen zusammen, zog sie an sich und küsste sie auf den Mund. „Ich bin froh, dass du hier bist. Du hast geweint. Du hast den Schlitten gesehen, nicht wahr?"

Sein Trost half ihr, den Schmerz etwas zu lindern. „Ja."

Er streichelte ihr mit dem Finger über die Wange. „Jemma hatte immer tolle Ideen."

„Allerdings", sinnierte sie und griff nach einer Fleischgabel in der Größe des Stocks ihres Großvaters.

„Hallo, Leute", rief Brian ihren Begleitern zu, doch selbst

Jill konnte die Anspannung in seiner Stimme hören. „Schön, dass ihr hier seid."

„Wir versuchen gerade, in die richtige Stimmung zu kommen", gab ihre Schwester zurück.

Jill hätte fast aufgeseufzt. Gut. Sie mussten ihre früheren Streitigkeiten beiseitelassen. Sowohl ihre Familie als auch Brian bedeuteten ihr alles, und sie mussten miteinander auskommen.

Meredith hakte sich bei Tanner unter. „Ich brauche was zu trinken. Peggy?"

„Ich laufe mal umher und schaue, ob sie noch andere Anweisungen brechen."

„Angesichts der Menge drinnen haben wir vermutlich schon die Feuerschutzordnung gebrochen." Brian schoss zu einem Grill hinüber, auf dem, wie es aussah, fünfzig Hamburger in ordentlichen, akkuraten Reihen brutzelten. „Sag Pete, er soll verkünden, dass das Fleisch in fünf Minuten fertig ist. Hey, wir haben die Würstchen von rechts nach links gelegt", erklärte er ihr.

„Ach ja?" Ihre Augen tränten vom Rauch.

„Deshalb musst du sie von rechts nach links drehen. Das ist die Regelung beim Grillen."

„Du Ordnungsfetischist", gab sie zurück, doch während sie die Hitze auf ihrem Gesicht spürte, den Duft des gebratenen Fleisches einatmete und Brian zuhörte, wie er vor sich hinmurmelte und dabei von einem Grill zum anderen eilte, gewöhnte sie sich an den Rhythmus.

„Tut mir leid, dass es so lange gedauert hat, Brian. Wie ich sehe, hast du eine andere Helferin gefunden."

Mit der Grillgabel in der Hand drehte Jill sich um. Sie wünschte sich, Simcas komplett rotes Outfit würde aussehen wie ein Feuerhydrant, an dem die Hunde ihr Geschäft erledigten. Doch stattdessen unterstrich es ihre gertenschlanke Figur. Simca nahm sich ebenfalls eine Gabel, öffnete den Grill und wendete Hotdogs und Hamburger, als hätte sie die Goldmedaille bei den Olympischen Spielen im Grillen gewonnen. Selbst ihre Strickmütze ließ sie aussehen wie eines dieser schlanken Skihäschen in einem Bond-Film. Plötzlich fühlte Jill sich wie eine Schlampe.

Sie ging zu Simca hinüber, ihr Zorn loderte wie eines der Feuer. „Ich schaffe das schon. Warum holen Sie sich nicht etwas zu trinken?"

Sie wechselten einen wissenden Blick, der sie in die Ära der Höhlenmenschen zurückkatapultierte. *Er ist mein Mann,* stellte Jill klar, während Simca schulterzuckend zurückgab: *Versuch doch, mich aufzuhalten.*

„Wie Sie möchten", erwiderte Simca und wendete das letzte Stück Fleisch.

Brian trat zwischen sie. „Sim, könntest du mir ein Guinness besorgen?"

Als sie ging, war sich Jill ihrer Blicke bewusst und der Worte, die sie zwischen den Zeilen gewechselt hatten.

Brian ließ den Mopp in den Behälter fallen, woraufhin etwas von der Marinade in den aufgeschaufelten Schnee tropfte. „Mir ist klar, du bist sauer, weil sie hier ist, aber wir kochen nur."

Sie konnte mit ihrer einfach Frage nicht länger warten. „Grandpa hat gesagt, dass sie sich Mr. Wilsons Immobilie angesehen hat, um dort vielleicht ein Restaurant zu eröffnen? Denkt sie wirklich darüber nach hierzubleiben?"

Sein Blick wanderte zwischen ihr und den gebratenen Hühnchen hin und her. „Ich … habe versucht, es dir zu erzählen …"

„An dem Abend, als du bei mir eingezogen bist", beendete sie den Satz. „Ja, ich erinnere mich."

Er wendete eines der Hühnchen, dann ging er mit einem schnellen Schritt auf sie zu und packte sie an den Armen. „Wenn die Hotelpläne durchkommen, wird damit auch ein

Markt für erstklassige Küche in Dare eröffnet. Die Gäste werden nicht immer im Hotel essen wollen. Es ist eine gute Gelegenheit, Jill. Ich kann hier bei dir bleiben und die Art von Job machen, die ich wirklich machen möchte. Aber es ist nur eine Option. Lass uns darüber reden, wenn die Abstimmung des Stadtrats durch ist.“

Angesichts seines vernünftigen Tonfalls biss sie die Zähne zusammen. „Glaubst du wirklich, du kannst mit ihr zusammen arbeiten, ohne dass daraus anderweitige Verwicklungen entstehen?“

„Ja! Ich liebe dich, und du musst mir endlich vertrauen. Sieh mal, von deinem Grill steigt Rauch auf. Können wir später darüber sprechen?“, bat er und nahm den Mopp wieder auf.

Sie ignorierte den Rauch, rührte sich nicht von der Stelle und änderte ihre Taktik. „Ich hab gesehen, wie ihr beide zusammenarbeitet, wie ihr zusammen wirkt. Ihr seid ein Team.“

„Jeff sticht ein Fass an“, verkündete Pete, der in den Kreis trat und Brian auf den Rücken klopfte. „Wo ist die stets hilfsbereite Simca?“

„Frag mich nicht“, erwiderte Brian und stieß ihn mit dem Ellbogen an.

Petes Augen weiteten sich, als er Jill bemerkte. „Klar. Was kann ich tun?“

„Die Burger wenden“, ordnete Brian an. „Jill, wir reden später darüber.“

Sie wandten sich beide von ihr ab. Jill drehte ihr Fleisch zu Ende um, obwohl die Wut in ihr wuchs. Pete mochte Simca. Er hatte sie hierher eingeladen. Es war wie der letzte Strohhalm. Sie legte ihre Gabel beiseite und ging zu ihm hinüber. Er vermied es, sie anzusehen, während er die Burger hin und her schob.

„Ich bin heute Abend hergekommen, obwohl es eines der schwersten Dinge war, die ich jemals getan habe. Jemma ist nicht mehr hier, und der heutige Abend macht das mehr als offensichtlich."

„Jill", warnte Brian sie.

„Nein, ich bin noch nicht fertig." Sie stieß ihren Finger in Petes Brust. „Ich bin trotzdem gekommen, und was tust du? Du lädst Brians Ex-Was-auch-immer ein, um ihm zu helfen, und lässt zu, dass sie sich benimmt, als gehörte sie mehr hierher als ich. Was zum Teufel glaubst du, wer du bist?" Mit ausgebreiteten Armen trat sie zurück.

„Sie hat angeboten zu helfen, Jill", gab er zurück und sah sie aus schmalen Augen an. „Beruhig dich."

Einige Gäste scharten sich zusammen – entweder hatten plötzlich alle Hunger, oder sie lauschten alle. Auf einmal war ihr das egal. Die Worte sprudelten aus ihr heraus. „Ich bin froh, dass Jemma nicht sieht, was aus dir geworden ist."

Jemand zog sie am Arm. Sie bemerkte, dass es Brian war, der sie aus zusammengekniffenen Augen ansah.

„Genug. Geh hinein." Als sie sich nicht rührte, gab er ihr einen Schubs. „Du kannst ja nicht mehr klar denken."

Ihr fiel auf, dass das einzige Geräusch im Garten die Rockmusik war, die aus den Lautsprechern tönte. Die Menge verschwamm vor ihren Augen, als sie ins Haus hastete. Hierherzukommen war die dümmste Idee gewesen, die sie je gehabt hatte. Wenn es nicht wegen Mac gewesen wäre, dann wäre sie jetzt verschwunden.

Während sie sich den Weg durch das Gedränge in der Küche bahnte, warf man ihr einige mitleidige Blicke zu. Als sie die französische Schlampe entdeckte, die in eindeutiger Feierlaune einen Champagnerkorken knallen ließ, hätte sie am liebsten die Flasche zerschmettert.

Um sie herum tobte die Party, doch in ihrem Innern breitete sich eine kalte Traurigkeit aus.

Alles hatte sich verändert.

„Fuck“, stieß Brian aus, als Jill ins Haus rannte. Während er das Fleisch überprüfte, klopfte sein Herz bis zum Hals. Seine Hoffnungen, alles werde an den richtigen Platz fallen, waren in Flammen aufgegangen.

Der Wind blies scharf, und die Plastikteller flogen davon wie Frisbees, obwohl er sie beschwert hatte.

„Verdammt“, grummelte Pete. „Wann hört Jill endlich mit diesem Mist auf? Ich meine, ich hasse es, das sagen zu müssen, aber Simca wächst mir langsam ans Herz. Ich glaube, ihr liegen wirklich deine Interessen am Herzen. Mortys Lokal zu kaufen, um dort ein Restaurant mit dir zu eröffnen – also das nenne ich Loyalität.“

Das Feuer brannte auf Brians Gesicht. „Hör mal, halt einfach den Mund.“

Dass diese spezielle Geschichte in der Gerüchteküche der Stadt die Runde machte, war das Letzte, was er wollte. Pete hatte beteuert, er werde es für sich behalten. Genau.

„Ernsthaft, Bri.“

„Sieh mal, ich habe mich noch für gar nichts entschieden, also geh damit nicht hausieren.“ Und nachdem er Jills Reaktion erlebt hatte, wusste er, sie würde dieses Projekt niemals unterstützen. Wütende Verzweiflung packte ihn.

Pete breitete die Arme aus. „Bist du verrückt? Welche andere Chance hast du denn? Im *Chop House* bleiben? Du hasst es, das weißt du selbst. Du wirst vor Langeweile sterben, Mann.“

Die Worte gruben sich ihm ein. Am liebsten wäre er ausgerastet angesichts der Ungerechtigkeit. Am meisten wünschte er sich, Pete würde aufhören. Es war mehr als unprofessionell, sein Verhältnis zum *Chop House* öffentlich auszubreiten.

„Mit dem potenziellen großen neuen Job im Hotel wird Jill an dir vorbeiziehen. Du weißt, dass sie ihn will.“

„Ich sagte, halt den Mund, Pete.“

„Warum nimmst du dir nicht, was du willst?“

Brian hatte zugeschlagen, ehe er überhaupt wusste, was er tat. Pete fiel nach hinten, und die Menge keuchte auf.

Brian atmete tief durch und versuchte, die Fassung wiederzuerlangen. „Shit, Mann. Tut mir leid."

Pete rutschte im Schnee aus, als er versuchte, sich wieder aufzurappeln. Brian streckte eine Hand aus, um ihm zu helfen. Doch sein Freund stieß sie fort und stand auf.

„Du hast eine Grenze überschritten", kündigte er an und strich sich über die Lippe. „Pete …"

Er ging davon.

Das Feuer unter den Hühnchen zischte. Brian konzentrierte sich darauf, die Vögel vom Spieß zu ziehen, damit er niemandem in die Augen sehen musste.

Gott, er hatte total die Kontrolle verloren. Aber warum zum Teufel hatte Pete nicht einfach den Mund gehalten?

Der Rauch stieg ihm in die Augen, und er stach mit verschwommenem Blick in das Fleisch. Dann warf er es in einer seltsamen Anordnung auf einen Teller, ohne einen Gedanken an die Präsentation zu verschwenden.

Eine lebenslange Freundschaft flackerte wie die Flammen.

Peggy musterte die Gäste auf der Party. Collegestädte waren wirklich seltsam. Es schien total normal zu sein, dass grauhaarige Professoren mit blutjungen Studentinnen flirteten. Sie hatte gehört, wie ein alter Typ in einer hässlichen grünen Strickjacke, der aussah, als gehöre er zum Institut für Anglistik, etwas von einem Whirlpool sagte. Einige gefärbte Blondinen hatten gekreischt – tatsächlich gekreischt – und waren ihm nachgerannt. Himmel, sie hoffte nur, dass sie nicht noch eine weitere städtische Anordnung missachteten.

Sie hasste es, nackte Menschen zu verhaften.

Besonders, wenn sie nass und betrunken waren.

Eine warme Hand drückte sie von hinten, und sie riss den

Kopf herum. Ein Mann mittleren Alters hatte seinen fiebernden Blick auf ihren Po geheftet.

„Nimm deine Hand von meinem Hintern, bevor ich dir den Arm breche.“

Seine glasigen Augen zuckten kaum. Sie schlug seine Hand fort.

Er hob den Blick, als wenn er von einem Hebel gezogen würde. „Du bist stark, wie eines der schwarzen Löcher, über die ich forsche. Das schätze ich an einer Frau. Lust, irgendwohin zu gehen und es zu treiben?“

Sie konnte es kaum glauben. Wer zum Teufel waren diese Leute? „Was bist du? Ein dementer Prof vom Institut für Astronomie? Hau ab.“

Er summte wie eine Biene, die sich dagegen wehrt, von einer blühenden Blume vertrieben zu werden. „Zwing mich doch.“

Hüftbreit stellte sie sich hin. „Hör zu, ich bin Polizistin, also hau ab.“

Sein Grinsen ließ seinen betrunkenen Blick noch dümmlicher wirken. Im Ernst, was war los mit diesem Typen?

„Ich liebe Rollenspiele. Du bist Polizistin, und ich bin ein gefährlicher Krimineller. Willst du mir Handschellen anlegen?“

„Ernsthaft, ich bin der Deputy Sheriff von Eagle County, und du solltest dich jetzt verziehen.“

Er hob die Hand, um ihr Gesicht zu streicheln, doch mitten in der Bewegung hielt eine andere Hand ihn zurück.

„Glauben Sie mir. Sie ist wirklich der Deputy Sheriff.“ Mac Maven bedachte den Typen mit einem drohenden Blick. Peggy fühlte sich nur darin bestätigt, was sie bereits wusste – Mr. Poker war nicht nur charmant. „Und sie hat Ihnen gesagt, Sie sollen abhauen.“

„Das hat sie nur so gesagt“, murmelte der Professor. „Eigentlich will sie mich. Ich habe einen Doktortitel. Frauen mögen das.“

„Das glaube ich kaum", entgegnete Maven und trat näher.

„Ich habe das im Griff", mischte Peggy sich ein und stemmte die Hände in die Hüften.

„Ich sagte", stieß Maven mit seidenweicher Stimme aus, „verschwinden Sie."

Der Typ trat den Rückzug an. „Dich will sie auch nicht, Mann", rief er über die Schulter, als er davonstolperte.

„Das ist mir durchaus bewusst", erwiderte Maven und drehte sich zu Peggy um.

„Ich hätte schon aufgepasst", brachte sie mühsam hervor.

Er zog eine Augenbraue hoch. „Ich wollte Ihre Fähigkeiten nicht bestreiten. Ich bin mir sicher, dass Sie ihn in einem tödlichen Polizeigriff hätten halten können. Aber meine Art schien mir schneller."

„Die Polizei nimmt niemanden mehr in den Schwitzkasten. Und Ihre Art war nicht schneller. Sie haben mir nur nicht die Chance gegeben, selbst damit klarzukommen", gab sie zurück. Als jemand sie von hinten anrempelte, taumelte sie gegen ihn.

Er hielt sie an den Schultern fest. Seine Hände fühlten sich groß und warm an, und die Berührung ließ die Frau in ihr erwachen. Seine braune Lederjacke erinnerte an Luftwaffenpiloten im Krieg. Dazu trug er einen grauen Pulli mit V-Ausschnitt, unter dem der Hauch eines weißen T-Shirts zu sehen war. Er sah weitaus entspannter und lässiger aus, als sie ihn jemals erlebt hatte. Die Jeans umspielten seine Schenkel, und sie fragte sich, wie wohl sein süßer Arsch in dieser Hose aussehen mochte.

Er ließ nicht locker. „Ihr Haar sieht heute Abend sehr schön aus, und haben Ihre Wangen etwa Farbe?"

Sein Gesicht nahm ihr gesamtes Blickfeld ein. Es kam ihr vor, als würde sie durch ein Mikroskop schauen, das man auf ein besonders wertvolles Exemplar gezoomt hatte. Gott, er war großartig. Warum musste sie sich in seiner Gegenwart immer so aufgewühlt fühlen? Und warum zeigte er ihr nach dem Zitat in der Zeitung nicht die kalte Schulter?

„Haben Sie Jill schon gesehen?“, fragte sie in dem Bemühen, seine Aufmerksamkeit von ihrem gebürsteten Haar abzulenken. Er hatte es bemerkt. Sie seufzte innerlich.

„Noch nicht. Lassen Sie uns ein wenig frische Luft schnappen. Wir müssen etwas besprechen.“ Er nahm sie beim Arm und führte sie durch die Menge, den Gang hinunter. Sie traten auf die umrandete Veranda, und seine Zielstrebigkeit und sein Tempo sagten ihr, dass er schon eine Weile auf der Party sein musste. Offensichtlich hatte er sich Zeit genommen, die Örtlichkeiten zu erkunden. Ein paar Leute standen rauchend hier draußen und unterhielten sich leise im Schein der Petroleumfackeln.

Maven zog sein Jackett aus und hatte es ihr schon um die Schultern gelegt, ehe sie protestieren konnte. Es machte sie nervös, und sie wünschte, sie hätte ihre Jacke nicht ausgezogen. Wenn er glaubte, sie so überzeugen zu können, einen Rückzieher zu machen, hatte er sich getäuscht.

Sie hob das Kinn. „Ich brauche Ihr Jackett nicht.“

Als sie die Hand ausstreckte, um es abzustreifen, legte er seine Finger über ihre. „Wenn ich Sie bitten würde, mir zu sagen, was Sie gegen mich in der Hand haben – würden Sie es tun?“

„Nein.“

„Das hatte ich auch nicht erwartet.“ Er fuhr sich mit der Hand durchs Haar. „Tja, dann wird es wohl auf ein Duell hinauslaufen. Sie und ich in der Ratssitzung.“

In ihrem Kopf entstand das Bild einer staubigen Straße in der Mittagszeit im Wilden Westen. Er würde einen guten Kontrahenten abgeben. „Wenn Sie wollen.“

„Peg, was auch immer Sie gegen mich zu haben glauben – seien Sie gewarnt, dass es nicht unbedingt so laufen wird, wie Sie erwarten.“

Sie erstarrte. „Warnen Sie mich nicht. Ihr Charme funktioniert bei mir nicht."

„Ich weiß, Sie sind knallhart. Das müssen Sie mir nicht beweisen."

Seine Augen hätten Suchscheinwerfer direkt in ihre Seele sein können. Sein intensiver Blick ließ sie wünschen, sie hätte eine Sonnenbrille auf, was albern war, denn es war stockdunkel hier draußen. „Freut mich, dass Sie das verstanden haben."

Ein verschmitztes Lächeln glitt über sein Gesicht. „Nach unserer Begegnung auf der Straße mit Keith kann ich das unmöglich vergessen. Aber das ist nur eine Seite an Ihnen. Es gefällt mir, Ihr Haar gekämmt und Ihr Gesicht ohne dieses grauenhafte Grün zu sehen. Es ist ein hübsches Gesicht."

Irgendwo schlug eine Tür zu, und Peggy zuckte zusammen. Oder hatte sie sich das nur eingebildet? Seine dunkle Stimme war ebenso faszinierend wie der Klang ihrer Waffe, wenn sie diese im Schießstand abfeuerte. Der Klang fesselte Peggy an Ort und Stelle, als wäre sie Mavens persönliches Zielobjekt.

„Sie sind Mutter und Polizistin. Beide Persönlichkeiten wetteifern um den ersten Platz, aber die Mutter gewinnt immer. Sie können knallhart sein, stimmt, aber gleichzeitig sind Sie unglaublich liebevoll, zärtlich. Sogar verspielt, möchte ich wetten. Und es ist Ihnen auch wichtig, eine gute Freundin zu sein. Ich wette, dass Sie extrem loyal sind. Aber es ist jene Seite, die Sie am besten verbergen, die mich mehr über Sie nachdenken lässt, als mir lieb ist."

Womöglich hatte sich ihr Hals in reinen Sand verwandelt, denn sie konnte weder atmen noch schlucken. Sie gab sich innerlich einen Ruck, wie sie es manchmal machte, wenn sie düstere, widerliche Details über ein Verbrechen erfuhr. Keine Einschüchterung. Keine Angst. Keine Reaktion.

„Ach ja?", gab sie so schnippisch zurück, wie sie nur konnte. „Und welche ist das?"

Er neigte den Kopf und ließ den Blick aus diesen jadegrünen Augen über ihr Gesicht wandern. „Wissen Sie das etwa nicht? Es ist die weibliche Seite." Er schob ihr eine Strähne hinters Ohr. „Sie ist tief verborgen, aber sie existiert."

Seine Berührung brannte auf ihrer Haut und ließ ihre Lippen leicht erzittern. Zum ersten Mal seit vielen Jahren musste Peggy heftig um Fassung ringen. „Ich weiß nicht, wovon Sie reden. Natürlich bin ich eine Frau." Sie deutete mit der Hand auf ihre Brust, als wollte sie sagen: *Logo!*

Seine geschwungenen Lippen verzogen sich und ließen das Grübchen stärker hervortreten. „Ja, die beste Falle der Natur lässt sich nicht leugnen." Er ließ den Blick weiter abwärts wandern und hob ihn dann wieder zu ihrem Gesicht. „Aber Sie verbieten es sich selbst, sich wie eine Frau zu benehmen. Es ist, als empfänden Sie es als Schwäche. Das erstaunt mich."

Der Druck in ihrer Brust kam aus dem Nichts. Plötzlich konnte sie nicht mehr atmen. „Tja, Sie sollten Ihr Kleinhirn nicht überfordern. Konzentrieren Sie sich besser darauf, wie Sie das Geld von noch mehr Leuten beim Kartenspiel erschwindeln können."

„Wie das geht, weiß ich bereits. Und ich nehme Ihnen nicht übel, dass Sie es ‚erschwindeln' nennen, denn ich weiß, was ich tue."

Nun, sie hatte keinen blassen Schimmer. Er war eine Bedrohung für ihre Ordnung. Berauschend und interessant, gleichzeitig aber auch nervenaufreibend.

„Warum sind Sie eigentlich nicht wütender auf mich?"

Er lehnte sich zurück, die Verkörperung vollkommener Gelassenheit. „Das war ich ursprünglich, aber dann habe ich so getan, als würde ich pokern. Ich habe abgeschätzt, gegen wen ich spiele und was Ihre Motive sind. Und mir wurde klar, dass Sie nicht so heftig gegen mich kämpfen würden, wenn ich keine Bedrohung für Sie darstellen würde. Warum hören Sie nicht auf, meinen Beruf gutzuheißen oder zu missbilligen, und lassen sich einfach treiben?"

War sein Jackett schwerer geworden? Es war, als hätte ihr jemand Steine in die Taschen geschoben. „Wohin soll ich mich treiben lassen?", stichelte sie.

Er berührte sie nicht, doch sie spürte seinen forschenden Blick von Kopf bis Fuß. „Wenn Sie das fragen müssen, ist die Frau in Ihnen tiefer vergraben, als ich angenommen hatte."

Die alte Verletzlichkeit tauchte plötzlich auf. Erinnerungen und Emotionen überfluteten sie. Eine flüsternde Stimme meldete sich. *Wenn du die Frau in dir zulässt, wirst du erneut vernichtet.*

„Sie müssen aufhören, nach verschiedenen Schichten zu suchen. Ich bin Peggy McBride. Mutter. Polizistin. Ende."

Die Grube an seinem Kehlkopf erregte ihre Aufmerksamkeit. Wie mochte seine Haut schmecken, wie warm wäre sie? Der Gedanke schockierte sie.

„Die Lebensgeschichten einiger Menschen sind so kurz und einfach wie ein Kinderbuch. Ihre gehört nicht dazu. Sie ist so lang und komplex wie *Große Erwartungen*, aber Sie versuchen, der Welt eine Kurzversion mit Erläuterungen zu verkaufen. Die meisten sind damit zufrieden. Ich bin es nicht."

Sie zog sein Jackett aus und ignorierte, dass dabei noch mehr seines würzigen Dufts freigesetzt wurde. „Es interessiert mich nicht, was Sie sind. Und versuchen Sie nicht länger, mich zu durchschauen, als säße ich Ihnen am Pokertisch gegenüber."

Als er sein Jackett nicht annahm, schleuderte sie es ihm an die Brust. Er griff nach ihrer Hand und drückte diese an sein Herz. Die schnellen Schläge passten zu dem Tempo ihrer Atemzüge.

Seine Brust wirkte, als wäre sie liebevoll unter den Händen eines Bildhauers geformt worden. Jeder Winkel war definiert, zutiefst männlich, und schien darum zu flehen, von ihr berührt zu werden. Sie zog ihre Hand weg und ballte sie zur Faust.

„Ich weiß, dass Sie noch nicht bereit sind, Peggy, aber Sie haben Glück. Ich stehe in dem Ruf, geduldig zu sein." Er deutete auf die Tür. „Sollen wir?"

Da sie keine Ahnung hatte, was sie darauf erwidern sollte, ging sie voraus. Ein Teil von ihr wollte es ihm nicht ausreden. Sie fühlte sich auf seltsame Weise erregt. Es glich dem Gefühl, das sie verspürte, wenn sie ohne ihre schusssichere Weste in das Haus eines Drogendealers eindringen musste. Dumm, aber elektrisierend.

Er fuhr ihr mit den Fingern über den Nacken, und unwillkürlich bog sie das Rückgrat durch, drehte sich jedoch nicht zu ihm herum.

„Peg", flüsterte er in die kalte Nacht. „Ich bin nicht Ihr Feind. Denken Sie daran, wenn wir uns auf der Ratssitzung gegenüberstehen."

Er irrte sich. Er war ebenso ein Feind für ihren Körper, wie er ein Feind für die Stadt war. Sie musste ihn vernichten.

37. Kapitel

Jill wünschte sich, eine Ecke zu finden, in der sie still trauern konnte. Die halbherzigen Gespräche, die sie geführt hatte, zehrten an ihrer Seele. Sie musste nur noch Mac treffen, dann konnte sie verschwinden. Als sie ihn endlich entdeckte, hatte er sich schon mit dem Dekan der Umweltwissenschaften festgeplaudert, der gleichzeitig Vorstand des Umweltclubs war. Warum war ihr nicht klar gewesen, dass er selbst herausfinden würde, auf wen in dieser Masse er sich konzentrieren musste? Er wandte sich ihr zu, als sie auf ihn zukam, und beendete das Gespräch schwungvoll. Der Dekan verabschiedete sich mit einem Winken.

„Sie müssen nicht auf mich aufpassen, Jill“, betonte Mac. „Mir ist bewusst, dass dieser Abend schwierig für Sie ist. Warum fahren Sie nicht nach Hause?“

„Nein, das ist mein Job“, erwiderte sie und war sich der neugierigen Blicke bewusst. Es war, als hinge ein Schild mit der Aufschrift *Spaßbremse* um ihren Hals.

Er beugte sich zu ihr vor. „Glauben Sie jemandem, der sich auskennt. Beenden Sie das Spiel, wenn das Schicksal gegen Sie ist.“

Sie verspürte den Drang, es abzustreiten, doch er hatte recht. Sie nickte.

„Ich rufe Sie morgen früh an.“ Damit verschwand Mac in der Menge.

Vermutlich hätte sie dankbar für sein Verständnis sein sollen, stattdessen ließ die Beschämung ihre roten Flecken auftauchen. Heute Abend war sie eine Belastung.

Als jemand ihren Arm tätschelte, wirbelte sie herum. Terry

Ployke hatte den Blick eines Mannes, dem man eine unbeliebte Aufgabe übertragen hatte. Sein Gesicht wirkte so verkniffen, als hätte er schlechtes Sushi gegessen.

„Hey, Brian sucht dich. Er hat gesagt, er wartet am Schlitten. Der hat sich weiter draußen festgefahren."

„Danke", sagte sie, und es hörte sich an, als hätte sie einen Löffel voll Kies geschluckt. Sie fragte sich, ob er den Schlitten wegen Jemma gewählt hatte. Sie rieb sich den dröhnenden Kopf und bahnte sich den Weg durch das Gedränge. Da entdeckte sie Kelly Kimple. Natürlich war sie hier. Es war die größte Party des Jahres. Mittlerweile war sie mit einem jungen Biologieprofessor verlobt, doch noch immer haftete ihr das selbstbewusste, durchtriebene Cheerleader-Image an. Eine Woge aus alten Erinnerungen und Gefühlen durchströmte Jill, und plötzlich fühlte sie sich ganz klein.

Zum Glück konnte in dem dunklen Raum niemand sehen, wie sie errötete.

Als sie die Hintertür öffnete, trieb ihr der Wind Schnee ins Gesicht. Ein paar Leute, die offensichtlich immun gegen Schmerz waren, sangen ein ihr unbekanntes Lied über Berge und Mondlicht. Mindestens einer von ihnen hatte überhaupt kein musikalisches Gehör, dennoch schrien sie sich alle die Luft aus den Lungen.

Ihre Augen tränten vor Kälte, als sie hinaustrat, um Brian zu suchen.

Sobald Brian das Knirschen des Schnees hörte, wandte er sich um. Als er Simca mit einem strahlenden Lächeln auf dem Gesicht den Weg hinunterkommen sah, erstarrte er.

„Was soll das denn?", wollte er wissen.

Sie deutete auf ihr Handy. „Großartige Neuigkeiten, *mon cher.*"

Er spähte in die Ferne und hielt Ausschau nach Jill. Das

fehlte ihm noch, dass sie ihn hier mit Simca sah ... „Okay, erzähl es mir schnell. Ich warte auf Jill."

Ihr Lächeln verblasste. „Du liebst sie wirklich, nicht wahr?"

Also hatte sie es ihm tatsächlich nicht geglaubt. Insgeheim hatte er es gewusst: Sie war nicht wegen des Restaurants geblieben. Aber er wollte so gern diese Chance wahrnehmen. Er seufzte, und sein Atem erhob sich kreiselnd wie Rauch gen Himmel. „Ja, ich habe dir doch gesagt, dass ich jetzt mit ihr zusammen bin."

Ihre sherryfarbenen Augen suchten seinen Blick. „Und was ist mit uns?"

Er schüttelte den Kopf. „Wir haben ein paar wundervolle Erinnerungen, ehrlichen Respekt vor der Professionalität des anderen, und wir teilen die Leidenschaft und das Verständnis fürs Essen. Doch das ist alles."

„Das macht das, was ich dir zeigen will, noch dringender. Ich hatte dir gesagt, ich würde die Dinge in Ordnung bringen, aber ich hatte gehofft ... Nun, lies einfach."

Er nahm ihr Handy. Angesichts der Überschrift des Artikels weiteten sich seine Augen. „Das Geständnis des New Yorker Küchenchefs." In dem Interview ging es um Simcas Weg zum Ruhm mit ihrem Ehemann, dem berühmten Küchenchef, und um ihre schwierige Ehe. Es endete mit dem Hinweis auf ihre Affäre mit Brian, auf die Ungerechtigkeit, die ihr Ehemann ihm angetan hatte, und mit Simcas nachdrücklicher Beteuerung seiner Unschuld. Sie bat die Vereinigung der Köche, Brian nicht länger zum Sündenbock ihrer gescheiterten Ehe zu erklären.

Sein ganzer Körper wurde von einem so heftigen Gefühl erfasst, dass er nicht sprechen konnte. Wieder einmal hatte Simca alles richtig gemacht.

Sie nahm ihm das Telefon aus der kraftlosen Hand. „Gestern Abend in der Bar hätte es mir bereits klar werden müssen: Du erwiderst meine Gefühle nicht mehr. Ich hatte gehofft, mich zu irren, aber nach heute Abend denke ich, es ist besser, wenn wir uns trennen. Ich habe gerade ein paar Küchenchefs in Manhattan angeschrieben und positive Reaktionen bekommen. Sie wollen mit dir wegen einer Stelle als Souschef sprechen, Brian. Du musst dich nicht mit mir selbstständig machen." Sie wischte sich über die Nase. „Und ich ... ich kann nicht in deiner Nähe sein, ohne dass es mir etwas ausmacht."

Plötzlich sah er all die Möglichkeiten seiner Karriere vor seinem inneren Auge. Er war kein Ausgestoßener mehr. „Oh, Sim", flüsterte er ungläubig. In dem Bedürfnis, sie zu trösten und ihr zu danken, zog er sie in seine Arme. „Ich bin dir so dankbar, aber dir wehzutun ist das Letzte, was ich will."

Sie lehnte den Kopf an seine Brust. „Ich werde es überleben. Vielleicht habe ich an etwas festgehalten, was es schon gar nicht mehr gab."

Als sie den Kopf hob, wischte er ihr eine einsame Träne ab. Seine Muskeln spannten sich an. Noch nie hatte er sie weinen sehen. „Wie kann ich dir jemals dafür danken, dass du meinen Ruf wiederhergestellt hast?"

Sie verzog den Mund zu einem schwachen Lächeln. „Habe ich dir nicht gesagt, dass ich es wiedergutmachen werde?"

In seinem Brustkorb breitete sich Wärme aus. Er legte ihr die Hand an die Wange. „Ja, das hast du. Danke!" Diese Dankbarkeit kam aus tiefstem Herzen. Sie hatte ihre eigene Privatsphäre für ihn aufgegeben.

Ihr Blick wurde weich. „Sehr, sehr gern geschehen, *chéri*. Ich wünsche dir Erfolg – wofür auch immer du dich entscheidest. Und natürlich, solltest du deine Meinung ändern ..."

Es zerriss ihm das Herz. Es war, als verabschiedete er sich von einem Teil seines Selbst, einem Stück seiner Vergangenheit. „Das heißt dann also: Auf Wiedersehen?"

„Ich befürchte, ja. Ich ... werde dich vermissen", flüsterte sie.

Geliebte. Lehrerin. Freundin. Und jetzt Retterin. „Oh ja“, flüsterte er zurück, während er an all die Mahlzeiten dachte, die sie gemeinsam in der schwelenden Hitze der Küche zubereitet und verzehrt hatten – oder auch zu Hause, wenn sie allein gewesen waren. „Ich dich auch.“

Es schien ihm die natürlichste Sache der Welt zu sein, ihr einen Abschiedskuss zu geben. Als sie sich an seine Brust schmiegte, zog er sie näher heran. „Wir hatten eine großartige Zeit.“

„Die beste“, pflichtete sie ihm bei.

Vor ihnen erhoben sich die Berge, und sie wirkten näher als sonst. Brians Kopf füllte sich mit Bildern. Er hatte seinen guten Ruf zurück. Alles schien wieder möglich. Er konnte es nicht erwarten, Jill davon zu erzählen. Die Freiheit trommelte einen berauschenden Rhythmus in seinem Körper.

Je weiter Jill sich vom Haus entfernte, umso mehr verblasste das Licht von der Veranda und den chinesischen Lampions. Das Mondlicht verlieh dem freigeschaufelten Weg einen gespenstischen Glanz. Im Schnee waren Fußabdrücke zu sehen – ein Indiz dafür, dass der Weg bereits genutzt worden war.

Der rote Schlitten war kaum zu verfehlen. Er wirkte wie etwas Unnatürliches in einer Szenerie, die sich perfekt als Motiv für einen Fotokalender der Umweltschutzorganisation Conservation International geeignet hätte. Das Pferd war an einen großen Ahornbaum angebunden und bewegte den Kopf auf und ab, während der weiße Atem, den es ausstieß, an Baumwollbüschel erinnerte. Die Glocken an seinem Hals klingelten und ließen Jill an Weihnachten denken.

Zwei Silhouetten standen vor der Bergkulisse und redeten miteinander. Als sie näher gekommen war, blieb sie beim Anblick der schlanken roten Gestalt wie angewurzelt stehen. Und Brians Umrisse hätte sie überall erkannt.

Sie rammte die Stiefel in den Schnee, als sie sich vorbeugte und in das gedämpfte Licht starrte. Brian hielt etwas, was wie ein Handy aussah und dessen Beleuchtung sein Gesicht erhellte. Selbst auf die Entfernung konnte sie erkennen, wie sein Blick sanfter wurde, erst aus Betroffenheit, dann aus Liebe. Als er die Hand an Simcas Wange legte, zerriss die Geste ihr das Herz. Sie beobachtete, wie die beiden sich leise unterhielten, aber sie war nicht nahe genug, als dass sie etwas verstehen konnte.

Lähmende Angst ergriff sie. Das konnte nicht wahr sein! Nach allem, was sie miteinander geteilt hatten, konnte er unmöglich noch immer Simca lieben.

Er beugte sich vor, um sie zu küssen und sie in seinen Armen zu halten, wie er es tausendmal getan hatte, aber sie taumelte bei dem Versuch sich umzudrehen. Dies war die Wahrheit, und die alte Jill machte ihr klar, dass sie naiv gewesen war, etwas anderes anzunehmen.

Erneut hatte er das hübsche Mädchen ihr vorgezogen.

Als sich eine Hand auf ihren Arm legte, zuckte sie zusammen. Sie wandte sich um und erkannte Peggy, die sie mit grimmiger Miene ansah.

„Lass uns hier verschwinden", sagte sie mit gepresster Stimme und zog sie von der Szene fort.

Jill schlitterte den Weg entlang. Ohne Peggy hätte sie sich auf die Knie fallen lassen und wäre einfach zusammengebrochen. Es hatte ihr das Herz in Fetzen gerissen, und zurück blieb nur eine offene Wunde, die in ihrem Innern brannte und pochte.

Alles war verloren.

38. Kapitel

Nachdem Jill nicht draußen auftauchte, ging Brian ins Haus, um sie zu suchen. Niemand hatte sie vor Kurzem gesehen. Einige meinten, sie könnte mit Mac gegangen sein, aber sie waren sich nicht sicher. Auch Peg, Tanner und Meredith waren fort. Brian zog sein Telefon aus der Tasche, um Jill eine Nachricht zu schicken.

Wo bist du? Ich habe Neuigkeiten.

Dann hing er mit ein paar alten Freunden von der Highschool herum, während er weiterhin nach Jill Ausschau hielt. Als sie nach einer halben Stunde noch immer nicht geantwortet hatte, rief er sie erneut an und wurde zu ihrem Anrufbeantworter umgeleitet. Die Party war in vollem Gange, aber er hatte keine Lust mehr zu bleiben, daher sammelte er seine Kochutensilien ein und brach auf. Er konnte es kaum erwarten, Jill vom Geschehenen zu erzählen.

Als er bei Jill ankam, brannten sämtliche Lichter in ihrem Haus. Als er in den Flur trat, fiel sein Blick als Erstes auf einen Turm aus Kisten im Flur. Sein ohnehin angeschlagener Magen brannte, als er seine eigene Handschrift auf den Kartons entdeckte. Es waren seine. Irgendetwas war passiert.

Mit wackligen Beinen überwand er die kurze Strecke bis zum Wohnzimmer. Vollständig angezogen saß Jill auf ihrem orangefarbenen Sofa und drückte sich ein Kissen in den Schoß. Auf ihrem Gesicht waren die Spuren von Tränen zu erkennen.

„Hey", sagte er sanft. „Was ist los?"

„Ich will, dass du hier verschwindest", erwiderte sie. „Mere, Tanner und Peggy haben mir geholfen, alles einzupacken. Wenn wir etwas vergessen haben, hinterlege ich es für dich im Café."

Ihr kalter Tonfall war ein Schlag ins Gesicht. „Wovon redest du?“

„Ich habe dich mit ihr gesehen“, flüsterte sie. „Wir waren …“

Oh, verdammt! „Ich habe keine Ahnung, was du glaubst, gesehen zu haben“, sagte er und wusste genau, wen sie meinte. Hastig durchquerte er den Raum, setzte sich neben sie und erwiderte ihren tränenüberströmten Blick. „Aber du hast definitiv die falschen Schlüsse gezogen.“

„Ich habe gesehen, wie du sie geküsst hast. Und umarmt.“ Ihre Worte waren wie ein Peitschenschlag.

Als er versuchte, ihren Arm zu berühren, rutschte Jill von ihm fort. Shit, dachte er, als er die letzten Augenblicke mit Simca Revue passieren ließ. Tja, vermutlich hatte es schlimm gewirkt. „Hör zu. Ich habe mich von ihr verabschiedet.“

„Bullshit!“, schrie sie.

In dem verzweifelten Wunsch, dass sie begriff, streckte er die Hände aus. „Es ist wahr. Wir können nicht zusammen arbeiten, das haben wir letztendlich beide beschlossen. Ich bin mit dir zusammen, Jill. Ich liebe dich. Simca empfindet noch etwas für mich, aber ich habe ihr gesagt, es wird nicht funktionieren.“

Sie schlug ihm gegen den Arm. „Du empfindest auch noch etwas für sie, sonst hättest du sie nicht so angefasst. Ich habe dich *gesehen*!“

„Nein!“ Plötzlich fühlte er sich, als würde er in Treibsand versinken. Er war sich nicht sicher, wie er sich aus diesem Loch wieder herausbuddeln sollte. Er riss das Handy aus der Tasche und öffnete Simcas Interview. „Lies das. Ernsthaft, Jill. Sie hat mit einem der wichtigsten Restaurantmagazine über unsere Affäre gesprochen und darüber, wie André mich hereingelegt hat. Dann hat sie sich an mehrere der größten Küchenchefs in New York gewandt, und einige wollen mich zum Bewerbungsgespräch einladen. Verstehst du nicht? Ich war dankbar. Ich habe mich von ihr als Freundin verabschiedet."

Sie warf das Kissen beiseite und stand auf, ohne nach dem Telefon zu greifen. „Wir haben uns auf dein Experiment eingelassen. Es ist gescheitert. Ich kann dir nicht vertrauen."

O Gott, das war sein schlimmster Albtraum. Blitzartig stand er auf und packte sie bei den Schultern. „Sag so etwas nicht. Ich liebe dich. Ich schwöre dir, es ist nichts passiert. Bitte, Jill."

„Du hast gerade gesagt, die Leute in New York haben dich zum Vorstellungsgespräch eingeladen. Ich denke, du solltest hingehen. Es ist das, was du immer wolltest."

Plötzlich explodierte sein Zorn. „Was zum Teufel! Ich kann nicht glauben, dass das schon wieder losgeht, nach allem, was wir geteilt haben."

Eine Träne rann ihr die Wange hinunter.

„Du glaubst, etwas zu sehen, und gehst nach Hause, packst meine Sachen und wirfst mich raus? Was für eine Scheißbeziehung ist das denn?"

Sie wischte sich über das Gesicht. „Eine, die nicht funktioniert."

Er hieb mit der Faust in die Luft. „Das ist Unsinn. Sie hat funktioniert. Jeden Abend kann ich es kaum erwarten, zu dir nach Hause zu kommen, und ich bin noch nie glücklicher gewesen als in den vergangenen zwei Wochen. Was kann ich noch tun, um dich davon zu überzeugen, dass ich dich liebe?"

Ihre Lippe zitterte, und als er das bemerkte, musste er seine Fäuste in die Seiten stemmen, um nicht die Hände nach ihr auszustrecken.

„Du kannst nichts tun." Schluchzend atmete sie ein. „Du hast mir noch einmal das Herz gebrochen. Hast du irgendeine Vorstellung davon, wie sich das anfühlt?"

Er griff nach ihrer Hand und schlug diese gegen seine Brust. „Verdammt noch mal, ja. *Du* brichst mir jetzt gerade das Herz."

Die Muskeln in ihrem Gesicht spannten sich an. Ein frischer Schwall Tränen schwappte über. „Was wir brauchen würden, haben wir nicht, Bri. Nach dem, was ich gesehen habe, kann ich dir nicht mehr vertrauen."

Mit langen Schritten ging er durch den Raum und trat gegen eine der Kisten. Er hatte das plötzliche Bedürfnis, sie quer durchs Zimmer zu schleudern. „Nur wegen deiner Unsicherheit wirfst du alles fort, was zwischen uns ist. Das ist wieder voll und ganz dieser blöde Kelly-Kimple-Mist."

Sie ballte eine Hand zur Faust und legte sie an die Brust. „Für mich ist das nicht blöd. Was meinst du, wie du dich fühlen würdest, wenn ich mich so verhalten hätte?"

„Verdammt, ich weiß es nicht. Du bist die Heilige. Ich bin der Sünder. Werde ich in deinen Augen jemals reingewaschen sein können?"

„Bitte." Sie konnte ihn nicht ansehen. „Mach es nicht noch schwerer, als es ist."

Er gab ein schnaubendes Lachen von sich. „Schwerer? Wie zum Teufel sieht das für dich aus, Jill? Von meiner Warte aus würde ich sagen, du hast mich so perfekt ausgeweidet wie einen Fisch."

„Als ich gesehen habe, wie du sie berührt hast, dachte ich, du würdest zu ihr zurückkehren. Dass du sie wieder wolltest. Und mich nicht mehr. Niemals wieder möchte ich mich so fühlen."

„Und deshalb hast du mich einfach fallenlassen. Kein Gespräch. Nichts. Tja, vielleicht hast du verdammt recht. Ich schätze, wir haben nicht das Zeug dazu, es zu schaffen. Ich bin es leid, mich immer wieder von dir auf den Prüfstein stellen zu lassen. Ich hatte geglaubt, das hätten wir schon hinter uns."

„Du hättest dich nicht in diese Situation bringen sollen!“, schrie sie und breitete die Arme aus.

Er stemmte die Hände in die Hüften. „Das war auch nicht beabsichtigt. Ich hatte auf dich gewartet, weil wir uns an dem Schlitten treffen wollten. Simca hatte mich gesucht, weil sie spannende Neuigkeiten hatte, und hat mich dort gefunden. Ich habe mich bei ihr bedankt. Vielleicht nicht so keusch, wie du es getan hättest, aber verdammt, ich habe eine Vergangenheit mit ihr. Ich habe mich verabschiedet. Eine halbe Stunde lang habe ich da draußen auf dich gewartet! Ich konnte es kaum erwarten, dir zu erzählen, dass ich rehabilitiert bin und meine Karriere wieder erfolgversprechend aussieht. Und du bist ohne ein verdammtes Wort gegangen.“

Sie durchquerte den Raum mit großen Schritten und stieß ihn gegen die Brust. „Ich habe den gesamten Weg nach Hause geweint, verdammt. Was hast du erwartet? Dass ich in deine zärtliche Szene hineinplatze?“ Sie fuhr mit der Hand in ihre Bluse, und ehe er begreifen konnte, was geschah, riss sie die Kette ab und schleuderte sie ihm entgegen.

Genauso gut hätte sie sein Herz auf den Boden werfen können. Er packte ihre Fäuste. „Okay, genug! Du willst alles wegwerfen, fein. Ich habe keine Lust mehr, dich davon zu überzeugen, wie sehr ich dich liebe. Wenn ich dieses Mal nach New York gehe, kannst du verdammt sicher sein, dass es deine Schuld ist.“

Sie atmete scharf ein, und das Geräusch unterstrich noch die daraufhin eintretende Stille, ehe Brian ein paar Kartons nahm und anfing, sein Auto zu beladen. Als er fertig war, hämmerte sein Herz. Er bückte sich, um die gerissene Kette aufzuheben. Dann stand er auf und ging durch den Flur zu Jills Schlafzimmer, nachdem er sie nirgends gefunden hatte. Einen Augenblick lang konnte er kaum den Türknauf umdrehen. Er presste die Stirn an das Holz, die Kette wog schwer in seiner Hand. Dann nahm er allen Mut zusammen und öffnete die Tür.

Eine einzelne Lampe schien neben ihrem Bett und beleuchtete Jill, die zusammengekauert auf dem Bett lag und in ihr Kissen weinte. Ein schneidender Schmerz schoss durch sein Herz. Nichts hatte jemals so sehr wehgetan.

„Jill", rief er.

Sie zuckte zusammen und wandte ihm ihr gerötetes Gesicht zu.

Er hob die Hand, in der er ihren Schlüssel hielt. „Ich lege den hier auf den Küchentisch. Wenn du noch etwas von mir findest, wirf es einfach weg."

Ein Schluchzer entrang sich ihrer Kehle. „Tut mir leid", flüsterte sie.

Sein Hals war wie zugeschnürt. „Mir auch", sagte er und ging. Am liebsten hätte er die Kette durch den Garten in den Schnee geschleudert. Aber er schaffte es nicht.

39. Kapitel

Jill hatte noch nie eine Stadtratssitzung besucht. Da diese öffentlich war, hatte man sie in die Abendstunden gelegt, damit mehr Bürger daran teilnehmen konnten. Durch die großen Fenster des Sitzungssaals, der an einen Gerichtssaal erinnerte, verliehen die Gaslaternen dem verschneiten Stadtviertel die Atmosphäre eines Gemäldes von Norman Rockwell. Drinnen sorgten die hohen Decken des Raumes, das polierte Holz und die Messingkerzenleuchter für eine behagliche Stimmung.

„Hören Sie auf zu zappeln", wies Mac sie mit gedämpfter Stimme an.

Ihre Unruhe hatte mehr mit Schlafmangel und Weinkrämpfen wegen Brian zu tun als mit Nervosität. Und auch die größte Menge an Abdeckcreme hatte nichts gegen ihre verschwollenen Augenlider ausrichten können. „Es sind viele Leute da. Jeder wartet darauf zu hören, was Peggy herausgefunden hat."

Er lächelte und nickte, während immer mehr Menschen in den Reihen Platz nahmen. „Ja, aber die meisten sind auf unserer Seite, also machen Sie sich keine Sorgen. Ich habe Peggy im Griff."

Ihr Bleistiftrock würde kraus werden, wenn sie den Stoff noch länger umklammerte. „Ich kann nichts dagegen tun. Es ist die größte Sache, in die ich jemals involviert war. Außerdem wissen Sie nicht, was sie vorbringen wird."

Mr. Cool blieb stehen. Gott, sie wünschte, sie könnte mehr so sein wie er. Im Augenblick war sie ein verdammtes Nervenbündel.

„Alles wird gut gehen." Mac begann, seine Runde zu drehen.

Eine Hand klopfte ihr auf die Schulter, und Jill drehte sich um. „Grandpa!"

Er legte seine graubärtige Wange an ihre. „Ein großer Abend, Süße."

Bei dem Kosenamen musste sie die Tränen zurückdrängen, die ihr in die Augen stiegen. „Der größte."

„Maven ist ein Mann, den man nicht unterschätzen sollte. Er hat sogar die wichtigsten Größen in der Stadt umgarnt. Natürlich fragt sich jeder, was Peggy zu sagen hat. Selbst ein gestandener Journalist wie ich hat es nicht geschafft, ihr die Information zu entlocken. Das hat mich ziemlich mitgenommen." Er klopfte mit dem Stock auf den Boden. „So, ich habe gehört, die Französin hat die Stadt verlassen."

„Was?" Jill schaffte es, den Mund zu einem Lächeln zu verziehen, als der Bürgermeister ihren Weg kreuzte und ihr zunickte. Hatte Brian tatsächlich die Wahrheit gesagt? Sie hatte sich das ganze Wochenende hin und her gewälzt und darüber nachgedacht. Hatte sie mit ihren alten Befürchtungen alles ruiniert?

„Meredith hat mir von Brian und dir erzählt. Es tut mir leid, Süße. Komm doch morgen zum Dinner vorbei. Dann kannst du dich an der Schulter eines alten Mannes ausweinen."

Ihre Nase begann zu kribbeln, und sie rieb darüber. „Okay."

Mit einem Hammerschlag wurde die Sitzung eröffnet. Als sie aufspringen wollte, drückte ihr Großvater sie zurück auf den Stuhl.

„Hier." Er griff in die Hosentasche. „Nimm ein Bonbon. Mich beruhigen sie immer. Denk daran, wer du bist, dann wirst du die richtige Entscheidung treffen."

„Tut mir leid, dass ich zu spät bin", sagte Meredith gehetzt. Mit einem lauten Schmatzen küsste sie Jill auf die Wange. „Jemand hat ein paar rote Bemerkungen zu viel in meinem Artikel hinterlassen, und der soll morgen veröffentlicht werden."

„Ich frage mich, wer so etwas tun sollte?“, kommentierte Grandpa, zog einen roten Stift aus der Tasche und drehte ihn zwischen den Fingern.

Meredith bedachte ihn mit einem finsteren Blick, dann wandte sie sich an Jill. „Bist du bereit?“

An den vergangenen Abenden war ihre Schwester mit Filmen und Eiscreme aufgetaucht und hatte sie bedingungslos unterstützt. Dafür war Jill ihr unglaublich dankbar. „Wie immer.“

„Es wird gut gehen. Meine Quellen haben mir verraten, dass es vier Leute gibt, die nach Peggys Bombe noch neutral sein werden.“

Ihr Großvater schnaubte. „Meine Quellen reden von fünf Leuten. Angesichts dessen, was Maven für Keith getan hat, schätzen die meisten Leute, dass es schwierig für Peggy sein muss, sich gegen ihn zu stellen.“

Genauso, wie Peggy es gehofft hatte. „Großartig.“

„Das könnte eine der spannendsten Versammlungen werden, die Dare je erlebt hat.“ Bekräftigend pochte er mit seinem Stock auf den Boden.

„Würden Sie bitte alle Ihre Plätze einnehmen?“, rief Jim Kartens laut aus und schlug erneut den Hammer.

Tanner kam zu ihnen. „Ich habe drei Plätze für uns auf der ‚Pro‘-Seite gefunden. Viel Glück, Jill.“

Er küsste sie auf die Wange, dann drängten sie sich durch die Menge in den vorderen Teil des Saals zu den Plätzen hinter dem Tisch, an dem Maven und Jill saßen. Als Peggy mit Keith hereinkam, machte Jills Magen einen kleinen Satz.

Keith winkte der Familie zu. „Mommy, warum können wir nicht mit Onkel Tanner, Tante Meredith und Mr. Hale zusammensitzen?“

„Weil wir auf dieser Seite sitzen müssen“, erwiderte sie und leitete ihn zu zwei Plätzen auf der anderen Seite des Ganges. Sie war darauf bedacht, Jills Blick nicht zu erwidern.

„Aber Mom", protestierte er und trat mit seinen Füßen unter den Stuhl, bis er dafür getadelt wurde.

Mac winkte Peggy und Keith zu, während er aus dem hinteren Teil des Saals zurück nach vorn kam. Keith schenkte ihm ein Grinsen, Peggy einen finsteren Blick. Jill rutschte zur Seite, um ihm Platz zu machen. Er öffnete die Knöpfe seines grauen Wolljacketts und lockerte die weinrote Krawatte.

„Wie können Sie so ruhig sein?"

„Ich verdiene meinen Lebensunterhalt mit Pokerspielen." Er zwinkerte. „Sind Sie bereit?"

„Ich bin schon bereit geboren", verkündete sie mit vorgetäuschter Tapferkeit. Es wurde Zeit, alles andere auszublenden.

Der Vorsitzende des Stadtrats, Oscar Smithens, überprüfte die Anwesenheitsliste und durchlief dann eine schwachsinnige Prozedur, um das Protokoll der vergangenen Sitzung genehmigen zu lassen. Hatten diese Leute keinen E-Mail-Account? Als Jill glaubte, es nicht länger aushalten zu können, verlas der Vorsitzende endlich die Tagesordnung. Die Abstimmung über das Hotel war der einzige Punkt dieser Sondersitzung. Jill setzte sich aufrecht und umklammerte die Hände in ihrem Schoß.

„Wir haben beschlossen, die Korrespondenz vorzutragen, die uns zu diesem Fall vorliegt. Danach nehmen wir Anmerkungen von den Gästen auf den Rängen entgegen", verkündete Oscar. Er begann vorzulesen und schob die Blätter zum Mikrofon hinüber. Die meisten Anschreiben unterstützten die Hotelpläne aufgrund des erwarteten wirtschaftlichen Aufschwungs für die Stadt. Einige erwähnten, sie seien begeistert, dass Pincari's Folly an seinen ursprünglichen Glanz anknüpfen werde. Die Gegner sprachen davon, dass die familienfreundliche Kultur der Stadt erhalten bleiben und Dare vor Kriminalität geschützt werden müsse. Auch ein paar Umweltschutzbedenken kamen auf, aber Jill wusste, diese waren fingiert. Mac erfüllte hohe Standards für den Schutz und die Bewahrung der Umwelt.

Als Oscar die Debatte für die Zuhörer eröffnete, hob Mac augenblicklich die Hand. Der Vorsitzende ließ den Blick zwischen ihm und Peggy schweifen und rief Mac schließlich mit einem freundlichen Lächeln auf.

„Guten Abend. Wie Sie wissen, hat meine Firma Pläne entwickelt, ein abbruchreifes historisches Hotel in den Bergen zu renovieren. Es liegt uns am Herzen, unseren Gästen den besten Service zu bieten, aber noch wichtiger ist es uns, einen weiteren Faden in den Stoff des Stadtlebens zu weben. Das ist der Grund, aus dem wir jemanden eingestellt haben, den Sie alle gut kennen. Jemanden, der uns bei dieser Abstimmung – und hoffentlich auch in Zukunft – unterstützen wird. Jill Hale."

Als er nach ihrem Ellbogen griff, stand sie auf und versuchte nicht darüber nachzudenken, ob ihr das Herz in die Hose gerutscht war oder nicht.

„Jill ist eine von Ihnen, ihre Familie ist tief in Dare verwurzelt. Unter ihrer Leitung haben wir einen Plan entwickelt, mit dem wir Pincari's Folly zu einem erstklassigen Boutique-Hotel machen und sowohl soziale Verantwortung als auch den Umweltschutz berücksichtigen. Da sich die Stadt einzigartiger Handelsmarken rühmt, passt unsere Nische hier perfekt hinein. Ein Hotel, das ausschließlich Poker anbietet, keine andere Art von Glücksspiel. Das ist vollkommen legal und wird sorgfältig kontrolliert. Ebenso wie Sie toleriere ich keinerlei zwielichtige Spielsalons, die ihr Geld aus kriminellen Machenschaften ziehen und damit andere Interessen finanzieren, die alles andere als legal sind!"

Einige Anwesende nickten. Diese Ermutigung erleichterte es Jill, zu lächeln, während sie im Rampenlicht stand.

„Zunächst einmal möchte ich Ihnen einige Zahlen nennen: Für die Stadt erwarten wir ein Steueraufkommen von fünf

Millionen Dollar pro Jahr, dazu noch jeweils zwei Millionen für das Eagle County und die öffentlichen Schulen. Zusätzlich haben wir uns verpflichtet, mit den örtlichen Geschäftsleuten zusammenzuarbeiten, und wir werden bis zu fünfundneunzig Prozent unserer Jobs mit den Einwohnern der Region besetzen."

Als Jill sich wieder setzte, erläuterte Mac den Zuhörern die plakatgroßen Pläne für das Hotel. Seine Präsentation dauerte etwa zwanzig Minuten. Am Ende stellte er die Vergrößerung eines Schwarzweißfotos des ursprünglichen Hotels neben das Modell des neuen Gebäudes. Niemandem konnte verborgen bleiben, wie nah Macs Restaurierungspläne dem historischen Wahrzeichen kamen. Es war großartig.

Geschmeidig stand Mac zwischen den Bildern, und Jills Herz machte einen Satz. „Jill? Möchten Sie als erste Einwohnerin von Dare, die bei uns angestellt ist, noch etwas hinzufügen?"

Sie hatten dies vorher abgesprochen, sodass sie nicht überrumpelt wurde. Dennoch lagen ihre Nerven blank, als sie sich erhob. „Einige mögen sich fragen, warum ich beschlossen habe, diese Pläne mitzutragen. Ich meine, ein exklusives Pokerhotel in den Bergen? Wer hätt'n das erwartet?"

Wie sie gehofft hatte, brachte ihre Mundart die Leute zum Lachen.

„Ich bin hier aufgewachsen. Hier zur Schule gegangen. Ich habe mein Kaffeehaus hier. Und nachdem mein Großvater mir immer und immer wieder eingebläut hat, wie wichtig es ist, sich tadellos zu verhalten, kann ich euch so viel verraten: Ich habe mich nicht nur wegen des wirtschaftlichen Aufschwungs unserer Stadt dazu entschlossen, dem Hotel meine Arbeitskraft hundertprozentig zur Verfügung zu stellen, sondern auch wegen Mac Maven selbst."

Mit einem warmen Lächeln deutete sie auf ihn. „Es lohnt sich, auf ihn zu setzen, Leute. Ein Selfmademan, der seinen

Lebensstandard kontinuierlich verbessert hat, indem er seine besonderen Fähigkeiten genutzt hat. Ehrlich, ich könnte ihm kein größeres Kompliment als dieses machen: Wenn ich es nicht besser wüsste, hätte ich geglaubt, er wäre hier geboren. Er ist die Art von Mann, die Dare hervorbringt – ein echter Querdenker, deshalb ist sein Poker-Spitzname ja auch Maverick. Außerdem ist er ehrlich, loyal und teuflisch klug."

Ganz gezielt sah sie Peggy an, doch diese starrte nur zurück.

„Wenn er sagt, es wird hier keines der üblichen Spiele geben, die man in anderen Kasinos findet, dann meint er es auch so. Wir haben Statistiken, die das untermauern. Mit diesem neuen Hotel in der Stadt wird Dare florieren. Wir hoffen auf eure Unterstützung."

Als sie sich wieder hinsetzte, tätschelte Mac ihr die Hand. Ihr Gesicht war so heiß, dass sie den gesamten Schnee draußen zum Schmelzen hätte bringen können. Sie hätte sich gern Luft zugefächelt, aber sie wollte nicht noch mehr Aufmerksamkeit auf sich ziehen.

Andere standen auf und gaben harmlose Kommentare zum Hotel ab. Es kam nichts, was sie nicht erwartet hätten. Florence Henkelmyer überzeugte niemanden mit ihrer Tirade über die Teufel des Alkohols und der Spielsucht. Die Frau hätte während der Prohibition leben sollen. Als der Vorsitzende sich erkundigte, ob es vor der Abstimmung noch Wortmeldungen gebe, hob Peggy ihre Hand und stand auf.

Alle schienen sich vorzubeugen und auf die Kante ihrer Stühle zu rutschen, was ein gewaltiges Durcheinander von quietschendem Holz erzeugte.

„Wie mein Bruder, Tanner McBride, bin ich neu in der Stadt. Als Polizistin habe ich eine Menge schlimmer Dinge gesehen. Jill und Maven mögen behaupten, in diesem Hotel würde es keine Kriminalität geben. Aber ich kann nur sagen, dass die Fakten gegen sie sprechen."

Sie zitierte die Statistiken, die sie der Zeitung gegeben hatte, und erhöhte die Spannung. „Unsere Stadt ist besonders verwundbar, weil wir eine Universität haben. Glücksspieler, die hohe Einsätze wagen, sind oftmals machthungrige Typen, die Gefallen an jungen Frauen finden. Das ist der Grund, aus dem Glücksspiel und Prostitution treue Bettgefährten sind, seit die Höhlenmenschen sich ihre ersten Würfel geschnitzt haben. Besonders empfänglich dafür sind junge Collegestudentinnen, die es auf ein schnelles Abenteuer und leicht verdientes Geld abgesehen haben. Diese Entwicklung im Griff zu behalten ist schwierig, das kann ich Ihnen schon heute vorhersagen."

Peggy fuhr fort, über Körperverletzung und häusliche Gewalt zu sprechen. Sie hakte ihre Finger in ihre Gürtelschlaufen. Jill bemerkte, dass sie mit Mac wetteiferte, wer zuerst zwinkerte.

„Es steht für mich außer Frage, dass Jill ein ehrbarer Mensch ist. Und ich würde auch nie behaupten, Mac sei kein netter Kerl."

„Ich mag Mr. Maven, Mommy", sagte Keith laut. „Er hat mir geholfen, als ich mir das Bein gebrochen habe, und er hat mir einen Fahrradhelm mit Woody drauf geschenkt."

Peggys Mund wurde schmal wie ein Strich, dennoch streichelte sie ihrem Sohn über den Kopf. „Wie schon im Zeitungsartikel erwähnt wurde, bin ich auf etwas in Mr. Mavens Leben gestoßen, was mich ernsthaft an seinem Charakter zweifeln lässt. Ich denke, ich vernachlässige meine Pflicht, wenn ich nicht erwähne, dass Mr. Maven wegen Körperverletzung angeklagt worden ist."

Nachdem die Bombe geplatzt war, wurde es totenstill im Saal. Jill packte Mac am Ärmel und sah ihm ins Gesicht. Sein lässiges Lächeln verblasste. Er bewegte sich auf seinem Stuhl wie eine Dschungelkatze. Was auch immer er erwartet hatte, dies war es offensichtlich nicht gewesen.

„Sie sind gut informiert, Deputy McBride, aber die Anklage ist fallengelassen worden."

Sie stemmte die Hände in die Hüften. „Dennoch haben sie anscheinend jemanden so sehr verprügelt, dass er ins Krankenhaus musste. Was sagen Sie dazu?"

Die Anschuldigung sorgte für einiges Luftschnappen in der Menge.

In einer einzigen geschmeidigen Bewegung erhob er sich. „Hat Ihre Quelle Ihnen auch den Grund für die sogenannte Körperverletzung geliefert?"

In dem fluoreszierenden Licht des Saals flackerten ihre braunen Augen. „Weder der Bericht noch der Beamte, der für die Verhaftung zuständig war, hat alle Details preisgegeben."

„Ich verstehe. Sie wollten also nur meinen Ruf schädigen? Herr Vorsitzender, könnten wir eine kurze Pause machen? Ich werde mich zu dieser Anschuldigung später äußern."

Jill hielt ihre Hände fest am Körper. Er brauchte eine Pause? Oh, das war nicht gut.

Oscar öffnet den Mund, doch er nickte nur und ließ den Hammer hinunterschnellen. „Zehn Minuten."

Augenblicklich erhob sich Tumult in der Menge.

„Ich bin sofort zurück." Mac hastete nach draußen.

Jills Herz pochte so heftig, dass sie sich die Hand auf die Brust presste.

„Irgendeine Ahnung, was hier los ist, Jill?", erkundigte sich Oscar.

„Ich bin sicher, alles ist in Ordnung", versicherte sie ihm so überzeugend, wie sie konnte.

Ihre Familie gesellte sich zu ihr, und die Menschen um sie herum bombardierten sie mit Fragen. Mehrfach wiederholte sie, dass Mac alles aufklären werde. Die Menge begann, sich abzuwenden.

Lautstark war Florences Stimme zu vernehmen. „Seht ihr,

er ist nichts weiter als ein zweitklassiger Spieler. Diese Typen wollen wir nicht in Dare.“

Meredith tätschelte Jills Rücken, und Tanner drückte ihre Schulter, bevor er ihnen den Weg durch die Massen zu Peggy bahnte. Keiths Lippe zitterte. Er schlang seine Arme um Tanners Bein. Dieser nahm ihn hoch und neigte den Kopf zu Peggy hinunter, die einen grimmigen Gesichtsausdruck hatte.

Eine Tür schlug gegen eine Wand, und das Geräusch ließ die Gespräche verstummen. Die Leute nahmen ihre Plätze wieder ein und wurden still, als Mac mit schmalem Mund in den Saal zurückkehrte. „Vielen Dank für Ihre Geduld. Die Antwort auf die Anschuldigung von Deputy Sheriff McBride betrifft jemanden, der mir sehr nahesteht. Ich musste erst klären, ob ich darüber sprechen darf.“

Nun, das erklärte die Unterbrechung. Jill rutschte auf die Stuhlkante vor, als Mac den Blick über das Publikum schweifen ließ. Seine schiere Willenskraft war offensichtlich.

„Also, es scheint so, als müssten wir etwas aus meiner Vergangenheit aufklären, richtig? Ich möchte nicht, dass irgendjemand denkt, ich wäre ein Bösewicht. Ich kann Ihnen versichern, dass das ein einmaliger Vorfall war.“ Er öffnete den Knopf seines Jacketts. „Ich habe auch ein Privatleben, und dies war eine private Familienangelegenheit.“

Als Mac auf sie zu schlenderte, erstarrte Peggy. „Ihre Sorgfalt ist lobenswert, aber Sie hätten die Einzelheiten dieser sogenannten Körperverletzung genauer recherchieren sollen.“

„Ich habe mein Bestes gegeben“, versicherte sie, ohne den Blick abzuwenden.

Keith schlang die Hand um Peggys Bein.

„Hören Sie, ich war zwanzig, als das passiert ist. Ich hatte herausgefunden, dass ein anderer Collegestudent sich ziemlich unangemessen an meine jüngere Schwester herangemacht hatte, die im Abschlussjahrgang der Highschool war.“

Einige im Publikum schnappten nach Luft. Jill umklammerte ihren Stuhl und dachte *Oh, Peggy*. Das konnte sie nicht gewollt haben.

Obwohl um seinen Mund grimmige Linien erkennbar waren, zuckte er die Schultern. „Was soll ich sagen? Ich habe mich benommen wie ein älterer Bruder, der seine Schwester beschützen will. Wer ist in dem Alter nicht ein bisschen ungestüm? Wenn mich das in Deputy McBrides Augen zu einem Verbrecher macht, dann sind wir über die Definition dieses Wortes nicht einer Meinung, befürchte ich. Ich habe meine Familie beschützt. Wenn Sie vorhaben, aufgrund dieser Information den Plänen für das Hotel nicht zuzustimmen, ist das Ihre Entscheidung. Und ich werde sie respektieren."

Er ging zurück an seinen Platz und setzte sich. Ermutigend strich Jill über seinen Arm. Die Muskeln waren steif vor Anspannung – der einzige Hinweis darauf, dass er aufgebracht war.

„Es tut mir so leid", flüsterte sie.

Er tätschelte nur ihre Hand.

Peggy stand auf und drehte sich zum Publikum um, doch es war offensichtlich, dass sie die Leute verloren hatte. Erneut wirkte Mac wie ein Held.

„Ich möchte damit nur zu bedenken geben, dass wir eine Bilderbuchversion dieses Pokerhotels präsentiert bekommen. Ich hoffe, Sie stimmen dagegen."

„Danke, Deputy McBride, für diese erhellende Information", sagte Oscar, und seine schneidende Stimme war tadelnd. „Gibt es weitere Wortmeldungen?"

Als niemand die Hand hob, stieß Jill den Atem aus. Sie kämpfte mit ihrer Wut auf Peggy. Sie wusste, dass ihre Freundin geglaubt hatte, nur zum Wohle der Stadt zu handeln. Aber es war schwierig, sich des Gefühls zu erwehren, dass Peggy zu weit gegangen war.

„Wir werden die Pläne nun zur Abstimmung bringen. Könnten bitte alle, die dem Projekt zustimmen, die Hand heben?“

Angesichts der Hände, die in die Luft gereckt wurden, krallte Jill gespannt ihre Zehen in die Sohle ihrer Schuhe. Der Antrag wurde mit drei Gegenstimmen angenommen. Oscar erklärte die Pläne für genehmigt, und damit war die Sitzung geschlossen.

Wenigstens eine Sache in ihrem Leben war gut gelaufen. Jill sprang auf. „Wir haben gewonnen!“

„Ja.“ Mac steckte seine Mappen in die Aktentasche.

„Alles okay?“

Er ließ die Verschlüsse zuschnappen. „Wird schon. Peggys Anschuldigungen haben mich verärgert, deshalb bin ich nicht ganz so glücklich, wie ich jetzt gern sein würde.“

Willkommen im Club. Sie konnte ihre innere Dancing Queen auch gerade nicht finden.

Als die Leute sie umringten, beugte er sich vor.

Mit all den Menschen, die ihr auf den Rücken klopften, ihr die Hand schüttelten und ihr versicherten, welch einen guten Job sie gemacht habe, fühlte sie sich wie der beste Spieler des Tages beim Superbowl. Sie beobachtete, wie Keith zu ihrer Familie hinüberhumpelte. Sein blauer Gips war über und über mit Unterschriften bedeckt. Sie bahnte sich den Weg dorthin und erreichte sie gerade, als Tanner seinen Neffen in die Luft warf und dieser aufjauchzte.

„Sei vorsichtig. Sonst wird er noch seinen Cheeseburger wieder los“, warnte Peggy ihn von der Seite.

Jill verschränkte die Arme, als sie Peggys Blick begegnete.

„Glückwunsch.“ Ihr Großvater zog sie an seine Strickjacke, die nach Mottenpulver roch. „Denk immer daran, von wem du deinen Geschäftssinn hast.“

Froh über die Unterbrechung, küsste sie ihn auf die Wange.

Sie wusste nicht, was sie in diesem Moment zu Peggy hätte sagen sollen. „Wie könnte ich das vergessen?"

„Kann ich ein scharfes rotes Bonbon haben, Mr. Hale?", bat Keith.

„Selbstverständlich, junger Mann."

„Ich weiß, du bist sauer auf mich", begann Peggy und kam auf sie zu. „Wir waren nicht ganz einer Meinung."

Witzig, aber das traf neuerdings auf jede ihrer Beziehungen zu. In dem Bemühen, nicht das Erstbeste von sich zu geben, was ihr in den Sinn kam, presste Jill die Lippen zusammen. Es war unnötig, ihre Freundschaft zu gefährden. „Nun, du hast es an Mac persönlich festgemacht. Jetzt hoffe ich nur, du wirst deiner Pflicht nachkommen und uns unterstützen, jetzt, wo die Abstimmung gelaufen ist."

Peggy wechselte von einem Bein aufs andere. „Meine Pflicht ist es, für die Stadt zu arbeiten und sie zu schützen."

„Ganz genau das, Officer", bestätigte Mac, der sich zu der Gruppe gesellte. „Tatsächlich bin ich froh, dass Dare so jemand Engagiertes hat. Schließlich werde ich die nächsten Jahre hier leben, und da will ich nachts ruhig schlafen können."

„Sehen Sie auch Gespenster in Ihrem Zimmer, Mr. Maven?", erkundigte sich Keith von Tanners Schultern hinab.

Die unschuldige Frage brach die Anspannung in der Gruppe. Alle kicherten – alle außer Peggy und Mac.

„Wir alle sehen Gespenster, Keith", erwiderte Mac. „Und nicht jeder von uns ist in der glücklichen Lage, eine Mom zu haben, die sie vertreibt. Ich würde wetten, es gibt nichts, was deine Mom nicht tun würde, um dich zu beschützen – selbst wenn das hieße, dass sie das Gesetz brechen müsste."

Der undurchschaubare Blick, den er Peggy zuwarf, ließ sie woandershin sehen. Keith streckte die Arme nach Jill aus. Sie zog ihn an ihre Brust. Ihr wurde klar, dass Mac und Peggy noch weiter aneinandergeraten würden. Nun, da die Stadt das Hotel bekommen würde, war dies nur der Anfang.

„Wo ist Brian, Jillie?“, erkundigte sich Keith.

Sie zwang sich zu einem Lächeln, um den Schmerz in ihrer Brust zu unterdrücken. „Er arbeitet.“

„Cool. Ich wette, er freut sich riesig für dich.“ Er küsste sie auf die Wange und schlang Jill die Arme um den Hals.

Das bezweifelte sie sehr. Ihre Angelegenheiten gingen ihn nichts mehr an, nachdem sie sich getrennt hatten. Plötzlich schmerzte ihre Brust vor ungeweinter Tränen.

„Können wir Eis haben?“, fragte Keith.

„Ich kaufe welches“, verkündete Arthur Hale und klopfte mit seinem Stock auf den Boden.

„Ich habe meiner Schwester versprochen, sie nach der Abstimmung anzurufen“, erklärte Mac und löste sich aus dem Kreis. „Ich feiere ein anderes Mal mit Ihnen.“

Jill setzte Keith ab. „Nein, kommen Sie mit, bitte.“

In seinem grauen wollenen Anzug und mit seiner Designeruhr stand er abseits. Er bewegte sich noch immer geschmeidig, aber seine Miene hatte einen abweisenden Ausdruck angenommen. Aller Charme war verblasst. „Nicht heute Abend. Sie haben einen großartigen Job gemacht, Jill. Ich hoffe, Ihre Familie weiß, wie glücklich sie sich schätzen kann, von Ihnen in dieser Stadt vertreten zu werden. Und ich freue mich darauf, von Ihnen zu hören, wenn Sie eine langfristige Entscheidung getroffen haben.“

Ja, der Zeitpunkt war gekommen.

Macs Blick traf den von Peggy. Die beiden würden es gar nicht wahrnehmen, wenn ein Blitz zwischen ihnen einschlüge, dachte Jill. Mac zog einen Mundwinkel nach oben. „Deputy.“ Dann zauste er Keith das Haar, winkte der Gruppe noch einmal zu und verschwand, umringt von Gratulanten.

Jill versuchte, ihren Zorn abzuschütteln. „Tja, ohne Mac ist mir nicht wirklich nach Feiern zumute.“ Nicht nur das. Sie musste sich in einer weiteren Sache Gewissheit verschaffen.

„Ich muss noch etwas anderes erledigen." Es wurde Zeit, die Suppe auszulöffeln.

Sie küsste alle zum Abschied – außer Peggy.

Als sie zu Hause angekommen war und die Haustür aufschloss, straffte sie die Schultern und ging geradewegs ins Bad. Es war Zeit herauszufinden, ob ihre schlimmsten Ängste Wirklichkeit geworden waren. Ihre Periode hatte noch immer nicht eingesetzt. Es war besser, den Kopf nicht länger in den Sand zu stecken.

Wie betäubt durchlief sie den gesamten Testprozess. Während sie auf die Ergebnisse wartete, wischte sie die Tränen ab, die ihr über die Wangen liefen. Als sie das Plus-Zeichen erkannte, legte sie den Kopf in die Hände. Das Unfassbare war geschehen. Sie war schwanger.

Der Gedanke, Brians Baby ohne ihn zu bekommen, quälte sie. Sie ergab sich dem Sturm der Emotionen, aus dem sie erschöpft und leer hervorging.

Was um alles in der Welt sollte sie jetzt tun? Weitermachen, konnte sie ihren Großvater förmlich sagen hören. Sie musste es Brian morgen erzählen. *Gott, gib mir Kraft.* Nachdem sie sich getrennt hatten, erwartete sie, dass er Dare bald verließe. Einen Moment lang zog sie in Erwägung, es ihm erst zu sagen, wenn er fort war. Es würde ihn in Stücke reißen. Er müsste sich entscheiden, ob er sein Kind regelmäßig sehen oder in New York leben und seinen Traumjob ausüben wollte.

Sie legte die Hand auf ihren Bauch. Nachdem sie jahrelang davon geträumt hatte, zusammen mit Brian ein Kind zu bekommen, war genau das jetzt eingetreten. Nur dass sie nicht zusammen sein würden.

Gott, ihr gemeinsames Baby. Es fühlte sich nicht real an.

Sie ging zurück ins Wohnzimmer, griff nach dem Telefon und schickte Mac eine Nachricht: *Mac, ich möchte Ihr Angebot annehmen. Lassen Sie uns darüber reden. Ich muss noch über andere Dinge mit Ihnen sprechen.*

Nach vorn schauen war das Einzige, was sie jetzt noch tun konnte. Zum Glück war das Hotel genehmigt worden. Jetzt konnte sie sich auf etwas Neues konzentrieren – etwas, so hoffte sie, was die Leere in ihrem Innern ausfüllen würde.

Wenn sie mit Mac sprach, würde sie ihm von ihrer Schwangerschaft erzählen. Rechtlich konnte er ihr daraus keinen Strick drehen, aber moralisch wollte sie sichergehen, dass er mit der neuen Situation einverstanden war.

Morgen würde sie Brian die Neuigkeit mitteilen.

Etwas in ihr zerbrach in zwei Stücke. Sie musste einen Weg finden, wieder Jill, die gute Freundin, zu werden.

Morgen früh würde sie Meredith anrufen und sich von ihrer Schwester im Arm halten sowie versichern lassen, dass alles gut werden würde. In einer Krise hielten die Hales immer zusammen.

Postwendend summte ihr Handy. Macs Name erschien auf dem Bildschirm. Sie griff nach dem Telefon.

Es wurde Zeit, dass sie Kontrolle über ihr Leben übernahm.

40. Kapitel

Die Neuigkeiten über das Hotel erfuhr Brian von seinem Chef, als drei Stadtratsmitglieder auf einen Drink und ein Dessert einkehrten. Es fiel Brian schwer, die Orangenscheiben auf dem New-York-Cheesecake zu arrangieren, und er musste tief durchatmen, um sich zu beruhigen. Es war nicht mehr wichtig, was mit Jill geschah, sagte er sich. Doch er wusste, sie würde den Job bei Mac annehmen.

Er musste sich auf seine eigene Karriere konzentrieren. Sein Ruf war endlich wiederhergestellt. Jetzt musste er langsam Pläne für einen Umzug nach New York schmieden. Er zweifelte nicht daran, dass er nun wieder eine Stelle in einem Sternerestaurant finden würde.

Saft spritzte auf seine Kochjacke, als er die Orange zu fest umklammerte. Er konnte den Gedanken nicht ertragen, Jill nie wiederzusehen.

Gott, damit hätte er nicht gerechnet, aber es war schmerzhafter, als seine Reputation als Küchenchef zu verlieren.

Weitere Neuigkeiten tröpfelten zu ihm herein. Pete verließ morgen die Stadt, um einen neuen Job anzunehmen. Nun, hatte Pete nicht gesagt, er würde die Fühler ausstrecken? Brian zog sich der Magen zusammen, als er voller Schrecken daran dachte, was beim Polarfest geschehen war. Er hatte versucht, Pete die Hand zur Entschuldigung zu reichen, aber sein Freund hatte weder angerufen noch eine Nachricht geschickt. Brian musste unbedingt darüber nachdenken, wie er die Dinge zwischen ihnen regeln wollte. Sie waren nicht mehr die Freunde, die sie einst gewesen waren, aber es fühlte sich an, als verlöre er noch einen lebendigen Teil von sich selbst.

Nach einer weiteren schlaflosen Nacht in seinem leeren Bett fuhr er hinüber zu Pete. Sein Freund kam gerade mit zwei Kisten, die er aufeinandergestapelt hatte, die Veranda herunter. Pete senkte den Kopf zur Begrüßung, doch er ging Brian nicht entgegen, als dieser zum Haus kam. Das Gewicht der Kisten, die sich bis zur Heckscheibe stapelten, hatte die Reifen von Petes SUV schon ausgebeult.

„Du hast auf keine meiner Nachrichten reagiert, deshalb bin ich gekommen, um mich zu entschuldigen."

„Gut", erwiderte Pete kurz angebunden.

„Ich habe gehört, du ziehst weg." Bei diesen Worten breitete sich der Schmerz in seiner Brust weiter aus.

„Stimmt." Pete quetschte die Kartons auf die Beifahrerseite. „Ich habe beschlossen, einen Job im Yellowstone-Nationalpark anzunehmen und hier so schnell wie möglich zu verschwinden. Da kann ich problemlos meine Doktorarbeit beenden und werde noch dafür bezahlt."

Er sprach die Worte leichthin, doch sein Tonfall sagte etwas anderes. Die Anspannung zwischen ihnen war so offensichtlich wie getrocknete Kräuter in einem frischen Salat.

„Ich wiederhole es noch mal", sagte Brian. „An dem Abend war ich neben der Spur."

„Ich auch", gab Pete schulterzuckend zurück. „Wir waren alle leicht aufgedreht, weil es unser erstes Polarfest ohne Jem war."

„Allerdings", stimmte Brian zu. „Warum ziehst du wirklich weg?"

Pete lehnte sich an den Wagen. „Das habe ich dir doch gesagt. Hier sind zu viele Erinnerungen."

Gott, hatte er es nicht gewusst? „Es gefällt mir nicht, wenn du so von einem Augenblick auf den anderen weggehst."

Wieder zuckte Pete die Schultern. „Es ist am besten so."

Brian stützte sich auf das Auto. Er wusste nicht, was er

noch sagen sollte. Sie ließen beide den Blick über den schneebedeckten Hof schweifen.

„Ich habe gehört, dass du die letzten Nächte bei dir zu Hause verbracht hast. Ist zwischen dir und Jill was vorgefallen?“, erkundigte sich Pete.

Brian räusperte sich. „Wir haben uns getrennt.“ Zum ersten Mal sprach er die Worte laut aus.

„Was ist passiert?“, wollte sein Freund wissen.

Während Brian weiterhin in den Hof starrte, erzählte er ihm alles.

Lange Zeit sagte Pete nichts, dann endlich meinte er: „Ich bin gleich zurück“, und verschwand im Haus.

Brian massierte seine Brust an der schmerzenden Stelle, solange er wartete. Als Pete zurückkam, reichte er ihm ein Foto.

„Das habe ich gefunden, als ich meine Sachen gepackt habe.“

Auf dem Foto saßen Jill und Brian dicht nebeneinander auf einer Decke und lachten. Ihm stockte der Atem. Er erinnerte sich an jenen Tag. Damals waren sie sechzehn gewesen. Sie waren am Eagle Pass geklettert, und die Wildblumen hatten geblüht. Er hatte sich so sehr danach gesehnt, Jill zu küssen.

„Sieh mal, ich hatte etwas Zeit, über ein paar Dinge nachzudenken. Die Sache mit Jill … hat mich echt fertiggemacht. Ich verstehe, warum sie mich hassen will. Zum Teufel, ich hasse mich teilweise selbst. Damit will ich sagen, dass du Jill – unabhängig von all dem Mist zwischen ihr und mir im Moment – immer gewollt hast. Das weiß ich. Ich habe gesehen, wie sehr du dagegen angekämpft hast, als wir jung waren, weil du sie und ihre Familie nicht verlieren wolltest, nachdem deine eigene in die Brüche gegangen war.“

Brian wandte den Blick ab. „Was redest du da?“

„Verdammt, ich sage, dass ich nicht die gleichen Gefühle hatte wie du, als ich mich von Jemma getrennt habe. Es ist mir egal, ob mich das zu einem Arschloch macht, aber ich habe mich *frei* gefühlt, als wir nicht mehr zusammen waren. Es hat dich verdammt mitgenommen, als Jill und du nach der Highschool … auseinandergegangen seid. Und dieses Mal bist du richtig mit ihr zusammen gewesen, Mann. Bist du sicher, dass du das noch einmal durchmachen willst?“

„Nein.“ Dieses Mal wäre es noch viel schlimmer.

„Sieh mal, ich weiß, die Scheidung deiner Eltern hat dich fertiggemacht, aber weißt du, was? Sie haben tatsächlich nicht viel verloren, als sie sich getrennt haben.“

Brian drehte den Kopf. „Was?“

„Sie haben einander nicht mehr geliebt. Warum sonst hätte deine Mutter so schnell etwas mit einem anderen Typen anfangen können? Da gab es nichts, für das es sich zu kämpfen gelohnt hätte, Mann. Aber Jill und du – nun, ihr zwei kämpft, weil ihr euch viel bedeutet. Zwischen euch ist immer schon diese verrückte Energie gewesen.“

Brians Seufzen kam aus seinem tiefsten Inneren. „Niemand weiß so gut wie sie, welche Knöpfe man bei mir drücken muss.“

„Erinnerst du dich, deine Eltern jemals so glücklich oder leidenschaftlich erlebt zu haben wie Jill und dich?“

Er dachte an seine Kindheit zurück. Da war nichts. „Sie haben jung geheiratet. Ich weiß nicht. Vielleicht verhält sich nicht jeder so wie wir.“

„Genau!“

Das Foto schien über ihn zu spotten. „Was zum Teufel soll ich denn jetzt tun? Die einzige Sache, die ich zurückerobert habe, das Einzige, worauf ich zählen kann – meinen Beruf – in den Wind schießen? Sie vertraut mir nicht, Pete.“

Sein Freund lachte laut auf. „Kannst du ihr das verübeln? Simca ist superheiß.“

Genau das hatte er hören wollen. „Verdammt.“

„Vielleicht braucht Jill nur Zeit. Wenn du so plötzlich verschwindest wie letztes Mal, wirst du es nie erfahren. Na ja, ich meine ja nur.“

Pete hatte recht. Er würde sich immer fragen, ob er zu schnell aufgegeben hatte, wenn er jetzt verschwand, ohne noch einmal mit Jill geredet zu haben.

„Du musst nicht aus der Stadt verschwinden, Pete." Er boxte ihn, wie sie es immer getan hatten, als sie früher gerauft hatten.

Pete erstarrte neben ihm. „Es ist … zu viel hier. Es ist nicht mehr dasselbe. Das ist mir an jenem Abend klar geworden."

Brian trat mit seinem Stiefel in den Schnee. „Wird das zwischen *uns* wieder ins Reine kommen?"

„Klar." Pete schlug die Autotür zu und klopfte ihm auf die Schulter. Dann umarmte er ihn kurz auf Männerart. „Ich muss zu Ende packen. Ich will gleich los." Er lief davon. „Im *Don't Soy With Me* habe ich etwas für dich hinterlegt, weil ich mir nicht sicher war, ob ich dich noch treffen würde."

Brian wollte ihm nachlaufen. „Pete …"

Er wandte sich um. „Eine letzte Sache. Wenn du dich dafür entscheidest zu bleiben und Jill zurückeroberst, werdet ihr dann das Polarfest nächstes Jahr wieder veranstalten? Ich finde, wir sollten es aufrechterhalten." Er setzte seine Kappe auf. „Jemma … hätte es gewollt."

Damit schoss sein Freund nach drinnen. Die Schwingtür knarrte in den Angeln. Brian starrte aufs Haus. Dann stieß er seinen Stiefel noch einmal in den Schnee. „Himmel", murmelte er.

Er betrachtete das Foto von Jill und sich, zog ihre Gesichtszüge nach.

Pete hatte recht. Jill war immer die Frau seines Lebens gewesen. Was zum Teufel konnte er jetzt tun?

41. Kapitel

„Hey, Jill. Ich dachte, du nimmst dir den Vormittag nach deinem großen Sieg gestern Abend frei. Glückwunsch!“, begrüßte Margie sie und drehte den Heißwasserhahn auf.

Ein Gespräch mit ihrer Schwester in der Früh war der Höhepunkt ihres heutigen Morgens gewesen. Meredith war geschockt gewesen, als sie von der Schwangerschaft erfahren hatte, aber sie hatte Jill unterstützt. Sie hatte Jill gehalten, als diese geweint hatte, und ihr versprochen, sie zu begleiten, wenn sie es ihren Eltern und dem Großvater erzählen würde.

Jill umklammerte ihre Tasche in dem Versuch, nicht den Halt unter den Füßen zu verlieren. „Danke. Letztendlich war ich nicht lange unterwegs. Ich weiß es zu schätzen, wie du und die Crew alles im Griff habt.“

Und jetzt, da sie Macs Jobangebot angenommen hatte, würde sie noch mehr Hilfe benötigen. Mac hatte ihr versichert, er wolle nach wie vor, dass sie für ihn arbeite, und ihr sogar zu dem Baby gratuliert. Dann hatte er ihr seine großzügigen Mutterschaftsleistungen erläutert. Sie hatte sich zusammenreißen müssen, um nicht am Telefon zu heulen. Alles in ihr wirbelte herum wie eine Achterbahn, als sie an all die Veränderungen dachte, die vor ihr lagen. Der nächste wichtige Punkt war, eine neue Geschäftsführerin für *Don’t Soy With Me* zu finden.

Mit jedem Baufortschritt in den nächsten Monaten würde in ihrem Job bei Mac noch mehr Arbeit anfallen. Mac hatte einen ehrgeizigen Zeitplan für den Bau. Die Mannschaft, die für die Abrissarbeiten zuständig war, hatte schon begonnen und jeden in der Stadt beeindruckt. Mac plante eine große Eröffnung am Unabhängigkeitstag. Nachdem Jill die Referenzen der Baufirma gesehen hatte, glaubte sie daran, dass es gelingen würde.

Margie hatte sich zu ihr durchgeschlängelt. „Pete hat etwas für Brian hier abgegeben. Er hat darum gebeten, dass du es ihm gibst.“ Sie klopfte ihr auf den Rücken.

Der Schmerz, Brian nicht mehr wiederzusehen, durchfuhr sie. „Das ist seltsam.“

„Pete sagte, er werde die Stadt verlassen, und nach diesem Abend …“ Margie machte den Latte fertig, den sie gerade zubereitete. „Es steht auf deinem Schreibtisch.“Pete zog fort? Mit einer Tasse Kaffee steuerte Jill auf ihren Schreibtisch zu. Sobald sie die Tür öffnete, entdeckte sie Petes Abschiedsgeschenk. Mit einer Mischung aus Neugier und Schmerz ging sie näher heran.

Der abgenutzte Football war ein Beweis jahrzehntelanger Liebe. Die ehemals weißen Nähte waren nachgedunkelt, das Schweinsleder stumpf und abgetragen wie ein alter Anzug. Abgesehen von der Unterschrift hätte man ihn für wertlos halten können. Sie hob ihn auf und fuhr mit dem Finger über den Namen. John Elway – der meistangebetete Quarterback der Denver Broncos.

Das war Petes größter Schatz. Und er hatte ihn Brian geschenkt.

Er würde lange Zeit nicht wieder zurückkehren.

Sie setzte sich in die Stille. Der verdammte Hinweis auf die Broncos ließ sie wieder an Brians Vorschlag denken, zusammenzuziehen. Erinnerungen an diese Zeit schossen ihr durch den Kopf. Gerade als sie sich näher gewesen waren, als sie es sich jemals hatte vorstellen können, war sie davongerannt wie ein Hase und hatte sich hinter die alten Mauern der Verletztheit geflüchtet. Sie hatte ihn ausgeschlossen, als bedeutete er ihr nichts.

Sie griff in die Schreibtischschublade, überging das gemeinsame Foto mit Brian vom Valentinstag und zog ein anderes heraus, das sie beide vor einigen Wochen nach ihrem ersten Dinner aufgenommen hatten. Er hatte sein Handy herausgeholt, um das Foto zu machen, und Jill auf seinen Schoß gezogen. Sie hatten sich in die Augen gesehen, und sie hatte das braune Haar berührt, das sich in seinem Nacken kringelte. Niemand hätte die Liebe in ihren Augen missverstehen können.

Er liebte sie wirklich.

Sie war eine Idiotin.

Liebevoll strich sie mit der Hand über ihren Bauch. Es wurde Zeit, ihm von dem Baby zu erzählen. Und ihn um eine zweite Chance zu bitten. Sie würde es nicht ertragen, wenn er noch einmal fortginge. Es blieb abzuwarten, ob er ihr verzeihen würde oder nicht.

Und wenn er nun, da sie ihren Traumjob gefunden hatte, auch seinen weiterverfolgen wollte, dann würde sie das irgendwie verstehen. Wenn sie sonst nichts verbinden würde, hätten sie wenigstens das Baby.

Sie griff nach dem Telefon, ehe der Mut sie wieder verlassen konnte, und schrieb Brian eine Nachricht. *Es tut mir leid wegen dieses Abends. Können wir reden?*

Sie wartete. Ein paar Minuten, zehn Minuten. Eine Stunde später hatte sie noch immer keine Antwort.

Er würde nicht reagieren. Sie sah auf die Uhr. Bald würde er ins Restaurant gehen. Nicht gerade der Ort, an dem sie ihm von dem Baby erzählen mochte, nachdem es klar war, dass er nicht mit ihr reden wollte. Sie konnte es ihm nicht übelnehmen. Sie würde morgen zu ihm in die Wohnung gehen.

Als die Tränen kamen, legte sie den Kopf auf die Schreibtischplatte.

Sie hatte alles kaputt gemacht, und sie würde damit leben müssen.

42. Kapitel

Brian bekam Jills Nachricht gerade, als er sich fertigmachte, um zur Arbeit zu gehen. Allein der Anblick ihres Gesichts, das auf seinem Bildschirm erschien, ließ ihn sich vor Schmerz krümmen. Und nach ihrer Nachricht fühlte er sich noch schlechter.

Er wollte nicht mit ihr reden, ohne etwas Konkretes zu sagen zu haben, daher ging er zur Arbeit wie ein Roboter. Verbrannte sich an einer Sauteuse. Ließ drei Steakbestellungen anbrennen – zum ersten Mal. Da es ein ruhiger Abend war, schickte ihn sein Chef schließlich nach Hause. Die Trennung von Jill hatte die Runde gemacht. Jeder wusste, warum er nichts richtig hinbekam.

Seine Wohnung kam ihm vor wie eine Gruft. Er wollte nicht dort sein. Er vermisste Jill so sehr, wie er Jemma in den ersten Tagen nach ihrem Tod vermisst hatte, als die Trauer noch so frisch gewesen war, dass er tagelang nicht vernünftig hatte arbeiten können.

Und dann wurde ihm etwas klar, das so simpel war, dass er sich dumm vorkam.

Jill lebte noch. Jemma nicht.

Was zum Teufel machte er hier?

Er wollte nicht ohne Jill sein. Er wollte lieber mit ihr streiten, als ein leidenschaftsloses Leben mit irgendjemand anders zu führen, vor allem, wenn eine Versöhnung so viel Spaß machte. Und waren sie nicht glücklich zusammen gewesen, bevor der Mist angefangen hatte?

Ihre Beziehung war nicht mit der seiner Eltern vergleichbar. Was für eine verdammte Erleuchtung!

Die Situation mit Simca wäre selbst für ein langerprobtes Paar schwierig gewesen.

Jill brauchte mehr Zeit, um ihm zu vertrauen und um zu verstehen, wie sehr er sie liebte.

Während er auf dem Sofa saß und Mutts faltiges Fell kraulte, kam er zu der Entscheidung, in Dare zu bleiben. Es war die einzig mögliche Alternative.

Den Job im *Chop House* zu behalten war allerdings keine Option. Dort würde er ersticken. Deshalb brauchte er einen anderen Plan. Etwas Langfristiges, denn genau das wollte er auch mit Jill.

Er begann zu kochen und ließ der Inspiration freien Lauf. Die perfekte Idee kam ihm morgens um vier Uhr elf, als er gerade für Jill deren Lieblings-Himbeerscones backte.

Er würde sein eigenes Restaurant in Dare eröffnen und sich einen Partner suchen. Und es gab nur einen Mann, dem er genug Respekt entgegenbrachte, um auf ihn zuzugehen.

Nachdem er ein paar Stunden geschlafen hatte, machte er sich auf den Weg zu Arthur Hales Haus. Er klopfte an, steckte seine Hände in die Taschen und versuchte, die Nerven zu behalten. Die Tür öffnete sich.

Arthur klopfte mit seinem Stock auf den Hartholzboden. „Du hast tatsächlich Nerven hierherzukommen! Nach allem, was du meiner Enkelin angetan hast“, grummelte er.

Mit dieser Reaktion hatte Brian gerechnet. „Wenn ich wirklich etwas getan hätte, meinen Sie, dass ich dann hier auf Ihrer Schwelle stünde? Lassen Sie es mich erklären. Ich könnte Ihre Hilfe gebrauchen – und Ihren Rat.“

Die buschigen Augenbrauen zogen sich zusammen. „Jill ist letztes Mal hart mit mir ins Gericht gegangen, nachdem ich zu vermitteln versucht hatte.“

Brian schnaubte. „Sie versuchen immer zu vermitteln, wenn es um Ihre Familie geht.“

Der Takt, mit dem Arthur auf den Boden klopfte, wurde schneller. „Na gut! Komm rein, aber erwarte nicht irgendwelche Höflichkeiten wie einen Kaffee."

„Verstanden", erwiderte Brian und folgte ihm ins Haus.

Im Haus waren die Spuren der Zeit zu sehen. Der Besitz von Generationen – von Schwarzweißfotografien über antike Möbel bis hin zu einem Grammophon aus Kirschholz – verlieh dem Haus eine heimelige Atmosphäre. Brian hoffte, eines Tages auch mit Jill einen solchen Ort sein Eigen nennen zu können.

„Also, warum riskierst du, von einem alten Mann verprügelt zu werden?", gab Arthur ihm eine Breitseite.

„Lassen Sie es mich erklären." Brian setzte sich auf einen mit geblümtem Stoff bezogenen Sessel und weihte ihn in die Geschehnisse jenes Abends ein. Er zeigte ihm sogar den Artikel, in dem Simca seinen Namen reingewaschen hatte.

Mit zusammengekniffenen Augen sah Arthur auf den Bildschirm. „Verdammt kleine Schrift. Schwer zu lesen, aber ich verstehe, worauf es hinausläuft. Ist das nicht etwas, das du Jill erzählen solltest?"

„Das habe ich versucht, Sir."

„Und was hast du jetzt vor?" Arthur drehte ein scharfes rotes Bonbon zwischen den Fingern.

Brian brauchte einen Moment, bis er sprechen konnte. „Ich werde hierbleiben und versuchen, die Dinge ins Reine zu bringen."

Über den Rand seiner Brillengläser hinweg starrte Arthur ihn an wie ein verwirrter Professor. „Das ist ein guter Anfang. Wenn es um dich geht, überreagiert Jill – das war schon immer so. Das ist das Dumme an der Liebe. An einem Tag summst du Händels ‚Messias' und am nächsten liegst du weinend in der Gosse. Höhen und Tiefen. Aber mit Vertrauen und Zeit findet man möglicherweise einen Mittelweg, wo man mehr Höhen erlebt und die Tiefen auf ein Minimum beschränken kann. Das ist der Schlüssel einer Ehe, Junge. Ich vermute, dass du darauf zusteuerst, wenn du hierbleibst und dich nicht davonmachst, um eine großartige Karriere in New York hinzulegen."

Brian nickte nachdrücklich, auch wenn noch immer Eisklumpen in seinem Magen kreisten. Würde Jill überhaupt positiv auf seinen Vorschlag reagieren?

Arthur griff nach einem Foto, das ihn mit seiner Frau zeigte. Er reichte es Brian, dann betrachtete er es selbst. „Weißt du, wenn ich an die Jahre mit meiner Frau zurückdenke, dann erinnere ich mich nicht an die schlechten Zeiten. Ich denke nur an ihr Lächeln. Wie sie sich in meinen Armen angefühlt hat. Wie sie gesummt hat, als sie während eines Schneesturms den ganzen Tag Plätzchen gebacken hat. Ich muss echt lange nachdenken, bis mir Tiefpunkte einfallen." Er stellte das Foto zurück. „Die hatten wir. Jeder hat sie. Aber man hört nicht auf, einander zu lieben."

Brian schluckte und betrachtete das Foto lange. Arthur und seine Frau sahen so jung aus, keine Falten im Gesicht, kein graues Haar.

Er rieb die Hände an den Knien. „Ich möchte Ihnen ein Angebot unterbreiten, bitte weisen Sie mich nicht ab."

„Du bist nicht mein Typ", gab Arthur zurück und nahm auf dem gegenüberliegenden Sofa Platz.

Wenn er nicht so nervös gewesen wäre, hätte Brian schlagfertig reagiert. „Wie Sie wissen, wird Mortys Grundstück – das Jill und ich ursprünglich erwerben wollten – demnächst zum Verkauf freigegeben."

„Allerdings."

Er tippte mit dem Fuß auf. „Nun, Jill ist hier. Ich liebe sie. Und ich möchte mit ihr zusammen sein." Er schlug ein Bein über das andere, um nicht mehr zu zappeln. „Aber ich kann nicht für immer im *Chop House* arbeiten. Da werde ich wahnsinnig. Deshalb würde ich gern Mortys Grundstück kaufen, aber das schaffe ich nicht allein.“ Er atmete tief durch. „Und ich möchte keinen Kalifornier mit ins Boot holen, der Dare nicht versteht.“

Missbilligend knurrte Arthur. „Die lassen uns alle nur Tofu und Sprossen essen.“

Brian hatte keine Lust zu einer Diskussion über all die guten Dinge, die sie in die Stadt gebracht hatten, wie etwa Bioprodukte. „Ich möchte, dass dieses Lokal Dare entspricht.“

„Und du selbst kannst keinen Kredit bekommen“, fasste Arthur zusammen.

Ihm hätte klar sein müssen, dass Hale sofort verstehen würde. „Genau.“

„Und du hast keine Angst davor, mit Macs Restaurant zu konkurrieren?“, erkundigte sich Arthur und legte die Fingerspitzen aneinander.

„Nein. Mein Lokal wird Macs locker in die Tasche stecken.“

„Wenn es um euren Beruf geht, seid ihr euch extrem ähnlich, Jill und du.“ Arthur legte seinen Stock über den Schoß und strich über das Holz. „All dieses Gerede über Karriere verursacht mir Sodbrennen. Was ist denn damit, was ihr füreinander empfindet? Wann werdet ihr beide aufhören, über Berufliches zu reden, und euch darüber klar werden, was wichtig ist?“

Unbehaglich stellte Brian den Fuß wieder auf den Boden. „Wir arbeiten daran.“ Nachdem Arthur aufrichtig gewesen war, entschied Brian, es ebenfalls zu sein. „Es ist etwas Blödes dazwischengekommen.“

Arthur schob die Brille höher. „Und was macht man, wenn etwas dazwischenkommt? Man räumt es beiseite. So schwer es auch sein mag, und so lange es auch dauert.“

„Das versuche ich gerade“, erklärte Brian.

„Gut. Ich mache mir Sorgen. Mein Herz.“ Dramatisch klopfte er sich an die Brust. Brian musste sich auf die Lippen beißen.

Arthur griff in seine Tasche, zog zwei Bonbons heraus und warf Brian eins zu. Es prallte an seine Brust. Sie wickelten das Papier ab, steckten sich die Bonbons in den Mund und knackten sie mit den Zähnen.

„Ich werde den Kredit mit unterschreiben. Du wirst den Laden schmeißen." Arthur streckte die Hand aus. „Zumindest, wenn du keinen Mist servierst. Kein Tofu. Darüber verhandle ich nicht."

Brian ergriff seine Hand. „Kein Problem. Ich hasse das Zeug."

„Ich auch", stimmte Arhur zu und machte eine Handbewegung zur Tür. „Und jetzt lass dir einen Haarschnitt verpassen und wasch dir den Dreck aus dem Gesicht. Frauen mögen so was."

Er war sich nicht sicher, ob es einen Unterschied machen würde. „Ja, Sir."

„Und ein letzter Ratschlag. Verzeihen können ist ebenso wichtig wie die Liebe. Wir machen alle Fehler."

„Danke." Er hätte gern etwas Passenderes gesagt.

„Gern geschehen." Der alte Mann stand auf, und sein Stock pochte auf den Boden, während sie zur Haustür gingen. „Ich helfe dir nur, weil ich jetzt Junggeselle bin. Ich könnte es nicht ertragen, jeden Abend Cheeseburger zu essen."

Brian fasste ihn an der Schulter. Er wusste, dass unter der harten Schale ein weicher Kern steckte. „Denken Sie darüber nach, was Ihr Lieblingsessen ist. Wir nehmen es als das Hale-Tagesgericht in die Speisekarte auf."

Arthur lachte. Und Brian fühlte sich, als hätte sich eine schwere Last einfach aufgelöst. Er hatte einen Plan.

Jetzt musste er ihn Jill mitteilen und dafür beten, dass sie die Kluft zwischen ihnen beiden überbrücken konnten.

43. Kapitel

Jill bekam Brians Antwort, fast vierundzwanzig Stunden nachdem sie ihre Nachricht abgeschickt hatte. *Mir tut es auch leid. Können wir uns bei Jemma treffen?*

Die Idee, sich gerade dort zu treffen, war so süß, dass Jill die Tränen zurückhalten musste. Ja, für dieses Gespräch konnten sie beide die Unterstützung ihrer Freundin gebrauchen. Sie schrieb ihm zurück und schlug eine Uhrzeit vor. Sofort stimmte er zu.

Etwa zur vereinbarten Zeit fuhr sie zum Friedhof. Unmittelbar hüllte die Stille sie wie eine Decke ein. Die Vögel zwitscherten, während sie zu Jemmas Grab ging. Sie trug die Amethystkette ihrer Freundin, die ihr seelischen Halt gab. Sie setzte sich auf die gemütliche Bank an der Grabstelle, beobachtete die flatternden Vögel und stellte sich vor, Jemma säße als Engel neben ihr.

In der Ferne schlug eine Autotür. Als sie Brian entdeckte, der auf sie zukam, zog sich ihr Herz zusammen. Sein Haar, das die Farbe von Ahornsirup hatte, sah aus, als wäre es erst kürzlich geschnitten worden, seine Wangen glänzten frisch rasiert.

Ihre Blicke trafen sich. „Hey", rief er und blieb ein Stück entfernt stehen. „Bist du bereit zu reden?"

„Allerdings", gab sie zurück. Es würde schmerzlich werden.

Er deutete auf Jemmas Grabstein. „Ich habe vorgeschlagen, dass wir uns hier unterhalten, weil sich alles zwischen uns geändert hat, als Jemma gestorben ist. Erinnerst du dich?"

Der Wind umwehte sie, während sie an jene Zeit dachte – der gemeinsame Schmerz, der ihr Herz für ihn geöffnet hatte.

„Ja."

Brian ließ die Hände auf die Hüften sinken. „Ich weiß nicht, wie ich anfangen soll, aber ich werde mein Bestes versuchen. Es tut mir leid, dass ich dich erneut verletzt habe. Das war das Letzte, was ich jemals wollte. Und ich bedaure, dass ich die Fassung verloren habe, aber du hast auch mich verletzt, Jill."

Seine blutunterlaufenen Augen unterstrichen das. „Es tut mir leid, dass ich dir wehgetan habe."

Er setzte sich neben sie. „Mir ist klar, wie sehr diese ganze Situation mit Simca dein Vertrauen in mich zerstört haben muss."

Seine Einsicht kühlte ihre geröteten Wangen ebenso wie der schneidende Wind. „Danke für dein Verständnis."

„Aber abgesehen von Simca muss ich wissen, ob du mir jemals wieder vertrauen kannst, Jill."

Plötzlich fühlte sich die Haut in ihrem Gesicht an, als würde sie sich straff über die Knochen spannen. „Das möchte ich gern. Vom ersten Tag an hatte ich Angst, dass du sie mir vorziehen würdest. Wie du es mit Kelly gemacht hast."

Er biss die Zähne zusammen. „Himmel, Jill, ich liebe dich. Du bist verdammt noch mal *alles* für mich! Warum erkennst du das nicht?"

Ihre Augen brannten. „Ich habe befürchtet, dir nicht genug zu sein. Und dann habe ich dich mit ihr gesehen. Ich kann dir nicht all das bieten, was Simca dir bieten kann. Eine neue Karriere. Ein Leben mit einer selbstsicheren, lustvollen Geliebten. Ich bin nur Jill. Die schlichte, unscheinbare alte Jill."

Er nahm ihr Gesicht in seine Hände. „Das ist Unsinn. An dir ist nichts schlicht oder unscheinbar."

Und als sie die Bestimmtheit in seinen Augen erkannte, veränderte sich etwas in ihr. Sie begriff, es war die Wahrheit. Sie war nicht Simca, aber sie war Jill. Sie hatte Fähigkeiten. Und sie musste aufhören, sich selbst mit anderen Menschen zu vergleichen, ihren Körper endlich um seiner selbst willen lieben. Hatte Brian ihr nicht gezeigt, wie sehr er ihn genoss?

Sie konnte förmlich hören, wie Jemma applaudierte.

„Jill, du wühlst mich auf, du zerreißt mich, du erschütterst mich, wenn ich nicht endlich erfahre, ob ich wieder alles zusammensetzen kann."

Alles in ihr erbebte angesichts dieses Gefühlsausbruchs wie die Fenster in einem alten Haus, wenn ein Flugzeug zu niedrig darüber hinwegfliegt.

Er zog sie an sich, und die Wärme seines Körpers nahm die Kälte in ihrem Innern. Er vergrub seine Hände in ihrem Haar, und dann küsste er sie. Sie konnte die Anziehung spüren, die von ihm ausging, die Verlockung. Sie lehnte sich an ihn, bis sie miteinander verschmolzen. Sie spürte die Hitze. Den Schmerz. Es dauerte kaum eine Minute, dann zog sie sich zurück. Sie musste wissen, was das bedeutete.

„Brian …"

Abrupt senkte er erneut den Kopf und presste die Lippen hart auf ihre. Sie ergab sich dem Druck. Öffnete sich. Verzweiflung, Verlangen und der endlose Biss der Liebe machten den Kuss zu einem brutalen Akt. Ihre Zungen rangen miteinander. Ihre Zähne gerieten aneinander. Die Flamme der Lust verwandelte ihren Körper in Lava. Ein Stöhnen entrang sich tief und lang ihrer Kehle.

Er riss sie an ihrem Haar zurück. „Glaubst du, Simca hätte jemals solche Gefühle in mir ausgelöst? Oder Kelly Kimple?"

Heftig atmend starrte sie ihn an. Betrachtete ihn. Seine Augen brannten wie die Mittagssonne – heiß und intensiv. Ein Hoffnungsschimmer schlug Wurzeln. „Was bedeutet das?"

Mit seinen Händen umrahmte er ihr Gesicht. „Es bedeutet, dass ich dich nicht verlassen werde. Ich bleibe hier. Und ich werde alles tun, was ich kann, damit du mir vertraust – das gesamte Programm dieses Mal. Wie lange es dauert, spielt keine Rolle."

Sie öffnete den Mund. Er blieb? „Aber …“

„Was ist mit dir? Ich schätze, du nimmst den Job bei Mac an?“

Die ersten Anzeichen eines Lächelns huschten über ihre Lippen. Er blieb – für sie, und zwar bevor er wusste, dass sie schwanger war. „Ja, ich habe den Job bei Mac angenommen. Tut mir leid, dass ich nicht erst mit dir geredet habe, aber ich hatte angenommen, du wärst raus aus der Sache. Ich hoffe, es ist …“

„Ich stehe hundertprozentig hinter dir. Bei diesem neuen Projekt bist du so glücklich gewesen, Jill.“

„Zum Teil hätte ich gern ein Lokal mit dir eröffnet, damit du hier bei mir bleiben müsstest“, räumte sie mit leiser Stimme ein. „Es war sozusagen meine Versicherungspolice.“ Sie legte den Kopf an seine Schulter. Sog die Wärme und die Hitze ein. „Aber ich habe erkannt, dass es nicht funktionieren würde. Ich hatte Angst, ich würde dir in allem einfach zustimmen, nur damit du bliebest. Unsere Vorstellungen waren total unterschiedlich.“

Er strich ihr über das Haar. „Ja, allerdings. Und genau deshalb habe ich Mortys Haus gekauft. Ich habe keine Lust mehr, für jemand anders zu arbeiten. Mit dem neuen Hotel, das nun entsteht, habe ich eine Chance, meine Vision hier zu verwirklichen.“

Ihr Herz flog auf und davon wie die Krähen, die aus dem Baum neben ihnen aufflatterten. „Das ist wundervoll!“

Er zeichnete ihre Augenbraue nach. „Und ich werde mich mit jemandem zusammentun, der Dare fast so gut versteht wie du. Mit deinem Grandpa.“

Als wären diese Worte ein Schuss ins Herz, lähmten sie Jill erst einen Moment lang, ehe ihr die tatsächliche Bedeutung ins Bewusstsein sickerte. „Mein Grandpa hat zugestimmt, sich mit dir selbstständig zu machen?“

All die Qual in diesen königstigerblauen Augen löste sich

in Luft auf, und zurück blieb der reine Schalk. „Er ist stiller Teilhaber mit einer Bedingung: Ich darf kein Tofu servieren."

Dieser großartige alte Kauz. Er hatte sie immer unterstützt – aber er machte es auf seine eigene Weise. Sie musste sich auf die Lippe beißen, damit sie nicht zitterte. „Das klingt ganz nach ihm."

„Wahrscheinlich wunderst du dich, warum ich ihn gefragt habe und niemand anders."

Sie umfasste sein Gesicht mit beiden Händen. „Ich kenne dich, erinnerst du dich? Nach allem, was passiert ist, hast du um seine Zustimmung gebeten."

In einer schnellen Bewegung presste er seine Stirn an ihre. „Ich hätte wissen müssen, dass du das mitbekommen hast."

„Und er hat sie dir gegeben." Arthur Hale war kein Narr. Er wusste, dass seine Anerkennung wichtig war. Gott, sie liebte ihn.

„Und ich warne dich ganz deutlich. Ich werde dich heiraten", flüsterte er. „Auf dem einen oder anderen Weg. Irgendwann in naher Zukunft oder in ein paar Jahren. Was auch immer ich dafür tun muss. Ich lasse mir nicht mehr von meinen Eltern meine Gedanken vergiften. Wir sind nicht wie sie. Wir sind wir", sagte er und lehnte sich zurück. „Und ich liebe dich. Du bist das Wichtigste auf der Welt für mich."

Hatte sie nicht jahrelang darauf gewartet, das von ihm zu hören? Ihr Gesicht schmiegte sich an seinen Hals, als hätte die Kuhle auf sie gewartet. Sie sog seinen Duft ein. Würze und Wald und etwas anderes – die scharfen roten Bonbons, erkannte sie. Sie nahm sich einen Moment Zeit und kostete es aus. Kostete ihn aus. Er sagte genau das, was sie sich immer gewünscht hatte. Jetzt war der Zeitpunkt, ihm die andere Neuigkeit mitzuteilen.

„Ich muss dir noch etwas sagen", flüsterte sie.

Seine Augen strahlten. „Was?"

Sie streichelte seine Brust und spürte seinen Herzschlag unter ihrer Handfläche. „Ich bin schwanger."

Mit offenem Mund sah er sie an. Er zwinkerte nicht. Sagte kein Wort.

„Brian? Ich weiß, es ist ein Schock. Da meine Periode nicht kam, habe ich nach der Abstimmung im Stadtrat den Test gemacht. Ist es nicht ein Glück, dass wir sozusagen Gold gewonnen haben, beim ersten …"

„Wann hattest du vor, es mir zu sagen?"

„Als ich dir die Nachricht geschickt habe."

„Warte. Ist es das, worüber du mit mir sprechen wolltest?"

Drehte er jetzt durch? Änderte seine Meinung? Sie wusste, wie groß ihre eigenen Bedenken gewesen waren, einen neuen Job anzunehmen, während ein Baby unterwegs war. „Bitte …"

„Stopp. Gib mir eine Minute." Er trat ein Stück zurück. Aber er ging nicht zum Wagen. Sie konnte sein Gesicht nicht sehen, weil er sich umgedreht hatte.

Sie umklammerte Jemmas Grabstein und hatte Angst, ihre Zukunft könne einmal mehr am seidenen Faden hängen.

Nach ihren Neuigkeiten musste er um Atem ringen. Sie war schwanger?

Himmel, was um alles in der Welt wäre passiert, wenn er nicht geblieben wäre? Es hätte ihm die Seele aus dem Leib gerissen, von seinem Kind getrennt zu sein. Bei diesem Gedanken gaben fast seine Knie nach. Der Schock traf ihn, als er versuchte, es zu verstehen – und was es für sie beide bedeutete.

Er straffte sich und ging auf sie zu. Ihr Haar schimmerte wie heiße Kohlen, ein rötliches Orange, so intensiv, dass es Wärme verbreitete. Der Wind wirbelte die Enden ihrer Locken auf, streifte ihr Gesicht mit den Tränenspuren und ihren Nacken, so wie Brian sie gern mit seinen Fingern gestreichelt hätte. Ihre grünen Augen erinnerten ihn an den Frühling, der in wenigen Monaten anbrechen würde. Bald würde dieser

Boden ein üppiger smaragdgrüner Teppich sein, der Hintergrund für Grabsteine aus Granit und für blühende Blumen.

Er zog sie an sich. Als er sie küsste, kam alles in ihm zur Ruhe. Sie öffnete den Mund, schenkte ihm ihre Tränen, ihre Liebe und das Versprechen, dass sie immer hier sein würde und das Beste für ihn wollte. Als sie unter seinem Kuss zu weinen begann, tröstete er sie. In rauen Atemzügen holte sie Luft, bis sie schließlich vollkommen erschöpft den Kopf an seine Schulter lehnte.

„Ich hatte gedacht, du würdest davonlaufen", sagte sie.

„Nein. Ich habe nur versucht, das alles zu verarbeiten. Jill, du … das Baby … das alles überwältigt mich. Ich will es nicht kaputt machen." Er wiegte sie hin und her.

Als sie den Kopf hob, wischte er ihr die Tränen von den Wangen. „Dann tu es nicht", wisperte sie mit glänzenden Augen und vernichtete ihn damit beinahe.

Schlichte Worte, in denen die ganze Wahrheit steckte. „Genau. Oder, wie dein Großvater es ausdrückte, arbeite härter daran." Arthurs Worte zum Verzeihen fielen ihm wieder ein. „Jill, ich muss noch eines wissen. Verzeihst du mir wirklich und wahrhaftig, dass ich Dare verlassen habe, als wir jung waren?"

Für eine Sekunde wurde ihr Lächeln schwächer, und er fragte sich, ob sie wirklich schon so weit war. „Ach, was soll's. Ich habe gerade gute Laune." Sie schmiegte sich erneut an ihn und legte die Lippen auf seine. „Wenn wir schon von der Vergangenheit reden – ich habe gehört, Pete hat Dare verlassen", flüsterte sie, während sie nach einem Taschentuch in ihrer dunkelblauen Jacke suchte.

„Stimmt." Die Wirklichkeit hatte noch nicht angefangen.

„Er hat seinen John-Elway-Football für dich im Café zurückgelassen."

Einen Moment lang konnte Brian nicht atmen. Er erinnerte sich an den Augenblick, als Pete ihn angerufen hatte, um ihm von dem *besten Weihnachtsgeschenk aller Zeiten* zu erzählen. Damals waren sie acht gewesen.

„Er war auch hier“, erzählte sie ihm. „Und er hat Jemmas Lieblingsblumen dagelassen.“

Die Gerberas wirkten, als hätte jemand sämtliche bunte Lollis aus einem Bonbongeschäft aufgekauft.

„Ich bringe unserem Kind bei, wie man damit umgeht.“ Brian fuhr mit den Fingern über den Grabstein und den Engel in der Mitte.

„Das wäre schön.“

Fließend wie Wasser glitt sie in seine Arme. Sie passte so perfekt zu ihm, als wären sie füreinander geschaffen worden.

Als der Wind auffrischte, schob er ihren Kragen hoch bis zu den Ohren. „Also, wegen des Babys …“

Und er begriff: Die Vergangenheit loszulassen bedeutete, Platz für die Zukunft zu schaffen.

Auf ihrem flachen Bauch fanden ihre Hände zueinander. „Wir bekommen ein Baby“, verkündete sie, als könne sie es immer noch nicht fassen.

„Ja. Das ist schwer zu begreifen. Hast du dich schon daran gewöhnt?“

Nervös und begeistert gleichermaßen wippte sie mit dem Bein auf und ab. „Äh … nachdem ich weiß, dass du bei mir sein wirst, bin ich nicht mehr so besorgt, aber mir geht ganz schön die Muffe.“

„Mir auch“, gab er zu. „Aber ich freue mich schon langsam darauf. Es ist ein ganz neues Abenteuer.“

„Das ist eine Untertreibung. Es kompliziert alles.“

Ein langsames Lächeln glitt über seinen Mund. „Wann hatten wir mal keine Komplikationen?“

„Du hast recht. Wir sind die Meister der Komplikationen. Es wird großartig sein!“

Sie schüttelte ihn. Dann hob er sie hoch und drehte sich mit ihr im Kreis, bis der nasse Schnee vom Boden aufstob.

„Wir müssen zu dem Grundlegenden zurückkommen", erklärte Jill. „Uns daran erinnern, warum wir einander lieben."

„Ich weiß, warum", stieß er mit zitternder Stimme hervor und ließ damit eine ganz neue Saat der Gefühle in ihr aufkeimen. „Du bist mein Zuhause. Deshalb bin ich zurückgekehrt. Es lag nicht an Dare. Es lag an dir, Rotschopf."

„Ich bin glücklich über dein Restaurant." Sie breitete die Arme aus und bildete ein V. „Du wirst es mit deiner Kochkunst allen zeigen, Bri. Jeder, der dich beschimpft hat, soll daran ersticken – im wahrsten Sinne des Wortes."

„Jepp." Er grinste so breit, dass es sie ansteckte. „Und du bist jemand, der ein Imperium gründet, genauso wie dein Grandpa."

„Es ist schön, die Träume des anderen zu unterstützen, nicht wahr?"

„Allerdings", stimmte er zu und strich ihr über die Wange. „Aber jetzt dazu: Ich werde dich noch ein wenig umwerben, und dann werde ich dir einen Antrag machen, Jillie. Damit habe ich dich gerechterweise vor meinen Plänen gewarnt."

„Du hast aber nicht vor, mir einen Antrag auf dem Friedhof zu machen? Brian, du bist so unromantisch", neckte sie ihn. Das Geplänkel fühlte sich gut an, richtig.

Er kniff die Augen zusammen. Betrachtete die Umgebung. „Hm … Jemma würde es vielleicht gefallen, das zu sehen. Vielleicht ist es alles in allem kein so schlechter Ort. Das ganze ‚Bis dass der Tod uns scheidet' würde hier wahrhaftig klingen."

Sie stieß ihm einen Finger in die Brust, Jemmas leichtherziges Lachen klang ihr im Ohr. „Denk nicht mal daran."

„Aber ich habe tatsächlich etwas. Es ist kein Ring – noch nicht –, also flipp nicht aus." Damit zog er eine Schmuckschachtel heraus und hielt sie ihr hin.

Der erwartungsvolle Ausdruck auf seinem Gesicht sagte ihr, was darin lag.

„Ich habe deine Kette reparieren lassen. Ich hoffe, du wirst sie wieder tragen. Ganz offensichtlich trage ich keine Ketten, aber ich habe etwas auf der Rückseite meiner Uhr eingravieren lassen." Er nahm sie ab und zeigte sie ihr. „*J&B, BFFs.* Und noch so viel mehr."

„Oh, Bri", flüsterte sie, und als sie die Schachtel öffnete und versuchte, die Kette umzulegen, kämpfte sie mit den Tränen.

Ihre Handschuhe waren im Weg, also zog er seine aus und drehte Jill herum, um den Haken zu schließen. Ihre Hände streiften den Anhänger.

„Mein Herz wird für immer dir gehören." Er legte die Hand um ihren Nacken und glitt mit den Fingern über die Kette. Dann zog er sie zu sich heran, bis sich ihre Lippen fast berührten. „Ich liebe dich, Jill. Gott, wie sehr", stieß er an ihrem Mund aus.

„Ich liebe dich auch", wisperte sie und streckte sich für einen Kuss. Der Regen in ihrem Inneren hörte auf. Die Sonne kam heraus. Ein neuer Tag begann.

Nach einem Gewirr von Armen, einer ganzen Reihe von Küssen und heftigem Herzklopfen löste Brian sich von ihr. Er nahm eine der Blumen und reichte sie ihr. „Ich glaube nicht, dass Jemma etwas dagegen hätte."

Sie nahm die rote Gerbera und strich mit einer Fingerspitze über den Grabstein.

„Sie ist nicht hier, das weißt du", erinnerte er sie. „Sie ist hier." Und damit zeigte er auf Jills Herz.

„Ich weiß", gab sie zurück und drückte die Blume an ihre Brust. „Vielleicht können wir mit dem John-Elway-Football ein bisschen Fangen spielen."

„Zu jedem anderen Zeitpunkt würde ich mich sträuben. Das ist ein offiziell signierter Football. Aber in diesem Fall denke ich, es könnte Pete gefallen."

„Manchmal schmerzt es weiterzumachen“, flüsterte sie und dachte über ihre Verluste nach.

Er zog sie an seine Brust, und sie schwankten im Wind wie Zweige am Baum. „Manchmal aber auch nicht.“

Sie wusste, was er meinte, und lächelte. Sie waren beide weit gekommen. Ist es nicht genau das, was von der Liebe erwartet wird? dachte sie. *Dass sie bessere Menschen aus uns macht?*

Sie nahm seine Hand und zog ihn mit sich vom Friedhofsgelände. Dabei wurde ihr klar: Jedem Begräbnis wohnte auch ein Neuanfang inne. Sie hatten ihren. Und wenn sie einen schlechten Tag hatten und vergaßen, was das Wichtigste war, konnten sie immer hierherkommen. Jemma würde sie daran erinnern.

Das Leben war tatsächlich kostbar. Und sie würden jede Minute davon in sich aufnehmen.

Liebe Leserin, lieber Leser,

ich hoffe, es hat Ihnen gefallen, von Jill und Brian zu lesen, die nach so vielen Jahren zueinandergefunden haben. Es ist großartig, wenn aus Freunden Liebende werden. Ich freue mich riesig für die beiden. Jill hat letztendlich also ihr Nora-Roberts-Land gefunden.

Rezensionen sorgen immer dafür, dass auch andere Leserinnen und Leser meine Bücher entdecken. Ihre Meinung zählt. Ich wüsste es sehr zu schätzen, wenn Sie eine Rezension schreiben würden, falls Sie sich mitteilen wollen.

Außerdem verteilen wir Werbegeschenke aus dem Don't Soy With Me und andere lustige Preise aus dem Dare Valley. Wenn Sie daran teilhaben möchten, können Sie sich für meinen Newsletter unter www.avamiles.com anmelden und mich auf Facebook unter www.facebook.com/authoravamiles kontaktieren.

Im nächsten Band steht die Liebesgeschichte von Peggy und Mac im Mittelpunkt. Die beiden sind tatsächlich ein Paar, und mit ihrer sehr individuellen Familiendynamik halten sie alle auf Trab. Lesen Sie weiter, um mehr über ihre Geschichte zu erfahren.

Nachdem viele meiner Betaleser behaupten, *Zwischen Himmel und Glück* habe sie hungrig gemacht oder den Wunsch geweckt, etwas Ausgefallenes zu kochen, habe ich für die Zwischenzeit die Rezepte des Menüs hinzugefügt, das Brian bei seinem ersten Date mit Jill zubereitet. Wer würde keinen Mann lieben, der für eine Frau kocht?

Noch einmal herzlichen Dank dafür, dass Sie Ihre Zeit mit meinen Figuren im Dare Valley verbracht haben. Wir hoffen, Sie alle sehr bald wiederzusehen.

Herzlichst,
Ava

Brians Special für das erste Date

HÜHNERFRIKASSEE

1 Hühnchen (ca. 1,5 kg), in Stücke geschnitten
4 Esslöffel Butter

Die Hühnchenstücke in einem Schmortopf vorsichtig braten, damit die Butter nicht anbrennt, und dabei gelegentlich wenden. Nach 10 bis 15 Minuten das Fleisch aus dem Topf nehmen und zur Seite legen.

1 Zwiebel
1 Möhre
1 Selleriestange

kleingeschnitten zur Butter geben. 10 Minuten lang schmoren. Dann

250 Gramm geviertelte Champignons

hinzugeben und weitere 5 Minuten schmoren.

3 Esslöffel Mehl

hinzufügen und langsam und sorgfältig verrühren. Etwa 1 Minute aufkochen, bis die Soße sämig wird. Mit

einer ¾ Tasse Weißwein und
4 Tassen Hühnerbrühe

aufgießen. Vorsichtig verrühren, damit das Gemüse nicht zerfällt. Das Fleisch wieder in den Topf geben und auf das Gemüse legen, Kräuter und Gewürze nach Geschmack hinzufügen. Die Mischung kurz aufkochen, dann auf kleiner Flamme köcheln lassen, Deckel auflegen und 30 Minuten garen. Das Hühnchen erneut herausnehmen.

2 Eigelb und
¼ Tasse Sahne

verquirlen und mit etwas Soße verrühren. In den Topf geben, vorsichtig unterrühren und etwa 2 bis 3 Minuten kochen, bis es angedickt ist.

2 Esslöffel Butter

hinzufügen und gut unterrühren. Das Hühnchen wieder dazugeben und mit

3 Esslöffeln Estragon – bevorzugt frisch – und
2 Esslöffeln Zitronensaft

abschmecken. Zwei Minuten umrühren, dann servieren. Guten Appetit!

KARTOFFELN MIT BEURRE-BLANC-SOSSE

3-4 mittelgroße Kartoffeln

in Olivenöl kurz von allen Seiten anbraten, bis sie kross sind. Dann in einer anderen Pfanne die Buttersoße zubereiten.

¼ Tasse Weißwein,
¼ Tasse Essig und
1 fein gewürfelte Schalotte

etwa 5 Minuten einkochen, bis die Mischung beginnt, sämig zu werden und einzukochen.

⅓ Tasse Sahne und
eine Prise weißen Pfeffer
hinzugeben, etwa 1 Minute kochen.
1 Tasse Butter

in kleine Stücke schneiden und davon immer mehrere zugleich in die Soße geben, dabei gleichmäßig rühren, bis die Soße fester wird. Für eine glatte Soße die Schalottenstückchen aussieben (oder die Schalotte zuvor in so große Stücke schneiden, dass diese mit der Gabel herausgenommen werden können).

2 Esslöffel frische Petersilie

zugeben, verrühren, die Soße vorsichtig über die Kartoffeln geben und servieren.

BRUNNENKRESSESALAT À L'ORANGE

Die frische Brunnenkresse waschen und die Stängel in kleinere Stücke zupfen.

1 normale Orange oder (bevorzugt) eine Blutorange

pellen und von der Haut lösen, indem die einzelnen Stücke oben vorsichtig der Länge nach aufgeschnitten werden. Dann kunstvoll auf den zarten Blättern arrangieren.

Für die Honig-Bourbon-Pekannüsse:

1 Tasse Pekannüsse
⅛ Tasse Honig
1 Esslöffel Butter
1 Esslöffel Bourbon.

Die Zutaten in eine flache Pfanne geben und bei mittlerer Hitze etwa 3-4 Minuten kochen, bis die Mischung schäumt und die Nüsse ganz ummantelt sind. Die Nüsse auf einem gebutterten Pergamentpapier auf einem Backblech verteilen und bei 190 Grad etwa 5-6 Minuten im Backofen bräunen, dabei auf die Farbgebung der Nüsse achten. Sie sollten goldbraun sein. Sobald sie fertig sind, auf ein Kuchengitter legen und 30 Minuten auskühlen lassen. Auf den Salat geben und genießen.

Deutsche Erstveröffentlichung

Meg Cabot

Erste Liebe, zweite Chance

ISBN: 978-3-95649-713-1
9,99 € (D)

Es läuft rund für Becky: Sie führt ein gutgehendes Umzugsunternehmen in ihrer Heimatstadt Bloomville und hat mit Graham einen netten, verlässichen Freund. Den Sommer mit ihrer ersten großen Liebe Reed hat sie verdrängt. Was auch ganz gut klappt, denn Reed hat vor zehn Jahren Bloomville – und auch Becky – überstürzt verlassen und ist mittlerweile als erfolgreicher Golfprofi in der Welt unterwegs. Doch als seine Eltern anfangen, sich seltsam zu verhalten und in einem Restaurant mit einer Briefmarke bezahlen, ist es mit Beckys Frieden vorbei. Reed kehrt zurück. Und ausgerechnet Becky wird engagiert, seine Eltern in ihren neuen Alterswohnsitz umzusiedeln.

Deutsche Erstveröffentlichung

Lauren Layne

Ich bin dann mal verliebt

Hände weg von betrügerischen Herzensbrechern! Das ist Brooke Baldwins neues Motto, nachdem ihr Bräutigam am Altar verhaftet wurde. Nicht die beste Einstellung, wenn man gerade in New Yorks exklusivster Hochzeitsagentur angefangen hat. Aber nicht nur ihr Liebespech erschwert Brooke den ersten Auftrag, sondern auch der Bruder der Braut, der alles tut, damit die Hochzeitsglocken stumm bleiben. Wäre Seth nicht so nervig, könnte Brooke sich sogar eine viel engere Zusammenarbeit mit ihm vorstellen ...

ISBN: 978-3-95649-676-9

9,99 € (D)

Debbie Macomber
Das Muster der Liebe

Nach ihrem Sieg über den Krebs erfüllt Lydia sich ihren Traum und eröffnet ein Wollgeschäft. In ihrem Strickkurs lernt sie drei Frauen kennen, die – wie Lydia – alle mit einem Schicksalsschlag zu kämpfen haben. Masche für Masche, Faden für Faden arbeiten die vier gemeinsam an einem Zeichen der Hoffnung. Doch noch etwas anderes entsteht während ihrer Treffen zwischen Lachen und Weinen, Reden und Schweigen – das zarte, bunte Muster einer neuen Freundschaft.

ISBN: 978-3-95649-653-0
9,99 € (D)